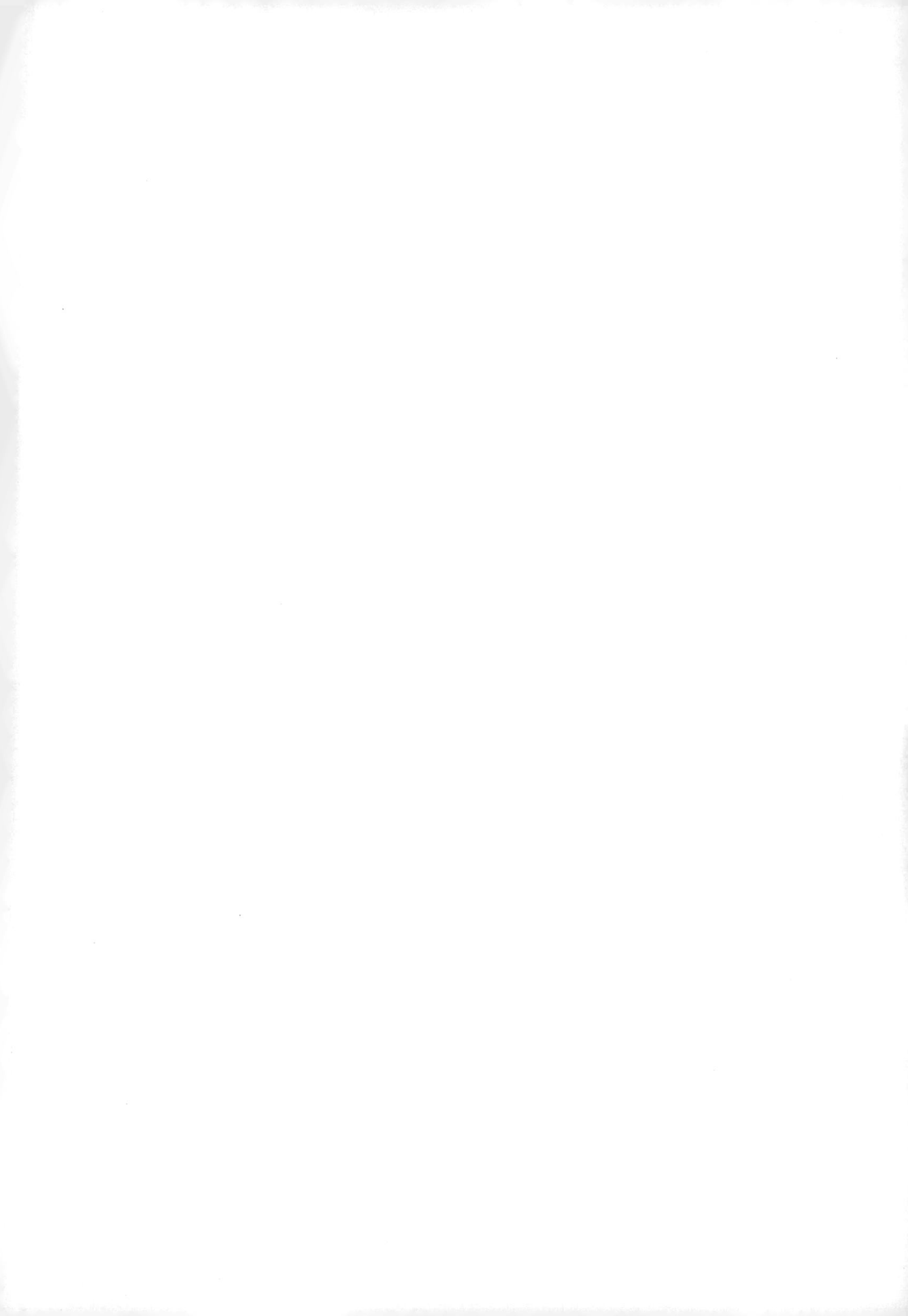

拍案驚奇

凌濛初　撰
劉本棟　校注
繆天華　校閱

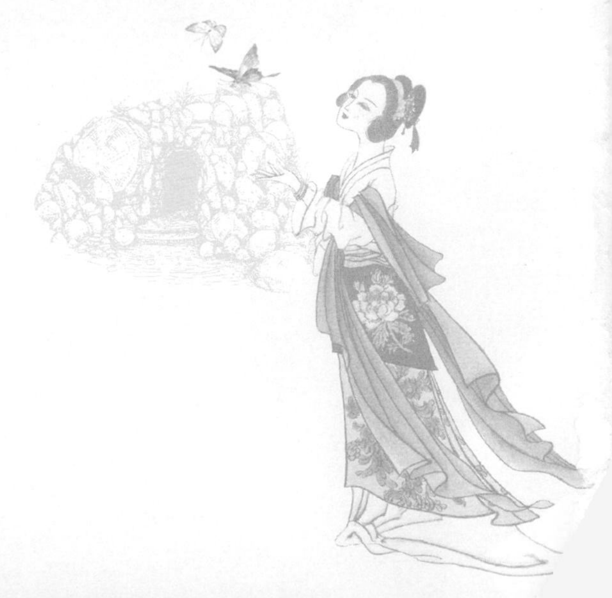

三民書局

拍案驚奇　總目

引　言……一—三
拍案驚奇考證……一—五
拍案驚奇原序……一—四
拍案驚奇凡例……一—二
卷　目……一—三
正　文……一—六八八

引言

劉本棟

大約在明熹宗天啟年間（一六二一——一六二七），馮夢龍先後編刊了喻世明言（不知刊於何年）、警世通言（天啟四年刊行）與醒世恆言（天啟七年刊行）等三部短篇話本集，合稱為「三言」。三言各有話本四十篇，合計一百二十篇。姑蘇笑花主人序今古奇觀說：「墨憨齋纂喻世、警世、醒世三言，極摹人情世態之奇，備寫悲歡離合之致。」墨憨齋就是馮夢龍的書齋名。從這段序文裏，可以看出三言在文學上的成就以及受世人歡迎之甚。不過馮氏的工作只是纂輯，而非創作（至多也不過稍加修飾，或偶有創作混雜其中）。這些話本的創作者，多是宋、元、明各代的說話人。自從三言大行於世，話本的製作風氣，一時也為之鼓盪起來。在馮氏之後，受其影響繼之而起者，頗不乏人。凌濛初氏即是其中之一。凌氏所著的拍案驚奇刊行於崇禎元年戊辰（西元一六二八年），共有話本四十篇。後來又寫了四十篇，刊行於崇禎五年，題為二刻拍案驚奇。因此有人就將元年所刊行的拍案驚奇稱為初刻拍案驚奇。拍案驚奇的初、二刻都是凌氏自己的創作，也是文士獨自創作話本的第一人。因此在他的話本裏，也充滿了文人學士創作的氣息。同時多做作的筆調和教訓的辭語，失了宋、元話本流暢自然的風格。

現在坊間排印的拍案驚奇都祇有三十六卷。雖然也有以四十卷標目者，但是在這四十卷中，祇有前三十六卷是原作，後四卷是增補出來的。如第三十七卷、三十九卷和四十卷，原作都是根據太平廣記的故事敷衍而成（詳見考證）。該書便把太平廣記中這三則簡短的故事，鈔錄出來以充卷數。而第三十八卷「占家財狠婿妒姪，延親脈孝女藏兒」，則是根據今古奇觀卷三十「念親慈孝女藏兒」篇補。如此增補的本子雖然可以聊勝於無，但不能使人無憾。本局所編印的拍案驚奇是根據明崇禎元年尚友堂原刊四十卷本為底本，予以校訂，並加標點，堪稱完璧。在這四十篇的話本中，風格精粹崇高的，如卷三「劉東山誇技順城門，十八兄奇蹤村酒肆」、卷十二「陶家翁大雨留賓，蔣震卿片言得婦」、卷十八「丹客半黍九還，富翁千金一笑」等諸篇，寫來頗有生氣，布局也很不壞。此外大都在有形無形中帶有說教的意味，不似純粹的小說。但是有說教意味的小說，也並不是沒有價值的。他的價值除了嘉惠俚耳、娛悅心目之外，還寓有勸善懲惡的作用。這也正是作者「意存勸諷」的主旨。我們不能因此就卑薄他是「勸世文感應篇的白話故事解」。譬如卷二十的「李克讓竟達空函，劉元普雙生貴子」一篇，便具有很深刻的感染力，可使讀者興起向善的意念。

此外，尚須一提的，是作者在序文上痛斥一二輕薄惡少的「得罪名教，種業來生」。可是在他這本拍案驚奇的小說裏，也有許多「得罪名教」之處。這豈不是自打嘴巴嗎！關於這一點，我們必須了解，明代從中葉以後，尤其是在萬曆、天啟的時代，乃是一個放縱不羈的時代，差不多到處都可表現出他們的淫佚的情調來。凌氏的「近世承平日久，民佚志淫」二語，恰好為這個時代最好的注釋。在那樣的一個淫佚的時代裏，差不多任何一種穢褻的作品，都是可以自由刊行的。凌氏生長在這個時代裏，習而不察，筆端的不能純潔，也是可想而知的了。

拍案驚奇是十七世紀的初葉中國文人獨自創作短篇小說專集中的第一本。生在二十世紀後期的我們，來讀三個半世紀以前的作品，在寫作的技巧上，選材的內容上，恐怕都不能拿現代的尺度去衡量。尤其是在選材的內容上，總脫離不了當時的環境。寫得最多的就是舉子的故事，其次是道士僧尼不守清規的醜行，其次是遊宦客旅的遭遇。不過從這些故事當中，也可概略地明白當時社會生活的情況。

三言的故事都是說話人的話本。話本有話本的形式。拍案驚奇既是受了三言的影響，自然也不能擺脫話本形式的拘束。一篇話本通常在開頭都有一二段簡短而性質相同的故事作為引頭，以引入正話。這個引頭，叫做「入話」。入話的長短及故事的多少，固然與作者所能搜集到的故事的多少有關，但也與正話的故事長短有關。因為入話與正話的比例不能太長，太長則主賓不分，或竟至喧賓奪主了。在拍案驚奇的四十篇話本中，大都是用一個故事作引頭。不過也有用一首詩或簡短數語作起頭而引入正話的，如第七卷「唐明皇好道集奇人，武惠妃崇禪鬥異法」及第十九卷「李公佐巧解夢中言，謝小娥智擒船上盜」便是。也有用多至七、八段故事作入話的，如第四卷「程元玉店肆代償錢，十一娘雲岡縱譚俠」，共用了紅線女、聶隱娘、香丸女子、崔妾、俠嫗、解洵娶婦、三鬟女子、車中女子等八個俠女故事做入話；第四十卷「華陰道獨逢異客，江陵郡三拆仙書」，共用了七個舉子的故事作入話。

尚友堂原刊本有即空觀主人序文一篇，字跡不易辨認，前人多有認錯者。今特為訂定，並加標點排印，附在原序影版之後，以便讀者對照。

拍案驚奇考證

劉本棟

拍案驚奇的作者是明朝末年的凌濛初。凌濛初字元房，號初成，別號即空觀主人，烏程人，是個熱心於俗文學的創作及傳布的人。他的事跡，不見於明史，惟光緒烏程縣志記載較詳，今鈔錄如下：

> 凌濛初字元房，號初成，迪知子，歸安籍。崇禎中，以副貢授上海丞，署海防事。清鹽場積弊，擢判徐州，居房村。治河時，何騰蛟備兵淮徐，禦流寇。慕其才名，徵入幕。獻剿寇十策。又單騎詣賊營，議以禍福。賊率眾來降。騰蛟曰：「此凌別駕之力也。」上其功於朝，授楚中監軍僉事。不赴，仍留房村。甲申（西元一六四四年，清順治元年）正月，李自成薄徐境。誓與百姓死守，曰：「生不能保障，死當為厲鬼殺賊！」言與血俱，大呼無傷百姓者三而卒。眾皆痛哭，自死以殉者十餘人。房村建祠祀之。兄湛初、潤初，並有名於時。湛初字元夏，潤初字元雨，並工古文辭，下筆千言，兄弟相雄長，皆早卒。（新修府志湖錄，鄭龍采凌初成墓誌，王世貞凌元夏墓誌，卷十六人物五）

凌氏喜歡刊印朱墨套印之書，也有用彩色套印，多至四色者，如凌刻世說新語是。在湖州和凌氏同時的，還有閔氏諸人，所刻的多為詩文讀本。而凌氏所刻的多為小說戲劇及其他雜書。自萬曆中葉，以至崇禎之末，五十年間此種套印的刊書風氣，綿延不絕。紙墨精良，彩色爛然。而濛初所刻，更往往附以插圖，精絕一世，是中國雕版術史上黃金時代的最高作品之一。他所刻的西廂、琵琶、繡襦、南柯諸記，以及豔異編、拍案驚奇初、二刻，皆附有插圖。他編著的書極多。據光緒烏程縣志所載，有聖門傳詩嫡冢十六卷、附錄一卷，言詩翼六卷、詩逆四卷、倪思史贊異同補評三十二卷、剿寇十策、國門集一卷、國門乙集一卷、雞講齋詩文、南音三籟、東坡山谷禪喜集十四卷等二十餘種（部分略去）。在這些著作中，有許多已經失傳。另外在沈泰的盛明雜劇二集裏有他的虬髯客傳，二刻拍案驚奇之後附有宋公明鬧元宵一劇。此外尚有劇本若干，現在不可知其存在與否了。在文學方面，他崇尚本色，厭棄浮辭。他的夜窗對話的新水令南北合套，曲寫情懷，頗非浮泛之作。如「你為我把巧機關脫著身，你為我把親骨肉撦的離」云云，確有他所崇尚的掛枝兒、山坡羊等民曲的風趣。

在凌氏的著作當中，影響最大流傳最廣成就最高的，當推他的拍案驚奇短篇小說集。他之所以創作這個小說集，一方面是社會風氣的影響，另一方面則是受了馮夢龍編輯三言的影響和啟示。在拍案驚奇（初刻）的序裏，他有一段這樣寫著：

> 近世承平日久，民佚志淫。一二輕薄惡少，初學拈筆，便思污衊世界，廣摭誣造；非荒誕不足信，則褻穢不忍聞。得罪名教，種業來生，莫此為甚。而且帋為之貴，無翼飛，不脛走。有識者為世道憂之，……獨龍子猶氏所輯喻世等諸言，頗存雅道，時著良規，一破今時陋習。而宋元舊種，亦被蒐括殆盡。……因取古今來雜碎事，可新聽睹、佐談諧者，演而暢之，得若干卷。

這一段話把他寫作的動機和目的說得非常清楚了。不過有一點我們必須明白的，那就是馮夢龍的三言是取材自宋元明各代的現成的材料，至多不過稍加修飾或偶有所作混雜其間而已。而拍案驚奇則是選「取古今來雜碎事，可新聽睹、佐談諧者，演而暢之」，所以完全是自己創作的。這也是文士創作短篇小說專集的先河。至於創作的時間，凌氏在二刻拍案驚奇序上說：

> 丁卯（天啟七年，西元一六二七年）之秋……偶戲取古今所聞一二奇局可紀者，演而成說，聊舒胸中磊塊。……同儕過從者索閱一篇竟，必拍案曰：「奇哉所聞乎！」為書賈所偵，因以梓傳請。遂為鈔撮成編，得四十種。支言俚說，不足供醬瓿。而翼飛脛走，較撚髭嘔血筆塚硯穿者售不售反霄壤隔也。……賈人一試之而效，謀再試之。余笑謂：「一之已甚。」顧逸事新語可佐譚資者，乃先是所羅而未及付之於墨。其為柏梁餘材，武昌剩竹，頗亦不少。意不能恝，聊復綴為四十則。

前面所說的「鈔撮成編，得四十種」，是指的初刻拍案驚奇而言；後面所說的「聊復綴為四十則」，是指的二刻拍案驚奇而言。由此可知「初刻」始作於天啟七年秋天，因為同儕驚為奇聞，傳揚開了，書商才請以梓版行世。又因為銷路很好，所以應商人之請，他又寫了「二刻」四十則。前賢看到天啟「丁卯之秋」的字句，就說「初刻」刊行於天啟七年，這是誤把開始寫作的時間當作刊行的時間了。事實上刊行的時間是在次年崇禎戊辰（元年）的初冬。這可由原刊四十卷本的「凡例」之末題著「崇禎戊辰初冬即空觀主人識」上看出。

拍案驚奇的版本，據李田意先生重印拍案驚奇原刊本序上說，他曾見到覆尚友堂本、消閒居本、聚錦堂本、松鶴齋本、萬元樓本、同文堂本、鱣飛堂本、文秀堂本、同人堂本等九種清刊本。在消閒居刊本中，又有三十六卷本、十八卷巾箱本和二十三回巾箱本的區別。除消閒居刊本中的二十三回巾箱本祇有二十六篇話本外，其他的清刊本都是包括三十六篇話本。這三十六篇正好是原刊四十卷本的前三十六卷。至於四十卷的全本，一直到民國三十年才由日人豐田穰氏和我國王古魯氏在日本的日光輪王寺中發現，是明朝尚友堂所刊行。此書有插圖四十張（八十幅），極為美觀；並有凡例五則，不見於清刊本。在凡例之後題「崇禎戊辰初冬即空觀主人識」。可知當刊行於崇禎元年（西元一六二八年）。除了這部四十卷的全本之外，現今在日本的廣島大學圖書館，尚有一部三十九卷的拍案驚奇，是尚友堂原刊後印本，把原本四十卷的二十三卷抽除，而把四十卷移作二十三卷。在這部三十九卷本的書名上，加上了「初刻」二字。可知此書印行時，「二刻」已經問世了。

本書是根據四十卷的完本校訂排印的。在這四十卷話本的故事中，有九篇是取自唐代，七篇取自宋代，五篇取自元代；其餘十九篇，全取自明代。唐代的九篇是第五、七、十九、二十二、三十、三十六、三十七、三十九、四十等各卷，宋代的七篇是第十七、二十、二十五、二十八、二十九、三十三、三十五等各卷，元代的五篇是第九、二十三、二十七、三十二、三十八等各卷。在以上所舉出的二十一篇話本中，都有明顯的字句，如「話說某某代某某年間」云云，以說明故事發生的時代。至於明代的十九篇中，有「國朝某某年間」云云的字句，一看便知是明代故事者，有第一、二、三、八、十、十一、十二、二十一、二十四、三十一、三十四等計十一卷；在故事的敘述中有痕跡可尋者有第四、十四、十五、十六等四卷，如第四卷說：「聞得劍術起自唐時，到宋時絕了。故自元朝到國朝，竟不聞有此事。」第十四卷說：「原來這名軍，是祖上洪武年間傳留下來的，……其時乃萬曆二十一年。」第十五卷說：「如今且說一段故事，乃在金陵建都之地。」第十六卷敘述士子進京會試，說：「原來北京房子，慣是見租與人住。」此外尚有第六、十三、十八、二十六等四篇話本，雖無明顯的跡象可尋，但就文字的敘述中，也可看出是明代的故事。因為作者寫作時，凡是前代的故事必說明時代。而當代的故事，有的說明是某朝某地的事，有的可能是得自傳聞，不能確定時地，所以未作明白交待。

至於這四十卷話本中故事材料的來源，在第二、四、九、十、十二、十九、二十、二十一、二十五、二十八、三十各卷中，都曾提及。雖然不能看出全貌，也可略見一斑。至於最後的四卷，除了三十八卷外，其餘三卷都是出自太平廣記。三十七卷「屈突仲任酷殺眾生，鄆州司馬冥全內姪」，是根據太平廣記卷一百釋證類二「屈突仲任」條敷衍而成，源出紀聞。三十九卷「喬勢天師禳旱魃，秉誠縣令招甘霖」，是根據太平廣記卷三百九十六雨類一「狄維謙」條敷衍而成，源出嘯談錄。第四十卷「華陰道獨逢異客，江陵郡三拆仙書」，是根據太平廣記卷一百五十七定數類十二「李君」條敷衍而成，源出唐逸史。

在拍案驚奇中所描寫的人物，大都實有其人其事。不過在時間地點及人物細節上，因敷衍的關係，往往稍有出入。如三十一卷「何道士因術成奸，周經歷因奸破賊」，寫唐賽兒說：「話說國朝永樂中，山東青州府萊陽縣有個婦人，姓唐名賽兒。……年長嫁本鎮石麟街王元椿。」但在萬斯同的明史稿卷四百零七卻說：「唐賽兒明魚臺人，林三妻。永樂間據益都作亂，為柳升所敗。相傳賽兒得妖書，能以術運致衣食財物。朝命捕下獄，加三木鐵絙，俄皆自脫遁去。有小說曰女仙外史，即演述其事。」魚臺即今山東省魚臺縣，應屬兗州府。可知在人物地點方面，都有不同。這只是其中的一個例子，其他的便可想而知了。

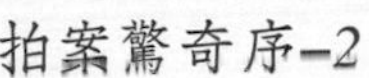
拍案驚奇序–2

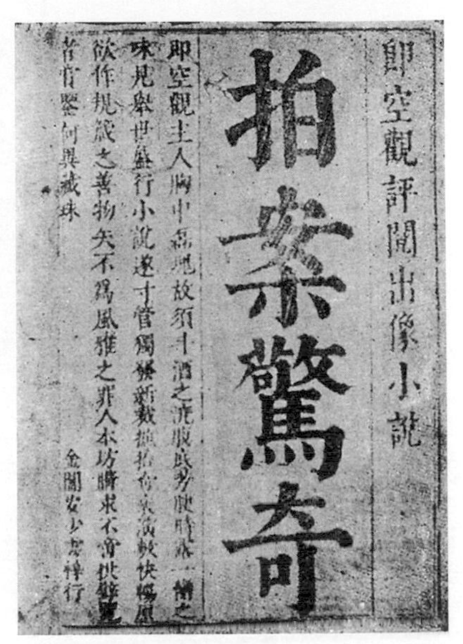
即空觀評閱出像小說

拍案驚奇

金閶安少雲梓行

拍案驚奇序–3

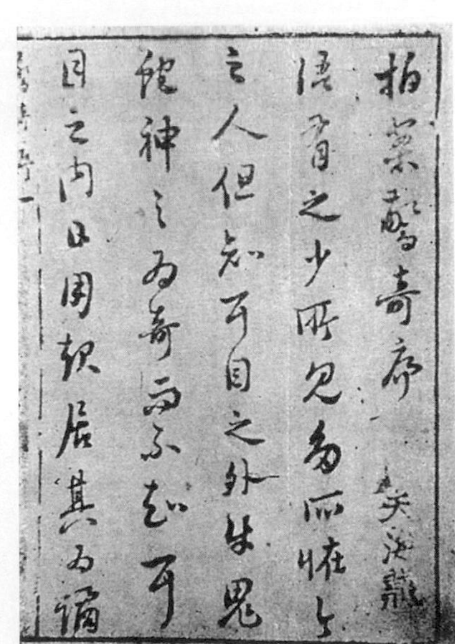
拍案驚奇序

語有之：少所見，多所怪。今之人但知耳目之外牛鬼蛇神之為奇，而不知耳目之內日用起居，其為譎

拍案驚奇序–1

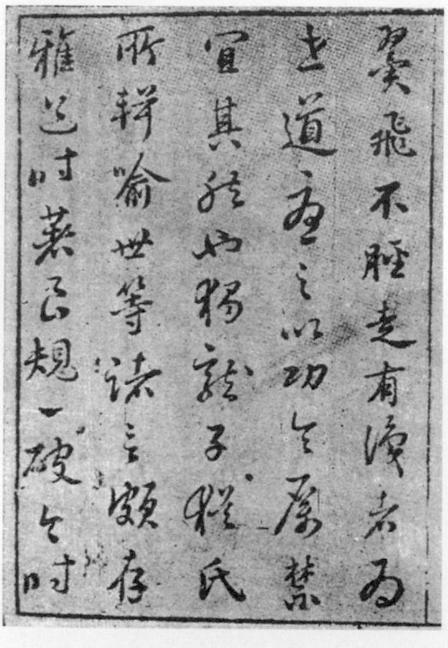
翼飛不脛走有識者為
世道憂之以功令厲禁
宜其然也獨龍子猶氏
所輯喻世等諸言頗存
雅道時著良規一破今時

拍案驚奇序–6

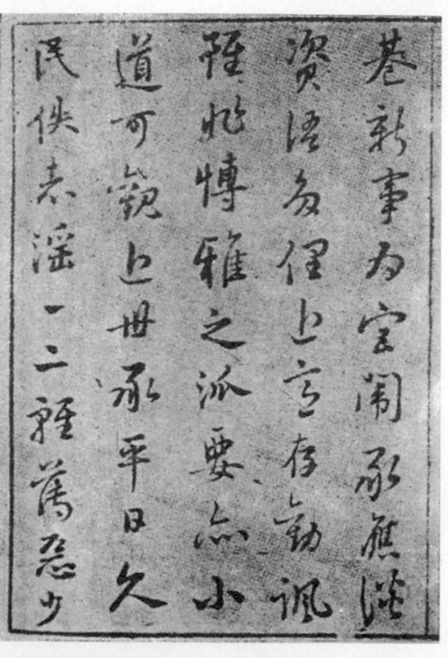
巷新事為宮闈承應談
資語多俚近意存勸諷
雖非博雅之派要亦小
道可觀近世承平日久
民佚志淫一二輕薄惡少

拍案驚奇序–4

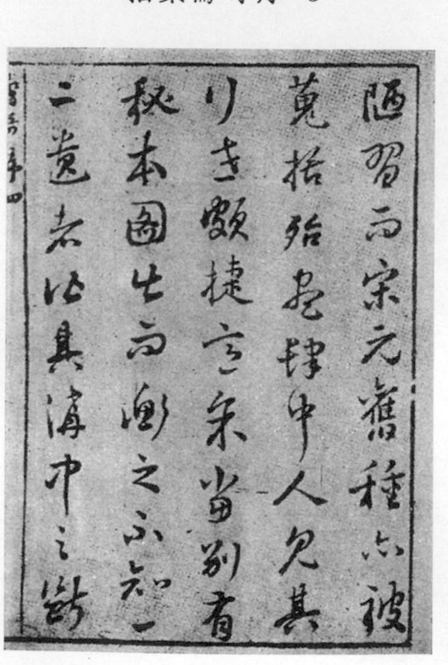
陋習而宋元舊種亦被
蒐括殆盡肆中人見其
行世頗捷意余當別有
秘本圖出而衡之不知一
二遺者皆其溝中之斷

拍案驚奇序–7

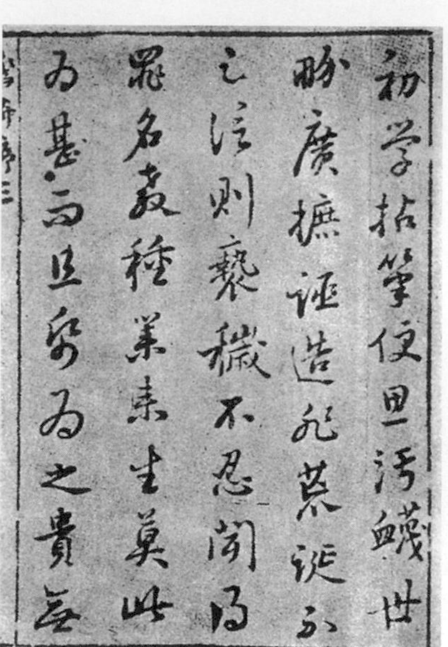
初學拈筆便思污衊世
界廣摭誣造非荒誕不
足信則褻穢不忍聞得
罪名教種業來生莫此
為甚而且紙為之貴無

拍案驚奇序–5

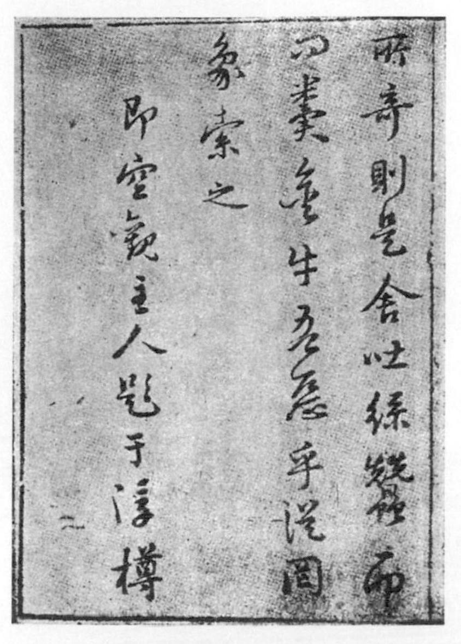
所奇則是舍吐絲蠶而
問糞金牛吾惡乎從罔
象索之
即空觀主人題于浮樽

拍案驚奇序–10

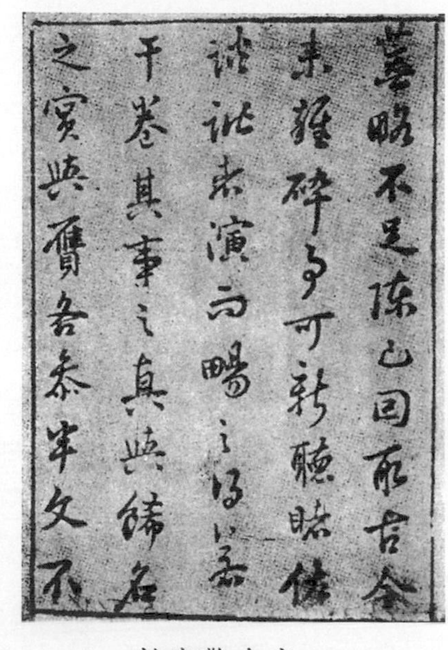
蓋略不足陳已因取古今
來雜碎事可新聽睹佐
詼諧者演而暢之得若
干卷其事之真與飾名
之實與贗各參半文不

拍案驚奇序–8

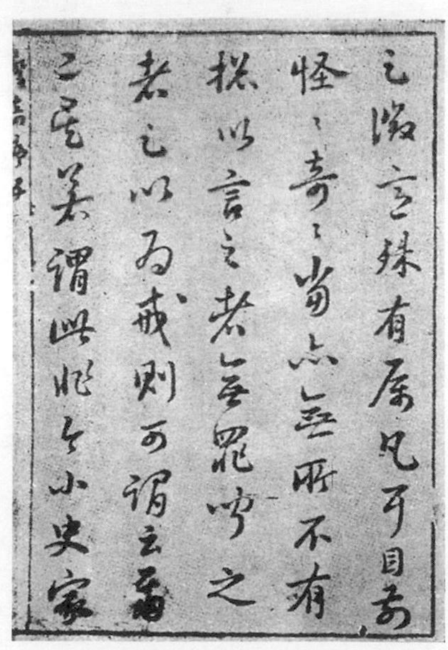
足徵意殊有屬凡耳目前
怪怪奇奇當亦無所不有
總以言之者無罪聞之
者足以為戒則可謂云爾
已矣若謂此非今小史家

拍案驚奇序–9

拍案驚奇序

語有之：少所見，多所怪。今之人但知耳目之外牛鬼蛇神之為奇，而不知耳目之內日用起居其為譎詭幻怪非可以常理測者固多也。昔華人至異域，異域咤以牛糞金，隨詰華之異者。則曰：有蟲蠕蠕，而吐為綵繒錦綺，衣被天下。彼舌撟而不信，乃華人未之或奇也。則所謂必向耳目之外索譎詭幻怪以為奇，贅矣！宋元時有小說家一種，多採閭巷新事，為宮闈承應談資，語多俚近，意存勸諷。雖非博雅之派，要亦小道可觀。近世承平日久，民佚志淫。一二輕薄惡少，初學拈筆，便思污衊世界，廣摭誣造；非荒誕不足信，則褻穢不忍聞。得罪名教，種業來生，莫此為甚。而且帋為之貴，無翼飛，不脛走。有識者為世道憂之，以功令厲禁，宜其然也。獨龍子猶氏所輯喻世等諸言，頗存雅道，時著良規，一破今時陋習。而宋元舊種，亦被蒐括殆盡。肆中人見其行世頗捷，意余當別有祕本圖出而衡之。不知一二遺者，皆其溝中之斷蕪，略不足陳已。因取古今來雜碎事，可新聽睹、佐談諧者，演而暢之，得若干卷。其事之真與飾，名之實與贗，各參半。文不足徵，意殊有屬。凡耳目前怪怪奇奇，當亦無所不有。總以言之者無罪，聞之者足以為戒，則可謂云爾已矣。若謂此非今小史家所奇，則是舍吐絲蠶而問糞金牛，吾惡乎從罔象索之！

即空觀主人題于浮樽

拍案驚奇凡例

拍案驚奇凡例　共五則

一每回有題舊小說造句皆妙故元人即以之爲劇今太和正音譜所載劇名半猶小說句也近來必欲取兩回之不侔者比而偶之遂不免窘制昔題亦是點金成鐵今每回用二句自相對偶倣水滸西遊舊例

一是編矢不爲風雅罪人故回中非無語涉風情然止存其事之有者蘊藉數語人自了了絕不作肉麻穢口傷風化損元氣此自筆墨雅道當然非迂腐道學態也

一小說中詩詞等類，謂之蒜酪，强半出自新構，間有採用舊者，取一時切景而及之，亦小說家舊例，勿嫌剽竊。

一事類多近人情日用，不甚及鬼怪虛誕。正以畫犬馬難，畫鬼魅易，不欲爲其易而不足徵耳。亦有一二涉于神鬼幽冥，要是切近可信，與一味駕空說謊，必無是事者不同。

一是編主于勸戒，故每回之中，三致意焉。觀者自得之，不能一一標出。

崇禎戊辰初冬即空觀主人識

卷目

卷之一　轉運漢遇巧洞庭紅　波斯胡指破鼉龍殼……一
卷之二　姚滴珠避羞惹羞　鄭月娥將錯就錯……二四
卷之三　劉東山誇技順城門　十八兄奇蹤村酒肆……四六
卷之四　程元玉店肆代償錢　十一娘雲岡縱譚俠……五九
卷之五　感神媒張德容遇虎　湊吉日裴越客乘龍……七五
卷之六　酒下酒趙尼媪迷花　機中機賈秀才報怨……八七
卷之七　唐明皇好道集奇人　武惠妃崇禪鬥異法……一〇八
卷之八　烏將軍一飯必酬　陳大郎三人重會……一二二
卷之九　宣徽院仕女鞦韆會　清安寺夫婦笑啼緣……一三七
卷之十　韓秀才乘亂聘嬌妻　吳太守憐才主姻簿……一四九
卷十一　惡船家計賺假屍銀　狠僕人誤投真命狀……一六六
卷十二　陶家翁大雨留賓　蔣震卿片言得婦……一八六

卷十三　趙六老舐犢喪殘生　張知縣誅梟成鐵案……二〇〇
卷十四　酒謀財于郊肆惡　鬼對案楊化借屍……二一五
卷十五　衛朝奉狠心盤貴產　陳秀才巧計賺原房……二二八
卷十六　張溜兒熟布迷魂局　陸蕙娘立決到頭緣……二四四
卷十七　西山觀設籙度亡魂　開封府備棺追活命……二五八
卷十八　丹客半黍九還　富翁千金一笑……二八八
卷十九　李公佐巧解夢中言　謝小娥智擒船上盜……三〇五
卷二十　李克讓竟達空函　劉元普雙生貴子……三二一
卷二十一　袁尚寶相術動名卿　鄭舍人陰功叨世爵……三五〇
卷二十二　錢多處白丁橫帶　運退時刺史當梢……三六三
卷二十三　大姊魂游完宿願　小妹病起續前緣……三八〇
卷二十四　鹽官邑老魔魅色　會骸山大士誅邪……三九七
卷二十五　趙司戶千里遺音　蘇小娟一詩正果……四一三
卷二十六　奪風情村婦捐軀　假天語幕僚斷獄……四二七
卷二十七　顧阿秀喜捨檀那物　崔俊臣巧會芙蓉屏……四四五
卷二十八　金光洞主談舊蹟　玉虛尊者悟前身……四六三

卷二十九　通閨闥堅心燈火　鬧囹圄捷報旗鈴……四七五
卷　三　十　王大使威行部下　李參軍冤報生前……四九九
卷三十一　何道士因術成奸　周經歷因奸破賊……五一二
卷三十二　喬兌換胡子宣淫　顯報施臥師入定……五四二
卷三十三　張員外義撫螟蛉子　包龍圖智賺合同文……五五七
卷三十四　聞人生野戰翠浮庵　靜觀尼晝錦黃沙衖……五七三
卷三十五　訴窮漢暫掌別人錢　看財奴刁買冤家主……五九六
卷三十六　東廊僧怠招魔　黑衣盜奸生殺……六一五
卷三十七　屈突仲任酷殺眾生　鄆州司馬冥全內姪……六二九
卷三十八　占家財狠婿妒侄　延親脈孝女藏兒……六四一
卷三十九　喬勢天師禳旱魃　秉誠縣令召甘霖……六五六
卷　四　十　華陰道獨逢異客　江陵郡三拆仙書……六七一

卷之一　轉運漢遇巧洞庭紅　波斯胡指破鼉龍殼

詞云：

日日深杯酒滿，朝朝小圃花開。自歌自舞自開懷，且喜無拘無礙。　青史幾番春夢，紅塵多少奇材。不須計較與安排，領取而今見在！

這首詞乃宋朱希真所作，詞寄西江月。單道著人生功名富貴，總有天數，不如圖一個見前❶快活。試看往古來今，一部十七史中，多少英雄豪傑！該富的不得富，該貴的不得貴。能文的倚馬千言，用不著時，幾張紙，蓋不完醬瓿；能武的穿楊百步，用不著時，幾簳箭，煮不熟飯鍋。極至那癡呆懵董，生來有福分的，隨他文學低淺，也會發科發甲；隨他武藝庸常，也會大請大受。真所謂時也，運也，命也。俗語有兩句道得好：「命若窮，掘著黃金化做銅；命若富，拾著白紙變成布。」總來只聽掌命司顛之倒之。所以吳彥高又有詞云：「造化小兒無定據，翻來覆去，倒橫直豎，眼見都如許！」僧晦庵亦有詞云：「誰不願黃金屋？誰不願千鍾粟？算五行不是這般題目。枉使心機閒計較，兒孫自有兒孫福。」蘇東坡亦有詞云：「蝸角虛名，蠅頭微利，算來著甚干忙？事皆前定，誰弱又誰強！」這幾位名人說來說去，都是一個意思。總不如古語云：「萬事分已定，浮生空自忙。」

❶ 見前：眼前。

說話的❷，依你說來，不須能文善武。懶惰的，也只消天掉下前程，不須經商立業；敗壞的，也只消天掙與家緣，卻不把人間向上的心都冷了？——看官有所不知，假如人家出了懶惰的人，也就是命中該賤；出了敗壞的人，也就是命中該窮，此是常理。卻又自有轉眼貧富出人意外，把眼前事分毫算不得准的哩！

且聽說一人，乃是宋朝汴京人氏，姓金，雙名維厚。乃是經紀行中人，少不得朝晨起早，晚夕眠遲。睡醒來，千思想，萬算計，揀有便宜的纔做。後來家事掙得從容❸了，他便思想一個久遠方法，手頭用來用去的，只是那散碎銀子。若是上兩塊頭好銀，便存著不動。約得百兩，便鎔成一大錠，把一綜紅線，結成一絡，繫在錠腰，放在枕邊。夜來摩弄一番，方纔睡下。積了一生，整整鎔成八錠，以後也就隨來隨去，再積不成百兩，他也罷了。

金老生有四子。一日，是他七十壽旦，四子置酒上壽。金老見了四子躋躋蹌蹌，心中喜歡，便對四子說道：「我靠皇天覆庇，雖則勞碌一生，家事儘可度日。況我平日留心，有鎔成八大錠銀子，永不動用的，在我枕邊。見將絨線做對兒結著。今將揀個好日子，分與爾等，每人一對，做個鎮家之寶。」四子喜謝，盡歡而散。

是夜，金老帶些酒意，點燈上床，醉眼模糊，望去八個大錠，白晃晃排在枕邊。摸了幾摸，哈哈地笑了一聲，睡下去了。睡未安穩，只聽得床前有人行走，腳步響，心疑有賊。又細聽看，恰像欲前不前，

❷ 說話的：宋元間稱「說書人」為「說話人」，亦稱「說話的」。

❸ 從容：原是「舒緩」的意思，引申做「寬裕」解釋。

相讓一般。床前燈火微明，揭帳一看，只見八個大漢，身穿白衣，腰繫紅帶，曲躬而前曰：「某等兄弟，天數派定，宜在君家聽令。今蒙我翁過愛，抬舉成人，不煩役使，珍重多年，冥數將滿。待翁歸天後，再覓去向。今聞我翁目下將以我等分役諸郎君，我等與郎君輩原無前緣，故此先來告別，往某縣某村王姓某者投托。後緣未盡，還可一面。」語畢，回身便走。金老不知何事，喫了一驚。翻身下床，不及穿鞋，赤腳趕去。遠遠見八人出了房門。金老趕得性急，絆了房檻，撲的跌倒，颯然驚醒，乃是南柯一夢。急起挑燈明亮，點照枕邊，已不見了八個大錠。細思夢中所言，句句是實。嘆了一口氣，哽咽了一會，道：「不信我苦積一世，卻沒分與兒子每受用，到是別人家的！明明說有地方姓名，且慢慢跟尋下落則個。」一夜不睡。次早起來與兒子每說知，兒子中也有驚駭的，也有疑惑的。驚駭的道：「不該是我們手裡東西，眼見得作怪。」疑惑的道：「老人家歡喜中說話，失許了我們，回想轉來，一時間就不割捨得分散了，造此鬼話，也不見得。」金老看見兒子們疑信不等，急急要驗個實話。遂訪至某縣某村，果有王姓某者。叩門進去，只見堂前燈燭熒煌，三牲福物❹，正在那裡獻神。金老便開口問道：「宅上有何事如此？」家人報知，請主人出來。主人王老見金老，揖坐了，問其來因。金老道：「老漢有一疑事，特造上宅，來問消息。今見上宅正在此獻神，必有所謂，敢乞明示。」王老道：「老拙偶因寒荊小恙，買卜先生道：『移床即好。』昨寒荊病中，恍惚見八個白衣大漢，腰繫紅束，對寒荊道：『我等本在金家，今在彼緣盡，來投身宅上。』言畢，俱鑽入床下。寒荊驚出了一身冷汗，身體爽快了。及至移床，灰塵中得銀八大錠，多用紅絨繫腰，不知是那裡來的？此皆神天福祐，故此買福物酬謝。今我丈來問，

❹ 福物：祭神的三牲等。

莫非曉得些來歷麼？」金老跌跌腳道：「此老漢一生所積，因前日也做了一夢，就不見了。夢中也道出老丈姓名居址的確，故得訪尋到此。可見天數已定，老漢也無怨處。但只求取出一看，也完了老漢心事。」王老道：「容易。」笑嘻嘻地走進去，叫安童❺四人托出四個盤來。每盤兩錠，多是紅絨繫束。正是金家之物。金老看了，眼睜睜無計所奈，不覺撲簌簌吊下淚來，撫摩一番道：「老漢直如此命薄，消受不得！」王老雖然叫安童仍舊拿了進去，心裡見金老如此，老大不忍。另取三兩零銀封了，送與金老作別。金老道：「自家的東西尚無福，何須尊惠！」兩三謙讓，必不肯受。王老強納在金老袖中，金老欲待摸出還了，一時摸個不著，面兒通紅，又被王老央不過，只得作揖別了。直至家中，對兒子們一一把前事說了，大家嘆息了一回。因言王老好處，臨行送銀三兩，滿袖摸遍，並不見有，只說路中掉了。卻原來金老推遜時，王老往袖裡亂塞，落在著外面一層袖中。袖有斷線處，在王老家摸時，已自在脫線處落出在門檻邊了。客去掃門，仍舊是王老拾得。可見一飲一啄，莫非前定。不該是他的東西，不要說八百兩，就是三兩，也得不去。該是他的東西，不要說八百兩，就是三兩，也推不出。原有的到無了，原無的到有了，並不由人計較。

* * *

而今說一個人，在實地上行，步步不著，極貧極苦的，卻在渺渺茫茫做夢不到的去處，得了一主沒頭沒腦錢財，變成巨富。從來希有，亙古新聞，有詩為證。詩曰：

分內功名匣裡財，不關聰惠不關獃。

---

❺ 安童：隨身伺候的童子。

果然命是財官格，海外猶能送寶來。

話說國朝成化年間，蘇州府長洲縣閶門外有一人，姓文名實，字若虛。生來心思慧巧，做著便能，學著便會。琴棋書畫，吹彈歌舞，件件粗通。幼年間，曾有人相他有巨萬之富，他亦自恃才能，不十分去營求生產。坐喫山空，將祖上遺下千金家事，看看消下來。以後曉得家業有限，看見別人經商圖利的，時常獲利幾倍，便也思量做些生意，卻又百做百不著。一日，見人說北京扇子好賣，他便合了一個夥計，置辦扇子起來。上等金面精巧的，先將禮物求了名人詩畫，免不得是沈石田、文衡山、祝枝山，搨❻了幾筆，便直上兩數銀子；中等的自有一樣喬人❼，一隻手學寫了這幾家字畫，也就哄得人過，將假當真的買了，他自家也兀自做得來的；下等的無金無字畫，將就賣幾十錢，也有對合❽利錢，是看得見的。揀個日子裝了箱兒，到了北京。豈知北京那年自交夏來，日日淋雨不晴，並無一毫暑氣，發市甚遲。交秋早涼，雖不見及時，幸喜天色卻晴。有妝晃❾子弟，要買把蘇做的扇子袖中籠著搖擺。來買時，開箱一看，只叫得苦。原來北京歷沴卻在七、八月。更加日前雨濕之氣，鬥著扇上膠墨之性，弄做了個「合而言之」，揭不開了。用力揭開，東粘一層，西缺一片，但是有字有畫，值價錢者，一毫無用。止剩下等沒字白扇是不壞的，能值幾何？將就賣了，做盤費回家，本錢一空。頻年做事，大概如此。不但自己折

---

❻ 搨：塗。

❼ 喬人：壞人。

❽ 對合：利錢與本錢相等。

❾ 妝晃：擺架子。晃，通「幌」。

本，但是搭他做伴，連夥計也弄壞了。故此人起他一個混名，叫做「倒運漢」。不數年，把個家事乾圓潔淨❿了，連妻子也不曾娶得。終日間靠著些東塗西抹，東挨西撞，也濟不得甚事。但只是嘴頭子謅得來，會說會笑，朋友家喜歡他有趣，游耍去處，少他不得。也只好趁口，不是做家的。況且他是大模大樣過來的，幫閒行裡，又不十分入得隊。有憐他的，要薦他坐館教學，又有誠實人家嫌他是個雜板令⓫，高不湊，低不就。打從幫閒的、處館⓬的兩項人，見了他，也就做鬼臉，把「倒運」兩字笑他，不在話下。

一日，有幾個走海泛貨的鄰近，做頭的，無非是張大、李二、趙甲、錢乙一班人，共四十餘人，合了夥將行。他曉得了，自家思忖道：「一身落魄，生計皆無。便附了他們航海，看看海外風光，也不枉人生一世。況且他們定是不卻我的，省得在家憂柴憂米，也是快活。」正計較間，恰好張大踱將來。原來這個張大名喚張乘運，專一做海外生意，眼裡認得奇珍異寶，又且秉性爽慨，肯扶持好人，所以鄉里起他一個混名，叫張識貨。文若虛見了，便把此意一一與他說了。張大道：「好，好。我們在海船裡頭，不耐煩寂寞。若得兄去，在船中說說笑笑，有甚難過的日子？我們眾兄弟，料想多是喜歡的。只是一件，我們多有貨物將去，兄並無所有，覺得空了一番往返，也可惜了。待我們大家計較，多少湊些出來助你，將就置些東西也好。」文若虛便道：「多謝厚情，只怕沒人如兄肯周全小弟。」張大道：「且說說看。」一竟自去了。

❿ 乾圓潔淨：精光。
⓫ 雜板令：沒有專門學問的人。
⓬ 處館：做門館先生。

恰遇一個瞽目先生，敲著報君知⓭走將來，文若虛伸手順袋裡摸了一個錢，扯他一卦，問問財氣看。先生道：「此卦非凡，有百十分財氣，不是小可⓮。」文若虛自想道：「我只要搭去海外耍耍，混過日子罷了，那裡是我做得著的生意？要甚麼賫助？就賫助得來，能有多少？便直恁地⓯財爻動？這先生也是混帳。」只見張大氣忿忿走來，說道：「說著錢便無緣。這些人好笑，說道你去，無不喜歡；說到助銀，沒一個則聲。今我同兩個好的弟兄，輧湊得一兩銀子在此，也辦不成甚貨，憑你買些菓子船裡喫罷。口食⓰之類，是在我們身上。」若虛稱謝不盡，接了銀子。張大先行道：「快些收拾，就要開船了。」若虛道：「我沒甚收拾，隨後就來。」手中拿了銀子，看了又笑，笑了又看，道：「置得甚貨麼？」信步走去，只見滿街上筐籃內盛著賣的：

紅如噴火，巨若懸星。皮未皺，尚有餘酸；霜未降，不可多得。元殊蘇井諸家樹，亦非李氏千頭奴。較廣似曰難兄，比福亦云具體。

乃是太湖中有一洞庭山，地煖土肥，與閩廣無異，所以廣橘、福橘播名天下。洞庭有一樣橘樹，絕與他相似，顏色正同，香氣亦同。止是初出時，味略少酢。後來熟了，卻也甜美。比福橘之價十分之一，名曰「洞庭紅」。若虛看見了，便思想道：「我一兩銀子買得百斤有餘，在船可以解渴，又可分送一二，答

⓭ 報君知：算命瞎子手裡所敲的銅鐵片。

⓮ 小可：有兩種意義：①輕微。（本卷）②自稱的謙詞。（見卷三）

⓯ 恁地：如此；這般。

⓰ 口食：糧食。

轉運漢遇巧洞庭紅

波斯胡指破鼉龍殼

眾人助我之意。」買成裝上竹簍，僱一閒的⑰，并行李挑了下船。眾人都拍手笑道：「文先生寶貨來也！」文若虛羞慚無地，只得吞聲上船，再也不敢提起買橘的事。

開得船來，漸漸出了海口，只見銀濤捲雪，雪浪翻銀。湍轉則日月似驚，浪動則星河如覆。三、五日間，隨風漂去，也不覺過了多少路程。忽至一個地方，舟中望去，人煙湊聚，城郭巍峨，曉得是到了甚麼國都了。舟人把船撐入藏風避浪的小港內，釘了樁橛，下了鐵貓，纜好了。船中人多上岸打一看，原來是來過的所在，名曰吉零國。原來這邊中國貨物，拿到那邊，一倍就有三倍價。換了那邊貨物，帶到中國也是如此。一往一回，卻不便有八、九倍利息，所以人都拚死走這條路。眾人多是做過交易的，各有熟識經紀、歇家、通事人等，各自上岸，找尋發貨去了。只留文若虛在船中看船，路逕不熟，也無走處。正悶坐間，猛可⑱想起道：「我那一簍紅橘，自從到船中不曾開看，莫不人氣蒸爛了？趁著眾人不在，看看則個。」叫那水手在艙板底下，翻將起來，打開了簍看時，面上多是好好的。放心不下，索性搬將出來，都擺在艎板上面。也是合該發跡，時來福湊。擺得滿船紅焰焰的，遠遠望來，就是萬點火光，一天星斗。岸上走的人，都攏將來問道：「是甚麼好東西呀？」文若虛只不答應，看見中間有個把⑲一點頭的，揀了出來，掐破就喫。岸上看的一發多了。驚笑道：「原來是喫得的！」就中有個好事的，便來問價：「多少一個？」文若虛不省得他們說話，船上人卻曉得，就扯個謊哄他，豎起一個指頭，說

⑰ 閒的：閒漢。
⑱ 猛可：突然。
⑲ 個把：只有一個光景，是「少得很」的意思。

要一錢一顆。那問的人揭開長衣，露出那兜羅綿紅裹肚來，一手摸出銀錢一個來，道：「買一個嘗嘗。」文若虛接了銀錢，手中等等看，約有兩把重。心下想道：「不知這些銀子，要買多少？也不見秤秤，且先把一個與他看樣。」揀個大些的，紅得可愛的，遞一個上去。只見那個人接上手，攧了一攧道：「好東西呀！」撲地就劈開來，香氣撲鼻，連旁邊聞著的許多人，大家喝一聲采。那買的不知好歹，看見船上喫法，也學他去了皮，卻不分囊，一塊塞在口裡，甘水滿咽喉，連核都不吐，吞下去了。哈哈大笑道：「妙哉！妙哉！」又伸手在裹肚裡，摸出十個銀錢來，說：「我要買十個進奉去。」文若虛喜出望外，揀十個與他去了。那看的人見那人如此買去了，也有買一個的，也有買兩個、三個的，都是一般銀錢。買了的，都千歡萬喜去了。

原來彼國以銀為錢，上有文采。有等龍鳳文的，最貴重；其次人物，又次禽獸，又次樹木，最下通用的，是水草。卻都是銀鑄的，分兩不異。適纔買橘的，都是一樣水艸紋的，他道是把下等錢買了好東西去了，所以歡喜，也只是要小便宜肚腸，與中國人一樣。須臾之間，三停[20]裡賣了二停，有的不帶錢在身邊的，老大懊悔，急忙取了錢轉來，文若虛已此[21]剩不多了，拿一個班道：「而今要留著自家用，不賣了。」其人情願再增一個錢，四個錢買了二顆。口中曉曉說：「悔氣！來得遲了。」傍邊人見他增了價，就埋怨道：「我每還要買個，如何把價錢增長了他的？」買的人道：「你不聽得他方纔說，兀自不賣了。」正在議論間，只見首先買十顆的那一個人，騎了一疋青驄馬，飛也似奔到船邊，下了馬，分

[20] 停：成分。
[21] 已此：已是。

開人叢，對船上大喝道：「不要零賣！不要零賣！是有的，俺多要買。俺家頭目，要買去進克汗哩！」看的人聽見這話，便遠遠走開，站住了看。文若虛是個伶俐的人，看見來勢，已自瞧科在眼裡，曉得是個好主顧了。連忙把簍裡盡數傾出來，止剩五十餘顆。數了一數，又拿起班來說道：「適間講過，要留著自用，不得賣了。今肯加些價錢，再讓幾顆去罷。適間已賣出兩個錢一顆了。」其人在馬背上拖下一大囊，摸出錢來，另是一樣樹木紋的，說道：「如此錢一個罷了。」文若虛道：「不情願，只照前樣罷了。」那人笑了一笑，又把手去摸出一個龍鳳紋的來道：「這樣的一個如何？」文若虛又道：「不情願，只要前樣的。」那人又笑道：「此錢一個抵百個，料也沒得與你，只是與你要。你不要俺這一個，卻要那等的，是個傻子！你那東西肯都與俺了，俺再加你一個那等的，也不打緊。」文若虛數了一數，有五十二顆，准准的要了他一百五十六個水草銀錢。那人連竹簍都要了，又丟了一個錢，把簍拴在馬上，笑吟吟地一鞭去了，看的人見沒得賣了，一哄而散。

文若虛見人散了，到艙裡把一個錢秤一秤，有八錢七分多重。秤過數個都是一般，總數一數，共有一千個差不多。把兩個賞了船家，其餘收拾在包裡了。笑一聲道：「那盲子好靈卦也！」歡喜不盡，只等同船人來對他說笑則個。

說話的，你說錯了。那國裡銀子這樣不值錢，如此做買賣，那久慣漂洋的，帶去多是綾羅緞疋，何不多賣了些銀錢回來，一發百倍了？——看官有所不知，那國裡見了綾羅等物，都是以貨交兌。我這裡人也只是要他貨物，纔有利錢。若是賣他銀錢時，他都把龍鳳、人物的來交易，作了好價錢，分兩也只得如此，反不便宜。如今是買喫口東西，他只認做把低錢交易，我卻只管分兩，所以得利了。——說話的，你又說錯了。依你說來，那航海的，何不只買喫口東西，只換他低錢，豈不有利？用著重本錢置他貨物怎地？——看官，又不是這話。也是此人偶然有此橫財，帶去著了手。若是有心，第二遭再帶去，三、五日不遇巧，等得希爛。那文若虛運未通時，賣扇子就是榜樣。扇子還是放得起的，尚且如此，何況菓品！是這樣執一論不得的。

閒話休題，且說眾人領了經紀主人到船發貨，文若虛把上頭事說了一遍，眾人都驚喜道：「造化！造化！我們同來，到是你沒本錢的先得了手也！」張大便拍手道：「人都道他倒運，而今想是運轉了！」便對文若虛道：「你這些銀錢此間置貨，作價不多，除是轉發在夥伴中，回㉒他幾百兩中國貨物，上去打換些土產珍奇，帶轉去，有大利錢，也強如虛藏此銀錢在身邊，無個用處。」文若虛道：「我是倒運的，將本求財，從無一遭不連本送的。今承諸公挈帶，做此無本錢生意，偶然僥倖一番，真是天大造化了！如何還要生利錢，妄想甚麼？萬一如前再做折㉓了，難道再有『洞庭紅』這樣好賣不成？」眾人多道：「我們用得著的是銀子，有的是貨物。彼此通融，大家有利，有何不可？」文若虛道：「一年喫蛇咬，三年怕草索。說著貨物，我就沒膽氣了。只是守了這些銀錢回去罷。」眾人齊拍手道：「放著幾倍利錢不取，可惜！可惜！」隨同眾人一齊上去，到了店家，交貨明白，彼此兌換。約有半月光景，文若虛眼中看過了若干好東好西，他已自志得意滿，不放在心上。

眾人事體完了，一齊上船，燒了神福，喫了酒，開洋。行了數日，忽然間天變起來。但見：

㉒ 回：轉買。

㉓ 折：賠本。

烏雲蔽日，黑浪掀天。蛇龍戲舞起長空，魚鱉驚惶潛水底。艨艟泛泛，只如棲不定的數點寒鴉；島嶼浮浮，便似沒不煞的幾雙水鵜。舟中是方揚的米簸，舷外是正熟的飦鍋。總因風伯太無情，以致篙師多失色。

那船上人見風起了，扯起半帆，不問東西南北，隨風勢漂去。隱隱望見一島，便帶住蓬腳，只看著島邊駛來。看看漸近，恰是一個無人的空島，但見：

樹木參天，艸萊遍地。荒涼徑界，無非些兔跡狐蹤；坦迤土壤，料不是龍潭虎窟。混茫內，未識應歸何國轄；開闢來，不知曾否有人登。

船上人把船後拋了鐵貓，將樁橛泥犁上岸去釘停當了，對艙裡道：「且安心坐一坐，候風勢則個。」那文若虛身邊有了銀子，恨不得插翅飛到家裡，巴不得行路，卻如此守風呆坐，心裡焦燥。對眾人道：「我且上岸去島上望望則個。」眾人道：「一個荒島，有何好看？」文若虛道：「總是閒著何礙。」眾人都被風顛得頭暈，個個是呵欠連天的，不肯同去。文若虛便自一個抖擻精神，跳上岸來。只因此一去，有分交：

千年敗殼精靈顯，一介窮神富貴來。

若是說話的同年生，並時長，有個未卜先知的法兒，便雙腳走不動，也拄個拐兒，隨他同去一番也不枉的。

卻說文若虛見眾人不去，偏要發個狠，扳藤附葛，直走到島上絕頂。那島也若不甚高，不費甚大力，只是荒艸蔓延，無好路逕。到得上邊，打一看時，四望漫漫，身如一葉，不覺淒然吊下淚來。心裡道：

「想我如此聰明，一生命蹇。家業消亡，剩得隻身，直到海外，雖然僥倖有得千來個銀錢在囊中，知他命裡是我的不是我的？今在絕島中間，未到實地，性命也還是與海龍王合著的哩。」正在感愴，只見望去遠遠草叢中一物突高，移步往前一看，卻是床大一個敗龜殼。大驚道：「不信天下有如此大龜！世上人那裡曾看見，說也不信的。我自到海外一番，不曾置得一件海外物事，今我帶了此物去，也是一件希罕的東西，與人看看，省得空口說著，道是蘇州人會調謊㉔。又且一件，鋸將開來，一蓋一板，各置四足，便是兩張床，卻不奇怪！」遂脫下兩隻裹腳㉕接了，穿在龜殼中間，打個扣兒，拖了便走。走至船邊，船裡人見他這等模樣，都笑道：「文先生那裡又跎了縴來？」文若虛道：「好教列位得知，這就是我海外的貨了。」眾人抬頭一看，卻便似一張無柱有底的硬腳床。喫驚道：「好大龜殼！你拖來何幹？」文若虛道：「也是罕見的，帶了他去。」眾人笑道：「好貨不置一件，要此何用？」有的道：「也有用處，有甚麼天大的疑心事，灼他一卦，只沒有這樣大龜蘗。」又有的道：「是醫家要煎龜膏，拏去打碎了，煎起來也當得幾百個小龜殼。」文若虛道：「不要管有用沒用，只是希罕，又不費本錢，便帶了回去。」當時叫個船上水手，一抬抬下艙來。初時山下空闊，還只如此；艙中看來，一發大了。若不是海船，也著不得這樣狼犺㉖東西。眾人大家笑了一回，說道：「到家時有人問，只說文先生做了偖㉗大的

㉔ 調謊：說謊話。調，同「掉」。

㉕ 裹腳：以前男子穿布襪，先用一方布將腳裹起來，這布叫「裹腳」，亦稱「包腳布」。

㉖ 狼犺：笨重。

㉗ 偖：如此；這樣。

烏龜買賣來了。」文若虛道：「不要笑，我好歹有一個用處，決不是棄物。」隨他眾人取笑，文若虛只是得意。取些水來內外洗一洗淨，抹乾了，卻把自己錢包行李都擡在龜殼裡面，兩頭把繩一絆，卻當了一個大皮箱子。自笑道：「兀的㉘不眼前就有用起了。」眾人都笑將起來道：「好算計！好算計！文先生到底是個聰明人。」當夜無詞。

次日風息了，開船一走。不數日，又到了一個去處，卻是福建地方了。纔住定了船，就有一夥慣伺候接海客的小經紀牙人，攢將攏來，你說張家好，我說李家好，拉的拉，扯的扯，嚷個不住。海船上眾人揀一個一向熟識的跟了去，其餘的也就住了。眾人到了一個波斯胡大店中坐定。裡面主人見說海客到了，連忙先發銀子，喚廚戶包辦酒席幾十桌，分付停當，然後踱將出來。這主人是個波斯國裡人，姓個古怪姓，是瑪瑙的「瑪」字，叫名瑪寶哈，專一與海客兌換珍寶貨物，不知有多少萬數本錢。眾人走海過的，都是熟主熟客，只有文若虛不曾認得。抬眼看時，原來波斯胡住得在中華久了，衣帽言動，都與中華不大分別，只是剃眉剪鬚，深目高鼻，有些古怪。出來見了眾人，行賓主禮坐定了。兩杯茶罷，站起身來，請到一個大廳上。只見酒筵多完備了，且是擺得濟楚。原來舊規，海船一到，主人家先折過這一番款待，然後發貨講價的。主人家手執著一付法浪菊花盤盞，拱一拱手道：「請列位貨單一看，好定坐席。」

看官，你道這是何意？原來波斯胡以利為重，只看貨單上有奇珍異寶值得上萬者，就送在先席。餘者看貨輕重，挨次坐去。不論年紀，不論尊卑，一向做下的規矩。船上眾人貨物，貴的賤的，多的少的，

㉘ 兀的：等於「這」或「那」。

你知我知，各自心照。差不多領了酒杯，各自坐了。單單剩得文若虛一個，呆呆站在那裡。主人道：「這位老客長㉙不曾會面，想是新出海外的，置貨不多了。」眾人大家說道：「這是我們好朋友，到海外耍去的。身邊有銀子，卻不曾肯置貨。今日沒奈何，只得屈他在末席坐了。」文若虛滿面羞慚，坐了末位。主人坐在橫頭。飲酒中間，這一個說道我有貓兒眼多少；那一個說道我有祖母綠多少。你誇我逞。文若虛一發嘿嘿無言，自心裡也微微有些懊悔道：「我前日該聽他們勸，置些貨來的是。今枉有幾百銀子在囊中，說不得一句說話。」又自嘆了口氣道：「我原是一些本錢沒有的，今已大幸，不可不知足。」自思自忖，無心發興喫酒。眾人卻猜拳行令，喫得狼藉。主人是個積年，看出文若虛不快活的意思來，不好說破，虛勸了他幾杯酒。眾人都起身道：「酒勾了，天晚了，趁早上船去，明日發貨罷。」別了主人去了。主人撤了酒席，收拾睡了。

明日起個清早，先走到海岸船邊，來拜這夥客人。主人登舟，一眼瞅去，那艙裡狼狼犺犺這件東西，早先看見了。喫了一驚道：「這是那一位客人的寶貨？昨日席上並不曾見說起，莫不是不要賣的？」眾人都笑指道：「此敝友文兄的寶貨。」中有一人襯道：「又是滯貨。」主人看了文若虛一看，滿面掙得通紅，帶了怒色，埋怨眾人道：「我與諸公相處多年，如何恁地作弄我？教我得罪于新客，把一個末座屈了他，是何道理！」一把扯住文若虛，對眾客道：「且慢發貨，容我上岸謝過罪著。」眾人不知其故，有幾個與文若虛相知些的，又有幾個喜事的，覺得有些古怪，共十餘人，趕了上來，重到店中，看是如何。只見主人拉了文若虛，把交椅整一整，不管眾人好歹，納他頭一位坐下了，道：「適間得罪得罪，

㉙ 客長：對出門人的尊稱。

且請坐一坐。」文若虛也心中鑊鐸㉚，忖道：「不信此物是寶貝，這等造化不成？」

主人走了進去，須臾出來，又拱眾人到先前喫酒去處，又早擺下幾桌酒。為首一桌，比先更齊整。把盞向文若虛一揖，就對眾人道：「此公正該坐頭一席，你每枉自一船的貨，也還趕他不來。先前失敬。」眾人看見，又好笑，又好怪，半信不信的，一帶兒坐了。酒過三杯，主人就開口道：「敢問客長，適間此寶可肯賣否？」文若虛是個乖人，趁口答應道：「只要有好價錢，為甚不賣？」那主人聽得肯賣，不覺喜從天降，笑逐顏開。起身道：「果然肯賣，但憑分付價錢，不敢吝惜。」文若虛其實不知值多少，討少了，怕不在行㉛；討多了，怕喫笑。忖了一忖，面紅耳熱，顛倒討不出價錢來。張大便與文若虛丟個眼色，將手放在椅子背後，豎著三個指頭，再把第二個指空中一撇，道：「索性討他這些。」文若虛搖頭，豎一指道：「這些我還討不出口在這裡。」卻被主人看見道：「果是多少價錢？」張大搗一個鬼道：「依文先生手勢，敢㉜像要一萬哩。」主人呵呵大笑道：「這是不要賣，哄我而已。此等寶物，豈止此價錢！」眾人見說，大家目瞪口呆，都立起了身來，扯文若虛去商議道：「造化！造化！想是值得多哩。我們實實不知如何定價。文先生不如開個大口，憑他還罷。」文若虛終是礙口識羞，待說又止。眾人道：「不要不老氣！」主人又催道：「實說說，何妨。」文若虛只得討了五萬兩。主人還搖頭道：「罪過，罪過。沒有此話。」扯著張大私問他道：「老客長們海外往來，不是一番了。人都叫你

㉚ 鑊鐸：糊塗。
㉛ 在行：即「內行」。
㉜ 敢：大約。

是張識貨，豈有不知此物就裡的？必是無心賣他，奚落小肆罷了。」張大道：「實不瞞你說，這個是我的好朋友，同了海外頑耍的，故此不曾置貨。適間此物，乃是避風海島，偶然得來，不是出價置辦的，故此不識得價錢。若果有這五萬與他，勾他富貴一生，他也心滿意足了。」主人道：「如此說，要你做個大大保人，當有重謝，萬萬不可翻悔！」遂叫店小二拿出文房四寶來，主人家將一張供單綿料紙折了一折，拿筆遞與張大道：「有煩老客長做主，寫個合同文書，好成交易。」張大指著同來一人道：「此位客人褚中穎，寫得好。」把紙筆讓與他。褚客磨得墨濃，展好紙，提起筆來寫道：

立合同議單張乘運等，今有蘇州客人文實，海外帶來大龜殼一個，投至波斯瑪寶哈店，願出銀五萬兩買成，議定立契之後，一家交貨，一家交銀，各無翻悔。有翻悔者，罰契上加一。合同為照。

一樣兩紙，後邊寫了年月日，下寫張乘運為頭，一連把在坐客人十來個寫去，褚中穎因自己執筆，寫了落末，年月前邊，空行中間，將兩紙湊著，寫了騎縫，一行兩邊各半，乃是「合同議約」四字，下寫「客人文實，主人瑪寶哈」，各押了花押。單上有名，從後頭寫起，寫到張乘運道：「我們押字錢重些，這買賣纔弄得成。」主人笑道：「不敢輕，不敢輕。」寫畢，主人進內，先將銀一箱抬出來道：「我先交明白了用錢，還有說話。」眾人攢將攏來，主人開箱，卻是五十兩一包，共總二十包，整整一千兩。雙手交與張乘運道：「憑老客長收明，分與眾位罷。」眾人初然喫酒寫合同，大家攛哄㉝鳥亂，心下還有些不信的意思，如今見他拿出精晃晃㉞白銀來做用錢，方知是實。文若虛恰像夢裡醉裡，話都說不出來，

㉝ 攛哄：慫恿哄騙。

呆呆地看。張大扯他一把道：「這用錢如何分散？也要文兒主張。」文若虛方說一句道：「且完了正事慢處。」只見主人笑嘻嘻的對文若虛說道：「有一事要與客長商議，價銀現在裡面閣兒上，都是向來兌過的，一毫不少，只消請客長一、兩位進去，將一包過一過目，兌一兌為准，其餘多不消兌得。卻又一說，此銀數不少，搬動也不是一時功夫。況且文客官是個單身，如何好將下船去？又要泛海回還，有許多不便處。」文若虛想了一想道：「見教得極是。而今卻待怎麼？」主人道：「依著愚見，文客官目下回去未得，小弟此間有一個緞疋舖，有本三千兩在內。其前後大小廳屋樓房，共百餘間，也是個大所在，價值二千兩，離此半里之地。愚見就把本店貨物及房屋文契，作了五千兩，盡行交與文客官，就留文客官在此住下了，做此生意。其銀也做幾遭搬了過去，不知不覺。日後文客官要回去，這裡可以托心腹夥計看守，便可輕身往來。不然小店交出不難，文客官收貯卻難也，愚意如此。」說了一遍，說得文若虛與張大跌足道：「果然是客綱客紀㉟，句句有理。」文若虛道：「我家裡原無家小，況且家業已盡了，就帶了許多銀子回去，沒處安頓。依了此說，我就在這裡立起個家緣來，有何不可？此番造化，一緣一會，都是上天作成的，只索隨緣做去。便是貨物房產價錢，未必有五千，總是落得的。」便對主人說：「適間所言，誠是萬全之算，小弟無不從命。」主人便領文若虛進去閣上看，又叫張、褚二人：「一同來看看，其餘列位不必了，請略坐一坐。」他四人去了。眾人不進去的，個個伸頭縮頸，你三我四，說道：「有此異事！有此造化！早知這樣，懊悔島邊泊船時節，也不去走走，或者還有寶貝，也不見得。」

㉞ 精晃晃：亮晶晶。

㉟ 客綱客紀：出門人的規矩。

有的道：「這是天大的福氣，撞將來的，如何強得？」正欣羨間，文若虛已同張、褚二客出來了。眾人都問：「進去如何了？」張大道：「裡邊高閣是個土庫，放銀兩的所在，都是桶子盛著。適間進去，看了十個大桶，每桶四千；又五個小匣，每個一千，共是四萬五千，已將文兄的封皮記號封好了，只等交了貨，就是文兄的了。」主人出來道：「房屋文書，緞疋帳目，俱已在此，湊足五萬之數了。且到船上取貨去。」一擁都到海船來。

文若虛於路對眾人說：「船上人多，切勿明言！小弟自有厚報。」眾人也只怕船上人知道，要分了用錢去，各各心照。文若虛到了船上，先向龜殼中，把自已包裹被囊取出了，手摸一摸殼，口裡暗道：「僥倖，僥倖。」主人便叫店內後生二人來抬此殼，分付道：「好生抬進去，不要放在外邊。」船上人見抬了此殼去，便道：「這個滯貨也脫手了。不知賣了多少？」文若虛只不做聲，一手提了包裹，往岸上就走。這起初同上來的幾個，又趕到岸上，將龜殼從頭至尾，細細看了一遍，又向殼內張了一張，捹了一捹，面面相覷道：「好處在那裡？」主人仍拉了這十來個，一同上去到店裡，說道：「而今且同文客官看了房屋舖面來。」眾人與主人一同走到一處，正是鬧市中間，一所好大房子。門前正中是個舖子，傍有一衖，走進轉個灣，是兩扇大石板門。門內大天井，上面一所大廳，廳上有一匾，題曰「來琛堂」，堂旁有兩楹側屋，屋內三面有櫥，櫥內都是綾羅各色緞疋。以後內房，樓房甚多。文若虛暗道：「得此為住居，王侯之家不過如此矣。況又有緞舖營生，利息無盡，便做了這裡客人罷了。還思想家裡做甚？」就對主人道：「好卻好，只是小弟是個孤身，畢竟還要尋幾房使喚的人纔住得。」主人道：「這個不難，都在小店身上。」文若虛滿心歡喜，同眾人走歸本店來。主人討茶來喫了，說道：「文客官今晚不消船裡去，就在舖中下了。

使喚的人，舖中現有，逐漸再討便是。」眾客人多道：「交易事已成，不必說了，只是我們畢竟有些疑心，此殼有何好處，價值如此？還要主人見教一個明白。」文若虛道：「正是，正是。」主人笑道：「諸公枉了海上走了多遭，這些也不識得！列位豈不聞說，龍有九子乎？內有一種是鼉龍，其皮可以幔鼓，聲聞百里，所以謂之鼉鼓。鼉龍萬歲，到底蛻下此殼成龍。此殼有二十四肋，按天上二十四氣，每肋中間節內，有大珠一顆。若是肋未完全時節，成不得龍，蛻不得殼。也有生捉得他來，只好將皮幔鼓，其肋中也未有東西。直待二十四肋，肋肋完全，節節珠滿，然後蛻了此殼，變龍而去。故此，是天然蛻下。氣候俱到，肋節俱完的，與生擒活捉，壽數未滿的不同，所以有如此之大。這個東西，我們肚中雖曉得，知他幾時蛻下？又在何處地方守得他著？殼不值錢，其珠皆有夜光，乃無價寶也！今天幸遇巧，得之無心耳。」眾人聽罷，似信不信。只見主人走將進去了一會，笑嘻嘻的走出來，袖中取出一西洋布的包來，說道：「請諸公看看。」解開來，只見一團綿裹著寸許大一顆夜明珠，光彩奪目。討個黑漆的盤，放在暗處，其珠滾一個不定，閃閃爍爍，約有尺餘亮處。眾人看了，驚得目睜口呆，伸了舌頭，收不進來。主人回身轉來，對眾逐個致謝道：「多蒙列位作成了，只這一顆，拿到咱國中，就值方纔的價錢了。其餘多是尊惠。」眾人個個心驚，卻是說過的話，又不好翻悔得。主人見眾人有些變色，收了珠子，急急走到裡邊，又叫抬出一個緞箱來，除了文若虛，每人送與緞子二端，說道：「煩勞了列位，做兩件道袍穿穿，也見小肆中薄意。」袖中又摸出細珠十數串，每送一串道：「輕鮮，輕鮮。備歸途一茶罷了。」文若虛處另是粗些的珠子四串，緞子八疋，道：「是權且做幾件衣服。」文若虛同眾人歡喜作謝了。主人就同眾人送了文若虛到緞舖中，叫舖裡夥計後生們都來相見。說道：「今番是此位主人了。」

主人自別了去道：「再到小店中去去來。」只見須臾間數十個腳夫扛了好些扛來，把先前文若虛封記的十桶五匣都發來了。文若虛搬在一個深密謹慎的臥房裡頭去處，出來對眾人道：「多承列位挈帶，有此一套意外富貴，感謝不盡。」走進去，把自家包裹內所賣「洞庭紅」的銀錢，倒將出來，每人送他十個，止有張大與先前出銀助他的兩、三個，分外又是十個，道：「聊表謝意。」

此時文若虛把這些銀錢，看得不在眼裡了。眾人卻是快活，稱謝不盡。文若虛又拿出幾十個來對張大說道：「有煩老兄將此分與船上同行的人，每位一個，聊當一茶。小弟住在此間，有了頭緒，慢慢到本鄉來。此時不得同行，就此為別了。」張大道：「還有一千兩用錢，未曾分得，卻是如何？須得文兄分開，方沒得說。」文若虛道：「這到忘了。」就與眾人商議，將一百兩散與船上眾人，餘九百兩照現在人數，另外添出兩股，派了股數，各得一股。張大為頭的，褚中穎執筆的，多分一股。眾人千歡萬喜，沒有說話。內中一人道：「只是便宜了這回回，文先生還該起過風要他些不敷纔是。」文若虛道：「不要不知足，看我一個倒運漢，做著便折本的，造化到來，平空地有此一主財爻。可見人生分定，不必強求。我們若非這主人識貨，也只當得廢物罷了。還虧他指點曉得，如何還好昧心爭論？」眾人都道：「文先生說得是。存心忠厚，所以該有此富貴。」大家千恩萬謝，各各齎了所得東西，自到舡上發貨。

從此文若虛做了閩中一個富商，就在那邊取了妻小，立起家業。數年之間，纔到蘇州走一遭，會會舊相識，依舊去了。至今子孫繁衍，家道殷富不絕。正是：

運退黃金失色，時來頑鐵生輝。
莫與癡人說夢，思量海外尋龜。

卷之二　姚滴珠避羞惹羞　鄭月娥將錯就錯

詩云：

自古人心不同，盡道有如其面。
假饒容貌無差，畢竟心腸難變。

話說人生只有面貌最是不同。蓋因各父母所生，千枝萬派，那能勾一模一樣的？就是同父合母的兄弟，同胞雙生的兒子，道是相像得緊，畢竟仔細看來，自有些少不同去處。卻又作怪，儘有途路各別，毫無干涉的人，驀地有人生得一般無二，假充得真的。從來正書❶上面說孔子貌似陽虎，以致匡人之圍，是惡人像了聖人；傳奇上邊說周堅死替趙朔，以解下宮之難，是賤人像了貴人，是個解不得的道理。

按西湖志餘上面，宋時有一事，也為面貌相像，騙了一時富貴，享用十餘年，後來事敗了的。卻是靖康年間，金人圍困汴梁，徽、欽二帝蒙塵北狩，一時后妃公主被虜去的甚多。內中有一個公主，名曰柔福，乃是欽宗之女，當時也被擄去。後來高宗南渡稱帝，改號建炎。四年，忽有一女子詣闕自陳，稱是柔福公主，自虜中逃歸，特來見駕。高宗心疑道：「許多隨駕去的臣宰，尚不能逃，公主鞋弓襪小，如何脫離得歸來？」頒詔令舊時宮人看驗，個個說道是真的，一些不差。及問他宮中舊事，對答來皆合。

❶ 正書：別於「閒書」而言。舊時稱小說戲曲等書為「閒書」，經史為「正書」。

幾個舊時的人，他都叫得姓名出來。只是眾人看見一雙足，卻大得不像樣。都道：「公主當時何等小足，今卻這等，止有此不同處。」以此回覆聖旨。高宗臨軒親認，卻也認得，詰問他道：「你為何恁般一雙腳了？」女子聽得啼哭起來，道：「這些臊羯奴聚逐，便如牛馬一般。今乘間脫逃，赤腳奔走，到此將有萬里。豈能尚保得一雙纖足如舊時模樣耶？」高宗聽得，甚是慘然，頒詔特加號福國長公主，下降高世榮，做了駙馬都尉。其時汪龍溪草制詞曰：

彭城方急，魯元嘗困于面馳；江左既興，益壽宜克于禁臠。

那魯元是漢高帝的公主，在彭城失散，後來復還的。益壽是晉駙馬謝混的小名，江左中興，元帝公主下降的。故把來比他兩人，甚為切當。自後夫榮妻貴，恩賚無算。

其時高宗為母韋賢妃在虜中，年年費盡金珠求贖，遙尊為顯仁太后。和議既成，直到紹興十二年自虜中回鑾，聽見說道：「柔福公主進來相見。」太后大驚道：「那有此話！柔福在虜中，受不得苦楚，死已多年，是我親看見的。那得又有一個柔福？是何人假出來的？」發下旨意：「著法司嚴刑究問！」法司奉旨，提到人犯，用起刑來。那女子熬不得，只得將真情招出。道：「小的每本是汴梁一個女巫，靖康之亂，有宮中女婢逃出民間，見了小的每，誤認做了柔福娘娘，口中廝喚，小的每驚問，他便說小的每與娘娘面貌一般無二。因此小的每有了心，日逐將宮中舊事問他，他日日衍說得心下習熟了，故大膽冒名自陳，貪享這幾時富貴，道是永無對證的了。誰知太后回鑾，也是小的每福盡災生，一死也不枉了。」問成罪名，高宗見了招伏，大罵：「欺君賊婢！」立時押付市曹處決，抄沒家私入官，總算前後錫賚之數，也有四十七萬緡錢。雖然沒結果，卻是十餘年間也受用得勾了。只為一個容顏廝像❷，一時骨肉舊人都認不出來，若非太后復還，到底被他瞞過，那個再有疑心的？就是死在太后未還之先，也是他便宜多了。天理不容，自然敗露。

* * *

今日再說一個容貌廝像，弄出好些奸巧希奇的一場官司來。正是：

自古唯傳伯仲偕，誰知異地巧安排。

試看一樣滴珠面，惟有人心再不諧。

話說國朝萬曆年間，徽州府休寧縣蓀田鄉姚氏，有一女，名喚滴珠。年方十六，生得如花似玉，美冠一方。父母俱在，家道殷富，寶惜異常，嬌養過度。憑媒說合，嫁與屯溪潘甲為妻。看來世間聽不得的，最是媒人的口，他要說了窮，石崇也無立錐之地；他要說了富，范丹也有萬頃之財。正是富貴隨口定，美醜趁心生。再無一句實話的。

那屯溪潘氏，雖是個舊姓人家，卻是個破落戶，家道艱難，外靠男子出外營生，內要女人親操井臼，喫不得閒飯過日的了。這個潘甲，雖是人物也有幾分像樣，已自棄儒為商。況且公婆甚是狠戾，動不動出口罵詈，毫沒些好歹。滴珠父母誤聽媒人之言，道他是好人家，把一塊心頭的肉❸，嫁了過來。少年夫妻，卻也過得恩愛，只是看了許多光景，心下好生不然，如常偷掩淚眼。潘甲曉得意思，把些好話偎他過日子。卻早成親兩月，潘父就發作兒子道：「如此你貪我愛，夫妻相對，白白過世不成！如何不想

❷ 廝像：相像。

❸ 心頭的肉：十分愛憐的人。

去做生意？」潘甲無奈，與妻滴珠說了，兩個哭一個不住，說了一夜話。

次日潘父就逼兒子出外去了。滴珠獨自一個，越越悽惶，有情無緒。況且是個嬌養的女兒，新來的媳婦，摸頭路不著，沒個是處，終日悶悶過了。潘父潘母看見媳婦這般模樣，時常急聒，罵道：「這婆娘想甚情人？害相思病了。」滴珠生來在父母身邊，如珠似玉，何曾聽得這般聲氣？不敢回言，只得忍著氣，背地哽哽咽咽，哭了一會罷了。

一日，因滴珠起得遲了些個，公婆朝飯要緊，猝地答應不迭。潘公開口罵道：「這樣好喫懶做的淫婦！睡到這等日高纔起來，看這自由自在的模樣，除非去做娼妓，倚門賣俏，攛哄子弟❹，方得這樣快活像意❺。若要做人家，是這等不得！」滴珠聽了，便道：「我是好人家兒女，便做道有些不是，直得如此作賤說我！」大哭一場，沒分訴處。到得夜裡睡不著，越思量越惱道：「老無知這樣說話，須是公道上去不得。我忍耐不過，且跑回家去告訴爹娘，明明與他執論，看這話是該說的不該說的！亦且借此為名，賴在家多住幾時，也省了好些氣惱。」算計定了，侵晨未及梳洗，將一個羅帕兜頭紮了，一口氣跑到渡口來。

說話的若是同時生，並年長，曉得他這去不尷尬，攔腰抱住，擗胸扯回，也不見得後邊若干事件來。只因此去，天氣卻早，雖是已有行動的了，人蹤尚稀，渡口悄然。這地方有一個專一做不好事的光棍，名喚汪錫，綽號雪裡蛆，是個凍餓不怕的意思。也是姚滴珠合當悔氣，撞著他獨自個溪中乘了竹筏，未

❹ 子弟：宋元時稱嫖客為「子弟」。

❺ 像意：合意。

到渡口，望見了個花朵般後生❻婦人，獨立岸邊，又且頭不梳裹，滿面淚痕。曉得有些古怪，在筏上問道：「娘子要渡溪麼？」滴珠道：「正要過去。」汪錫道：「這等上我筏來。」一口叫放仔細些，一手去接他下來。上得筏，一篙撐開，撐到一個僻靜去處❼。問道：「娘子，你是何等人家？獨自一個要到那裡去？」滴珠道：「我自要到蓀田娘家去。你只送我到渡口上岸，我自認得路，管我別事做甚？」汪錫道：「我看娘子頭不梳，面不洗，淚眼汪汪，獨身自走，必有蹺蹊作怪的事。說得明白，纔好渡你。」滴珠在個水中央了，又且心裡急要回去，只得把丈夫不在家了，如何受氣的上項事，一頭說一頭哭，告訴了一遍。汪錫聽了，便心下一想，轉身道：「這等說，卻渡你去不得，你起得沒好意了。放你上岸，你或是逃去，或是尋死，或是被別人拐了去，後來查出是我渡你的，我卻替你喫沒頭官司。」滴珠道：「胡說！我自是娘家去，如何是逃去？若我尋死路，何不投水，卻過了渡去自盡不成？我又認得娘家路，沒得怕人拐我！」汪錫道：「卻是信你不過，你既要娘家去，我舍下甚近，你且上去我家中坐了。等我走去對你家說了，叫人來接你去，卻不兩邊放心得下。」滴珠道：「如此也好。」正是女流之輩，無大見識，亦且一時無奈，拗他不過。還只道好心，隨了他來。上得岸時，轉灣抹角，到了一個去處，引進幾重門戶裡頭，房室甚是幽靜清雅。但見：

明窗靜几，錦帳文茵。庭前有數種盆花，座內有幾張素椅。壁間紙畫周之冕，桌上沙壺時大彬。窄小蝸居，雖非富貴王侯宅；清閒螺徑，也異尋常百姓家。

❻ 後生：年輕。

❼ 去處：地方。

原來這個所在，是這汪錫一個囤子，專一設法良家婦女到此，認作親戚，拐那一等浮浪子弟，好撲花行徑的，引他到此，勾搭上了，或是片時取樂，或是迷了的，便做個外宅居住，賺他銀子無數。若是這婦女無根蒂的，他等有販水客人❽到，肯出一主大錢，就賣了去為娼，已非一日。今見滴珠行徑，就起了個不良之心，騙他到此。那滴珠是個好人家兒女，心裡儘愛清閒，只因公婆兇悍，不要說日逐做燒火煮飰、熬鍋打水的事，只是油鹽醬醋，他也拌得頭疼了。見了這個乾淨精緻所在，不知一個好歹，心下到有幾分喜歡。那汪錫見他無有慌意，反添喜狀，便覺動火。走到跟前，雙膝跪下求歡。滴珠就變了臉起來。「這如何使得！我是好人家兒女，你原說留我到此坐著，報我家中。青天白日，怎地拐人來家，要行局騙？若逼得我緊，我如今真要自盡了。」說罷，看見桌上有點燈鐵簽，捉起來望喉間就刺。汪錫慌了手腳，道：「再從容說話，小人不敢了。」原來汪錫只是拐人騙財，利心為重，色上也不十分要緊，恐怕真個做出事來，沒了一場好買賣。喫這一驚，把那一點勃勃的春興，丟在爪哇國裡去了。

他走到後頭去好些時，叫出一個老婆子來道：「王嬤嬤，你陪這裡娘子坐坐，我到他家去報一聲就來。」滴珠叫他轉來，說明白了地方，及父母名姓，叮囑道：「千萬早些叫他們來，我自有重謝。」汪錫去了，那老嬤嬤去掇盆臉水，拿些梳頭家火出來，叫滴珠梳洗。立在旁邊呆看，插口問道：「娘子何家宅眷？因何到此？」滴珠把上項事，是長是短❾，說了一遍。那婆子就故意跌跌腳道：「這樣老殺才！不識人，有這樣好標緻娘子做了媳婦，折殺了你不羞！還捨得出毒口罵！他也是個沒人氣的，如何與他

❽ 販水客人：販賣人口的販子。

❾ 是長是短：這樣長，那樣短。

一日相處？」滴珠說著心事，眼中滴淚。婆子便問道：「今欲何往？」滴珠道：「今要到家裡告訴爹娘一番，就在家裡權避幾時，待丈夫回家再處。」婆子就道：「官人幾時回家？」滴珠又垂淚道：「做親❿兩月，就罵著逼出去了，知他幾時回來？沒個定期。」婆子道：「好沒天理！花枝般一個娘子，叫他獨守，又要罵他。娘子，你莫怪我說，你而今就回去得幾時，少不得要到公婆家去的。你難道躲得在娘家一世不成？這腌臢煩惱是日長歲久的，如何是了？」滴珠道：「命該如此，也沒奈何了。」婆子道：「依老身愚見，只教娘子快活享福，終身受用。」滴珠道：「有何高見？」婆子道：「老身往來的，是富家大戶，公子王孫，有的是斯文俊俏，少年子弟。娘子，你不消問得的，只是看得中意的，揀上一個，等我對他說成了，他把你似珍寶一般看待，十分愛惜。喫自在食，著自在衣，纖手不動，呼奴使婢，也不枉了這一個花枝模樣，強如守空房、做粗作、淘閒氣萬萬倍了。」那滴珠是受苦不過的人，況且小小年紀，婦人水性，又想了夫家許多不好處，聽了這一片話，心裡動了。便道：「使不得！有人知道了怎好？」婆子道：「這個所在，外人不敢上門。神不知，鬼不覺，是個極密的所在。你住兩日起來，天上也不要去了。」滴珠道：「適間已叫那撐筏的報家裡去了。」婆子道：「那是我的乾兒，恁地不曉事，去報這樣冷信。」正說之間，只見一個人在外走進來，一手揪住王婆道：「好好！青天白日，要哄人養漢，我出首去。」滴珠喫了一驚，仔細看來，卻就是撐筏的那一個汪錫。滴珠見了道：「曾到我家去報不曾？」汪錫道：「報你家的鳥！我聽得多時了也。王嬤嬤的言語，是娘子下半世的受用萬全之策，憑娘子斟酌。」滴珠嘆口氣道：「我落難之人，走入圈套，沒奈何了。只不要誤了我的事。」婆子道：「方纔說過的，

❿ 做親：結婚。

憑娘子自揀，兩相情願，如何誤得你！」滴珠一時沒主意，聽了哄語，又且房室精緻，床帳齊整，恰便似因過竹院逢僧話，偷得浮生半日閒。放心的悄悄住下。那婆子與汪錫兩個，慇慇懃懃，代替伏侍，要茶就茶，要水就水，惟恐一些不到處。那滴珠一發喜歡忘懷了。

過得一日，汪錫走出去，撞見本縣商山地方一個大財主，叫得吳大郎。那大郎有百萬家私，極是個好風月的人。因為平日肯養閒漢，認得汪錫。便問道：「這幾時有甚好樂地麼？」汪錫道：「好教朝奉得知，我家有個表姪女新寡，且是生得嬌媚，尚未有個配頭，這卻是朝奉店裡貨，只是價錢重哩。」大郎道：「可肯等我一看否？」汪錫道：「不難，只是好人家害羞，待我先到家，與他堂中說話，你劈面撞進來，看個停當便是。」吳大郎會意了。汪錫先回來，見滴珠坐在房中，默默呆想。汪錫便道：「娘子便到堂中走走，如何悶坐在房裡？」王婆子在後面聽得了，也走出來道：「正是，娘子外頭來坐。」滴珠依言，走在外邊來。汪錫就把房門帶上了。滴珠坐了道：「嬤嬤，還不如等我歸去休！」嬤嬤道：「娘子不要性急！我們只是愛惜娘子人材，不割捨得你喫苦，所以勸你。你再耐煩些，包你有好緣分到也。」正說之間，只見外面闖進一個人來。你道他怎生打扮？但見：

頭戴一頂前一片後一片的竹簡巾兒，旁縫一對左一塊右一塊的蜜蠟金兒，身上穿一件細領大袖青絨道袍兒，腳下著一雙低跟淺面紅綾僧鞋兒，若非宋玉牆邊過，定是潘安車上來。

一直走進堂中道：「小汪在家麼？」滴珠慌了，急掣身起，已打了個照面，急奔房門邊來。不想那門先前出來時已被汪錫暗拴了，急沒躲處。那王婆笑道：「是吳朝奉，便不先開個聲！」對滴珠道：「是我家老主顧，不妨。」又對吳大郎道：「可相見這位娘子。」吳大郎深深唱個喏下去，滴珠只得回了禮，

姚滴珠避羞惹羞

鄭月娥將錯就錯

偷眼看時，恰是個俊俏可喜的少年郎君，心裡早看上了幾分了。吳大郎上下一看，只見不施脂粉，淡雅梳妝，自然內家氣象，與那臙花隊裡的迴別。他是個在行的，知輕識重，如何不曉得？也自酥了半邊。那滴珠終久是好人家出來的，有些羞恥，只叫王嬤嬤道：「我們進去則個。」嬤嬤道：「娘子請坐。」那滴珠終久是好人家出來的，有些羞恥，只叫王嬤嬤道：「我們進去則個。」嬤嬤道：「慌做甚麼？」就同滴珠一面進去了，出來對吳大郎道：「朝奉看得中意否？」吳大郎道：「嬤嬤作成作成，不敢有忘。」王婆道：「朝奉有的是銀子，兌出千把來，娶了回去就是。」大郎道：「又不是衏衏⑪人家，如何要得許多？」嬤嬤道：「不多，你看了這個標緻模樣，今與你做個小娘子，難道消不得千金！」大郎道：「果要千金，也不打緊。只是我大孺人狠，專會作賤人，我雖不怕他，怕難為這小娘子，有些不便，取回去不得。」婆子道：「這個何難！另稅一所房子住了，兩頭做大可不是好？前日江家有一所花園空著，要典與人，老身替你問問看，如何？」大郎道：「好便好，只是另住了，要家人使喚，丫嬛伏侍，另起煙爨，這還小事，少不得瞞不過家裡了。終日廝鬧，趕來要同住，卻了不得。」婆子道：「老身更有個見識，朝奉拿出聘禮娶下了，就在此間成了親。每月出幾兩盤纏，替你養著，自有老身伏侍陪伴。朝奉在家，推個別事出外，時時到此來往，密不通風，有何不好？」大郎笑道：「這個卻妙，這個卻妙。」議定了財禮銀八百兩，衣服首飾，辦了送來，自不必說，也合著千金。每月盤費，連房錢銀十兩，逐月交付。大郎都應允，慌忙去拿銀子了。

王婆轉進房裡來，對滴珠道：「適纔這個官人，生得如何？」原來滴珠先前雖然怕羞，走了進去，心中卻還捨不得，躲在黑影裡，張來張去，看得分明。吳大郎與王婆一頭說話，一眼覷著門裡，有時露

⑪ 衏衏：妓院。

出半面，若非是有人在面前，又非是一面不曾識，兩下裡就做起光⑫來了。滴珠見王婆問他，他就隨口問道：「這是那一家？」王婆道：「是徽州府有名的商山吳家，他又是吳家第一個財主『吳百萬』吳大朝奉，他看見你好不喜歡哩！他要娶你回去，有些不便處，他就要娶你在此間住下，你心下如何？」滴珠一了喜歡這個乾淨房臥，又看上了吳大郎人物，聽見說就在此間住，就像是他家裡一般的，心下到有十分中意了。道：「既到這裡，但憑媽媽，只要方便些，不露風聲便好。」婆子道：「如何得露風聲？只是你久後相處，不可把真情與他說，看得低了，只認我表親，暗地快活便了。」

只見吳大郎抬了一乘轎，隨著兩個俊俏小廝，捧了兩個拜匣，竟到汪錫家來。把銀子交付停當了，就問道：「幾時成親？」婆子道：「但憑朝奉尊便，或是揀個好日，或是不必揀日，就是今夜也好。」吳大郎道：「今日我家裡不曾做得工夫，不好造次住得。明日我推說到杭州，進香取帳，過來住起罷了，揀甚麼日子？」吳大郎只是色心為重，等不得揀日。若論婚姻大事，還該尋一個好日辰，今鹵莽亂做，不知犯何凶煞，以致一、兩年內，就拆散了，這是後話。

卻說吳大郎交付停當，自去了，只待明日快活。婆子又與汪錫計較定了，來對滴珠說：「恭喜娘子，你事已成了。」就拿了吳家銀子四百兩，笑嘻嘻的道：「銀八百兩，你取一半，我兩人分一半做媒錢。」擺將出來，擺得桌上白晃晃的。滴珠可也喜歡。——說話的，你說錯了，這光棍牙婆，見了銀子，如蒼蠅見血，怎還肯人心天理分這一半與他？——看官，有個緣故。他一者要在滴珠面前誇耀富貴，賣下他心；二者總是在他家裡，東西不怕走纘那裡去了，少不得逐漸哄的出來，仍舊原在。若不與滴珠些東西，

⑫ 做光：調情。

後來吳大郎相處了，怕他說出真情，要倒他們的出來，反為不美。這正是老虔婆神機妙算。

吳大郎次日果然打扮得一發精緻，來汪錫家成親。他怕人知道，也不用儐相，也不動樂人，只托汪錫辦下兩桌酒，請滴珠出來同坐，喫了進房。滴珠起初害羞，不肯出來。後來被強不過，勉強略坐得一坐，推個事故，走進房去，撲地把燈吹息，先自睡了，卻不關門。婆子道：「還是女兒家的心性害羞，須是我們湊他趣則個。」移了燈，照吳大郎進房去，仍舊把房中燈點起了，自家走了出去，把門拽上。吳大郎是個精細的人，把門拴了，移燈到床邊，揭帳一看，只見兜頭面睡著，不敢驚動他，輕輕地脫了衣服，吹息了燈，襯進被窩裡來。滴珠嘆了一口氣，縮做一團，被吳大郎甜言媚語，輕輕款款，扳將過來，騰的跨上去，滴珠顫篤篤的承受了。高高下下，往往來來，弄得滴珠渾身快暢，遍體酥麻。原來滴珠雖然嫁了丈夫兩月，那是不在行⓭的新郎，不曾得知這樣趣味。吳大郎風月場中招討使，被窩裡事多曾占過先頭的，溫柔軟款⓮，自不必說。滴珠只恨相見之晚。兩個千恩萬愛，過了一夜。明日起來，王婆汪錫都來叫喜，吳大郎各各賞賜了，他自此與姚滴珠快樂，隔個把月纔回家去走走，又來住宿不題。

說話的，難道潘家不見了媳婦就罷了，憑他自在那裡快活不成！——看官，話有兩頭，卻難這邊說一句，那邊說一句，如今且聽說那潘家。自從那日早起，不見媳婦煮朝飯，潘婆只道又是晏起。走到房前厲聲叫他，見不則聲，走進房裡，把窗推開了，床裡一看，並不見滴珠蹤跡。罵道：「這賊淫婦那裡去了？」出來與潘公說了，潘公道：「又來作怪！」料道是他娘家去，急忙走到渡口問人來，有人說道：

⓭ 不在行：不內行；不中用。
⓮ 軟款：柔和。

「絕大清早，有一婦人渡河去。」有認得的，道是潘家媳婦上筏去了。潘公道：「這妮子⑮昨日說了他幾句，就待告訴他爹娘去，恁般心性潑剌！且等他娘家住，不要去接他採他，看他待要怎的？」忿忿地跑回去，與潘婆說了。將有十來日，姚家記掛女兒，辦了幾個盒子，做了些點心，差一男一婦到潘家來問一個信。潘公道：「他歸你家十來日了，如何到來這裡問信？」那送禮的人喫了一驚，道：「說那裡話？我家姐姐自到你家來，纔得兩月多，我家又不曾來接他，為何自歸？因是放心不下，叫我們來望望，如何反如此說？」潘公道：「前日因有兩句口面⑯，他使一個性子，跑了回家，有人在渡口見他的，他不到你家，到那裡去？」那男女道：「實實不曾回家，不要錯認了。」潘公炮燥道：「想是他來家說了甚麼謊，您家要悔賴了，別嫁人，故妝出圈套，反來問信麼？」那男女道：「人在你家不見了，顛倒這樣說！這事必定蹺蹊。」潘公聽得「蹺蹊」兩字，大罵：「狗男女！我少不得當官告來，看你家賴了不成！」那男女見不是勢頭，盒盤也不出，仍舊挑了，走了回家，一五一十的對家主說了。姚公姚媽大驚，啼哭起來道：「這等說，我那兒敢被這兩個老殺才逼死了？」打點告狀，替⑰他要人去。一面來與個訟師商量告狀。

那潘公潘婆死認定了姚家藏了女兒，叫人去接了兒子來家，兩家都進狀，都准了。那休寧縣李知縣，行提一干人犯到官，當堂審問時，你推我，我推你。知縣大怒，先把潘公夾起來，潘公道：「現有人見

---

⑮ 妮子：本是婢女的稱呼，世俗以為女子的通稱，不限婢女。

⑯ 口面：爭吵。

⑰ 替：向。

他過渡的，若是投河身死，須有屍首，明白是他家藏了賴人。」知縣道：「說得是，不見了人十多日，若是死了，豈無屍首蹤影？畢竟藏著的是。」放了潘公，再把姚公夾起來。姚公道：「人在他家，去了兩月多，自不曾歸家來。若是果然當時走回家，這十來日間，潘某何不著人來問一聲，看一看下落？人長六尺，天下難藏。小的若是藏過了，後來就別嫁人，也須有人知道。難道是瞞得過的？老爺詳察則個。」知縣想了一想，道：「也說得是，如何藏得過？便藏了也成何用？多管是與人有姦約的走了。」潘公道：「小的媳婦，雖是懶惰嬌癡，小的閨門也嚴謹，卻不曾有甚外情。」知縣道：「這等敢是有人拐的去了，或是躲在親眷家，也不見得。」便對姚公說：「是你生得女兒不長進，況來蹤去跡，畢竟是你做爺的曉得，你推不得乾淨，要你跟尋出來，同緝捕人役五日一比較。」就把潘公父子討了個保，姚公肘押了出來。姚公不見了女兒，心中已自苦楚，又經如此冤枉，叫天叫地，沒個道理。只得帖個尋人招子，許下賞錢，各處搜求，並無影響。且是那個潘甲不見了妻子，沒出氣處，只是逢五逢十，就來稟官，比較捕人，未免連姚公陪打了好些板子。此事鬧動了一個休寧縣，城郭鄉村，無不傳為奇談。親戚之間，盡為姚公不平，卻沒個出豁。

卻說姚家有個極密的內親，叫做周少溪，偶然在浙江衢州做買賣，閑游柳陌花街⑱，只見一個娼婦站在門首獻笑，好生面染。仔細一想，卻與姚滴珠一般無二。心下想道：「家裡打了兩年沒頭官司，他卻在此。」要上前去問個的確，卻又忖道：「不好，不好。問他未必肯說真情，打破了網，娼家行徑沒根蒂的，連夜走了，那裡去尋？不如報他家中知道，等他自來尋訪。」原來衢州與徽州雖是分個浙直，

---

⑱ 柳陌花街：同「花街柳巷」。

卻兩府是聯界的。苦不多日到了，一一與姚公說知。姚公道：「不消說得，必是遇著歹人，轉販為娼了。」叫其子姚乙密地拴了百來兩銀子，到衢州去贖身。又商量道：「私下取贖，未必成事。」又在休寧縣告明緣由，使用些銀子，給了一張廣緝文書在身，倘有不諧，當官告理。姚乙德命。姚公就央了周少溪作伴，一路往衢州來。那周少溪自有舊主人，替姚乙另尋了一個店樓，安下行李。周少溪指引他到這家門首來，正值他在門外。姚乙看見，果然是妹子，連呼他小名數聲，那娼婦只是微微笑看，卻不答應。姚乙對周少溪道：「果然是我妹子，只是連連叫他，並不答應，卻像不認得我的。難道他在此快樂了，把個親兄都不招攬了？」周少溪道：「你不曉得，凡娼家龜鴇，必是生狠的。你妹子既來歷不明，他家必緊防漏洩，訓戒在先，所以他怕人知道，不敢當面認帳。」姚乙道：「而今卻怎麼通得個信？」周少溪道：「這有何難？你做個要闞他的，設了酒，將銀一兩送去，外加轎錢一包，抬他到下處來，看個備細。是你妹子，密地相認了，再做道理。不是妹子，睡他娘一晚，放他去罷。」姚乙道：「有理，有理。」周少溪在衢州久做客人，都是熟路，去尋一個小閑來，拿銀子去，霎時一乘轎抬到下處。那周少溪忖道：「果是他妹子，不好在此陪得。」推個事故，走了出去。姚乙也道，是他妹子，有些不便，卻也不來留周少溪。只見那轎裡，嬝嬝婷婷走出一個娼妓來。但見：

> 一個道是妹子來，雙眸注望；一個道是客官到，滿面生春。一個疑道，何不見他走近身，急認哥哥？一個疑道，何不見他迎著轎，忙呼姐姐？

卻說那姚乙向前看著，分明是妹子。那娼妓卻笑容可掬，佯佯地道了個萬福。姚乙只得請坐了，不敢就認，問道：「姐姐尊姓大名，何處人氏？」那娼婦答道：「姓鄭，小字月娥，是本處人氏。」姚乙看他說出話來，一口衢音，聲氣也不似滴珠，已自疑心了。那鄭月娥就問姚乙道：「客官何來？」姚乙道：「在下是徽州府休寧縣孫田姚某，父某人，母某人。」恰像那個查他的腳色，三代籍貫都報將來。也還只道果是妹子，他必然承認，所以如此。那鄭月娥見他說話牢叨，笑了一笑道：「又不曾盤問客官出身，何故通三代腳色？」姚乙滿面通紅，情知不是滴珠了。擺上酒來，三杯兩盞，兩個對喫。鄭月娥看見姚乙，只管相他面龐一會，又自言自語一會，心裡好生疑惑。開口問道：「奴自不曾與客官相會，只是前日門前見客官走來走去，見了我，指手點腳的，我背地同姊妹暗笑，今承寵召過來，卻又屢屢相覷，卻像有些委決不下的事，是什麼緣故？」姚乙把言語支吾，不說明白。那月娥是個久慣接客，乖巧不過的人，看此光景，曉得有些尷尬，只管盤問。姚乙道：「這話也長，且到床上再說。」兩個人各自收拾，上床睡了，免不得雲情雨意，做了一番的事。那月娥又把前話提起，姚乙只得告訴他家裡事如此如此，這般這般，「因見你廝像，故此假做請你，認個明白，那知不是。」月娥道：「果然像否？」姚乙道：「舉止外像，一些不差，就是神色裡邊，有些微兩樣處。除是至親骨肉，終日在面前的，用意體察，纔看得出來，也算是十分像的了。若非是聲音各別，連我方纔也要認錯起來。」月娥道：「既是這等廝像，我就做你妹子罷。」姚乙道：「又來取笑。」月娥道：「不是取笑，我與你熟商量。你家不見了妹子，如此打官司，不得了結，必竟得妹子到了官方住。我是此間良人家兒女，在姜秀才家為妾，大娘不容，後來連姜秀才貪利忘恩，竟把來賣與這鄭媽媽家了。那龜兒鴇兒，不管好歹，動不動非刑拷打，我被他擺佈不過，正要想個計策脫身。你如今認定我是你失去的妹子，我認定你是哥哥，兩口同聲，當官去告理，一定斷還歸宗。我身既得脫，仇亦可雪，到得你家，當了你妹子，官事也好完了。豈非萬全之算！」姚乙道：「是到是，只是聲音大不相同，且既到吾家，認做妹子，必是親戚族屬，逐處明白，方像真的，這卻不便。」月娥道：「人只怕面貌不像，那個聲音，隨他改換，如何做得准？你妹子相失兩年，假如真在衢州，未必不與我一般鄉語了。親戚族屬，你可教導得我的。況你做起事來，還等待官司發落，日子長遠，有得與你相處，鄉音也學得你些，家裡事務，日逐教我熟了，有甚難處？」姚乙心裡先只要家裡息訟要緊，細思月娥說話儘可行得。便對月娥道：「吾隨身帶有廣緝文書，當官一告，斷還不難，只是要你一口堅認到底，卻差池不得的。」月娥道：「我也為自身要脫離此處，趁此機會，如何好改得口？只是一件，你家妹夫是何等樣人？我可跟得他否？」姚乙道：「我妹夫是個做客的人，也還少年老實，你跟了他也好。」月娥道：「憑他怎麼，畢竟還好似為娼。況且一夫一妻，又不似先前做妾，也不誤了我事了。」姚乙又與他兩個賭一個誓信，說：「兩個同心做此事，各不相負。如有破洩者，神明誅之！」兩人說得著，已覺道快活，又弄了一火，摟抱了，睡到天明。姚乙起來，不梳頭就走去尋周少溪，連他都瞞了。對他說道：「果是吾妹子，如今怎處？」周少溪道：「這衏衏人家不長進，替他私贖，必定不肯。待我去糾合本鄉人在此處的十來個，做張呈子，到太守處呈了。人眾則公。亦且你有本縣廣緝滴珠文書可驗，怕不立刻斷還。只是你再送幾兩銀子過去，與他說道：『還要留在下處幾日。』使他不疑，我們好做事。」姚乙一一依言，停當了。周少溪就合著一夥徽州人，同姚乙到府堂，把前情說了一遍。姚乙又將縣間廣緝文書，當堂驗了。太守立刻簽了牌，將鄭家烏龜老媽都拘將來，鄭月娥也到公庭，一個認哥哥，一個認妹子。那眾徽州人除周少溪外，也還有個把認得滴珠的，齊齊說道：「是。」那烏龜分毫不知一個情由，劈地價來，沒做理會，口裡亂嚷。太守只叫：「掌嘴！」又研問他是那裡拐來的。

烏龜不敢隱諱，招道：「是姜秀才家的妾，小的八十兩銀子討的是實，並非拐的。」太守又去拿姜秀才，姜秀才情知理虧，躲了不出見官。太守斷姚乙出銀四十兩，還他烏龜身價，領妹子歸宗。那烏龜買良為娼，問了應得罪名，連姜秀才前程都問革了。鄭月娥一口怨氣先發洩盡了。姚乙欣然領回下處，等衙門文卷疊成，銀子交庫給主，及零星使用，多完備了，然後起程。這幾時落得與月娥同眠同起，見人說是兄妹，背地自做夫妻。枕邊絮絮叨叨，把說話見識都教道得停停當當了。

在路不則一日，將到蓀田，有人見他兄妹一路來了，拍手道：「好了，好了。這官司有結局了。」有的先到他家裡報了的，父母俱迎出門來，那月娥妝做個認得的模樣，大剌剌走進門來，呼爺叫娘，都是姚乙教熟的。況且娼家行徑，機巧靈變，一些不錯。姚公道：「我的兒，那裡去了這兩年？累煞你爹也！」月娥假作哽咽痛哭，免不得說道：「爹媽這幾時平安麼？」姚公見他說出話來，便道：「去了兩年，聲音都變了。」姚媽伸手過來，拽他的手出來，捻了兩捻道：「養得一手好長指甲了，去時沒有的。」大家哭了一會，只有姚乙與月娥心裡自明白。姚公是兩年間官司累怕了他，見說女兒來了，心裡放下了一個大疙搭，那裡還辨仔細，況且十分相像，分毫不疑。至于來蹤去跡，他已自曉得在娼家贖歸，不好細問得。巴到天明，就叫兒子姚乙同了妹子到縣裡來見官。知縣升堂，眾人把上項事說了一遍。知縣纏了兩年，已自明白，問滴珠道：「那個拐你去的是何等人？」假滴珠道：「是一個不知姓名的男子，不由分說，逼賣與衢州姜秀才家。姜秀才轉賣了出來，這先前人不知去向。」知縣曉得事在衢州，隔省難以追求，只要完事，不去根究了。就抽籤去喚潘甲并父母來領。那潘公潘婆到官來，見了假滴珠道：「好媳婦呀！就去了這些時。」潘甲見了道：「慚愧！也還有相見的日子。」各各認明了，領了回去。出得縣門，兩親家兩親媽，各自請罪，認個悔氣，都道一樁事完了。

隔了一晚，次日李知縣升堂，正待把潘甲這宗文卷注銷立案，只見潘甲又來告道：「昨日領回去的，不是真妻子。」那知縣大怒道：「刁奴才！你累得丈人家也勾了，如何還不肯休歇？」喝令扯下去打了十板。那潘甲只叫冤屈。知縣道：「那衢州公文明白，你舅子親自領回，你丈人丈母認了不必說，你父母與你也當堂認了領去的，如何又有說話？」潘甲道：「小人爭訟，只要爭小人的妻，不曾要別人的妻。今明明不是小人的妻，小人也不好要得，老爺也不好強小人要得。若必要小人將假作真，小人情願不要妻子了。」知縣道：「怎見得不是？」潘甲道：「面貌頗相似，只是小人妻子相與之間，有好些不同處了。」知縣道：「你不要駭！敢是做過了娼妓一番，身分不比良家了？」潘甲道：「老爺，不是這話，不要說日常夫妻間私語一句也不對，至于肌體隱微，有好些不同。小人心下自明白，怎好與老爺說得！若果然是妻子，小人與他纔得兩月夫妻，就分散了，巴不得見他。難道到說不是，來混爭鬧非不成？老爺青天詳察，主鑒不錯。」知縣見他說這一篇，有情有理，大加驚詫，又不好自認斷錯，密密分付潘甲道：「你且從容，不要性急！就是父母親戚面前，俱且糊塗，不可說破，我自有處。」李知縣分付該房，寫告示出去遍貼，說道：「姚滴珠已經某月某日追尋到官，兩家各息詞訟，無得再行告擾！」卻自密地懸了重賞，著落應捕十餘人，四下分緝。若看了告示，有些動靜，即便體察，拿來回話。

不說這裡探訪，且說姚滴珠與吳大郎相處兩年，大郎家中看看有些知道，不肯放他等閒⑲出來，蹤跡漸來得稀了。滴珠身伴要討個丫鬟伏侍，曾對吳大郎說轉托汪錫，汪錫拐帶慣了的，那裡想出銀錢去

⑲ 等閒：尋常。

討？因思個便處，要弄將一個來。日前見歙縣汪汝鸞家有個丫頭，時常到溪邊洗東西，想在心裡。一日，汪錫出外行走，聞得縣前出告示道滴珠已尋見之說，急忙裡來對王婆說：「不知那一個頂了缺，我們這個貨，穩穩是自家的了。」王婆不信，要看個的實。一同來到縣前，看了告示。汪錫未免指手擡腳，點了又點，念與王婆聽，早被旁邊應捕看在眼裡，尾了他去。到了僻靜處，只聽得兩個私下道：「好了，好了，而今睡也睡得安穩了！」應捕魆地跳將出來道：「你們幹得好事！今已敗露了，還走那裡去？」汪錫慌了手腳道：「不要恐嚇我！且到店中坐坐去。」一同王婆，邀了應捕，走到酒樓上坐了喫酒。汪錫推討嗄飯⑳，一道煙走了。單剩個王婆與應捕，坐了多時，酒殽俱不來，走下問時，汪錫已去久了。應捕就把王婆拴將起來道：「我與你去見官。」王婆跪下道：「上下饒恕，隨老身到家中取錢謝你。」那應捕只是見他們行跡蹺蹊，故把言語嚇著，其實不知甚麼根由，怎當得虛心病的，露出馬腳來。應捕料得有些滋味，押了他不捨。隨去到得汪錫家裡叩門，一個婦人走將出來開了。那應捕一看著，驚道：「這是前日衢州解來的婦人。」猛然想道：「這個必是真姚滴珠了。」也不說破，喫了茶，憑他送了些酒錢罷了。王婆自道無事，放下心了。應捕明日竟到縣中出首。知縣添差應捕十來人，急命拘來。公差如狼似虎，到汪錫家裡門口，發聲喊，打將進去。急得王婆懸梁高了，把滴珠登時捉到公庭。知縣看了道：「便是前日這一個。」又飛一籤，令喚潘甲與妻子同來。那假的也來了，同在縣堂，真個一般無二。知縣莫辨，因令潘甲自認，潘甲自然明白，與真滴珠各說了些私語，知縣喚起來，研問明白。真滴珠從頭供稱，被汪錫哄騙情由，說了一遍。知縣又問：「曾引人奸騙你不？」滴珠心上有吳大郎，只不說出，

⑳ 嗄飯：下飯的菜肴。今通常作「下飯」。

但道：「不知姓名。」又叫那假滴珠上來，供稱道：「身名鄭月娥，自身要報私仇，姚乙要完家訟，因言貌像伊妹，商量做此一事。」知縣急拿汪錫，已此在逃了，做個照提，疊成文卷，連人犯解府。

卻說汪錫自酒店逃去之後，撞著同夥程金，一同作伴，走到歙縣地方，正見汪汝鸞家丫頭在溪邊洗裹腳，一手扯住他道：「你是我家使婢，逃了出來，卻在此處。」便奪他裹腳，拴了就走。要扯上竹筏，那丫頭大喊起來。汪錫將袖子掩住他口，丫頭尚自嗚哩嗚剌的喊，程金便一把叉住喉嚨，叉得手重，口頭又不通氣，一霎嗚呼哀哉了。地方人走將攏來，兩個都擒住了，送到縣裡。那歙縣方知縣問了程金絞罪，汪錫充軍，解上府來。正值滴珠一起也解到，一同過堂之時，真滴珠大喊道：「這個不是汪錫？」那太守姓梁，極是個正氣的，見了兩宗文卷，都為汪錫。大怒道：「汪錫是首惡，如何只問充軍？」喝交皁隸重責六十板，當下絕氣。真滴珠給還原夫寧家，假滴珠官賣，姚乙認假作真，倚官拐騙人口，也問了一個太上老。只有吳大郎廣有世情，聞知事發，上下使用，並無名字干涉，不致惹著，朦朧過了。潘甲自領了姚滴珠仍舊完聚。那姚乙定了衛所，發去充軍，拘妻僉解。姚乙未曾娶妻，只見那鄭月娥曉得了，大哭道：「這是我自要脫身洩氣，造成此謀，誰知反害了姚乙。今我生死跟了他去，也不枉了一場話欛。」姚公心下不捨得兒子，聽得此話，即便買出人來，詭名納價，贖了月娥，改了姓氏，隨了兒子做軍妻解去。後來遇赦還鄉，遂成夫婦。這也是鄭月娥一點良心不泯處。姑嫂兩個到底有些廝像，徽州至今傳為笑談。有詩為證：

> 一樣良家走岐路，又同岐路轉良家。
> 面龐怪道能相似，相法看來也不差。

卷之三　劉東山誇技順城門　十八兄奇蹤村酒肆

詩云：

弱為強所制，不在形巨細。
蝍蛆帶是甘，何曾有長喙？

話說天地間，有一物必有一制，誇不得高，恃不得強。這首詩所言「蝍蛆」是甚麼？就是那赤足蜈蚣，俗名「百腳」，又名「百足之虫」。這「帶」又是甚麼？是那大蛇。其形似帶一般，故此得名。嶺南多大蛇，長數十丈，專要害人。那邊地方裡居民，家家蓄養蜈蚣，有丈尺餘者，多放在枕畔或枕中，若有蛇至，蜈蚣便嘖嘖作聲，放他出來。他鞠起腰來，首尾著力一跳，有一丈來高，便搭住在大蛇七寸內，用那鐵鉤也似一對鉗來，鉗住了，吸他精血，至死方休。這數十丈長、斗來大的東西，反纏死在尺把長、指頭大的東西手裡，所以古語道：「蝍蛆甘帶。」蓋謂此也。

漢武帝延和三年，西胡月支國獻猛獸一頭，形如五、六十日新生的小狗，不過比貍貓般大，拖一個黃尾兒。那國使抱在手裡，進門來獻。武帝見他生得猥瑣，笑道：「此小物，何謂猛獸？」使者對曰：「夫威加于百禽者，不必計其大小。是以神麟為巨象之王，鳳凰為大鵬之宗，亦不在巨細也。」武帝不信，乃對使者說：「試叫他發聲來朕聽。」使者乃將手一指，此獸舐唇搖首一會，猛發一聲，便如平地上起一個霹靂。兩目閃爍，放出兩道電光來。武帝登時顛出亢金椅子，急掩兩耳，顫一個不住。侍立左右及羽林擺立仗下軍士手中所拿的東西，悉皆震落。武帝不悅，即傳旨意，教把此獸付上林苑中，待群虎食之。上林苑令遵旨，只見拿到虎圈邊放下，群虎一見，皆縮做一堆，雙膝跪倒。上林苑令奏聞，武帝愈怒，要殺此獸，明日連使者與猛獸皆不見了。猛悍到了虎豹，卻乃怕此小物。所以人之膂力強弱、智術長短，沒個限數。正是強中更有強中手，莫向人前誇大口。

當時有一個舉子，不記姓名地方。他生得膂力過人，武藝出眾，一生豪俠好義，真正路見不平，拔刀相助。他進京會試，不帶僕從，恃著一身本事。鞴著一疋好馬，腰束弓箭短劍，一鞭獨行。一路收拾些雉兔野味，到店肆中宿歇，便安排下酒。

一日在山東路上，馬跑得快了，趕過了宿頭。至一村庄，天已昏黑，自度不可前進，只見一家人家開門在那裡，燈光射將出來。舉子下了馬，一手牽著，挨進看時，只見進了門，便是一大空地。空地上有三、四塊太湖石疊著，正中有三間正房，有兩間廂房，一老婆子坐在中間績麻。聽見庭中馬足之聲，起身來問。舉子高聲道：「媽媽，小生是失路借宿的。」那老婆子道：「官人不方便，老身做不得主。」聽他言詞中間，帶些悽慘。舉子有些疑心，便問道：「媽媽，你家男人多在那裡去了？如何獨自一個在這裡？」老婆子道：「老身是個老寡婦，夫亡多年，只有一子，在外做商人去了。」舉子道：「可有媳婦？」老婆子蹙著眉頭道：「是有一個媳婦，賽得過男子，儘掙得家住。只是一身大氣力，雄悍異常。且是氣性粗急，一句差池，經不得一指頭擦著便倒。老身虛心冷氣，看他眉頭眼後，常是不中意，受他凌辱的。所以官人借宿，老身不敢做主。」說罷，淚如雨下。舉子聽得，不覺雙眉倒豎，兩眼圓睜，道：

「天下有如此不平之事！惡婦何在？我為爾除之。」遂把馬拴在庭中太湖石上了，拔出劍來。老婆子道：「官人不要太歲頭上動土，我媳婦不是好惹的。他不習女工針指，每日午飯已畢，便空身走去山裡尋幾個麞鹿獸兔還家，醃臘起來，賣與客人，得幾貫錢。常是一、二更天氣，纔得回來。日逐用度，只靠著他這些，所以老身不敢逆他。」舉子按下劍，入了鞘，道：「我生平專一欺硬怕軟，替人出力。諒一個婦女，到得那裡？既是媽媽靠他度日，我饒他性命，不殺他，只痛打他一頓，教訓他一番，使他改過性子便了。」老婆子道：「他將次❶回來了，只勸官人莫惹事的好。」舉子氣忿忿地等著，只見門外一大黑影，一個人走將進來，將肩上叉口也似一件東西，往庭中一摔，叫道：「老嬤，快拿火來，收拾行貨❷。」老婆子戰兢兢地道：「是甚好物事呀？」把燈一照，喫了一驚，乃是一隻死了的班斕猛虎。說時遲，那時快，那舉子的馬在火光裡看見了死虎，驚跳不住起來。那人看見便道：「此馬何來？」舉子暗裡看時，卻是一個黑長婦人。見他模樣，又背了個死虎來，忖道：「也是個有本事的。」心裡就有幾分懼他。忙走去帶開了馬，縛住了，走向前道：「小生是失路的舉子，趄過宿頭，幸到寶庄，見門尚未闔，斗膽求借一宿。」那婦人笑道：「老嬤好不曉事！既是個貴人，如何更深時候，叫他在露天立著？」指著死虎道：「賤婢今日山中遇此潑花團❸爭持多時，纔得了當。歸得遲些個，有失主人之禮，貴人勿罪！」舉子見他語言爽愷，禮度周全，暗想道：「也不是不可化誨的。」連聲道：「不敢，不敢。」婦人走進堂，

❶ 將次：將要。

❷ 行貨：次貨。

❸ 花團：畜生。

提一把椅來，對舉子道：「該請進堂裡坐，只是婦姑兩人，都是女流，男女不可相混，屈在廊下一坐罷。」又掇❹張桌來，放在面前，點個燈來安下。然後下庭中來，雙手提了死虎，到廚下去了。須臾之間，盪了一壺熱酒，托出一個大盤來，內有熱騰騰的一盤虎肉，一盤鹿脯，又有些醃臘雉兔之類五、六碟，道：「貴人休嫌輕褻則個！」舉子見他殷勤，接了自斟自飲。須臾間酒盡殽完，舉子拱手道：「多謝厚款！」那婦人道：「惶愧，惶愧。」便將了盤，來收拾桌上碗盞。舉子乘間便說道：「看娘子如此英雄舉止，恁地賢明，怎麼尊卑分上，覺得欠些個？」那婦人將盤一擲，且不收拾，怒目道：「適間老死魅曾對貴人說些甚謊麼？」舉子忙道：「這是不曾，只是看見娘子稱呼詞色之間，甚覺輕倨，不像個婆媳婦道理。及見娘子待客周全，才能出眾，又不像個不近道理的，故此好言相問一聲。」那婦人見說，一把扯了舉子的衣袂，一隻手移著燈，走到太湖石邊來道：「正好告訴一番。」舉子一時間掙扎不脫，暗道：「等他說得沒理時，算計打他一頓。」只見那婦人倚著太湖石，就在石上拍拍手道：「前日有一事，如此如此，這般這般。是我不是？是他不是？」道罷，便把一個食指向石上一擃道：「這是一件了。」擃了一擃，只見那石皮亂爆起來，已自摳去了一寸有餘深，連連數了三件，擃了三擃，那太湖石上，便似錐子鑿成一個「川」字，斜看來又是「三」字，足足皆有寸餘，就像鑱刻的一般。那舉子驚得渾身汗出，滿面通紅，連聲道：「都是娘子的是。」把一片要與他分個皁白的雄心，好像一桶雪水淋頭一淋，氣也不敢抖了。婦人說罷，擎出一張匡床來，與舉子自睡，又替他喂好了馬，卻走進去，與老婆子關了門，息了火睡了。舉子一夜無眠，嘆道：「天下有這等大力的人，早是不曾與他交手，不然性命休矣！」巴到

---

❹ 掇：搬取。

天明，鞴了馬，作謝了，再不說一句別的話，悄然去了。自後收拾了好些威風，再也不去惹閒事管，也只是怕逢著哞嗻似他的，喫了虧。

* * *

今日說一個恃本事說大話的，喫了好些驚恐，惹出一場話柄來。正是：

虎為百獸尊，百獸伏不動。
若逢獅子吼，虎又全沒用。

話說國朝嘉靖年間，北直隸河間府交河縣，一人姓劉名嶔，叫做劉東山，在北京巡捕衙門裡當一個緝捕軍校的頭。此人有一身好本事，弓馬熟閒，發矢再無空落，人號他「連珠箭」。隨你異常狠盜，逢著他便如甕中捉鱉❺，手到拿來，因此也積攢得有些家事。年三十餘，覺得心裡不耐煩做此道路，告脫了，在本縣去別尋生理。

一日冬底殘年，趕著驢馬十餘頭，到京師轉賣，約賣得乙百多兩銀子。交易完了，至順城門（即宣武門）雇騾歸家。在騾馬主人店中，遇見一個鄰舍張二郎入京來，同在店買飯喫。二郎問道：「東山何往？」東山把前事說了一遍，道：「而今在此雇騾，今日宿了，明日走路。」二郎道：「近日路上好生難行。良鄉、鄭州一帶，盜賊出沒，白日劫人。老兄帶了偌多銀子，沒個做伴，獨來獨往，只怕著了道兒，放仔細些！」東山聽罷，不覺鬚眉開動，唇齒奮揚，把兩隻手捏了拳頭，做一個開弓的手勢，哈哈大笑道：「二十年間，張弓追討，矢無虛發，不曾撞個對手。今番收場買賣，定不到得折本。」店中滿

❺ 甕中捉鱉：手到拿來，極有把握。

劉東山誇技順城門

十八兄奇蹤村酒肆

座聽見他高聲大喊，盡回頭來看，也有問他姓名的道：「久仰，久仰。」二郎自覺有些失言，作別出店去了。

東山睡到五更頭，爬起來，梳洗結束，將銀子緊縛裹肚內，扎在腰間。肩上掛一張弓，衣外跨一把刀，兩膝下藏矢二十簇，揀一個高大的健騾，騰地騎上，一鞭前走。走了三、四十里，來到良鄉。只見後頭有一人奔馬趕來，遇著東山的騾，便按轡少駐。東山舉目覷他，卻是一個二十歲左右的美少年，且是打扮得好！但見：

黃衫氈笠，短劍長弓。箭房中新矢二十餘枝，馬額上紅纓一大簇。裹腹鬧裝燦爛，是個白面郎君；恨人緊轡噴嘶，好疋高頭駿騎！

東山正在顧盼之際，那少年遙叫道：「我們一起走路則個。」就向東山拱手道：「造次行途，願問高姓大名。」東山答道：「小可姓劉名嵚，別號東山，人只叫我是劉東山。」少年道：「久仰先輩大名，如雷貫耳，小人有幸相遇。今先輩欲何往？」東山道：「小可要回本籍交河縣去。」少年道：「恰好，恰好。小人家住臨淄，也是舊族子弟，幼年頗曾讀書，只因性好弓馬，把書本丟了。三年前帶了些資本，往京貿易，頗得些利息。今欲歸家婚娶，正好與先輩作伴，同路行去，放膽壯些。直到河間府城，然後分路，有幸有幸。」東山一路看他腰間沉重，語言溫謹，相貌俊逸，身才小巧，諒道不是歹人。且路上有伴，不至寂寞，心上也歡喜，道：「當得相陪。」是夜一同下了旅店，同一處飲食歇宿，如兄若弟，甚是相得。

明日並轡出涿州，少年在馬上問道：「久聞先輩最善捕賊，一生捕得多少？也曾撞著好漢否？」東山正要誇逞自家手段，這一問揉著癢處，且量他年小可欺，便侈口❻道：「小可生平兩隻手，一張弓，拿盡綠林中人，也不記其數，並無一個對手。這些鼠輩，何足道哉！而今中年心懶，故棄此道路，倘若前途撞著，便中拿個把兒，你看手段！」少年但微微冷笑道：「原來如此。」就馬上伸手過來，說道：「借肩上寶弓一看。」東山在騾上遞將過來，少年左手把住，右手輕輕一拽就滿，連放連拽，就如一條軟絹帶。東山大驚失色，也借少年的弓過來看看。那少年的弓，約有二十斤重。東山用盡平生之力，面紅耳赤，不要說扯滿，只求如初八夜頭的月，再不能勾。東山惶恐無地，吐舌道：「使得好硬弓也！」便向少年道：「老弟神力，何至于此！非某所敢望也。」少年道：「小人之力，何足稱神？先輩弓自太軟耳。」東山贊嘆再三，少年極意謙謹，晚上又同宿了。至明日又同行，日西時，過雄縣，少年拍一拍馬，那馬騰雲也似前面去了。東山望去，不見了少年，他是賊窠中弄老了的，見此行止，如何不慌？私自道：「天教我這番倒了架也！倘是個不良人，這樣神力，如何敵得？勢無生理。」心上正如十五個吊桶打水，七上八落的，沒奈何，迍迍行去，行得一、二鋪❼，遙望見少年在百步外，正弓挾矢，扯個滿月，向東山道：「久聞足下手中無敵，今日請先聽箭風。」言未罷，颼的一聲，東山左右耳根，但聞肅肅如小鳥前後飛過，只不傷著東山。又將一箭引滿，正對東山之面，大笑道：「東山曉事人，腰間騾馬錢，快送我罷，休得動手！」東山料是敵他不過，先自慌了手腳，只得跳下鞍來，解了腰間所繫銀袋，雙手捧著，膝行至少年馬前，叩頭道：「銀錢謹奉，好漢將去，只求饒命！」少年馬上伸手提了銀包，

❻ 侈口：誇口。

❼ 鋪：同「鋪」。即「郵亭」。古時每十里置一郵亭，所以一鋪等於十里路。

大喝道：「要你性命做甚！快走！快走！你老子有事在此，不得同兒子前行了。」撥轉馬頭，向北一道煙跑，但見一路黃塵滾滾，霎時不見蹤影。

東山呆了半晌，搥胸跌足起來道：「銀錢失去也罷，叫我如何做人？一生好漢名頭，到今日弄壞，真是張天師喫鬼迷❽了，可恨！可恨！」垂頭喪氣，有一步沒一步的，空手歸交河。到了家裡，與妻子說知其事，大家懊惱一番。夫妻兩個商量收拾些本錢，在村郊開個酒舖，賣酒營生，再不去張弓挾矢了。又怕有人知道，壞了名頭，也不敢向人說著這事，只索罷了。

過了三年，一日，正值寒冬天道，有詞為證：

霜瓦鴛鴦，風簾翡翠，今年早是寒少。矮釘明窗，側開朱戶，斷莫亂教人到。重陰未解雲共雪，商量不少。青帳垂氈要密，紅幙放圍宜小。（詞寄天香前）

卻說冬日間，東山夫妻正在店中賣酒，只見門前來了一夥騎馬的客人，共是十一個。個個騎的是自鞴的高頭駿馬，鞍轡鮮明，身上俱緊束短衣，腰帶弓矢刀劍，次第下了馬。走入肆中來，解了鞍輿。劉東山接著，替他趕馬歸槽。後生自去剉草煮荳，不在話下。內中只有一個未冠的人，年紀可有十五、六歲，身長八尺，獨不下馬。對眾道：「第十八自向對門住休。」眾人都答應一聲道：「咱們在此少住，便來伏侍。」只見其人自走出門去了。十人自來喫酒，主人安排些雞豚牛羊肉來做下酒。須臾之間，狼餐虎嚥，算來喫勾有六、七十觔的肉，傾盡了六、七壜的酒，又教主人將酒殽送過對門樓上，與那未冠的人喫。眾人喫完了店中東西，還叫未暢，遂開皮囊，取出鹿蹄野雉燒兔等物，笑道：「這是我們的東道❾，

❽ 張天師喫鬼迷：失去了原有的力量，強者反被弱者所玩弄。

可叫主人來同酌。」東山推遜一回，纔來坐下。把眼去逐個瞧了一瞧，瞧到北面左手那一人，氈笠兒垂下，遮著臉，不甚分明。猛見他抬起頭來，東山仔細一看，嚇得魂不附體，只叫得苦。你道那人是誰？正是在雄縣劫了騾馬錢去的那一個同行少年。東山暗想道：「這番卻是死也！我些些生計，怎禁得他要起！況且前日一人尚不敢敵，今人多如此，想必個個是一般英雄，如何是了？」心中忐忐的跳，真如小鹿兒撞，面向酒杯，不敢則一聲。眾人多起身與主人勸酒。坐定一回，只見北面左手坐的那一個少年，把頭上氈笠一掀，呼主人道：「東山別來無恙麼？往昔承挈同行周旋，至今想念。」東山面如土色，不覺雙膝跪下道：「望好漢恕罪！」少年跳離席間，也跪下去，扶起來，挽了他手道：「快莫要作此狀！快莫要作此狀！羞死人！昔年俺們眾兄弟，在順城門店中聞卿自誇手段天下無敵，眾人不平，卻教小弟在途間作此一番輕薄事，與卿作耍，取笑一回。然負卿之約，不到得河間。魂夢之間，還記得與卿並轡任丘道上，感卿好情，今當還卿十倍。」言畢，即向囊中取出千金，放在案上，向東山道：「聊當別來一敬，快請收進。」東山如醉如夢，呆了一晌，怕又是取笑，一時不敢應承。那少年見他遲疑，拍手道：「大丈夫豈有欺人的事！東山也是個好漢，直如此膽氣虛怯！難道我們弟兄直到得真個取你的銀子不成？快收了去。」劉東山見他說話說得慷慨，料不是假，方纔如醉初醒，如夢方覺，不敢推辭。走進去與妻子說了，就叫他出來，同收拾了進去。安頓已了，兩人商議道：「如此豪傑，如此恩德，不可輕慢！我們再須殺牲開酒，索性留他們過宿，頑耍幾日則個。」東山出來稱謝，就把此意與少年說了。少年又與眾人說了，大家道：「既是這位弟兄故人，有何不可？只是還要去請問十八兄一聲。」便一齊走過對門，

❾ 東道：具酒席款待客人叫做「東道」。

與未冠的那一個說話。東山隨了去，看這些人見了那個未冠的，甚是恭謹。那未冠的待他眾人，甚是莊重。眾人把主人要留他們過宿頑耍的說話說了，那未冠的說道：「好，好，不妨。只是酒醉飯飽，不要貪睡。負了主人殷勤之心，少有動靜，俺腰間兩刀有血喫了。」眾人齊聲道：「弟兄們理會得。」東山一發莫測其意。眾人重到肆中，開懷再飲，又擕酒到對門樓上，眾人不敢陪，只是十八兄自飲。算來他一個喫的酒肉，比得店中五個人。十八兄喫闌，自探囊中，取出一個純銀笊籬來，煽起炭火，做煎餅自啖，連啖了百餘個，收拾了，大踏步出門去，不知所向。直到天色將晚，方纔回來，重到對門住下，竟不到劉東山家來。眾人自在東山家喫耍，走去對門相見，十八兄也不甚與他們言笑，大是倨傲。東山疑心不已，背地扯了那同行少年，問他道：「你們這個十八兄，是何等人？」少年不答應，反去與眾人說了，各各大笑起來。不說來歷，但高聲吟詩曰：「楊柳桃花相間出，不知若個是春風？」吟畢，又大笑。住了三日，俱各作別了，結束上馬。未冠的在前，其餘眾人在後，一擁而去。

東山到底不明白，卻是驟得了千來兩銀子，手頭從容，又怕生出別事來，搬在城內，另做營運去了。後來見人說起此事，有識得的道：「詳他兩句語意，是個『李』字，況且又稱十八兄，想必未冠的那人姓李，是個為頭的了。看他對眾的說話，他恐防有人暗算，故在對門，兩處住了，好相照察。亦且不與十人作伴同食，有個尊卑的意思，夜間獨出，想又去做甚麼勾當來？卻也沒處查他的確。」那劉東山一生英雄，遇此一番，過後再不敢說一句武藝上頭的話，棄弓折箭，只是守著本分營生度日，後來善終。可見人生一世，再不可自恃高強。那自恃的只是不曾逢著狠主子哩！有詩單說這劉東山道：

生平得盡弓矢力，直到下場逢大敵。

人世休誇手段高，霸王也有悲歌日。

又有詩說這少年道：

英雄從古輕一擲，盜亦有道真堪述。

笑取千金償百金，途中竟是好相識。

卷之四　程元玉店肆代償錢　十一娘雲岡縱譚俠

贊曰：

紅線下世，毒哉僊僊。隱娘出沒，跨黑白衛。香丸裊裊，游刃香煙。崔妾白練，夜半忽失。俠嫗條裂，宅眾神耳。賈妻斷嬰，離恨以豁。解洵娶婦，川陸畢具。三鬟攜珠，塔戶嚴扃。車中飛度，尺餘一孔。

這一篇贊，都是序著從前劍俠女子的事。從來世間有這一家道術，不論男女，都有習他的。雖非真仙的派，卻是專一除惡扶善；功行透了的，也就借此成仙。所以好事的類集他做劍俠傳；又有專把女子類成一書，做俠女傳。前面這贊上說的，都是女子。

那紅線就是潞州薛嵩節度家小青衣，因為魏博節度田承嗣養三千外宅兒男，要吞併潞州，薛嵩日夜憂悶，紅線問知，弄出劍術手段，飛身到魏博，夜漏三時，往返七百里，取了他床頭金盒歸來。明日，魏博搜捕金盒，一軍憂疑。這裡卻教了使人送還他去，田承嗣一見驚慌，知是劍俠，恐怕取他首級，把邪謀都息了。後來紅線說出前世是個男子，因誤用醫藥殺人，故此罰為女子，今已功成，脩仙去了。這是紅線的出處。

*　*　*

那隱娘姓聶，魏博大將聶鋒之女。幼年撞著乞食老尼，攝去，教成異術。後來嫁了丈夫，各跨一蹇驢，一黑一白。蹇驢是衛地所產，故又叫做「衛」。用時騎著，不用時就不見了，原來是紙做的。他先前在魏帥左右。魏帥與許帥劉昌裔不和，要隱娘去取他首級。不想那劉節度善算，算定隱娘夫妻該入境，先叫衛將早至城北候他，約道：「但是一男一女，騎黑白二驢的便是。可就傳我命拜迎！」隱娘到許，遇見如此，服劉公神明，便棄魏歸許。魏帥知道，先遣精精兒來殺他，反被隱娘殺了。又使妙手空空兒來，隱娘化為蠛蠓，飛入劉節度口中，教劉節度將于闐國美玉圍在頸上，那空空兒三更來到，將匕首項下一劃，被玉遮了，其聲鏗然，劃不能透。空空兒羞道不中，一去千里，再不來了。劉節度與隱娘俱得免難。這是隱娘的出處。

* * *

那香丸女子，同一侍兒住觀音里，一書生閒步，見他美貌，心動。傍有惡少年數人，就說他許多淫邪不美之行，書生賤之。及歸家，與妻言及，卻與妻家有親，是個極高潔古怪的女子，親戚都是敬畏他的。書生不平，要替他尋惡少年出氣。未行，只見女子叫侍兒來謝道：「郎君如此好心，雖然未行，主母感恩不盡。」就邀書生過去，治酒請他獨酌。飲到半中間，侍兒負一皮袋來，對書生道：「是主母相贈的。」開來一看，乃是三、四個人頭，顏色未變，都是書生平日受他侮害的仇人。書生喫了一驚，怕有累及，急要逃去。侍兒道：「莫怕！莫怕！」懷中取出一包白色有光的藥來，用小指甲挑些些，彈在頭斷處，只見頭漸縮小，變成李子大。侍兒一個個撮在口中喫了，吐出核來，也是李子。侍兒喫罷，又對書生道：「主母也要郎君替他報仇，殺這些惡少年。」書生謝道：「我如何幹得這等事！」侍兒進一香丸道：「不勞郎君動手，但掃淨書房，焚此香于鑪中，看香煙那裡去，就跟了去，必然成事。」又將先前皮袋與他道：「有人頭盡納在此中，仍舊隨煙歸來，不要懼怕！」書生依言做去，只見香煙裊裊，行處有光，牆壁不礙，每到一處，遇一惡少年，煙遶頸三匝，頭已自落，其家不知不覺，書生便將頭入皮袋中。如此數處，煙裊裊歸來，書生已隨了來。到家尚未三鼓，恰如做夢一般。事完，香丸飛去。侍兒已來取頭彈藥，照前喫了。對書生道：「主母傳語郎君，這是畏關，此關一過，打點共做神仙便了。」後來不知所往。這女子、書生都不知姓名，只傳得有香丸誌。

* * *

那崔妾是：唐貞元年間，博陵崔慎思應進士舉，京中賃房居住。房主是個沒丈夫的婦人，年止三十餘，有容色。慎思遣媒道意，要納為妻。婦人不肯道：「我非宦家之女，門楣不對，他日必有悔，只可做妾。」遂隨了慎思二年，生了一子。問他姓氏，只不肯說。一日崔慎思與他同上了床，睡至半夜，忽然不見。崔生疑心有甚姦情事了，不勝忿怒，遂走出堂前，走來走去，正自徬徨。忽見婦人在屋上走下來，白練纏身，右手持匕首，左手提一個人頭，對崔生道：「我父昔年被郡守枉殺，求報數年未得，今事已成，不可久留。」遂把宅子贈了崔生，踰牆而去。崔生驚惶。少頃又來，道是再哺孩子些乳去。須臾出來道：「從此永別。」竟自去了。崔生回房，看看兒子已被殺死。他要免心中記掛，故如此。所以說「崔妾白練」的話。

* * *

那俠嫗的事，乃元雍妾脩容，自言小時，里中盜起，有一老嫗來對他母親說道：「你家從來多陰德，雖有盜亂，不必驚怕，吾當藏過你等。」袖中取出黑綾二尺，裂作條子，教每人臂上繫著一條，道：「但隨我來！」脩容母子隨至一道院，老嫗指一個神像道：「汝等可躲在他耳中。」叫脩容母子閉了眼，背了他進去。小小神像，他母子住在耳中，卻像一間房子，毫不窄隘。老嫗朝夜來看，飲食都是他送來。這神像耳孔，只有指頭大小，但是飲食到來，耳孔便大起來。後來盜平，仍如前負了歸家。脩容要拜為師，誓脩苦行，報他恩德。老嫗說仙骨尚微，不肯收他。後來不知那裡去了。所以說「俠嫗神耳」的說話。

* * *

那賈人妻的與崔慎思妾差不多。但彼是餘干縣尉王立，調選流落，遇著美婦，道是原係賈人妻子，夫亡十年，頗有家私。留王立為婿，生了一子。後來也是一日提了人頭回來，道：「有仇已報，立刻離京。」去了復來，說是再乳嬰兒，以豁離恨。撫畢便去，迴燈褰帳，小兒身首已在兩處。所以說「賈妻斷嬰」的話，卻是崔妾也曾做過的。

* * *

那解洵是宋時武職官，靖康之亂，陷在北地。孤苦零落，親戚憐他，替他另娶一婦為妻。那婦人妝奩豐厚，洵得以存活。偶重陽日，想起舊妻墜淚，婦人問知，欲歸本朝，便替他備辦水陸之費畢具，與他同行。一路水宿山行，防閑營護，皆得其力。到家，其兄解潛軍功累積，已為大帥，相見甚喜，贈以四婢。解洵寵愛了，與婦人漸疏。婦人一日酒間責洵道：「汝不記昔年乞食趙魏時事乎？非我，已為餓莩。今一旦得志，便爾忘恩，非大丈夫所為！」洵已有酒意，聽罷大怒，奮起拳頭，連連打去。婦人忍著冷笑，洵又唾罵不止。婦人忽然站起，燈燭皆暗，冷氣襲人，四妾驚惶仆地。少頃，燈燭復明，四妾纔敢起來，看時，洵已被殺在地上，連頭都沒了。婦人及房中所有，一些不見蹤影。解潛聞知，差壯勇三千人各處追捕，並無下落。這叫做「解洵娶婦」。

* * *

那三鬟女子，因為潘將軍失卻玉念珠，無處訪尋，卻是他與朋儕作戲，取來掛在慈恩寺塔院相輪上面。後潘家懸重賞。其舅王超問起，他許取還。時寺門方開，塔戶尚鎖，只見他勢如飛鳥，已在相輪上，舉手示超，取了念珠下來。王超自去討賞，明日女子已不見了。

* * *

那車中女子，又是怎說？因吳郡有一舉子，入京應舉，有兩少年引他到家，坐定，只見門迎一車進內，車中走出一女子，請舉子試技。那舉子只會著靴在壁上行得數步。女子叫座中少年，各呈妙技。有的在壁上行，有的手撮椽子行，輕捷卻像飛鳥。舉子驚服，辭去。數日後，復見前兩少年來借馬，舉子只得與他。明日內苑失物，唯收得馱物的馬，追問馬主，捉舉子到內侍省勘問。驅入小門，吏自後一推，倒落深坑數丈，仰望屋頂七、八丈，唯見一孔，纔開一尺有多。舉子苦楚間，忽見一物如鳥飛下到身邊，看時，卻是前日女子，把絹重繫舉子肐膊訖，絹頭繫女子身上。女子騰身飛出宮城，去門數十里乃下，對舉子云：「君且歸，不可在此！」舉人乞食寄宿，得達吳地。這兩個女子，便都有些盜賊意思，不比前邊這幾個報仇雪恥，救難解危，方是脩仙正路。然要曉世上有此一種人，所以歷歷可紀，不是脫空的說話。

* * *

而今再說一個有俠術的女子，救著一個落難之人，說出許多劍俠的議論，從古未經人道的，真是精絕。有詩為證：

念珠取卻猶為戲，若似車中便累人。
試聽韋娘一席話，須知正直乃為真。

話說徽州府有一商人，姓程名德瑜，表字元玉。稟性簡默端重，不妄言笑，忠厚老成，專一走川陝，做客販貨，大得利息。一日收了貨錢，待要歸家，與帶去僕人收拾停當。行囊豐滿，自不必說。自騎一疋馬，僕人騎了牲口，起身行路。來過文階道中，與一夥做客的人同落一個飯店買酒飯喫。正喫之間，只見一個婦人騎了驢兒，也到店前下了，走將進來。程元玉抬頭看時，卻是三十來歲的模樣，面顏也儘標緻，只是裝束氣質帶些武氣，卻是雄糾糾的。飯店中客人，個個顛頭聳腦，看他說他，胡猜亂語，只有程元玉端坐不瞧。那婦人都看在眼裡，喫罷了飯，忽然舉起兩袖，抖一抖道：「適纔忘帶了錢來，今飯多喫過了主人的，卻是怎好？」那店中先前看他這些人，都笑將起來。有的道：「原來是個騙飯喫的。」有的道：「敢是真個忘了？」有的道：「看他模樣，也是個江湖上人，不像個本分的，騙飯的事也有。」那店家後生見說沒錢，一把扯住不放。店主又發作道：「青天白日，難道有得你喫了飯不還錢不成！」婦人只說：「不帶得來，下次補還。」店主道：「誰認得你！」正難分解，只見程元玉便走上前來，說道：「看此娘子光景，豈是要少這數文錢的？必是真失帶了出來，如何這等逼他！」就把手腰間去摸出一串錢來道：「該多少，都是我還了就是。」店家纔放了手，算一算帳，取了錢去。那婦人走到程元玉

程元玉店肆代償錢

十一娘雲岡縱譚俠

跟前，再拜道：「公是個長者，願聞高姓大名，好加倍奉還。」程元玉道：「些些小事，何足掛齒！還也不消還得，姓名也不消問得。」那婦人道：「休如此說！公去前面，當有小小驚恐，妾將在此處出些力氣報公，所以必要問姓名，萬勿隱諱。若要曉得妾的姓氏，但記著韋十一娘便是。」程元玉見他說話有些尷尬，不解其故，只得把名姓說了。婦人道：「妾在城西去探一個親眷，少刻就到東來。」跨上驢兒，加上一鞭，飛也似去了。

程元玉同僕人出了店門，騎了牲口，一頭走，一頭疑心。細思適間之話，好不蹊蹺。隨又忖道：「婦人之言，何足憑准！況且他一頓飯錢，尚不能預備，就有驚恐，他何如出力相報得？」以口問心，行了幾里。只見途間一人，頭帶氈笠，身背皮袋，滿身灰塵，是個慣走長路的模樣。或在前，或在後，參差不一，時常撞見。程元玉在馬上問他道：「前面到何處可以宿歇？」那人道：「此去六十里，有楊松鎮，是個安歇客商的所在，近處卻無宿頭。」程元玉也曉得有個楊松鎮，就問道：「今日晏了些，還可到得那裡麼？」那人抬頭把日影看了一看道：「我到得，你到不得。」程元玉道：「又來好笑了。我每是騎馬的，反到不得，你是步行的，反說到得，是怎的說？」那人笑道：「此間有一條小路，斜抄去二十里，直到河水灣，再二十里，就是鎮上。若你等在官路上走，迂迂曲曲，差了二十多里，故此到不及。」程元玉道：「果有小路快便，相煩指示同行，到了鎮上，買酒相謝。」那人欣然前行，道：「這等，都跟我來。」那程元玉只貪路近，又見這廝是個長路人，信著不疑，把適間婦人所言驚恐都忘了。與僕人策馬，跟了那人，前進那一條路來。初時平坦好走，走得一里多路，地上漸漸多是山根頑石，驢馬走甚不便；再行過去，有陡峻高山遮在面前。繞山走去，多是深密林子，仰不見天。程元玉主僕俱慌，埋怨那人道：「如何走此等路！」那人笑道：「前邊就平了。」程元玉不得已，又隨他走，再度過一個崗子，一發比前崎嶇了。程元玉心知中計，叫聲：「不好！不好！」急掣轉馬頭回路，忽然那人唿哨一聲，山前湧出一干人來：

猙獰相貌，劣撅身軀。無非月黑殺人，不過風高放火。盜亦有道，大曾偷習儒者虛聲；師出無名，也會剽竊將家實用。人間偶爾呼為盜，世上於今半是君。

程元玉見不是頭，自道必不可脫。慌慌忙忙，下了馬，躬身作揖道：「所有財物，但憑太保❶取去。只是鞍馬衣裝，須留下做歸途盤費則個。」那一夥強盜聽了說話，果然只取包裹來，搜了銀兩去了。程元玉急回身尋時，那馬散了韁，也不知那裡去了；僕人躲避，一發不知去向。悽悽惶惶，剩得一身，揀個高崗立著，四圍一望，不要說不見強盜出沒去處，併那僕馬消息，杳然無蹤。四無人煙，且是天色看看黑將下來，沒個道理，嘆一聲道：「我命休矣！」

正急得沒出豁，只聽得林間樹葉窣窣價聲響。程元玉回頭看時，卻是一個人，攀籐附葛而來，甚是輕便。走到面前，是個女子。程元玉見了個人，心下已放下了好些驚恐。正要開口問他，那女子忽然走到程元玉面前來，稽首道：「兒乃韋十一娘弟子青霞是也，吾師知公有驚恐，特教我在此等候。吾師只在前面，公可往會。」程元玉聽得說是韋十一娘，又是驚恐之說相合，心下就有些望他救答意思，略放膽大些了，隨著青霞前往。行不到半里，那飯店裡遇著的婦人來了。迎著道：「公如此大驚，不早來相接，甚是有罪。公貨物已取還，僕馬也在，不必憂疑。」程元玉是驚壞了的，一時答應不出。十一娘道：

❶ 太保：綠林好漢。

「公今夜不可前去，小庵不遠，且到庵中一飯，就在此寄宿罷了。前途也去不得。」程元玉不敢違，隨了去。過了兩個崗子，前見一山陡絕，四週並無聯屬，高峰插于雲外。韋十一娘以手指道：「此是雲岡，小庵在其上。」引了程元玉，攀蘿附木，一路走上。到了陡絕處，韋與青霞共來扶掖，數步一歇。程元玉氣喘，當不得他兩個就如平地一般。程元玉抬頭看高處，恰似在雲霧裡；及到得高處，雲霧又在下面了。約莫有十數里，方得石磴，磴有百來級，級盡方是平地，有茅堂一所，甚是清雅，請程元玉坐了。十一娘又另喚一女童出來，叫做縹雲。整備茶菓山簌松醪，請元玉喫。又叫整飯，意甚慇勤。程元玉方纔性定，欠身道：「程某自不小心，落了小人圈套。若非夫人相救，那討性命！只是夫人有何法術，制得他，討得程某貨物轉來？」十一娘道：「吾是劍俠，非凡人也。適間在飯店中，見公脩雅，不像他人輕薄，故此相敬。及看公面上氣色有滯，當有憂虞，故意假說乏錢還店，以試公心。見公頗有義氣，所以留心，在此相候，以報公德。適間鼠輩無禮，已曾曉諭他過了。」程元玉見說，不覺歡喜敬羨。他從小頗看史鑑，曉得有此一種法術。便問道：「聞得劍術起自唐時，到宋時絕了。故自元朝到國朝，竟不聞有此事，夫人在何處學來的？」十一娘道：「此術非起于唐，亦不絕于宋。自黃帝受兵符于九天玄女，便有此術。其臣風后習之，所以破得蚩尤。帝以此術神奇，恐人妄用。且上帝立戒甚嚴，不敢宣揚，但揀一、二誠篤之人，口傳心授，故此術不曾絕傳，也不曾廣傳。後來張良募來擊秦皇，梁王遣來刺袁盎，公孫述使來殺來、岑，李師道用來殺武元衡，皆此術也。此術既不易輕得，唐之藩鎮羨慕倣傚，極力延致奇蹤異跡之人，一時罔利之輩，不顧好歹，皆來為其所用，所以獨稱唐時有此。不知彼輩諸人，實犯上帝大戒，後來皆得慘禍。所以彼時先師復申前戒，大略：『不得妄傳人、妄殺人！不得替惡人出力、害善人！不得殺人而居其名！』此數戒最大，故趙元昊所遣刺客，不敢殺韓魏公；苗傅、劉正彥所遣刺客，不敢殺張德遠，也是怕犯前戒耳。」程元玉道：「史稱黃帝與蚩尤戰，不說有術；張良所募力士，亦不說術。梁王、公孫述、李師道所遣，皆說是盜，如何是術？」十一娘道：「公言差矣！此正吾道所謂不居其名也。蚩尤生有異像，且挾奇術，豈是戰陣可以勝得？秦始皇萬乘之主，僕從儀衛，何等威焰！且秦法甚嚴，誰敢擊他！也沒有擊了他，可以脫身的。至如袁盎，官居近侍；來、岑身為大帥；武相位在台衡，或取之萬眾之中，直戕之輦轂之下，非有神術，怎做得成？且武元衡之死，并其顱骨也取了去，那時慌忙中，誰人能有此閒工夫？史傳原自明白，公不曾詳玩其旨耳。」程元玉道：「史書上果是如此，假如太史公所傳刺客，想正是此術。至荊軻刺秦王，說他劍術疏，前邊這幾個刺客，多是有術的了？」十一娘道：「史遷，非也。秦誠無道，亦是天命真主，縱有劍術，豈可輕施！至于專諸、聶政諸人，不過義氣所使，是個有血性好漢，原非有術。若這等都叫做劍術，世間拚死殺人，自身不保的，盡是術了！」程元玉道：「崑崙摩勒如何？」十一娘道：「這是粗淺的了。聶隱娘、紅線方是至妙的。摩勒用形，但能涉歷險阻，試他矯健手段。隱娘輩用神，其機玄妙，鬼神莫窺，針孔可度，皮郛可藏，倏忽千里，往來無跡，豈得無術？」程元玉道：「吾看虬髯客傳，說他把仇人之首來喫了，劍術也可以報得私仇的？」十一娘道：「不然。虬髯之事，寓言，非真也。就是報仇，也論曲直。若曲在我，也是不敢用術報得的。」程元玉道：「假如術家所謂仇，必是何等為最？」十一娘道：「仇有幾等，皆非私仇。世間有做守令官，虐使小民，貪其賄，又害其命的；世間有做上司官，張大威權，專好諂奉，反害正直的；世間有做將帥，只剋軍餉，不勤武事，敗壞封疆的；世間有做宰相，樹置心腹，專害異己，使賢奸倒置的；世間有做試官，私通關節，賄賂徇私，黑白混淆，使不才倖幸，才士屈抑的。此皆吾術所必誅者也！至若舞文的滑吏、武斷的土豪，自有刑宰主之；忤逆之子、負心之徒，自有雷部司之，不關我事。」程元玉曰：「以前所言幾等人，曾不聞有顯受刺客劍仙殺戮的。」十一娘笑道：「豈可使人曉得的？凡此之輩，殺之之道非一，重者或徑取其首領，及其妻子，不必說了；次者或入其咽，斷其喉，或傷其心腹，其家但知為暴死，不知其故；又或用術攝其魂，使他顛蹶狂謬，失志而死；或用術迷其家，使他醜穢迭出，憤鬱而死。其有時未到的，但假托神異夢寐，使他驚懼而已。」程元玉道：「劍可得試令吾一看否？」十一娘道：「大者不可妄用，且怕驚壞了你。小者不妨試試。」乃呼青霞、縹雲二女童至，分付道：「程公欲觀劍，可試為之。就此懸崖旋製便了。」二女童應諾。十一娘袖中摸出兩個丸子，向空一擲，其高數丈，纔墜下來，二女童即躍登樹枝梢上，以手接著，毫髮不差。各接一丸來一拂，便是雪亮的利刃。程元玉看那樹枝，樛曲倒懸，下臨絕壑，窅不可測。試一俯瞷，神魂飛蕩，毛髮森豎，滿身生起寒粟子來。十一娘言笑自如，二女童運劍，為彼此擊刺之狀。初時猶自可辨，到得後來，只如兩條白練，半空飛遶，並不看見有人。有頓飯時候，然後下來，氣不喘，色不變。程元玉嘆道：「真神人也！」

時已夜深，乃就竹榻上施衾褥，命程在此宿臥，仍加以鹿裘覆之。十一娘與二女童作禮而退，自到石室中去宿了。時方八月天氣，程元玉擁裘覆衾，還覺寒涼，蓋緣居處高了。

天未明，十一娘已起身梳洗畢。程元玉也梳洗了，出來與他相見了，謝他不盡。十一娘道：「山居簡慢，恕罪則個。」又供了早膳，復叫青霞操弓矢，下山尋野味作晝饌；青霞去了一會，無一件將來，回說：「天氣早，沒有。」再叫縹雲去。坐譚未久，縹雲提了一雉一兔上山來，十一娘大喜，叫青霞快整治供客。程元玉疑問道：「雉兔山中豈少，何乃難得如此？」十一娘道：「山中原不少，只是潛藏難求。」程元玉笑道：「夫人神術，何求不得，乃難此雉兔！」十一娘道：「公言差矣！吾術豈可用來傷物命以充口腹乎？不唯神理不容，也如此小用不得。雉兔之類，原要挾弓矢，盡人力取之方可。」程元玉深加嘆服。須臾，酒至數行，程元玉請道：「夫人家世，願得一聞。」十一娘踧踖沉吟道：「事多可愧，然公是忠厚人，言之亦不妨。妾本長安人，父母貧，攜妾取寓平涼，手藝營生。父亡，獨與母居。又二年，將妾嫁同里鄭氏子，母又轉嫁了人去。鄭子佻達無度，喜俠游，妾屢屢諫他，遂至反目，因棄了妾，同他一夥無藉❷人到邊上立功去，竟無音耗回來了。伯子❸不良，把言語調戲我，我正色拒之。一日，潛走到我床上來，我提床頭劍刺之，著了傷走了。我因思我是一個婦人，既與夫不相得，棄在此間，又與伯同居不便，況且今傷了他，住在此不得了。曾有個趙道姑，自幼愛我，他有神術，道我可傳得。因是父母在，不敢自由。而今只索投他去。次日往見道姑，道姑欣然接納。又道：『此地不可居，吾山中有庵，可往住之。』就挈我登一峰巔，較此處還險峻，有一團瓢❹在上，就住其中，教我法術。至暮，徑下山去，只留我獨宿。戒我道：『切勿飲酒及淫色。』我想道：『深山之中，那得有此兩事？』口雖答應，心中不然。遂宿在團瓢中床上，至更餘，有一男子踰牆而入，貌絕美。我遽驚起，問他不答，叱他不退。其人直前將擁抱我，我不肯從。其人求益堅，我抽劍欲擊他，他也出劍相刺，他劍甚精利。

❷ 無藉：無賴。
❸ 伯子：大伯；丈夫的哥哥。
❹ 團瓢：小屋。

我方初學，自知不及，只得丟了劍，哀求他道：『妾命薄，久已灰心，何忍亂我？且師有明戒，誓不敢犯。』其人不聽，以劍加我頸，逼要從他，我引頸受之，曰：『要死便死，吾志不可奪！』其人收劍，笑道：『可知子心不變矣！』仔細一看，不是男子，原來就是趙道姑，作此試我的。因此道我心堅，盡把術來傳了。我術已成，彼自遠游，我便居此山中了。」程元玉聽罷，愈加欽重。日已將午，辭了十一娘要行。因問起昨日行裝僕馬，十一娘道：「前途自有人送還，放心前去。」出藥一囊，送他道：「每歲服一丸，可保一年無病。」送程下山，直至大路方別。纔別去，行不數步，昨日群盜將行李僕馬已在路傍，等候奉還。程元玉將銀錢分一半與他，死不敢受。減至一金做酒錢，也必不肯。問是何故，群盜道：「韋家娘子有命，雖千里之外，不敢有違。違了他的，他就知道。我等性命要緊，不敢換貨用。」程元玉再三嘆息，仍舊裝束好了，主僕取路前進。此後不聞十一娘音耗，已是十餘年。

一日，程元玉復到四川，正在棧道中行，有一少年婦人，從了一個秀士行走，只管把眼來瞧他。程元玉仔細看來，也像個素相識的，卻是再想不起，不知在那裡會過。只見那婦人忽然叫道：「程丈別來無恙乎？還記得青霞否？」程元玉方悟是韋十一娘的女童，乃與青霞及秀士相見。青霞對秀士道：「此間便是吾師所重程丈，我也多曾與你說過的。」秀士再與程敘過禮，程問青霞道：「尊師今在何處？此位又是何人？」青霞道：「吾師如舊。吾丈別後數年，妾奉師命嫁此士人。」程問道：「還有一位縹雲何在？」青霞道：「縹雲也嫁人了，吾師又另有兩個弟子了。我與縹雲但逢著時節，纔去問省一番。」程又問道：「娘子今將何往？」青霞道：「有些公事在此要做，不得停留。」說罷作別，看他意態甚是匆匆，一竟去了。

過得數日，忽傳蜀中某官暴卒。某官性詭激好名，專一暗地坑人奪人。那年進場做房考，又暗通關節，賣了舉人，屈了真才，有像十一娘所說必誅之數。程元玉心疑道：「分明是青霞所說做的公事了。」卻不敢說破。此後再也無從相聞。此是吾朝成化年間事，秣陵胡太史汝嘉有韋十一娘傳。詩云：

俠客從來久，韋娘論獨奇。
雙丸雖有術，一劍本無私。
賢佞能精別，恩讎不浪施。
何當時假腕，剗盡負心兒！

卷之五　感神媒張德容遇虎　湊吉日裴越客乘龍

詩曰：

每說婚姻是宿緣，定經月老把繩牽。
非徒配偶難差錯，時日猶然不後先。

話說婚姻事皆係前定，從來說月下老赤繩繫足，雖千里之外，到底相合。若不是因緣，眼面前也強求不得的。就是是因緣了，時辰未到，要早一日，也不能勾；時辰已到，要遲一日，也不能勾。多是氤氳大使暗中主張，非人力可以安排也。

唐朝時，有一個弘農縣尹，姓李，生一女，年已及笄。許配盧生。那盧生生得偉貌長髯，風流倜儻。李氏一家，盡道是個快婿。一日，選定日子，贅他入宅。當時有一個女巫，專能說未來事體，頗有靈驗，與他家往來得熟。其日因為他家成婚行禮，也來看看耍子。李夫人平日極是信他的，就問他道：「你看我家女婿盧郎，官祿厚薄如何？」女巫道：「盧郎不是那個長鬚後生麼？」李母道：「正是。」女巫道：「若是這個人，不該是夫人的女婿。夫人的女婿，不是這個模樣。」李夫人道：「吾女婿怎麼樣的？」女巫道：「是一個中形白面，一些髭鬚也沒有的。」李夫人失驚道：「依你這等說起來，我小姐今夜還嫁人不成哩！」女巫道：「怎麼嫁不成？今夜一定嫁人。」李夫人道：「好胡說！既是今夜嫁得成，豈有不是盧郎的事？」女巫道：「連我也那曉得緣故！」道言未了，只聽得外邊鼓樂喧天，盧生來行納采禮，正在堂前拜跪。李夫人拽著女巫的手，向後堂門縫裡指著盧生道：「你看這個行禮的，眼見得今夜成親了。怎麼不是我女婿？好笑！好笑！」那些使數養娘們見夫人說罷，大家笑道：「這老媽媽慣扯大謊，這番不准了。」女巫只不做聲。須臾之間，諸親百眷都來看成婚盛禮。原來唐時衣冠人家，婚禮極重。合巹之夜，凡屬兩姓親朋，無有不來的。就中有引禮贊禮之人，叫做「儐相」，都不是以下人做，就是至親好友中間，有禮度熟閑，儀容出眾，聲音響亮的，眾人就推舉他做了，是個尊重的事。其時盧生同了兩個儐相，堂上贊拜禮畢，新人入房。盧生將李小姐燈下揭巾一看，喫了一驚，打一個寒噤，叫聲：「阿呀！」往外就走，親友問他，並不開口，直走出門，跨上了馬，連加兩鞭，飛也似去了。

賓友之中，有幾個與他相好的，要問緣故。又有與李氏至戚的，怕有別話，錯了時辰，要成全他的，多來追趕。有的趕不上，罷了；有趕著的，問他勸他，只是搖手道：「成不得！成不得！」也不肯說出緣故來，抵死不肯回馬。眾人計無所出，只得走轉來，把盧生光景說了一遍。那李縣令氣得目睜口呆，大喊道：「成何事體！成何事體！」自思女兒一貌如花，有何作怪？今且在眾親友面前說明，好教他們看個明白。因請眾親戚都到房門前，叫女兒出來拜見。就指著道：「這個便是許盧郎的小女，豈有驚人醜貌？今盧郎一見就走，若不教他見見，眾位到底認做個怪物了。」眾人抬頭一看，果然丰姿冶麗，絕世無雙。這些親友，也有說是盧郎無福的，也有說盧郎無緣的，也有道日子差池，犯了兇煞的，議論一個不定。李縣令氣忿忿地道：「料那廝不能成就，我也不伏氣與他了。我女兒已奉見賓客，今夕嘉禮，不可虛廢，賓客裡面有願聘的，便赴今夕佳期，有眾親在此作證明，都可做大媒。」只見儐相之中，有一人走近前來，不慌不忙道：「小子不才，願事門館。」眾人定睛看時，那人姓鄭，也是拜過官職的了。面如傅粉，唇若塗硃，下頦上真個一根髭鬚也不曾生，且是標緻。眾人齊喝一聲采道：「如此小姐，正該配此才郎！況且年貌相等，門閥相當。」就中推兩位年高的為媒，另擇一個年少的代為儐相，請出女兒，交拜成禮。且應佳期，一應未備禮儀，婚後再補。是夜竟與鄭生成了親，鄭生容貌果與女巫之言相合，方信女巫神見。

成婚之後，鄭生遇著盧生，他兩個原相交厚的，問其日前何故如此。盧生道：「小弟揭巾一看，只見新人兩眼通紅，大如朱盞，牙長數寸，爆出口外兩邊，那裡是個人形？與殿壁所畫夜叉無二，膽俱嚇破了，怎不驚走？」鄭生笑道：「今已歸小弟了。」盧生道：「虧兄如何熬得？」鄭生道：「且請到弟家，請出來與兄相見則個。」盧生隨鄭生到家，李小姐梳妝出拜，天然綽約，絕非房中前日所見模樣，懊悔無及。後來聞得女巫先曾有言，如此如此，曉得是有個定數，嘆住罷了。正合著古語兩句道：

有緣千里能相會，無緣對面不相逢。

* * *

而今再說一個唐時故事，乃是乾元年間，有一個吏部尚書，姓張名鎬，有第二位小姐，名喚德容。那尚書在京中任上時，與一個僕射姓裴名冕的，兩個往來得最好。裴僕射有第三個兒子，曾做過藍田縣尉的，叫做裴越客。兩家門當戶對，張尚書就把這個德容小姐，許下了他親事，已揀定日子成親了。

卻說長安西市中，有個算命的老人，是李淳風的族人，叫做李知微。星數精妙，凡看命起卦，說人吉凶禍福，必定斷下個日子，時刻不差。一日有個姓劉的，是個應襲賃子，到京理蔭求官，數年不得。

這一年已自鑽求要緊關節，叮囑停當，吏部試判已畢，道是必成。聞西市李老之名，特來請問。李老卜了一卦，笑道：「今年求之不得，來年不求自得。」劉生不信，只見吏部出榜，為判上落了字眼，果然無名。到明年又在吏部考試，他不曾央得人情，抑且自度書判中下，未必合式，又來西市問李老。李老道：「我舊歲就說過的，君官必成，不必憂疑。」劉生道：「若得官，當在何處？」李老道：「祿在大梁地方。得了後，你可再來見我，我有話說。」吏部榜出，果然選授開封縣尉。劉生驚喜，信之如神，又去見李老。李老道：「君去為官，不必清儉，只消恣意求取，自不妨得。臨到任滿，可討個差使，再入京城，還與君推算。」劉生記著言語，別去到任。那邊州中刺史，見他舊家人物，好生委任他。劉生想著李老之言，廣取財賄，毫無避忌。上下官吏都喜歡他，再無說話。到得任滿，貯積千萬，遂見刺史，討個差使。刺史依允，就教他部著本州租稅解京。到了京中，又見李老。李老道：「公三日內即要遷官。」劉生道：「此番進京，實要看個機會，設法遷轉。卻是三日內，如何能勾？況未是那陞遷日期，這個未必准了。」李老道：「決然不差，遷官也就在彼郡，得了後，可再來相會，還有說話。」劉生去了，明日將州中租賦到左藏庫交納。正到庫前，只見東南上偌大一隻五色鳥飛來庫藏屋頂住著，文彩輝煌，百鳥喧噪，彌天而來。劉生大叫：「奇怪！奇怪！」一時驚動了內官宮監，大小人等，都來看嚷。有識得的道：「此是鳳凰也！」那大鳥住了一會，聽見喧鬧之聲，即時展翅飛起，百鳥漸漸散去。此話聞至天子面前，龍顏大喜，傳出敕命來道：「那個先見的？於原身官職，加陞一級改用。」內官查得真實，卻是劉生先見，遂發下吏部，遷授浚儀縣丞。果是三日，又就在此州。劉生愈加敬信李老，再來問此去為官之方。李老云：「只須一如前政。」劉生依言，仍舊恣意貪取，又得了千萬，任滿赴京聽調，又見李老。李老曰：「今番當得一邑正官，分毫不可妄取了。慎之！慎之！」劉生果授壽春縣宰，他是兩任得慣了的手腳，那裡忍耐得住？到任不久，舊性復發，把李老之言，丟過一邊。偏生❶前日多取之言好聽，當得個謹依來命；今日不取之言迂闊，只推道未可全信。不多時，上官論劾追贓，削職了。又來問李老道：「前兩任只叫多取，今卻叫不可妄取，都有應驗，是何緣故？」李老道：「今當與公說明，公前世是個大商，有二千萬貲財。死在汴州，其財散在人處。公去做官，原是收了自家舊物，不為妄取，所以一些無事。那壽春一縣之人，不曾欠公的，豈可過求？如今強要起來，就做壞了。」劉生大伏，慚悔而去。

凡李老之驗，如此非一，說不得這許多。而今且說正話。那裴僕射家揀定了做親日期，叫媒人到張尚書家來通信道日，張尚書聞得李老許多神奇靈應，便叫人接他過來，把女兒八字與婚期，教他合一合看，怕有甚麼沖犯不宜。李老接過八字，看了一看道：「此命喜事不在今年，亦不在此方。」尚書道：「只怕日子不利，或者另改一個也罷，那有不在今年之理？況且男女兩家，都在京中，不在此方，更在何處？」李老道：「據看命數已定，今年決然不得成親，吉日自在明年三月初三日，先有大驚之後，方得會合，卻應在南方。冥數已定，日子也不必選，早一日不成，遲一日不得。」尚書似信不信的道：「那有此話！」叫管事人封個賞封，謝了去。剛出得門，裴家就來接了去。也為婚事將近，要看看休咎。李老到了裴家，占了一卦道：「怪哉！怪哉！此卦恰與張尚書家的命數正相符合。」遂取文房四寶出來，寫了一柬道：

❶偏生：偏偏。

三月三日，不遲不疾。水淺舟膠，虎來人得。驚則大驚，吉則大吉。

裴越客看了，不解其意，便道：「某正為今年尚書府親事，只在早晚，問個吉凶。這三月三日之說何也？」李老道：「此正是婚期。」裴越客道：「日子已定，眼見得不到那時了。不准，不准。」李老道：「郎君不得性急！老漢所言，萬無一誤。」裴越客道：「『水淺舟膠，虎來人得。』大略是不祥的說話了。」李老道：「也未必不祥，應後自見。」作別過了。

正待要歡天喜地，指日成親，只見補闕拾遺等官為選舉不公，交章論劾吏部尚書，奉聖旨：「謫貶張鎬為辰州司戶，即日就道！」張尚書嘆道：「李知微之言驗矣！」便教媒人回覆裴家，約定明年三月初三，到辰州成親。自帶了家眷，星夜到貶處去了。原來唐時大官謫貶甚是消條，親眷避忌，不十分肯與往來的，怕有朝廷不測，時時憂恐。張尚書也不把裴家親事在念了。裴越客得了張家之信，喫了一驚，暗暗道：「李知微好准卦！畢竟要依他的日子了。」真是到手佳期，卻成虛度，悶悶不樂，過了年節。一開新年，便打點束裝，前赴辰州成婚。

那越客是豪奢公子，規模不小，坐了一號大座船，滿載行李輜重，家人二十多房，養娘七、八個，安童七、八個，擇日開船。越客恨不得肋生雙翅，腳下騰雲，一眨眼便到辰州。行了多日，已是二月盡邊，皆因船隻狼犺，行李沉重，一日行不上百來里路，還有擱著淺處，弄了幾日，纔弄得動的。還差辰州三百里遠近。越客心焦，恐怕張家不知他在路上，不打點得，錯過所約日子，一面舟行，一面打發一個家人，在岸路驛中討了一匹快馬，先到辰州報信。家人星夜不停，報入辰州來。

那張尚書身在遠方，時懷憂悶，況且不知道裴家心下如何，未知肯不嫌路遠來赴前約否？正在思忖不定，得了此報，曉得裴郎已在路上將到，不勝之喜。走進衙中，對家眷說了，俱各歡喜不盡。此時已是三月初二日了，尚書道：「明日便是吉期，如何來得及？但只是等裴郎到了，再定日未遲。」

是夜因為德容小姐佳期將近，先替他簪了髻，設宴在後花園中，會集衙中親丁女眷，與德容小姐添妝把盞。那花園離衙齋將有半里，辰州是個山深去處，雖然衙齋左右，多是些叢林密箐，與山林之中無異，可也幽靜好看。那德容小姐，同了衙中姑姨姊妹，儘意游玩，酒席既闌，日色已暮，都起身歸衙。眾女眷或在前，或在後，大家一頭笑語，一頭行走。正在喧哄之際，一陣風過，竹林中騰地跳出一個猛虎來，擒了德容小姐便走。眾女眷喫了一驚，各各逃竄。那虎已自跳入翳薈之處，不知去向了。眾人性定，奔告尚書得知，合家啼哭得不耐煩。那時夜已昏黑，雖然聚得些人起來，四目相視，束手無策。無非打了火把，四下裡照得一照，知他在何路上可以救得？乾鬧嚷了一夜，一毫無幹。到得天曉，張尚書噙著淚眼，點起人夫去尋骸骨。漫山遍野，無處不到，並無一些下落。張尚書又惱又苦，不在話下。

且說裴越客已到辰州界內，石阡江中。那江中都是些山根石底，重船到處觸礙，一發行不得。已是三月初二日了，還差幾十里路。越客道：「似此行去，如何趕得明日到！」心焦背熱，與船上人發極嚷亂，船上人道：「這是用不得性的！我們也巴不得到了，討喜酒喫，誰耐煩在此延挨？」裴越客道：「卻是明日是吉期，這等擔閣怎了？」船上人道：「只是船重得緊，所以只管擱淺。若要行得快，除非上了些岸，等船輕了好行。」越客道：「有理，有理。」他自家著了急的，叫住了船，一跳便跳上了岸，招呼眾家人起來。那些家人見主人已自在岸上了，誰敢不上？一走就走了二十多人起來，那船早自輕了。越客在前，眾家人在後，一路走去，那船好轉動，不比先前，自在江中。相傍著行，行得四、五里，天色將晚，看見岸傍有板屋一間，屋內有竹床一張。越客就走進屋內，叫安童把竹床上掃拂一掃拂，坐了歇一歇氣再走。這許多僮僕，都站立左右，也有站立在門外的。正在歇息，只聽得樹林中颼颼的風響，于時一線月痕，和著星光，雖不甚明白，也微微看得見。約莫風響處，有一物行走甚快，將到近邊，仔細看去，卻是一個猛虎，背負一物而來。眾人驚惶，連忙都躲在板屋裡來。其虎看看至近，眾人一齊敲著板屋吶喊，也有把馬鞭子打在板上，振得一片價響。那虎到板屋側邊，放下了背上的東西，抖抖身子，聽得眾人叫喊，像似也有些懼怕，大吼一聲，飛奔入山去了。眾人在屋縫裡張著，看那放下的東西，恰像個人一般；又恰像在那裡有些動。等了一會，料虎去遠了，一齊捏把汗，出來看時，卻是一個人。口中還微微氣喘，來對越客說了，越客分付眾人救他，慌忙叫放船攏岸，眾人扛扶其人，上了船，叫快快解了纜開去，恐防那虎還要尋來。船開了半晌，越客叫點起火來看，艙中養娘們，各拿蠟燭點起，船中明亮，看那人時，卻是：

眉灣楊柳，臉綻芙蓉。喘吁吁吐氣不齊，戰兢兢驚神未定。頭垂髮亂，是個醉扶上馬的楊妃；目閉唇張，好似死乍還魂的杜麗。面龐勾可十七、八，美豔從來無二、三。

越客將這女子上下看罷，大驚說道：「看他容顏衣服，決不是等閒村落人家的。」叫眾養娘好生看視。眾養娘將軟褥鋪襯，抱他睡在床上，解看衣服，盡被樹林荊刺抓破，且喜身體毫無傷痕。一個養娘替他將亂髮理清梳通了，挽起一髻，將一個手帕，替他紮了，拿些姜湯灌他，他微微開口，嚥下去了。又調些粥湯來灌他，弄了三、四更天氣，看看甦醒，神安氣集，忽然抬起頭來，開目一看，看見面前的人，一個也不認得，哭了一聲，依舊眠倒了。這邊養娘們問他來歷緣故及遇虎根由，那女子只不則聲，憑他

感神媒張德容遇虎

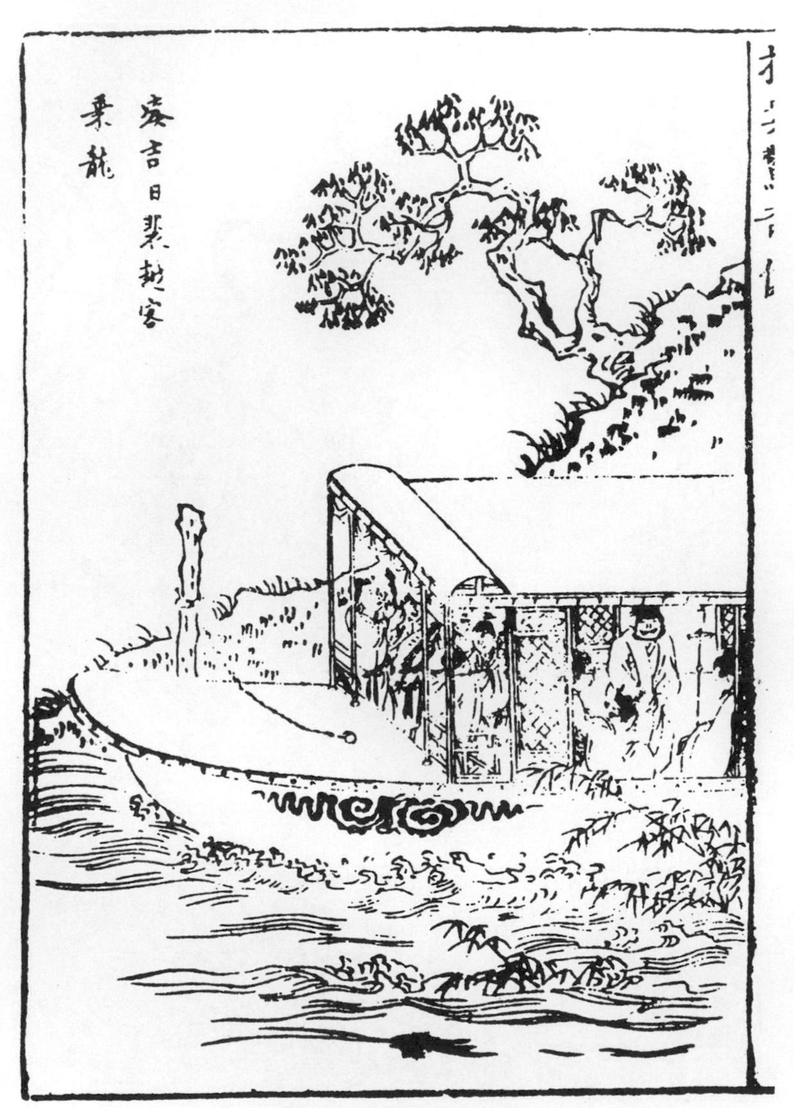

湊吉日裴越客乘龍

說來說去，竟不肯答應一句。漸漸天色明了，岸上有人走動，這邊船上也著水夫上縴，此時離州城只有三十里了。聽得前面來的人，紛紛講說道：「張尚書第二位小姐，昨夜在後花園中遊賞，被虎撲了去，至今沒尋屍骸處。」有的道：「難道連衣服都喫盡了不成！」水夫聞得此言，想著夜來的事，有些奇怪。商量道：「船中那話兒莫不正是？」就著一個下船來，把路上人來的說話，稟知越客。越客一發驚異道：「依此說話，被虎害的，正是我定下的娘子了。這船中救得的，可是不是？」連忙叫一個知事的養娘來，分付他道：「你去對方纔救醒的小娘子說，問可是張家德容小姐不是？」養娘依言去問，只見那女子聽得叫出小名來，便大哭將起來道：「你們是何人，曉得我的名字？」養娘道：「我們正是裴官人家的船，正為來赴小姐佳期，船行的遲，怕趕日子不迭，所以官人只得上岸行走。誰知卻救了小姐上船，也是天緣分定。」那小姐方纔放下了心，便說：「花園遇虎，一路上如騰雲駕霧，不知行了多少路？自拚必死，被虎放下地時，已自魂不附體了。後來不知如何卻在船上？」養娘把救他的始末說了一遍，來覆越客道：「正是這個小姐。」越客大喜，寫了一書，差一個人飛報到州裡尚書家來。尚書正為女兒骸骨無尋，又且女婿將到，傷痛無奈，忽見裴家蒼頭有書到，愈加感切。拆開來看，上寫道：

趨赴嘉禮，江行舟澀。從陸倍道，忽遇虎負愛女至，驚逐之頃，虎去而人不傷。今完善在舟，希示進止！子婿裴越客百拜。

尚書看罷，又驚又喜，走進衙中說了，滿門嘆異。尚書夫人便道：「從來罕聞奇事，想是為吉日趕不及了，神明所使！今小姐既在裴郎船上了，還可趕得今朝成親。」尚書道：「有理，有理。」就叫鞴一疋快馬，帶了儀從，不上一個時辰，趕到船上來。翁婿相見甚喜。見了女兒，又悲又喜，安慰了一番。尚書對裴越客道：「好教賢婿得知，今日之事，舊年間李知微已斷定了，說成親必竟要今日。昨晚老夫見賢婿不能勾就到，道是決趕不上今日這吉期，誰想有此神奇之事，把小女竟送到尊舟！如今若等尊舟到州城，水路難行，定不能勾。莫若就在尊舟結了花燭，成了親事，明日慢慢回衙，這吉期便不挫過了。」裴越客見說，便想道：「若非岳丈之言，小婿幾乎忘了。舊年李知微題下六句，首二句道：『三月三日，不遲不疾。』若是小婿在舟行時，只疑遲了，而今虎送將來，正應著今日。中二句道：『水淺舟膠，虎來人得。』小婿起初道不祥之言，誰知又應著這奇事。後來二句：『驚則大驚，吉則大吉。』果然這一驚不小，誰知反因此湊著吉期！李知微真半仙了！」張尚書就在船邊分派人，喚起儐相，辦下酒席，先在舟中花燭成親，合巹飲宴。禮畢，張尚書仍舊鞴馬先回，等他明日舟到，接取女兒女婿。

是夜裴越客遂同德容小姐，就在舟中共入鴛幃歡聚。少年夫婦，極盡于飛之樂。明日舟到，一同上岸，拜見丈母諸親。尚書夫人及姑姨姊妹合衙人等，看見了德容小姐，恰似夢中相逢一般，歡喜極了，反有墮下淚來的。人人說道：「只為好日❷來不及，感得神明之力，遣個猛虎做媒。把百里之程，傾倒送到，從來無此奇事。」這話傳出去，個個奇駭，道是新聞，民間各處，立起個「虎媒之祠」，但是有婚姻求合的，虔誠祈禱，無有不應。至今黔峽之間，香火不絕。於時有六句口號：

仙翁知微，判成定數。
虎是神差，佳期不挫。
如此媒人，東道難做。

❷ 好日：原為「吉期」，此處作「結婚」解釋。

卷之六　酒下酒趙尼媪迷花　機中機賈秀才報怨

詩曰：

色中餓鬼是僧家，尼扮繇來不較差。
況是能通閨閣內，但教著手便勾叉。

話說三姑六婆，最是人家不可與他往來出入。蓋是此輩功夫又閒，心計又巧。亦且走過千家萬戶，見識又多，路數又熟。不要說有些不正氣的婦女，十個著了九個兒，就是一些針縫也沒有的，他會千方百計弄出機關，智賽良平，辯同何賈，無事誘出有事來。所以宦戶人家有正經的，往往大張告示，不許出入。其間一種最狠的，又是尼姑。他借著佛天為由，庵院為囤，可以引得內眷來燒香，可以引得子弟來遊耍。見男人問訊稱呼，禮數毫不異僧家，接對無妨。到內室念佛看經，體格終須是婦女，交搭更便。從來馬泊六❶、撮合山❷，十椿事到有九椿是尼姑做成、尼庵私會的。

只說唐時有個婦人狄氏，家世顯宦，其夫也是個大官，稱為夫人。夫人生得明豔絕世，名動京師。京師中公侯戚里人家婦女，爭寵相罵的，動不動便道：「你自逞標致，好歹到不得狄夫人，乃敢欺淩我！」

---

❶ 馬泊六：牽引男女搞不正當關係的人。
❷ 撮合山：媒人。

美名一時無比，卻又資性貞淑，言笑不苟，極是一個有正經的婦人。于時，西池春遊，都城士女讙集，王侯大家，油車帟幕，絡繹不絕。狄夫人免不得也隨俗出遊。有個少年風流，在京候選官的，叫做滕生，同在池上，看見了這個絕色模樣，驚得三魂飄蕩，七魄飛揚，隨來隨去，目不轉睛。狄氏也抬起眼來，看見滕生風流行動，他一邊無心的，卻不以為意。爭奈滕生看得癡了，恨不得尋口冷水，連衣服都吞他的在肚裡去。問著傍邊人，知是有名美貌的狄夫人。車馬散了，滕生怏怏歸來，整整想了一夜。自是行忘止，食忘餐，卻像掉下了一件甚麼東西的，無時無刻不在心上。熬煎不過，因到他家前後左右，訪問消息。曉得平日端潔，無路可通。滕生想道：「他平日豈無往來親厚的女眷，若問得著時，或者尋出機會來，仔細探訪。」只見一日他門裡走出一個尼姑來，滕生尾著去問路上人，乃是靜樂院主慧澄，慣一在狄夫人家出入的。滕生便道：「好了，好了。」連忙跑到下處，將銀十兩，封好了，急急趕到靜樂院來。問道：「院主在否？」慧澄出來，見是一個少年官人，請進奉茶，稽首畢，便問道：「尊姓大名？何勞貴步？」滕生通罷姓名，道：「別無他事，久慕寶房清德，少備香火之資，特來隨喜。」袖中取出銀兩遞過來，慧澄是個老世事，一眼瞅去，覺得沉重，料道有事相央，口裡推托：「不當！」手裡已自接了。謝道：「承蒙厚賜，必有所言。」滕生只推沒有別話，表意而已，別了回寓。

慧澄想道：「卻不奇怪！這等一個美少年，想我老尼什麼？送此厚禮，又無別話。」一時也委決不下。只見滕生每日必來院中走走，越見越加殷勤，往來漸熟了。慧澄一日便問道：「官人含糊不決，必有什麼事故？但有見托，無不盡力。」滕生道：「說也不當，料是做不得的。但只是性命所關，或者希冀老師父萬分之一出力救我，事若不成，拚個害病而死罷了。」慧澄見說得尷尬，便道：「做得，做不得，且說來！」滕生把西池上遇見狄氏，如何標緻，如何想慕，若得一了夙緣，萬金不惜，說了一遍。慧澄笑道：「這事卻難。此人與我往來，雖是標緻異常，卻毫無半點瑕疵，如何動得手？」滕生想一想，問道：「師父既與他往來，曉得他平日好些甚麼？」慧澄道：「也不見他好甚東西。」滕生又道：「曾托師父做些甚麼否？」慧澄道：「數日前托我尋些上好珠子，說了兩、三遍，只有此一端。」滕生大笑道：「好也！好也！天生緣分，我有個親戚是珠商，有的是好珠，我而今下在他家，隨你要多少是有的。」即出門雇馬，如飛也似去了。一會，帶了兩袋大珠，來到院中，把與慧澄看道：「珠值二萬貫，今看他標緻分上，讓他一半，萬貫就與他了。」慧澄道：「其夫出使北邊，他是個女人在家，那能湊得許多價錢？」滕生笑道：「便是四、五千貫也罷，再不，千貫數百貫也罷，若肯圓成好事，一個錢沒有也罷了。」慧澄也笑道：「好癡話！既有此珠，我與你仗蘇、張之舌，六出奇計，好歹設法來院中走走。此時再看機會，弄得與你相見一面，你自放出手段來，成不成，看你造化，不關我事。」滕生道：「全仗高手救命則個。」慧澄笑嘻嘻地，提了兩囊珠子，竟望狄夫人家來，與夫人見禮畢。夫人便問：「囊中何物？」慧澄道：「是夫人前日所托，尋取珠子，今有兩囊上好的，送來夫人看看。」解開囊來，狄氏隨將手就囊中取起來看，口裡嘖嘖道：「果然好珠！」看了一看，愛玩不已。問道：「要多少價錢？」慧澄道：「討價萬貫。」狄氏驚道：「此只討得一半價錢，極是便宜的。但我家相公不在，一時湊不出許多來，怎麼處？」慧澄扯狄氏一把道：「夫人且借一步說話。」狄氏同他到房裡來，慧澄道：「夫人愛此珠子，不消得錢。此是一個官人，要做一件事的。」——說話的，難道好人家女眷面前，好直說得道送此珠子求做那件事一場不成？——看官，不要性急，你看那尼姑巧舌，自有宛轉。當時狄氏問道：「此官人要做何事？」慧澄道：「是一個少年官人，因仇家誣枉，失了官職，只求一關節，到吏部辨白是非，求得復任，情願送此珠子。我想夫人兄弟及相公伯叔輩，多是顯要，夫人想一門路指引他，這珠子便不消錢了。」狄氏道：「這等你且拿去還他，待我慢慢想一想，有了門路再處。」慧澄道：「他事體急了，拿去，他又尋了別人，那裡還撈得他珠子轉來，不如且留在夫人這裡，對他只說有門路，明日來討回音罷。」狄氏道：「這個使得。」慧澄別了，就去對滕生一一說知。滕生道：「今將何處？」慧澄道：「他既看上珠子，收下了，不管怎地，明日定要設法他來。看手段！」滕生又把十兩銀子與他了，叫他明日早去。

那邊狄氏別了慧澄，再把珠子細看，越看越愛，便想道：「我去托弟兄們討此分上不難，這珠眼見得是我的了。」原來人心不可有欲，一有欲心，被人窺破，便要落人圈套。假如狄氏不托尼姑尋珠，便無處生端。就是見了珠子，有錢則買，無錢便罷。一則一，二則二，隨你好漢，動他分毫不得。只為歡喜這珠子，又湊不出錢，便落在別人機彀中，把一個冰清玉潔的，弄得沒出豁起來。

卻說狄氏明日正思量這事，那慧澄也來了，問道：「夫人思想事體可成否？」狄氏道：「我昨夜為他細想一番，門路都有，管取停當。」慧澄道：「卻有一件難處，動萬貫事體，非同小可。只憑我一個貧姑，秤起來，肉也不多幾斤的，說來說去，賓主不相識，便道做得事來，此人如何肯信？」狄氏道：「是到也是，卻待怎麼呢？」慧澄道：「依我愚見，夫人只做設齋，到我院中，等此官人，只做無心撞見，兩下覿面照會，這使得麼？」狄氏是個良人心性，見說要他當面見生人，耳根通紅起來，搖手道：「這如何使得！」慧澄也變起臉來道：「有甚麼難事？不過等他自說一番緣故，這裡應承做得，使他別無疑心，方纔的確。若夫人道見面使不得，這事便做不成，只索罷了，不敢相強。」狄氏又想了一想道：

「既是老師父主見如此，想也無妨。後二日我亡兄忌日，我便到院中來做齋，但只叫他立談一、兩句，就打發去，須防耳目不雅。」慧澄道：「本意原只如此，說罷了正話，留他何幹？自不須斷當得！」慧澄期約已定，轉到院中。滕生已先在，把上項事，一一說了。滕生拜謝道：「儀、秦之辯，不過如此矣！」巴到那日，慧澄清早起來，端正齋筵，先將滕生藏在一個人跡不到的靜室中，桌上擺設精緻酒肴，把門掩上了。慧澄自出來外廂支持，專等狄氏。正是：

安排撲鼻香芳餌，專等鯨鯢來上鉤。

狄氏到了這日晡時，果然盛妝而來。他恐怕惹人眼目，連僮僕都打發了去，只帶一個小丫鬟進院來。見了慧澄，問道：「其人來未？」慧澄道：「未來。」狄氏道：「最好，且完了齋事。」慧澄替他宣揚意旨，祝讚已畢，叫一個小尼，領了丫鬟別去頑耍。對狄氏道：「且到小房一坐。」引狄氏轉了幾條暗衖，至小室前，搴簾而入。只見一個美貌少年，獨自在內。滿桌都是酒殽。喫了一驚，便欲避去。慧澄便搗鬼道：「正要與夫人對面一言，官人還不拜見！」滕生賣弄俊俏，連忙趨到跟前，劈面拜下去。狄氏無奈，只得答他。慧澄道：「官人感夫人盛情，特備一卮酒謝夫人，夫人鑒其微誠，萬勿推辭！」狄氏欲待起身，抬起眼來，原是西池上曾面染過的。看他生得少年，萬分清秀可喜，心裡先自軟了。帶著半羞半喜，吶出一句道：「有甚事，但請直說。」慧澄挽著狄氏衣袂道：「夫人坐了好講，如何彼此站著？」滕生滿斟著一杯酒，笑嘻嘻的唱個肥喏，雙手捧將過來安席。狄氏不好卻得，只得受了，一飲而盡。慧澄接著酒壺，也斟下一杯。狄氏會意，只得也把一杯回敬。眉來眼去，狄氏把先前矜莊模樣都忘懷了。又問道：「官人果要補何官？」滕生便把眼瞅慧澄一瞅道：「師父在此，不好直說。」慧澄道：

「我便略迴避一步。」跳起身來就走，撲地把小門關上了。說時遲，那時快，滕生便移了己坐，挨到狄氏身邊，雙手抱住道：「小子自池上見了夫人，朝思暮想，看看待死，只要夫人救小子一命。夫人若肯周全，連身軀性命也是夫人的了。甚麼得官不得官，放在心上？」雙膝跪將下去，狄氏見他模樣標緻，言詞可憐，千夫人萬夫人的哀求，真個又驚又愛，欲要叫喊，料是無益；欲要推脫，怎當他兩手緊緊抱住，就跪的勢裡，一直抱將起來，走到床前，放倒在床裡，便去亂扯小衣。狄氏也一時動情，淫興難遏，沒主意了。雖也左遮右掩，終久不大阻拒，任他舞弄起來。那滕生是少年在行，手段高強，弄得狄氏遍體酥麻，陰精早洩。原來狄氏雖然有夫，並不曾經著這般境界，歡喜不盡。雲雨既散，挈其手道：「子姓甚名誰？若非今日，幾虛做了一世人，自此夜夜當與子會。」滕生說了姓名，千恩萬謝。恰好慧澄開門進來，狄氏羞慚不語。慧澄道：「夫人勿怪！這官人為夫人幾死，貧姑慈悲為本，設法夫人救他一命，勝造七級浮圖。」狄氏道：「你哄得我好！而今要在你身上，夜夜送他到我家來便罷。」慧澄道：「這個當得。」當夜散去。

此後，每夜便開小門，放滕生進來，並無虛夕。狄氏心裡愛得緊，只怕他心上不喜歡，極意奉承，滕生也儘力支陪，打得火塊也似熱的。過得數月，其夫歸家了，略略蹤跡希些。然但是其夫出去了，便叫人請他來會。又是年餘，其夫覺得有些風聲，防閒嚴切，不能往來。狄氏思想不過，成病而死。本等好好一個婦人，卻被尼姑誘壞了身體，又送了性命。然此還是狄氏自己水性，後來有些動情，沒正經了，故著了手。

＊　＊　＊

而今還有一個正經的婦人，中了尼姑毒計，到底不甘，與夫同心合計，弄得尼姑死無葬身之地，果是快心，罕聞罕見，正合著普門品云：

咒咀諸毒藥，所欲害身者。

念彼觀音力，還著於本人。

話說婺州有一個秀才，姓賈，青年飽學，才智過人。有妻巫氏，姿容絕世，素性貞淑。兩口兒如魚似水，你敬我愛，並無半句言語。那秀才在大人家處館讀書，長是❸半年不回來，巫娘子只在家裡做生活❹，與一個侍兒叫做春花過日。那娘子一手好針線繡作，曾繡一幅觀音大士，繡得莊嚴，色相儼然如生。他自家十分得意，叫秀才拿到裱褙店裡裱著，見者無不贊嘆。裱成畫軸，取回來掛在一間潔淨房裡，朝夕焚香供養。只因一念敬奉觀音，那條街上有一個觀音庵，庵中有個趙尼姑，時常到他家來走走。秀才不在家時，便留他在家做伴兩日。趙尼姑也有時請他到庵裡坐坐，那娘子本分，等閒也不肯出門，一年也到不得庵裡一、兩遭。

一日春間，因秀才不在，趙尼姑來看他，閒話了一會，起身送他去。趙尼姑道：「好天氣！大娘便同到外邊望望！」也是合當有事，信步同他出到自家門首，探頭門外一看，只見一個人，謊子❺打扮的，在街上擺來，被他劈面撞見。巫娘子連忙躲了進來，掩在門邊，趙尼姑卻立定著。原來那人認得趙尼姑

❸ 長是：老是；時常。

❹ 做生活：工作；做工。

❺ 謊子：浪子。

的，說道：「趙師父，我那處尋你不到，你卻在此。我有話和你商量則個。」尼姑道：「我別了這家大娘來和你說。」便走進與巫娘子作別了。這邊巫娘子關著門，自進來了。

且說那叫趙尼姑這個謊子打扮的人，姓卜名良，乃是婺州城裡一個極淫蕩不長進的，看見人家有些顏色的婦女，便思勾搭上場，不上手不休，亦且淫濫之性，不論美惡，都要到到，所以這些尼姑，多有與他往來的。有時做他搾頭，有時趁著綽趣❻。這趙尼姑有個徒弟，法名本空，年方二十餘歲，儘有姿容。那裡算得出家？只當老尼養著一個粉頭❼一般，陪人歇宿，得人錢財，但只是瞞著人做這個。卜良就是趙尼姑一個主顧。

當日趙尼姑別了巫娘子，趕上了他，問道：「卜官人有甚說話？」卜良道：「你方纔這家，可正是賈秀才家？」趙尼姑道：「正是。」卜良道：「久聞他家娘子生得標緻，適纔同你出來，掩在門裡的，想正是他了。」趙尼姑道：「虧你聰明，他家也再無第二個。不要說他家，就是這條街上，也沒再有似他標緻的。」卜良道：「果然標緻，名不虛傳！幾時再得見見，看個仔細便好。」趙尼姑道：「這有何難！二月十九日觀音菩薩生辰，街上迎會，看的人，人山人海，你便到他家對門樓上，賃間房子住下了。他獨自在家裡，等我去約他出來，門首看會，必定站立得久，那時任憑你窗眼子張著，可不看一個飽？」卜良道：「妙，妙。」

到了這日，卜良依計到對門樓上住下，一眼望著賈家門裡。只見趙尼姑果然走進去，約了出來。那

❻ 綽趣：逗趣；作樂。
❼ 粉頭：原指娼妓，引申指不規矩的婦人。

巫娘子一來無心，二來是自己門首，只怕街上有人瞧見，怎提防對門樓上暗地裡張他？卜良從頭至尾，看見仔仔細細，直待進去了，方纔走下樓來。恰好趙尼姑也在賈家出來了，兩個遇著，趙尼姑笑道：「看得仔細麼？」卜良道：「看到看得仔細了，空想無用，越看越動火，怎生到到手便好？」趙尼姑道：「陰溝洞裡，思量天鵝肉喫！他是個秀才娘子，等閒也不出來，你又非親不族，一面不相干，打從那裡交關❽起？只好看看罷了。」一頭說，一頭走，到了庵裡。卜良進了庵，便把趙尼姑跪一跪道：「你在他家走動，是必在你身上想一個計策，勾他則個。」趙尼姑搖頭道：「難，難，難。」卜良道：「但得嘗嘗滋味，死也甘心！」趙尼姑道：「這娘子不比別人，說話也難輕說的，若要引動他春心，與你往來，一萬年也不能勾！若只要嘗嘗滋味，好歹硬做他一做，也不打緊，卻是性急不得！」卜良道：「難道強奸他不成！」趙尼姑道：「強是不強，不由得他不肯。」卜良道：「妙計安在？我當築壇拜將。」趙尼姑道：「從古道：『慢艪搖船捉醉魚❾。』除非弄醉了他，憑你施為，你道好麼？」卜良道：「好到好，如何使計弄他？」趙尼姑道：「這娘子點酒不聞的，他執性不喫，也難十分強他。若是苦苦相勸，他疑心起來，或是嗔怒起來，畢竟不喫，就沒奈他何。縱然灌得他一杯兩盞，易得醉，易得醒，也脫哄他不得。」卜良道：「而今卻是怎麼？」趙尼姑道：「有個法兒算計他，你不要管。」卜良畢竟要說明，趙尼姑便附耳低言：「如此如此，這般這般，你道好否？」卜良跌腳大笑道：「妙計，妙計！從古至今，無有此法。」趙尼姑道：「只有一件，我做此事哄了他，他醒後認真起來，必是怪我，不與我往來了，卻是如

---

❽交關：交結。

❾慢櫓搖船捉醉魚：把別人灌醉後才下手。

何？」卜良道：「只怕不到得手，既到了手，他還要認甚麼真，翻得轉面孔？憑著一味甜言媚語哄他，從此做了長相交，也不見得。倘若有些怪你，我自重重相謝罷了。敢怕替我滾熱了，我還要替你討分上❿哩。」趙尼姑道：「看你嘴臉！」兩人取笑了一回，各自散了。

自此卜良日日來庵中問信，趙尼姑日日算計，要弄這巫娘子。隔了幾日，趙尼姑辦了兩盒茶食，來賈家探望巫娘子，巫娘子留他喫飯。趙尼姑趁著機會，扯著些閒言語，便道：「大娘子與秀才官人，兩下青春，成親了多時，也該有喜信生小官人了。」巫娘子道：「便是呢！」趙尼姑道：「何不發個誠心，祈求一祈求！」巫娘子道：「奴在自繡的觀音菩薩面前，朝夕焚香，也曾暗暗禱祝，不見應驗。」趙尼姑道：「大娘年紀小，不曉得求子法。求子嗣，須求白衣觀音，自有一卷白衣經；不是平時的觀音，也不是普門品觀音經。那白衣經有許多靈驗，小庵請的這卷，多載在後邊。可惜不曾帶來與大娘看。不要說別處，只是我婺州城裡城外，但是印施的，念誦的，無有不生子，真是千喚千應，萬喚萬應的。」巫娘子道：「既是這般有靈，奴家有煩師父，替我請一卷到家來念。」趙尼姑道：「大娘不曾曉得念，這不是就好念得起的，須請大娘到庵中，在白衣大士菩薩面前親口許下卷數，待貧姑通了誠，先起個卷頭，替你念起幾卷，以後到大娘家，把念法傳熟了，然後大娘逐日自念便是。」巫娘子道：「這個卻好，待我先喫兩日素，到庵中許願起經罷。」趙尼姑道：「先喫兩日素，足見大娘虔心！起經以後，但是早晨未念之先，喫些早素，念過了，喫葷也不妨的。」巫娘子道：「原來如此！這卻容易。」巫娘子與他約定日期到庵中，先把五錢銀子與他，做經襯齋供之費。趙尼姑自去，早把這個消息通與卜良知道了。

❿ 討分上：賣面子。

那巫娘子果然喫了兩日素，到第三日，起個五更，打扮了，領了丫鬟春花，趁早上人稀，步過觀音庵來。——看官聽著，但是尼庵僧院，好人家兒女不該輕易去的！說話的若是同年生，並時長，在旁邊聽得，攔門拉住，不但巫娘子完名全節，就是趙尼姑也保命全軀。只因此一去，有分交：

舊室嬌姿，汙流玉樹；空門孽質，血染丹楓。

這是後話，且聽接上前因。

那趙尼姑接著巫娘子，千歡萬喜，請了進來坐著。奉茶過了，引他參拜白衣觀音菩薩。巫娘子自己暗暗地禱祝，趙尼姑替他通誠，說道：「賈門信女巫氏，情願持誦白衣觀音經卷，專保早生貴子，吉祥如意者！」通誠已畢，趙尼姑敲動木魚，就念起來，先念了「淨口業真言」，次念「安土地真言」，啟請過先拜佛名號多時，然後念經，一氣念了二十來遍。說這趙尼姑奸狡，曉得巫娘子來得早，況且前日有了齋供，家裡定是不喫早飯的，特地故意忘懷，也不拿東西出來，也不問起曾喫不曾喫，只管延挨，要巫娘子忍這一早餓，對付他。那巫娘子是個嬌怯怯的，空心早起，隨他拜了佛多時，又覺勞倦，又覺饑餓，不好說得，只叫丫鬟春花，與他附耳低言道：「你看廚下有些熱湯水，斟一碗來！」趙尼姑看見，故意問道：「只管念經完正事，卻忘了大娘曾喫早飯未。」巫娘子道：「來得早了，實在未曾。」趙尼姑道：「你看我老昏麼？不曾辦得早飯，辦不及了，怎麼處？把晝齋早些罷。」巫娘子道：「不瞞師父說，肚裡實是饑了。隨分⓫甚麼點心，先喫些也好。」趙尼姑故意謙遜了一番，走到房裡一會，又走到灶下一會，然後叫徒弟本空，托出一盤東西，一壺茶來。巫娘子已此餓得肚轉腸鳴了。擺上一檯，好些

⓫ 隨分：隨便。

酒下酒趙尼媼迷花

機中機賈秀才報怨

時新菓品，多救不得餓，只有熱騰騰的一大盤好糕，巫娘子取一塊來喫，又軟又甜，況是饑餓頭上，不覺一連喫了幾塊。小師父把熱茶沖上，喫了兩口，又喫了幾塊糕，再沖茶來喫。喫不到兩、三口，只見巫氏臉兒通紅，天旋地轉，打個呵欠，一堆軟倒在椅子裡面。趙尼姑假意喫驚道：「怎的來！想是起得早了，頭暈了！扶他床上睡一睡起來罷！」就同小師父本空，連椅連人，扛到床邊，抱到床上，放倒了頭，眠好了。你道這糕為何這等利害？原來趙尼姑曉得巫娘子不喫酒，特地對付下這個糕，乃是將糯米磨成細粉，把酒漿和勻，烘得極乾，再研細了，又下酒漿。如此兩、三度，攙入一、兩樣不按君臣的藥末，饍起成糕，一見了熱水，藥力酒力俱發作起來，就是做酒的酵頭一般。別人且當不起，巫娘子是喫醿也醉的人，況且又是清早空心，乘餓頭上，又喫得多了，熱茶下去，發作上來，如何當得？正是由你奸似鬼，喫了老娘洗腳水。

趙尼姑用此計較把巫娘子放番了。那春花丫頭見家主婆睡著，偷著浮生半日閒，小師父引著他自去喫東西，頑耍去了，那裡還來照管？趙尼姑忙在暗處，叫出卜良來道：「雌兒睡在床上了，憑你受用去！不知怎麼樣謝我？」那卜良關上房門，揭開帳來一看，只見酒氣噴人，巫娘子兩臉紅得可愛，就如一朵醉海棠一般，越看越標緻了。卜良淫興如火，先去親個嘴，巫娘子一些不知，就便輕輕去了袴兒，露出雪白的下體來。卜良騰的爬上身去，急將兩腿挨開，把陽物插入牝中，亂抽起來，自誇道：「慚愧！也有這一日也。」巫娘子軟得身體動彈不得，朦朧昏夢中，雖是略略有些知覺，還錯認做家裡夫妻做事一般，不知一個皁白，憑他輕薄。顛狂了一會，到得興頭上，巫娘子醉夢裡也自哼哼嚬嚬。卜良樂極，緊緊抱住，叫聲：「心肝肉，我死也！」一洩如注。行事已畢，巫娘子兀自昏眠未醒，卜良就一手搭在巫娘子身上，做一頭偎著臉。睡下多時，巫娘子藥力已散，有些醒來，見是一個面生的人一同睡著。喫了一驚，驚出一身冷汗，叫道：「不好了！」急坐起來，那時把害的酒意都驚散了。大叱道：「你是何人？敢汙良人！」卜良也自有些慌張，連忙跪下討饒道：「望娘子慈悲！恕小子無禮則個。」巫娘子見袴兒脫下，曉得著了道兒，口不答應，提起袴兒穿了，一頭喊叫春花，一頭跳下床便走。卜良恐怕有人見，不敢隨來，原在房裡躲著。巫娘子開了門，走出房，又叫春花。春花也為起得早了，在小師父房裡打盹，聽得家主婆叫響，呵欠連天，走到面前。巫娘子罵道：「好奴才！我在房裡睡了，你怎不相伴我？」巫娘子沒處出氣，狠狠要打，趙尼姑走來相勸。巫娘子見了趙尼姑，一發惱恨，將春花打了兩掌，道：「快收拾回去！」春花道：「還要念經。」巫娘子道：「多嘴奴才！誰要你管！」氣得面皮紫漲，也不理趙尼姑，也不說破，一徑出庵，一口氣同春花走到家裡。開門進去，隨手關了門，悶悶坐著。定性了一回，問春花道：「我記得餓了喫糕，如何在床上睡著？」春花道：「大娘喫了糕，呷了兩口茶，便自倒在椅子上。是趙師父與小師父同扶上床去的。」巫娘子道：「你卻在何處？」春花道：「大娘睡了，我肚裡也餓，先喫了大娘剩的糕，後到小師父房裡喫茶。有些困倦，打了一個盹，聽得大娘叫，就來了。」巫娘子道：「你看見有甚麼人走進房來？」春花道：「不見甚麼人，無非只是師父們。」巫娘子嘿嘿無言，自想睡夢中光景，有些恍惚記得，又將手摸摸自已陰處，見是粘粘涎涎的，嘆口氣道：「罷了！罷了！誰想這妖尼如此奸毒！把我潔淨身體，與這個甚麼天殺的點汙了，如何做得人？」噙著淚眼，暗暗惱恨。欲要自盡，還想要見官人一面，割捨不下。只去對著自繡的菩薩，哭告道：「弟子有恨在心，望菩薩靈感，報應則個。」禱罷，哽哽咽咽，思想丈夫，哭了一場，沒情沒緒睡了。春花正自不知一個頭腦。

且不說這邊巫娘子煩惱，那邊趙尼姑見巫娘子帶著怒色，不別而行，曉得卜良著了手，走進房來，見卜良還眠在床上，把指頭咬在口裡，呆呆地想著光景。趙尼姑見了行徑，惹起老騷，連忙騎在卜良身上道：「還不謝謝媒人！」連踏是踏蹴將起來，伸手去摸他陽物，怎奈卜良方纔洩得過，不能再舉。老尼極了，把卜良咬了一口，道：「卻便宜了你，倒急煞了我。」卜良道：「感恩不盡，夜間盡情陪你罷。況且還要替你商量個後計。」趙尼姑道：「你說只要嘗滋味，又有甚麼後計？」卜良道：「既得隴，復望蜀，人之常情，既嘗著了滋味，如何還好罷得？方纔是勉強的，畢竟得他歡歡喜喜，自情自願往來，方為有趣。」趙尼姑道：「你好不知足，方纔強做了他，他一天怒氣，別也不別去了，不知他心下如何，怎好又想後會？直等再看個機會，他與我原不斷往來，就有商量了。」卜良道：「也是，也是。全仗神機妙算。」是夜卜良感激老尼，要奉承他歡喜，躲在庵中，與他縱其淫樂，不在話下。

卻說賈秀才在書館中，是夜得其一夢，夢見身在家中，一個白衣婦人走入門來，正要上前問他，見他竟進房裡。秀才大踏步趕來，卻走在壁間掛的繡觀音軸上去了，秀才抬頭看時，上面有幾行字。仔細看了，從頭念去，上寫道：

口裡來的口裡去，報仇雪恥在徒弟。

念罷，掇轉身來，見他娘子拜在地下，他一把扯起，撒然驚覺。自想道：「此夢難解，莫不娘子身上有些疾病事故，觀音顯靈相示？」次日就別了主人家，離了館門，一路上來，詳解夢語不出，心下憂疑。到得家中叩門，春花出來開了，賈秀才便問：「娘子何在？」春花道：「大娘不起來，還眠在床上。」秀才道：「這早晚如何不起來？」春花道：「大娘有些不快活，口口叫著官人啼哭哩。」秀才見說，慌忙走進房來，只見巫娘子望見官人來了，一轂轆跳將起來。秀才看時，但見蓬頭垢面，兩眼通紅，走起來，一頭哭，一頭撲地拜在地上。秀才喫了一驚道：「如何作此模樣？」一手扶起來，巫娘子道：「官人與奴做主則個。」秀才道：「是誰人欺負你？」巫娘子打發丫頭灶下燒茶做飯去了，便哭訴道：「奴與官人匹配以來，並無半句口面，半點差池，今有大罪在身，只欠一死，只等你來，說個明白，替奴做主，死也瞑目。」秀才道：「有何事故，說這等不祥的話？」巫娘子便把趙尼姑如何騙他到庵念經，如何哄他喫糕軟醉，如何叫人乘醉姦他，說了又哭倒在地。秀才聽罷，毛髮倒豎起來，喊道：「有這等異事！」便問道：「你曉得那個是何人？」娘子道：「我那曉得？」秀才把床頭劍拔出來，在桌上一擊道：「不殺盡此輩，何以為人！但只是既不曉得其人，若不精細，必有漏脫。還要想出計較來。」娘子道：「奴告訴官人已過，奴事已畢，借官人手中劍來，即此就死，更無別話。」秀才道：「不要短見！此非娘子自肯失身，這是所遭不幸，娘子立志自明，今若輕身一死，有許多不便。」娘子道：「有甚不便，也顧不得了。」秀才道：「你死了，你娘家與外人都要問緣故，若說了出來，你落得死了醜名難免，抑且我前程罷了。若不說出來，你家裡族人，又不肯干休于我，我自身也理不直，冤仇何時而報？」娘子道：「若要奴身不死，除非妖尼奸賊多死得在我眼裡，還可忍恥偷生。」秀才想了一會道：「你當時被騙之後，見了趙尼如何說了？」娘子道：「奴著了氣，一徑回來了，不與他開口。」秀才道：「既然如此，此仇不可明報，若明報了，須動官司口舌，畢竟難掩真情，眾口喧傳，把清名點汙。我今心思一計，要報得無些痕跡，一個也走不脫方妙。」低頭一想，忽然道：「有了，有了！此計正合著觀世音夢中之言。妙！妙！」娘子道：「計將安出？」秀才道：「娘子，你要明你心事，報你冤仇，須一一從我。若不肯依我，仇也報不成，心事也不得明白。」娘子道：「官人主見，奴怎敢不依。只是做得停當便好。」秀才道：「趙尼姑面前既是不曾說破、不曾相爭，他只道你一時含羞來了，婦人水性，未必不動心。你今反要去賺得趙尼姑來，便有妙計。」附耳低言道：「如此如此，這般這般。此乃萬全勝算。」巫娘子道：「計較雖好，只是羞人，今要報仇，說不得了。」夫妻計議已定，明日秀才藏在後門靜處，巫娘子便叫春花到庵中去請趙尼姑來說話。趙尼姑見了春花，又見說請他，便暗道：「這雌兒想是嘗到甜頭，熬不過，轉了風也！」搖搖擺擺，同春花飛也似來了。趙尼姑見了巫娘子，便道：「日前得罪了大娘，又且簡慢了，休要見怪！」巫娘子叫春花走開了，捏著趙尼姑的手，輕問道：「前日那個是甚麼人？」趙尼姑見有些意思，就低低道：「是此間極風流底卜大郎，叫做卜良，有情有趣，少年女娘見了，無有不喜歡他的。他慕大娘標緻得緊，日夜來拜求我。我憐他一點誠心，難打發他，又見大娘孤單在家，未免清冷，少年時節便相處著個把，也不虛度了青春，故此做成這事。那家貓兒不喫葷，多在我老人家肚裡。大娘不要認真，落得便快活快活，等那個人菩薩也似敬你，寶貝也似待你，有何不可？」巫娘子道：「只是該與我熟商量，不該做作我，而今事已如此，不必說了。」趙尼姑道：「你又不曾認得他，若明說，你怎麼肯？今已是一番過了，落得圖個長往來好。」巫娘子道：「枉出醜了一番，不曾看得明白，模樣如何？情性如何？既然愛我，你叫他到我家再會會看，果然人物好，便許他暗地往來也使得。」趙尼姑暗道：「中了機謀。」不勝之喜，並無一些疑心。便道：「大娘果然如此，老身今夜就叫他來便了。這個人物，儘著看是好的。」巫娘子道：「點上燈時，我就自在門內等他，咳嗽為號，領他進房。」趙尼姑千歡萬喜，回到庵中，把這消息通與卜良。那卜良聽得頭顛尾顛，恨不得金烏早墜，玉兔飛昇。到得傍晚，已自在賈家門首探頭探腦，恨不得就將那話兒拿下來，望門內撩了進去。看看天晚，只見撲的把門關上了。卜良疑是尼姑搗鬼，卻放心未下。正在躊躇，那門裡咳嗽一聲，卜良外邊也接應咳嗽一聲，輕輕的一扇門開了，卜良咳嗽一聲，裡頭也咳嗽一聲，卜良將身閃入門內。門內數步，就是天井。星月光來，朦朧看見巫娘子身軀。卜良上前，當面一把抱住道：「娘子恩德如山。」巫娘子懷著一天憤氣，故意不行推拒，也將兩手緊緊彄著，只當是拘住他。卜良急將口來親著，將舌頭伸過巫娘子口中亂攪，巫娘子兩手越彄得緊了，咂吮他舌頭不住。卜良興高了，陽物翹然，舌頭越伸過來。巫娘子性起，跎踔一口，咬住不放。卜良痛極，放手急掙，已被巫娘子啃下五七分一段舌頭來。卜良慌了，望外急走。巫娘子吐出舌尖在手，急關了門，走到後門，尋著了秀才道：「仇人舌頭咬在此了。」秀才大喜，取了舌頭，把汗巾包了，帶了劍，趁著星月微明，竟到觀音庵來。那趙尼姑料道卜良必定成事，宿在賈家，已自關門睡了。只見有人敲門，那小尼是年紀小的，倒頭便睡，任人擂破了門，也不會醒。老尼心上有事，想著卜良和巫娘子，慾心正熾，那裡就睡得去。聽得敲門，心疑卜良了事回來，忙呼小尼，不見答應，便自家爬起來開門。纔開得門，被賈秀才攔頭一刀，劈將下來。老尼望後便倒，鮮血直冒，嗚呼哀哉了。賈秀才將門關了，提了劍，走將進來尋人，心裡還道：「倘若那卜良也走在庵裡，一同結果他。」見佛前長明燈有火點著，四下裡一照，不見一個外人，只見小尼睡在房裡，也是一刀，早氣絕了。連忙把燈掭⑫亮，卻就燈下解開手巾，取出那舌頭來，將刀撬開小尼口裡，放在裡面。打滅了燈，拽上了門，竟自歸家。對妻子道：「師徒皆殺，仇已報矣。」巫娘子道：「這賊只損得舌頭，不曾殺得。」秀才道：

⑫ 掭：將油燈的燈蕊撥出些，使燈光明亮。

「不妨，不妨。自有人殺他，而今已後，只做不知，再不消題起了。」

卻說那觀音庵左右鄰，看見日高三丈，庵中尚自關門，不見人動靜，疑心起來。走去推門，門卻不拴，一推就開了。見門內殺死老尼，喫了一驚，又尋進去，見房內又殺死小尼。一個是劈開頭的；一個是斫斷喉的。慌忙叫了地方坊長保正人等，多來相視看驗，好報官府。地方齊來檢看時，只見小尼牙關緊閉，噙著一件物事，取出來，卻是人的舌頭。地方人道：「不消說是姦情事了。只不知兇身是何人？且報了縣間再處。」於是寫下報單。正值知縣升堂，當堂遞了。知縣說：「這要挨查兇身不難，但看城內城外有斷舌的，必是下手之人，快行各鄉各鄙，五家十家保甲，一挨查就見明白。」出令不多時，果然地方送出一個人來。原來卜良被咬斷舌頭，情知中計，心慌意亂，一時狂走，不知一個東西南北，迷了去向。恐怕人追著，揀條僻巷躲去，住在人家門簷下，蹲了一夜。天亮了，認路歸家。也是天理合該敗，只在這條巷內，東認西認，走來走去，急切裡認不得大路，又不好開口問得人。街上人看見這個人蹤跡可疑，已自瞧科了幾分。須臾之間，喧傳尼庵事體，縣官告示，便有個把好事的人，盤問他起來，口裡含糊，滿牙關多是血跡。地方人一時鬨動，走上了一堆人，圍住他道：「殺人的不是他是誰？」不由分辨，一索子綑住了，拉到縣裡來。縣前有好些人，認得他的道：「這個人原是個不學好的人，眼見得做出事來。」縣官升堂，眾人把卜良帶到，縣官問他，只是口裡嗚哩嗚喇，一字也聽不出。縣官叫掌嘴數下，要他伸出舌頭來看，已自沒有尖頭了，血跡尚新。縣官問地方人道：「那狗才姓甚名誰？」眾人有平日恨他的，把他姓名及平日所為奸盜詐偽事，是長是短，一一告訴出來。縣官道：「不消說了，這狗才必是謀姦小尼，老尼開門時，先劈倒了。然後去強姦小尼，小尼恨他，咬斷舌尖。這狗才一時怒起，就殺了小尼，有甚麼得講？」卜良聽得，指手擡腳要辨時，那裡有半個字囫圇。縣官大怒道：「如此奸人！累甚麼紙筆！況且口不成語，兇器未獲，難以成招，選大樣板子，一頓打死罷。」喝教：「打一百！」那卜良是個遊花插趣⓭的人，那裡熬得刑慣？打至五十以上，已自絕了氣了。縣官著落地方，責令屍親領屍。尼姑屍首，叫地方盛貯燒埋，立宗文卷，上批云：

卜良吾舌安在？知為破舌之緣；尼僧好頸誰當？遂作刎頸之契。斃之足矣！情何疑焉！立案存照。

縣官發落公事了訖，不在話下。

那賈秀才與巫娘子見街上人紛紛傳說此事，夫妻兩個暗暗稱快，那前日被騙及今日下手之事，到底並無一個人曉得。此是賈秀才識見高強，也是觀世音見他虔誠，顯此靈通，指破機關，既得報了仇恨，亦且全了聲名。那巫娘子見賈秀才幹事決斷，賈秀才見巫娘子立志堅貞，越相敬重。後人評論此事，雖則報仇雪恥，不露風聲，算得十分好了。只是巫娘子清白身軀，畢竟被汙。外人雖然不知，自心到底難過。只為輕與尼姑往來，以致有此，有志女人，不可不以此為鑒！詩云：

好花零落損芳香，只為當春漏隙光。
一句良言須聽取，婦人不可出閨房！

⓭ 遊花插趣：遊蕩作樂。

卷之七　唐明皇好道集奇人　武惠妃崇禪鬥異法

詩曰：

燕市人皆去，函關馬不歸。
若逢山下鬼，環上繫羅衣。

這一首詩，乃是唐朝玄宗皇帝時節，一個道人李遐周所題。那李遐周是一個有道術的，開元年間，玄宗召入禁中，後來出住玄都觀內。天寶末年，安祿山豪橫，遠近憂之，玄宗不悟，寵信反深。一日遐周隱遁而去，不知所往。但見所居壁上題詩，如此如此，時人莫曉其意，直至祿山反叛，玄宗幸蜀，六軍變亂，貴妃縊死，乃有應驗，後人方解。云「燕市人皆去」者，說祿山盡起燕薊之眾為兵也。「函關馬不歸」者，大將哥舒，潼關大敗，疋馬不還也。「若逢山下鬼」者，「山下鬼」是「嵬」字，蜀中有「馬嵬驛」也。「環上繫羅衣」者，貴妃小字玉環，馬嵬驛時，高力士以羅巾縊之也。道家能前知如此，蓋因玄宗是孔昇真人轉世，所以一心好道，一時有道術的，如張果、葉法善、羅公遠諸仙眾異人，皆來聚會，往來禁內，各顯神通，不一而足。那李遐周區區算術小數，不在話下。

且說張果，是帝堯時一個侍中，得了胎息之道，可以累日不食，不知多少年歲，直到唐玄宗朝，隱于恆州中條山中。出入常乘一個白驢，日行數萬里。到了所在，住了腳，便把這驢似紙一般折疊起來，其厚也只比張紙，放在巾箱裡面。若要騎時，把水一噀，即便成驢。至今人說八仙有「張果老騎驢」，正謂此也。開元二十三年，玄宗聞其名，差一個通事舍人，姓裴名晤，馳驛到恆州來迎。那裴晤到得中條山中，看見張果齒落髮白，一個搊搜老叟，有些嫌他，未免氣質傲慢。張果早已知道，與裴晤行禮方畢，忽然一交跌去，只有出的氣，沒有入的氣，已自命絕了。裴晤著了忙道：「不爭你死了，我這聖旨卻如何回話？」又轉想道：「聞道神仙專要試人，或者不是真死也不見得，我有道理。」便焚起一爐香來，對著死屍跪了，致心念誦，把天子特差求道之意，宣揚一遍。只見張果漸漸醒轉來，那裴晤被他這一驚，曉得有些古怪，不敢相逼，星夜馳驛，把上項事奏過天子。玄宗愈加奇異，道裴晤不了事，另命中書舍人徐嶠齎了璽書，安車奉迎。那徐嶠小心謹慎，張果便隨嶠到東都，于集賢院安置行李，乘轎入宮見玄宗。玄宗見是個老者，便問道：「先生既已得道，何故齒髮衰朽如此？」張果道：「衰朽之年，學道未得，故見此形相，可羞！可羞！今陛下見問，莫若把齒髮盡去了還好。」說罷，即就御前把鬚髮一頓撏拔乾淨，又捏了拳頭，把口裡亂敲，將幾個半殘不完的零星牙齒逐個敲落，滿口血出。玄宗大驚道：「先生何故如此？且出去歇息一會。」張果出來了，玄宗想道：「這老兒古怪！」即時傳命召來。只見張果搖搖擺擺走將來，面貌雖是先前的，卻是一頭純黑頭髮，鬚髯如漆，雪白一口好牙齒，比少年的還好看些。玄宗大喜，留在內殿賜酒。飲過數杯，張果辭道：「老臣量淺，飲不過二升。有一弟子，可喫得一斗。」玄宗令召來。張果口中不知說些甚的，只見一個小道士在殿簷上飛下來，約有十五、六年紀，且是生得標致。上前叩頭禮畢，走到張果面前，打個稽首，言詞清爽，禮貌周備。玄宗命坐，張果道：「不可，不可！弟子當侍立。」小道士遵師言，鞠躬傍站。玄宗愈看愈喜，便叫斟酒賜他，杯杯滿，盞盞乾，飲勾一斗。弟子並不推辭。張果便起身替他辭道：「不可更賜，他加不得了。若過了度，必有失處，惹得龍顏一笑。」玄宗道：「便大醉何妨，恕卿無罪。」立起身來，手持一玉觥，滿斟了，將到口邊逼他。剛下口，只見酒從頭頂湧出，把一個小道冠兒湧得歪在頭上，跌了下來。道士去拾時，腳步踉蹌，連身子也跌倒了。玄宗及在旁嬪御，一齊笑將起來，仔細一看，不見了小道士，止有一個金榼在地，滿盛著酒。細驗這榼，卻是集賢院中之物，一榼止盛一斗。玄宗大奇。明日，要出咸陽打獵，就請張果同去一看。合圍既罷，前驅擒得大角鹿一隻，將付庖廚烹宰。張果見了道：「不可殺！不可殺！此是仙鹿，已滿千歲。昔時漢武帝元狩五年，在上林游獵，臣曾侍從，生獲此鹿，後來不忍殺，捨放了。」玄宗笑道：「鹿甚多矣，焉知即此鹿？且時遷代變，前鹿豈能保獵人不禽過，留到今日？」張果道：「武帝捨鹿之時，將銅牌一片，紮在左角下為記，試看有此否？」玄宗命人驗看，在左角下果得銅牌，有二寸長短，兩行小字，已糢糊黑暗，辨不出了。玄宗纔信，就問道：「元狩五年，是何甲子？到今多少年代了？」張果道：「元狩五年，歲在癸亥。武帝始開昆明池，到今甲戌歲，八百五十二年矣。」玄宗宣命太史官查推長曆，果然不差。於是曉得張果是個千來歲的人，群臣無不欽服。

一日，祕書監王迴質、太常少卿蕭華，兩人同往集賢院拜訪張果，迎著坐下，忽然笑對二人道：「人生娶婦，娶了個公主，好不怕人！」兩人見他說得沒頭腦，兩兩相看，不解其意。正說之間，只見外邊傳呼：「有詔書到！」張果命人忙排香案等著。原來玄宗有個女兒，叫做玉真公主，從小好道，不曾下降於人。蓋婚姻之事，民間謂之「嫁」，皇家謂之「降」；民間謂之「娶」，皇家謂之「尚」。玄宗見張果是個真仙出世，又見女兒好道，意思要把女兒下降張果，等張果尚了公主，結了仙姻仙眷，又好等女兒學他道術，可以雙修成仙。計議已定，頒下詔書。中使齎了，到集賢院張果處，開讀已畢，張果只是哈哈大笑，不肯謝恩。中使看見王、蕭二公在旁，因與他說天子要降公主的意思，叫他兩個攛掇，二公方悟起初所說，便道：「仙翁早已得知，在此說過了的。」中使與二公大家相勸一番，張果只是笑不止。中使料道不成，只得去回覆聖旨。玄宗見張果不允親事，心下不悅，便與高力士商量道：「我聞堇汁最毒，飲之立死。若非真仙，必是下不得口，好歹把這老頭兒試一試。」時值天大雪，寒冷異常。玄宗召張果進宮，把堇汁下在酒裡，叫宮人滿斟煖酒，與仙翁敵寒。張果舉觴便飲，立盡三卮，醺然有醉色，四顧左右，咂咂舌道：「此酒不是佳味！」打個呵欠，倒頭睡下。玄宗只是瞧著，不做聲，過了一會，醒起來道：「古怪，古怪！」袖中取出小鏡子一照，只見一口牙齒都焦黑了。看見御案上有鐵如意，命左右取來，將黑齒逐一擊下，隨收在衣帶內了，取出藥一包來，將少許擦在口中齒穴上，又倒頭睡了。這一覺不比先前，且是睡得安穩，有一個多時辰，纔爬起來，滿口牙齒多已生完，比先前更堅且白。玄宗越加敬異，賜號通玄先生，卻是疑心他來歷。其時有個歸夜光，善能視鬼，玄宗召他來，把張果一看，夜光並不見甚麼動靜。又有一個邢和璞善算，有人問他，他把算子一動，便曉得這人姓名，窮通壽夭，萬不失一。玄宗一向奇他，便教道：「把張果來算算。」和璞拿了算子，撥上撥下，撥個不耐煩，竭盡心力，耳根通紅，不要說算他別的，只是個壽數，也算他不出。其時又有一個道士葉法善，也多奇術，玄宗便把張果來私問他，法善道：「張果出處，只有臣曉得，卻說不得。」玄宗道：「何故？」法善道：「臣說了必死，故不敢說。」玄宗定要他說，法善道：「除非陛下免冠跣足救臣，臣方得活。」玄宗許諾，法善纔說道：「此是混沌初分時，一個白蝙蝠精……」剛說得罷，七竅流血，未知性命如何，已見四肢不舉。玄宗急到張果面前，免冠跣足，自稱有罪。張果看見皇帝如此，也不放在心上，慢慢的說道：「此兒多口過，不謫治他，怕敗壞了天地間事。」玄宗哀請道：「此朕之意，非法善之罪，望仙翁饒恕則個。」張果方纔回心轉意，叫取水來，把法善一噀，法善即時復活。

* * *

而今且說這葉法善，表字道元，先居處州松陽縣，四代修道。法善弱冠時，曾游括蒼白馬山，石室內遇三神人，錦衣寶冠，授以太上密旨。自是誅蕩精怪，掃馘凶妖，所在救人。入京師時，武三思擅權，法善時常察聽妖祥，保護中宗、相王及玄宗。大為三思所忌，流竄南海。

玄宗即位，法善在海上，乘白鹿，一夜到京。在玄宗朝，凡有吉凶動靜，法善必預先奏聞。一日吐番遣使進寶，函封甚固，奏稱：「內有機密，請陛下自開，勿使他人知之。」廷臣不知來意真偽，是何緣故，面面相覷，不敢開言。惟有法善密奏道：「此是凶函，宜令番使自開。」玄宗依奏降旨。番使領旨，不知好歹，扯起函蓋，函中弩發，番使中箭而死。乃是番家見識，要害中華天子，設此暗機于函中，連番使也不知道，卻被法善參透，不中暗算，反叫番使自著了道兒。

開元初，正月元宵之夜，玄宗在上陽宮觀燈，尚方匠人毛順心，巧用心機，施逞技藝，結搆綵樓三十餘間，樓高一百五十尺，多是金翠珠玉鑲嵌。樓下坐著，望去樓上，滿樓都是些龍鳳螭豹百般鳥獸之燈。一點了火，那龍鳳螭豹百般鳥獸，盤旋的盤旋，跳躑的跳躑，飛舞的飛舞，千巧萬怪，似是神工，不像人力。玄宗看畢大悅，傳旨：「速召葉尊師來同賞。」去了一會，纔召得個葉法善樓下朝見。玄宗稱誇道：「好燈！」法善道：「燈盛無比，依臣看將起來，西涼府今夜之燈，也差不多如此。」玄宗道：

「尊師幾時曾見過來？」法善道：「適纔在彼，因蒙急召，所以來了。」玄宗怪他說得咤異，故意問道：「朕如今即要往彼看燈，去得否？」法善道：「不難。」就叫玄宗閉了雙目，叮囑道：「不可妄開，開時有失。」玄宗依從，法善喝聲道：「疾！」玄宗足下雲冉冉而起，已同法善在霄漢之中。須臾之間，足已及地。法善道：「而今可以開眼看了。」玄宗閃開龍目，只見燈影連亙數十里，車馬駢闐，士女紛雜，果然與京師無異。玄宗拍掌稱盛，猛想道：「如此良宵，恨無酒喫。」法善道：「陛下隨身帶有何物？」玄宗道：「止有鏤鐵如意在手。」法善便持往酒家，當了一壺酒，幾個碟來，與玄宗對喫，完了，還了酒家家火。玄宗道：「回去罷！」法善復令閉目，騰空而起。少頃，已在樓下。御前去時歌曲，尚未終篇，已行千里有餘。玄宗疑是道家幻術、障眼法兒，未必真到得西涼。猛可思量道：「卻纔把如意當酒，這是實事可驗。」明日差個中使，托名他事，到涼州密訪鏤鐵如意，果然在酒家。說道：「正月十五夜，有個道人拿了當酒喫的。」始信看燈是真。

是年八月中秋之夜，月色如銀，萬里一碧。玄宗在宮中賞月，笙歌進酒，憑著白玉欄杆，仰面看著，浩然長想，有詞為證：

桂花浮玉，正月滿天街，夜涼如洗。風泛鬚眉透骨寒，人在水晶宮裡。蛇龍偃蹇，觀闕嵯峨，縹緲笙歌沸。霜華滿地，欲跨彩雲飛起。（詞寄酹江月）

玄宗不覺襟懷曠蕩，便道：「此月普照萬方，如此光燦，其中必有非常好處。見說嫦娥竊藥，奔在月宮，既有宮殿，定可游觀。只是如何得上去？」急傳旨宣召葉尊師。法善應召而至。玄宗問道：「尊師有道術，可使朕到月宮一游否？」法善道：「這有何難？就請御駕啟行。」說罷，將手中板笏一擲，現出一條雪鍊也似的銀橋來，那頭直接著月內。法善就扶著玄宗，踱上橋去。且是平穩好走，隨走過處，橋便隨滅。走得不上一里多路，到了一個所在。露下沾衣，寒氣逼人，面前有座玲瓏四柱牌樓，抬頭看時，上面有個大匾額，乃是六個大金字。玄宗認著是「廣寒清虛之府」六字，便同法善從大門走進來，看時，庭前是一株大桂樹，扶疏遮蔭，不知覆著多少里數！桂樹之下，有無數白衣仙女，乘著白鸞，在那裡舞。這邊庭階上，又有一夥仙女，也如此打扮，各執樂器一件，在那裡奏樂，與舞的仙女相應。看見玄宗與法善走進來，也不驚異，也不招接，吹的自吹，舞的自舞。玄宗呆呆看著，法善指道：「這些仙女，名為『素娥』，身上所穿白衣，叫做『霓裳羽衣』，所奏之曲名曰紫雲曲。」玄宗素曉音律，將兩手按節，把樂聲一一嘿記了。後來到宮中，傳與楊太真，就名霓裳羽衣曲，流于樂府，為唐家希有之音。這是後話。

玄宗聽罷仙曲，怕冷欲還。法善駕起兩片彩雲，穩如平地，不勞舉步，已到人間。路過潞州城上，細聽樵樓更鼓，已打三點，那月色一發明朗如晝，照得潞州城中，纖毫皆見。但只夜深人靜，四顧悄然。法善道：「臣侍陛下夜臨于此，此間人如何知道？適來陛下習聽仙樂，何不於此試演一曲？」玄宗道：「甚妙，甚妙。只方纔不帶得所用玉笛來。」法善道：「玉笛何在？」玄宗道：「在寢殿中。」法善道：「這個不難。」將手指了一指，玉笛自雲中墜下。玄宗大喜，接過手來，想著月中拍數，照依吹了一曲。又在袖中摸出數個金錢，灑將下去了，乘月回宮。至今傳說「唐明皇遊月宮」，正此故事。那潞州城中有睡不著的，聽得笛聲嘹喨，似覺非凡。有爬起來聽的，卻在半空中吹響，沒做理會。次日又有街上拾得金錢的，報知府裡。府裡官員道是非常祥瑞，上表奏聞。十來日，表到御前，玄宗看表道：「八月望夜，有天樂臨城，兼獲金錢，此乃國家瑞兆，萬千之喜！」玄宗心下明白，不覺大笑。自此敬重法善，與張果一般，時常留他兩人在宮中，或下棋，或鬥小法，賭勝負為戲。

* * *

一日，二人在宮中下棋，玄宗接得鄂州刺史表文一道，奏稱：「本州有仙童羅公遠，廣有道術。」蓋因刺史迎春之日，有個白衣人身長丈餘，形容怪異，雜在人叢之中觀看，見者多駭走。傍有小童喝他道：「業畜！何乃擅離本處，驚動官司？還不速去！」其人並不敢則聲，提起一把衣服，如飛走了。府吏看見小童作怪，一把擒住，來到公燕之所，具白刺史。刺史問他姓名，小童答道：「姓羅名公遠，適見守江龍上岸看春，某喝令回去。」刺史不信道：「怎見得是龍？須得吾見真形方可信。」小童道：「請待後日。」至期，于水邊作一小坑，深纔一尺，去江岸丈餘，引江水入來。刺史與郡人畢集，見有一白魚，長五、六寸，隨流至坑中，跳躍兩遍，漸漸大了。有一道青煙如線，在坑中起，一霎時，黑雲滿空，天色昏暗。小童道：「快都請上了津亭。」正走間，電光閃爍，大雨如瀉。須臾少定，見一大白龍起于江心，頭與雲連，有頓飯時方滅。刺史看得真實，隨即具表奏聞，就叫羅公遠隨表來朝見帝。玄宗把此段話，與張、葉二人說了，就叫公遠與二人相見。二人見了大笑道：「村童曉得些甚麼？」二人各取棋子一把，捏著拳頭，問道：「此有何物？」公遠笑道：「都是空手。」及開拳，兩人果無一物，棋子多在公遠手中。兩人方曉得這童兒有些來歷。玄宗就叫他坐在法善之下。天氣寒冷，團團圍爐而坐。此時劍南出一種菓子，叫作「日熟子」，一日一熟，到京都是不鮮的了。張、葉二人，每日用仙法遣使取來，過午必至，所以玄宗常有新鮮的到口。是日，至夜不來，二人心下疑惑。商量道：「莫非羅君有緣故？」

盡注目看公遠。原來公遠起初一到爐邊，便把火筯插在灰中。見他們疑心了，纔笑嘻嘻的把火筯提了起來，不多時使者即到。法善詰問：「為何今日偏遲？」使者道：「方欲到京，火焰連天，無路可過，適纔火息了，然後來得。」眾人多驚伏公遠之法。

* * *

卻說當時楊妃未入宮之時，有個武惠妃專寵。玄宗雖崇奉道流，那惠妃卻篤信佛教，各有所好。惠妃信的釋子，叫做金剛三藏，也是個奇人，道術與葉、羅諸人算得敵手。玄宗駕幸功德院，忽然背癢，羅公遠折取竹枝，化作七寶如意，進上爬背。玄宗大悅，轉身對三藏道：「上人❶也能如此否？」三藏道：「公遠的幻化之術，臣為陛下取真物。」袖中摸出一個七寶如意來獻上，玄宗一手去接得來，手中先所執公遠的如意，登時仍化作竹枝。玄宗回宮與武惠妃說了，惠妃大喜。玄宗要幸東洛，就對惠妃說道：「朕與卿同行，卻教葉、羅二尊師、金剛三藏從去，試他鬥法，以決兩家勝負何如？」武惠妃歡喜道：「臣妾願隨往觀。」傳旨排鑾駕，不則一日，到了東洛。時方脩麟趾殿，有大方梁一根，長四、五丈，徑頭六、七尺，眠在庭中。玄宗對法善道：「尊師試為朕舉起來。」法善受詔作法，方木一頭揭起數尺，一頭不起。玄宗道：「尊師神力，何乃只舉得一頭？」法善奏道：「三藏使金剛神眾壓住一頭，故舉不起。」原來法善故意如此說，要武妃面上好看，等三藏自逞其能，然後勝他。果然武妃見說，暗道：「佛法廣大！」不勝之喜。三藏也只道實話，自覺有些快活。惟羅公遠低著頭，只是笑。玄宗有些不伏氣，又對三藏道：「法師既有神力，葉尊師不能及，今有個澡瓶在此，法師能咒得葉尊師入此瓶否？」

❶ 上人：上德之人。對和尚的尊稱。

唐明皇好道集奇人

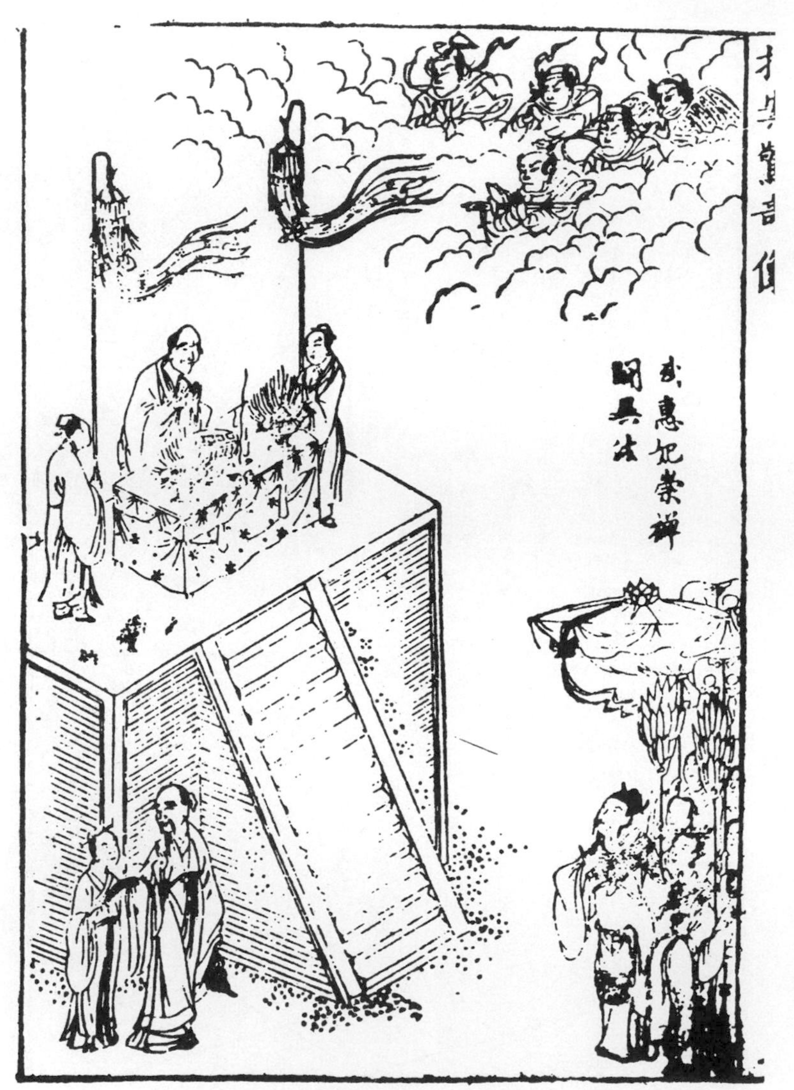

武惠妃崇禪鬥異法

三藏受詔置瓶，叫葉法善依禪門法，斂坐起來。念動咒語，未及念完，法善身體欻欻就瓶。念得兩遍，法善已至瓶嘴邊，翕然而入。玄宗心下好生不悅。過了一會，不見法善出來，又對三藏道：「法師既使其入瓶，能使他出否？」三藏道：「進去煩難，出來是本等法。」就念起咒來，咒完不出。三藏急了，不住口一氣數遍，並無動靜。玄宗驚道：「莫不尊師沒了？」變起臉來。武妃大驚失色，三藏也慌了。只有羅公遠扯開口一味笑。玄宗問他道：「而今怎麼處？」公遠笑道：「不消陛下費心！法善不遠。」三藏又念咒一會，不見出來，正無計較，外邊高力士報道：「葉尊師進。」玄宗大驚道：「銅瓶在此，卻在那裡來？」急召進問之，法善對道：「寧王邀臣喫飯，正在作法之際，面奏陛下，必不肯放，恰好借入瓶機會，到寧王家喫了飯來。若不因法師一咒，須去不得。」玄宗大笑，武妃、三藏方放下心了。法善道：「法師已咒過了，而今該貧道還禮。」隨取三藏紫銅缽盂，在圍爐裡面燒得內外都紅，法善捏在手裡，弄來弄去，如同無物，忽然雙手捧起來，照著三藏光頭，撲地合上去。三藏失聲而走，玄宗大笑。公遠道：「陛下以為樂，不知此乃道家末技，葉師何必施逞！」玄宗道：「尊師何不也作一法，使朕一快？」公遠道：「請問三藏法師，要如何作法術？」三藏道：「貧僧請收固袈裟，試令羅公取之。不得，是羅公輸；取得，是貧僧輸。」玄宗大喜，一齊同到道場院，看他們做作。三藏結立法壇一所，焚起香來，取袈裟貯在銀盒內，又安數重木函，木函加了封鎖，置于壇上。三藏自在壇上打坐起來。玄宗、武妃、葉師多看見壇中有一重菩薩，外有一重金甲神人，又外有一重金剛圍著，賢聖比肩，環繞甚嚴。三藏觀守，目不暫捨。公遠坐繩床上，言笑如常，不見他作甚行徑。眾人都注目看公遠，公遠竟不在心上。有好多一會，玄宗道：「何太遲遲？莫非難取？」公遠道：「臣不敢自誇其能也，不知取得取不得。只叫三藏開來看看便是。」玄宗開言，便叫三藏開函取袈裟。三藏看見重重封鎖，一毫不動，心下喜歡，及開到銀盒，叫一聲苦！已不知袈裟所向，只是個空盒。三藏嚇得面如土色，半晌無言。玄宗拍手大笑，公遠奏道：「請令人在臣院內開櫃取來。」中使領旨去取，須臾，袈裟取到了。玄宗看了，問公遠道：「朕見菩薩尊神，如此森嚴，卻用何法取出？」公遠道：「菩薩力士，聖之中者；甲兵諸神，道之小者；至于太上至真之妙，非術士所知。適來使玉清神女取之，雖有菩薩金剛，連形也不得見他的，取若坦途，有何所礙？」玄宗大悅，賞賜公遠無數。葉公、三藏皆伏公遠神通。

玄宗欲從他學隱形之術，公遠不肯道：「陛下真人降化，保國安民，萬乘之尊，學此小術何用？」玄宗怒罵之，公遠即走入殿柱中，極口數玄宗過失。玄宗愈加怒發，叫破柱取他。柱既破，又見他走入玉碣中。就把碣破為數十片，片片有公遠之形，卻沒奈他何。玄宗謝了罪，忽然又立在面前。玄宗懇求至切，公遠只得許了。雖則傳授，不肯盡情。玄宗與公遠同做隱形法時，果然無一人知覺。若是公遠不在，玄宗自試，就要露出些形來，或是衣帶，或是幞頭腳，宮中人定尋得出。玄宗曉得他傳授不盡，多將金帛賞賚，要他喜歡。有時把威力嚇他道：「不盡傳，立刻誅死！」公遠只不作准。玄宗怒極，喝令綁出斬首，刀斧手得旨，推出市曹斬訖。隔得十來日，有個內官叫做輔仙玉，奉差自蜀道回京，路上撞遇公遠騎驢而來，笑對內官道：「官家❷作戲，忒沒道理！」袖中出書一封道：「可以此上聞！」又出藥一包寄上，說道：「官家問時，但道是『蜀當歸』。」語罷，忽然不見。仙玉還京奏聞。玄宗取書覽看，上面寫是「姓維名么退」。一時不解。仙玉退出，公遠已至。玄宗方悟道：「先生為何改了名姓？」公遠

❷ 官家：對皇帝的稱呼。

道：「陛下曾去了臣頭，所以改了。」玄宗稽首謝罪，公遠道：「作戲何妨。」走出朝門，自此不知去向。

直到天寶末，祿山之難，玄宗幸蜀，又于劍門奉迎鑾駕，護送至成都，拂衣而去。後來肅宗即位靈武，玄宗自疑不能歸長安，肅宗以太上皇奉迎，然後自蜀還京，方悟「蜀當歸」之寄，其應在此。與李遐周之詩，總是道家前知妙處。有詩為證：

好道秦王與漢王，豈知治道在經常！
縱然法術無窮幻，不救楊家一命亡。

卷之八　烏將軍一飯必酬　陳大郎三人重會

詩曰：

每訝衣冠多盜賊，誰知盜賊有英豪？
試觀當日及時雨，千古流傳義氣高。

話說世人最怕的是個「強盜」二字，做個罵人惡語，不知這也只見得一邊。若論起來，天下那一處沒有強盜？假如有一等做官的，誤國欺君，侵剝百姓，雖然官高祿厚，難道不是大盜？有一等做公子的，倚靠著父兄勢力，張牙舞爪，詐害鄉民，受投獻，窩贓私，無所不為，百姓不敢聲冤，官司不敢盤問，難道不是大盜？有一等做舉人秀才的，呼朋引類，把持官府，起滅詞訟，每有將良善人家，拆得煙飛星散的，難道不是大盜？只論衣冠中，尚且如此，何況做經紀客商，做公門人役，三百六十行中人，儘有狼心狗行，狠似強盜之人在內，自不必說。所以當時李涉博士遇著強盜，有詩云：

暮雨瀟瀟江上村，綠林豪客夜知聞。
相逢何用藏名姓？世上于今半是君。

這都是嘆笑世人的話，世上如此之人，就是至親切友，尚且反面無情，何況一飯之恩，一面之識？倒不如水滸傳上說的人，每每自稱好漢英雄，偏要在綠林中掙氣，做出世人難到的事出來。蓋為這綠林中，也有一貧無奈，借此棲身的；也有為義氣上殺了人，借此躲難的；也有朝廷不用，淪落江湖，因而結聚的。雖然只是歹人多，其間仗義疏財的，到也儘有。當年趙禮讓肥，反得粟米之贈；張齊賢遇盜，更多金帛之遺，都是古人實事。

且說近來蘇州有個王生，是個百姓人家。父親王三郎，商賈營生，母親李氏。又有個嬸母楊氏，卻是孤孀無子的。幾口兒一同居住。王生自幼聰明乖覺，嬸母甚是愛惜他，不想年紀七、八歲時，父母兩口相繼而亡。多虧得這楊氏殯葬完備，就把王生養為己子，漸漸長成起來，轉眼間又是十八歲了。商賈事體，是件伶俐。

一日，楊氏對他說道：「你如今年紀長大，豈可坐喫箱空！我身邊有的家貲，并你父親剩下的，儘勾營運，待我湊成千來兩，你到江湖上做些買賣，也是正經。」王生欣然道：「這個正是我們本等。」楊氏就收拾起千金東西，交付與他。王生與一班為商的計議定了，說南京好做生意，先將幾百兩銀子，置了些蘇州貨物，揀了日子，僱下一隻長路的航船，行李包裹，多收拾停當，別了楊氏，起身到船。燒了神福利市，就便開船，一路無話。

不則一日，早到京口，趁著東風過江，到了黃天蕩內，忽然起一陣怪風，滿江白浪掀天，不知把船打到一個甚麼去處。天已昏黑了，船上人抬頭一望，只見四下裡多是蘆葦，前後並無第二隻客船。王生和那同船一班的人，正在慌張，忽然蘆葦裡一聲鑼響，划出三、四隻小船來。每船上各有七、八個人，一擁的跳過船來。王生等喘做一塊，叩頭討饒。那夥人也不來和你說話，也不來害你性命，只把船中所有金銀貨物，盡數捲擄過船，叫聲「聒噪」！雙槳齊發，飛也似划將去了。滿船人驚得魂飛魄散，目睜口呆。王生不覺的大哭起來，道：「我直如此命薄！」就與同行的商量道：「如今盤纏行李俱無，到南京何幹？不如各自回家，再作計較。」唧唧噥噥❶了一會，天色漸漸明了，那時已自風平浪靜，撥轉船頭，望鎮江進發。到了鎮江，王生上岸，往一個親眷人家，借得幾錢銀子做盤費，到了家中。楊氏見他不久就回，又且衣衫零亂，面貌憂愁，已自猜個八九了。只見他走到面前，唱得個喏，便哭倒在地。楊氏問他仔細，他把上項事說了一遍，楊氏慰安他道：「兒嚛，這也是你的命。又不是你不老成花費了，何須如此煩惱？且安心在家兩日，再湊些本錢出去，務要趁出前番的來便是。」王生道：「已後只在近處做些買賣罷，不擔這樣干繫，遠處去了。」楊氏道：「男子漢千里經商，怎說這話！」住在家一月有餘，又與人商量道：「揚州布好賣，松江置買了布，到揚州，就帶些銀子，糴了米荳回來，甚是有利。」楊氏又湊了幾百兩銀子，與他到松江，買了百來筒布，獨自寫了一隻滿風梢的船，身邊又帶了幾百兩糴米荳的銀子，合了一個夥計，擇日起行。到了常州，只見前邊來的船，隻隻氣嘆口渴道：「擠壞了！擠壞了！」忙問緣故，說道：「無數糧船，阻塞住丹陽路，自青羊舖直到靈口，水洩不通，買賣船莫想得進！」王生道：「怎麼好！」船家道：「難道我們上前去看他擠不成！打從孟河走他娘罷。」王生道：「孟河路怕恍惚。」船家道：「拚得只是日裡行，何礙！不然守得路通，知在何日？」因遂依了船家，走孟河路，果然是天青日白時節，出了孟河，方歡喜道：「好了，好了！若在內河裡，幾能掙得出來！」正在快活間，只見船後頭水響，一隻三櫓八槳船，飛也似趕來。看看至近，一撓鉤搭住，十來個強人，手執快刀、鐵尺、金剛圈，跳將過來。原來孟河過東去就是大海，日裡也有強盜的，惟有空船走得。今

❶ 唧唧噥噥：低聲說話。

見是買賣船，又悔氣，恰好撞著了，怎肯饒過？盡情搬了去，怪船家手裡還捏著櫓，一鐵尺打去，船家拋櫓不及。王生慌忙之中，把眼瞅去，認得就是前日黃天蕩裡一班人。王生口裡喊道：「大王！前日受過你一番了，今日如何又在此相遇？我前世直如此少你的！」那強人內中一個長大的說道：「果然如此，還他些做盤纏。」就把一個小小包裹，撩將過來，掉開了船，一道煙，反望前邊江裡去了。王生只叫得苦，拾起包裹，打開看時，還有十來兩零碎銀子在內。噙著眼淚，冷笑道：「且喜這番不要借盤纏，僥倖！僥倖！」就對船家說道：「誰叫你走此路！弄得我如此，回去了罷。」船家道：「世情變了，白日打劫，誰人曉得？」只得轉回舊路。到了家中，楊氏見來得快，又一心驚。王生淚汪汪地走到面前，哭訴其故。難得楊氏是個大賢之人，又眼裡識人，自道姪兒必有發跡之日，並無半點埋冤，只是安慰他，教他守命，再做道理。

過得幾時，楊氏又湊起銀子，催他出去，道：「兩番遇盜，多是命裡所招。命該失財，便是坐在家裡，也有上門打劫的，不可因此兩番，墮了家傳行業！」王生只是害怕。楊氏道：「姪兒疑心，尋一個起課的，問個吉凶，討個前路便是。」果然尋了一個先生到家，接連占卜了幾處做生意，都是下卦，惟有南京是個上上卦。又道：「不消到得南京，但往南京一路上去，自然財爻旺相。」楊氏道：「我的兒，『大膽天下去得，小心寸步難行。』蘇州到南京不上六、七站路，許多客人往往來來，當初你父親、你叔叔，都是走熟的路，你也是悔氣，偶然撞這兩遭盜，難道他們專守著你一個，遭遭打劫不成！占卜既好，只索放心前去！」王生依言，仍舊打點動身，也是他前數注定，合當如此。正是：

　　篋底東西命裡財，皆繇鬼使共神差。

強徒不是無因至，巧弄他們送福來。

王生行了兩日，又到揚子江中。此日一帆順風，真個兩岸萬山如走馬，直抵龍江關口，然後天晚，上岸不及了，打點灣船。他每是驚彈的鳥，傍著一隻巡哨號船邊，拴好了船，自道萬分無事，安心歇宿。到得三更，只聽得一聲鑼響，火把齊明，睡夢裡驚醒，急睜眼時，又是一夥強人，跳將過來，照前搬個罄盡。看自己船時，不在原泊處所，已移在大江闊處來了。火中仔細看他們搶擄，認得就是前兩番之人。王生硬著膽，扯住前日還他包裹這個長大的強盜，跪下道：「大王！小人只求一死！」大王道：「我等誓不傷人性命，你去罷了，如何反來歪纏？」王生哭道：「大王不知，小人幼無父母，全虧得嬸娘重托，出來為商，剛出來得三次，恰是前世欠下大王的，三次都撞著大王奪了去，叫我何面目見嬸娘？也那裡得許多銀子還他？就是大王不殺我時，也要跳在江中死了。決難回去再見恩嬸之面了。」說得傷心，大哭不住。那大王是個有義氣的，覺得可憐他，便道：「我也不殺你，銀子也還你不成！我有道理，我昨晚劫得一隻客船，不想都是打綑的苧麻，且是不少。我要他沒用，我取了你銀子，把這些與你做本錢去，也勾相當了。」王生出於望外，稱謝不盡。那夥人便把苧麻亂拋過船來，王生與船家，慌忙併疊，不及細看，約莫有二、三百綑之數。強盜拋完了苧麻，已自胡哨❷一聲，轉船去了。船家認著江中小港門，依舊把船移進宿了，候天大明。王生道：「這也是有人心的強盜，料道這些苧麻，也有差不多千金了。他也是劫了去不好發脫，故此與我。我如今就是這樣發行去賣，有人認出，反為不美，不如且載回家，打過了綑，改了樣式，再去別處貨賣麼！」仍舊把船開江。下水船快，不多時，到了京口閘，一路到家。

❷ 胡哨：即「唿哨」。撮口作聲。

見過嬸嬸。又把上項事一一說了。楊氏道：「雖沒了銀子，換了偌多苧麻來，也不為大虧。」便打開一綑來看，只見一層一層，解到裡邊，綑心中一塊硬的，纏束甚緊，細細解開，乃是幾層綿紙，包著成錠的白金。隨開第二綑，綑綑皆同。一船苧麻，共有五千兩有餘。乃是久慣大客商，江行防盜，假意貨苧麻，暗藏在綑內，瞞人眼目的。誰知被強盜不問好歹劫來，今日卻富了王生。那時楊氏與王生叫聲：「慚愧！」雖然受了兩、三番驚恐，卻平白地得此橫財，比本錢加倍了，不勝之喜。自此以後，出去營運，遭遭順利，不上數年，遂成大富之家。這個須然❸是王生之福，卻是難得這大王一點慈心，可見強盜中未嘗沒有好人。

* * *

如今再說一個，也是蘇州人，只因無心之中結得一個好漢，後來以此起家，又得夫妻重會。有詩為證：

> 說時俠氣凌霄漢，聽罷奇文冠古今。
> 若得世人皆仗義，貪泉自可表清心。

卻說景泰年間，蘇州府吳江縣，有個商民，複姓歐陽，媽媽是本府徽州曾氏，生下一女一兒，兒年十六歲未婚，那女兒二十歲了。雖是小戶人家，到也生得有些姿色，就贅本村陳大郎為婿。家道不富不貧，在門前開小小的一爿雜貨店鋪，往來交易，陳大郎和小舅兩人管理。他們翁婿夫妻郎舅之間，你敬我愛，做生意過日。忽遇寒冬天道，陳大郎往蘇州置些貨物，在街上行走，只見紛紛洋洋，下著國家祥

❸ 須然：雖然。

瑞。古人有詩說得好，道是：

盡道豐年瑞，豐年瑞若何？
長安有貧者，宜瑞不宜多！

那陳大郎冒雪而行，正要尋一個酒店沽酒煖寒，忽見遠遠地一個人走將來，你道是怎生模樣？但見：

身上緊穿著一領青服，腰間暗懸著一把鋼刀。形狀帶些威雄，面孔更無細肉。兩頰無非不亦悅，遍身都是德輶如。

那個人生得身長七尺，胸闊三停；大大一個面龐，大半被長鬚遮了。可煞❹作怪！沒有鬚的所在，又多有毛長寸許，剩卻眼睛外，把一個嘴臉遮得縫地也無了。正合著古人笑話，髭髯不仁，侵擾乎其旁而不已，於是面之所餘無幾。陳大郎見了，喫了一驚，心中想道：「這人好生古怪！只不知喫飯時如何處置這些鬍鬚，露得個口出來？」又想道：「我有道理，拚得費錢把銀子，請他到酒店中一坐，便看出他的行動來了。」他也只是見他異樣，要作個耍，連忙躬身向前唱喏，那人還禮不迭。陳大郎道：「小可欲邀老丈酒樓小敘一杯。」那人是個遠來的，況兼落雪天氣，又飢又寒，聽見說了，喜逐顏開。連忙道：「素昧平生，何勞厚意！」陳大郎搗個鬼道：「小可見老丈骨格非凡，必是豪傑，敢扳一話。」那人道：「卻是不當。」口裡如此說，卻不推辭。兩人一同上酒樓來，陳大郎便問酒保打了幾角酒，回了一腿羊肉，又擺上些雞魚肉菜之類。陳大郎正要看他動口，就舉杯來相勸。只見那人接了酒盞，放在棹上，向衣袖取出一對小小的銀札鉤來，掛在兩耳，將鬚毛分開札起，拔刀切肉，恣其飲啖。又嫌杯小，問酒保

❹可煞：可是。

烏將軍一飯必酬

陳大郎三人重會

討個大碗，連喫了幾壺，然後討飯。飯到，又喫了十來碗，陳大郎看得呆了，那人起身拱手道：「多謝兄長厚情，願聞姓名鄉貫。」陳大郎道：「在下姓陳名某，本府吳江縣人。」那人一一記了，陳大郎也求他姓名，他不肯還個明白，只說：「我姓烏，浙江人，他日兄長有事到敝省，或者可以相會。承兄盛德，必當奉報，不敢有忘！」陳大郎連稱不敢。當下算還酒錢，那人千恩萬謝，出門作別自去了。陳大郎也只道是偶然的說話，那裡認真。歸來對家中人說了，也有信他的，也有疑他說謊的，俱各笑了一場。不在話下。

又過了兩年有餘，陳大郎只為做親了數年，並不曾生得男女，夫妻兩個發心要往南海普陀落伽山觀音大士處，燒香求子，尚在商量未決。忽一日歐公有事出去了，只見外邊有一個人，走進來叫道：「老歐在家麼？」陳大郎慌忙出來答應，卻是徽州的褚敬橋。施禮罷，便問：「令岳在家否？」陳大郎道：「少出。」褚敬橋道：「令親外太媽陸氏，身體違和，特地叫我寄信，請你令岳母相伴幾時。」大郎聞言，便進來說與曾氏知道。曾氏道：「我去便要去，只是你岳父不在，眼下不得脫身。」便叫過女兒兒子，分付道：「外婆有病，你每姊弟兩人，可到崇明去伏侍幾日。待你父親歸來，我就來換你們便了。」當下商議已定，便留褚敬橋喫了午飯，央他先去回覆。又過了兩日，姊弟二人收拾停當，叫下一隻艖船起行。那曾氏又分付道：「與我上覆外婆，須要寬心調理，可說我也就要來的。雖則不多日路，你兩人年小，各要小心。」二人領諾，自望崇明去了。只因此一去，有分教：

綠林此日逢嬌冶，紅粉從今踏險危。

卻說陳大郎，自從妻舅去後，十日有餘，歐公已自歸來，只見崇明又央人寄信來說道：「前日褚敬橋回覆道：『教外甥們就來。』如何至今不見？」那歐公夫妻和陳大郎，都喫了一大驚，便道：「去已十日了，怎說不見？」寄信的道：「何曾見半個影來？你令岳母到也好了，只是令愛令郎是甚緣故？」陳大郎忙去尋那載去的船家，問他，船家道：「到了海灘邊，船進去不得，你家小官人與小娘子說道：『上岸去路不多遠，我們認得的。你自去罷。』此時天色將晚，兩個急急走了去，我自搖船回了，如何不見？」那歐公急得無計可施，便對媽媽道：「我在此看家，你可同女婿探望丈母，就訪訪消息歸來。」他每兩個心中慌得無措，聽得說了，便一刻也遲不得，急忙備了行李，僱了船隻，第二日早早到了崇明。相見了陸氏媽媽，問起緣由，纔知病體已漸痊可，只是外甥兒女毫不知些蹤跡。那曾氏便是「心肝肉」的，放聲大哭起來。陸氏及鄰舍婦女們驚來問信的，也不知陪了多少眼淚。陳大郎是個性急的人，敲檯拍凳的怒道：「我曉得都是那褚敬橋寄甚麼鳥信！是他趁夥打劫，用計拐去了。」便不管三七二十一，忿氣走到褚家。那褚敬橋還不知甚麼緣由，劈面撞著，正要問個來歷，被他劈胸揪住，喊道：「還我人來！還我人來！」就要扯他到官。此時已鬧動街坊人，齊擁來看。那褚敬橋面如土色，嚷道：「有何得罪，也須說個明白。」大郎道：「你還要白賴！我好好的在家裡，你寄甚麼信？把我妻子舅子拐在那裡去了？」褚敬橋拍著胸膛道：「真是冤天屈地，要好成歉。吾好意為你寄信，你妻子自不曾到，今日這話，卻不是禍從天上來？」大郎道：「我妻舅已自來十日了，怎不見到？」敬橋道：「可又來！我到你家寄信時，今日算來十二日了。次日傍晚到得這裡以後，並不曾出門。此時你家妻舅還在家未動身，我在何時拐騙？如今四鄰八舍都是證見。若是我十日內曾出門到那裡，這便都算是我的緣故。」眾人都道：「那有這事！這不撞著拐子，就撞著強盜了。不可冤屈了平人！」陳大郎情知不關他事，只得放了手，忍氣吞聲，跑回曾家。就在徽州進了狀詞，又到蘇州府進了狀詞，批發本縣捕衙緝訪。又各處粉牆上，貼了招子，許出賞銀二十兩，又尋著原載去的船家，也拉他到巡捕處，討了個保，押出挨查，仍舊到崇明，與曾氏共住了二十餘日，並無消息。

不覺的殘冬將盡，新歲又來，兩人只得回到家中。歐公已知上項事了，三人哭做一堆，自不必說。別人家多歡歡喜喜過年，獨有他家煩煩惱惱。一個正月，又匆匆的過了，不覺又是二月初頭，依先沒有一些影響。陳大郎猛然想著道：「去年要到普陀進香，只為要求兒女，如今不想連兒女的母親都不見了，我直如此命蹇！今月十九日是觀音菩薩生日，何不到彼進香還願？一來祈求的觀音報應；二來看些浙江景致，消遣悶懷；就便做些買賣。」算計已定，對丈人說過，託店鋪與他管了，收拾行李，取路望杭州來。過了杭州錢塘江，下了海船，到普陀上岸，三步一拜，拜到大士殿前。焚香頂禮已過，就將分離之事，通誠了一番，重復叩頭道：「弟子虔誠拜禱，伏望菩薩大慈大悲，救苦救難，廣大靈感，使夫妻再得相見。」一拜罷下船，就泊在巖邊宿歇，睡夢中見觀音菩薩口授四句詩道：

合浦珠還自有時，驚危目下且安之。
姑蘇一飯酬須重，大海茫茫信可期。

陳大郎颯然驚覺，一字不忘。他雖不甚精通文理，這幾句卻也解得。嘆口氣道：「菩薩果然靈感！依他說話，相逢似有可望。但只看如此光景，那得能勾？」心下悒怏，那一飯的事，早已不記得了。

清早起來，開船歸家。行不得數里，海面忽地起一陣颶風，吹得天昏地暗，連東西南北都不見了，舟人牢把船舵，任風飄去。須臾之間，飄到一個島邊，早已風恬日朗。那島上有小嘍囉數百，正在那裡使鎗弄棒，比箭掄拳，一見有海船飄到，正是老鼠在貓口邊過，如何不喫！便一夥的都搶下船來，將一船人身邊銀兩行李，盡數搜出。那多是燒香客人，所有不多，不滿眾意，提起刀來嚇他要殺。陳大郎情急了，大叫：「好漢饒命！」那些嘍囉聽得是東路聲音，便問道：「你是那裡人？」陳大郎戰兢兢道：「小人是蘇州人。」嘍囉們便說道：「既如此，且綁到大王面前發落，不可便殺。」因此連眾人都饒了，齊齊綁到聚義廳來。陳大郎此時也不知是何主意，總之這條性命，一大半是閻家的了。閉著淚眼，口裡只念：「救苦救難，觀世音菩薩！」只見那廳上一個大王，慢慢地踱下廳來，將大郎細看了一看，大驚道：「原來是吾故人到此，快放了綁！」陳大郎聽得此話，纔敢偷眼看那大王時節，正是那兩年前遇著多鬚多毛，酒樓上請他喫飯這個人！嘍囉連忙解脫繩索，大王便扯一把交椅過來，推他坐了，納頭便拜道：「小孩兒每不知進退，誤犯仁兄，望乞恕罪！」陳大郎還禮不迭，說道：「小人觸冒山寨，理合就戮，敢有他言！」大王道：「仁兄怎如此說？小可感仁兄雪中一飯之恩，于心不忘。屢次要來探訪仁兄，只因山寨中多事不便。日前曾分付孩兒們，凡遇蘇州客商，不可輕殺。今日得遇仁兄，天假之緣也。」陳大郎道：「既蒙壯士不棄小人時，乞將同行眾人包裹行李見還，早回家鄉，誓當啣環結艸。」大王道：「未曾盡得薄情，仁兄如何就去？況且有一事要與仁兄慢講。」回頭分付小嘍囉，寬了眾人的綁，還了行李貨物，先放還鄉。眾人歡天喜地，分明是鬼門關上放將轉來，把頭似搗蒜的一般，拜謝了大王，又謝了陳大郎，只恨爹娘少生了兩隻腳，如飛的開船去了。

大王便叫擺酒與陳大郎壓驚，須與齊備，擺上廳來。那酒餚內山珍海錯也有，人肝人腦也有。大王定席之後，飲了數杯。陳大郎開口問道：「前日倉卒有慢，不曾備細請教得壯士大名，伏乞詳示。」大王道：「小可生在海邊，姓烏名友，少小就有些膂力，眾人推我為尊，權主此島。因見我鬚毛太多，稱我做烏將軍。前日由海道到徽州，得遊貴府，與仁兄相會。小可不是餔啜之徒，感仁兄一飯，蓋因我輩錢財輕，意氣重，仁兄若非塵埃之中，深知小可，一個素不相識之人，如何肯欣然款納？所謂士為知己者死，仁兄果我之知己耳。」大郎聞言，又驚又喜，心裡想道：「好僥倖也！若非前日一飯，今日連性命也難保。」又飲了數杯，大王開言道：「動問仁兄宅上有多少人口？」大郎道：「只有岳父母妻子小舅，並無他人。」大王道：「如今各平安否？」大郎下淚道：「不敢相瞞，舊歲荊妻妻弟，一同往崇明探親，途中有失，至今不知下落。」大王道：「既是這等，尊嫂定是尋不出了。小可這裡有個婦女，也是貴鄉人，年貌與兄正當，小可欲將他來奉仁兄箕箒，意下如何？」大郎恐怕觸了大王之怒，不敢推辭。大王便大喊道：「請將來！請將來！」只見一男一女，走到廳上。大郎定睛看時，原來不是別人，正是妻子與小舅，禁不住相持痛哭了一場。大王便教增了筵席。三人坐了客位，大王坐了主位，說道：「仁兄知尊嫂在此之故否？舊歲冬間，孩兒每往崇明海岸無人處，做些細商道路，見一男一女傍晚同行，拿著前來。小可問出根由，知是仁兄宅眷，忙令各館別室，不敢相輕。于今兩月有餘，急忙裡無個緣便，心中想道只要得邀仁兄一見，便可用小力送還。今日不期而遇，天使然也！」三人感謝不盡，那妻子與小舅私對陳大郎說道：「那日在海灘上，望得見外婆家了，打發了來船，姊弟正走間，遇見一夥人，捆縛將來，道是性命休矣！不想一見大王，查問來歷，我等一一實對，便把我們另眼相看，我們也不知其故。今日見說，卻記得你前年間曾言蘇州所遇，果非虛話了。」陳大郎又想道：「好僥倖也！前日若非一飯，今日連妻子也難保。」酒罷起身，陳大郎道：「妻父母望眼將穿，既蒙壯士厚恩完聚，得早還家為幸。」大王道：「既如此，明日送行。」當夜送大郎夫婦在一個所在，送小舅在一個所在，各歇宿了。次日，又治酒相餞，三口拜謝了，要行。大王又教僂儸托出黃金三百兩、白金一千兩，彩緞貨物在外，不計其數。陳大郎推辭了幾番道：「重承厚賜，隻身難以持歸。」大王道：「自當相送。」大郎只得拜受了。大王道：「自此每年當一至。」大郎應允。大王相送出島邊，僂儸們已自駕船相等。他三人歡歡喜喜，別了登舟。那海中是強人出沒的所在，怕甚風濤險阻！只兩日竟由海道中送到崇明上岸，海船自去了。他三人竟走至外婆家來，見了外婆，說了緣故，老人家肉天肉地的叫，歡喜無極。陳大郎又叫了一隻船，三人一同到家。歐公歐媽見兒女女婿都來，還道是睡裡夢裡，大郎便將前情告訴了一遍，各各悲歡了一場。歐公道：「此果是烏將軍義氣，然若不遇颶風，何緣得到島中？普陀大士真是感應！」大郎又說著大士夢中四句詩，舉家嘆異。從此大郎夫妻，年年到普陀進香，都是烏將軍差人從海道迎送，每番多則千金，少則數百，必致重負而返。陳大郎也年年往他州外府，覓些奇珍異物奉承，烏將軍又必加倍相答，遂做了吳中巨富之家，乃一飯之報也。後人有詩贊曰：

胯下曾酬一飯金，誰知劇盜有情深？
世間每說奇男子，何必儒林勝綠林！

卷之九　宣徽院仕女鞦韆會　清安寺夫婦笑啼緣

詩曰：

聞說氤氳使，專司夙世緣。
豈徒生作合？慣令死重還。
順局不成幻，逆施方見權。
小兒稱造化，於此信其然。

話說人世婚姻前定，難以強求。不該是姻緣的，隨你用盡機謀，壞盡心術，到底沒收場。及至該是姻緣的，雖是被人扳障，受人離間，卻又散的弄出合來，死的弄出活來。從來傳奇小說上邊，如倩女離魂，活的弄出魂去，成了夫妻；如崔護渴漿，死的弄轉魂來，成了夫妻。奇奇怪怪，難以盡述。

只如太平廣記上邊說，有一個劉氏子，少年任俠，膽氣過人。好的是張弓挾矢，馳馬試劍，飛觴蹴鞠諸事。交遊的人，總是些劍客博徒、殺人不償命的亡賴子弟。一日遊楚中，那楚俗習尚，正與相合。就有那一班兒意氣相投的人，成群聚黨，如兄若弟往來，有人對他說道：「鄰人王氏女美貌，當今無比。」劉氏子就央座中人為媒，去求聘他。那王家道：「雖然此人少年英勇，卻聞得行徑古怪，有些不務實，恐怕後來惹出事端，誤了女兒終身。」堅執不肯。那女兒久聞得此人英風義氣，到有幾分慕他，只礙著爹娘做主，無可奈何。那媒人回覆了劉氏子。劉氏子是個猛烈漢子，道：「不肯便罷，大丈夫怕沒有好妻，愁他則甚！」一些不放在心上，又到別處閒遊了幾年。其間也就說過幾家親事，高不湊，低不就，一家也不曾成得，仍舊到楚中來。那鄰人王氏女雖然未嫁，已許下人了。劉氏子聞知，也不在心上。這些舊時朋友見劉氏子來了，都來訪他，仍舊聯肩疊背，日裡合圍打獵，獵得些獐鹿雉兔；晚間就烹炮起來，成群飲酒，沒有三、四鼓，不肯休歇。

一日打獵歸來，在郭外十餘里一個林子裡下馬少憩。只見樹木陰慘，境界荒涼，有六、七個土堆，多是雨淋泥落，屍棺半露。也有棺木毀壞，屍骸盡見的。眾人看了道：「此等地面，虧是日間，若是夜晚獨行，豈不怕人！」劉氏子道：「大丈夫神欽鬼伏，就是黑夜，有何怕懼？你看我今日夜間，偏要到此處走一遭。」眾人道：「劉兄雖然有膽氣，怕不能如此！」劉氏子道：「你看我今夜便是。」眾人道：「以何物為信？」劉氏子就在古墓上，取墓磚一塊，題起筆來，把同來眾人名字多寫在上面，說道：「我今帶了此磚去，到夜間我獨自送將來。」指著一個棺木道：「放在此棺上，明日來看便是。我送不來，我輸東道，請你眾位；我送了來，你眾位輸東道，請我。見放著磚上名字，挨名派分，不怕少了一個。」眾人都笑道：「使得，使得。」說罷，只聽得天上隱隱雷響，一齊上馬，回到劉氏子下處，又將射獵所得，烹宰飲酒。霎時間雷雨大作，幾個霹靂，震得屋宇都是動的。眾人戲劉氏子道：「劉兄日間所言，此時怕鐵好漢也不敢去！」劉氏子道：「說那裡話！你看我，雨略住就走。」果然陣頭過，雨小了，劉氏持了日間墓磚，出門就走。眾人都笑道：「你看他那裡演帳❶演帳，回來搗鬼，我們且落得喫酒。」

❶ 演帳：閒逛。

果然劉氏子使著酒性，一口氣走到日間所歇墓邊，笑道：「你看這夥懦夫！不知有何懼怕，便道到這裡來不得！」此時雷雨已息，露出星光微明，正要將磚放在棺上，只見棺上有一件東西，蹲踞在上面。劉氏子摸了一摸道：「奇怪！是甚物件？」暗中手捻捻看，卻像是個衣衾之類，裹著甚東西。兩手合抱將來，約有七、八十觔重。笑道：「不拘是甚物件，且等我背了他去，與他們看看，等他們就曉得，省得直到明日纔信。」他自恃膂力，要嚇這班人，便把磚放了，一手拖來，背在背上，大踏步便走。到得家來，已是半夜。眾人還在那裡呼紅叫六❷的喫酒，聽得外邊腳步響，曉得劉氏子已歸，恰像負著重東西走的。正在疑惑間，門開處，劉氏子直到燈前，放下背上所負在地，燈下一看，卻是一個簇新衣服的女人死屍。可也奇怪！挺然卓立，更不僵仆。一座之人，猛然抬頭見了，個個驚得屁滾尿流，有的逃躲不及。劉氏子再把燈細細照看死屍面孔，只見臉上脂粉新施，形容甚美，只是雙眸緊閉，口中無氣，正不知是甚麼緣故？眾人都懷懼怕，道：「劉兄惡取笑，不當人子！怎麼把一個死人背在家裡來嚇人？快快仍背了出去！」劉氏子大笑道：「此乃吾妻也！我今夜還要與他同衾共枕，怎麼捨得負了出去！」說罷，就裸起雙袖，一抱抱將上床來，與他做了一頭，口對了口，果然做一被睡下了。他也只要在眾人面前賣弄膽壯，故意如此做作。眾人又怕又笑，說道：「好無賴賊，直如此大膽不怕！拚得輸東道與你罷了。何必做出此滲瀨❸勾當？」劉氏子憑眾人自說，只是不理，自睡了，眾人散去。劉氏子與死屍睡到了四鼓，那死屍得了生人之氣，口鼻裡漸漸有起氣來。劉氏子駭異，忙把手摸他心頭，卻是溫溫的。劉氏子

❷ 呼紅叫六：本是形容賭場中嘈雜的聲音，後來凡是高聲呼叫都叫做「呼紅叫六」。

❸ 滲瀨：醜陋；可怕。

道：「慚愧！敢怕還活轉來？」正在疑慮間，那女人四肢已自動了。劉氏子越吐著熱氣接他，果然翻個身，活將起來道：「這是那裡？我卻在此。」劉氏子問其姓名，只是含羞不說。須臾之間，天大明了。只見昨夜同席這干人，有幾個走來道：「昨夜死屍在那裡？原來有這樣異事。」劉氏子且把被遮著女人，問道：「有何異事？」那些人道：「原來昨夜鄰人王氏之女嫁人，梳妝已畢，正要上轎，忽然急心疼死了。未及殯殮，只聽得一聲雷響，不見了屍首，至今無尋處。昨夜兄背來死屍，敢怕就是。」劉氏子大笑道：「我背來是活人，何曾是死屍！」眾人道：「又來調喉❹！」劉氏子扯開被與眾人看時，果然是一個活人。眾人道：「又來奇怪！」因問道：「小娘子誰氏之家？」那女子見人多了，便說出話來道：「奴是此間王家女，因昨夜一個頭暈，跌倒在地，不知何緣在此？」劉氏子又大笑道：「我昨夜原說道是吾妻，今說將來，便是我昔年求聘的了。我何曾弔謊❺！」眾人都笑將起來道：「想是前世姻緣，我等當為撮合。」此話傳聞出去，不多時，王氏父母都來了，看見女兒是活的，又驚又喜。那女兒曉得就是前日求親的劉生，便對父母說道：「兒身已死，還魂轉來，卻遇劉生。昨夜雖然是個死屍，已與他同寢半夜，也難另嫁別人了，爹媽做主則個。」眾人都攛掇道：「此是天意，不可有違！」王氏父母遂把女兒招了劉氏子為婿，後來偕老。可見天意有定，如此作合，倘若這夜不是暴死大雷，王氏女已是別家媳婦了。又非劉氏子試膽作戲，就是因雷失屍，也有何涉？只因是夙世前緣，故此奇奇怪怪，顛之倒之，有此等異事。這是個父母不肯許的。

❹ 調喉：胡說。調，同「掉」。

❺ 弔謊：即「掉謊」。說謊。

又有一個父母許了又悔的，也弄得死了活轉來，一念堅貞，終成夫婦，留下一段佳話，名曰鞦韆會記。正是：

精誠所至，金石為開。
貞心不寐，死後重諧。

*　　*　　*

這本話乃是元朝大德年間的事。那朝有個宣徽院使，叫做孛羅，是個色目人，乃故相齊國公之子。生自相門，窮極富貴，第宅宏麗，莫與為比。卻又讀書能文，敬禮賢士，一時公卿間，多稱誦他好處。他家住在海子橋西，與僉判奄都剌、經歷東平王榮甫三家相聯，通家往來。宣徽私居後，有花園一所，名曰杏園，取「春色滿園關不住，一枝紅杏出牆來」之意。那杏園中，花卉之奇，亭榭之好，諸貴人家所不能仰望。每年春，宣徽諸妹諸女，邀院判、經歷兩家宅眷，於園中設鞦韆之戲，盛陳飲宴，歡笑竟日。各家亦隔一日，設宴還答，自二月末至清明後方罷，謂之「鞦韆會」。

于時有個樞密院同僉帖木兒不花的公子，叫做拜住，騎馬在花園牆外走過，只聞得牆內笑聲，在馬上欠身一望，正見牆內鞦韆競就，歡鬨方濃，遙望諸女，都是絕色。拜住勒住了馬，潛身在柳陰中，恣意偷覷，不覺多時。那管門的老園公，聽見牆外有馬鈴響，走出來看，只見這一個騎馬郎君，呆呆地對牆裡覷看。園公認得是同僉公子，走報宣徽。宣徽急叫人趕出來。那拜住纔撞見園公時，曉得有人知覺，恐怕不雅，已自打上一鞭，去得遠了。拜住歸家來，對著母誇說此事，盛道宣徽諸女，個個絕色。母親解意，便道：「你我正是門當戶對，只消遣媒求親，自然應允，何必望空羨慕？」就央個媒婆到宣徽家

宣徽院仕女鞦韆會

清安寺夫婦笑啼緣

來說親。宣徽笑道：「莫非是前日騎馬看鞦韆的？吾正要擇婿，教他到吾家來看看。才貌若果好，便當許親。」媒婆歸報同僉，同僉大喜，便叫拜住盛飾儀服，到宣徽家來。宣徽相見已畢，看他丰神俊美，心裡已有幾分喜歡。但未知內蘊才學如何，思量試他。遂對拜住道：「足下喜看鞦韆，何不以此為題，賦菩薩蠻一調，老夫要請教則個。」拜住請筆硯出來，一揮而就。詞曰：

紅繩畫板柔荑指，東風燕子雙雙起。誇俊要爭高，更將裙繫牢。　牙床和困睡，一任金釵墜。推枕起來遲，紗窗月上時。

宣徽見他才思敏捷，韻句鏗鏘，心下大喜，分付安排盛席款待。筵席完備，待拜住以子姪之禮，送他側首坐下，自己坐了主席。飲酒中間，宣徽想道：「適間詠鞦韆詞雖是流麗，然或者是那日看過鞦韆，便已有此題詠，今日偶合著題目的。不然，如何恁般來得快？真個七步之才，也不過如此。待我再試他一試看。」恰好聽得樹上黃鶯巧囀，就對拜住道：「老夫再欲求教，將滿江紅調賦『鶯』一首，望不吝珠玉，意下如何？」拜住領命，即席賦成。拂拭剡藤，揮灑晉字，呈上宣徽。詞曰：

嫩日舒晴，韶光豔，碧天新霽。正桃腮半吐，鶯聲初試。孤枕乍聞弦索悄，曲屏時聽笙簧細。愛錦蠻，柔舌韻東風，愈嬌媚。　幽夢醒，閒愁泥。殘杏褪，重門閉。巧音芳韻，十分流麗。入柳穿花來又去，欲求好友真無計，望上林，何日得雙棲？心迢遞。

宣徽看見詞翰兩工，心下已喜；及讀到末句，曉得是見景生情，暗藏著求婚之意。不覺拍案大叫道：「好佳作！真吾婿也！老夫第三夫人，有個小女，名喚速哥失里，堪配君子，待老夫喚出相見則個。」就傳雲板，請三夫人與小姐上堂。當下拜住拜見了岳母，又與小姐速哥失里相見了，正是鞦韆會裡女伴中最絕色者。拜住不敢十分抬頭，已自看得較切，不比前日牆外影響，心中喜樂，不可名狀。相見罷，夫人同小姐回步。

卻說內宅女眷，聞得堂上請夫人小姐時，曉得是看中了女婿。別位小姐都在門背後縫裡張著，看見拜住一表非俗，個個稱羨。見速哥失里進來，私下與他稱喜道：「可謂門闌多喜氣，女婿近乘龍也。」合家讚美不置。

拜住辭謝了宣徽，回到家中，與父母說知，就擇吉日行聘。禮物之多，詞翰之雅，喧傳都下，以為盛事。誰知好事多磨，風雲不測！臺諫官員，看見同僉富貴豪宕，上本參論他贓私，奉聖旨發下西臺御史勘問，免不得收下監中。那同僉是個受用的人，怎喫得牢獄之苦？不多幾日，生起病來。原來元朝大臣在獄有病，例許題請釋放。同僉幸得脫獄，歸家調治，卻病得重了，百藥無效，不上十日，嗚呼哀哉！舉家號痛。誰知這病是惹的牢瘟，同僉既死，闔門染了此症，沒幾日就斷送一個；一月之內，弄個盡絕。止剩得拜住一個不死，卻又被西臺追贓入官。家業不勾賠償，真個轉眼間冰消瓦解，家破人亡。宣徽好生不忍，心裡要收留拜住回家成親，教他讀書，以圖出身。與三夫人商議。那三夫人是個女流之輩，只曉得炎涼世態，那裡管甚麼大道理，心裡怫然不悅。原來宣徽別房雖多，惟有三夫人是他最寵愛的，家裡事務都是他主持。所以前日看上拜住，就只把他的女兒許了，也是好勝處。今日見別人的女兒多與了富貴之家，反是他女婿家裡凋弊了，好生不伏氣，一心要悔這頭親事，便與女兒速哥失里說知。速哥失里不肯，哭諫母親道：「結親結義，一與訂盟，終不可改。兒見諸姊妹家榮盛，心裡豈不羨慕！但寸絲為定，鬼神難欺！豈可因他貧賤，便想悔賴前言！非人所為，兒誓死不敢從命。」宣徽雖也道女兒之言有理，怎當得三夫人撒嬌撒癡，把宣徽的耳朵撥了轉來，那裡管女兒肯不肯，別許了平章闊闊出之子僧家奴。拜住雖然聞得這事，心中懊惱，自知失勢，不敢相爭。那平章家擇日下聘，比前番同僉之禮，更覺隆盛。三夫人道：「爭得氣來！」心下方纔快活。只見平章家，揀下吉期，花轎到門。速哥失里不肯上轎，眾夫人、眾姊妹各來相勸。速哥失里大哭一場，含著淚眼，勉強上轎。到得平章家裡，賓相念了詩賦，啟請新人出轎。伴娘開簾，等待再三，不見抬身。攢頭轎內看時，叫聲：「苦也！」原來速哥失里在轎中偷解纏腳紗帶，縊頸而死，已此絕氣了。慌忙報與平章，連平章沒做道理處。叫人去報宣徽，那三夫人見說，兒天兒地哭將起來。急忙叫人追轎回來，急解腳纏，將薑湯灌下去。牙關緊閉，眼見得不醒。三夫人哭得昏暈了數次，無可奈何，只得買了一副重價的棺木，盡將平日房奩首飾珠玉，及兩番夫家聘物，盡情納在棺內入殮。將棺木暫寄清安寺中。

且說拜住在家，聞得此變，情知小姐為彼而死。曉得柩寄清安寺中，要去哭他一番。是夜來到寺中，見了棺柩，不覺傷心，撫膺大慟。真是哭得三生諸佛都垂淚，滿房禪侶盡長吁。哭罷，將雙手扣棺道：「小姐陰靈不遠，拜住在此。」只聽得棺內低低應道：「快開了棺，我已活了。」拜住聽得明白，欲要開時，將棺木四圍一看，漆釘牢固，難以動手。乃對本房主僧說道：「棺中小姐，原是我妻屈死，今棺中說道已活，我欲開棺，獨自一人，難以著力，須求師父們幫助。」僧道：「此宣徽院小姐之棺，誰敢私開？開棺者須有罪。」拜住道：「開棺之罪，我一力當之！不致相累。況且暮夜無人知覺，若小姐果活了，放了出來，棺中所有，當與師輩共分。若是不活，也等我見他一面，仍舊蓋上，誰人知道！」那些僧人見說共分所有，他曉得棺中隨殮之物甚厚，也起了利心。亦且拜住與頭時，與這些僧人也是門徒❻

施主，不好違拗。便將一把斧頭，把棺蓋撬將開來，只將劃然一聲，棺蓋開處，速哥失里便在棺內坐了起來。見了拜住，彼此喜極。拜住便說道：「小姐再生之慶，果是冥數。也虧得寺僧助力開棺。」小姐便脫下手上金釧一對，及頭上首飾一半，謝了僧人，剩下的還值數萬兩。拜住與小姐商議道：「本該報宣徽得知，只是恐怕有變，而今身邊有財物，不如瞞著遠去，只央寺僧買些漆來，把棺木仍舊漆好，不說出來。神不知，鬼不覺，此為上策。」寺僧受了重賄，無有不依，照舊把棺木漆得光淨牢固，並不露一些風聲。拜住遂挈了速哥失里，走到上都，尋房居住。那時身邊豐厚，拜住又尋了一館，教著蒙古生數人，復有月俸，家道從容，儘可過日。夫妻兩個，你恩我愛，不覺已過一年。也無人曉得他的事，也無人曉得甚麼宣徽之女、同僉之子。

卻說宣徽自喪女後，心下不快，也不去問拜住下落。好些時不見了他，只說是流離顛沛，連存亡不可保了。一日旨意下來，拜宣徽做開平尹，宣徽帶了家眷赴任。那府中事體煩雜，宣徽要請一個館客做記室，代筆札之勞。爭奈上都是個極北夷方，那裡尋得個儒生出來？訪有多日，有人對宣徽道：「近有個士人，自大都挈家寓此，也是個色目人，設帳民間，極有學問。府君若要覓西賓，只有此人可以充得。」宣徽大喜，差個人拿帖去，快請了來。拜住看見了名帖，心知正是宣徽，忙對小姐說知了，穿著整齊，前來相見。宣徽看見，認得是拜住，喫了一驚，想道：「我幾時不見了他，道是流落死亡了，如何得衣服齊楚，容色充盛如此？」不覺追念女兒，有些傷感起來。便對拜住道：「昔年有負足下，反累愛女身亡，慚恨無極！

---

❻門徒：舊時江南習俗，大戶人家有慣常使喚的穩婆、喜娘、廚子以及和尚、尼姑等，叫做「門徒」。業此者各自認定主顧，不得爭奪。

今足下何因在此？曾有親事未曾？」拜住道：「重蒙垂念，足見厚情。小婿不敢相瞞，令愛不亡，見今在此。」宣徽大驚道：「那有此話！小女當日自縊，今屍棺見寄清安寺中，那得有個活的在此間？」拜住道：「令愛小姐，與小婿實是夙緣未絕，得以重生。今見在寓所，可以即來相見，豈敢有誑？」宣徽忙走進去，與三夫人說了，大家不信。拜住又叫人去對小姐說了，一乘轎竟抬入府衙裡來。驚得合家人都上前來爭看，果然是速哥失里。那宣徽與三夫人不管是人是鬼，且抱著頭哭做一團。哭罷，定睛再看，看去身上穿戴的，還是殮時之物，行步有影，衣衫有縫，言語有聲，料想真是個活人了。那三夫人道：「我的兒，就是鬼，我也捨不得放你了。」只有宣徽是個讀書人見識，終是不信，疑心道：「此是屈死之鬼，所以假托人形，幻惑年少。」口裡雖不說破，卻暗地使人到大都清安寺問僧家的緣故。僧家初時抵賴，後見來人說道：「已自相逢廝認了。」纔把真心話一一說知。來人不肯便信，僧家把棺木撬開與他看，只見是個空棺，一無所有。回來報知宣徽道：「此情是實。」宣徽道：「此乃宿世前緣也！難得小姐一念不移，所以有此異事。早知如此，只該當初依我說，收養了女婿，怎見得有此多般？」三夫人見說，自覺沒趣，懊悔無極，把女婿越看待得親熱，竟贅他在家中終身。後來速哥失里與拜住生了三子，長子教化，仕至遼陽等處行中省左丞；次子忙古歹，幼子黑廝，俱為內怯薛帶御器械。教化與忙古歹先死，黑廝直做到樞密院使。天兵至燕，元順帝御清寧殿，集三宮皇后太子同議避兵，黑廝與丞相失列門哭諫道：「天下者，世祖之天下也，當以死守。」順帝不聽，夜半開建德門遁去，黑廝隨入沙漠，不知所終。

平章府轎抬死女，清安寺漆整空棺。
若不是生前分定，幾曾有死後重歡！

卷之十　韓秀才乘亂聘嬌妻　吳太守憐才主姻簿

詩曰：

嫁女須求女婿賢，貧窮富貴總由天。
姻緣本是前生定，莫為炎涼輕變遷！

話說人生一世，滄海變為桑田，目下的貴賤窮通，都做不得准的。如今世人一肚皮勢利念頭，見一個人新中了舉人進士，生得女兒，便有人搶來定他為媳；生得男兒，便有人捱來許他為婿。萬一官卑祿薄，一旦夭亡，仍舊是個窮公子、窮小姐，此時懊悔已自遲了。儘有貧苦的書生，向富貴人家求婚，便笑他陰溝洞裡，思量天鵝肉喫。忽然青年高第，然後大家懊悔起來，不怨悵自己沒有眼睛，便嗟嘆女兒無福消受。所以古人會擇婿的，偏揀著富貴人家不肯應允，卻把一個如花似玉的愛女，嫁與那酸黃虀、爛豆腐❶的秀才，沒有一人不笑他呆癡，道是：「好一塊羊肉，可惜落在狗口裡了！」一朝天子招賢，連登雲路，五花誥、七香車，儘著他女兒受用，然後服他先見之明。這正是凡人不可貌相，海水不可斗量。只是論女婿的賢愚，不在論家勢的貧富。當初韋皐、呂蒙正多是樣子。

卻說春秋時，鄭國有一個大夫，教做徐吾犯，父母已亡，止有一同胞妹子。那小姐年方十六，生得

❶ 酸黃虀、爛豆腐：譏笑讀書人的話。

肌如白雪，臉似櫻桃，鬢若堆鴉，眉橫丹鳳。吟得詩，作得賦，琴棋書畫，女工針指，無不精通。還有一件好處，那一雙嬌滴滴的秋波，最會相人。大凡做官的與他哥哥往來，他常在簾中偷看，便識得那人貴賤窮通，終身結果，分毫沒有差錯，所以一發名重。當時卻有大夫公孫楚聘他為婦，尚未成婚。那公孫楚有個從兄，教做公孫黑，官居上大夫之職，聞得那小姐貌美，便央人到徐家求婚。徐大夫回他已受聘了。公孫黑原是不良之徒，便倚著勢力，不管他肯與不肯，備著花紅酒禮，笙簫鼓樂，送上門來。徐大夫無計可施，次日備了酒筵，請他兄弟二人來，聽妹子自擇。公孫黑曉得要看女婿，便濃妝豔服而來。又自賣弄富貴，將那金銀彩緞，排列一廳。公孫楚只是常服，也沒有甚禮儀。傍人觀看的，都贊那公孫黑，暗猜道：「一定看中他了。」酒散，二人謝別而去。小姐房中看過，便對哥哥說道：「公孫黑官職又高，面貌又美，只是帶些殺氣，他年決不善終。不如嫁了公孫楚，雖然小小有些折挫，久後可以長保富貴。」大夫依允，便辭了公孫黑，許了公孫楚，擇日成婚已畢。

那公孫黑懷恨在心，奸謀又起。忽一日穿了甲冑，外邊用便服遮著，到公孫楚家裡來，欲要殺他，奪其妻子。已有人通風與公孫楚知道，疾忙執著長戈趕出。公孫黑措手不及，著了一戈，負疼飛奔出門，便到宰相公孫僑處告訴。此時大夫都聚商議此事，公孫楚也來了，爭辨了多時。公孫僑道：「公孫黑要殺族弟，其情未知虛實。卻是論官職，也該讓他；論長幼，也該讓他。公孫楚卑幼，擅動干戈，律當遠竄。」當時定了罪名，貶在吳國安置。公孫楚回家，與徐小姐抱頭痛哭而行。公孫黑得意，越發耀武揚威了。外人看見，都懊悵徐小姐不嫁得他，就是徐大夫也未免世俗之見。小姐全然不以為意，安心等守。

卻說鄭國有個上卿遊吉，該是公孫僑之後，輪著他為相。公孫黑思想奪他權位，日夜蓄謀，不時就要作起反來。公孫僑得知，便疾忙乘其未發，差官數了他的罪惡，逼他自縊而死。這正合著徐小姐不善終的話了。

那公孫楚在吳國住了三載，赦罪還朝，就代了那上大夫職位，富貴已極，遂與徐小姐偕老。假如當日小姐貪了上大夫的聲勢，嫁著公孫黑，後來做了叛臣之妻，不免守幾十年之寡。即此可見目前貴賤，都是論不得的。——說話的，你又差了，天下好人也有窮到底的，難道一個個為官不成？俗語道得好：「賒得不如現得。」何如把女兒嫁了一個富翁，且享此目前的快活。——看官有所不知，就是會擇婿的，也都要跟著命走。一飲一啄，莫非前定，卻畢竟不如嫁了個讀書人，到底不是個沒望頭的。

* * *

如今再說一個生女的富人，只為倚富欺貧，思負前約，虧得太守廉明，成其姻事。後來妻貴夫榮，遂成佳話。有詩一首為證：

當年紅拂困閨中，有意相隨李衛公。
日後榮華誰可及？只緣雙目識英雄。

話說國朝正德年間，浙江台州府天台縣有一秀士，姓韓名師愈，表字子文。父母雙亡，也無兄弟，只是一身。他十二歲上就遊庠的，養成一肚皮的學問，真個是：

才過子建，貌賽潘安。胸中博覽五車，腹內廣羅千古。他日必為攀桂客，目前尚作採芹人。

那韓子文雖是滿腹文章，卻當不過家道消乏，在人家處館，勉強餬口，所以年過二九，尚未有親。一日，遇著端陽節近，別了主人家回來，住在家裡了數日。忽然心中想道：「我如今也好議親事了。

據我胸中的學問，就是富貴人家，把女兒匹配，也不冤屈了他！卻是如今世人誰肯？」又想了一回道：「是便是這樣說，難道與我一樣的儒家，我也還對他的女兒不過？」當下開了拜匣，秤出束脩銀伍錢，做個封筒封了，放在匣內，教書僮拿了，隨著信步走到王媒婆家裡來。那王媒婆接著，見他是個窮鬼，也不十分動火他的，喫過了一盞茶，便開口問道：「秀才官人幾時回家的？甚風推得到此？」子文道：「來家五日了，今日到此，有些事體相央。」便在家僮手中接過封筒，雙手遞與王婆道：「薄意伏乞笑納，事成再有重謝。」王婆推辭一番，便接了道：「秀才官人，敢是要說親麼？」子文道：「正是，家下貧窮，不敢仰攀富戶，但得一樣儒家女兒，可備中饋、延子嗣足矣。積下數年束脩四、五十金，聘禮也好勉強出得。乞媽媽與我訪個相應的人家。」王婆曉得窮秀才說親，自然高來不成，低來不就的，卻難推拒他。只得回覆道：「既承官人厚惠，且請回家，待老婢子慢慢的尋覓。有了話頭，便來回報。」那子文自回家去了。

一住數日，只見王婆走進門來，叫道：「官人在家麼？」子文接著問道：「姻事如何？」王婆道：「為著秀才官人，鞋子都走破了。方纔問得一家，乃是縣前許秀才的女兒，年紀十七歲。那秀才前年身死，娘子寡居在家裡，家事雖不甚富，卻也過得。說起秀才官人，到也有些肯了。只是說道：『我女兒嫁個讀書人，儘也使得。但我們婦人家，又不曉得文字，目今提學要到台州歲考，待官人考了優等，就出吉帖便是。』」子文自恃才高，思忖此事十有八九，對王婆道：「既如此說，便待考過議親不遲。」當下買幾杯白酒，請了王婆，自別去了。子文又到館中，靜坐了一月有餘，宗師起馬牌❷已到。那宗師姓

❷ 起馬牌：舊時高級官員出巡，先要發下起馬牌通知所到之處的地方官，以便迎候。

梁名士範，江西人。不一日，到了台州。那韓子文頭上戴了紫菜的巾，身上穿了腐皮的衫，腰間繫了芋艿的絛，腳下穿了木耳的靴，同眾生員迎接入城。行香❸講書已過，便張告示，先考府學及天台、臨海兩縣。到期，子文一筆寫完，甚是得意。出場來，將考卷謄寫出來，請教了幾個先達、幾個朋友，無不嘆賞。又自己玩了幾遍，拍著桌子道：「好文字，好文字！就做個案元幫補也不為過，何況優等？」又把文字來鼻頭邊聞一聞道：「果然有些老婆香！」

卻說那梁宗師，是個不識文字的人，又且極貪，又且極要奉承鄉官及上司。前日考過杭、嘉、湖，無一人不罵他的，幾乎喫秀才們打了。曾編著幾句口號道：「道前梁鋪，中人姓富，出賣生儒，不誤主顧。」又有一個對道：「公子笑欣欣，喜弟喜兄都入學；童生愁慘慘，恨祖恨父不登科。」又把四書幾語做著幾股道：「君子學道公則悅；小人學道盡信書。不學詩，不學禮，有父兄在，如之何？其廢之！誦其詩，讀其書，雖善不尊，如之何？其可也。」那韓子文是個窮儒，那有銀子鑽刺❹？十日後發出案來，只見公子富翁都占前列了。你道那韓師愈的名字卻在那裡？正是似「王」無一豎，如「川」卻又眠。曾有一首黃鶯兒詞，單道那三等的苦處：

> 無辱又無榮，論文章是弟兄。鼓聲到此如春夢，高才命窮，庸才運通。廩生到此便宜貢，且從容，一邊站立，看別個賞花紅。

那韓子文考了三等，氣得目睜口呆，把那梁宗師烏龜亡八的罵了一場，不敢提起親事，那王婆也不來說

❸ 行香：地方官上任，往廟中進香。

❹ 鑽刺：鑽謀；活動。

了。只得勉強自解，嘆口氣道：

娶妻莫恨無良媒，書中有女顏如玉。

發落已畢，只得蕭蕭條條，仍舊去處館，見了主人家及學生，都是面紅耳熱的，自覺沒趣。

又過了一年有餘，正遇著正德爺爺崩了，遺詔冊立興王，嘉靖爺爺就籓邸召入登基，年方一十五歲。妙選良家子女，充實掖庭。那浙江紛紛的訛傳道：「朝廷要到浙江各處點繡女。」那些愚民一個個信了。一時間，嫁女兒的，討媳婦的，慌慌張張，不成禮體，只便宜了那些賣雜貨的店家、吹打的樂人、服侍的喜娘、抬轎的腳夫、讚禮的儐相。還有最可笑的傳說道：「十個繡女要一個寡婦押送。」趕得那七老八十的，都起身嫁人去了。但見：

十三、四的男兒，討著二十四、五的女子；十二、三的女子，嫁著三、四十的男兒。粗蠢黑的面孔，還恐怕認做了絕世芳資；寬定宕的東西，還恐怕認做了含花嫩蕊。自言節操凜如霜，做不得二夫烈女；不久形軀將就木，再拚個一度春風。

當時無名子有一首詩，說得有趣：

一封丹詔未為真，三杯淡酒便成親。

夜來明月樓頭望，唯有嫦娥不嫁人。

那韓子文恰好歸家，見民間如此慌張，便閒步出門來玩景。只見背後一個人，將子文忙忙的扯一把。回頭看時，卻是開典當的徽州金朝奉。對著子文施個禮，說道：「家下有一小女，今年十六歲了，若秀才官人不棄，願納為室。」說罷，也不管子文要與不要，摸出吉帖，望子文袖中亂摔。子文道：「休得取笑！我是一貧如洗的秀才，怎承受得令愛起？」朝奉攢著眉道：「如今事體急了，官人如何說此懈話？若略遲些，恐防就點了去。我們夫妻兩口兒，止生這個小女，若遠遠地到北京去了，再無相會之期，如何割捨得下！官人若肯俯從，便是救人一命。」說罷，便思量要拜下去。子文分明曉得沒有此事，他心中正要妻子，卻不說破。慌忙一把攙起道：「小生囊中只有四、五十金，就是不嫌孤寒聘下令愛時，也不能彀就完姻事。」朝奉道：「不妨，不妨。但是有人定下的，朝廷也就不來點了。只須先行謝吉之禮，待事平之後，慢慢的做親。」子文道：「這倒也使得，卻是說開，後來不要翻悔！」那朝奉是情急的，就對天設起誓來道：「若有翻悔，就在台州府堂上受刑。」子文道：「設誓倒也不必，只是口說無憑，請朝奉先回，小生即刻去約兩個敝友，同到寶鋪來，先請令愛一見，就求朝奉寫一紙婚約，待敝友們都押了花字，一同做個證見。納聘之後，或是令愛的衣裳，或是頭髮，或是指甲，告求一件，藏在小生處，纔不怕後來變卦。」那朝奉只要成事，滿擔應承道：「何消如此多疑！使得，使得。」一唯尊命，只求快些。」一頭走，一頭說道：「專望，專望。」自回鋪子裡去了。

韓子文便望學中會著兩個朋友，乃是張四維、李俊卿，說了緣故，寫著拜帖，一同望典鋪中來。朝奉接著奉茶，寒溫已罷，便喚出女兒朝霞到廳。你道生得如何？但見：

眉如春柳，眠似秋波。幾片夭桃臉上來，兩枝新筍裙間露。即非傾國傾城色，自是超群出眾人。

子文見了女子的姿容，已自歡喜。一一施禮已畢，便自進房去了。子文又尋個算命先生，合一合婚，說道：「果是大吉，只是將婚之前，有些閒氣。」那金朝奉一味要成，說道：「大吉便自十分好了，閒氣自是小事。」便取出一幅全帖❺，上寫著道：

立婚約金聲，係徽州人，生女朝霞，年十六歲。自幼未曾許聘何人，今有台州府天台縣儒生韓子文禮聘為妻，實出兩願。自受聘之後，更無他說。張、李二公，與聞斯言。

嘉靖元年　月　日，立婚約金聲　同議友人張安國、李文才

寫罷，三人多用了花押，付子文藏了。——這也是子文見自己貧困，作此不得已之防，不想他日果有負約之事，這是後話。——當時便先擇個吉日，約定行禮。到期，子文將所積束脩五十餘金，粗粗的置幾件衣緞首飾，其餘的都是現銀，寫著：「奉申納幣之敬，子婿韓師愈頓首百拜。」又送張、李二人銀各一兩，就請他為媒，一同行聘，到金家舖來。那金朝奉是個大富之家，與媽媽程氏見他禮不豐厚，雖然不甚喜歡，為是點繡女頭裡，只得收了。回盤❻甚是整齊。果然依了子文之言，將女兒的青絲細髮剪了一縷送來。子文一一收好，自想道：「若不是這一翻哄傳，連妻子也不知幾時定得，況且又有妻財之分。」心中甚是快活不題。

光陰似箭，日月如梭。暑往寒來，又是大半年光景。卻早嘉靖二年，點繡女的訛傳，已自息了，金氏夫妻見安平無事，不捨得把女兒嫁與窮儒，漸漸的懊悔起來。那韓子文行禮了一番，已把囊中所積束脩用個罄盡，所以還不說起做親。

一日，金朝奉正在當中算帳，只見一個客人，跟著一個十七、八歲孩子，走進舖來叫道：「姊夫、

❺ 全帖：一種具名的紅柬，用梅紅紙摺成帖式，共十頁，所以稱「全帖」。這是比較鄭重的禮節中所用。

❻ 回盤：舊時男女結婚之前，男家送衣服首飾往女家，叫做「行盤」。女家還禮，叫做「回盤」。

韓秀才乘亂聘嬌妻

吳太守憐才主姻簿

姊姊在家麼？」原來是徽州程朝奉，就是金朝奉的舅子，領著親兒阿壽，打從徽州來，要與金朝奉合伴開當的。金朝奉慌忙迎接，又引程氏、朝霞都相見了。敘過寒溫，便叫煖酒來喫。程朝奉從容問道：「外甥女如此長成得標緻了，不知曾受聘未？不該如此說，犬子尚未有親，姊夫不棄時，做個中表夫妻也好。」金朝奉嘆口氣道：「便是呢，我女兒若把與內姪為妻，有甚不甘心處！只為舊年點繡女時，心裡慌張，草草的將來許了一個甚麼韓秀才。那人是個窮儒，我看他滿臉餓文，一世也不能彀發跡。前年梁學道來，考了一個三老官，料想也中不成。教我女兒如何嫁得他？也只是我女兒沒福，如今也沒處說了。」程朝奉沉吟了半晌，問道：「姊夫、姊姊，果然不願與他麼？」金朝奉道：「我如何說謊？」程朝奉道：「姊夫若是情願把甥女與他，再也休題。若不情願時，只須用個計策，要官府斷離，有何難處？」金朝奉道：「計將安出？」程朝奉道：「明日待我台州府舉一狀詞，告著姊夫，只說從幼中表約為婚姻，近因我羈滯徽州，姊夫就賴婚改適，要官府斷與我兒便了。犬子雖則不才，也強如那窮酸餓鬼。」金朝奉道：「好便好，只是前日有親筆婚書，及女兒頭髮在彼為證。官府如何就肯斷與你兒？況且我先有一款不是了。」程朝奉道：「姊夫真是不慣衙門事體，我與你同是徽州人，又是親眷，說道從幼結兒女姻，也是容易信的。常言道：『有錢使得鬼推磨。』我們不少的是銀子，匡得將來買上買下，再央一個鄉官在太守處說了人情，婚約一紙，只須一筆勾消。剪下的頭髮，知道是何人的？那怕他不如我願！既有銀子使用，你也自然不到得喫虧的。」金朝奉拍手道：「妙哉！妙哉！明日就做。」當晚酒散，各自安歇了。

次日天明，程朝奉早早梳洗，討些朝飯喫了。請個法家，商量定了狀詞，又尋一個姓趙的，寫做了中證，同著金朝奉取路投台州府來。這一來，有分教：

麗人指日歸佳士，詭計當場受苦刑。

到得府前，正值新太守吳公弼升堂。不踰時，抬出放告牌來，程朝奉隨著牌進去。太守教義民官接了狀詞，從頭看道：

告狀人程元。為賴婚事。萬惡金聲，先年曾將親女金氏，許元子程壽為妻，六禮已備。詎惡遠徙台州，背負前約。于去年　月間，擅自改許天台縣儒生韓師愈。趙孝等證。人倫所係，風化攸關，懇乞

天臺明斷，使續前姻。上告。

原告程元，徽州府歙縣人。

被犯金聲，徽州府歙縣人。

韓師愈，台州府天台縣人。

干證趙孝，台州府天台縣人。

本府大爺施行！

太守看罷，便叫程元起來，問道：「那金聲是你甚麼人？」程元叩頭道：「青天爺爺，是小人嫡親姊夫。因為是至親至眷，恰好兒女年紀相若，故此約為婚姻。」太守道：「他怎麼就敢賴你？」程元道：「那金聲搬在台州住了，小的卻在徽州。路途先自遙遠了。舊年相傳點繡女，金聲恐怕真有此事，就將來改適韓生。小的近日到台州探親，正打點要完姻事，纔知負約真情。他也只為情急，一時錯做此事；小人

卻如何平白地肯讓一個媳婦與別人了？若不經官府，那韓秀才如何又肯讓與小人？萬乞天臺老爺做主！」太守見他說得有些根據，就將狀子當堂批准。分付道：「十日內聽審。」程元叩頭出去了。金朝奉知得狀子已准，次日便來尋著張、李二生，故意做個慌張的景，說道：「怎麼好？怎麼好？當初在下在徽州的時節，妻弟有個兒子，已將小女許嫁他，後來到貴府，正值點繡女事急，只為遠水不救近火，急切裡將來許了貴相知。原是二公為媒說合的，不想如今妻弟到來，已將在下的姓名，告在府間，如何處置？」那二人聽得，便怒從心上起，惡向膽邊生。罵道：「不知生死的老賊驢！你前日議親的時節，誓也不知罰了許多？只看婚約是何人寫的，如今卻放出這個屁來！我曉得你嫌韓生貧窮，生此奸計。那韓生是個才子，須不是窮到底的。我們動了三學朋友去見上司，怕不打斷你這老驢的腿！管教你女兒一世不得嫁人！」金朝奉卻待分辨，二人毫不理他，一氣走到韓家來，對子文說知緣故。那子文聽罷，氣得呆了半晌，一句話也說不出。又定了一會，張、李二人只是氣憤憤的，要拉了子文，合起學中朋友見官。到是子文勸他道：「二兄且住！我想起來，那老驢既不願聯姻，就是奪得那女子來時，到底也不和睦。吾輩若有寸進，怕沒有名門舊族來結絲蘿！這一個富商又非大家，直恁希罕！況且他有的是錢財，官府自然為他的。小弟家貧，也那有閒錢與他打官司？他年有了好處，不怕沒有報冤的日子。有煩二兄去對他說，前日聘金原是五十兩，若肯加倍賠還，就退了婚也得。」二人依言，子文就開拜匣取了婚書吉帖與那頭髮，一同的望著典舖中來。張、李二人便將上項的言語，說了一遍。金朝奉大喜道：「但得退婚，免得在下受累，那在乎這幾十兩銀子！」當時就取過天平，將兩個元寶，共兌了一百兩之數，交與張、李二人收著，就要子文寫退婚書，兼討前日婚約頭髮。子文道：「且完了官府的世情，再來寫退婚書及奉還原約未遲。而今官事未完，也不好輕易就是這樣還得。總是銀子也未就領去不妨。」程朝奉又取二兩銀子，送了張、李二生，央他出名歸息。二生就討過筆硯，寫了息詞，同著原告、被告、中證，一行人進府裡來。吳太守方坐晚堂，一行人就將息詞呈上。太守從頭念一遍道：

> 勸息人張四維、李俊卿，係天台縣學生，切徽人金聲，有女，已受程氏之聘。因遷居天台，道途脩阻。女年及笄，程氏音問不通，不得已，再許韓生，以致程氏鬥爭成訟。茲金聲願還聘禮，韓生願退婚姻，庶不致寒盟于程氏。維等忝為親戚，意在息爭，為此上稟。

原來那吳太守是閩中一個名家，為人公平正直，不愛那有「貝」字的「財」，只愛那無「貝」字的「才」。自從前日准過狀子，鄉紳就有書來，他心中已曉得是有緣故的了。當下看過息詞，抬頭見了韓子文，風彩堂堂，已自有幾分歡喜。便教：「喚那秀才上來。」韓子文跪到面前，太守道：「我看你一表人才，決不是久困風塵的。就是我招你為婿，也不枉了。你卻如何輕聘了金家之女，今日又如何就肯輕易退婚？」那韓子文是個點頭會意的人，他本等不做指望了，不想著太守心裡為他，便轉了口道：「小生如何捨得退婚！前日初聘的時節，金聲朝天設誓，尤恐怕不足為信，復要金聲寫了親筆婚約，張、李二生都是同議的。如今現有『不曾許聘他人』句可證。受聘之後，又回卻青絲髮一縷，小生至今藏在身邊，朝夕把玩，就如見我妻子一般。如今一旦要把蕭郎做個路人看待，卻如何甘心得過？程氏結姻，從來不曾見說，只為貧不敵富，所以無端生出是非。」說罷，便噙下淚來。恰好那吉帖婚書頭髮都在袖中，隨即一并呈上。太守仔細看了，便教：「把程元、趙孝遠遠的另押在一邊去！」先開口問金聲道：「你女兒曾許程家麼？」金聲道：「爺爺，實是許的。」又問道：「既如此，不該又與韓生了。」金聲道：「只為點繡女事急，倉卒中，不暇思前算後，做此一事，也是出于無奈。」又問道：「那婚約可是你的親筆？」金聲道：「是。」又問道：「那上邊寫道『自幼不曾許聘何人』，卻怎麼說？」金聲道：「當時只要成事，所以一一依他，原非實話。」太守見他言詞反覆，已自怒形于色。又問道：「你與程元結親，卻是幾年幾月幾日？」金聲一時說不出來，想了一回，只得扭捏道：「是某年某月某日。」太守喝退了金聲，又叫程元起來，問道：「你聘金家女兒，有何憑據？」程元道：「六禮既行，便是憑據了。」又問道：「原媒何在？」程元道：「原媒自在徽州，不曾到此。」又道：「你媳婦的吉帖，拿與我看。」程元道：「一時失帶在身邊。」太守冷笑了一聲，又問道：「你何年何月何日與他結姻的？」程元也想了一回，信口謅道：「是某年某月某日。」與金聲所說日期分毫不相合了。太守心裡已自了然，便再喚那趙孝上來，問道：「你做中證，卻是那裡人？」趙孝道：「是本府人。」又問道：「既是台州人，如何曉得徽州事體？」趙孝道：「因為與兩家有親，所以知道。」又問道：「既如此，你可記得何年月日結姻的？」趙孝也約莫著說個日期，又與兩人所言不相對了。原來他三人見投了息詞，便道不消費得氣力，把那答應官府的說話，都不曾打得照會。誰想太爺一個個的盤問起來，那些衙門中人，雖是受了賄賂，因憚太守嚴明，誰敢在旁邊幫襯❼一句！自然露出馬腳。那太守就大怒道：「這一班光棍奴才，敢如此欺公罔法，且不論沒有點繡女之事，就是愚民懼怕時節，金聲女兒若果有程家聘禮為證，也不消再借韓生做躲避之策了。如今韓生吉帖婚書，並無一毫虛謬。那程元卻都是些影響之談，況且既為完姻而來，豈有不與原媒同行之理？至于三人所說結姻年月日期，各自一樣，這卻是何緣故？那趙孝自是台州人，分明是你們

❼ 幫襯：幫助。

要尋個中證，急切裡再沒有第三個徽州人可央，故此買他出來的。這都只為韓生貧窮，便起不良之心，要將女兒改適內姪，一時通同合計，造此奸謀，再有何說？」便伸手抽出籤來，喝叫把三人各打三十板。三人連聲的叫苦，韓子文便跪上稟道：「大人既與小生做主，成其婚姻，這金聲便是小生的岳父了，不可結了冤讎，伏乞饒恕！」太守道：「金聲看韓生分上，饒他一半；原告、中證，卻饒不得！」當下各各受責。只為心裡不打點得，不曾用得杖錢，一個個打得皮開肉綻，叫喊連天。那韓子文、張安國、李文才三人在旁邊，暗暗的歡喜。這正應著金朝奉往年所設之誓。太守便將息詞塗壞，提筆判曰：

> 韓子貧惟四壁，求淑女而未能；金聲富累千箱，得才郎而自棄。衹緣擇婿者原乏知人之鑒，遂使圖婚者爰生速訟之奸。程門舊約，兩兩無憑；韓氏新姻，彰彰可據。百金即為婚具，幼女准屬韓生。金聲、程元、趙孝搆釁無端，各行杖警！

判畢，便將吉帖婚書頭髮一齊付與韓子文。一行人辭了太守出來。程朝奉做事不成，羞慚滿面，卻被韓子文一路千老驢萬老驢的罵。又道：「做得好事，果然做得好事！我只道打來是不痛的！」程朝奉只得忍氣吞聲，不敢回答一句。又害那趙孝打了屈棒，免不得與金朝奉共出些遮羞錢與他，尚自喃喃吶吶的怨悵，這教做「賠了夫人又折兵」。當下各自散訖。

韓子文經過了一番風波，恐怕又有甚麼變卦，便疾忙將這一百兩銀子，備了些催裝速嫁之類，擇個吉日，就要成親。仍舊是張、李二生請期通信。金朝奉見太守為他，不敢怠慢，欲待與舅子到上司做些手腳，又少不得經由府縣的，正所謂敢怒而不敢言，只得一一聽從。花燭之後，朝霞見韓生氣宇軒昂，丰神俊朗，才貌甚是相當，那裡管他家貧？自然你恩我愛。少年夫婦，極盡顛鸞倒鳳之歡，倒怨悵父親多事。真個是早知燈是火，飯熟已多時。自此無話。

次年，宗師田洪錄科，韓子文又得吳太守一力舉薦，拔為前列。春秋兩闈，聯登甲第，金家女兒已自做了夫人。丈人思想前情，慚悔無及。若預先知有今日，就是把女兒與他為妾，也情願了。有詩為證：

蒙正當年也困窮，休將肉眼看英雄！

堪誇仗義人難得，太守廉明即古洪。

卷十一　惡船家計賺假屍銀　狠僕人誤投真命狀

詩曰：

杳杳冥冥地，非非是是天。
害人終自害，狠計總徒然。

話說那殺人償命，是人世間最大的事，非同小可。所以是真難假，是假難真。真的時節，縱然有錢可以通神，目下脫逃憲網，到底天理不容，無心之中，自然敗露。假的時節，縱然嚴刑拷掠，誣伏莫伸，到底有個辯白的日子。假饒誤出誤入，那有罪的老死牖下，無罪的卻命絕于囹圄刀鋸之間，難道頭頂上這個老翁是沒有眼睛的麼？所以古人說得好，道是：

湛湛青天不可欺，未曾舉意已先知。
善惡到頭終有報，只爭來早與來遲。

說話的，你差了。這等說起來，不信死囚牢裡，再沒有個含冤負屈之人？那陰間地府，也不須設得枉死城了！——看官不知，那冤屈死的，與那殺人逃脫的，大概都是前世的事。若不是前世緣故，殺人竟不償命，不殺人倒要償命，死者生者，怨氣沖天，縱然官府不明，皇天自然鑒察。千奇百怪的，巧生出機會來，了此公案。所以說道：「人惡人怕天不怕，人善人欺天不欺。」又道是：「天網恢恢，疏而不漏。」古來清官察吏，不止一人，曉得人命關天，又且世情不測，儘有極難信的事，偏是真的，極易信的事，偏是假的，所以就是情真罪當的，還要細細體訪幾番，方能轂獄無冤鬼。如今為官做吏的人，貪愛的是錢財，奉承的是富貴。把那「正直公平」四字撇卻東洋大海。明知這事無可寬容，也將來輕輕放過；明知這事有些尷尬，也將來草草問成。竟不想殺人可恕，情理難容。那親動手的奸徒，若不明正其罪，被害冤魂，何時瞑目？至于扳誣冤枉的，卻又六問三推，千般煅煉，嚴刑之下，就是凌遲碎剮的罪，急忙裡只得輕易招成。攪得他家破人亡，害他一人，便是害他一家了。只做自己的官，毫不管別人的苦，我不知他肚腸閣落裡邊，也思想積些陰德與兒孫麼？如今所以說這一篇，專一奉勸世上廉明長者，一艸一木，都是上天生命，何況祖宗赤子？須要慈悲為本，寬猛兼行，護正誅邪，不失為民父母之意，不但萬民感戴，皇天亦當佑之！

且說國朝有個富人王甲，是蘇州府人氏。與同府李乙，是個世讎。王甲百計思量害他，未得其便。忽一日大風大雨，鼓打三更。李乙與妻子蔣氏喫過晚飯，熟睡多時。只見十餘個強人，將紅硃黑墨搽了臉，一擁的打將入來。蔣氏驚慌，急往床下躲避。只見一個長鬚大面的，把李乙頭髮揪住，一刀砍死，竟不搶東西，登時散了。蔣氏卻在床下看得親切，戰抖抖的走將出來，穿了衣服，向丈夫屍首嚎啕大哭。此時鄰人已都來看了，各各悲傷，勸慰了一番。蔣氏道：「殺奴丈夫的，是讎人王甲。」眾人道：「怎見得？」蔣氏道：「奴在床下看得明白。那王甲原是讎人，又且長鬚大面，雖然搽墨，卻是認得出的。若是別的強盜，何苦殺我丈夫，東西一毫不動？這兇身不是他，是誰？有煩列位與奴做主。」眾人道：「他與你丈夫有讎，我們都是曉得的。況且地方盜發，我們該報官。明早你寫紙狀詞，同我們到官首告便是，今日且散。」眾人去了。蔣氏關了房門，又哽咽了一會，那裡有心去睡，苦啾啾❶的捱到天明。央鄰人買狀式寫了，取路投長洲縣來。正值知縣升堂放告，蔣氏直至階前，大聲叫屈。知縣看了狀子，問了來歷，見是人命盜情重事，即時批准。地方也來遞失狀。知縣委捕官相驗，隨即差了應捕，擒捉兇身。

卻說那王甲自從殺了李乙，自恃搽臉無人看破，揚揚得意，毫不提防。不期一夥應捕擁入家來，正是疾雷不及掩耳，一時無處躲避。當下被眾人索了，登時押到縣堂。知縣問道：「你如何殺了李乙？」王甲道：「李乙自是強盜殺了，與小人何干？」知縣問蔣氏道：「你如何告道是他？」蔣氏道：「小婦人躲在床底看見，認得他的。」知縣道：「夜晚間如何認得這樣真？」蔣氏道：「不但認得模樣，還有一件真情可推。若是強盜，如何只殺了人便散了，不搶東西？此不是平日有讎的，卻是那個？」知縣便叫地鄰來，問他道：「那王甲與李乙果有讎否？」地鄰盡說：「果然有讎！那不搶東西，只殺了人，也是真的。」知縣便喝叫把王甲夾起，那王甲是個富家出身，忍不得痛苦，只得招道：「與李乙有讎，假妝強盜，殺死是實。」知縣取了親筆供招，下在死囚牢中。

王甲一時招承，心裡還想辯脫，思量無計，自忖道：「這裡有個訟師，叫做鄒老人，極是奸滑，與我相好。隨你十惡大罪，與他商量，便有生路。何不等兒子送飯時，教他去與鄒老人商量？」少頃，兒子王小二送飯來了。王甲說知備細，又分付道：「儻有使用處，不可吝惜錢財，誤我性命！」小二一一應諾，逕投鄒老人家來，說知父親事體，求他計策謀脫。老人道：「令尊之事，親口供招，知縣又是新

❶ 苦啾啾：悲悲切切。

到任的，自手問成，隨你那裡告辯，出不得縣間初案。他也不肯認錯翻招，你將二、三百兩與我，待我往南京走走，尋個機會，定要設法出來。」小二道：「如何設法？」老人道：「你不要管我，只交銀子與我了，日後便見手段。而今不好先說得。」小二回去，當下湊了三百兩銀子到鄒老人家，交付停當，隨即催他起程。鄒老人道：「有了許多白物，好歹要尋出一個機會來，且寬心等待等待。」小二謝別而回。老人連夜收拾行李，往南京進發。

不一日來到南京，往刑部衙門細細打聽，說有個浙江司郎中徐公，甚是通融，抑且好客。當下就央了一封先容的薦書，備了一副盛禮去謁徐公。徐公接見了，見他會說會笑，頗覺相得。自此頻頻去見，漸漸廝熟來。正無個機會處，忽一日，捕盜衙門肘押海盜二十餘人，解到刑部定罪。老人上前打聽，知有兩個蘇州人在內。老人點頭大喜，自言自語道：「計在此了。」次日整備筵席，寫帖請徐公飲酒。不踰時，酒筵完備，徐公乘轎而來。老人笑臉相迎，定席以後，說些閒話。飲至更深時分，老人屏去眾人，便將百兩銀子託出，獻與徐公。徐公喫了一驚，問其緣故。老人道：「今有舍親王某，被陷在本縣獄中，伏乞周旋。」徐公道：「苟可效力，敢不從命！只是事在彼處，難以為謀。」老人道：「不難，不難。王某只為與李乙有讎，今李乙被殺，未獲兇身，故此遭誣下獄。昨見解到貴部海盜二十餘人，內二人，蘇州人也。今但逼勒二盜，要他自認做殺李乙的，則二盜總是一死，未嘗加罪，舍親王某已沐再生之恩了。」徐公許諾，輕輕收過銀子，親放在扶手匣裡面，喚進從人，謝酒乘轎而去。老人又密訪著二盜的家屬，許他重謝。先送過一百兩銀子，二盜也應允了。到得會審之時，徐公喚二盜近前，開口問道：「你們曾殺過多少人？」二盜即招某時某處殺某人；某月某日夜間到李家殺李乙。徐公寫了口詞，把諸盜收監，隨即疊成文案。鄒老人便使用書房行文書抄招到長洲縣知會，就是他帶了文案，別了徐公，竟回蘇州，到長洲縣當堂投了。知縣拆開，看見殺李乙的已有了主名，便道：「王甲果然屈招。」正要取監犯查放，忽見王小二進來叫喊呼冤。知縣信之不疑，喝叫監中取出王甲，登時釋放。蔣氏聞知這一番說話，沒做理會處，也只道前日夜間，果然自己錯認了，只得罷手。

卻說王甲得放還家，歡歡喜喜，搖擺進門。方纔到得門首，忽然一陣冷風，大叫一聲道：「不好了！李乙哥在這裡了！」驀然倒地，叫喚不醒，霎時氣絕，嗚呼哀哉。有詩為證：

> 髯臉閻王本認真，殺人償命在當身。
> 暗中假換天難騙，堪笑多謀鄒老人。

* * *

前邊說的人命是將真作假的了，如今再說一個將假作真的。只為些些小事，被奸人暗算，弄出天大一場禍來。若非天道昭昭，險些兒死於非命。正是：

> 福善禍淫，昭彰天理。
> 欲害他人，先傷自己。

話說國朝成化年間，浙江溫州府永嘉縣有個王生，名杰，字文豪，娶妻劉氏，家中止有夫妻二人。生一女兒，年方二歲。內外安童養娘數口，家道亦不甚豐富。王生雖是業儒，尚不曾入泮，只在家中誦習，也有時出外結友論文。那劉氏勤儉作家，甚是賢慧。夫妻彼此相安。

忽一日，正遇暮春天氣，二、三友人拉了王生，往郊外踏青遊賞。但見：

遲遲麗日，拂拂和風。紫燕黃鶯，綠柳叢中尋對偶；狂蜂浪蝶，夭桃隊裡覓相知。王孫公子興高時，無日不來尋酒肆；豔質嬌姿心動處，此時未免露閨容。須教殘醉可重扶，幸喜落花猶未掃。

王生看了春景融和，心中歡暢，喫個薄醉，取路回家裡來。只見兩個家僮，正和一個人門首喧嚷。原來那人是湖州客人，姓呂，提著竹籃賣薑，只為家僮要少他的薑價，故此爭執不已。王生問了緣故，便對那客人道：「如此價錢，也好賣了，如何只管在我家門首喧嚷？好不曉事！」那客人是個戇直的人，便回話道：「我們小本經紀，如何要打短我的？相公須放寬洪大量些，不該如此小家子相❷！」王生乘著酒興，大怒起來，罵道：「那裡來這老賊驢！輒敢如此放肆，把言語衝撞我！」走近前來，連打了幾拳，一手推將去。不想那客人是中年的人，有痰火病的，就這一推裡，一交跌去，一時悶倒在地。正是：

身如五鼓銜山月，命似三更油盡燈。

原來人生最不可使性，況且這小人買賣，不過爭得一、二個錢，有何大事？常見大人家強梁僮僕，每每借著勢力，動不動欺打小民。到得做出事來，又是家主失了體面。所以有正經的，必然嚴行懲戒。只因王生不該自己使性動手打他，所以到底為此受累，這是後話。

卻說王生當日見客人悶倒，喫了一大驚，把酒意都驚散了，連忙喝叫扶進廳來眠了，將茶湯灌將下去，不踰時甦醒轉來。王生對客人謝了個不是，討些酒飯與他喫了，又拿出白絹一疋與他，權為調理之資。那客人回嗔作喜，稱謝一聲，望著渡口去了。若是王生有未卜先知的法術，慌忙向前攔腰抱住，扯

---

❷ 小家子相：不大方。

將轉來，就養他在家半年兩個月，也是情願，不到得惹出飛來橫禍。只因這一去，有分教：

雙手撒開金線網，從中釣出是非來。

那王生見客人已去，心頭尚自跳一個不住，走進房中，與妻子說了，道：「幾乎做出一場大事來，僥倖！僥倖！」此時天已晚了，劉氏便叫丫鬟擺上幾樣菜蔬，盪熱酒與王生壓驚。飲過數盃，只聞得外邊叩門聲甚急，王生又喫一驚，掌燈出來看時，卻是渡頭船家周四，手中拿了白絹竹籃，倉倉皇皇，對王生說道：「相公，你的禍事到了，如何做出這人命來！」唬得王生面如土色，只得再問緣由。周四道：「相公可認得白絹竹籃麼？」王生看了道：「今日有個湖州的賣薑客人到我家來，這白絹是我送他的，這竹籃正是他盛薑之物。如何卻在你處？」周四道：「下晝❸時節，是有一個湖州姓呂的客人，叫我的船過渡，到得船中，痰火病大發。將次危了，告訴我道，被相公打壞了他，就把白絹竹籃交付與我，做個證據，要我替他告官，又要我到湖州去報他家屬，前來伸冤討命。說罷，瞑目死了。如今屍骸尚在船中，船已撐在門首河頭了，且請相公自到船中看看，憑相公如何區處。」王生聽了，驚得目睜口呆，手麻腳軟，心頭恰像有個小鹿兒撞來撞去的。口裡還只得硬著膽道：「那有此話！」背地教人走到船裡看時，果然有一個死屍骸。王生是虛心病的，慌了手腳，跑進房中，與劉氏說知。劉氏道：「如何是好？」王生道：「如今事到頭來，說不得了。只是買求船家，要他乘此暮夜，將屍首設法過了，方可無事。」王生便將碎銀一包，約有二十多兩，袖在手中，出來對船家說道：「家長❹不要聲張，我與你從長計議。

❸ 下晝：下午。

❹ 家長：船家。

惡船家計賺假屍銀

狠僕人誤投真命狀

事體是我自做得不是了，卻是出于無心的。你我同是溫州人，也須有些鄉里之情，何苦到為著別處人報讎！況且報得讎來，與你何益？不如不要提起，待我出些謝禮與你，求你把此屍載到別處拋棄了。黑夜裡誰人知道？」船家道：「拋棄在那裡？儻若明日有人認出來，追究根原，連我也不得乾淨。」王生道：「離此不數里，就是我先父的墳塋，極是僻靜，你也是認得的。乘此暮夜無人，就煩你船載到那裡，悄悄地埋了。人不知，鬼不覺。」周四道：「相公的說話，甚是有理。卻怎麼樣謝我？」王生將手中之物出來與他，船家嫌少，道：「一條人命，難道值得這些些銀子！今日湊巧死在我船中，也是天與我的一場小富貴。一百兩銀子，須是少不得的。」王生只要完事，不敢違拗，點點頭，進去了一會，將著些現銀及衣裳首飾之類取出來，遞與周四道：「這些東西，約莫有六十金了。家下貧寒，望你將就包容罷了。」周四見有許多東西，便自口軟了，道：「罷了，罷了！相公是讀書之人，只要時常看覷我就是，不敢計較。」王生此時是情急的，正是得他心肯日，是我運通時。心中已自放下幾分，又擺出酒飯與船家喫了。隨即喚過兩個家人，分付他尋了鋤頭鐵鈀之類。——內中一個家人姓胡，因他為人兇狠，有些力氣，都稱他做胡阿虎。——當下一一都完備了，一同下船到墳上來，揀一塊空地，掘開泥土，將屍首埋藏已畢，又一同上船回家裡來。整整弄了一夜。漸漸東方已發動了，隨即又請船家喫了早飯，作別而去。王生教家人關了大門，各自散訖。

王生獨自回進房來，對劉氏說道：「我也是個故家子弟，好模好樣的，不想遭這一場，反被那小人逼勒！」說罷，淚如雨下。劉氏勸道：「官人，這也是命裡所招，應得受些驚恐，破此財物不須煩惱！今幸得靠天，太平無事，便是十分僥倖了。辛苦了一夜，且自將息將息。」當時又討些茶飯，與王生喫了，各各安息不題。

過了數日，王生見事體平靜，又買些三牲福物之類，拜獻了神明祖宗。那周四不時的來，假做探望，王生殷殷勤勤待他，不敢衝撞。些小借掇，勉強應承。周四已自從容了，賣了渡船，開著一個店鋪，自此無話。——看官聽說：王生到底是個書生，沒甚見識。當日既然買囑船家，將屍首載到墳上，只該聚起乾柴，一把火焚了，無影無蹤，卻不乾淨？只為一時沒有主意，將來埋在地中，這便是斬艸不除根，萌芽春再發。

又過了一年光景。真個濃霜只打無根艸，禍來只揀福輕人。那三歲的女兒，出起極重的痘子來，求神問卜，請醫調治，百無一靈。王生只有這個女兒，夫妻歡愛，十分不捨，終日守在床邊啼哭。一日有個親眷，辦著盒禮來望痘客，王生接見，茶罷，訴說患病的十分沉重，不久當危。那親眷道：「本縣有個小兒科，姓馮，真有起死回生手段，離此有三十里路，何不接他來看覷看覷？」王生道：「領命。」當時天色已黑，就留親眷喫了晚飯，自別去了。王生便與劉氏說知，寫下請帖，連夜喚將胡阿虎來，分付道：「你可五鼓動身，拿此請帖去請馮先生早來看痘。我家裡一面擺著午飯，立等立等。」胡阿虎應諾去了，當夜無話。次日，王生果然整備了午飯，直等至未申時，杳不見來。不覺的又過了一日，到床前看女兒時，只是有增無減。挨至三更時分，那女兒只有出的氣，沒有入的氣，告辭父母，往閻家裡去了。正是：

金風吹柳蟬先覺，暗送無常死不知。

王生夫妻就如失了活寶一般，各各哭得發昏。當時盛殮已畢，就焚化了。天明以後，到得午牌時分，只見胡阿虎轉來，回復道：「馮先生不在家裡，又守了大半日，故此到今日方回。」王生垂淚道：「可見我家女兒命該如此，如今再也不消說了。」直到數日之後，同伴中說出實話來，卻是胡阿虎一路飲酒沉醉，失去請帖，故此直挨至次日方回，造此一場大謊。王生聞知，思念女兒，勃然大怒，即時喚進胡阿虎，取出竹片要打。胡阿虎道：「我又不曾打殺了人，何須如此？」王生聞得這話，一發怒從心上起，惡向膽邊生。連忙教家僮扯將下去，一氣打了五十多板，方纔住手，自進去了。

胡阿虎打得皮開肉綻，拐呀拐的，走到自己房裡來，恨恨的道：「為甚的受這般鳥氣？你女兒痘子，本是沒救的了，難道是我不接得郎中斷送了他？不值得將我這般毒打。可恨，可恨！」又想了一回道：「不妨事，大頭在我手裡，且待我將息棒瘡好了，也教他看我的手段。不知還是井落在弔桶裡，弔桶落在井裡。如今且不要露風聲，等他先做了整備。」正是：

勢敗奴欺主，時衰鬼弄人。

不說胡阿虎暗生奸計，再說王生自女兒死後，不覺一月有餘。親眷朋友，每每備了酒餚與他釋淚，他也漸不在心上了。忽一日，正在廳前閒步，只見一班應捕擁將進來，帶了麻繩鐵索，不管三七二十一，望王生頸上便套。王生喫一驚，問道：「我是個儒家子弟，怎把我這樣淩辱！卻是為何？」應捕呸了一呸道：「好個殺人害命的儒家子弟！官差吏差，來人不差。你自到大爺面前去講。」當時劉氏與家僮婦女聽得，正不知甚麼事頭發了，只好立著呆看，不敢向前。此時不由王生做主，那一夥如狼似虎的人，前拖後扯，帶進永嘉縣來，跪在堂下右邊，卻有個原告跪在左邊，王生抬頭看時，不是別人，正是家人胡阿虎，已曉得是他懷恨在心出首的了。那知縣明時佐開口問道：「今有胡虎，首你打死湖州客人姓呂的，這怎麼說？」王生道：「青天老爺，不要聽他說謊！念王杰弱怯怯的一個書生，如何會得打死人？那胡虎原是小的家人，只為前日有過，將家法痛治一番，為此懷恨，搆此大難之端。望爺臺照察！」胡阿虎叩頭道：「青天爺爺，不要聽這一面之詞，家主打人自是常事，如何懷得許多恨？如今屍首現在墳塋左側，萬乞老爺差人前去掘取，只看有屍是真，無屍是假。若無屍時，小人情願認個誣告的罪。」知縣依言，即便差人押去起屍。胡阿虎又指點了地方尺寸，不踰時，果然抬個屍首到縣裡來。知縣親自起身相驗，說道：「有屍是真，再有何說？」正要將王生用刑，王生道：「老爺聽我分訴，那屍骸已是腐爛的了，須不是目前打死的。若是打死多時，何不當時就來首告，直待今日？分明是胡虎那裡尋這屍首，霹空誣陷小人的。」知縣道：「也說得是。」胡阿虎道：「這屍首實是一年前打死的，因為主僕之情，有所不忍；況且以僕首主，先有一款罪名，故此含藏不發。如今不想家主行兇不改，小的恐怕再做出事來，以致受累，只得重將前情首告。老爺若不信時，只須喚那四鄰八舍到來，問去年某月日間，果然曾打死人否？即此便知真偽了。」知縣又依言。不多時，鄰舍喚到。知縣逐一動問，果然說：「去年某月日間，有個薑客被王家打死，暫時救醒，以後不知何如。」王生此時被眾人指實，顏色都變了。把言語來左支右吾。知縣道：「情真罪當，再有何言？這廝不打，如何肯招！」疾忙抽出籤來，喝一聲：「打！」兩邊皂隸吆喝一聲，將王生拖翻，著力打了二十板。可憐瘦弱書生，受此痛棒拷掠。王生受苦不過，只得一一招成。知縣錄了口詞，說道：「這人雖是他打死的，只是沒有屍親執命，未可成獄。且一面收監，待有了認屍的，定罪發落。」隨即將王生監禁獄中，屍首依舊抬出埋藏，不得輕易燒毀，聽後檢償。發放眾人散訖，退堂回衙。那胡阿虎道是私恨已洩，甚是得意，不敢回王家見主母，自搬在別處住了。

卻說王家家僮們在縣裡打聽消息，得知家主已在監中，唬得兩耳雪白，奔回來報與主母。劉氏一聞此信，便如失去了三魂，大哭一聲，望後便倒：

未知性命何如，先見四肢不動。

丫鬟們慌了手腳，急急叫喚。那劉氏漸漸醒將轉來，叫聲：「官人！」放聲大哭，足有兩個時辰，方纔歇了。疾忙收拾些零碎銀子，帶在身邊，換了一身青衣，教一個丫鬟隨了，分付家僮在前引路，逕投永嘉縣獄門首來。夫妻相見了，痛哭失聲。王生又哭道：「卻是阿虎這奴才，害得我至此！」劉氏咬牙切齒，恨恨的罵了一番。便在身邊取出碎銀，付與王生道：「可將此散與牢頭獄卒，教他好好看覷，免致受苦。」王生接了。天色昏黑，劉氏只得相別，一頭啼哭，取路回家。胡亂用些晚飯，悶悶上床，思量昨夜與官人同宿，不想今日遭此禍事，兩地分離。不覺又哭一場，悽悽慘慘睡了，不題。

卻說王生自從到獄之後，雖則牢頭禁子，受了財錢，不受鞭箠之苦，卻是相與的，都是那些蓬頭垢面的囚徒，心中有何快活？況且大獄未決，不知死活如何；雖是有人殷勤送衣送飯，到底不免受些飢寒之苦，身體日漸羸瘠了。劉氏又將銀來買上買下，思量保他出去。又道是人命重事，不易輕放，只得在監中耐守。光陰似箭，日月如梭。王生在獄中，又早懨懨的挨過了半年光景。勞苦憂愁，染成大病。劉氏求醫送藥，百般無效，看看待死。

一日，家僮來送早飯，王生望著監門，分付道：「可回去對你主母說，我病勢沉重不好，旦夕必要死了，教主母可作急來一看我，從此要永訣了。」家僮回家說知。劉氏心慌膽戰，不敢遲延，疾忙顧了一乘轎，飛也似抬到縣前來。離了數步，下了轎，走到獄門首，與王生相見了。淚如湧泉，自不必說。

王生道：「愚夫不肖，誤傷人命，以致身陷縲絏，辱我賢妻。今病勢有增無減了，得見賢妻一面，死也甘心。但只是胡阿虎這個逆奴，我就到陰司地府，決不饒過他的。」劉氏含淚道：「官人不要說這不祥的話，且請寬心調養。人命既是誤傷，又無苦主。奴家匡得賣盡田產，救取官人出來，夫妻完聚。阿虎逆奴，天理不容，到底有個報讎日子，也不要在心。」王生道：「若得賢妻如此用心，使我重見天日，我病體也就減幾分了。但恐弱質懨懨，不能久待。」劉氏又勸慰了一番，哭別回家，坐在房中納悶。僮僕們自在廳前鬥牌耍子，只見一個半老的人，挑了兩個盒子，竟進王家裡來。放下匾擔，對家僮問道：「相公在家麼？」只因這個人來，有分教：

負屈寒儒，得遇秦庭朗鏡；行凶詭計，難逃蕭相明條。

有詩為證：

湖商自是隔天涯，舟子無端起禍胎。

指日王生冤可白，災星換做福星來。

那些家僮見了那人，仔細看了一看，大叫道：「有鬼！有鬼！」東逃西竄。你道那人是誰？正是一年前來賣薑的湖州呂客人。那客人忙扯住一個家僮，問道：「我來拜你家主，如何說我是鬼？」劉氏聽得廳前喧鬧，走將出來。呂客人上前唱了個喏，說道：「大娘聽稟，老漢湖州薑客呂大是也。前日承相公酒飯，又贈我白絹，感激不盡。別後到了湖州，這一年半裡邊，又到別處做些生意。如今重到貴府走走，特地辦些土宜來探望你家相公，不知你家大官們，如何說我是鬼？」傍邊一個家僮嚷道：「大娘，不要聽他！一定得知道大娘要救官人，故此出來現形索命！」劉氏喝退了，對客人說道：「這等說起來，你真不是鬼了。你害得我家丈夫好苦！」呂客人喫了一驚道：「你家相公在那裡？怎的是我害了他？」劉氏便將周四如何撐屍到門，說留絹籃為證；丈夫如何買囑船家，將屍首埋藏；胡阿虎如何首告，丈夫招承下獄的情由，細細說了一遍。呂客人聽罷，捶著胸膛道：「可憐！可憐！天下有這等冤屈的事！去年別去，下得渡船，那船家見我的白絹，問及來由，我不合將相公打我垂危，留酒贈絹的事情，備細說了一番。他就要買我白絹，我見價錢相應，即時賣了。他又要我的竹籃兒，我就與他作了渡錢。不想他賺得我這兩件東西，下這般狠毒之計！老漢不早到溫州，以致相公受苦，果然是老漢之罪了。」劉氏道：「今日不是老客人來，連我也不知丈夫是冤枉的。那絹兒、籃兒是他騙去的了，這死屍卻是那裡來的？」呂客人想了一回道：「是了，是了。前日正在船中，說這事時節，只見水面上一個屍骸，浮在岸邊。我見他注目而視，也只道出于無心，誰知因此就生奸計了。好狠，好狠！如今事不宜遲，請大娘收進了土宜，與老漢同到永嘉縣訴冤，救相公出獄，此為上著。」劉氏依言，收進盤盒，擺飯請了呂客人。他本是儒家之女，精通文墨，不必假借訟師，就自己寫了一紙訴狀。顧乘女轎，同呂客人及僮僕等，取路投永嘉縣來。等了一會，知縣升晚堂了。劉氏與呂大大聲叫屈，遞上訴詞。知縣接上，從頭看過，先叫劉氏起來問，劉氏便將丈夫爭價誤毆，船家撐屍得財，家人懷恨出首的事，從頭至尾，一一分割。又說：「直至今日薑客重來，纔知受枉。」知縣又叫呂大起來問，呂大也將被毆始末、賣絹根由，一一說了。知縣道：「莫非你是劉氏買出來的？」呂大叩頭道：「爺爺，小的雖是湖州人，在此為客多年，也多有相識的在這裡。如何瞞得老爺過？當時若果然將死，何不央船家尋個相識來見一見，託他報信復讎，卻將來託與一個船家？這也還道是臨危時節，無暇及此了。身死之後，難道湖州再沒有個骨肉親戚，見是久出不歸，也該有人來問個消息。若查出被毆傷命，就該到府縣告理。如何直待一年之後，反是王家家人首告？小人今日纔到此地，見有此一場屈事。那王杰雖不是小人陷他，其禍都因小人而起。實是不忍他含冤負屈，故此來到臺前控訴，乞老爺筆下超生！」知縣道：「你既有相識在此，可報名來！」呂大屈指頭說出十數個。知縣一一提筆記了，卻到把後邊的點出四名，喚兩個應捕上來，分付道：「你可悄悄地喚他同做證見的鄰舍來。」應捕隨應命去了。不踰時，兩夥人齊喚了來。只是那相識的四人，遠遠地望見呂大，便一齊道：「這是湖州呂大哥，如何在這裡？一定前日原不曾死。」知縣又教鄰舍人近前細認，都駭然道：「我們莫非眼花了！這分明是被王家打死的薑客，不知還是到底救醒了？還是面龐廝像的？」內中一個道：「天下那有這般相像的理！我的眼睛一看過，再不忘記，委實是他，沒有差錯。」此時知縣心裡已有幾分明白了，即便批准訴狀，叫起這一干人，分付道：「你們出去，切不可張揚！若違我言，拿來重責。」眾人唯唯而退。知縣隨即喚幾個應捕，分付道：「你們可密訪著船家周四，用甘言美語哄他到此，不可說出實情！那原首人胡虎自有保家，俱到明日午後，帶齊聽審！」應捕應諾，分頭而去。知縣又發付劉氏、呂大回去，到次日晚堂伺候。二人叩頭同出。劉氏引呂大到監門前，見了王生，把上項事情盡說了。王生聞得，滿心歡喜，卻似醍醐灌頂，甘露灑心，病體已減去六、七分了。說道：「我初時只怪阿虎，卻不知船家如此狠毒！今日不是老客人來，連我也不知自己是冤枉的。」正是：

雪隱鷺鷥飛始見，柳藏鸚鵡語方知。

劉氏別了王生，出得縣門，乘著小轎，呂大與僮僕隨了，一同逕到家中。劉氏自進房裡，教家僮們陪客人喫了晚食，自在廳上歇宿。次日過午，又一同的到縣裡來，知縣已升堂了。不多時，只見兩個應捕將周四帶到。原來那周四自得了王生銀子，在本縣開個布店。應捕得了知縣的令，對他說：「本縣大爺要買布。」即時哄到縣堂上來。也是天理合當敗露。不意之中，猛抬頭見了呂大，不覺兩耳通紅。呂大叫道：「家長哥，自從買我白絹竹籃，一別直到今日。這幾時生意好麼？」周四頓口無言，面如槁木。少頃胡阿虎也取到了。原來胡阿虎搬在他方，近日偶回縣中探親，不期應捕正遇著他，便上前搗個鬼道：「你家家主人命事已有苦主了，只待原首人來，即便審決。我們那一處不尋得到？」胡阿虎認真歡歡喜喜，隨著公人，直至縣堂跪下。知縣指著呂大問道：「你可認得那人？」胡阿虎仔細一看，喫了一驚。心下好生躊躇，委決不下，一時不能回答。知縣將兩人光景，一一看在肚裡了。指著胡阿虎大罵道：「你這個狼心狗行的奴才！家主有何負你？直得便與船家同謀，覓這假屍誣陷人命？」胡阿虎道：「其實是家主打死的，小人並無虛謬。」知縣怒道：「還要口強！呂大既是死了，那堂下跪的是什麼人？」喝教左右夾將起來，快快招出奸謀便罷。胡阿虎被夾，大喊道：「爺爺，若說小人不該懷恨在心，首告家主，小人情願認罪。若要小人招做同謀，便死也不甘的。當時家主不合打倒了呂大，即刻將湯救醒，與了酒飯，贈了白絹，自往渡口去了。是夜二更天氣，只見周四撐屍到門，又有白絹竹籃為證，合家人都信了。家主卻將錢財買住了船家，與小人同載至墳塋埋訖。以後因家主毒打，小人挾了私讎，到爺爺臺下首告，委實不知這屍真假。今日不是呂客人來，連小人也不知是家主冤枉的。那死屍根由，都在船家身上。」知縣錄了口語，喝退胡阿虎，便叫周四上前來問，初時也將言語支吾，卻被呂大在旁邊面對。知縣又用起刑來，只得一一招承道：「去年某月某日，呂大懷著白絹下船，偶然問起緣由，始知被毆詳細。恰好渡口原有這個死屍在岸邊浮著，小的因此生心要詐騙王家，特地買他白絹，又哄他竹籃，就把水裡屍首，撈在船上了。前到王家，誰想他一說便信。以後得了王生銀子，將來埋在墳頭。只此是真，並無虛話。」知縣道：「是便是了，其中也還有些含糊。那裡水面上恰好有個流屍？又恰好與呂大廝像？畢竟又從別處謀害來，詐騙王生的！」周四大叫道：「爺爺，冤枉！小人若要謀害別人，何不就謀害了呂大？前日因見流屍，故此生出買絹籃的計策，心中也道面龐不像，未必哄得信，小人欺得王生，一來是虛心病的，二來與呂大只見得一面；況且當日天色昏了，燈光之下，一般的死屍，誰能細辨明白？三來白絹竹籃又是王生及薑客的東西，定然不疑。故此大膽哄他一哄，不想果被小人瞞過，並無一個人認得出真假。那屍首的來歷，想是失腳落水的。小人委實不知。」呂大跪上前稟道：「小人前日過渡時節，果然有個流屍，這話實是真情了。」知縣也錄了口語。周四道：「小人本意，只要詐取王生財物，不曾有心害他，乞老爺從輕擬罪。」知縣大喝道：「你這沒天理的狠賊！你自己貪他銀子，便幾乎害得他家破人亡！似此詭計兇謀，不知陷過多少人了？我今日也為永嘉縣中除了一害。那胡阿虎身為家奴，拿著影響之事，背恩賣主，情實可恨！合當重行責罰。」當時喝教把兩人扯下，胡阿虎重打四十，周四不計其數，以氣絕為止。不想那阿虎近日傷寒病未痊，受刑不起。也只為奴才背主，天理難容，打不上四十，死于堂前。周四直至七十板後，方纔昏絕。可憐二惡兇殘，今日斃于杖下。知縣見二人死了，責令屍親前來領屍。監中取出王生，當堂釋放。又抄取周四店中布疋，估價一百金，原是王生被詐之物，例該入官，因王生是個書生，屈陷多時，憐他無端，改「贓物」做了「給主」，也是知縣好處。墳旁屍首掘起驗時，手爪有沙，是個失水的。無有屍親，責令仵作埋之義塚。王生等三人謝了知縣，出來到得家中，與劉氏相持，痛哭了一場。又到廳前與呂客人重新見禮。那呂大見王生為他受屈，王生見呂大為他辯誣，俱各致個不安，互相感激。這教做不打不成相識，以後遂不絕往來。王生自此戒了好些氣性，就是遇著乞兒，也只是一團和氣。感憤前情，思想榮身雪恥，閉戶讀書，不交賓客，十年之中，遂成進士。

所以說，為官做吏的人，千萬不可艸菅人命，視同兒戲。假如王生這一樁公案，惟有船家心裡明白，不是薑客重到溫州，家人也不知家主受屈，妻子也不知道丈夫受屈，本人也不知自己受屈。何況公庭之上，豈能盡照覆盆？慈祥君子，須當以此為鑒！

囹圄刑措號仁君，吉網羅鉗最枉人。
寄語昏汙諸酷吏，遠在兒孫近在身。

卷十二　陶家翁大雨留賓　蔣震卿片言得婦

詩曰：

一飲一啄，莫非前定。
一時戲語，終身話柄。

話說人生萬事，前數已定，儘有一時間偶然戲耍之事、取笑之話，後邊照應將來，卻像是個讖語響卜❶，一毫不差。乃知當他戲笑之時，暗中已有鬼神做主，非偶然也。

只如宋朝崇寧年間，有一個姓王的公子，本貫浙西人。少年發科，到都下會試。一日將晚，到延秋坊人家赴席，在一個小宅子前經過，見一女子生得十分美貌，獨立在門內，徘徊凝望，卻像等候甚麼人的一般。王生正注目看他，只見前面一夥騎馬的人，喝擁而來，那女子避了進去。王生匆匆也行了，不曾問得這家姓張姓李。赴了席，喫得半醉歸來，已是初更天氣。復經過這家門首，望門內一看，只見門已緊閉，寂然無人聲。王生嗤嗤從左傍牆腳下一帶走去，意思要看他有後門沒有。只見數十步外有空地丈餘，小小一扇便門，也關著在那裡。王生想道：「日間美人只在此中，怎能勾再得一見？」看了他後門，正在戀戀不捨，忽然隔牆丟出一件東西來，掉在地下一響。王生幾乎被他打著，拾起來看，卻是一

❶ 響卜：古時有一種迷信，據說在除夕晚上出外偷聽別人說話，可卜吉凶，叫做「響卜」。

塊瓦片。此時皓月初升，光同白晝，看那瓦片時，有六個字在上面，寫道：「夜間在此相候。」王生曉得有些蹊蹺，又帶著幾分酒意，笑道：「不知是何等人，約人做事的？待我耍他一耍。」就在牆上剝下些石灰粉來，寫在瓦背上道：「三更後可出來！」仍舊望牆裡丟了進去，走開十來步，遠遠地站著，看他有何動靜。等了一會，只見一個後生走到牆邊，低著頭，卻像找尋甚麼東西的，尋來尋去，尋了一回，不見甚麼，對著牆裡嘆了一口氣。有一步沒一步的佯佯走了去。王生在黑影裡看得明白，便道：「想來此人定是所約之人了。只不知裡邊是甚麼人，好歹有個人出來，必要等著他。」等到三更，月色已高，煙霧四合。王生酒意已醒，看看渴睡上來，伸伸腰，打個呵欠。自笑道：「睡到不去睡，管別人這樣閒事！」正要舉步歸寓，忽聽得牆邊小門呀的一響，軋然開了，一個女子閃將出來。月光之下，望去看時，且是娉婷。隨後一個老媽，背了一隻大竹箱跟著，望外就走。王生迎將上去，看得仔細，正是日間獨立門首這女子。那女子看見人來，一些不避，直到當面一看，喫一驚道：「不是，不是，不是！」回轉頭來看老媽，老媽上前擦擦眼，把王生一認，也道：「不是，不是！快進去。」那王生倒將身攔在後門邊了，一把扯住道：「還思量進去！你是人家閨中女子，約人夜晚間在此相會，可是該的？我今聲張起來，拿你見官，醜聲傳揚。叫你合家做人不成！我偶然在此遇著，也是我與你的前緣，你不如就隨了我去。我是在此會試的舉人，也不辱沒了你！」那女子聽罷，戰抖抖的淚如雨下，沒做道理處。老媽說道：「若是聲張，果是利害！既然這位官人是個舉人，小娘子權且隨他到下處再處。而今沒奈何了。一會子天明了，有人看見，卻了不得！」那女子一頭哭，王生一頭扯扯拉拉，只得軟軟地跟他走到了下處。放他在一個小樓上面，連那老媽也就留了他伏侍。女子性定，王生問他備細。女子道：「奴家姓曹，父親早喪，母親止生得我一人，甚是愛惜。要將我許聘人家，我有個姑娘的兒子，從小往來，生得聰俊，心裡要嫁他。這個老媽，就是我的奶娘。我央他對母親說知此情，母親嫌他家裡無官，不肯依從。所以叫奶娘通情，說與他了，約他今夜以擲瓦為信，開門從他私奔。他亦曾還擲一瓦，叫『三更後出來』。及至出得門來，卻是官人，倒不見他，不知何故？」王生笑把適纔戲寫擲瓦，及一男子尋覓東西不見，長嘆走去的事，說了一遍。女子嘆口氣道：「這走去的，正是他了。」王生笑道：「卻是我幸得撞著，豈非五百年前姻緣做定了？」女子無計可奈，見王生也自一表非俗，只得從了他。新打上的，恩愛不淺。到得會試過了，榜發，王生不得第，卻戀著那女子。正在歡愛頭上，不把那不中的事放在心裡，只是朝歡暮樂。那女子前日帶來竹箱中，多是金銀寶物。王生缺用，就拿出來與他盤纏❷。遷延數月，王生竟忘記了歸家。

王生的父親，在家盼望，見日子已久，不見王生歸來。遍問京中來的人，都說道：「他下處有一女人相處，甚是得意，那得肯還？」其父大怒，寫著嚴切手書，差著兩個管家，到京催他起身。又寄封書與京中同年相好的，叫他遣個馬票，兼請逼勒他出京，不許耽延。王生不得已，與女子作別，道：「事出無奈，只得且去，得便就來。或者稟明父親，逕來接你，也未可知。你須耐心，同老媽在此寓所住著等我。」含淚而別。王生到得家中，父親陞任福建，正要起身，就帶了同去。一時未便，不好說得女子之事，悶悶隨去任所，朝夕思念不題。

且說京中女子同奶媽，住在寓所守候，身邊所帶東西，王生在時已用去將有一半，今又兩口在寓所食用，有出無入，看看所剩不多。王生又無信息，女子心下著忙，叫老媽打聽家裡母親光景，指望重到

❷ 盤纏：供給日常費用。

家來，與母親相會。不想母親因失了這女兒，終日啼哭，已自病死多時。那姑娘之子，次日見說舅母家裡不見了女兒，恐怕是非纏在身上，逃去無蹤了。女子見說，大哭了一場，與老媽商量道：「如今一身無靠，汴京到浙西，也不多路，趁身邊還有些東西，做了盤纏，到他家裡去尋他，不然如何了當？」就央老媽顧了一隻船，下汴京。一路來，行到廣陵地方，盤纏已盡。那老媽又是高年，船上早晚感冒些風露，一病不起。那女子極得無投奔，只是啼哭。

原來廣陵即是而今揚州府，極是一個繁華之地，古人詩云：「煙花三月下揚州。」又道是：「二十四橋明月夜，玉人何處教吹簫？」從來仕宦官員、王孫公子，要討美妾的，都到廣陵郡來揀擇聘娶，所以填街塞巷，都是些媒婆撞來撞去。看見船上一個美貌女子啼哭，都攢將攏來問緣故。女子說道：「汴京下來，到浙西尋丈夫，不想此間奶母亡故，盤纏用盡，無計可施，所以啼哭。」內中一個婆子道：「何不去尋蘇大商量？」女子道：「蘇大是何人？」那婆子道：「蘇大是此間好漢，專一替人出閑力的。」女子慌忙之中不知一個好歹，便出口道：「有煩指引則個。」婆子去了一會，尋取一個人來。那人一到船邊，問了詳細，便去引領一干人來，抬了屍首上岸埋葬。算船錢，打發船家，對女子道：「收拾行李，到我家裡停住幾日再處。」叫一乘轎來抬女子。女子見他處置有方，只道投著好人，亦且此身無主，放心隨他去。誰知這人卻是揚州一個大光棍。當機兵，養娼妓，接子弟的，是個煙花的領袖、烏龜的班頭。轎抬到家，就有幾個粉頭出來相接作伴，女子情知不尷尬落在套中，無處分訴。自此改名蘇媛，做了娼妓了。

王生在福建隨任兩年，方回浙中。又值會試之期，束裝北上。道經揚州，揚州司理乃是王生鄉舉同門，置酒相待。王生赴席。酒筵之間，官妓叩頭送酒。只見內中一人，屢屢偷眼看王生不已。生亦舉目細看，心裡疑道：「如何甚像京師曹氏女子？」及問姓名，全不相同。卻再三看來，越看越是。酒半起身，蘇媛捧觴上前，勸生飲酒，覿面看得較切，口裡不敢說出，心中想著舊事，不勝悲傷。禁不住兩行珠淚，簌簌的落將下來，墮在杯中。生情知是了，也垂淚道：「我道像你，原來果然是你，卻是因何在此？」那女子把別後事情，及下汴尋生，盤纏盡了，失身為娼始末根緣，說了一遍，不覺大慟。生自覺慚愧，感傷流淚。力辭不飲，托病而起。隨即召女子到自己寓所，各訴情懷，留同枕席。次日密托揚州司理，追究蘇大局良為娼，問了罪名，脫了蘇媛樂籍，送生同行。後來與生生子，仕至尚書郎。想著起初，只是一時拾得擲瓦，做此戲謔之事，誰知是老大一段姻緣，幾乎把女子一生斷送了。還虧得後來成了正果。

* * *

而今更有一段話文，只因一句戲言，致得兩邊錯認，得了一個老婆。全始全終，比前話更為完美。有詩為證：

> 戲言偶爾作恢奇，誰道從中遇美妻。
> 假女婿為真女婿，失便宜處得便宜。

這一本話文，乃是國朝成化年間，浙江杭州府餘杭縣，有一個人，姓蔣名霆，表字震卿。本是儒家子弟，生來心性倜儻佻健，頑耍戲浪，不拘小節，最喜游玩山水，出去便是累月累日，不肯呆坐家中。一日想道：「從來說山陰道上，千巖競秀，萬壑爭流，是個極好去處。此去紹興府隔得多少路，不去遊一遊？」恰好有鄉里兩個客商，要過江南去貿易，就便搭了伴同行。過了錢塘江，搭了西興夜船，一夜到了紹興府城。兩客自去做買賣，他便蘭亭、禹穴、蕺山、鑑湖，沒處不到，遊得一個心滿意足。兩客也做完了生意，仍舊合伴同歸。偶到諸暨村中行走，只見天色看看傍晚，一路是些青畦綠畝，不見一個人家。須臾之間，天上灑下雨點來，漸漸下得密了。三人都不帶得雨具，只得慌忙向前奔走，走得一個氣喘，卻見林子裡露出一所莊宅來，三人遠望道：「好了，好了，且到那裡躲一躲則個。」兩步那來一步，走到面前，卻是一座雙簷滴水的門坊。那兩扇門，一扇關著，一扇半掩在那裡。蔣震卿便上前，一手就去推門。二客道：「蔣兄慣是莽撞，借這裡只躲躲雨便了，知是甚麼人家，便去敲門打戶。」蔣震卿最好取笑，便大聲道：「何妨得！此乃是我丈人家裡。」二客道：「不要胡說惹禍！」過了一會，那雨越下得大了。只見兩扇門忽然大開，裡頭踱出一個老者來。看他怎生打扮？

頭戴斜角方巾，手持盤頭拄拐。方巾內竹籜冠，罩著銀絲樣幾莖亂髮；拄拐上虬鬚節，握著乾姜般五個指頭。寬袖長衣，擺出渾如鶴步；高跟深履，踱來一似龜行。想來圯上可傳書，應是商山隨聘出。

原來這老者姓陶，是諸暨村中一個殷實大戶，為人梗直忠厚，極是好客尚義認真的人。起初傍晚，正要走出大門來，看人關閉。只聽得外面說話響，曉得有人在門外躲雨。故遲了一步，卻把蔣震卿取笑的說話，一一聽得明白。走進去，對媽媽與合家說了，都道：「有這樣放肆可惡的，不要理他！」而今見下得雨大，曉得躲雨的沒去處，心下過意不去，有心要出來留他們進去，卻又怪先前說這討便宜話的人。躊躇了一回，走出來，見是三個，就問道：「方纔說老漢是他丈人的，是那一個？」蔣震卿見問著這話，

陶家翁大雨留賓

蔣震卿片言得婦

自覺先前失言，耳根通紅。二客又同聲將他埋怨道：「原是不該。」老者看見光景，就曉得是他了。便對二客道：「兩位不棄老拙，便請到寒舍裡面盤桓一盤桓。這位郎君依他方纔所說，他是吾子輩，與賓客不同，不必進來！只在此伺候罷。」二客方欲謙遜，被他一把扯了袖子，拽進大門。剛跨進檻內，早把兩扇門撲的關好了。二客只得隨老者登堂，相見敘坐，各道姓名，及偶過避雨，說了一遍。那老者猶兀自氣忿忿的道：「適間這位貴友，途路之中，如此輕薄無狀，豈是個全身遠害的君子！二公不與他相交得也罷了。」二客替他稱謝道：「此兄姓蔣，少年輕肆，一時無心失言，得罪老丈，休得計較！」老者只不釋然。須臾擺下酒飯相款，竟不提起門外尚有一人。二客自己非分取擾，已出望外；況見老者認真著惱，難道好又開口周全得蔣震卿，叫他一發請了進來不成！只得繇他，且管自家食用。

那蔣震卿被關在大門之外，想著適間失言，老大沒趣。獨自一個，栖栖在雨簷之下，黑魆魆地靠來靠去，好生冷落。欲待一口氣走了去，一來雨黑，二來單身，不敢前行。只得忍氣吞聲，耐了心性等著。只見那雨漸漸止了，輕雲之中，有些月色上來，側耳聽著門內，人聲寂靜了。便道：「他們想已安寢，我卻如何癡等？不如趁此微微月色，路逕好辨，走了去罷！」又想一想道：「那老兒固然怪我，他們兩個便直得如此撇下了我，只管自己自在不成！畢竟有安頓我處，便再等他一等。」正在躊躇不定，忽聽得門內有人低低道：「且不要去！」蔣震卿心下道：「我說他們定不忘懷了我。」就應一聲道：「曉得了，不去。」過了一會，又聽得低低道：「有些東西拿出來，你可收拾好！」蔣震卿心下又道：「你看他兩個，白白裡打攪了他一餐，又拿了他的甚麼東西？忒煞欺心！」卻口裡且答應道：「曉得了。」站住等著，只見牆上有兩件東西，撲搭地丟將出來，急走上前看時，卻是兩個被囊。提一提看，且是沉重，把手捻兩捻，纍纍塊塊，像是些金銀器物之類。蔣震卿恐怕有人開出來追尋，急負在背上，望前便走。走過百餘步，回頭看那門時，已離得略遠了，站著腳再看動靜。遠望去，牆上兩個人跳將下來。蔣震卿道：「他兩個也來了，恐有人追，我只索先走，不必等他。」提起腳便走，望後邊這兩個，也不忙趕，只尾著他慢慢地走。蔣震卿走得少遠，心下想道：「他兩個趕著了，包裡東西，必要均分，趁他們還在後邊，我且開囊看看。總是不義之物，落得先藏起他些好的。」立住了，把包裹打開，將黃金重貨另包了一囊，把錢布之類，仍舊放在被囊裡，提了又走。又望後邊兩個人，卻還未到。原來見他住也住，見他走也走，黑影裡遠遠尾著，只不相近。如此行了半夜，只是隔著一箭之路。看看天明了，那兩個方纔腳步走得急促，趕將上來。蔣震卿道：「正是來一路走。」走到面前，把眼一看，喫了一驚，誰知不是昨日同行的兩個客人，到是兩個女子。一個頭紮臨清帕，身穿青紬衫，且是生得美麗。一個散挽頭髻，身穿青布袄，是個丫鬟打扮。仔細看了蔣震卿一看，這一驚可也不小！急得忙閃了身子開來。蔣震卿上前，一把將美貌的女子劫住道：「你走那裡去！快快跟了我去，到有商量。若是不從，我同到你家去出首。」女子低首無言，只得跟了他走。走到一個酒館中，蔣生揀個僻淨樓房，與他住下了。哄店家道：「是夫妻燒香，買早飯喫的。」店家見一男一女，又有丫鬟跟隨，並無疑心，自去支持早飯上來喫。蔣震卿對女子低聲問他來歷，那女子道：「奴家姓陶，名幼芳，就是昨日主人翁之女，母親王氏。奴家幼年間許嫁同郡褚家，誰想他雙目失明了，我不願嫁他。有一個表親之子王郎，少年美貌，我心下有意于他，與他訂約日久，約定今夜私奔出來，一同逃去。今日日間不見回音，將到晚時，忽聽得爹爹進來大嚷，道是：『門前有個人，口稱這裡是他丈人家裡，胡言亂語，可惡！』我心裡暗想：『此必是我所約之郎到了。』急急收併貲財，引這丫鬟拾翠為伴，踰牆出來，看見你在前面背囊而走，心裡道：『自然是了。』恐怕人看見，所以一路不敢相近。誰知跟到這裡，卻是差了。而今既已失卻那人，又不好歸去得，只得隨著官人罷。也是出于無奈了。」蔣震卿大喜道：「此乃天緣已定，我言有驗，且喜我未曾娶妻，你不要慌張！我同你家去便了。」蔣生同他喫了早飯，丫鬟也喫了，打發店錢，獨討一個船，也不等二客，一直同他隨路換船，徑到了餘杭家裡。家人來問，只說是路上禮聘來的。

那女子入門，待上接下，甚是賢能，與蔣震卿十分相得。過了一年，已生了一子。卻提起父母，便淒然淚下。一日，對蔣震卿道：「我那時不欲從那瞽夫，所以做出這些冒禮勾當來。而今身已屬君，可無悔恨。但只是雙親年老無靠，失我之後，在家必定憂愁。且一年有餘，無從問個消息。我心裡一刻不能忘，再如此思念幾時，畢竟要生出病來了。我想父母平日愛我如珠似寶，而今便是他知道了，他只以見我為喜，定然不十分嗔怪的。你可計較，怎生通得一個信去？」蔣震卿想了一回道：「此間有一個教學的先生，姓阮，叫阮太始，與我相好，他專在諸暨往來，待我與他商量看。」蔣震卿就走去，把這事始末根繇，一五一十，對阮太始說了。阮太始道：「此老是諸暨一個極忠厚的長者，與學生也曾相會幾番過的。待學生尋個便，到那裡替兄委曲通知，周全其事，決不有誤！」蔣震卿稱謝了，來回渾家的話不題。

且說陶老是晚款留二客在家歇宿，次日，又拿早飯來喫了，二客千恩萬謝，作別了起身。老者送出門來，還笑道：「昨日狂生不知那裡去宿了。也等他受些恓惶，以為輕薄之戒！」二客道：「想必等不得，先去了。容學生輩尋著了他，埋怨他一番。老丈再不必介懷。」老者道：「老拙也是一時耐不得，昨日勾奈何他了，那裡還掛在心上！」道罷，各自作別去了。

老者入得門時，只見一個丫鬟慌慌張張走到面前，喘做一團，道：「阿爹，不好了！姐姐不知那裡去了？」老者喫了一驚道：「怎的說？」一步一攧，忙走進房中來，只見王媽媽「兒天兒地」的放聲大哭，哭倒在地。老者問其詳細，媽媽說道：「昨夜好好在他房中睡的。今早因外邊有客，我且照管灶下早飯，不曾見他起來。及至客去了，叫人請他來一處喫早飯，只見房中箱籠大開，連服侍的丫鬟拾翠也不見，不知那裡去了！」老者大駭道：「這卻為何？」一個養娘便道：「莫不昨日投宿這些人又是個歹人，夜裡拐的去了？」老者道：「胡說！他們都是初到此地的，那兩個宿了一夜，今日好好別了去的，如何拐得？這一個，因是我惱他，連門裡不放他進來，一發甚麼相干？必是日前與人有約，今因見有客，趁鬨打劫的逃去了。你們平日看見姐姐有甚破綻麼？」一個養娘道：「阿爹此猜十有八九。姐姐只為許了個盲子，心中不樂，時時流淚。惟有王家某郎與姐姐甚說得來，時常叫拾翠與他傳消遞息的。想必約著跟他走了。」老者見說得有因，密地叫人到王家去訪時，只見王郎好好的在家裡，並無一些動靜。老者沒做理會處，自道：「家醜不可外揚，切勿令傳出去！褚家這盲子，退得便罷，退不得，苦一個丫頭不著，還他罷了。只是身邊沒有了這個親生女兒，好生冷靜！」與那王媽媽說著，便哭一個不住。後來褚家盲子死了，感著老夫妻念頭，又添上幾場悲，哭道：「便早死了年把❸，也不見得女兒如此！」如是一年有多。只見一日門上遞個名帖進來，卻是餘杭阮太始。老者出來接著道：「甚風吹得到此？」阮太始道：「久疏貴地諸友，偶然得暇，特過江來拜望一番。」老者便教治酒相待。飲酒中間，大家說些

❸ 年把：一年左右。

江湖上的新聞。也有可信的，也有可疑的。阮太始道：「敝鄉一年之前，也有一件新聞，這事卻是實的。」老者道：「何事？」阮太始道：「有個少年朋友，出來遊耍歸去，途路之間，一句戲話上邊，得了一個婦人，至今做夫妻在那裡。說道這婦人是貴鄉的人，老丈曾曉得麼？」老者道：「可知這婦人姓甚麼？」阮太始道：「說道也姓陶。」那老者大驚道：「莫非是小女麼？」阮太始道：「小名幼芳，年紀一十八歲，又有個丫頭，名拾翠。」老者撐著眼道：「真是吾小女了，如何在他那裡？」阮太始道：「老丈還記得雨中叩門，冒稱是岳家，老丈閉他在門外，不容登堂的事麼？」老者道：「果有這個事，此人平日原非相識，卻又關在外邊，無處通風。不知那晚小女如何卻隨了他去了？」阮太始把蔣生所言，一一告訴。說道：「一邊妄言，一邊發怒，一邊誤認，湊合成了這事，真是希奇！而今已生子了，老翁要見他麼？」老者道：「可知要見哩！」只是王媽媽在屏風後邊，聽得明明白白，忍不住跳將出來，不管是生是熟，大哭，拜倒在阮太始面前道：「老夫婦只生得此女，自從失去，幾番哭絕，至今奄奄不欲生。若是客人果然致得吾女相見，必當重報！」阮太始道：「老丈與孺人固然要見令愛，只怕有些見怪令婿，令婿便不敢來見了。」老者道：「果然得見，慶幸不暇，還有甚麼見怪？」阮太始道：「令婿也是舊家子弟，不辱沒了令愛的！老丈既不嗔責，就請老丈同到令婿家裡去一見便是。」老者欣然治裝，就同阮太始一路到餘杭來。

到了蔣家門首，阮太始進去，把以前說話備細說了。阮太始同蔣生出來接了老者。那女兒久不見父親，也直接至中堂。阮太始暫避開了，父女相見，倒在懷中，大家哭倒。老者就要蔣生同女兒到家去。那女兒也要去見母親，就一同到諸暨村來。母女兩個相見了，又抱頭大哭道：「只說此生再不得相會了，伴門外戲言，誰知岳丈認了真，致犯盛怒；又誰知令愛認了錯，得諧私願？小婿如今想起來，當初說此話時，何曾有分毫想到此地位的？都是偶然。望岳丈勿罪！」老者大笑道：「天教賢婿說出這話，有此湊巧。此正前定之事，何罪之有？」正說話間，阮太始也封了一封賀禮，到門叫喜。老者就將綵帛銀兩，拜求阮太始為媒，治酒大會親族，重教蔣震卿夫婦拜天成禮，厚贈妝奩，送他還家，夫妻偕老。

誰道還有今日？」哭得傍邊養娘們個個淚出。哭罷，蔣生拜見丈人丈母，叩頭請罪道：「小婿一時與同

當時蔣生不如此戲耍取笑，被關在門外，便一樣同兩個客人一處兒喫酒了，那裡撞得著這老婆來？不知又與那個受用去了！可見前緣分定，天使其然。此本說話，出在祝枝山西樵野記中，事體本等有趣。只因有個沒見識的，做了一本鴛衾記，乃是將元人玉清菴錯送鴛鴦被雜劇與嘉定篦工徐達拐逃新人的事三、四件，做了個扭名糧長，弄得頭頭不了，債債不清。所以今日依著本傳，把此話文重新流傳于世，使人簡便好看。有詩為證：

片言得婦是奇緣，此等新聞本可傳。
扭捏無端殊舛錯，故將話本與重宣。

卷十三　趙六老舐犢喪殘生　張知縣誅梟成鐵案

詩曰：

從來父子是天倫，兇暴何當逆自親！
為說慈烏能反哺，應教飛鳥罵伊人。

話說人生極重的是那「孝」字，蓋因為父母的，自乳哺三年，直盼到兒子長大，不知費盡了多少心力！又怕他三病四痛，日夜焦勞；又指望他聰明成器，時刻注想。撫摩鞠育，無所不至。詩云：「哀哀父母，生我劬勞。欲報之德，昊天罔極！」說到此處，就是「臥冰」、「哭竹」、「扇枕溫衾」，也難報答萬一。況乃錦衣玉食，歸之自己，擔飢受凍，委之二親。漫然視若路人，甚而等之仇敵，敗壞彝倫，滅絕天理，真狗彘之所不為也！如今且說一段不孝的故事，從前寡見，近世罕聞。

正德年間，松江府城有一富民姓嚴，夫妻兩口兒過活，三十歲上無子，求神拜佛，無時無處不將此事掛在念頭上。忽一夜，嚴娘子似夢非夢間，只聽得空中有人說道：「求來子，終沒耳；添你丁，減你齒！」嚴娘子分明聽得，次日即對嚴公說知，卻不解其意。自此以後，嚴娘子便覺得眉低眼慢，乳脹腹高，有了身孕。懷胎十月，歷盡艱辛，生下一子，眉清目秀。夫妻二人，歡喜倍常。萬事多不要緊，只願他易長易成。光陰荏苒，又早三年。那時也倒聰明伶俐，做爺娘的百依百順，沒一事違拗了他。休說是世上有的物事，他要時定要尋來，便是天上的星、河裡的月，也恨不爬上天捉將下來，鑽入河撈將出去。似此情狀，不可勝數。又道是：「棒頭出孝子，筯頭出忤逆！」為是嚴家夫妻養嬌了這孩兒，到得大來，就便目中無人，天王也似的大了。卻是為他有錢財使用，又好結識那一班慘刻狡猾沒天理的衙門中人。多只是奉承過去，那個敢與他一般見識。卻又極好樗蒱，搭著一班兒夥伴，多是高手的賭賊。那些人貪他是出錢施主❶，當面只是甜言蜜語，諂笑脅肩，賺他上手。他只道眾人真心喜歡，且十分幫襯，便放開心地，大膽呼盧，把那黃白之物，無算的暗消了去。嚴公時常苦勸，卻終久溺著一個「愛」字，三言兩語，不聽時也只索罷了。豈知家私有數，經不得十博九空，似此三年，漸漸凋耗。嚴公原是積儹上頭起家的，見了這般情況，未免有些肉痛。

一日，有事外出，走過一個賭坊，只見數十來個人團聚一處，在那裡喧嚷。嚴公望見，走近前來，伸頭一看，卻是那眾人裹著他兒子討賭錢。他兒子分說不得，你拖我扯，無計可施。嚴公看了，恐怕傷壞了他，心懷不忍，挨開眾人，將身蔽了孩兒，對眾人道：「所欠錢物，老夫自當賠償。眾弟兄各自請回，明日到家下拜納便是。」一頭說，一手且扯了兒子，怒憤憤的投家裡來。關上了門，採了他兒子頭髮，硬著心，做勢要打。卻被他掙扎脫了。嚴公趕去扯住不放，他掇轉身來，望嚴公臉上只一拳，打個滿天星，昏暈倒了。兒子也自慌張，只得將手扶時，原來打落了兩個門牙，流血滿胸。兒子曉得不好，且望外一溜走了。嚴公半晌方醒，憤恨之極，道：「我做了一世人家，生這樣逆子，蕩了家私，又幾乎害我性命。禽獸也不如了，還要留他則甚？」一徑走到府裡來，卻值知府升堂，寫著一張狀子。將那打

❶ 出錢施主：肯花錢的人。

落牙齒為證，告了忤逆。知府准了狀，當日退堂，老兒自且回去。卻有嚴公兒子平時最愛的相識，一個外郎❷，叫做丘三，是個極狡黠奸詐的。那時見准了這狀，急急出衙門，尋見了嚴公兒子，備說前事。嚴公兒子著忙，懇求計策解救。丘三故意作難，嚴公兒子道：「適帶得賭錢三兩在此，權為使用，是必打點救我性命則個。」丘三又故意遲延了半晌道：「今日晚了，明早府前相會，我自有話對你說。」嚴公兒子依言，各自散訖。

次早俱到府前相會，嚴公兒子問：「有何妙計？幸急救我！」丘三把手招他到一個幽僻去處，說道：「你來，你來。對你說。」嚴公兒子便以耳接著丘三的口，等他講話，只聽得趷啅一響，嚴公兒子大叫一聲，疾忙掩耳。埋怨丘三道：「我百般求你解救，如何倒咬落我的耳朵？卻不恁地與你干休！」丘三冷笑道：「你耳朵原來卻恁地值錢？你家老兒牙齒直恁地不值錢？不要慌！如今卻真對你說話，你慢些，只說如此如此，便自沒事。」嚴公兒子道：「好計！雖然受些痛苦，卻得乾淨了身子。」隨後府公陞廳，嚴公兒子帶到。知府問道：「你如何這般不孝？只貪賭博，怪父教誨，甚而打落了父親門牙，有何理說？」嚴公兒子泣道：「爺爺青天在上，念小的焉敢悖倫胡行。小的偶然出外，見賭坊中爭鬧，立定閒看。誰知小的父親也走將來，便疑小的亦落賭場，採了小的回家痛打。小的喫打不過，不合伸起頭來。父親便將小的毒咬一口，咬落耳朵。老人家齒不堅牢，一時性起，遂至墜落。豈有小的打落之理？望爺爺明鏡照察！」知府教上去驗看，果然是一隻缺耳，齒痕尚新，上有凝血。信他言詞是實，微微的笑道：「這情是真，不必再問了。但看賭可疑，父齒復壞，責杖十板，趕出免擬。」嚴公兒子喜得無恙歸家，求告

❷ 外郎：原是官名，宋元時稱衙門中書吏為「外郎」。

父母道：「孩兒願改從前過失，侍奉二親，官府已責罰過，任父親發落。」老兒昨日一口氣上到府告官，過了一夜，又見兒子已受了官刑，只這一番說話，心腸已自軟了。他老夫妻兩個，原是極溺愛這兒子的，想起道：「當初受孕之時，夢中四句言語說：『求來子，終沒耳；添你丁，減你齒！』今日老兒落齒，兒子嚙耳，正此驗也。這也是天數，不必說了。」自此那兒子當真守分，孝敬二親，後來卻得善終。這叫做改過自新，皇天必宥。

* * *

如今再說一個肆行不孝，到底不悛，明彰報應的。某朝某府某縣有一人，姓趙，排行第六，人多叫他做趙六老。家聲清白，囊橐肥饒。夫妻兩口，生下一子，方離乳哺。是他兩人心頭的氣，身上的肉。未生下時，兩人各處許下了偌多香願，只此一節上，已為這兒子費了無數錢財。不期三歲上出起痘來，兩人終夜無寐，遍訪名醫，多方覓藥，不論資財，只求得孩兒無恙。便殺了身己，也自甘心。兩人憂疑驚恐，巴得到痘花回好，就是黑夜裡得了明珠，也沒得這般歡喜。看看調養得精神完固，也不知服了多少藥料，喫了多少辛勤，壞了多少錢物，殷殷撫養。到了六、七歲，又要送他上學。延一個老成名師，擇日叫他拜了先生，取個學名，喚做趙聰，先習了些神童千家詩，後習大學。兩人又怕兒子辛苦了，又怕先生拘束他，生出病來，每日不上讀得幾句書，便歇了。那趙聰也到會體貼他夫妻兩人的意思，常只是詐病佯疾，不進學堂。兩人卻是不敢違拗了他。那先生看了這些光景，口中不語，心下思量道：「這真叫做禽犢之愛，適所以害之耳！養成于今日，後悔無及矣。」卻只是冷眼傍觀，任主人家措置。過了半年三個月，忽又有人家來議親，卻是一家宦戶人家。姓殷，老兒曾任太守，故了。趙六老卻要扳高，央媒求了口帖，選了吉日，極濃重的下了一付謝允禮，自此聘下了殷家女子。逢時致時，逢節致節，往往來來，也不知費用了多少禮物。韶光短淺，趙聰因為嬌養，直挨到十四歲上，纔讀完得經書。趙六老還道是他出人頭地，歡喜無限。十五、六歲，免不得教他試筆作文，六老此時為這兒子面上，家事已弄得七八了，沒奈何要兒子成就，情願借貸延師，又重幣延請一個飽學秀才，與他引導。每年束脩五十金，其外節儀，與夫供給之盛，自不必說。那趙聰原是個極貪安宴，十日九不在書房裡的。做先生到落得喫自在飯，得了重資，省了氣力。為此就有那一班不成才、沒廉恥的秀才，便要謀他館穀。自有那有志向誠實的，往往卻之不就，此之謂賢愚不等。

話休絮煩。轉眼間，又過了一個年頭，卻值文宗考童生，六老也叫趙聰沒張沒致❸的前去赴考。又替他鑽刺央人情，又枉自折了銀子。考事已過，六老又思量替兒子畢姻，卻是手頭委實有些窘迫了。又只得央中寫契，借到某處銀四百兩。那中人叫做王三，是六老平時專托他做事的。似此借票，已寫過了幾紙，多只是他居間。其時在劉上戶家借了四百銀子，交與六老，便將銀備辦禮物，擇日納采，訂了婚期。過了兩月，又近吉日，卻又欠接親之費。六老只得東挪西湊，尋了幾件衣飾之類，往典舖中解了四十兩銀子，卻也不勾使用。只得又尋了王三，寫一紙票，又往褚員外家借了六十金，方得發迎會親。殷公子送妹子過門，趙六老極其慇懃謙讓，喫了五、七日筵席，各自散了。

小夫妻兩口恩愛如山，在六老間壁一個小院子裡居住，快活過日。殷家女子倒百般好，只有些兒毛病，專一恃貴自高，不把公婆看在眼裡。且又十分慳吝，一文千貫，慣會唆那丈夫做些慘刻之事。若是

❸ 沒張沒致：裝腔作勢。

殷家女子賢慧時，勸他丈夫學好，也不到得後來惹出這場大事了！

自古妻賢夫禍少，應知子孝父心寬。

這是後話。

卻說那殷家嫁資豐富，約有三千金財物。殷氏收掌，沒一些兒放空。趙六老供給兒媳，惟恐有甚不到處，反十分小心。兒媳兩個，倒嫌長嫌短的不像意。光陰迅速，又早三年，趙老娘因害痰火病，起不得床，一發把這家事，托與那媳婦掌管。殷氏承當了，供養公婆初時也當像樣，漸漸半年三個月，要茶不茶，要飯不飯。兩人受淡不過，有時只得開口，勉強取討得些，殷氏便發話道：「有甚麼大家事交割與我？卻又要長要短，原把去自當不得，我也不情願當這樣喫苦差使，到終日攪得不清淨。」趙六老聞得，忍氣吞聲。實是沒有甚麼家計分授與他，如何好分說得？嘆了口氣，對媽媽說了。媽媽是個積病之人，聽了這些聲響，又看了兒媳這一番怠慢光景，手中又十分窘迫，不比三年前了。且又索債盈門，箱籠中還剩得有些衣飾，把來償利，已准過七八了。就還有幾畝田產，也只好把與別人做利。趙媽媽也是受用過來的，今日窮了，休說是外人，嫡親兒媳也受他這般冷淡，回頭自思，怎得不惱？一氣氣得頭昏眼花，飲食多絕了。兒媳兩個也不到床前去看視一番，也不將些湯水調養病人，每日三餐，只是這幾碗黃虀，好不苦惱！挨了半月，痰喘大發，嗚呼哀哉，伏維尚饗了。兒媳兩個免不得乾號了幾聲，就走了過去。趙六老跌腳搥胸，哭了一回，走到間壁去對兒子道：「你娘今日死了，實是囊底無物，送終之具，一無所備。你可念母子親情，買口好棺木盛殮，後日擇塊墳地殯葬，也見得你一片孝心。」趙聰道：「我那裡有錢買棺？不要說是好棺木價重買不起，便是那輕敲❹雜樹的，也要二、三兩一具，叫我那得東西去買？前村李作頭家，有一口輕敲些的在那裡，何不去賒了來？明日再做理會。」六老噙著眼淚，怎敢再說。只得出門到李作頭家去了。

且說趙聰走進來對殷氏道：「俺家老兒一發不知進退了。對我說要討件好棺木盛殮老娘。我回說道：『休說好的，便是歹的，也要二、三兩一個。』我叫他且到李作頭家賒了一具輕敲的來，明日還價。」殷氏便接口道：「那個還價？」趙聰道：「便是我們捨個頭疼，替他胡亂還些罷。」殷氏怒道：「你那裡有錢來替別人買棺材？買與自家了不得，要買時，你自還錢，老娘卻是沒有。我又不曾受你爺娘一分好處，沒事便兜攬這些來打攪人！鬆了一次，便有十次。還他十個沒有，怕怎地！」趙聰頓口無言道：「娘子說得是，我則不還便了。」隨後六老倩了兩個人，抬了這具棺材到來，盛殮了媽媽。大家舉哀了一場，將一杯水酒澆奠了，停柩在家。兒媳兩個也不守靈，也不做什麼盛羹飯，每日仍只是這幾碗黃虀，夜間單留六老一人，冷清清的在靈前伴宿。六老有好氣沒好氣，想了便哭。過了兩七，李作頭來討棺銀。六老道：「去替我家小官人討。」李作頭依言去對趙聰道：「官人家賒了小人棺木，幸賜價銀則個。」趙聰光著眼啐了一聲道：「你莫不見鬼了！你眼又不瞎？前日是那個來你家賒棺材，便與那個討，卻如何來和我說？」李作頭道：「是你家老官來賒的，方纔是他叫我來與官人討。」趙聰道：「休聽他放屁！好沒廉恥！他自有錢買棺材，如何圖賴得人？你去時便去，莫要討老爺怒發！」背叉著手自進去了。李作頭回來，將這段話對六老說知。六老紛紛淚落，忍不住哭起來。李作頭勸住了道：「趙老官不必如此！沒有銀子，便隨分甚麼東西，准兩件與小人罷了。」趙六老只得進去，翻箱倒籠，尋得三件冬衣，一根

❹ 輕敲：輕便。「敲」應作「巧」。

銀鐵子，把來准與李作頭去了。忽又過了七七四十九，趙六老原也有些不知進退，你看了買棺一事，隨你怎麼，也不可求他了。到得過了斷七，又忘了這段光景，重復對兒子道：「我要和你娘尋塊墳地，你可主張則個。」趙聰道：「我曉得甚麼主張？我又不是地理師❺，那曉尋甚麼地？就是尋時，難道有人家肯白送？依我說時，只好揀個日子，送去東村燒化了，也倒穩當。」六老聽說，默然無言，眼中吊淚。趙聰也不再說，竟自去了。六老心下思量道：「我媽媽做了一世富家之妻，豈知死後無葬身之所？罷罷！這樣逆子，求他則甚！」再檢箱中，看有些少物件，解當些來買地，并作殯葬之資。六老又去開箱，翻前翻後，檢得兩套衣服，一隻金釵，當得六兩銀子，將四兩買了三分地，餘二兩喚了四個和尚，做些功果，僱了幾個扛夫，抬出去殯葬了。六老喜得完事，且自歸家，隨緣度日。

倏忽間，又是寒冬天道，六老身上寒冷，賒了一斤絲綿，無錢得還，只得將一件夏衣，對兒子道：「一件衣服在此，你要便買了，不要時，便當幾錢與我。」趙聰道：「冬天買夏衣，正是那得閒錢補抓籬？放著這件衣服，日後怕不是我的，卻買他？也不買，也不當。」六老道：「既恁地時，便罷。」自收了衣服不題。

卻說，趙聰便來對殷氏說了，殷氏道：「這卻是你獃了！他見你不當時，一定便將去解鋪中解了，日後一定沒了，你便將來胡亂當他幾錢，不怕沒便宜。」趙聰依允，來對六老道：「方纔衣服，媳婦要看一看，或者當了，也不可知。」六老道：「任你將去不妨。若當時，只是七錢銀子也罷。」趙聰將衣服與殷氏看了，殷氏道：「你可將四錢去，說如此時便捉了，要多時，回他便罷。」趙聰將銀付與六老，

❺ 地理師：即「地理先生」。替人家看風水的人。

六老那裡敢嫌多少，欣然接了。趙聰便寫一紙短押，上寫「限五月沒」，遞與六老去了。六老看了短押，紫脹了面皮，把紙扯得粉碎，長嘆一聲道：「生前作了罪過，故令親子報應。天也！天也！」怨恨了一回，過了一夜，次日起身梳洗，只見那作中的王三驀地走將進來。六老心頭喫了一跳，面如土色。正是：

入門休問榮枯事，觀看容顏便得知。

王三施禮了，便開口道：「六老莫怪驚動！便是褚家那六十兩頭，雖則年年清利，卻則是些貨錢准折，又還得不爽利。今年他家要連本利多楚，小人卻是無說話回他。六老遮莫做一番計較，清楚了這一項，也省多少口舌，免得門頭不清淨。」六老嘆口氣道：「當初要為這逆子做親，負下了這幾主重債。年年增利，囊槖一空。欲待在逆子處那借來奉還褚家，爭奈他兩個絲毫不肯放空。便是老夫身衣口食，日常也不能如意。那得有錢來清楚這一項銀？王兄幸作方便，善為我辭，寬限幾時，感恩非淺！」王三變了面皮道：「六老，說那裡話！我為褚家這主債上，饞唾多分說乾了，你卻不知他家上門上戶，只來尋我中人。我卻又不得了幾許中人錢，沒來由討這樣不自在喫。只是當初做差了事，沒擺佈了。他家動不動要著人來坐催，你卻還說這般懈話！就是你手頭來不及時，當初原為你兒子做親借的。便和你兒子那借來，還有甚麼不是處？我如今不好去回話，只坐在這裡罷了。」六老聽了這一篇話，眼淚汪汪，無言可答，虛心冷氣的道：「王兄見教極是，容老夫和這逆子計議便了。王兄暫請回步，來早定當報命。」王三道：「是則是了，卻是我轉了背，不可就便放鬆。又不圖你一碗兒茶，半鍾兒酒，著甚來歷！」攤手攤腳，也不作別，竟走出去了。六老沒極奈何，尋思道：「若對趙聰說時，又怕受他冷淡；若不去說時，實是無路可通。老王說也倒是，或者當初是為他借的，他肯那移也不可知。」要一步，不要一步，走到趙聰處來。只見他每鬧鬧熱熱，炊煙盛舉。六老問道：「今日為甚事忙？」有人答道：「殷家大公子到來，留住喫飯，故此忙。」六老垂首喪氣，只得回身。肚裡思量道：「殷家公子在此留飯，我為父的也不值得帶挈一帶挈，且看他是如何。」停了一會，只見依舊搬將那平時這兩碗黃糙飯來，六老看了，喉嚨氣塞，也喫不落。

那日，趙聰和殷公子喫了一日酒，六老不好去唐突，只得歇了。次早走將過去，回說趙聰未曾起身。六老呆呆的等了個把時辰，趙聰走出來道：「清清早起，有甚話說？」六老倒陪笑道：「這時候也不早了！有一句緊要說話，只怕你不肯依我。」趙聰道：「依得時便說，依不得時，便不必說！有什麼依不依？」六老半囁半嚅的道：「日前你做親時，曾借下了褚家六十兩銀子。年年清利，今年他家連本要還，我卻怎地來得及？本錢料是不能勾，只好依舊上利。我實是手無一文，別樣本也不該對你說，卻是為你做親借的。為此只得與你那借些，還他利錢則個。」趙聰怫然變色，攤著手道：「這卻不是笑話！恁地說時，原來人家討媳婦，多是兒子自己出錢！等我去各處問一問，看是如此時，我還便了。」六老又道：「不是說要你還，只是目前那借些個。」趙聰道：「有甚那借不那借？若是後日有得還時，他每也不是這般討得緊了。昨日殷家阿舅，有准盒禮銀五錢在此，待我去問媳婦，肯時，將去做個東道，請請中人，再挨幾時便是。」說罷，自進去了。六老想道：「五錢銀幹什麼事？況又去與媳婦商量，多分是水中撈月❻了。」等了一會，不見趙聰出來，只得回去。卻見王三已自坐在那裡，六老欲待躲避，早被他一眼瞧見。王三迎著六老道：「昨日所約如何？褚家又是三、五替人我家來過了。」六老捨著羞臉說道：「我

❻ 水中撈月：譬喻虛空。

家逆子，分毫不肯通融，本錢實是難處。只得再尋些貨物，准過今年利錢，容老夫徐圖，望乞方便。」一頭說，一頭不覺的把雙膝屈了下去。王三歪轉了頭，一手扶六老，口裡道：「怎地是這樣？既是有貨物准得過時，且將去准了。做我不著，又回他過幾時。」六老便走進去開了箱子，將媽媽遺下這幾件首飾衣服，并自己穿的這幾件直身，檢一個空，盡數將出來，遞與王三。王三寬打料帳，約勾了二分起息，十六兩之數，連箱子將了去了。六老此後，身外更無一物。

話休絮煩。隔了兩日，只見王三又來索取那劉家四百兩銀子的利錢，一發重大。六老手足無措，只得詭說道：「已和我兒子借得兩個元寶在此，待將去傾銷一傾銷，且請回步，來早拜還。」王三見六老是個誠實人，況又不怕他走了那裡去，只得回家。六老想道：「雖然哄了他去，這癤少不得要出膿，怎賴得過？」又走過來對趙聰道：「今日王三又來索劉家的利錢，吾如今實是只有這一條性命了。你也可憐見我生身父母，救我一救！」趙聰道：「沒事又將這些說話來恐唬人！便有些得替還了不成！要死便死了，活在這裡也沒幹！」六老聽罷，扯住趙聰，號天號地的哭。趙聰掙脫了身，竟進去了。有人勸住了六老，且自回去。六老千思萬想，若王三來時，怎生措置？人極計生，六老想了半日，忽然的道：「有了，有了。除非如此如此。除了這一件，真便死也沒幹。」看看天色晚來，六老喫了些夜飯自睡。

卻說趙聰夫妻兩個，喫罷了夜飯，洗了腳手，吹滅了火去睡。趙聰卻睡不穩，清眠在床。只聽得房裡有些腳步響，疑是有賊，卻不做聲。原來趙聰因有家資，時常防賊，做整備的。聽了一會，又聞得門兒隱隱開響，漸漸有些悉窣之聲，將近床邊。趙聰只不做聲，約莫來得切近，悄悄的床底下拾起平日藏下的一把斧頭，趁著手勢一劈，只聽得撲地一響，望床前倒了。趙聰連忙爬起來，踏住身子，再加兩斧，

趙六老舐犢喪殘生

張知縣誅梟成鐵案

見寂然無聲，知是已死，慌忙叫醒殷氏道：「房裡有賊，已砍死了。點起火來，恐怕外面還有伴賊。」先叫破了地方鄰舍，多有人走起來救護。只見牆門左側老大一個壁洞，已聽見趙聰叫過：「砍死了一個賊，在房裡。」一齊擁進來看。果然一個死屍，頭劈做了兩半。眾人看了，有眼快的叫道：「這卻不是趙六老！」眾人仔細齊來，相了一回，多道：「是也，是也。卻為甚做賊？偷自家的東西，卻被兒子殺了，好蹺蹊作怪的事！」有的道：「不是偷東西，敢是老沒廉恥要扒灰，兒子憤恨，借這個賊名殺了。」那老成的道：「不要胡嘈❼！六老平生不是這樣人。」趙聰夫妻實不知是什麼緣故，饒你平時奸猾，到這時節不由你不呆了。一頭假哭，一頭分說道：「實不知是我家老兒，只認是賊，為此不問事由殺了。只看這牆洞，須知不是我故意的。」眾人道：「既是做賊來偷，你夜晚間不分皁白，怪你不得！只是事體重大，免不得報官。」鬨了一夜，卻好天明。眾人押了趙聰到縣前去。這裡殷氏也心慌了，收拾了些財物，暗地到縣裡打點去使用。那知縣姓張名晉，為人清廉正直，更兼聰察非常。那時升堂，見眾人押這趙聰進來，問了緣故。差人相驗了屍首，張晉道：「是以子殺父，該問十惡重罪！」傍邊走過一個承行孔目，稟道：「趙聰以子殺父，罪犯宜重，卻實是黑夜拒盜，不知是父，又不宜坐大辟。」那些地方里鄰也是一般說話。張晉由眾人說，逕提起筆來判道：

趙聰殺賊可恕，不孝當誅！子有餘財，而使父貧為盜，不孝明矣！死何辭焉？

判畢，即將趙聰重責四十，上了死囚枷，押入牢裡。眾人誰敢開口？況趙聰那些不孝的光景，眾人一向久慕。見張晉斷得公明，盡皆心服。張晉又責令取趙聰家財，買棺殯殮了六老。殷氏縱有撲天的本事、

❼ 胡嘈：胡說。

敵國的家私，也沒門路可通。只好多使用些銀子，時常往監中看覷趙聰一番。不想進監多次，惹了牢瘟，不上一個月死了。趙聰原是受享過來的，怎熬得囹圄之苦。殷氏既死，沒人送飯，餓了三日，死在牢中，拖出牢洞，拋屍在千人坑裡，這便是那不孝父母之報。張晉更著將趙聰一應家財入官，那時劉上戶、褚員外并六老平日的債主，多執了原契稟了，張晉一一多派還了，其餘所有，悉行入庫。他兩個刻剝了這一生，自己的父母也不能勾近他一文錢鈔，思量積儹來傳授子孫，為永遠之計。誰知家私付之烏有，并自己也無葬身之所。要見天理昭彰，報應不爽。正是：

由來天網恢恢，何曾漏卻阿誰？
王法還須推勘，神明料不差池。

卷十四　酒謀財于郊肆惡　鬼對案楊化借屍

詩曰：

從來人死魂不散，況復生前有宿冤！
試看鬼能為活證，始知明晦一般天。

話說山東有一個耕夫，不記姓名。因耕自己田地，侵犯了鄰人墓道。鄰人與他爭論，他出言不遜，就把他毒打不休，須臾身死。家間親人，把鄰人告官，檢尸有致命重傷，問成死罪，已是一年。忽一日，右首鄰家所生一子，口裡纔能說話，便說得前生事體出來。道：「我是耕者某人，為鄰人打死，死後見陰司，陰司憐我無罪誤死，命我復生，說我尸首已壞，就近托生為右鄰之子。即命二鬼送我到右鄰房櫳外，見一婦人踞床將產。二鬼道：『此即汝母，汝從顱門入！』說罷，二鬼即出。二鬼在外，不聽見裡頭孩子哭聲。二鬼回身進來看，說道：『走了，走了。』其時吾躲在衣架之下，被二鬼尋出，復送入顱門，一會就生下來。」歷歷述說平生事，無一不記。又到前所耕地界處，再三辨悉。那些看的人及他父母，明知是耕者再世，嘆為異事。喧傳此話到獄中，那前日抵罪的鄰人，便當官訴狀道：「吾殺了耕者，故問死罪。今耕者已得再生，吾亦該放條活路。若不然，死者到得生了，生者到要死了。吾這一死還是抵誰的？」官府看見訴語希奇，吊取前日一干原被犯證里鄰問他，他們眾口如一，說道：「果是重生。」

并取小孩兒問他，他言語明明白白，一些不誤。官府雖則斷道：「一死自抵前生，豈以再世倖免！」不准其訴，然卻心裡大是驚怪。因曉得人身四大，乃是假合，形有時盡，神則常存，何況屈死冤魂，豈能遽散？

所以國朝嘉靖年間，有一樁異事，乃是一個山東人，喚名丁戍。客遊北京，途中遇一壯士，名喚盧疆。見他意氣慷慨，性格軒昂。兩人覺道說得著，結為兄弟，不多時，盧疆盜情事犯，繫在府獄。丁戍到獄中探望，盧疆對他道：「某不幸犯罪，無人救答，承兄平日相愛，有句心腹話，要與兄說。」丁戍道：「感蒙不棄，若有見托，必當盡心。」盧疆道：「得兄應允，死亦瞑目。吾有白金千餘，藏在某處，兄可去取了，用些手腳，營救我出獄。萬一不能勾脫，只求兄照管我獄中衣食，不使缺乏。他日死後，只要兄葬埋了我，餘多的東西，任憑兄取了罷。只此相托，再無餘言。」說罷淚如雨下。丁戍道：「且請寬心！自當盡力相救。」珍重而別。原來人心本好，見財即變。自古道得好：「白酒紅人面，黃金黑世心！」丁戍見盧疆傾心付托時，也自實心應承，無有虛謬。及依他到所說的某處，取得千金在手，卻就轉了念頭道：「不想他果然為盜，積得許多東西在此！造化落在我手裡，是我一場小富貴，也勾下半世受用了。總是不義之物，他取得我也取得，不為罪過。既到了手，還要救他則甚？」又想一想道：「若不救他，他若教人問我，無可推托得。惹得毒了，他萬一攀扯出來，得也得不穩。何不了當了他？到是口淨。」正是轉一念，狠一念。從此遂與獄吏兩個通同，送了他三十兩銀子，擺佈殺了盧疆。自此丁戍白白地得了千金，又無人知他來歷，搖搖擺擺，在北京受用了三年。用過七、八了，因下了潞河，搭船歸家。

丁戌到了船中，與同船之人正在艙裡，大家說些閒話。你一句，我一句，只見丁戌忽然跌倒了，一會兒扒起來，睜起雙眸，大喝道：「我乃北京大盜盧疆也。丁戌天殺的！得我千金，反害我命，而今須索填還我來！」同船之人，見他聲口與先前不同，又說出這話來。曉得丁戌有負心之事，冤魂來索命了。各各心驚，共相跪拜，求告他道：「丁戌自做差了事，害了好漢，須與吾輩無干！今好漢若是在這船中索命，殺了丁戌，須害我同船之人不得乾淨，要喫沒頭官司了。萬望好漢息怒，略停幾時，等我眾人上了崖，憑好漢處置他罷！」只見丁戌口中作鬼語道：「罷罷！我先到他家等他罷！」說畢，復又倒地。須臾丁戌醒轉，眾人問他適纔的事，一些也不知覺。眾人遂俱不道破，隨路分別上崖去了。丁戌到家三日，忽然大叫，又說起船裡的說話來。家人正在駭異，只見他走去，取了一個鐵鎚，望口中亂打牙齒。家人慌忙抱住了，奪了他的鐵鎚，又走去拿把廚刀在手，把胸前亂砍。家人又來奪住了。他手中無了器皿，就把指頭自挖雙眼，眼珠盡出，血流滿面。家人慌張驚喊，街上人聽見，一齊跑進來看，遞傳出去，弄得看的人填街塞巷。又有日前同舟回來之人，有好事的來打聽消息，恰好瞧著。只見丁戌一頭自打，一頭說盧疆的話，大聲價罵。有大膽的，走向前問他道：「這事有幾年了？」附丁戌的鬼道：「三年了。」問的道：「你既有冤欲報，如此有靈，為何直等到三年？」附丁戌的鬼道：「向我關在獄中，不得報仇，近來遇赦，方出得在外來了。」說罷又打，直打到丁戌氣絕，遂無影響。於時隆慶改元大赦，要知獄鬼也隨陽間例，放了出來，方得報仇，乃信陰陽一理也。正是：

明不獨在人，幽不獨在鬼。
陽世與陰間，似隔一層紙。

若還顯報時，連紙都徹起。

看官，你道在下為何說出這兩段說話？只因世上的人，瞞心昧己做了事，只道暗中黑漆漆，並無人知覺的。又道是死無對證，見個人死了，就道天大的事也完了，誰知道冥冥之中，卻如此昭然不爽！說到了這樣轉世說出前生，附身活現花報，恰像人原不曾死，只在面前一般。隨你欺心的硬膽的人，思之也要毛骨悚然。卻是死後托生，也是常事；附身索命，也是常事。古往今來，說不盡許多。

* * *

而今更有一個希奇作怪的，乃是被人害命，附屍訴冤，竟做了活人活證。直到纏過多少時節，經過多少衙門，成獄方休，實為罕見！

這段話，在山東即墨縣于家庄，有一人，喚名于大郊，乃是個軍籍出身。這于家本戶，有興州右屯衛頂當祖軍一名。那見在彼處當軍的，叫做于守宗。原來這名軍，是祖上洪武年間傳留下來的，雖則是嫡支嫡派，承當充伍，卻是通族要幫他銀兩，叫做「軍裝盤纏」。約定幾年來取一度，是個舊規！其時乃萬曆二十一年，守宗在衛，要人到祖籍討這一項錢糧。有個家丁叫做楊化，就是薊鎮人，他心性最梗直，多曾到即墨縣走過遭把的，守宗就差他前來。

楊化與妻子別了，騎了一隻自喂養的蹇驢，不則一日，行到即墨，一徑到于大郊屋裡居住，宿歇了。各家去派取，按著支系派去，也有幾分的，也有上錢的，陸續零星討將來。先湊得二兩八錢，在身邊藏著。是月正月二十六日，大郊走來對楊化道：「今日鰲山衛集，好不熱鬧，我要去趁趕，同你去耍耍來。」楊化道：「咱家也坐不過，要去走走。」把個纏袋束在腰裡了，騎了驢，同大郊到鰲山衛來。只因此一去，有分教：

雄邊壯士，強做了一世冤魂；寒舍村姑，硬當了幾番鬼役。

正是：

豬羊入屠户之家，一步步來尋死路。

卻說楊化與于大郊到鰲山集上，看了一回，覺得有些肚餓了，對大郊道：「咱們到酒店上呷碗燒刀子去！」大郊見說，就拉他到衛城内一個酒家尹三家來飲酒。山東酒店，沒甚嗄飯下酒，無非是兩碟大蒜、幾個鏖鏖。楊化是個北邊窮軍，好的是燒刀子。這尹三店中，是有名最狠的黃燒酒，正中其意，大碗價篩來喫。于大郊又在傍相勸，灌得爛醉。到天晚了，楊化手垂腳軟，行走不得。大郊勉強扶他上了驢，用手攙著他走路。楊化騎一步，蹱一蹱，幾番要攧下來。到了衛北石橋子溝，楊化一個盹，叫聲：「阿呀！」一交翻下驢來。于大郊道：「騎不得驢了，且在此地下睡睡再走。」楊化在草坡上，一交放翻身子，不知一個天高地下，鼾聲如雷，一覺睡去了。

原來于大郊見楊化零零星星收下好些包數銀子，卻不知有多少。心中動了火，思想要謀他的。欺他是個單身窮軍，人生路不熟，料沒有人曉得他來蹤去跡。亦且這些族中人，怕他蒿惱，巴不得他去的，若不見了他，大家乾淨，必無人提起。卻不這項銀子落得要了！所以故意把這樣狠酒灌醉了他。楊化睡至一個更次，于大郊呆呆在傍邊候著。你道平日若是軟心的人，此時縱要謀他銀兩，乘他酒醉，腰裡摸了他的，走了去。明日楊化酒醒，也只道醉後失了，就是疑心大郊，沒個實據，可以抵賴，事也易處。何致定要害他性命？誰知此人手辣心硬，一不做，二不休，叫得先打後商量，不論銀錢多少，只是那斷

酒謀財于郊肆惡

鬼對案楊化借屍

路搶衣帽的小小強人，也必了了性命，然後動手的。風俗如此，心性如此，看著一個人性命，只當掐個蝨子，不在心上。當日見楊化不醒，四傍無人，便將楊化驢子上韁繩，解將下來，打了個扣兒，將楊化的脖項套好了。就除下楊化帽兒，塞住其口，把一隻腳踏住其面，兩手用力，將韁繩扯起來一勒，可憐楊化一個窮軍，能有多少銀子？今日死于非命。于大郊將手去按楊化鼻子底下，已無氣了。就于腰間搜劫前銀，連纏袋取來，纏在自己腰內。又想道：「屍首在此，天明時有人看見，須是不便。」隨抱起楊化屍首，馱在驢背上，趕至海邊，離于家庄有三里地遠了，撲通一聲，攛入海內。牽了驢兒轉回來，又想一想道：「此是楊化的驢，有人認得。我收在家裡，必有人問起，難以遮蓋。棄了他罷！」當將此驢趕至黃舖舍漫坡散放了，任他自去。那驢散了韁轡，隨他打滾，好不自在。次日不知那個收去了。是夜于大郊悄地回家，無人知道。至二月初八日，已死過十二日了。于大郊魂夢裡也道此時死屍不知漂去幾千幾萬里了。你道可殺作怪！那死屍潮上潮下，溵了多日，一夜乘潮逆流上來，恰恰到于家庄本社海邊，停著不去。本社保正于良等看見，將情報知即墨縣。那即墨縣李知縣查得海潮死屍，不知何處人氏？何由落水？其故難明；亦且頸有繩痕，中間必有冤抑。除責令地方一面收貯，一面訪拿外，李知縣齋戒了，到城隍廟虔誠祈禱，務期報應，以顯靈佑不題。

本月十三日，有于大郊本戶居民于得水妻李氏，正與丈夫碾米，忽然跌倒在地。得水慌忙扶住叫喚。將及半個時辰，猛可站將起來，緊閉雙眸，口中嚇道：「于大郊還我命來！還我命來！」于得水驚咤問道：「你是何處神鬼，輒來作怪？」李氏口裡道：「我是討軍裝楊化，在鰲山集被于大郊將黃燒酒灌醉，扶至石橋子溝，將韁繩把我勒死，拋屍海中。我恐大郊逃走，官府連累無干，以此前來告訴。我家中還有親兄楊大，又有妻張氏，有二男二女，俱遠在薊州，不及前來執命，可憐！可憐！故此自來，要與大郊質對，務要當官報仇。」于得水道：「此冤仇卻與我無干，如何纏擾著我家裡❶？」李氏口裡道：「暫借賢妻貴體，與我做個憑依，好得質對。待完成了事，我自當去，不來相擾。煩你與我報知地方則個。你若不肯，我也不出你的門。」于得水當時無奈，只得走去通知了保正于良。于良不信，到得水家中看個的確，只見李氏再說那楊化一番說話，明明白白，一些不差。于良走去報知老人邵強與地方牌頭小甲等，都來看了，前後說話，都是一樣。于良、邵強遂同地方人等，一擁來到于大郊家裡，叫出大郊來道：「你幹得好事！今有冤魂在于得水家中，你可快去面對。」大郊心裡有病，見說著這話，好不心驚！卻又道：「有甚麼冤魂在得水家裡？可又作怪！且去看一看，怕做甚麼！」違不得眾人，只得軟軟隨了去。到得水家，只見李氏大喝道：「于大郊，你來了麼？我與你有甚麼冤仇？你卻謀我東西，下此毒手，害得我好苦！」大郊猶兀自道無人知證，口強道：「呸！那個謀你甚麼？見鬼了！」李氏口裡道：「還要抵賴！你將驢轠勒死了我。又驢馱我海邊，丟屍海中了。藏著我銀子二兩八錢，打點自家快活。快拿出我的銀子來！不然，我就打你，咬你的肉，洩我的恨！」大郊見他說出銀子數目相對，已知果是楊化附魂，不敢隱匿，遂對眾吐稱：「前情是實，卻不料陰魂附人，如此顯明，只索死去休！」于良等聽罷，當即押了大郊回家，將原劫楊化纏袋一條，內盛軍裝銀二兩八錢，於本家灶鍋煙籠裡取出。于良等道：「好了，好了！有此贓物，便可報官定罪，了這海上浮屍的公案。若只是陰魂鬼話，萬一後邊本人醒了，陰魂去了，我們難替他擔錯。」就急急押了于大郊，連贓送縣。大郊想道：「罪無可逃了，坐在監中，

❶ 家裡：老婆。

無人送飯，須索多攀本戶兩個，大家不得安閒。等他們送飯時，須好歹也有些及我。」就對于良道：「這事須有本戶于大豹、于大敖、于大節三人與我同謀的，如何只做我一人不著？」于良等并將三人拘集。三人口稱無干，這裡也不聽他，一同送到縣來首明。知縣准了首詞，批道：「情似真，而事則鬼。必李氏當官證之！」隨拘李氏到官。李氏與大郊面質，句句是楊化口談，咬定大郊謀死真情。知縣看那訴詞上面，還有幾個名字，問：「這于大豹等幾人，卻是怎的？」李氏道：「止是大郊一個，餘人並不相干。正恐累及平人，故不避幽明，特來告陳。」知縣厲聲問大郊道：「你怎麼說？」大郊此時已被李氏附魂活靈活現的說，驚得三魂俱不在體了，只得叩頭道：「爺爺，今日纔曉得鬼神難昧，委係自己將楊化勒死，圖財是實，並與他人無干。小的該死！」知縣看係謀殺人命重情，未經檢驗，當日親押大郊等到海邊潮上楊化屍所相驗，拘取一班仵作，相得楊化身屍，頸子上有繩子交匝之傷，的係生前被人勒死。取了傷單，回到縣中，將一干人犯口詞取了，問成于大郊死罪。眾人在官的，多畫了供，連李氏也畫了一個供。又分付他道：「此事須解上司，你改不得口！」李氏道：「小的不改口，只是一樣說話。」原來知縣只怕楊化魂靈散了，故如此對李氏說。不知楊化真魂，只說自家的說話，卻如此答。知縣就把文案疊成，連人解府。知府看了招卷，道是希奇，心下有些疑惑。當堂親審前情無異，題筆判云：

看得楊化以邊塞貧軍，跋涉千里。銀不滿三兩，于大郊輒起毒心。先之酒醉，繼之繩勒，又繼之驢馱，丟屍海內，彼以為葬魚腹，求之無屍，質之無證，已可私享前銀，宴然無事。孰意天道昭彰，鬼神不昧；屍入海而不沉，魂附人而自語。發微瞬之奸，褫兇人之魄。至於「咬肉洩恨」一語，凜然斧鉞；「恐連累無干」數言，赫然公平。化可謂死而靈，靈而正直，不以死而遂泯者。孰謂人可謀殺，又可漏網哉？該縣禱神有應，異政足錄。擬斬情已不枉，緣係面鞫「殺劫魂附情真」，理合解審撫按定奪。

府中起了解批，連人連卷，解至督撫軍門孫　案下告投。孫軍門看了來因，好些不然。疑道：「李氏一個婦人，又是人作鬼語，如何做得殺人定案？安知不有詭詐？」就當堂逐一點過面審，點到李氏，便住了筆，問道：「你是那裡人？」李氏道：「是薊州人。」又叫地方上來，問：「李氏是那裡人？」地方道：「是即墨人。」孫軍門道：「他如何說是薊州人？」地方道：「李氏是即墨人，附屍的楊化是薊州人。」孫軍門又喚李氏問道：「你叫甚麼名字？」李氏道：「小的楊化，是興州右屯衛于守宗名下餘丁。」遂把討軍裝被謀死，是長是短，說了一遍。宛然是個北邊男子聲口，並不像婦女說話，亦不是山東說話。孫軍門問得明白，點一點頭，笑道：「果有此等異事！」遂批卷上道：

　　楊化魂附訴冤，面審俱薊鎮人語，誠為甚異！仰按察司覆審詳報！

按察司轉發本府帶管理刑廳劉同知覆審，解官將一干人犯仍帶至府中，當堂迴銷解批。只見李氏之夫于得水哭稟知府道：「小的妻子李氏，久為楊化冤魂所附，真性迷失。又且身係在官，展轉勘問，動輒經旬累月。有子失乳，母子不免兩傷。望乞爺臺做主，救命超生！」知府見他說得可憐，點頭道：「此原不是常理，如何可久假不歸？卻是鬼神之事，我亦難處。」便喚李氏到案前道：「你是李氏還是楊化？」李氏道：「小的是楊化。」知府道：「你的冤已雪了。」李氏道：「多謝老爺天恩！」知府道：「你雖是楊化，你身卻是李氏，你曉得麼？」李氏道：「小的曉得，卻是小的冤雖已報，無家可歸，住在此罷！」知府大怒道：「胡說！你冤既雪，只該依你體骨去，為何耽閣人妻子？你可速去，不然痛打你一頓。」

李氏見說要打，卻像有些怕的一般，連連叩頭道：「小的去了就是。」說罷，李氏站起就走。知府又叫人拉他轉來，道：「我自叫楊化去，李氏待到那裡去？」李氏仍做楊化的聲口，叩頭道：「小人自去。」起身又走，知府拍桌大喝，叫他轉來，道：「這樣糊塗可惡！楊化自去，須留下李氏身子，如何三回兩轉，違我言語？皁隸與我著實打！」皁隸發一聲喊，把滿堂竹片盡撇在地，震得一片價響。只見李氏一交跌倒，叫皁隸喚他不應，再叫他楊化，也不應，眼睛緊閉，面色如灰。于得水慌了手腳，附著耳朵連聲呼之，只是不應。也不管公堂之上，大聲痛哭。知府也沒法處得，得水捧著李氏，只見四肢搖戰，汗下如雨。有一個多時辰，忽然張開眼睛，看見公堂虛敞，滿前面生人眾，打扮異樣，大驚道：「吾李氏女，何故在此？」就把兩袖緊遮其面，知府曉得其真性已回，問他：「一向知道甚麼？」說道：「在家碾米，不知何故在此？」并過了許多時日，也不知道。知府便將朱筆大書「李氏元身」四字鎮之，取印印其背，令得水扶歸調養。

次日劉同知提審，李氏名尚未銷，得水見妻子出慣了官的，不以為意。誰知李氏這番著實羞怯，不肯到衙門來。得水把從前話一一備細說與李氏知道，李氏哭道：「是睡夢裡，不知做此出醜勾當，一向沒處追悔了。今既已醒，我自是女人，豈可復到公庭！」得水道：「罪案已成，太爺昨日已經把你發放過了。今日只是覆審一次，便可了事。」李氏道：「覆審不覆審，與我何干？」得水道：「若不去時，須累及我。」李氏沒奈何，只得同到衙門裡來。比及劉同知問時，只是哭泣，並不曉得說一句說話。同知喚其夫得水問他，得水把向來楊化附魂證獄，昨日太爺發放楊化已去，今是原身李氏，與前日不同緣故說了。就將太爺硃筆親書并背上印文驗過。劉同知深嘆其異，把文書申詳上司道：「楊化冤魂已散，理合釋放李氏寧家，免其再提。于大郊自有真贓，不必別證。秋後處決。」

一日晚間，于得水夢見楊化來謝道：「久勞賢室，無可為報。止有叫驢一頭，一向散轠走失，被人收去。今我引他到你家門首，你可收用，權為謝意。」得水次日開門出去，果遇一驢在門，將他拴鞴起來騎用。方知楊化靈尚未泯。從來說鬼神難欺，無如此一段話本，最為真實駭聽。

人殺人而成鬼，鬼借人以證人。

人鬼公然相報，冤家宜結宜分。

卷十五

衛朝奉狠心盤貴產　陳秀才巧計賺原房

詩曰：

人生碌碌飲貪泉，不畏官司不顧天。
何必廣齋多懺悔，讓人一著最為先。

這一首詩，單說世上人貪心起處，便是十萬個金剛，也降不住。明明的刑憲陳設在前，也顧不的。子列子有云：「不見人，徒見金。」蓋謂當這點念頭一發，精神命脈，多注在這一件事上，那管你行得也行不得？

話說杭州府有一賈秀才，名實。家私巨萬，心靈機巧，豪俠好義，專好結識那一班有意氣的朋友。若是朋友中有那未娶妻的，家貧乏聘，他便捐資助其完配；有那負債還不起的，他便替人賠償；又且路見不平，專要與那瞞心昧己的人作對；假若有人恃強，他便出奇計以勝之，種種快事，未可枚舉。如今且說他一節助友贖產的話。

錢塘人有個姓李的人，雖習儒業，尚未遊庠。家極貧寠，事親至孝。與賈秀才相契，賈秀才時常周濟他。一日，賈秀才邀李生飲酒，李生到來，心下怏怏不樂。賈秀才疑惑，飲了數巡，忍耐不住。開口問道：「李兄有何心事，對酒不歡？何不使小弟相聞，或能分憂萬一，未可知也。」李生嘆口氣道：「小弟有些心事，別個面前也不好說，我兄垂問，敢不實言！小弟先前曾有小房一所，在西湖口昭慶寺左側，約值三百餘金，為因負了寺僧慧空銀五十兩，積上三年，本利共該百金。那和尚卻是好利的先鋒，趨勢的元帥，終日索債。小弟手足無措，只得將房子准與他，要他找足三百金之價。那和尚知小弟別無他路，故意不要房子，只顧索銀。小弟只得短價將房准了，憑眾處分，找得三十兩銀子。纔交得過，和尚就搬進去住了。小弟自同老母搬往城中賃房居住。今因主家租錢，連年不楚，他家日來催小弟出屋。老母憂愁成病，以此煩惱。」賈秀才道：「原來如此。李兄何不早說？敢問所負彼家租價幾何？」李生道：「每年四兩，今共欠他三年租價。」賈秀才道：「此事一發不難，今夜且盡歡，明早自有區處。」當日酒散相別。

次日，賈秀才起個清早，往庫房中取天平兌勾了一百四十二兩之數，著一個僕人跟了，逕投李生處來。李生方纔起身，梳洗不迭，忙叫老娘煮茶。沒柴沒火的，弄了一早起❶，煮不出一個茶。賈秀才會了他每的意，忙叫僕人請李生出來，講一句話就行。李生出來道：「賈兄有何見教，俯賜寵臨？」賈秀才叫僕人將過一個小手盒，取出兩包銀子來，對李生道：「此包中銀十二兩，可償此處主人。此包中銀一百三十兩，兄可將去與慧空長老贖取原屋居住，省受主家之累，且免令堂之憂，并兄棲身亦有定所，此小弟之願也。」李生道：「我兄說那裡話！小弟不才，一母不能自贍，貧困當自受之。屢承周給，已出望外，復為弟無家可依，乃累仁兄費此重資，贖取原屋。即使弟居之，亦不安穩。荷兄高誼，敢領租價一十二金，贖屋之資，斷不敢從命。」賈秀才道：「我兄差矣！我兩人交契，專以義氣為重，何乃以

❶一早起：一朝晨。

財利介意?兄但收之,以復故業,不必再卻。」說罷,將銀放在桌上,竟自出門去了。李生慌忙出來叫道:「賈兄轉來,容小弟作謝。」賈秀才不顧,竟自去了。李生心下想道:「天下難得這樣義友,我若不受他的,他心決反不快,且將去取贖了房子。若有得志之日,必厚報之!」當下將了銀子,與母親商議了,前去贖屋。到了昭慶寺左側舊房門首,進來問道:「慧空長老在麼?」長老聽得,只道是什麼施主到來,慌忙出來迎接,卻見是李生。把這足恭身分,多放做冷淡的腔子,半吞半吐的施了禮請坐,也不討茶。李生卻將那贖房的說話說了。慧空便有些變色,道:「當初賣屋時,不曾說過後來要取贖。就是要贖,原價雖只是一百三十兩,如今我們又增造許多披屋,裝折許多材料,值得多了。今官人須是補出這些帳來,任憑取贖了去。」這是慧空分明曉得李生拿不出銀子,故意勒掯他,實是何曾添造什麼房子?又道是人窮志窄,李生聽了這句話,便認為真,心下想道:「難道還又去要賈兄找足銀子取贖不成?我原不願受他銀子贖屋,今落得借這個名頭,只說和尚索價太重,不容取贖,還了賈兄銀子,心下也到安穩。」即便辭了和尚,走到賈秀才家裡來,備細述了和尚言語。賈秀才大怒道:「叵耐❷這禿廝恁般可惡!僧家四大俱空,反要瞞心昧己,圖人財利。當初如此賣,今只如此贖,緣何平白地要增價銀?錢財雖小,情理難容!擅在小生手裡,待作個計較處置他,不怕他不容我贖!」當時留李生喫了飯,別去了。

賈秀才帶了兩個家僮,逕走到昭慶寺左側來,見慧空家門兒開著,踱將進去,問著個小和尚。說道:「師父陪客喫了幾杯早酒,在樓上打盹。」賈秀才叫兩個家僮住在下邊,信步走到胡梯邊,悄悄驀將上

❷ 叵耐:同「叵耐」。不可耐的意思,有「可恨」、「可惡」之意。

去。只聽得軒齁之聲，舉目一看，看見慧空脫下衣帽熟睡。樓上四面有窗多關著。賈秀才走到後窗縫裡一張，見對樓一個年少婦人坐著做針指，看光景是一個大戶人家。賈秀才低頭一想道：「計在此了。」便走過前面來，將慧空那僧衣僧帽穿著了，悄悄地開了後窗，嘻著臉與那對樓的婦人，百般調戲。直惹得那婦人焦燥，跑下樓去。賈秀才也仍復脫下衣帽，放在舊處，悄悄下樓自回去了。

且說慧空正睡之際，只聽得下邊乒乓之聲，一直打將進來。十來個漢子，一片聲罵道：「賊禿驢！敢如此無狀！公然樓窗對著我家內樓，不知迴避。我們一向不說，今日反大膽把俺家主母調戲，送到官司，打得他逼直，我們只不許他住在這裡罷了。」慌得那慧空手足無措。霎時間，眾人趕上樓來，將家火什物，打得雪片。將慧空渾身衣服，扯得粉碎。慧空道：「小僧何曾敢向宅上看一看？」眾人不由分說，夾嘴夾面，只是打罵，道：「賊禿！你只搬去便罷，不然時，見一遭，打一遭。莫想在此處站一站腳！」將慧空亂叉出門外去。慧空曉得那人家是郝上戶家，不敢分說，一溜煙進寺去了。

賈秀才探知此信，知是中計，暗暗好笑。過了兩日，走去約了李生，說與他這些緣故，連李生也笑個不住。賈秀才即便將了一百三十兩銀子，同了李生，尋見了慧空，說要贖屋。慧空起頭見李生一身，言不驚人，貌不動眾，另是一般說話。今見賈秀才是個富戶，帶了家僮到來，況剛被郝家打慌了的，自思：「留這所在，料然住不安穩，不合與郝家內樓相對，必時常要來尋我不是，由他贖了去，省了些是非罷。」便一口應承。兌了原銀一百三十兩，還了原契房子，付與李生自去管理。

那慧空要討別人便宜，誰知反喫別人弄了。此便是貪心太過之報。後來賈生中了，直做到內閣學士；李生亦得登第做官；兩人相契，至死不變。正是：

量大福也大，機深禍亦深。
慧空空昧己，貫實實仁心！

* * *

這卻還不是正話，如今且說一段故事，乃在金陵建都之地，魚龍變化之鄉。那金陵城傍著石山築起，故名石頭城。城從水門而進，有那秦淮十里樓臺之盛。那湖是昔年秦始皇開掘的，故名秦淮湖。水通著揚子江，早晚兩潮。那大江中百般物件，每每隨潮勢流將進來。湖裡有畫舫名妓，笙歌嘹喨，仕女喧譁。兩岸柳陰夾道，隔湖畫閣爭輝。花欄竹架，常憑韻客聯吟；繡戶珠簾，時露嬌娥半面。酒館十三四處，茶坊六七八家。端的是繁華勝地，富貴名邦。

說話的，只說那秦淮風景，沒些來歷！——看官有所不知，在下就中單表近代一個有名的富郎陳秀才，名珩，在秦淮湖口居住。娶妻馬氏，極是賢德，治家勤儉。陳秀才有兩個所在，一所庄房，一所住居，都在秦淮湖口，庄房卻在對湖。那陳秀才專好結客，又喜風月，逐日呼朋引類，或往青樓闞妓，或落遊船飲酒，幫閒的不離左右，筵席上必有紅裙。清唱的，時供新調；修癢的，百樣騰那❸；送花的，日逐薦鮮；司廚的，多方獻異。又道是：「利之所在，無所不趨。」為因那陳秀才是個撒漫的都總管，所以那些眾人多把做一場好買賣，齊來趨奉他。若是無錢慳吝的人，休想見著他每的影。那時南京城裡，沒一個不曉得陳秀才的。陳秀才又吟得詩，作得賦，做人又極溫存幫襯，合衍衍中姊妹，也沒一個不喜歡陳秀才的。好不受用！好不快樂！果然是朝朝寒食，夜夜元宵。光陰如隙駒，陳秀才風花雪月了七、

❸ 騰那：移動。那，即「挪」。

八年，將家私弄得乾淨快了。馬氏每每苦勸，只是舊性不改。今日三，明日四❹，雖不比日前的鬆快容易，手頭也還掤湊得來。又花費了半年把，如今卻有些急迫了。馬氏倒也看得透，道：「索性等他敗完了，倒有個住場。」所以再不去勸他。陳秀才燥慣了脾胃，一時那裡變得轉，卻是沒銀子使用。眾人攛掇他寫了一紙文契，往那三山街開解舖的徽州衛朝奉處，借銀三百兩。那朝奉又是一個「不愛財的魔君」，終是陳秀才的名頭還大，衛朝奉不怕他還不起，遂將三百銀子借與，三分起息。陳秀才自將銀子依舊去花費不題。

卻說那衛朝奉，平素是個極刻剝之人。初到南京時，只是一個小小解舖，他卻有百般的昧心取利之法。假如別人將東西去解時，他卻把那九六七銀子，充作紋銀；又將小小的等子稱出，還要欠幾分兌頭。後來贖時，卻把大大的天平兌將進去，又要你找足兌頭，又要你補勾成色，少一絲時，他則不發貨。又或有將金銀珠寶首飾來解的，他看得金子有十分成數，便一模二樣，暗地裡打造來換了。粗珠換了細珠，好寶換了低石，如此行事，不能細述。那陳秀才這三百兩債務，衛朝奉有心要盤他這所庄房，等閒再不叫人來討。巴巴的盤到了三年，本利卻好一個對合了。衛朝奉便著人到陳家來索債。陳秀才那時已弄得甕盡盃乾❺，只得收了心，在家讀書，見說衛家索債，心理沒做理會處。只得三回五次回說：「不在家，待歸時來討。」又道是：「怕見的是怪，難躲的是債。」是這般回了幾次，他家也自然不信了。衛朝奉逐日著人來催逼，陳秀才則不出頭。衛朝奉只是著人上門坐守，甚至以濁語相加，陳秀才忍氣吞聲。

---

❹ 今日三明日四：今天這樣，明天那樣。

❺ 甕盡盃乾：原是說酒已經喝乾，此處用來譬喻銀錢已經用盡。

正是有錢神也怕，到得無錢鬼亦欺。
早知今日來羞辱，卻悔當初大燥脾。

陳秀才喫攪不過，沒極奈何，只得出來與那原中說道：「衛家那主銀子，本利共該六百兩，我如今一時間委實無所措置，隔湖這一所庄房，約值千餘金之價，我意欲將來准與衛家，等衛朝奉找足我千金之數罷了。列位與我周全此事，自當相謝。」眾人料道無銀得還，只得應允了，去對衛朝奉說知。衛朝奉道：「我已曾在他家庄裡看過，這所庄子，怎便值得這一千銀子？也虧他開這張大口！就是只准那六百兩，我也還道過分了些，你們眾位怎說這樣話？」原中道：「朝奉，這座庄居，六百銀子，也不能勾得他，乘他此時窘迫之際，胡亂找他百把銀子，准了他的庄，極是便宜。倘若有一個出錢主兒買了去，要這樣美產，就不能勾了。」衛朝奉聽說，紫脹了面皮道：「當初是你每眾人總承❻我這樣好主顧，放債放債，本利絲毫不曾見面，反又要我拿出銀子來。我又不等屋住，要這所破落房子做甚麼？若只是這六百兩時，便認虧些准了，不然時，只將銀子還我。」就叫伴當每隨了原中去說。眾人一齊多到陳家來，細述了一遍，氣得那陳秀才目睜口呆。卻待要發話，實是自己做差了事，又沒對付處銀子，如何好與他爭執？只得陪個笑面道：「若是千金不值時，便找勾了八百金也罷。當初創造時，實費了一千二、三百金之數，今也論不得了。再煩列位去通小生的鄙意則個。」眾人道：「難，難，難！方纔我們只說得百把銀子，衛朝奉兀自變了臉道：『我又不等屋住！若要找時，只是還我銀子。』這般口氣，相公卻說個『八百兩』三字，一萬世也不成！」陳秀才又道：「財產重事，豈能一說便決！衛朝奉見頭次索價太多，故作難色，

❻ 總承：同「總成」。成全的意思。

今又減了二百之數，難道還有不願之理？」眾人嘆央不過，只得又來對衛朝奉說了。衛朝奉也不答應，迸起了面皮，竟走進去，喚了四、五個伴當出來，對眾人道：「朝奉叫我每陳家去討銀子，准房之事，不要說起了。」眾人覺得沒趣，只得又同了伴當到陳家來。眾人也不回話，那幾個伴當一片聲道：「朝奉叫我們來坐在這裡，等兌還了銀子方去。」陳秀才聽說，滿面羞慚，敢怒而不敢言。只得對眾人道：「可為我婉款了他家伴當回去，容我再作道理。」眾人做歉做好，勸了他們回去。眾人也各自散了。陳秀才一肚皮的鳥氣沒處出豁，走將進來捶臺拍櫈，短嘆長吁。馬氏看了他這些光景，心下已自明白。故意道：「官人何不去花街柳陌，楚館秦樓，暢飲酣歌，通宵遣興？卻在此處咨嗟愁悶，也覺得少些風月了。」陳秀才道：「娘子直恁地消遣小生！當初只為不聽你的好言，忒看得錢財容易！致今日受那徽狗這般嘔氣！欲將那對湖庄房准與他，要他找我二百銀子，叵耐他抵死不肯，只顧索債。又著數個伴當，住在吾家坐守。虧得眾人解勸了去，明早一定又來。難道我這所庄房止值得六百銀子不成！如今卻又沒奈何了。」馬氏道：「你當初撒漫時節，只道家中是那無底之倉，長流之水，上千的費用了去，誰知到得今日，要別人找這一、二百銀子，卻如此煩難？既是他不肯時，只索准與他罷了，悶做甚的？若像三年前時再有幾個庄子也准去了，何在乎這一個？」陳秀才被馬氏數落一頓，嘿嘿無言。當夜心中不快，喫了些晚飯，洗了腳手睡了。又道是：「歡娛嫌夜短，寂寞恨更長。」陳秀才有這一件事在心上，翻來覆去，巴不到天明。及至五更雞唱，身子困倦，朦朧思睡。只聽得家僮三、五次進來說道：「衛家來討銀子，一早起了。」陳秀才忍耐不住，一骨碌扒將起來，請攏了眾原中，寫了一紙賣契：「將某處庄賣到某處銀六百兩。」將出來交與眾人。眾人不比昨日，欣然接了去，回覆衛朝奉。陳秀才雖然氣憤不過，

衛朝奉狠心盤貴產

陳秀才巧計賺原房

話說。

卻免了門頭不清淨，也只索罷了。那衛朝奉也不是不要庄房，也不是真要銀子，見陳秀才十分窘迫，只是逼債，不怕那庄子不上他的手。如今陳秀才果然喫逼不過，只得將庄房准了。衛朝奉稱心滿意，已無話說。

卻說陳秀才自那准庄之後，心下好不懊恨，終日眉頭不展，廢寢忘餐。時常咬牙切齒道：「我若得志，必當報之！」馬氏見他如此說，道：「不怨自己，反恨他人！別個有了銀子，自然千方百計要尋出便益來。誰像你將了別人的銀子，用得落得不知曾幹了一節什麼正經事務？平白地將這樣美產賤送了，難道是別人央及你的不成？」陳秀才道：「事到如今，我豈不知自悔！但作過在前，悔之無及耳。」馬氏道：「說得好聽，怕口裡不像心裡，『自悔』兩字也是極難的。又道是：『敗子若收心，猶如鬼變人。』這時節手頭不足，只好縮了頭，坐在家裡怨恨。有了一百二百銀子，又好去風流撒漫起來。」陳秀才嘆口氣道：「娘子兀自不知我的心事！人非草木，豈得無知！我當初實是不知稼穡，被人鼓舞，朝歌暮樂，耗了家私。今已歷盡淒涼，受人冷淡，還想著『風月』兩字，真喪心之人了！」馬氏道：「恁地說來，也還有些志氣。我道你不到烏江心不死，今已到了烏江，這心原也該死了。我且問你，假若有了銀子，你卻待做些甚麼？」陳秀才道：「若有銀子，必先恢復了這庄居，羞辱那徽狗一番，出一口氣！其外，或開個舖子，或置些田地，隨緣度日，以待成名，我之願也。若得千金之資，也就勾了。卻那裡得這銀子來！只好望梅止渴，畫餅充饑。」說罷，往桌上一拍，嘆一口氣。馬氏微微的笑道：「若果然依得這一段話時，想這千金有甚難處之事。」陳秀才見說得有些來歷，連忙問道：「銀子在那裡？還是去與人那借，還是去與朋友們結會？不然，銀子從何處來？」馬氏又笑道：「若那借時，又是一個衛朝奉了。

世情看冷煖，人面逐高低。見你這般時勢，那個朋友肯出銀與你結會？還是求著自家屋裡，或者有些活路，也不可知。」陳秀才道：「自家屋裡求著兀誰的是？莫非娘子有甚扶助小生之處？望乞娘子提掇❼，指點小生一條路頭，真莫大之恩也！」馬氏道：「你平時那一班同歡同賞、知音識趣的朋友，怎沒一個來瞅睬你一瞅睬？原來今日原只好對著我，說什麼提掇也不提掇。我女流之輩，也沒甚提掇你處，只要與你說一說過。」陳秀才道：「娘子有甚說話，任憑措置。」馬氏道：「你如今當真收心務實了麼？」陳秀才道：「娘子怎還說這話，我陳珩若再向花柳叢中著腳時，永遠前程不吉，死于非命！」馬氏道：「既恁地說時，我便贖這庄子還你。」說罷，取了匙鑰，直開到廂房裡一條黑衖中，指著一個皮匣，對陳秀才道：「這些東西，你可將去贖庄，餘來的可原還我。」陳秀才喜自天來，卻還有些半信不信，揭開看時，只見雪白的擺著銀子，約有千餘金之物。陳秀才看了，不覺掉下淚來。馬氏道：「官人為何悲傷？」陳秀才道：「陳某不肖，將家私蕩盡，賴我賢妻熬清守淡，積攢下偌多財物，使小生恢復故業，實是枉為男子，無地可自容矣！」馬氏道：「官人既能改過自新，便是家門有幸。明日可便去贖取庄房，不必遲延了。」陳秀才當日歡喜無限過了一夜。

次日，著人請過舊日這幾個原中，去對衛朝奉說，要兌還六百銀子，贖取庄房。衛朝奉卻是得了便宜的，如何肯便與他贖，推說道：「當初准與我時，多是些敗落房子，荒蕪地基。我如今添造房屋，修理得錦錦簇簇，週迴花木，栽植得整整齊齊。卻便原是這六百銀子贖了去，他倒安穩！若要贖時，如今當真要找足一千銀子，便贖了去。」眾人將此話回覆了陳秀才。陳秀才道：「既是恁地，必須等我親看

❼ 提掇：提攜。

一看，果然添造修理，估值幾何，然後量找便了。」便同眾人到庄裡來，問說：「朝奉在麼？」只見一個養娘說道：「朝奉卻纔解舖裡去了。我家內眷在裡面，官人們沒事，不進去罷。」眾人道：「我們略在外邊踏看一看不妨。」養娘放眾人進去看了一遭，卻見原只是這些舊屋，不過補得幾塊地板，築得一、兩處漏❽點，修得三、四根折欄杆，多是有數看得見的，何曾添個甚麼？陳秀才回來對眾人道：「庄居一無所增，如何卻要我找銀子？當初我將這庄子抵債，要他找得二百銀子，他乘我手中窘迫，貪圖產業，百般勒掯，上了他手，今日又要反找。將貓兒食拌貓兒飯，天理何在？我陳某當初軟弱，今日不到得與他作弄。眾位可將這六百銀子交與他，教他出屋還我。只這等，他已得了三百兩利錢了。」眾人本也不敢去對衛朝奉說，卻見陳秀才搬出好些銀子，已自酥半邊，把那舊日的奉承腔子，重整起來。都應道：「相公說的是，待小人們去說。」眾人將了銀子，去交與衛朝奉。衛朝奉只說少，不肯收。卻是說眾人不過，只得權且收了，卻只不說出屋日期。眾人道他收了銀子，大頭自定，取了一紙收票來，回覆了陳秀才，俱各散訖。

過了幾日，陳秀才又著人去催促出房，衛朝奉卻道：「必要找勾了修理改造的銀子便去，不然時，決不搬出。」催了幾次，只是如此推托。陳秀才憤恨之極，道：「這廝恁般恃強！若與他經官動府，雖是理上說我不過，未必處得暢快。慢慢地尋個計較處置他，不怕你不搬出去。當初嘔了他的氣，未曾泄得他，今日又來欺負人！此恨如何消得？」那時，正是十月中旬天氣，月明如晝，陳秀才偶然走出湖房上來步月，閒行了半晌，又道是無巧不成話，只見秦淮湖裡上流頭，黑洞洞滬將一件物事來。陳秀才注

❽ 築漏：修理屋頂漏水的地方。

目一看，喫了一驚。原來一個死屍，卻是那揚子江中流入來的。那屍卻好流近湖房邊來，陳秀才正為著衛朝奉一事躊躕，默然自語道：「有計了！有計了！」便喚了家僮陳祿到來。那陳祿是陳秀才極得用的人，為人忠直，陳秀才每事必與他商議。當時對他說道：「我受那衛家狗奴的氣，無處出豁，他又不肯出房還我，怎得個計較擺佈他便好！」陳祿道：「便是官人也是富貴過來的人，又不是小家子，如何受這些狗蠻的氣！我們看不過，常想與他性命相博，替官人洩恨。」陳秀才道：「我而今有計在此，你須依著我，如此如此而行，自有重賞。」陳祿不勝之喜，道：「好計，好計！」唯唯從命，依計而行。當夜各自散了。

次日，陳祿穿了一身寬廠衣服，央了平日與主人家往來得好的陸三官做了媒人，引他望對湖去投靠衛朝奉。衛朝奉見他人物整齊，說話伶俐，收納了，撥一間房與他歇落，叫他穿房入戶使用。且是勤謹得用。過了月餘，忽一日，衛朝奉早起尋陳祿，叫他買柴，卻見房門開著。看時，不見在裡面。各到處尋了一會，則不見他。又著人四處找尋，多回說不見。衛朝奉也不曾費了什麼本錢在他身上，也不甚要緊。正要尋原媒來問他，只見陳秀才三、五個僕人到衛家說道：「我家一月前，逃走了一個人，叫做陳祿，聞得陸三官領來投靠你家，快叫他出來隨我們去。不要藏匿過了，我家主見告著狀哩。」衛朝奉道：「便是一月前一個人投靠我，也不曉得是你家的人，不知何故，前夜忽然逃去了。委是沒這人在我家。」眾人道：「豈有又逃的理？分明是你藏匿過了，哄騙我們。既不在時，除非等我們搜一搜看。」衛朝奉托大道：「便由你們搜，搜不出時，喫我幾個面光。」眾人一擁入來，除了老鼠穴中不搜過。衛朝奉正待發作，只見眾人發聲喊道：「在這裡了！」衛朝奉不知是甚事頭，近前來看，原來在土鬆處翻出一條死人腿。衛朝奉驚得目睜口呆，眾人一片聲道：「已定是衛朝奉將我家這人殺害了，埋這腿在這裡。去請我家相公到來，商量去出首。」一個人慌忙去請了陳秀才到來。陳秀才大發雷霆，嚷道：「人命關天，怎便將我家人殺害了？不去府裡出首，更待何時！」叫眾人提了人腿便走，衛朝奉扢搭搭❾地抖著，攔住了道：「我的爺，委實我不曾謀害人命。」陳秀才道：「放屁！這個人腿那裡來的？你只到官分辨去！」那富的人，怕的是見官，況是人命！只得求告道：「且慢慢商量。如今憑陳相公怎地處分，饒我到官罷！怎喫得這個沒頭官司？」陳秀才道：「當初圖我產業，不肯找我銀子的是你！今日占住戶子，要我找價的也是你！恁般強橫！今日又將我家人收留了，謀死了他！正好公報私仇，卻饒不得！」衛朝奉道：「我的爺，是我不是。情願出屋還相公。」陳秀才道：「你如何謊說添造房屋！你如今只將我這三百兩利錢出來還我，修理庄居，寫一紙伏辨與我，我們便淨了口，將這隻腿燒化了，此事便泯然無跡。不然時，今日天清日白，在你家裡搜出人腿來，眾目昭彰，一傳出去，不到得輕放過了你。」衛朝奉冤屈無伸，卻只要沒事，只得寫了伏辨，遞與陳秀才，又逼他兌還三百銀子，催他出屋。衛朝奉沒奈何，連夜搬往三山街解舖中去。這裡自將腿藏過了。陳秀才那一口氣方纔消得。你道衛家那人腿是那裡來的？原來陳秀才十月半步月之夜，偶見這死屍滬來，卻叫家僮陳祿取下一條腿。次日只做陳祿去投靠衛家，卻將那隻腿悄地帶入，乘他每不見，卻將腿去埋在空處停當，依舊走了回家。這裡只做去尋陳祿，將那人腿搜出，定要告官，他便慌張沒做理會處，只得出了屋去。又要他白送還這三百銀子利錢，此陳秀才之妙計也。

❾扢搭搭：即「扢抖抖」。發抖的樣子。

陳秀才自此恢復了庄，便將餘財十分作家，竟成富室。後亦舉孝廉，不仕而終。陳祿走在外京多時，方纔重到陳家來。衛朝奉有時撞著，情知中計，卻是房契已還，當日一時急促中事，又沒個把柄，無可中辨處。又畢竟不知人腿來歷，到底懷著鬼胎，只得忍著罷了。這便是「陳秀才巧計賺原房」的話。有詩為證：

撒漫雖然會破家，欺貧剋剝也難誇！
試看橫事無端至，只為生平種毒賒。

卷十六 張溜兒熟布迷魂局 陸蕙娘立決到頭緣

詩曰：

深機密械總徒然，詭計奸謀亦可憐。
賺得人亡家破日，還成撈月在空川。

話說世間最可惡的是拐子。世人但說是盜賊，便十分防備他；不知那拐子，便與他同行同止，也識不出弄諠搗鬼，沒形沒影的，做將出來，神仙也猜他不到，倒在懷裡信他。直到事後曉得，已此追之不及了。這卻不是出跳的賊精，隱然的強盜！

今說國朝萬曆十六年，浙江杭州府北門外，一個居民，姓扈，年已望六。媽媽新亡，有兩個兒子，兩個媳婦，在家過活。那兩個媳婦，俱生得有些顏色，且是孝敬公公。一日爺兒三個多出去了，只留兩個媳婦在家，閉上了門，自在裡面做生活。那一日，大雨淋漓，路上無人行走。日中時分，只聽得外面有低低哭泣之聲，十分悽慘悲咽，卻是婦人聲音。從日中哭起，直到日沒，哭個不住。兩個媳婦聽了半日，忍耐不住，只得開門同去外邊一看。正是：

閉門家裡坐，禍從天上來！

若是說話的與他同時生，並肩長，便劈手扯住，不放他兩個出去。縱有天大的事，也惹他不著。原來大凡婦人家，那閒事切不可管，動止最宜謹慎。丈夫在家時還好，若是不在時，只宜深閨靜處，便自高枕無憂。若是輕易攬著個事頭，必要纏出些不妙來。那兩個媳婦，當日不合開門出來，卻見是一個中年婆娘，人物也到生得乾淨。兩個見是個婦人，無甚妨礙，便動問道：「媽媽何來？為甚這般苦楚？可對我們說知則個。」那婆娘掩著眼淚道：「兩位娘子聽著。老妾在這城外鄉間居住，老兒死了，止有一個兒子和媳婦。媳婦是個病塊，兒子又十分不孝，動不動將老身罵詈。養贍又不周全，有一頓，沒一頓的。今日彆口氣，與我的兄弟相約了，去縣裡告他忤逆，他叫我前頭先走，隨後就來。誰想等了一日，竟不見到。雨又落得大，家裡又不好回去，枉被兒子媳婦恥笑！左右兩難，為此想起這般命苦，忍不住傷悲。不想驚動了兩位娘子，多承兩位娘子動問，不敢隱瞞，只得把家醜實告。」他兩個見那婆娘說得苦惱，又說話小心，便道：「如此且在我們家裡坐一坐，等他來便了。」兩個便扯了那婆子進去。說道：「媽媽寬坐一坐，等雨住了回去，自親骨肉，雖是一時有些不是處，只宜好好寬解，不可便經官動府，壞了和氣，失了體面。」那婆娘道：「多謝兩位相勸，老身且再耐他幾時。」一遞一句，說了一回，天色早黑將下來。婆娘又道：「天黑了，只不見來，獨自回去不得，如何好？」兩個又道：「媽媽便在我家歇一夜何妨。粗茶淡飯，便喫了餐把，那裡便費了多少！」那婆娘道：「只是打攪不當。」那婆娘當時就裸起雙袖，到灶下去燒火，又與他兩人量了些米，煮夜飯，揩檯抹櫈，擔湯擔水，一攬包收❶，多是他上前替力。兩個道：「等媳婦們伏侍，甚麼道理到要媽媽費氣力？」媽媽道：「在家裡慣了，是做時便倒安樂；不做時，便要困倦。娘子們但有事，任憑老身去做不妨。」當夜洗了手腳，就安排他兩個睡了。

❶ 一攬包收：一總。

那婆娘方自去睡。次日清蚤，又是那婆娘先起身來，燒熱了湯，將昨夜剩下米煮了蚤飯。拂拭淨了椅桌，力力碌碌，做了一朝，七了八當❷。兩個媳婦起身，要東有東，要西有西，不費一毫手腳，便有七、八分得意了。便兩個商議道：「那媽媽且是熟分肯做，他在家裡不像意，我們這裡正少個人相幫。公公常說要娶個晚婆婆，我每勸公公納了他，豈不兩便！只是未好與那媽媽啟得齒，但只留著他，等公公來再處。」

不一日，爺兒三個回來了，見家裡有這個媽媽，便問媳婦緣故。兩個就把那婆娘家裡的事，依他說了一遍。又道：「這媽媽且是和氣，又十分勤謹。他已無了老兒，兒子又不孝，無所歸了。可憐！可憐！」就把妯娌商量的見識，叫兩個丈夫說與公公知道。扈老道：「知他是甚樣人家，便好如此草草？且留他住幾時著。」口裡一時不好應承，見這婆娘乾淨，心裡也欲得的。又過了兩日，那老兒沒搭煞❸，黑暗裡已自和那婆娘摸上了。媳婦們看見了些動靜，對丈夫道：「公公常是要娶婆婆，何不就與這媽媽成了這事？省得又去別尋頭腦❹，費了銀子。」兒子每也道：「說得是。」多去勸著父親，媳婦們已自與那婆娘說通了，一讓一個肯，擺個家筵席兒，歡歡喜喜，大家喫了幾杯，兩口兒成合了。

過得兩日，只見兩個人問將來。一個說是媽媽的兄弟，一個說是媽媽的兒子。說道：「尋了好幾日，方問得著是這裡。」媽媽聽見走出來，那兒子拜跪討饒，兄弟也替他請罪。那媽媽怒色不解，千咒萬罵。

❷ 七了八當：大部分處理得很妥當。

❸ 沒搭煞：無聊；沒意思。

❹ 頭腦：對象。

扈老從中好言勸開，兄弟與兒子又勸他回去。媽媽又罵兒子道：「我在這裡喫口湯水，也是安樂的，倒回家裡在你手中討死喫，你看這家媳婦，待我如何孝順？」兒子見說這話，已此曉得娘嫁了這老兒了。扈父便整酒留他兩人喫。那兒子便拜扈老道：「你便是我繼父了，我娘喜得終身有托，萬千之幸。」別了自去。似此兩、三個月中，往來了幾次。

忽一日，那兒子來道：「孫子明日行聘，請爹娘與哥嫂一門同去喫喜酒。」那媽媽回言道：「兩位娘子怎好輕易就到我家去？我與你爺、兩位哥哥，同來便了。」次日媽媽同他父子去喫了一日喜酒，歡歡喜喜，醉飽回家。又過了一個多月，只見這個孫子，又來登門，說道：「明日畢姻，來請闔家尊長同觀花燭。」又道：「是必求兩位大娘同來光輝一光輝。」兩個媳婦巴不得要認媽媽家裡，還悔道前日不去得，堆下笑來應承。次日，盛妝了，隨著翁媽丈夫，一同到彼。那媽媽的媳婦出來接著，是一個黃瘦有病的。日將下午，那兒子請媽媽同媳婦迎親，又要請兩位嫂子同去。說道：「我們鄉間風俗，是女眷都要去的，不然只道我們不敬重新親。」媽媽對兒子道：「汝妻雖病，今日已做了婆婆了，只消自去，何必煩勞二位嫂子？」兒子道：「妻子病中，規模不雅，禮數不周，恐被來親輕薄。兩位嫂子既到此了，何惜往迎這片時，使我們好看許多。」媽媽道：「這也是。」那兩個媳婦，也是巴不得去看看耍子的。媽媽就同他自己媳婦，四人作隊兒，一夥下船去了。更餘不見來，兒子道：「卻又作怪！待我去看一看來。」又去一回，那孫子穿了新郎衣服，也說道：「公公寬坐，孫兒也出門望望去。」搖搖擺擺，踱了出來，只剩得爺兒三個在堂前燈下坐著。等候多時，再不見一個來了。肚裡又飢，心下疑惑，兩個兒子走進灶下看時，清灰冷火，全不像個做親的人家。出來對父親說了，拿了堂前之燈，到裡面一照，房裡空蕩蕩，並無一些箱籠衣衾之類，止有幾張椅桌，空著在那裡。心下大驚道：「如何這等？」要問鄰舍時，夜深了，各家都關門閉戶了。三人卻像熱地上螻蟻，鑽出鑽入。亂到天明纔問得個鄰舍道：「他每一班何處去了？」鄰人多說不知。又問：「這房子可是他家的？」鄰人道：「是城中楊衙裡的。五、六月前，有這一家子來租他的住，不知做些甚麼？你們是親眷，來往了多番，怎麼倒不曉得細底？卻來問我們！」問了幾家，一般說話。有個把有見識的道：「定是一夥大拐子，你們著了他道兒，把媳婦騙的去了。」父子三人見說，忙忙若喪家之狗，踉踉蹌蹌，跑回家去，分頭去尋，那裡有個去向？只得告了一紙狀子，出個廣捕❺，卻是渺渺茫茫的事了。那扈老兒要娶晚婆，他道是白得的，十分便宜。誰知到為這婆子，白白裡送了兩個後生媳婦！這叫做「貪小失大」，所以為人切不可做那討便宜苟且之事！正是：

莫信直中直，須防仁不仁！
貪看天上月，失卻世間珍。

* * *

這話丟過一邊，如今且說一個拐兒，拐了一世的人，倒後邊反著了一個道兒。這本話卻是在浙江嘉興府桐鄉縣內，有一秀才，姓沈名燦若，年可二十歲，是嘉興有名才子。容貌魁峨，胸襟曠達。娶妻王氏，姿色非凡，頗稱當對。家私豐裕，多虧那王氏守把。兩個自道佳人才子，一雙兩好。端的是如魚似水，如膠似漆價相得。只是王氏生來嬌怯，懨懨弱病，嘗不離身的。燦若十二歲上進學，十五歲超增補廩，少年英銳，自恃才高一世，視一第何啻拾芥！平時與一班好朋友，或以詩酒娛心，或以山水縱目，

❺ 廣捕：行文各地不定限期的緝捕。

放蕩不羈。其中獨有四個秀才，情好更篤。自古道：「惺惺惜惺惺，才子惜才子。」卻是嘉善黃平之、秀水何澄、海鹽樂爾嘉、同邑方昌，都是一般兒你羨我愛，這多是同郡朋友。那他州外府與燦若往來的，不計其數。大約不過是並時的才人。那本縣知縣姓稽，單諱一個清字，常州江陰縣人。平日敬重斯文，喜歡才士。也道燦若是個青雲決科之器，與他認了師生，往來相好。是年正是大比之年，有了科舉。燦若歸來，打疊衣裝，上杭應試。與王氏話別，王氏挨著病軀，整頓了行李，眼中流淚道：「官人前程遠大，早去早回。奴未知有福分能勾與你同享富貴與否？」燦若道：「娘子說那裡話！你有病在身，我去後須十分保重！」也不覺掉下淚來。二人執手分別。王氏送出門外，望燦若不見，掩淚自進去了。

燦若一路行程，心下覺得不快。不一日，到了杭州，尋客店安下。匆匆的進過了三場，頗稱得意。一日，燦若與眾好朋友遊了一日湖，大醉回來，睡了半夜，忽聽得有人扣門，披衣而起。只見一人高冠廠袖，似是道家妝扮，燦若道：「先生黌夜至此，何以教我？」那人道：「貧道頗能望氣，亦能斷人陰陽禍福。偶從東南來此，暮夜無處投宿，因扣尊扃，多有驚動！」燦若道：「既先生投宿，便同榻何妨。先生既精推算，目下榜期在邇，幸將賤造推算，未知功名有分與否？願決一言。」那人道：「不必推命，只須望氣。觀君丰格，功名不患無緣，但必須待尊閫天年之後，便得如意。我有二句詩，是君終身遭際，君切記之！」

　　鵬翼摶時歌六憶，鸞膠續處舞雙鳧。

燦若不解其意，方欲再問，外面貓兒捕鼠，撲地一響，燦若喫了一跳，卻是南柯一夢。燦若道：「此夢甚是詫異！那道人分明說，待我荊妻亡故，功名方始稱心。我情願青衿沒世也罷，割恩愛而博功名，非吾願也。」兩句詩又明明記得，翻來覆去，睡不安穩。又道：「夢中言語，信他則甚！明日倘若榜上無名，作速回去了便是。」正想之際，只聽得外面叫喊連天，鑼聲不絕，扯住討賞，報燦若中了第三名經魁。燦若寫了票，眾人散訖。慌忙梳洗上轎，見座主、會同年去了。那座師卻正是本縣稽清知縣。那時解元何澄，又是極相知的。朋友黃平之、樂爾嘉、方昌，多已高錄，俱各歡喜。燦若理了正事，天色傍晚，乘轎回寓。只見那店主趕著轎，慌慌的叫道：「沈相公，宅上有人到來，有緊急家信報知，候相公半日了。」燦若聽了「緊急家信」四字，一個衝心，忽思量著夢中言語，卻似十五個吊桶打水，七上八落。正是：

青龍白虎同行，凶吉全然未保。

到得店中下轎，見了家人沈文，穿一身素淨衣服，便問道：「娘子在家安否？誰著你來寄信？」沈文道：「不好說得，是管家李公著寄信來。官人看書便是。」燦若接過書來，見封筒逆封，心裡有如刀割。拆開看罷，方知是王氏于二十六日身故。燦若驚得呆了，卻似：

分開八片頂陽骨，傾下半桶雪水來。

半晌做聲不得，驀然倒地。眾人喚醒，扶將起來。燦若咽住喉嚨，千妻萬妻的哭，哭得一店人無不流淚。道：「早知如此，就不來應試也罷。誰知便如此永訣了？」問沈文道：「娘子病重，緣何不早來對我說？」沈文道：「官人來後，娘子只是舊病懨懨，不為甚重。不想二十六日，忽然暈倒不醒，為此星夜趕來報知。」燦若又哽咽了一回，疾忙叫沈文僱船回家去，也顧不得他事了。暗思一夢之奇，二十七日放榜，王氏卻于二十六日間亡故，正應著那「鵬翼摶時歌六憶」這句詩了。當時整備離店，行不多路，卻遇著黃平之抬將來。二人又是同門，相見罷，黃平之道：「觀兄容貌，十分悲慘，未知何故？」燦若噙著眼淚，將那得夢情由，與那放榜報喪，今趕回家之事，說了一遍。平之嗟嘆不已道：「尊兄且自寧耐，毋得過傷！待小弟見座師與眾同袍，為兄代言其事，兄自回去不妨。」兩人別了。燦若急急回來，進到裡面，撫尸慟哭。幾次哭得發昏。擇時入殮已畢，停柩在堂。夜間，燦若只在靈前相伴。不多時，過了三四七，眾朋友多來弔唁，就中便有說著會試一事的。燦若漠然不顧道：「我多因這蝸角虛名，賺得我連理枝分，同心結解，如今就把一個會元撇在地下，我也無心去拾他了。」這是王氏初喪時的說話。

轉眼間，又過了斷七。眾親友又相勸道：「尊閫既已夭逝，料無起死回生之理。兄枉自灰其志，竟亦何益？況在家無聊，未免有孤棲之嘆。同到京師，一則可以觀景舒懷；二則眾同袍劇談竟日，可以解悶。豈可為無益之悲，誤了終身大事？」燦若被勸不過，道：「既承列位佳意，只得同走一遭。」那時就別了王氏之靈，囑付李主管照管羹飯香火，同了黃、何、方、樂四友登程。正是那十一月中旬光景，五人夜住曉行，不則一日，來到京師。終日成群挈隊，詩歌笑傲。不時往花街柳陌，閒行遣興。只有燦若沒一人看得在眼裡。

韶華迅速，不覺的換了一個年頭，又早上元節過，漸漸的桃香浪煖，那時黃榜動，選場開。五人進過了三場，人人得意，個個誇強。沈燦若始終心下不快，草草完事。過不多時揭曉，單單奚落了燦若。他也不在心上。黃、何、方、樂四人自去傳臚。何澄是二甲，選了兵部主事，帶了家眷在京。黃平之到是庶吉士，樂爾嘉選了太常博士，方昌選了行人。稽清知縣已行取做刑科給事中，各守其職不題。燦若又遊樂了多時，回家到了桐鄉。燦若進得門來，在王氏靈前拜了兩拜，哭了一場，備羹飯澆奠了。又隔了兩月，請個地理先生❻，擇地殯葬了王氏已訖。那時便漸漸有人來議親。燦若自道是第一流人品，王氏恁地一個嬌妻，兀自無緣消受，再那裡尋得一個廝對的出來？必須是我目中親見，果然像意，方纔可議此事，以此多不著緊。

光陰似箭，日月如梭。有話即長，無話即短。卻又過了三個年頭。燦若又要上京應試，只恨著家裡無人照顧。又道是：「家無主，屋倒豎。」燦若自王氏亡後，日間用度，觔長碗短，十分的不像意。也思量道：「須是續弦一個掌家娘子方好。」只恨無其配偶，心中悶悶不已，仍把家事，且付與李主管照顧，收拾起程。那時正是八月間天道，金風乍轉，時氣新涼，正好行路。夜來皓魄當空，澄波萬里，上下一碧。燦若獨酌無聊，觸景傷懷，遂爾口占一曲：

露滴野塘秋，下簾籠不上鉤，徒勞明月穿窗牖。鴛衾遠丟，孤身遠遊，浮槎怎得到陽臺右？漫凝眸，空臨皓魄，人不在月中留。（詞寄黃鶯兒）

吟罷，痛飲一醉，舟中獨寢。話休絮煩。燦若行了二十餘日，來到京中，在舉廠東邊，租了一個下處，安頓行李已好。一日，同幾個朋友到齊化門外飲酒，只見一個婦人，穿一身縞素衣服，乘著蹇驢。一個閒的，挑了食櫑隨著，恰像那裡去上墳回來的。燦若看那婦人，生得：

敷粉太白，施朱太赤。加一分太長，減一分太短。十相具足，是風流占盡無餘；一味溫柔，差絲毫便不廝稱！巧笑倩兮，笑得人魂靈顛倒；美目盼兮，盼得你心意癡迷。假使當時逢妒婦，也言「我見且猶憐」。

❻ 地理先生：即「地理師」。

張溜兒熟布迷魂局

陸蕙娘立決到頭緣

燦若見了此婦，卻似頂門上喪了三魂，腳底下蕩了七魄。他就撇了這些朋友，也僱了一個驢，一步步趕將去，呆呆的尾著那婦人，只顧看。那婦人在驢背上，又只顧轉一對秋波過來，看那燦若。走上了里把路，到一個僻靜去處，那婦人走進一家人家去了。燦若也下了驢，心下不捨，釘住了腳，在門首呆看，看了一晌，不見那婦人出來。正沒理會處，只見內裡走出一個人來道：「相公只望門內覷看，卻是為何？」燦若道：「適纔同路來，見個白衣小娘子走進此門去，不知這家是甚等人家？那娘子是何人？無個人來問問。」那人道：「此婦非別，乃舍表妹陸蕙娘，新近寡居在此，方纔出去辭了夫墓，要來嫁人，小人正來與他作伐。」燦若道：「足下高姓大名？」那人道：「小人姓張，因為做事是件順溜，為此人起一個混名，只叫小人張溜兒。」燦若道：「令表妹要嫁何等樣人？肯嫁在外方去否？」溜兒道：「只要是讀書人，後生些的便好了，地方不論遠近。」燦若道：「實不相瞞，小生是前科舉人，來此會試。適見令表妹丰姿絕世，實切想慕。足下肯與作媒，必當重謝。」溜兒道：「這事不難，料我表妹見官人這一表人才，也決不推阻的，包辦在小人身上，完成此舉。」燦若大喜道：「既如此，就煩足下往彼一通此情。」在袖中摸出一錠銀子，遞與溜兒道：「些小薄物，聊表寸心。事成之後，再容重謝。」溜兒推遜了一回，隨即接了。見他出錢爽快，料他囊底充饒，道：「相公明日來討回話。」燦若歡天喜地，回下處去了。次日又到郊外那家門首來探消息，只見溜兒笑嘻嘻的走將來道：「相公喜事上頭，恁地出門的早哩！昨日承相公分付，即便對表妹說知。俺妹子已自看上了相公，不須三回五次，只說著便成了。相公只去打點納娉做親便了。表妹是自家做主的，禮金不計論，但憑相公出得手罷了。」燦若依言，取三十兩銀子，折了衣飾，送將過去。那家也不爭多爭少，就許定來日過門。燦若看見事體容易，心裡到有些疑惑起來。又想是北方再婚，說是鬼妻，所以如此相應。

至日，鼓吹燈轎，到門迎接陸蕙娘。蕙娘上轎到燦若下處來做親。燦若燈下一看，正是前日相逢之人，不覺大喜過望，方纔放下了心。拜了天地，喫了喜酒，眾人俱各散訖，兩人進房。蕙娘只去椅上坐著。約莫一更時分，夜闌人靜，燦若久曠之後慾火燔灼，便開話道：「娘子請睡了罷？」蕙娘囀鶯聲，吐燕語道：「你自先睡。」燦若只道蕙娘害羞，不去強他，且自先上了床。那裡睡得著！又歇了半個更次，蕙娘兀自坐著。燦若只得又央及道：「娘子日來困倦，何不將息將息？只管獨坐，是甚意思？」蕙娘又道：「你自睡。」口裡一頭說，眼睛卻不轉的看那燦若。燦若怕新來的逆了他意，依言又自睡了一會。又起來款款問道：「娘子為何不睡？」蕙娘又將燦若上上下下仔細看了一會，開口問道：「你京中有甚勢要相識否？」燦若道：「小生交游最廣，同袍同年，無數在京，何論相識？」蕙娘道：「既如此，我而今當真嫁了你罷。」燦若道：「娘子又說得好笑，小生千里相遇，央媒納娉，得與娘子成親，如何到此際，還說個當真當假？」蕙娘道：「官人有所不知，你卻不曉得此處張溜兒是有名的拐子。妾身豈是他表妹，便是他渾家。為是妾身有幾分姿色，故意叫妾賺人到門，他卻只說是表妹寡居要嫁人，就是他做媒。多有那慕色的，情願娉娶妾身，他卻不受重禮，只要哄得成交，就便送妾做親。叫妾身只做害羞，不肯與人同睡，因不受人點汙。到了次日，卻合了一夥棍徒，圖賴你奸騙良家女子，連人和箱籠盡搶將去。那些被賺之人，客中怕喫官司，只得忍氣吞聲，明受火囤，如此也不止一個了。前日妾身哭母墓而歸，原非新寡。天殺的撞見官人，又把此計來使。妾每每自思，此豈終身道理？有朝一日惹出事來，并妾此身，付之烏有。況以清白之身，暗地迎新送舊，雖無所染，情何以堪！幾次勸取丈夫，他只不聽。

以此妾之私意，只要將計就計，倘然遇著知音，願將此身許他，隨他私奔了罷。今見官人態度非凡，抑且志誠軟款，心實歡羨。但恐相從奔走，或被他找著，無人護衛，反受其累。今君既交遊滿京邸，願以微軀托之官人，官人只可連夜便搬往別處好朋友家謹密所在去了，方纔娶得妾安穩。此是妾身自媒以從官人，官人異日弗忘此情！」燦若聽罷，呆了半晌道：「多虧娘子不棄，見教小生，不然幾受其禍。」連忙開出門來，叫起家人打疊行李，把自己喂養的一個蹇驢，馱了蕙娘，家人挑箱籠，自己步行。臨出門，叫應主人道：「我們有急事回去了。」曉得何澄帶家眷在京，連夜敲開他門，細將此事說與，把蕙娘與行李，都寄在何澄寓所。那何澄房儘空闊，燦若也就一宅兩院，做了下處不題。

卻說張溜兒次日果然糾合了一夥破落戶，前來搶人。只見空房開著，人影也無。忙問下處主人道：「我們昨日成親的舉人那裡去了？」主人道：「相公連夜回去了。」眾人各各呆了一回，大家嚷道：「我們隨路追去。」一鬨的望張家灣亂奔去了。卻是偌大所在，何處找尋？原來北京房子，慣是見租與人住，來來往往，主人不來管他東西去向，所以但是搬過了，再無處跟尋的。燦若在何澄處看了兩月書，又早是春榜動，選場開。燦若三場滿志，正是專聽春雷第一聲。果然金榜題名，傳臚三甲。燦若選了江陰知縣，卻是稽清的父母。不一日，領了憑，帶了陸蕙娘，起程赴任。卻值方昌出差蘇州，竟坐了他一隻官船到任。陸蕙娘平白地做了知縣夫人。這正是「鸞膠續處舞雙鳧」之驗也。燦若後來做到開府而止。蕙娘生下一子，後亦登第。至今其族繁盛，有詩為證：

女俠堪誇陸蕙娘，能從萍水識檀郎。
巧機反借機來用，畢竟強中手更強。

卷十七　西山觀設籙度亡魂　開封府備棺追活命

詩曰：

三教從來有道門，一般鼎足在乾坤。
只因裝飾無殊異，容易埋名與俗渾。

說這道家一教，乃是李老君青牛出關，關尹文始真人，懇請留下道德真經五千言，傳流至今。這家教門最上者，沖虛清靜，出有入無，超塵俗而上升，同天地而不老；其次者，脩真煉性，吐故納新，築坎離以延年，煮鉛汞以濟物；最下者，行持符籙，役使鬼神，設章醮以通上界，建考召以達冥途。這家學問，卻是後漢時張角，能作五里霧，人欲學他的，先要五斗米為贄見禮，故叫得「五斗米道」。後來其教盛行，那學了與民間袪妖除害的，便是正法；若是去為非作歹的，只叫得妖術。雖是邪正不同，卻也是極靈驗難得的。流傳至今，以前兩項高人，絕世不能得有。只是符籙這家，時時有人習學，頗有高妙的在內。卻有一件作怪。學了這家術法，一些也胡亂做事不得了。儘有奉持不謹，反取其禍的。

宋時乾道年間，福建福州有個太常少卿任文荐的長子，叫做任道元。少年慕道，從個師父，是歐陽文彬，傳授五雷天心正法，建壇在家，與人行持，甚著效驗。他有個妻姪，姓梁名鯤，也好學這法術。一日有永福柯氏之子，因病發心，投壇請問，尚未來到任家。那任道元其日與梁鯤同宿齋舍，兩人同見神將來報道：「如有求報應者，可書『香』字與之，教他速速歸家。」任道元聽見，即走將起來，點起燈燭，寫好了，封押停當，依然睡覺。明早柯子已至，道元就把夜間所封的，遞與他，叫他急急歸家去。柯子還家，十八日而死。蓋「香」字乃是「一十八日」也。繇此遠近聞名，都稱他做法師。後來少卿已沒，道元襲了父任，出仕在外，官府事體煩多，把那奉真香火之敬，漸漸疏懶。每日清晨在神堂邊過，只在門外略略瞻禮，叫小童進去炷香完事，自己竟不入門。家人每多道：「老爺一向奉道虔誠，而今有些懈怠，恐怕神天嗔怪！」道元體貴心驕，全不在意，由家人每日議論，日逐只是如此。

淳熙十三年正月十五日上元之夜，北城居民，相約糾眾，在於張道者菴內，啟建黃籙大醮一壇，禮請任道元為高功，主持壇事。那日觀看的人，何止挨山塞海，內中有兩個女子，雙鬟高髻，並肩而立。丰神綽約，婉然並蒂芙蓉。任道元抬頭起來看見，驚得目炫心花，魂不附體，那裡還顧什麼醮壇不醮壇，齋戒不齋戒。便開口道：「兩位小娘子請穩便，到裡面來看一看。」兩女道：「多謝法師。」正輕移蓮步走進門來，道元目不轉睛，看上看下，口裡謅道：「小娘子提起了襴裙。」蓋是福建人叫女子「抹胸」做襴裙，提起了，是要摸他雙乳的意思，乃彼處鄉談討便宜的說話。內中一個女子正色道：「法師做醮，如何卻說恁地話！」拉了同伴，轉身便走。道元又笑道：「既來看法事，便與高功法師結個緣何妨。」兩女耳根通紅，口裡喃喃，微罵而去。到得醮事已畢，道元便覺左耳後邊有些作癢，又帶些疼痛。叫家人看看，只見一個紅蓓蕾，如粟粒大，將指頭按去，痛不可忍。次日歸家，情緒不樂。隔數日，對妻姪梁鯤道：「夜來神將見責，得夢甚惡。我大數已定，密書于紙，待請商日宣法師考照。」商日宣法師到了，看了一看，說道：「此非我所能辨，須聖童至，乃可決。」少頃，門外一村童到來，即跳升梁間，作神語道：「任道元，諸神保護汝許久，汝乃不謹香火，貪淫邪行，罪在不赦。」道元深悼前非，磕頭謝罪。神語道：「汝十五夜的說話說得好！」道元百拜乞命，願從今改過自新。神語道：「如今還講甚麼！吾亦不欠汝一個奉事，當以為奉法弟子之戒。且看你日前分上，寬汝二十日日期。」說罷，童子墮地醒來，懵然一毫無知。梁鯤拆開道元所封之書與商日宣看，內中也是二十日三個字。道元是夜夢見神將手持鐵鞭來追逐，道元驚惶奔走，神將趕來，環繞所居九仙山下一匝，被他趕著，一鞭打在腦後，猛然驚覺，自此瘡越加大了，頭脹如栲栳。每夜二鼓叫呼，宛若被鞭之狀。到得二十日將滿，梁鯤在家，夢見神將對他道：「汝到五更初，急到任家看吾撲道元！」鯤驚起，忙到任家來，道元一見哭道：「相見只有此一會了。」披衣要下床來，忽然跌倒。七、八個家人，共扶將起來，暗中恰像一隻大手拽出，撲在地上。仔細看看，已此無氣了。梁鯤送了他的終，看見利害，自此再不敢行法。

看官，你道任道元奉的是正法，行持了半世，只為一時間心中懈怠，口內褻瀆，又不曾實幹了甚麼汙穢法門之事，便受顯報如此；何況而今道流，專一做邪淫不法之事的，神天豈能容恕！所以幽有神譴，明有王法，不到得被你瞞過了。但是邪淫不法之事，偏是道流容易做，只因和尚服飾異樣，先是光著一個頭，好些不便。道流打扮起來，簪冠著袍，方纔認得是個道士。若是卸下裝束，仍舊巾帽長衣，分毫與俗人沒有兩樣，性急看不出破綻來。況且還有火居道士，原是有妻小的，一發與俗人無異了。所以做那奸淫之事，比和尚十分便當。

* * *

而今再說一個道流，借著符籙醮壇為由，拐上一個婦人，弄得死于非命。說來與奉道的人，做個鑒戒。有詩為證：

坎離交垢育嬰兒，只在身中相配宜。
生我之門死我戶，請無誤讀守其雌。

這本話文，乃是宋時河南開封府，有個女人吳氏。十五歲嫁與本處劉家，所生一子，名喚劉達生。達生年一十二歲上，父親得病身亡。母親吳氏，年紀未滿三十，且是生得聰俊飄逸，早已做了個寡婦。上無公姑，下無族黨，是他一個主持門戶，守著兒子度日。因念亡夫恩義，思量做些齋醮功果超度他。本處有個西山觀，乃是道流脩真之所。內中有個道士，叫做黃妙脩，符籙高妙，儀容俊雅。眾人推他為知觀。是日正在觀中與人家書寫文疏，忽見一個年小的婦人，穿著一身縞素，領了十一、二歲的孩子，走進觀來。俗語說得好：「若要俏，帶三分孝。」那婦人本等生得姿容美麗，更兼這白衣白髻，越顯得態度瀟灑。早是在道觀中，若是僧寺裡就要認做「白衣送子觀音」出現了。走到黃知觀面前，插燭也似拜了兩拜。知觀一眼瞅去，早已魂不附體。連忙答拜道：「何家宅眷？甚事來投？」婦人道：「小妾是劉門吳氏，因是丈夫新亡，欲求渡拔。故率領親兒劉達生，母子虔誠，特求法師廣施妙法，利濟冥途。」黃知觀聽罷，便懷著一點不良之心。答道：「既是賢夫新亡求薦，家中必然設立孝堂，此須在孝堂內設籙行持，方有專功實際。若只在觀中大概附醮，未必十分得益。憑娘子心下如何？」吳氏道：「若得法師降臨茅舍，此乃萬千之幸，小妾母子不勝感激。回家收拾孝堂，專等法師則個。」知觀道：「幾時可到宅上？」吳氏道：「再過八日，就是亡夫百日之期。意要設建七日道場，須得明日起頭，恰好至期為滿，得法師侵早下降便好。」知觀道：「一言已定，必不失期，明日准造宅上。」吳氏袖中取出銀一兩，先奉做紙劄之費，別了回家。一面收拾打掃，專等來做法事。

原來吳氏請醮薦夫，本是一點誠心，原無邪意。誰知黃知觀是個色中餓鬼，觀中一見吳氏姿容，與他說話時節，恨不得就與他做起光來。吳氏雖未就想到邪路上去，卻見這知觀丰姿出眾，語言爽朗，也暗暗地喝采道：「好個齊整人物！如何卻出了家？且喜他不妝模樣，見說做醮，便肯輕身出觀，來到我家，也是個出熱的人。」心裡也就有幾分歡喜了。

次日清早，黃知觀領了兩個年少道童，一個火工道人，挑了經箱卷軸之類，一徑到吳氏家來。吳氏只為兒子達生年紀尚小，一切事務都是自家支持。與知觀拜見了，接進孝堂。知觀與同兩個道童、火工道人，張掛三清眾靈，鋪設齊備，動起法器，免不得宣揚大概，啟請，攝召，放赦，招魂，鬧了一回。吳氏出來上香朝聖，那知觀一眼估定，越越賣弄精神，同兩個道童，齊聲朗誦經典畢，起身執著意旨，跪在聖像面前毯上宣白，叫吳氏也一同跪著通誠。跪的所在，與吳氏差不得半尺多路。吳氏聞得知觀身上衣服，撲鼻薰香，不覺偷眼瞧他。知觀有些覺得，一頭念著，一頭也把眼回看。你覷我，我覷你，恨不得就移將攏來，攪做一團。念畢各起。吳氏又到各神將面前上香稽首，帶眼看著道場。只見兩個道童，黑髮披肩，頭戴著小冠，且是生得唇紅齒白，清秀嬌嫩。吳氏心裡想道：「這些出家人到如此受用。這兩個大起來，不知怎生標致哩！」自此動了一點慾火，按納不住，只在堂中孝簾內，頻頻偷看外邊。原來人生最怕的是眼裡火。一動了眼裡火，隨你左看右看，無不中心像意的。真是長有長妙，短有短強。壯的豐美，瘦的俏俏，無有不妙。況且婦人家陰性專一，看上了一個人再心裡打撇不下的。那吳氏在堂中把知觀看了又看，只覺得風流可喜。他少年新寡，春心正盛，轉一個念頭，把個臉兒紅了又白，白了

西山觀設籙度亡魂

開封府備棺追活命

又紅。只在孝簾前踅來踅去，或露半面，或露全身，恰像要道士曉得他的意思一般。那黃知觀本是有心的，豈有不覺？礙著是頭一日來到，不敢就造次，只好眉梢眼角，做些功夫，未能勾入港❶。那兒子劉達生未知事體，正好去看神看佛，弄鐘弄鼓，那裡曉得母親這些關節。看看點上了燈，喫了晚齋，吳氏收拾了一間潔淨廊房，與他師徒安歇。那知觀打發了火工道人回觀，自家同兩個道童一床兒宿了，打點早晨起來朝真不題。

卻說吳氏自同兒子達生房裡睡了，上得床來，心裡想道：「此時那道士畢竟摟著兩個標緻小童幹那話兒了，我卻獨自個宿。」想了又想，陰中火發，著實難熬。噤了一噤，把牙齒咬得趷趷的響，出了一身汗。剛剛朦朧睡去，忽聽得床前腳步響。抬頭起看，只見一個人揭開帳子，颼的鑽上床來。吳氏聽得聲音，卻是日裡的知觀，輕輕道：「多蒙娘子秋波示意，小道敢不留心！趁此夜深人靜，娘子作成好事則個。」就將黃瓜般一條玉莖塞將過去，吳氏並不推辭，慨然承受。正到酣暢之處，只見一個小道童，也揭開帳來尋師父，見師父幹事興頭，喊道：「好內眷！如何偷出家人，做得好事！與我捉個頭，便不聲張。」就伸隻手去吳氏腰裡亂摸。知觀喝道：「我在此，不得無禮！」吳氏被道士弄得爽快，正待要丟了，喫此一驚，颯然覺來，卻是南柯一夢。把手摸摸陰門邊，只見兩腿俱濕，連席上多有了陰水，忙把手帕抹淨，嘆了一口氣道：「好個夢！怎能勾如此僥倖？」一夜睡不安穩。

天明起來，外邊鐘鼓響，叫丫鬟擔湯擔水，出去伏侍道士。那兩個道童倚著年小，也進孝堂來討東討西，看看熟分了。吳氏正在孝堂中坐著，只見一個道童進來討茶喫，吳氏叫住問他道：「你叫甚麼名

❶入港：勾搭上手。

字？」道童道：「小道叫做太清。」吳氏道：「那一位大些的？」道童道：「叫做太素。」吳氏道：「你兩個昨夜那一個與師父做一頭睡？」道童道：「一頭睡便怎麼？」吳氏道：「只怕師父有些不老成。」道童嘻嘻的笑道：「這大娘倒會取笑！」說罷，走了出去，把適間所言，私下對師父一一說了。不繇這知觀不動了心，想道：「說這般話的，定是有風情的，只是雖在孝堂中，相離咫尺，卻分個內外，如何好大大撩撥他撩撥？」以心問心，忽然道：「有計了。」須臾，吳氏出來上香，知觀一手拿著鈴杵，一手執笏，急急走去並立著，口中唱著浪淘沙詞云：

稽首大羅天，法眷姻緣。如花玉貌正當年，帳冷幃空孤枕畔，枉自熬煎。　為此建齋筵，追薦心虔，亡魂超度意無牽。急到藍橋來解渴，同做神仙。

這知觀把此詞朗誦，分明是打動他自薦之意。那吳氏聽得，也解其意，微微笑道：「師父說語，如何夾七夾八❷。」知觀道：「都是正經法門，當初前輩神仙，遺下美話，做吾等榜樣的。」吳氏老大明白，曉得知觀有意于他了，進去剝了半碗細菓，澆了一壺好清茶，叫丫鬟送出來與知觀喫。分付丫鬟對知觀說：「大娘送來與師父解渴的。」把這句話與知觀詞中之語，暗地照應，只當是寫個「肯」字。知觀聽得，不勝之喜。不覺手之舞之，足之蹈之，那裡還管甚麼「靈寶道經」、「紫霄祕籙」，一心只念的是「風月機關」、「洞房春意」。密叫道童打聽吳氏臥房，見說與兒子同房歇宿，有丫鬟相伴，思量不好竟自闖得進去。到晚來與兩個道童上床宿了，一心想著吳氏日裡光景，且把道童太清出出火氣，弄得床桯格格價響。摟著背脊，口裡說道：「我的乖！我與你兩個商量件事體。我看主人娘子，十分有意于我，若是弄

❷ 夾七夾八：言語行動沒有條理。

得到手，連你們也帶挈得些甜頭不見得。只是內外隔絕，他房中有兒子、有丫鬟，我這裡須有你兩個不便，如何是好？」太清接口道：「我們須不妨事。」知觀道：「他初起頭也，要避生人眼目。」太素道：「我見孝堂中有張魂床。且是帳褥鋪設得齊整，此處非內非外，正好做偷情之所。」知觀道：「我的乖！說得有理，我明日有計了。」對他兩個耳畔說道：「須得如此如此。」太清、太素齊拍手道：「妙，妙。」說得動火，知觀便與太清完了事。弄得兩個小夥子興發難遏，沒出豁，各放了一個手銃。

一夜無詞，次日天早起來，與吳氏相見了。對吳氏道：「今日是齋壇第三日了，小道有法術攝召，可以致得尊夫亡魂，來與娘子相會一番，娘子心下如何？」吳氏道：「若得如此，可知好哩。只不知法師如何作用？」知觀道：「須用白絹作一條橋在孝堂中，小道攝召亡魂渡橋來相會，卻是只好留一個親人守著，人多了陽氣盛，便不得來。又須關著孝堂，勿令人窺視，洩了天機！」吳氏道：「親人只有我與小兒兩人，兒子小，不曉得甚麼，就會他父親也無幹。奴家須是要會丈夫一面，待奴家在孝堂守著，看法師作用罷。」知觀道：「如此最妙。」吳氏到裡邊箱子裡，取出白絹二疋與知觀，知觀接絹在手，叫吳氏扯了一頭，他扯了一頭，量來量去，東摺西摺，只管與吳氏調眼色❸，交著手時，便輕輕把指頭彈著手腕。吳氏也不做聲。知觀又指撥把檯桌搭成一橋，恰好把孝堂路逕塞住。外邊就看簾裡邊不著了。知觀出來分付兩個道童道：「我閉著孝堂，召請亡魂，你兩個須守著門，不可使外人窺看，破了法術。」兩人心照，應聲：「曉得了。」吳氏也分付兒子與丫鬟道：「法師召請亡魂與我相會，要祕密寂靜，你們只在房裡，不可出來囉唣❹！」那兒子達生見說召得父親魂，口裡嚷道：「我也要見見爹爹！」吳氏

❸ 調眼色：眉目傳情。

道：「我的兒，法師說生人多了，陽氣盛，召請不來，故此只好你母親一個守靈。你要看，不打緊，萬一為此召不來，空成畫餅。且等這番果然召得爹爹來，以後卻教你相見便是。」吳氏心裡也曉得知觀必定是托故，有此蹊蹺，把甜言美語穩住兒子，又尋好些菓子與了他，把丫鬟同他反關住在房裡了，出來，進孝堂內坐著。知觀撲地把兩扇門拴上了，假意把令牌在桌上敲了兩敲，口裡不知念了些甚麼，笑嘻嘻對吳氏道：「請娘子魂床上坐著。只有一件，亡魂雖召得來，卻不過依稀影響，似夢裡一般，與娘子無益。」吳氏道：「但願亡魂會面，一敘苦情，論甚有益無益。」知觀道：「只好會面，不能勾與娘子重敘平日被窩的歡樂，所以說道無益。」吳氏道：「法師又來了，一個亡魂，只指望見見也勾了，如何說到此話？」知觀道：「我有本事弄得來，與娘子重歡重樂。」吳氏失驚道：「那有這事！」知觀道：「魂是空虛的，攝來附在小道身上，便好與娘子同歡樂了。」吳氏道：「亡魂是亡魂，法師是法師。這事如何替得？」知觀道：「從來我們有這家法術，多少亡魂來附體相會的。」吳氏道：「卻怎生好幹這事？」知觀道：「若有一些不像尊夫，憑娘子以後不信罷了。」吳氏罵道：「好巧言的賊道！到會脫騙人。」知觀便走去一把抱定，攙倒在魂床上，笑道：「我且權做尊夫一做。」吳氏此時已被引動了興，兩個就在魂床上面，弄將起來。

一個玄門聰俊，少嘗閨閤家風；一個空室嬌姿，近曠衾裯事業。風雷號令，變做了握雨攜雲；冰蘗真操，翻成了殘花破蕊。滿堂聖像，本屬虛無；一脈亡魂，還歸冥漠。噙著的，呼吸元精而不歇；耨著的，出入玄牝以無休。寂寂朝真，獨鳥來時丹路滑；般般慕道，百花深處一僧歸。

❹ 囉唣：多言多語的騷擾。

個中味真誇羨，玄之又玄；色裡身不耐煩，寡之又寡。

兩個雲雨纔罷，真正弄得心滿意足。知觀對吳氏道：「比尊夫手段有差池否？」吳氏啐了一口道：「賊禽獸！羞答答的，只管提起這話做甚？」知觀纔謝道：「多承娘子不棄，小道粉身難報。」吳氏道：「我既被你哄了，如今只要相處得情長則個。」知觀道：「我和你須認了姑舅兄妹，纔好兩下往來，瞞得眾人過。」吳氏道：「這也有理。」知觀道：「娘子今年尊庚？」吳氏道：「二十六歲了。」知觀道：「小道長一歲，叨認做你的哥哥罷。我有道理。」爬起來，又把令牌敲了兩敲，把門開了，對著兩個道童道：「方纔召請亡魂來，原來主人娘子是我的表妹，一向不曉得，到是亡魂明白說出來的。問了詳細，果然是。而今是至親了。」道童笑嘻嘻道：「自然是至親了。」吳氏也叫兒子出來，把適纔道士搗鬼的說話，也如此學與兒子聽了，道：「這是你父親說的，你可過來認了舅舅。」那兒子小，曉得甚麼好歹，此後依話，只叫舅舅。從此日日推說召魂，就弄這事。晚間，吳氏出來，道士進來，只把孝堂魂床為交歡之處，一發親密了。那兒子但聽說召魂便道要見爹爹。只哄他道：「你是陽人，見不得的！」兒子只得也罷了。心裡卻未免有些疑心道：「如何只卻了我？」到了七晝夜，壇事已完，百日孝滿。吳氏謝了他師徒三眾，收了道場，暗地約了相會之期，且瞞生眼到觀去了。吳氏就把兒子送在義學堂中先生處，仍舊去讀書，早晨出去，晚上回來。吳氏日裡自有兩個道童常來通信，或是知觀自來，只等晚間兒子睡了，便開門放進來，恣行淫樂。只有丫鬟曉得風聲，已自買囑定了。如此三年，竟無間阻。不題。

且說劉達生年紀漸漸大了，情竇已開，這事情也有些落在眼裡了。他少年聰慧，知書達禮，曉得母親有這些手腳，心中常是憂悶，不敢說破。一日在書房裡，有同伴裡頭戲謔，稱他是小道士，他臉兒通紅，走回家來，對母親道：「有句話對娘說，這個舅舅不要他上門罷。有人叫兒子做小道士，須是被人笑話！」吳氏見說罷，兩點紅直從耳根背後透到滿臉，把兒子鑿了兩個栗暴，道：「小孩子不知事！舅舅須是你娘的哥哥，就往來誰人管得！那個天殺的對你講這話！等娘尋著他，罵他一個不歇。」達生道：「前年未做道場時，不曾見說有這個舅舅。就果是舅舅，娘只是與他兄妹相處，外人如何有得說話？」吳氏見道著真話，大怒道：「好兒子，幾口氣養得你這等大，你聽了外人的說話，嘲撥母親，養這忤逆的做甚！」反敲檯拍櫈哭將起來。達生慌了，跪在娘面前道：「是兒子不是了，娘饒恕則個。」吳氏見他討饒，便住了哭道：「今後切不要聽人亂話！」達生忍氣吞聲，不敢再說。心裡想道：「我娘如此口強，須是捉破了他，方得杜絕。我且冷眼張他則個。」

一夜，人靜後，達生在娘房睡了一覺，醒來，只聽得房門響，似有人走了出去的模樣。他是有心的，輕輕披了衣裳走起來張看，只見房門開了。料想是娘又去做歹勾當了。轉身到娘床裡一摸，果然不見了娘，他也不出來尋，心生一計，就把房門閂好，又掇張櫈子頂住了，自上床去睡覺。原來是夜吳氏正約了知觀，黃昏後來。堂中靈座已除，專為要做這勾當，床仍鋪著這所在，反加些圍屏，圍得緊簇。知觀先在裡頭睡好了，吳氏卻開了門出來就他，兩個顛鸞倒鳳，弄這一夜。到得天色將明，起來放了他出去，回進房來。每常如此放肆慣了，不以為意。誰知這夜走到房前，卻見房門關好，推著不開，曉得是兒子知風，老大沒趣。呆呆坐著，等他天亮，默默的咬牙切齒的恨氣，卻無說處。直到天大明了，達生起來開了門，見了娘，故意失驚道：「娘如何反在房門外坐地？」吳氏只得說個謊道：「昨夜外邊腳步響，恐怕有賊，所以開門出來看看。你卻如何把門關了？」達生道：「我也見門開了，恐怕有賊，所以把門關好了，又頂得牢牢的。只道娘在床上睡著，如何反在門外？既然娘在外邊，如何不叫開了門？卻坐在這裡這一夜，是甚意思？」吳氏見他說了，自想一想，無言可答，只得罷了。心裡想道：「這個業種，須留他在房裡不得了。」忽然一日對他說道：「你年紀長成，與娘同房睡，有些不雅相。堂中這張床鋪得好好的，你今夜在堂中睡罷。」吳氏意思打發了他出來，此後知觀來，只須留在房裡，一發安穩像意了。誰知這兒子是個乖覺的，點頭會意，就曉得其中就裡。一面應承，日裡仍到書房中去，晚來自在堂中睡了，越加留心察聽。其日，道童來到，吳氏叫他回去說前夜被兒子關在門外的事，又說：「因此打發兒子另睡，今夜來只須小門進來，竟到房中。」到夜，知觀來了，達生雖在堂中，卻不去睡，各處挨著看動靜。只聽得小門響，達生躲在黑影裡頭，看得明白，曉得是知觀進門了。隨後丫鬟關好了門，竟進吳氏房中，掩上了門睡了。達生心裡想道：「娘的姦事，我做兒子的不好捉得。只去炒他個不安靜罷了。」過了一會，聽得房裡已靜，連忙尋一條大索，把那房門扣得緊緊的。心裡想道：「眼見得這門拽不開，賊道出去不得了，必在窗裡跳出，我且蒿惱他則個。」走到庭前去，掇一個尿桶，一個半破了的屎缸，量著跳下的所在擺著，自卻去堂裡睡了。那知觀淫蕩了一夜，聽見雞啼了兩番，恐怕天明，披衣走出。把房門拽了又拽，再拽不開。不免叫與吳氏知道。吳氏自家也來幫拽，只拽得門響，門外似有甚麼縛住的。吳氏道：「卻又作怪，莫不是這小業畜又來弄手腳！既然拽不開，且開窗出去了。明早又處，而今看看天亮，遲不得了。」知觀朦朧著兩眼，走來開了窗，撲的跳下來。只聽得撲通的一響，一隻右腳早踹在尿桶裡了，這一隻左腳做不得力，頭輕腳重，又躧在屎缸裡。忙抽起右腳待走，尿桶卻深。那時著了慌，連尿桶拌倒了，一交跌去，屎屎汙了半身，嘴唇也磕綻了，卻不敢聲高。忍著痛，侮著鼻，急急走去，開了小門，一道煙走了。

吳氏看見拽門不開，已自著惱，及至開窗出去了，又聽得這劈撲之響，有些疑心，自家走到窗前看時，此時天色尚黑，但只滿鼻聞得些臭氣，正不知是甚麼緣故，彆著一肚悶氣，又上床睡去了。達生直等天大明了，起來到房門前，仍把繩索解去。看那窗前時，滿地屎尿，桶也倒了，肚裡又氣，又忍不住好笑，趁著娘未醒，他不顧汙穢，輕輕把屎缸尿桶，多搬過了。又一會，吳氏起來開門，卻又一開就是，反疑心夜裡為何開不得，想是性急了些。及至走到窗前，只見滿地多是尿屎，一路到門，是濕印的鞋跡，想是是個人，急出這些尿屎來的。」吳氏對口無言，臉兒紅了又白，不好回得一句，著實忿恨。自此怪叫兒子達生來問道：「這窗前尿屎是那裡來的？」達生道：「不知道，但看這一路濕印，多是男人鞋跡，煞了這兒子，一似眼中之釘，恨不得即時拔去了。

卻說那夜黃知觀喫了這一場虧，香噴噴一身衣服，沒一件不汙穢了，悶悶在觀中洗淨整治，又是嘴唇跌壞，有好幾日不到劉家來走。吳氏一肚子惱恨，正要見他分訴商量，卻不見到來，又想又氣。一日，知觀叫道童太素來問信，吳氏對他道：「你師父想是著了惱不來。」太素道：「怕你家小官人利害，故此躲避幾日。」吳氏道：「他日裡在學堂中，到不如日間請你師父過來商量句話。」那太素是個十八、九歲的人，曉得吳氏這些行徑，也自丟眉丟眼，來挑吳氏，道：「十分師父不得工夫，小道童權替遭兒也使得。」吳氏道：「小奴才！你也來調戲我，我對你師父說了，打你下截。」太素笑道：「我的下截須與大娘下截一般，師父要用的，料不捨得打。」吳氏道：「沒廉恥小奴才！虧你說。」吳氏一了見他標緻，動火久了，只是還嫌他小些，而今卻長得好了，見他說風話，不覺有意，便一手勾他攏來做一個嘴，伸手去摸，太素此物翹然，卻待要扯到床上幹那話兒，不匡❺黃知觀見太素不來，又叫太清來尋他，到堂中叫喚。太素聽得聲音，恐怕師父知道嗔怪，慌忙住了手，衝散了好事。兩個同到觀中，回了師父。次日，果然知觀日間到劉家來。吳氏關了大門，接進堂中坐了，問道：「如何那夜一去了，再無消息？直到昨日纔著道童過來。」知觀道：「你家兒子刁鑽異常，他日漸漸長大，好不利害！我和你往來不便，這件事弄不成了。」吳氏正貪著與道士往來，連那兩個標緻小道童一鼓而擒之，卻見說了這話，心裡怫然，便道：「我無尊人拘管，只礙得這個小業畜！不問怎的，結果了他，等我自由自在！這幾番我也忍不過他的氣了。」知觀道：「是你親生兒子，怎捨得結果他？」吳氏道：「親生的，正在乎知疼著熱❻，纔是兒子，卻如此拗彆攪炒❼，何如沒有他倒乾淨。」知觀道：「這須是你自家發得心盡，我們不好攛掇得，恐有後悔。」吳氏道：「我且再耐他一、兩日，你今夜且放心前來快活。就是他有些知覺，也顧不得他，隨他罷了。他須沒本事奈何得我！」你一句，我一句，說了大半日話，知觀方去，等夜間再來。

這日達生那館中先生要歸去，散學得早。路上撞見知觀走來，料是在他家裡出來，早上了心。卻當面勉強叫聲「舅舅」，作了個揖。知觀見了，一個忡心，還了一禮，不講話，竟去了。達生心裡想道：「是前日這番，好兩夜沒動靜。今日又到我家，今夜必然有事。我不好屢次捉破，只好防他罷了。」一路回到家裡，吳氏問道：「今日如何歸得恁早？」達生道：「先生回家了，我須有好幾日不消館中去得。」

---

❺ 不匡：不料。

❻ 知疼著熱：事事體貼。

❼ 拗彆攪炒：倔強爭吵。

吳氏心中暗暗不悅，勉強問道：「你可要些點心喫？」達生道：「我正要點心喫了睡覺去，連日先生要去，積攢讀書辛苦，今夜圖早睡些個。」吳氏見說此句，便有些像意了，叫他去喫了些點心。果然達生到堂中床裡，一覺睡了。吳氏暗暗地放了心，安排晚飯自喫了。收拾停當，暫且歇息，叫丫鬟半掩了門，專等知觀來。誰知達生假意推睡！聽見人靜了，卻輕輕走起來，前後門邊一看，只見前門鎖著，腰門從內關著。他撬開了，走到後邊小門一看，只見門半掩著不關，他就輕輕把拴拴了，掇張櫈子，緊緊在傍邊坐地。坐了更餘，只聽得外邊推門響，又不敢重用力，或時把指頭彈兩彈。達生只不做聲，看他怎地。忽對門縫裡低言道：「我來了，如何卻關著？可開開。」達生聽得明白，假意插著口氣道：「今夜來不得了，回去罷，莫惹是非！」從此不聽見外邊聲息了。吳氏在房裡懸懸盼望偷期，慾心如火，見更餘無動靜，只得叫丫鬟到小門邊看看。丫鬟走來，黑處一把摸著達生，嚇了一跳。達生厲聲道：「好賊婦！此時走到門邊來做甚勾當？」驚得丫鬟失聲而走，進去對吳氏道：「法師不見來，到是小官人坐在那裡，幾乎驚殺！」吳氏道：「這小業畜一發可恨了！他如何又使此心機，來攪破我事？」磨拳擦掌的氣，卻待發作，又是自家理短，只得忍耐著。又恐怕失了知觀期約，使他空返，徬徨不寧，那裡得睡。達生見半晌無聲息，曉得去已久了，方纔自上床去睡了。吳氏再叫丫鬟打聽，說小官人已不在門口了，寂地開出外邊，走到街上東張西望，那裡得有個人？回覆了吳氏，吳氏倍加掃興，忿怒不已，眼不交睫，直至天明。見了達生，不覺發話道：「小孩子家，晚間不睡，坐在後門口做甚？」達生道：「又不做甚歹事，坐坐何妨！」吳氏脹得面皮通紅，罵道：「小殺才！難道我又做甚歹事不成！」達生道：「誰說娘做歹事？只是夜深無事，兒子便關上了門坐著看看，不為大錯。」吳氏只好肚裡恨，卻說他不過。只得強口道：「娘不到得逃走了，誰要你如此監守！」含著一把眼淚，進房去了，再待等個道童來問這夜的消息。卻是這日達生不到學堂中去，只在堂前攤本書兒看著。又或時前後行走，看見道童太清走進來，就攔住道：「有何事到此？」太清道：「要見大娘子。」達生道：「有話我替你傳說。」吳氏裡頭聽得聲音，知是道童，連忙叫丫鬟喚進，怎當得達生一同跟了進去，不走開一步。太清不好說得一句私話，只大略道：「師父問大娘子、小官人的安。」達生接口道：「都是安的，不勞記念，請回罷了。」太清無奈，四目相覷，怏怏走出去了。吳氏越加恨毒。從此一連十來日，沒處通音耗。

又一日，同窗伴夥傳言來道：「先生已到館。」達生辭了母親，又到書堂中去了。吳氏只當接得九重天上赦書。原來太清、太素兩個道童，不但為師父傳情，自家也指望些滋味，時常穿梭也似在門首往來探聽的。前日喫了達生這場淡，打聽他在家，便不進來。這日達生出去，吳氏正要傳信，太清也來了。吳氏經過兒子幾番道兒，也該曉得謹慎些，只是色膽迷天，又欺他年小，全不照顧，又約他：「叫知觀今夜到來，反要在大門裡來，他不防備的。只是要夜深些。」期約已定。達生回家已此晚了，同娘喫了夜飯。吳氏領了丫鬟，故意點了火，把前後門關鎖好了，叫達生去睡，他自進房去了。達生心疑道：「今日我不在家，今夜必有勾當，如何反肯把門關鎖？也只是要我不疑心，我且不要睡著，必有緣故。」坐到夜深，悄自走去看看，腰門掩著不拴，後門原自關好上鎖的。達生想道：「今夜必在前邊來了。」閃出堂前黑影裡蹲著。看時，星光微亮，只見母親同丫鬟走將出來。母親立住中堂門首，意是防著達生。丫鬟走去門邊聽聽，只聽得彈指響，輕輕將鎖開了，拽開半邊門，一個人早閃將入來。丫鬟隨關好了門，三個人做一塊，侮手侮腳的走了進去。達生連忙開了大門，就把掛在門內警夜的鑼，拌在手裡，篩得一片價響，口中大喊：「有賊！」原來開封地方，係是京都曠遠，廣有偷賊，所以官司立令，每家門內各置一鑼，但一家有賊，篩得鑼響，十家俱起救護。如有失事，連坐賠償，最是嚴緊的。這裡知觀正待進房，只聽得本家門首鑼響，曉得不尷尬，驚得魂不附體，也不及開一句口，掇轉身望外就走。去開小門時，是夜卻是鎖了的。急望大門奔出，且喜大門開的，恨不得多生兩隻腳跑。達生也只是趕他，怕娘面上不好看，原無意捉住他。見他奔得慌張，卻去拾起一塊石頭，儘力打將去，正打在腿上。把腿一縮，一隻履鞋，早脫掉了。那裡還有工夫敢來拾取？拖了襪子走了。比及有鄰人走起來問，達生只回說：「賊已逃去了。」帶了一隻履鞋，仍舊關了門進來。這吳氏正待與知觀歡會，喫那一驚也不小，同丫鬟兩個抖做了一團。只見鑼聲已息，大門已關，料道知觀已去，略略放心。達生故意走進來問道：「方纔趕賊，娘受驚否？」吳氏道：「賊在那裡？如此大驚小怪！」達生把這隻鞋提了，道：「賊拿不著，拿得一隻鞋在此，明日須認得出。」吳氏已知兒子故意炒破的，愈加忿恨，又不好說得他。此後知觀不敢來了。吳氏想著他受驚，好生過意不去，又恨著兒子，要商量計較擺佈他，卻隄防著兒子，也不敢再約他來。

過了兩日，卻是亡夫忌辰，吳氏心生一計，對達生道：「你可先將紙錢，到你爹墳上打掃，我隨後備著羹飯，抬了轎就來。」達生心裡想道：「忌辰何必到墳上去？且何必先要我去？此必是先打發了我出門，自家私下到觀裡去。我且應允，不要說破。」達生一面對娘道：「這等，兒子自先去，在那裡等候便是。」口裡如此說了，一徑出門，卻不走墳上，一直望西山觀裡來了。走進觀中，黃知觀見了，喫了一驚。──你道為何？還是那夜嚇壞了的。──定了性，問道：「賢甥何故到此？」達生道：「家母就來。」知觀心裡懷著鬼胎道：「他母子兩個幾時做了一路？若果然他要來，豈叫兒子先到？這事又蹊蹺了。」似信不信的，只見觀門外一乘轎來，抬到跟前下了，正是劉家吳氏。纔走出轎，猛抬頭，只見兒子站在面前，道：「娘也來了。」吳氏那一驚，又出不意，心裡道：「這冤家如何先在此？」只得搗個鬼道：「我想今日是父親忌日，必得符籙超拔，故此到觀中見你舅舅。」達生道：「兒子也是這般想，忌日上墳無幹，不如來央舅舅的好，所以先來了。」吳氏好生懷恨，卻沒奈他何。知觀也免不得陪茶陪水，假意兒寫兩道符籙，通個意旨，燒化了，卻不便做甚手腳。亂了一回，吳氏要打發兒子先去。達生不肯道：「我只是隨著娘轎走。」吳氏不得已，只得上了轎去了，枉奔波了一番，一句話也不說得，在轎裡一步一恨，這番決意要斷送兒子了。那轎走得快，達生終久年紀小，趕不上，又肚裡要出恭，他心裡道：「前面不過家去的路，料無別事，也不必跟隨得。」就住在後面了。也是合當有事，只見道童太素在前面走將來，吳氏轎中看見了，問轎夫道：「我家小官人在後面麼？」轎夫道：「跟不上，還在後頭，望去不見。」吳氏大喜，便叫太素到轎邊來，輕輕說道：「今夜我用計遣開了我家小業畜，是必要你師父來商量一件大事則個。」太素道：「師父受驚多次，不敢進大娘的門了。」吳氏道：「若是如此，今夜且不要進門，只在門外，以抛磚為號，我出來門邊相會說話了，再看光景進門，萬無一失。」又與太素丟個眼色。太素眼中出火，恨不得就在草地裡做半點兒事，只礙著轎夫。吳氏又附耳叮囑道：「你夜間也來，管你有好處。」太素顛頭聳腦的去了。吳氏先到家中，打發了轎夫，達生也來了。天色將晚，吳氏是夜備了些酒菓，在自己房中，叫兒子同喫夜飯。好言安慰他道：「我的兒，你爹死了，我只看得你一個，你何苦凡事與我彆強！」達生道：「專為爹死了，娘須立個主意，撐持門面。做兒子的，敢不依從。只為外邊人有這些言三語四，兒子所以不伏氣。」吳氏回嗔作喜道：「不瞞你說，我當日實是年紀後生，有了些不老成。故見得外邊造出作業的話來。今年已三十來了，懊悔前事無及。如今立定主意，只守著你清淨過日罷。」達生見娘是悔過的說話，便堆著笑道：「若得娘如此，兒子終身有幸。」吳氏滿斟一杯酒與達生，道：「你不怪娘，須滿飲此杯。」達生喫了一驚，想道：「莫不娘懷著不好意，把這杯酒毒我？」接在手不敢飲。吳氏見他沉吟，曉得他疑心，便道：「難道做娘的有甚歹意不成？」接他的酒來，一飲而盡。達生知是疑心差了，好生過意不去，連把壺來自斟道：「該罰兒子的酒。」一連喫了兩、三杯。吳氏道：「我今已自悔，故與你說過。你若體娘的心，不把從前事體記懷，你陪娘喫個盡興。」達生見娘如此說話，心裡也喜歡，斟了就喫，不敢推托。原來吳氏喫得酒，達生年小，喫不得多，所以吳氏有意把他灌醉。已此呵欠連天，只思倒頭去睡了。吳氏又灌了他幾杯，達生只覺天旋地轉，支持不得。吳氏叫丫頭，扶他在自己床上睡了，出來把門上了鎖，口裡道：「慚愧！也有日著了我的道兒！」正出來靜等外邊消息。只聽得屋上瓦響，曉得是外邊拋磚進來，連忙叫丫鬟開了後門，只見太素走進來道：「師父在前門外，不敢進來。大娘出去則個。」吳氏叫丫鬟看守定了房門，與太素暗中走到前邊來。太素將吳氏一抱，吳氏回轉身抱著道：「小奴才！我有意久了，前日不曾成得事，今且先勾了帳。」就同他走到兒子平日睡的堂前空床裡頭，雲雨起來。

一個是未試的真陽，一個是慣偷的老手。新簇簇小夥，偏是這一番極景堪貪；老辣辣淫精，更有那十分騷風自快。這裡小和尚且衝頭水陣，繇他老道士拾取下風香。

事畢，整整衣服，兩個同走出來。開了前門，果然知觀在門外，呆呆立著等候。吳氏走出來，叫他進去，知觀遲疑不肯。吳氏道：「小業畜已醉倒在我房裡了，我正要與你算計，趁此時了帳他。快進來商量！」知觀一邊隨了進來，一邊道：「使不得！親生兒子，你怎下得了帳他？」吳氏道：「為了你，說不得。況且受他的氣不過了。」知觀道：「就是做了這事，有人曉得，後患不小。」吳氏道：「我是他親生母，就是故殺了他，沒甚大罪！」知觀道：「我與你的事，須有人曉得。若擺佈了兒子，你不過是『故殺子孫』。倘有對頭根究到我同謀，我須償他命去！」吳氏道：「若如此怕事，留著他沒收場，怎得像意？」知觀道：「何不討一房媳婦與他？我們同弄他在混水裡頭一攪，他便做不得硬漢，管不得你了。」吳氏道：「一發使不得。取來的未知心性如何，倘不與我同心合意，反又多了一個做眼的了，更是不便。只是除了他的是高見，沒有了他，我雖是不好嫁得你出家人，只是認做兄妹往來，誰禁得我？這便可以日長歲久的了。」知觀道：「若如此，我有一計，當官做罷。」吳氏道：「怎的計較？」知觀道：「此間開封官府，平日最恨的是忤逆之子，告著的不是打死，便是問重罪坐牢。你如今只出一狀，告他不孝，他須沒處辨。你是親生的，又不是前親晚後，自然是你說的話是，別無疑端，就不得他打死，等他坐坐監，也就性急不得出來，省了許多礙眼。況且你若捨得他，執意要打死，官府也無有不依做娘的說話的。」吳氏道：「倘若小業畜極了，說出這些事情來怎好？」知觀道：「做兒子怎好執得娘的奸，他若說到那些話頭，你便說是兒子不才，汙口橫衊。官府一發怪是真不孝了，誰肯信他？況且捉奸抱雙，我和你又無實跡憑據，隨他說長說短，官府不過道是攔詞抵辨，決不反為了兒子究問娘奸情的。這決然可以放心！」吳氏道：「今日我叫他去上父墳，他卻不去，反到觀裡來。只這件不肯拜父墳，便是一件不孝實跡，就好坐他了。只是要瞞著他做。」知觀道：「他在你身邊，不好弄手腳，我與衙門人廝熟，我等暗投文時，設法准了狀，差了人徑來拿他，那時你纔出頭折證❽，神鬼不覺。」吳氏道：「必如此方停當。只是我兒子死後，你須至誠待我，凡百要像我意纔好。倘若有些好歹，卻不枉送了親生兒子！」知觀道：「你要如何像意？」吳氏道：「我夜夜須要同睡，不得獨宿。」知觀道：「我觀中還有別事，怎能勾夜夜來得？」吳氏道：「你沒工夫，隨分著個徒弟來相伴，我耐不得獨自寂寞。」知觀道：「這個依得，我兩個徒弟都是我的心腹，極是知趣的，你看得上，不要說叫他來相伴，就是我來時節，兩、三個混做一團，通同取樂，豈不妙哉！」吳氏見說，淫興勃發，就同到堂中床上，極意舞弄了一回。嬌聲細語道：「我為你這冤家，兒子都捨了，不要忘了我！」知觀罰誓道：「若負了大娘此情，死後不得棺殮！」知觀弄了一火，已覺倦怠。吳氏興還未盡，對知觀道：「何不就叫太素來試試？」知觀道：「最妙。」知觀走起來，輕輕拽了太素的手道：「吳大娘叫你。」太素走到床邊，知觀道：「快上床去相伴大娘。」那太素雖然已幹過了一次，他是後生，豈怕再舉。托地跳將上去，又弄起來。知觀坐在床沿上道：「作成你這樣好處！」卻不知已是第二番了。吳氏一時應付兩個，纔覺心滿意足。對知觀道：「今後我沒了這小業種，此等樂事可以長做，再無拘礙了。」事畢，恐怕兒子酒醒，打發他兩個且去，「明後日專等消息，萬勿有誤！」千叮萬囑了，送出門去。知觀前行，吳氏又與太素捻手捻腳的。暗中抱了一抱，又做了一個嘴，方纔放了去。關了門進來，丫鬟還在房門口坐著打盹。開進房時，兒子兀自未醒，他自到房中床裡睡了。明日達生起來，見在娘床裡，喫了一驚道：「我昨夜直恁喫得醉！細思娘昨夜的話，不知是真是假，莫不乘著我醉，又做別事了？」吳氏見了達生，有心與他尋事，罵道：「你噇醉了，不知好歹，倒在我床裡了，卻叫我一夜沒處安身。」達生甚是過意不去，不敢回答。

❽ 折證：對證。

又過了一日，忽然清早時分，有人在外敲得門響，且是聲高。達生疑心，開了門，只見兩個公人一擁入來，把條繩子望達生脖子上就套。達生驚道：「上下，為甚麼事？」公人罵道：「該死的殺囚！你家娘告了你不孝，見官便要打死的。還問是甚麼事？」達生慌了，哭將起來道：「容我見娘一面！」公人道：「你娘少不得也要到官的。」就著一個押了進去。吳氏聽見敲門，又聞得堂前嚷起，兒子哭聲，已知是這事了，急走出來。達生抱住哭道：「娘，兒子雖不好，也是娘生下來的，如何下得此毒手？」吳氏道：「誰叫你凡事逆我，也叫你看看我的手段！」達生道：「兒子那件逆了母親？」吳氏道：「只前日叫你去拜父墳，你如何不肯去？」達生道：「娘也不曾去，怎怪得兒子！」公人不知就裡，在傍邊插嘴道：「拜爹墳是你該去，怎麼推得娘？我們只說是前親晚後，今見說是親生的，必然是你不孝，沒得說，快去見官。」就同了吳氏，一齊拖到開封府來。正值府尹李傑升堂。那府尹是個極廉明聰察的人，他生平最怪的是忤逆人。見是不孝狀詞，人犯帶到，作了怒色待他，及到跟前，卻是十五、六的孩子。心裡疑道：「這小小年紀，如何行徑，就惹得娘告不孝！」敲著氣拍，問道：「你娘告你不孝，是何理說？」達生道：「小的年紀雖小，也讀了幾行書，豈敢不孝父母！只是生來不幸，既亡了父親，又失了母親之歡，以致興詞告狀，即此就是小的罪大惡極。憑老爺打死，以安母親，小的別無可理說。」說罷，淚如雨下。府尹聽說了這一篇，不覺惻然，心裡想道：「這個兒子會說這樣話的，豈是個不孝之輩？必有緣故。」又想道：「或者是個乖巧會說話的，也未可知。」隨喚吳氏，只見吳氏頭兜著手帕，嬝嬝婷婷走將上來。揭去了帕，府尹叫抬起頭來，見是後生婦人，又有幾分顏色，先自有些疑心了。且問道：「你兒子怎麼樣不孝？」吳氏道：「小婦人丈夫亡故，他就不繇小婦人管束，凡事自做自主。小婦人開口說他，便自惡言怒罵。小婦人道是孩子家，不與他一般見識。而今日甚一日，管他不下，所以只得請官法處治。」府尹又問達生道：「你娘如此說你，你有何分辨？」達生道：「小的怎敢與母親辨！母親說的就是了。」府尹道：「莫不你母親有甚偏私處？」達生道：「母親極是慈愛，況且是小的一個，有甚偏私？」府尹又叫他到案桌前，密問道：「中間必有緣故，你可直說，我與你做主。」達生叩頭道：「其實別無緣故，多是小的不是。」府尹道：「既然如此，天下無不是底父母，母親告你，我就要責罰了。」達生道：「小的該責。」府尹見這般形狀，心下愈加狐疑，卻是免不得體面，喝叫打著。當下拖番打了十竹篦。府尹冷眼看吳氏時節，見他面上毫無不忍之色，反跪上來道：「求老爺一氣打死罷！」府尹大怒道：「這潑婦！此必是你夫前妻或妾出之子，你做人不賢，要做此忍心害理之事麼？」吳氏道：「爺爺，實是小婦人親生的，問他就是。」府尹就問達生道：「這敢不是你親娘？」達生大哭道：「是小的生身之母，怎的不是？」府尹道：「卻如何這等恨你？」達生道：「連小的也不曉得。只是依著母親，打死小的罷！」府尹心下著實疑惑，曉得必有別故，反假意喝達生道：「果然不孝，不怕你不死！」吳氏見府尹說得利害，連連叩頭道：「只求老爺早早決絕，小婦也得乾淨。」府尹道：「你還有別的兒子，或是過繼的否？」吳氏道：「並無別個。」府尹道：「既只有一個，我戒誨他一番，留他性命，養你後半世也好。」吳氏道：「小婦人情願自過日子，不情願有兒子了。」府尹道：「死了不可復生，你不可有悔！」吳氏咬牙切齒道：「小婦人不悔。」府尹道：「既沒有悔，明日買一棺木，當堂領屍。今日暫且收監。」就把達生下在牢中，打發了吳氏出去。吳氏喜容滿面，望外就走，府尹直把眼看他出了府門，忖道：「這婦人氣質是個不良之人，必有隱情。那小孩子不肯說破，是個孝子。我必要剖明這一件事。」隨即叫一個眼明手快的公人，分付道：「那婦人出去，不論走遠走近，必有個人同他說話的。你看何等樣人物，說何說話？不拘何等，有一件，報一件。說得的確，重重有賞。倘有虛偽隱瞞，我知道了，致你死地！」那府尹威令素嚴，公人怎敢有違？密地尾了吳氏走去，只見吳氏出門數步，就有個道士接著問道：「事怎麼了？」吳氏笑嘻嘻的道：「事完了，只要你替我買具棺材，明日領屍。」道士聽得，拍手道：「好了，好了。棺材不打緊，明日我自著人抬到府前來。」兩人做一路，說說笑笑去了。公人卻認得這人是西山觀道士，密將此話細細報與李府尹。李府尹道：「果有此事！可知要殺親子，略無顧惜。可恨！可恨！」就寫一紙付公人道：「明日婦人進衙門，我喝叫：『抬棺木來！』此時可拆開，看了行事。」次日升堂，吳氏首先進來稟道：「昨承爺爺分付，棺木已備，來領不孝子屍首。」府尹道：「你兒子昨夜已打死了。」吳氏毫無戚容，叩頭道：「多謝爺爺做主！」府尹道：「快抬棺木進來！」公人聽見此句，連忙拆開昨日所封之帖一看，乃是硃票，寫道：「立拿吳氏奸夫，係道士看抬棺者，不得放脫！」那公人是昨日認殺的，那裡肯差。亦且知觀指點扛棺的，正在那裡點手擡腳時節，公人就一把擒住了，把硃筆帖與他看，知觀掙扎不得，只得隨來，見了府尹。府尹道：「你是道士，何故與人買棺材？又替他顧人扛抬。」知觀一時賴不得，只得說道：「那婦人是小道姑舅兄妹，央浼小道，所以幫他。」府尹道：「虧了你是舅舅，所以幫他殺外甥。」知觀道：「這是他家的事，與小道無干。」府尹道：「既是親戚，他告狀時，你卻調停不得！取棺木時，你就幫襯有餘！卻不是你有奸與謀的？這奴才死有餘辜！喝教取夾棍來夾起，嚴刑拷打，要他招出真情。」知觀熬不得，一一招了。府尹取了親筆畫供，供稱：「是西山觀知觀黃妙修，因奸唆殺是實。」吳氏在庭下看了，只叫得：「苦！」府尹隨叫：

「取監犯！」把劉達生放將出來。達生進監時，道府尹說話好，料必不致傷命。及至經過庭下，見是一具簇新的棺木擺著，心裡慌了道：「終不成今日當真要打死我！」戰兢兢地跪著，只見府尹問道：「你可認得西山觀道士黃妙脩？」達生見說著就裡，假意道：「不認得。」府尹道：「是你仇人，難道不認得？」達生轉頭看時，只見黃知觀被夾壞了，在地下哼。喫了一驚，正不知個甚麼緣故。只得叩頭道：「爺爺青天神見，小的再不敢說。」府尹道：「我昨日再三問你，你卻不肯說出，這還是你孝處。豈知被我一一查出了！」又叫吳氏起來道：「還你一個有屍首的棺材。」吳氏心裡還認做打兒子，只見府尹喝叫把黃妙脩拖番，加力行杖，打得肉綻皮開，看看氣絕。叫幾個禁子，將來帶活放在棺中，用釘釘了。嚇得吳氏面如土色，戰抖抖的牙齒捉對兒廝打，府尹看釘了棺材，就喝吳氏道：「你這淫婦！護了奸夫，忍殺親子，這樣人留你何用？也只是活敲死你！皁隸拿下去！著實打！」皁隸似鷹拿燕雀，把吳氏向階下一捽，正待用刑，那劉達生見要打娘，慌忙走去，橫眠在娘的背上了。口裡連連喊道：「小的代打！小的代打！」皁隸不好行杖，添幾個走來，著力拖開。達生只是吊緊了娘的身子，大哭不放。府尹看見如此真切，叫皁隸且住了。喚達生上來道：「你母親要殺你，我就打他幾下，你正好出氣，如何如此護他？」達生道：「生身之母，怎敢記仇？況且爺爺不責小的不孝，反責母親，小的至死心裡不安。望爺爺臺鑒！」叩頭不止，府尹喚吳氏起來道：「本該打死你，看你兒子分上，留你性命。此後要去學好，倘有再犯，必不饒你！」吳氏起初見打死了道士，心下也道是自己不得活了，見兒子如此要替，如此討饒，心裡悲傷，還不知怎地？聽得府尹如此分付，念著兒子好處，不覺吊下淚來。對府尹道：「小婦人該死！負了親兒，今後情願守著兒子成人，再不敢非為了。」府尹道：「你兒子是個成器的，不消說，吾正待表揚其孝。」達生叩頭道：「若如此，是顯母之失，以章己之名，小的至死不敢。」吳氏見兒子說罷，母子兩個就在府堂上相抱了，大哭一場。府尹發放寧家去了，隨出票喚西山觀黃妙脩的本房道眾來領屍棺。觀中已曉得這事，推那太素、太清兩個道童出來。公人領了他進府堂，府尹抬眼看時，見是兩個美麗少年。心裡道：「這些出家人，引誘人家少年子弟，遂其淫慾。這兩個美貌的，他日必更累人家婦女出醜。」隨喚公人，押令兩個道童領棺埋訖，即令還歸俗家父母，永遠不許入觀。討了收管回話。其該觀道士另行申敕不題。

且說吳氏同兒子歸家，感激兒子不盡。此後把他看待得好了，兒子也自承顏順旨，不敢有違，再無說話。又且道士已死，道童已散，吳氏無奈，也只得收了心過日。只是思想前事，未免悒悒不快，又有些驚悸成病，不久而死。劉達生將二親合葬已畢，孝滿了，娶了一房媳婦，且是夫妻相敬，門風肅然。已後出去求名，卻又得府尹李傑一力抬舉，仕宦而終。

再說那太素、太清當日押出，兩個一路上共話這事。太清道：「我昨夜夢見老君對我道：『你師父道行非凡，我與他一個官做，你們可與他領了！』我心裡想來，師父如此胡行，有甚道行？且那裡有官得與他做，卻叫我們領？誰知今日府中叫去領棺木，卻應在這個棺上了。」太素道：「師父受用得多了，死不為枉！只可惜師父沒了，連我們也斷了這路！」太清道：「師父就在，你我也只好乾嚥唾。」太素道：「我到不乾，已略略沾些滋味了。」便將前情一一說與太清知道。太清道：「一同跟師父，偏你打了偏手。而今喜得還了俗，大家尋個老小，解解饞罷了。」兩個商量，共將師父屍棺，安在祖代道塋上了，各自還俗。太素過了幾時，想著吳氏前日之情，業心不斷。再到劉家去打聽，乃知吳氏已死，好生感傷。此後恍恍惚惚，合眼就夢見吳氏來，與他交感。又有時夢見師父來爭風，染成遺精夢泄癆瘵之病，未幾身死。太清此時已自娶了妻子，聞得太素之死，自嘆道：「今日方知道家，不該如此破戒！師父胡做，必致殺身！太素略染，也得病死。還虧我當日僥倖，不曾有半點事，若不然時，我也一同做枉死之鬼了。」自此安守本分，為良民而終，可見報應不爽。這本話文，凡是道流，俱該猛省！後人有詩詠著黃妙修云：

西山符籙最高強，能攝生人豈度亡。
直待蓋棺方事定，原來魔祟在裩襠。

又有詩詠著吳氏云：

腰間仗劍豈虛詞，貪著奸淫欲殺兒。
妖道捐生全為此，即同手刃亦何疑。

又有詩詠著劉達生云：

不孝繇來是逆倫，堪憐難處在天親。
當堂不肯分明說，始信孤兒大孝人。

又有詩詠著太素、太清二道童云：

後庭本是道家妻，又向閨房作媚姿。
畢竟無侵能倖脫，一時染指豈便宜？

又有詩單贊李傑府尹明察云：

黃堂太尹最神明，忤逆加誅法不輕。
偏為鞫奸成反案，從前不是浪施刑。

卷十八 丹客半黍九還 富翁千金一笑

詩云：

破布衫巾破布裙，逢人慣說會燒銀。
自家何不燒些用？擔水河頭賣與人。

這四句詩，乃是國朝唐伯虎解元所作。世上有這一夥燒丹鍊汞之人，專一設立圈套，神出鬼沒，哄那貪夫癡客，道能以藥艸鍊成丹藥，鉛鐵為金，死汞為銀。名為「黃白之術」，又叫得「爐火之事」。只要先將銀子為母，後來覷個空兒，偷了銀子便走，叫做「提罐」。曾有一個道人，將此術來尋唐解元，說道：「解元仙風道骨，可以做得這件事。」解元貶駁他道：「我看你身上藍縷，你既有這仙術，何不燒些來自己用度，卻要作成別人？」道人道：「貧道有的是術法，乃造化所忌，卻要尋個大福氣的，承受得起，方好與他作為。貧道自家卻沒這些福氣，所以難做。看見解元正是個大福氣的人，來投合夥。我們術家叫做『訪外護』。」唐解元道：「這等與你說過，你的術法施為，我一些都不管，我只管出著一味福氣幫你，等丹成了，我與你平分便是。」道人見解元說得蹊蹺，曉得是奚落他，不是主顧，飄然而去了。所以唐解元有這首詩，也是點明世人的意思。卻是這夥裡的人，更有花言巧語，如此說話，說他不倒的。卻是為何？他們道：「神仙必須度世，妙法不可自私。必竟有一種具得仙骨、結得仙緣的，方可共鍊共修；內丹成，外丹亦成。」有這許多好說話。這些說話，何曾不是正理？就是鍊丹，何曾不是仙法？卻是當初仙人留此一種丹砂化黃金之法，只為要廣濟世間的人，尚且純陽呂祖，慮他五百年後復還原質，誤了後人。原不曾說道與你置田買產，畜妻養子，幫做人家的。只如「杜子春遇仙」，在雲臺觀鍊藥將成，尋他去做「外護」，只為一點愛根不斷，累他丹鼎飛敗。如今這些貪人，擁著嬌妻美妾，求田問舍，損人肥己，掂斤播兩，何等肚腸！尋著一夥酒肉道人，指望鍊成了丹，要受用一世，遺之子孫，豈不癡了？只叫他把「內丹成，外丹亦成」這兩句想一想，難道是掉起內養工夫，單單弄那銀子的！只這點念頭，也就萬萬無有鍊得丹成的事了。

看官，你道小子說到此際，隨你愚人也該醒悟這件事沒影響，做不得的。卻是這件事，偏是天下一等聰明的，要落在圈套裡，不知何故？

* * *

今小子說一個松江富翁，姓潘，是個國子監監生。胸中廣博，極有口才，也是一個有意思的人。卻有一件僻性：酷信丹術。俗語道：「物聚于所好。」果然有了此好，方士源源而來，零零星星，也弄掉了好些銀子；受過了好些丹客的騙。他只是一心不悔，只說無緣遇不著好的，從古有這家法術，豈有做不來的事？畢竟有一日弄成了，前邊些小所失，何足為念？把這事越好得緊了。這些丹客，我傳與你，你傳與我，遠近盡聞其名，左右是一夥的人，推班❶出色，沒一個不思量騙他的。

一日秋間，來到杭州西湖上遊賞，賃一個下處住著。只見隔壁園亭上歇著一個遠來客人，帶著家眷，

❶ 推班：將就，有「不十分好」的意思。

也來遊湖。行李甚多，僕從齊整。那女眷且是生得美貌，打聽來是這客人的愛妾，日日僱了天字一號的大湖船，擺了盛酒，吹彈歌唱俱備，攜了此妾下湖，淺斟低唱，觥籌交舉，滿桌擺設酒器，多是些金銀異巧式樣，層見迭出。晚上歸寓，燈火輝煌，賞賜無算。潘富翁在隔壁寓所，看得呆了。想道：「我家裡也算是富的，怎能勾到得他這等揮霍受用？此必是個陶朱、猗頓之流，第一等富家了。」心裡豔慕，漸漸教人通問，與他往來相拜。通了姓名，各道相慕之意。富翁乘間問道：「吾丈如此富厚，非人所及。」那客人謙讓道：「何足掛齒！」富翁道：「日日如此用度，除非家中有金銀高北斗，纔能像意。不然，也有盡時。」客人道：「金銀高北斗，若只是用去，要盡也不難。須有個用不盡的法兒。」富翁見說，就有些著意了。問道：「如何是用不盡的法？」客人道：「造次之間，不好就說得。」富翁道：「畢竟要請教。」客人道：「說來吾丈未必解，也未必信。」富翁見說得蹺蹊，一發慇懃求懇，必要見教。客人屏去左右從人，附耳道：「吾有『九還丹』，可以點鉛汞為黃金，只要鍊得丹成，黃金與瓦礫同耳，何足貴哉？」富翁見說是丹術，一發投其所好。欣然道：「原來吾丈精于丹道，學生於此道最是心契，求之不得。若吾丈果有此術，學生情願傾家受教。」客人道：「豈可輕易傳得？小小試看，以取一笑則可。」便教小童熾起爐炭，將幾兩鉛汞鎔化起來，身邊腰袋裡摸出一個紙包，打開來，都是些藥末，就把小指甲挑起一些些來，彈在罐裡，傾將出來，連那鉛汞不見了，都是雪花也似的好銀。——看官，你道藥末可以變化得銅鉛做銀，卻不是真法了？原來這叫得「縮銀之法」，他先將銀子用藥鍊過，專取其精。每一兩直縮做一分少些，今和鉛汞在火中一燒，鉛汞化為青氣去了，遺下糟粕之質，見了銀精，盡化為銀。不知原是銀子的原分量，不曾多了一些。丹客專以此術哄人，人便死心塌地信他，道是真了。——富翁見了，喜之不勝，道：「怪道他如此富貴受用，原來銀子如此容易！我鍊了許多時，只有折了的。今番有幸，遇著真本事的了，是必要求他去替我鍊一鍊則個。」遂問客人道：「這藥是如何鍊成的？」客人道：「這叫做母銀生子。先將銀子為母，不拘多少，用藥鍛鍊。養在鼎中，須要九轉，火候足了，先生了黃芽，又結成白雪，啟爐時，就掃下這些丹頭來，只消一黍米大，便點成黃金白銀，那母銀仍舊分毫不虧的。」富翁道：「須得多少母銀？」客人道：「母銀越多，丹頭越精。若鍊得有半合許丹頭，富可敵國矣。」富翁道：「學生家事雖寒，數千之物還儘可辦，若肯不吝大教，拜迎到家下，點化一點化，便是生平願足。」客人道：「我術不易傳人，亦不輕與人燒鍊。今觀吾丈虔心，又且骨格有些道氣，難得在此聯寓，也是前緣，不妨為吾丈做一做。但見教高居何處，異日好來相訪。」富翁道：「學生家居松江，離此處只有兩、三日路程。老丈若肯光臨，即此收拾，同到寒家便是。若此間別去，萬一後會不偶，豈不當面錯過了？」客人道：「在下是中州人，家有老母在堂。因慕武林山水佳勝，攜了小妾，到此一遊。空身出來，遊資所需，只在爐火，所以樂而忘返。今遇吾丈知音，不敢自祕。但直須帶了小妾回家安頓，兼就看看老母，再赴吾丈之期，未為遲也。」富翁道：「寒舍有別館園亭，可貯尊眷，何不就同攜到彼住下，一邊做事，豈不兩便？家下雖是看待不週，決不致有慢尊客，使尊眷有不安之理。只求慨然俯臨，深感厚情。」客人方纔點頭道：「既承吾丈如此真切，容與小妾說過，商量收拾起行。」富翁不勝之喜，當日就寫了請帖，請他次日下湖飲酒。到了明日，殷殷勤勤，接到船上，備將胸中學問，你誇我逞，談得津津不倦，只恨相見之晚。賓主盡歡而散。又送著一桌精潔酒殽，到隔壁園亭上去，請那小娘子。來日客人答席，分外豐盛。酒器家火，都是金銀，自不必說。

兩人說得好著，游興既闌，約定同到松江。在關前僱了兩個大船，盡數搬了行李下去，一路相傍同行。那小娘子在對船艙中，隔簾時露半面。富翁偷眼看去，果然生得丰姿美豔，體態輕盈。只是：

盈盈一水間，脈脈不得語。

又裴航贈同舟樊夫人詩云：

同舟吳越猶懷想，況遇天仙隔錦屏！
但得玉京相會去，願隨鸞鶴入青冥。

此時富翁在隔船望著美人，正同此景，所恨無一人通音問耳。

話休絮煩。兩隻船不一日至松江。富翁已到家門首，便請丹客上岸。登堂獻茶已畢，便道：「此是學生家中，往來人雜不便。離此一望之地，便是學生莊舍，就請尊眷同老丈至彼安頓。學生也到彼外廂書房中宿歇。一則清靜，可以省煩雜；二則謹密，可以動爐火。尊意如何？」丹客道：「爐火之事，最忌俗囂，又怕外人觸犯。況又小妾在身伴，一發宜遠外人。若得在貴莊住止，行事最便了。」富翁便指點移船到莊邊來，自家同丹客攜手步行，來到莊門口。門上一匾，上寫「涉趣園」三字。進得園來，但見：

古木干霄，新篁夾境。榱題虛廠，無非是月榭風亭；棟宇幽深，饒有那曲房邃室。疊疊假山數仞，可藏太史之書；層層巖洞幾重，疑有仙人之籙。若還奏曲能招鳳，在此觀棋必爛柯。

丹客觀翫園中景致，欣然道：「好個幽雅去處！正堪為修煉之所，又好安頓小妾，在下便可安心與吾丈做事了。看來吾丈果是有福有緣的。」富翁就叫人接了那小娘子起來。那小娘子喬妝了，帶著兩個丫頭，一個喚名春雲，一個喚名秋月，搖搖擺擺，走到園亭上來。富翁欠身迴避，丹客道：「而今是通家了，就等小妾拜見不妨。」就叫那小娘子與富翁相見了。富翁對面一看，真個是沉魚落雁之容，閉月羞花之貌。天下凡是有錢的人，再沒一個不貪財好色的。富翁此時好像雪獅子向火，不覺軟癱了半邊。鍊丹的事又是第二著了。便對丹客道：「園中內室儘寬，憑尊嫂揀個像意的房子住下了。人少時，學生還再去喚幾個婦女來伏侍。」丹客就同那小娘子去看內房了。富翁急急走到家中，取了一對金釵，一雙金手鐲，到園中奉與丹客道：「些小薄物，奉為尊嫂拜見之儀，望勿嫌輕鮮。」丹客一眼估去，見是金的，反推辭道：「過承厚意，只是黃金之物，在下頗為易得，老丈實為重費。於心不安，決不敢領。」富翁見他推辭，一發不過意道：「也知吾丈不希罕此些微之物。只是尊嫂面上，略表芹意，望吾丈鑒其誠心，乞賜笑留。」丹客道：「既然這等美情，在下若再推托，反是自外了。只得權且收下，容在下竭力鍊成丹藥，奉報厚惠。」笑嘻嘻走入內房，叫個丫頭，捧了進去。又叫小娘子出來，再三拜謝。富翁多見得一番，就破費這些東西，也是心安意肯的。口裡不說，心中想道：「這個人有此丹法，又有此美姬，人生至此，可謂極樂！且喜他肯與我修鍊，丹成料已有日。只是見放著這等美色在自家庄上，不知可有些緣法否？若一發勾搭得上手，方是心滿意足的事。而今拚得獻些慇懃，做工夫不著，磨他去。不要性急，且一面打點燒鍊的事。」便對丹客道：「既承吾丈不棄，我們幾時起手？」丹客道：「只要有銀為母，不論早晚，可以起手。」富翁道：「先得多少母銀？」丹客道：「多多益善，母多丹多，省得再費手腳。」富翁道：「這等，打點將二千金下爐便了。今日且偏陪❷在家下料理。明日學生搬過來，一同做事。」

❷ 偏陪：是「恕不奉陪」的意思。

丹客半黍九還

富翁千金一笑

是晚就具酌在園亭上款待過，盡歡而散。又送酒殽內房中去，慇慇懃懃，自不必說。

次日，富翁准准兌了二千金，將過園子裡來，一應爐器家火之類，家裡一向自有，只要搬將來。富翁是久慣這事的，頗稱在行。鉛汞藥物，一應俱備，來見丹客。丹客道：「足見主翁留心，但在下尚有祕妙之訣，與人不同，鍊起來便見。」富翁道：「正是祕妙之訣，要求相傳。」丹客道：「在下此丹，名為『九轉還丹』，每九日火候一還，到九九八十一日開爐，丹物已成。那時節主翁大福到了。」富翁道：「全仗提攜則個。」丹客就叫跟來一個家僮，依法動手，熾起爐火，將銀子漸漸放將下去。取出丹方，與富翁看了。將幾件希奇藥料，放將下去。燒得五色煙起，就同富翁封住了爐。又喚這跟來幾個家人，分付道：「我在此將有三個月日擔閣，你們且回去，回覆老奶奶一聲再來。」這些人止留一、二個慣燒爐的在此，其餘都依話散去了。從此家人日夜燒鍊，丹客頻頻到爐邊看火色，卻不開爐。閒了卻與富翁清談，飲酒下棋。賓主相得，自不必說。又時時送長送短，到小娘子處討好。小娘子也有時回敬幾件知趣的東西，彼此致意。

如是二十餘日，忽然一個人，穿了一身麻衣，渾身是汗，闖進園中來。眾人看時，卻是前日打發去內中的人。見了丹客，叩頭大哭道：「家裡老奶奶沒有了，快請回去治喪！」丹客大驚失色，哭倒在地。富翁也一時驚惶，只得從傍勸解道：「令堂天年有限，過傷無益，且自節哀。」家人催促道：「家中無主，作速起身！」丹客住了哭，對富翁道：「本待與主翁完成美事，少盡報效之心，誰知遭此大變，抱恨終天！今勢既難留，此事又未終，況是間斷不得的，實出兩難。小妾雖是女流，隨侍在下已久，爐火之候，儘已知些底裡，留他在此看守丹爐纔好，只是年幼，無人管束，須有好些不便處。」富翁道：「學生與老丈通家至交，有何妨礙？只須留下尊嫂在此，此鍊丹之所，又無閒雜人來往，學生當喚幾個老成婦女前來陪伴，晚間或是接到拙荊處，一同寢處，學生自在園中安歇看守，以待吾丈到來，有何不便？至于茶飯之類，自然不敢有缺。」丹客又躊躇了半晌，說道：「今老母已死，方寸亂矣！想古人多有託妻寄子的，既承高誼，只得敬從。留他在此看看火候，在下回去料理一番，不日自來啟爐，如此方得兩全其事。」富翁見說肯留妾，心裡恨不得許下了半邊的天。滿面笑容，應承道：「若得如此，足見有始有終。」丹客又進去與小娘子說了來因，并要留他在此看爐的話，一一分付了。就叫小娘子出來，再見了主翁，囑托與他了。叮嚀道：「只好守爐，萬萬不可私啟。倘有所誤，悔之無及！」富翁道：「萬一尊駕來遲，誤了八十一日之期，如何是好？」丹客道：「九還火候已足，放在爐中，多養得幾日，丹頭愈生得多，就遲些開也不妨的。」丹客又與小娘子說了些衷腸密語，忙忙而去了。

這裡富翁見丹客留下了美妾，料他不久必來，丹事自然有成，不在心上。卻是趁他不在，亦且同住園中，正好勾搭，機會不可錯過。時時亡魂失魄，只思量下手。方在遊思忘想，可可❸的那小娘子叫個丫頭春雲來道：「俺家娘請主翁到丹房看爐。」富翁聽得，急整衣巾，忙趨到房前來請道：「適纔尊婢傳命，小子在此伺候尊步同往。」那小娘子囀鶯聲、吐燕語道：「主翁先行，賤妾隨後。」只見嬝嬝娜娜，走出房來，道了萬福。富翁道：「娘子是客，小子豈敢先行？」小娘子道：「賤妾女流，怎好僭妄？」推遜了一回，單不扯手扯腳的相讓，已自覿面談唾相接了一回，有好些光景。畢竟富翁讓他先走了，兩個丫頭隨著。富翁在後面看去，真是步步生蓮花，不繇人不動火。來到丹房邊，轉身對兩個丫頭道：「丹

❸ 可可：恰恰。

房忌生人，你們只在外住著，單請主翁進來。」主翁聽得，三腳兩步，跑上前去，同進了丹房，把所封之爐，前後看了一回。富翁一眼估定這小娘子，恨不得尋口水來，吞他下肚去，那裡還管爐火的青紅皁白！可惜有這個燒火的家僮在房，只好調調眼色，連風話也不便說得一句。直到門邊，富翁纔老著臉皮道：「有勞娘子尊步，尊夫不在，娘子回房須是寂寞。」那小娘子口不答應，微微含笑。此番卻不推遜，竟自冉冉而去。富翁愈加狂蕩，心裡想道：「今日丹房中若是無人，儘可撩撥他的。只可惜有這個家僮在內，明日須用計遣開了他，然後約那人同出看爐，此時便可用手腳了。」是夜即分付從人，明日早上備一桌酒飯，請那燒爐的家僮。說道：「一向累他辛苦了，主翁特地與他澆手❹，要灌得爛醉方住。」分付已畢，是夜獨酌無聊，思量美人只在內室，又念著日間之事。心中癢癢，徬徨不已，乃吟詩一首道：

名園富貴花，移種在山家。
不道欄杆外，春風正自賒。

走至堂中，朗吟數遍，故意要內房裡聽得。只見內房走出一個丫頭秋月來，手捧一盞茶來送道：「俺家娘聽得主翁吟詩，恐怕口渴，特奉清茶。」富翁笑逐顏開，再三稱謝。秋月進得去，只聽得裡邊也朗吟道：

名花誰是主？飄泊任春風。
但得東君惜，芳心亦自同。

富翁聽罷，知是有意，卻不敢造次闖進去。又只聽裡邊關門響，只得自到書房睡了，以待天明。

❹ 澆手：請工作的人喝酒，表示慰勞。

次日早上，從人依了昨日之言，把個燒火的家僮請了去。他日逐守著爐灶邊，原不耐煩，見了酒盃，那裡肯放。喫得爛醉，就在外邊睡著了。富翁已知他不在丹房了，卻走到內房前，自去請看丹爐。那小娘子聽得，即便移步出來，一如昨日，在前先走。走到丹房門邊，丫頭仍留在外，止是富翁緊隨入門去了。到得爐邊看時，不見了燒火的家僮。小娘子假意失驚道：「如何沒人在此，卻歇了火？」富翁笑道：「只為小子自家要動火，故叫他暫歇了火。」小娘子只做不解道：「這火須是斷不得的。」富翁道：「等小子與娘子坎離交媾，以真火續將起來。」小娘子正色道：「鍊丹學道之人，如何興此邪念？說此邪話？」富翁道：「尊夫在這裡，與小娘子同眠同起，少不得也要鍊丹，難道一事不做，只是乾夫妻不成？」小娘子無言可答道：「一場正事，如此歪纏！」富翁道：「小子與娘子夙世姻緣，也是正事。」一把抱住，雙膝跪將下去。小娘子扶起道：「拙夫家訓頗嚴，本不該亂做的。承主翁如此殷勤，賤妾不敢自愛，容晚間約著相會一話罷。」富翁道：「就此懇賜一歡，方見娘子厚情。如何等得到晚？」小娘子道：「這裡有人來，使不得！」富翁道：「小子專為留心要求小娘子，已著人款住了燒火的了。別的也不敢進來，況且丹房邃密，無人知覺。」小娘子道：「此間須是丹爐，怕有觸犯，悔之無及，決使不得！」富翁此時興已勃發，那裡還顧什麼丹爐不丹爐！只是緊緊抱住道：「就是要了小子的性命，也說不得了，只求小娘子救一救！」不繇他肯不肯，擁到一隻醉翁椅上，扯脫褲兒，就舞將進去。此時快樂，何異登仙。但見：

獨絃琴一翕一張，無孔簫統上統下。紅爐中撥開邪火，玄關內走動真鉛。舌攪華池，滿口馨香嘗玉液；精穿牝屋，渾身酥快吸瓊漿。何必丹成入九天，即此魂銷歸極樂。

兩下雲雨已畢，整了衣服，富翁謝道：「感謝娘子不棄！只是片時歡娛，晚間願賜通宵之樂。」撲的又跪下去。小娘子急抱起來道：「我原許下你晚間的，你自喉急等不得。那裡有丹鼎傍邊，就弄這事起來？」富翁道：「錯過一時，只恐後悔無及。還只是早得到手一刻，也是見成的了。」小娘子道：「晚間還是我到你書房來，你到我臥房來？」富翁道：「但憑娘子主見。」小娘子道：「我處須有兩個丫頭同睡，你來不便。我今夜且瞞著他們自出來罷。待我明日叮囑丫頭過了，然後接你進來。」

是夜，果然人靜後，小娘子走出堂中來，富翁也在那裡伺候，接至書房，極盡衾枕之樂。以後或在內，或在外，總是無拘無管。富翁以為天下奇遇，只願得其夫一世不來，丹鍊不成也罷了。綢繆了十數宵，忽然一日，門上報說：「丹客到了。」富翁喫了一驚。接進寒溫畢，他就進內房來，見了小娘子，說了好些說話，出外來對富翁道：「小妾說丹爐不動，而今九還之期已過，丹已成了，正好開看。今日匆匆，明日獻過了神，啟爐罷。」富翁是夜雖不得再望歡娛，卻見丹客來了，明日啟爐，丹成可望，還賴有此，心下自解自樂。到得明日，請了些紙馬福物，祭獻了畢，丹客同富翁剛走進丹房，就變色沉吟道：「如何丹房中氣色恁等的？有些咤異！」便就親手啟開鼎爐一看，跌足大驚道：「敗了！敗了！真丹走失，連銀母多是糟粕了！此必有做交感汙穢之事，觸犯了的。」

富翁驚得面如土色，不好開言。又見道著真相，一發慌了。丹客懊怒，咬得牙齒趷趷的響，問燒火的家僮道：「此房中別有何人進來？」家僮道：「只有主翁與小娘子，日日來看一次，別無人敢進來。」丹客道：「這等如何得丹敗了？快去叫小娘子來問。」家僮走去，請了出來，丹客厲聲道：「你在此看爐，做了甚事？丹俱敗了。」小娘子道：「日日與主翁來看，爐是原封不動的。不知何故？」丹客道：

「誰說爐動了封！你卻動了封了。」又問家僮道：「主翁與娘子來時，你也有時節不在此麼？」家僮道：「止有一日，是主翁憐我辛苦，請去喫飯。多飲了幾盃，睡著在外邊了。只這一日，是主翁與小娘子自家來的。」丹客冷笑道：「是了！是了！」忙走去行囊裡，抽出一根皮鞭來，對小娘子道：「分明是你這賤婢做出事來了！」一鞭打去，小娘子閃過了，哭道：「我原說做不得的，主人翁害了奴也！」富翁直著雙眼，無言可答，恨沒個地洞鑽了進去。丹客怒目直視富翁道：「你前日受托之時，如何說的？我去不久就幹出這樣昧心的事來！原來是狗彘不直的。如此無行的人，如何妄思燒丹鍊藥！是我眼裡不識人！我只是打死這賤婢罷！羞辱門庭，要你怎的！」拿著鞭一趕趕來，小娘子慌忙走進內房。虧得兩個丫頭攔住，勸道：「官人耐性。」每人接了一皮鞭，卻把皮鞭摔斷了。富翁見他性發，沒收場，只得跪下去道：「是小子不才，一時幹差了事。而今情願棄了前日之物，只求寬恕罷。」丹客道：「你自作自受，你幹壞了事，走失了丹，是應得的，沒處怨悵。我的愛妾，可是與你解饞的？受了你點汙，卻如何處？我只是殺卻了，不怕你不償命！」富翁道：「小子情願贖罪罷。」即忙叫家人到家中拿了兩個元寶，跪著討饒。丹客只是佯著眼不瞧道：「我銀甚易，豈在乎此！」富翁只是磕頭，又加了二百兩道：「如今以此數，再娶了一位如夫人也勾了。實是小子不才，望乞看平日之面，寬恕尊嫂罷。」丹客道：「我本不希罕你銀子，只是你這樣人，不等你損些己財，後來不改前非。我偏要拿了你的，將去濟人也好。」就把三百金拿去，裝在箱裡了，叫齊了小娘子與家僮丫頭等，急把衣裝行李，盡數搬出，下在昨日原來的船裡，一徑出門。口裡喃喃罵道：「受這樣的恥辱，可恨！可恨！」罵詈不止，開船去了。

富翁被他嚇得魂不附體，恐怕弄出事來。雖是折了些銀子，得他肯去，還自道僥倖。至於爐中之銀，真個認做觸犯了他，丹鼎走敗。但自悔道：「忒性急了些！便等丹成了，多留他住幾時，再圖成此事，豈不兩美？再不然，不要在丹房裡頭弄這事，或者不妨，也不見得。多是自己莽撞了，枉自破了財物也罷。只是遇著真法，不得成丹，可惜！可惜！」又自解自樂道：「只這一個絕色佳人，受用了幾時，也是風流話柄，賞心樂事，不必追悔了。」卻不知多是丹客做成圈套。當在西湖時，原是打聽得潘富翁上杭，先裝成這些行徑來炫惑他的。及至請他到家，故意要延緩，卻像沒甚要緊。後邊那個人來報喪之時，忙忙歸去，已自先把這二千金「提了罐」去了。留著家小，使你不疑。後來勾搭上場，也都是他教成的計較，把這堆狗屎，堆在你鼻頭上，等你開不得口，只好自認不是，沒工夫與他算帳了。那富翁是破財星照，墮其計中，先認他是巨富之人，必有真丹點化，不知那金銀器皿，都是些銅鉛為質，金銀汁粘裹成的。酒後燈下，誰把試金石來試？一時不辨，都誤認了。此皆神奸詭計也。

富翁遭此一騙，還不醒悟，只說是自家不是，當面錯了，越好那丹術不已。一日，又有個丹士到來，與他談著爐火，甚是投機，延接在家，告訴他道：「前日有一位客人，真能點鐵為金，當面試過，他已此替我燒鍊了。後來自家有些得罪于他，不成而去，真是可惜。」這丹士道：「吾術豈獨不能！」便叫把爐火來試，果然與前丹客無二，些少藥末，投在鉛汞裡頭，盡化為銀。富翁道：「好了，好了。前番不著，這番著了。」又湊千金與他燒鍊。丹士呼朋引類，又去約了兩、三個幫手來做。富翁見他銀子來得容易，放膽大了，一些也不防他。豈知一個晚間，「提了罐」走了，次日又拌了個空。

富翁此時，連被拐去，手中已窘，且怒且羞道：「我為這事，費了多少心機，弄了多少年月，前日自家錯過，指望今番是了，誰知又遭此一閃？我不問那裡尋將去，他不過又往別家燒鍊，或者撞得著，也不可知。縱不然，或者另遇著真正法術，再得鍊成真丹，也不見得。」自此收拾了些行李，東遊西走。

忽然一日，在蘇州閶門人叢裡，劈面撞著這一夥人，正待開口發作，這夥人不慌不忙，滿面生春，卻像他鄉遇故知的一般。一把邀了那富翁，邀到一個大酒肆中，一副潔淨座頭上坐了，叫酒保盪酒取嗄飯來。殷勤謝道：「前日有負厚德，實切不安。但我輩道路如此，足下勿以為怪！今有一法與足下計較，可以償足下前物，不必別生異說！」富翁道：「何法？」丹士道：「足下前日之銀，吾輩得來，隨手費盡，無可奉償。今山東有一大姓，也請吾輩燒鍊，已有成約，只待吾師到來，纔交銀舉事。奈吾師遠遊，急切未來，足下若權認作吾師，等他交銀出來，便取來先還了足下前物，直如反掌之易。不然，空尋吾輩也無幹，足下以為何如？」富翁道：「尊師是何人物？」丹士道：「是個頭陀，今請足下略剪去了些頭髮，我輩以師禮事奉，徑到彼處便了。」富翁急於得銀，便依他剪髮，做一齊了。彼輩殷殷勤勤，直侍奉到山東，引進見了大姓，說道是他師父來了。大姓致敬，迎接到堂中，略談爐火之事。富翁是做慣了的，亦且胸中原博，高談闊論，盡中機宜。大姓深相敬服，是夜即兌銀二千兩，約在明日起火。只管把酒相勸，喫得酩酊，扶去另在一間內書房睡著。到得天明，商量安爐。富翁見這夥人科派，自家曉得些，也在裡頭指點。當日把銀子下爐燒鍊，這夥人認做徒弟守爐。大姓只管來尋師父去請教，攀話飲酒，不好卻得。這些人看個空兒，又「提了罐」各各走了，單撇下了師父。

大姓只道師父在家不妨，豈知早辰一夥都不見了，就拿住了師父，要去送在當官，捉拿餘黨。富翁只得哭訴道：「我是松江潘某，原非此輩同黨。只因性好燒丹，前日被這夥人拐了。路上遇見他，說道在此間燒鍊，得來可以賠償。又替我剪髮，叫我妝做他師父來的。指望取還前銀，豈知連宅上多騙了，又撇我在此？」說罷大哭。大姓問其來歷詳細，說得對科，果是松江富家，與大姓家有好些年誼的，知被騙是實，不好難為得他，只得放了。一路無了盤纏，倚著頭陀模樣，沿途乞化回家。到得臨清馬頭上，只見一隻大船內，簾下一個美人，揭著簾兒，露面看著街上。富翁看見，好些面染。仔細一認，卻是前日丹客所帶來的妾與他偷情的。疑道：「這人緣何在這船上？」走到船邊，細細訪問，方知是河南舉人某公子，包了名娼，到京會試的。富翁心裡想道：「難道當日這家的妾，畢竟賣了？」又疑道：「敢是面龐相像的？」不離船邊，走來走去，只管看。忽見船艙裡叫個人出來，問他道：「官艙裡大娘問你，可是松江人？」富翁道：「正是松江。」又問道：「可姓潘否？」富翁喫了一驚道：「怎曉得我的姓？」只見艙裡人說：「叫他到船邊來！」富翁走上前去，簾內道：「妾非別人，即前日丹客所認為妾的便是。實是河南妓家，前日受人之托，不得不依他囑付的話，替他搗鬼，有負于君。君何以流落至此？」

富翁大慟，把連次被拐，今在山東回來之由，訴說一遍。簾內人道：「妾與君不能無情，當贈君盤費，作急回家！此後遇見丹客，萬萬勿可聽信！妾亦是騙局中人，深知其詐。君能聽妾之言，是即妾報君數宵之愛也。」言畢，著人拿出三兩一封銀子來遞與他。富翁感謝不盡，只得收了。自此方曉得前日丹客美人之局，包了娼妓做的。今日卻虧他盤纏。到得家來，感念其言，終身不信爐火之事。卻是頭髮紛披，親友知其事者，無不以為笑談。奉勸世人好丹術者，請以此為鑒！

丹術須先斷情慾，塵緣豈許相馳逐！
貪淫若是望丹成，陰溝洞裡天鵝肉。

卷十九　李公佐巧解夢中言　謝小娥智擒船上盜

贊云：

士或巾幗，女或弁冕。

行不踰閾，謨能致遠。

睹彼英英，慚斯讙讙。

這幾句贊，是贊那有智婦人，賽過男子。假如有一種能文的女子，如班婕妤、曹大家、魚玄機、薛校書、李季蘭、李易安、朱淑真之輩，上可以並駕班揚，下可以齊驅盧駱。有一種能武的女子，如夫人城、娘子軍、高涼洗氏、東海呂母之輩，智略可方韓白，雄名可賽關張。有一種善能識人的女子，如卓文君、紅拂妓、王渾妻鍾氏、韋皐妻母苗氏之輩，俱另具法眼，物色塵埃。有一種報仇雪恥女子，如孫翊妻徐氏、董昌妻申屠氏、龐娥親、鄒僕婦之輩，俱中懷膽智，力殲強梁。又有一種希奇作怪，女扮為男的女子，如秦木蘭、南齊東陽婁逞、唐貞元孟媼、五代臨邛黃崇嘏，俱以權濟變，善藏其用，竄身仕宦，既不被人識破，又能自保其身，多是男子漢未必做得來的，算得是極巧極難的了。

而今更說一個遭遇大難，女扮男身，用盡心機，受盡苦楚，又能報仇，又能守志，一個絕奇的女人，真是千古罕聞！有詩為證：

俠概惟推古劍仙，除兇雪恨只香煙。
誰知估客生奇女，隻手能翻兩姓冤。

* * *

這段話文，乃是唐元和年間。豫章郡有個富人，姓謝，家有巨產，隱名在商賈間。他生有一女，名喚小娥，生八歲，母親早喪。小娥雖小，身體壯碩如男子形。父親把他許了歷陽一個俠士，姓段名居貞，那人負氣仗義，交游豪俊，卻也在江湖上做大賈。謝翁慕其聲名，雖是女兒尚小，卻把來許下了他。兩姓合為一家，同舟載貨，往來吳楚之間。兩家弟兄子姪童僕等眾，約有數十餘人，盡在船內。貿易順濟，輜重充盈，如是幾年，江湖上多曉得是謝家船，昭耀耳目。此時小娥年已十四歲，方纔與段居貞成婚未及一月。

忽然一日，舟行至鄱陽湖口，遇著幾隻江洋大盜的船，各執器械，團團圍住。為頭的兩人，當先跳過船來。先把謝翁與段居貞一刀一個，結果了性命。以後眾人一齊動手，排頭殺去，總是一個船中，躲得在那裡？間有個把慌忙奔出艙外，又被盜船上人拿去殺了，或有得跳在水中，只好圖得個全尸。湖水溜急，總無生理。謝小娥還虧得溜撒❶，乘眾盜殺人之時，忙自去攛在舵上。一個失腳，跌下水去了。眾盜席捲舟中財寶金帛一空，將死尸盡拋在湖中，棄船而去。小娥在水中漂流，恍惚之間，似有神明護持，流到一隻漁船邊。漁人夫婦兩個，撈救起來，見是一個女人，心頭尚暖，知是未死。拿幾件破衣破襖，替他換下濕衣，放在艙中眠著。小娥口中泛出無數清水，不多幾時，醒將轉來。見身在漁船中，想

❶ 溜撒：靈活。

著父與夫被殺光景，放聲大哭。漁翁夫婦問其緣故，小娥把湖中遇盜，父夫兩家人口，盡被殺害情繇，說了一遍。原來謝翁與段俠士之名，著聞江湖上，漁翁也多曾受他小惠過的，聽說罷，不勝驚異，就權留他在船中，調理了幾日。小娥覺得身子好了，他是個點頭會意的人，曉得漁船上生意淡薄，便想道：「我怎好攪擾得他？不免辭謝了他，我自上岸，一路乞食，再圖安身立命之處。」小娥從此別了漁翁夫婦，沿途抄化，到建業上元縣，有個妙果寺，內是尼僧。有個住持尼淨悟，見小娥言語伶俐，說著遭難因繇，好生哀憐，就留他在寺中，心裡要他做個徒弟。小娥也情願出家道：「一身無歸，畢竟是皈依佛門，可了終身。但父夫被殺之仇未復，不敢便自落髮，且隨緣度日，以待他年再處。」小娥自此日間在外乞化，晚間便歸寺中安宿。晨昏隨著淨悟做功果，稽首佛前，心裡就默禱，祈求報應。只見一個夜間，夢見父親謝翁來對他道：「你要曉得殺我的人姓名，有兩句謎語，你牢牢記著：『車中猴，門東草。』」說罷，正要再問，父親撒手而去。大哭一聲，颯然驚覺。夢中之語，明明記得，只是不解。隔得幾日，又夢見丈夫段居貞來對他說：「殺我的人姓名，也是兩句謎語：『禾中走，一日夫。』」

小娥連得了兩夢，便道：「此是亡靈未泯，故來顯應。只是如何不竟把真姓名說了？卻用此謎語。想是冥冥之中，天機不可輕洩，所以如此。如今既有這十二字謎語，必有一個解說。雖然我自家不省得，天下豈少聰明的人？不問好歹，求他解說出來。」遂走到淨悟房中，說了夢中之言，就將一張紙，寫著十二字，藏在身邊了。對淨悟道：「我出外乞食，逢人便拜求去。」淨悟道：「此間瓦官寺有個高僧，法名齊物，極好學問，多與官員士夫往來，你將此十二字到彼，求他一辨，他必能參透。」小娥依言，徑到瓦官寺求見齊公。稽首畢，便道：「弟子有冤在身，夢中得十二字謎語，暗藏人姓名，自家愚懵，參解不出，拜求老師父解一解。」就將袖中所書一紙，雙手遞與齊公。齊公看了，想著一會，搖首道：「解不得，解不得。但老僧此處來往人多，當記著在此，逢人問去。倘遇有高明之人解得，當以相告。」小娥又稽首道：「若得老師父如此留心，感謝不盡。」自此謝小娥沿街乞化，逢人便把這幾句請問。齊公有客來到，便舉此謎相商。小娥也時時到寺中，問齊公消耗❷。如此多年，再沒一個人解得出。——說話的，若只是這樣解不出，那兩個夢不是枉做了！——看官，不要性急，凡事自有個機緣。此時謝小娥機緣未到，所以如此。機緣到來，自然遇著巧的。

卻說元和八年春，有個洪州判官李公佐，在江西解任，扁舟東下，停泊建業，到瓦官寺遊耍。僧齊物一向與他相厚，出來接陪了。登閣眺遠，談說古今。語話之次，齊公道：「檀越博聞閎覽，今有一謎語，請檀越一猜！」李公佐笑道：「吾師好學，何至及此稚子戲？」齊公道：「非是作戲，有個緣故。此間孀婦謝小娥，示我十二字謎語，每來寺中求解，說道：『中間藏著仇人名姓。』老僧不能辨，遍示來往遊客，也多懵然。已多年矣，故此求明公一商之。」李公佐道：「是何十二字？且寫出來我試猜看。」齊公就取筆把十二字寫出來，李公佐看了一遍道：「此定可解，何至無人識得？」遂將十二字念了又念，把頭點了又點，靠在窗檻上，把手在空中畫了又畫。默然凝想了一會，拍手道：「是了，是了，萬無一差！」齊公速要請教，李公佐道：「且未可說破，快去召那個孀婦來，我解與他。」齊公即叫行童❸到妙果寺，尋將謝小娥來。齊公對他道：「可拜見了此間官人，此官人能解謎語。」小娥依言，上前拜見

❷ 消耗：信息。

❸ 行童：伺候和尚的小童。

李公佐巧解夢中言

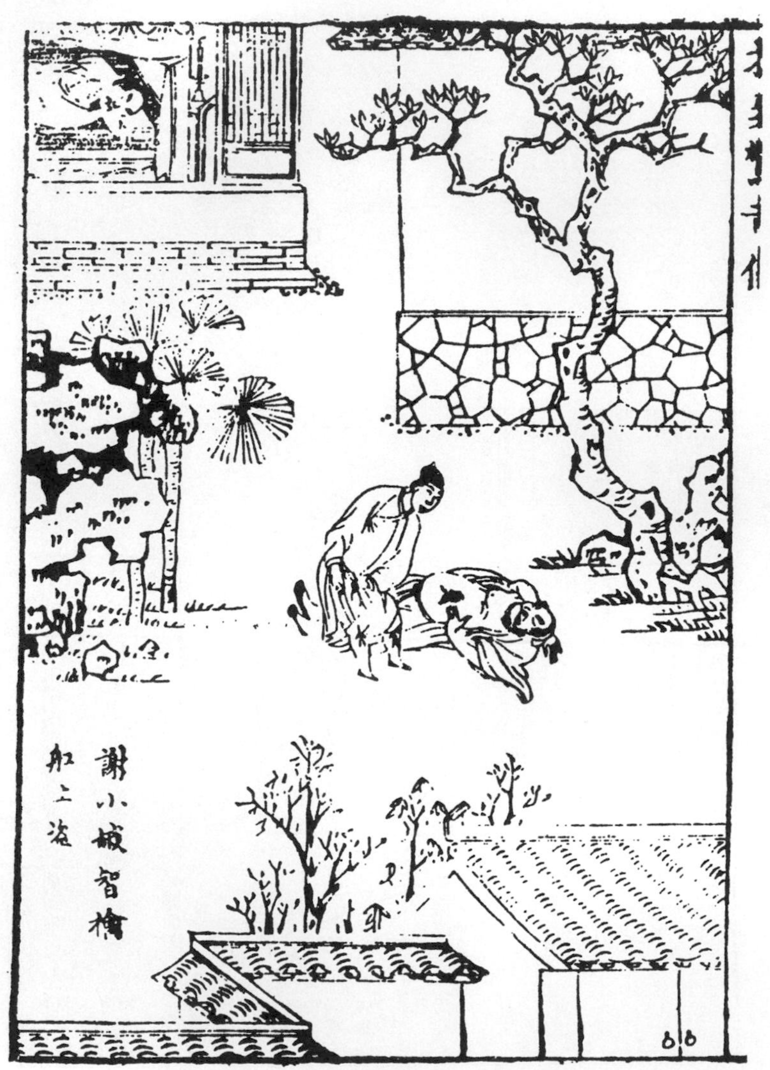

謝小娥智擒船上盜

了畢。公佐開口問道：「你且說你的根繇來。」小娥嗚嗚咽咽哭將起來，好一會說話不出。良久，纔說道：「小婦人父及夫，俱為江洋大盜所殺。以後夢見父親來，說道：『殺我者，車中猴，門東草。』又夢見夫來說道：『殺我者，禾中走，一日夫。』自家愚昧，解說不出。遍問傍人，再無能省悟。歷年已久，不識姓名，報冤無路，啣恨無窮！」說罷又哭。李公佐笑道：「不須煩惱！依你所言，下官俱已審詳在此了。」小娥住了哭，求明示。李公佐道：「殺汝父者是申蘭，殺汝夫者是申春。」小娥道：「尊官何以解之？」李公佐道：「『車中猴』，『車』中去上下各一畫，是『申』字，申屬猴，故曰『車中猴』。『艸』下有『門』，『門』中有『東』，乃『蘭』字也。又『禾中走』，是穿田過，『田』出兩頭，亦是『申』字也。『一日夫』者，『夫』上更一畫，下一『日』，是『春』字也。殺汝父是申蘭，殺汝夫是申春，足可明矣，何必更疑？」齊公在傍聽解罷，撫掌稱快道：「數年之疑，一日豁然，非明公聰鑒蓋世，何能及此？」小娥愈加慟哭道：「若非尊官，到底不曉仇人名姓。冥冥之中，負了父夫。」再拜叩謝。就向齊公借筆來，將「申蘭申春」四字寫在內襟一條帶子上了，拆開裡面，反將轉來，仍舊縫好。李公佐道：「寫此做甚？」小娥道：「既有了主名，身雖女子，不問那裡，誓將訪殺此二賊，以復其冤！」李公佐向齊公嘆道：「壯哉！壯哉！然此事卻非容易！」齊公道：「『天下無難事，只怕有心人。』此婦堅忍之性，數年以來，老僧頗識之，彼是不肯作浪語❹的。」小娥因問齊公道：「此間尊官姓氏宦族，願乞示知，以識不忘。」齊公道：「此官人是江西洪州判官李二十三郎也。」小娥再三頂禮念誦，流涕而去。李公佐閣上飲罷了酒，別了齊公，下船解纜，自往家裡。

❹ 作浪語：胡言亂語。

話分兩頭。卻說小娥自得李判官解辨二盜姓名，便立心尋訪。自念身是女子，出外不便。心生一計，將累年乞施所得，買了衣服，打扮做男子模樣，改名謝保。又買了利刀一把，藏在衣襟底下。想道：「在湖裡遇的盜，必是原在江湖上走，方可探聽消息。」日逐在埠頭伺候，看見船上有僱人的，就隨了去傭工度日。在船上時，操作勤緊，並不懈怠。人都喜歡僱他，他也不拘一個船上，是僱著的便去。商船上下往來之人，看看多熟了。水火之事，小心謹祕，並不露一毫破綻出來。但是船到之處，不論那裡，上岸挨身，察聽體訪。如此年餘，竟無消耗。一日，隨著一個商船到潯陽郡，上岸行走，見一家人家竹戶上有紙榜一張，上寫道：「僱人使用，願者來投。」小娥問鄰居之人：「此是誰家要僱工人？」鄰人答道：「此是申家，家主叫得申蘭，是申大官人，時常要到江湖上做生意，家裡止是些女人，無個得力男子看守，所以僱喚。」小娥聽得「申蘭」二字，觸動其心，心裡便道：「果然有這個姓名，莫非正是此賊？」隨對鄰人說道：「小人情願投賃傭工，煩勞引進則個。」鄰人道：「申家急缺人用，一說便成的。只是要做個東道謝我。」小娥道：「這個自然。」鄰人問了小娥姓名地方，就引了他，一逕走進申家。只見裡邊踱出一個人來，你道生得如何？但見：

傴兜怪臉，尖下頦，生幾莖黃鬚；突兀高顴，濃眉毛，壓一雙赤眼。出言如虎嘯，聲撼半天風雨寒；行步似狼奔，影搖千尺龍蛇動。遠觀是喪船上方相，近覷乃山門外金剛。

小娥見了，喫了一驚，心裡道：「這個人豈不是殺人強盜麼？」便自十分上心。只見鄰人道：「大官人要僱人，這個人姓謝名保！也是我們江西人，他情願投在大官人門下使喚。」申蘭道：「平日作何生理的？」小娥答應道：「平日專在船上趁工度日，埠頭船上，多有認得小人的。大官人去問問看就是。」

申蘭家離埠頭不多遠，三人一同走到埠頭來，問問各船上，多說著謝保勤緊小心，志誠老實，許多好處。申蘭大喜。小娥就在埠頭一個認得的經紀家裡，借著紙墨筆硯，自寫了傭工文契，寫鄰人做了媒人，交與申蘭收著。申蘭就領了他同鄰人到家裡來，取酒出來請媒，就叫他陪待。小娥就走到廚下，掇長掇短，送酒送殽，且是熟分。申蘭取出二兩工銀，先交與他了，又取二錢銀子，做了媒錢。小娥也自梯己秤出二錢來，送那鄰人。鄰人千歡萬喜，作謝自去了。申蘭又領小娥去見了妻子蘭氏。自此小娥只在申蘭家裡傭工。小娥心裡看見申蘭動靜，明知是不良之人，想著夢中姓名，必然有據，大分是仇人。然要哄得他喜歡親近，方好探其真確，乘機取事。故此千喚千應，萬使萬當，毫不逆著他一些事故。也是申蘭冤業所在，自見小娥，便自分外喜歡。又見他得用，日加親愛，時刻不離左右，沒一句說話不與謝保商量，沒一件事體不叫謝保營幹，沒一件東西不托謝保收拾。已做了申蘭貼心貼腹之人，因此金帛財寶之類，盡在小娥手中出入。看見舊時船中掠去錦繡衣服、寶玩器具等物，都在申蘭家裡。正是見鞍思馬，睹物思人。每遇一件，常自暗中哭泣多時，方纔曉得夢中之言有準，時刻不忘仇恨。卻又怕他看出，愈加小心。又聽得他說有個堂兄弟叫做二官人，在隔江獨樹浦居住。小娥心裡想道：「這個不知可是申春否？父夢既應，夫夢必也不差。只是不好問得姓名，怕惹疑心！如何得他到來，便好探聽。」卻是小娥自到申蘭家裡，只見申蘭口說要到二官人家去，便去了經月方回，回來必然帶好些財帛歸家，便分付交與謝保收拾，卻不曾見二官人到這裡來。也有時口說要帶謝保同去走走。小娥曉得是做私商勾當，只推家裡脫不得身，申蘭也放家裡不下，要留謝保看家，再不提起了。但是出外去，只留小娥與妻蘭氏與同一、兩個丫鬟看守，小娥自在外廂歇宿照管。若是蘭氏有甚差遣，無不遵依停當。合家都歡喜他，是個萬全可托得力的人了。——說話的，你差了，小娥既是男扮了，申蘭如何肯留他一個寡漢伴著妻子在家？豈不疑他生出不伶俐❺事來？——看官，又有一說。申蘭是個強盜中人，財物為重，他們心上有甚麼閨門禮法？況且小娥有心機，申蘭平日畢竟試得他老實頭，小心不過的，不消慮得到此，所以放心出去，再無別說。

且說小娥在家多閒，乘空便去交結那鄰近左右之人，時時買酒買肉，破費錢鈔在他們身上。這些人見了小娥，無不喜歡契厚的。若看見有個把豪氣的，能事了得的，更自十分傾心結納。或周濟他貧乏，或結拜做弟兄。總是做申蘭這些不義之財不著，申蘭財物來得容易，又且信托他的，那裡來查他細帳，落得做人情。小娥又報仇心重，故此先下工夫，結識這些黨與在那裡，只為未得申春消耗，恐怕走了風❻，脫了仇人，故此申蘭在家時，幾番好下得手，小娥忍住不動。且待時至而行。如此過了兩年有多。

忽然一日，有人來說：「江北二官人來了。」只見一個大漢，同了一夥拳長臂大之人，走將進來，問道：「大哥何在？」小娥應道：「大官人在裡面，等謝保去請出來。」小娥便去對申蘭說了。申蘭走出堂前來道：「二弟多時不來了，甚風吹得到此？況且又同眾兄弟來到，有何話說？」二官人道：「小弟申春，今日江上獲得兩個二十多斤來重的大鯉魚，不敢自喫，買了一罈酒來，與大哥同享。」申蘭道：「多承二弟厚意，如此大魚，也是罕物，我輩托神道福祐多年，我意欲將此魚此酒，再加些雞肉菓品之類，賽一賽神，以謝覆庇。然後我們同散福受用方是。不然，只一味也不好下酒。況列位在此，無有我

❺ 不伶俐：不乾淨；不正當。

❻ 走風：洩漏祕密。

不破鈔，反喫白食的。二弟意下何如？」眾人都拍手道：「有理，有理。」申蘭就叫謝保過來，見了二官人道：「這是我家僱工，極是老實勤緊可托的。」就分付他，叫去買辦食物。小娥領命走出，一霎就辦得齊齊整整，擺列起來。申春道：「此人果是能事，怪道大哥出外，放得家裡下。原來有這樣得力人在這裡！」眾人都贊嘆一番。申蘭叫謝保把福物擺在一個養家神道前了。申春道：「須得寫眾人姓名，通誠一番。我們幾個都識字不透，這事卻來不得。」申蘭道：「謝保寫得好字。」申春道：「又會寫字，難得，難得！」小娥就走去，將了紙筆，排頭寫來。少不得申蘭、申春為首，其餘各報將名來，一個個寫。小娥一頭寫著，一頭記著，方曉得果然這個叫得申春。獻神已畢，就將福物收去，整理一整理，重新擺出來。大家驩哄飲啖，卻不隄防小娥是有心的，急把其餘名字，一個個都記將出來，寫在紙上，藏好了。私自嘆道：「好個李判官！精悟玄鑒，與夢語符合如此，此乃我父夫精靈不泯，天啟其心。今日仇人都在，我志將就了。」急急走來伏侍，只揀大碗，頻頻斟與蘭、春二人。二人都是酒徒，見他如此殷勤，一發喜歡。大碗價只顧喫，那裡猜他有甚別意？天色將晚，眾賊俱已酣醉，各自散去。只有申春留在這裡過夜未散。小娥又滿滿斟了熱酒，奉與申春道：「小人謝保，到此兩年，不曾伏侍二官人，今日小人借花獻佛❼，多敬一盃。」又斟一盃與申蘭道：「大官人請陪一陪。」申春道：「好個謝保，會說會勸。」申蘭道：「我們不要辜負他孝敬之意，盡量多飲一盃纔是。」又與申春說謝保許多好處，小娥謙稱一句，就獻一盃，不乾不住。兩個被他灌得十分酩酊。原來江邊苦無好酒，群盜只喫的是燒刀子。這一鐔是他們因要盡興，買那真正滴花燒酒，是極狠的。況喫得多了，豈有不醉之理？申蘭醉極苦熱，

❼ 借花獻佛：借別人的東西敬客。

又走不動了，就在庭中坦了衣服眠倒了。申春也要睡，還走得動。小娥就扶他到一個房裡，床上眠好了。走到裡面看時，原來蘭氏在廚下整酒時，聞得酒香撲鼻，因喫夜飯，也自喫了碗把。兩個丫頭遞酒出來，各各偷些嘗嘗。女人家經得多少濃味？一個個伸腰打盹，卻像著了孫行者瞌睡蟲的。小娥見如此光景，想道：「此時不下手，更待何時？」又想道：「女人不打緊，只怕申春這廝未睡得穩，卻是利害！」就拿把鎖，把申春睡的房門鎖好了。走到庭中，衣襟內拔出佩刀，把申蘭一刀，斷了他頭，欲待再殺申春，終久是女人家，見申春起初走得動，只怕還未甚醉，不敢輕惹他。忙走出來鄰里間，叫道：「有煩與我出力拿賊則個！」鄰人多是平日與他相好的，聽得他的聲音，都走將攏來，問道：「賊在那裡，我們幫你拿去。」小娥道：「非是小可的賊，乃是江洋殺人的大強盜，贓仗都在，今被我灌醉，鎖住在房中。須賴眾力擒他。」小娥平日結識的好些好事的人在內，見說是強盜，都摩拳擦掌道：「是甚麼人？」小娥道：「就是小人的主人，與他兄弟慣做強盜，家中貨財千萬，都是贓物。」內中也有的道：「你在他家中，自然知他備細不差。只是沒有被害失主，不好鹵莽得！」小娥道：「小人就是被害失主。小人父親與一個親眷，兩家數十口，都被這夥人殺了。而今家中金銀器皿上，還有我家名字記號，須認得出。」一個老成的道：「此話是真。那申家蹤跡可疑，身子常不在家，又不做生理，卻如此暴富。我們只是不查得他實跡，又怕他兇暴，所以不敢發覺。今既有謝小哥做證，我們助他一臂，擒他兄弟兩個送官，等他當官追究為是。」小娥道：「我已手殺一人，只須列位助擒得一個。」眾人見說已殺了一人，曉得事體必要經官，又且與小娥相好的多，恨申蘭的也不少，一齊點了火把，望申家門裡進來。只見申蘭已挺屍在血泊裡。開了房門，申春鼾聲如雷，還在睡夢。眾人把索子綑住。申春還掙扎道：「大哥不要取笑！」

眾人罵他：「強盜！」他兀自未醒。眾人細好了，一齊闖進內房來。那蘭氏酒不多，醒得快，驚起身來，見了眾人火把，只道是強盜上了，口裡道：「終日去打劫人，今日卻有人來打劫了！」眾人聽得，一發道是謝保之言為實。喝道：「胡說！誰來打劫你家？你家強盜事發了！」也把蘭氏與兩個丫鬟拴將起來。蘭氏道：「多是丈夫與叔叔做的事，須與奴家無干。」眾人道：「說不得，自到當官去對。」此時小娥恐怕人多搶散了贓物，先已把平日收貯之處，安頓好了，鎖閉著，明請地方加封，告官起發。

鬧了一夜，明日押進潯陽郡來，潯陽太守張公升堂，地方人等解到一干人犯。小娥手執首詞，首告人命強盜重情。此時申春宿酒已醒，明知事發，見對理的卻是謝保，曉得哥哥平日有海底眼在他手裡，卻不知其中就裡，亂喊道：「此是傭工人背主假捏出來的事。」小娥對張太守指著申春道：「他兄弟兩個為首，十年前殺了豫章客謝、段二家數十人，如何還要抵賴？」太守道：「你敢在他家傭工，同做此事？而今待你有些不是處，你先出首了麼？」小娥道：「小人在他家傭工，止得二年。此是他十年前事。」太守道：「這等你如何曉得？有甚憑據？」小娥道：「他家中所有物件，還有好些是謝、段二家之物，即此便是憑據。」太守道：「你是謝家何人，卻認得是？」小娥道：「謝是小人父家，段是小人夫家。」太守道：「你是男子，如何說是夫家？」小娥道：「爺爺聽稟，小婦人實是女子，不是男子。只因兩家都被二盜所殺，小婦人攛入水中，遇救得活。後來父夫托夢，說殺人姓名，乃是十二個字謎，解說不出。遍問識者，無人參破。幸有洪州李判官，解得是申蘭、申春。小婦人就改妝作男子，遍歷江湖，尋訪此二人。到得此郡，有出榜僱工者，問是申蘭。小婦人有心，就投了他家。看見他出沒蹤跡，又認識舊物，明知他是大盜，殺父的仇人，未見申春，不敢動手。昨日方纔同來飲酒。故此小婦人手刃了申蘭，叫破地方，同擒了申春，只此是實。」太守見說得希奇，就問道：「那十二字謎語如何的？」小娥把十二字念了一遍。太守道：「如何就是申蘭、申春？」小娥又把李公佐所解之言，照前述了一遍。太守連連點頭道：「是，是，是。快哉，李君！明悟若此！他也與我有交，這事是真無疑。但你既是女人扮作男子，非止一日，如何得不被人看破？」小娥道：「小婦人冤仇在身，日夜提心吊膽，豈有破綻露出在人眼裡？若稍有洩漏，冤仇怎報得成？」太守心中嘆道：「有志哉！此婦人也。」又喚地方人等起來問著事繇。地方把申家向來蹤跡可疑，及謝保兩年前僱工，昨夜殺了申蘭，協同擒了申春，併他家屬，今日解府的話，備細述了一遍。太守道：「贓物何在？」小娥道：「贓物向托小婦人掌管，昨夜眼同地方封好在那裡。」太守即命公人押了小娥，與同地方到申蘭家起贓。金銀財貨，何止千萬。小娥俱一一登有簿籍，分毫不爽。即時送到府堂。太守見金帛滿庭，知盜情是實。把申春嚴刑拷打，蘭氏亦加拶指，都抵賴不得，一一招了。太守又究餘黨，申春還不肯說，只見小娥袖中取出所抄的名姓，呈上太守道：「這便是群盜的名了。」太守道：「你如何知得恁細？」小娥道：「是昨日叫小婦人寫了連名賽神的。小婦人嘿自抄記，一人也不差。」太守一發嘆賞他能事。便喚申春研問著這些人住址，逐名註明了。先把申春下在牢裡，蘭氏、丫鬟討保官賣，然後點起兵快，登時往各處擒拿。正似甕中捉鱉，沒有一個走得脫的，齊齊擒到，俱各無詞。太守盡問成重罪，同申春下在死牢裡，乃對小娥道：「盜情已真，不必說了。只是你不待報官，擅行殺戮，也該一死。」小娥道：「大仇已報，立死無根。」太守道：「法上雖是如此，但你孝行可嘉，志節堪敬，不可以常律相拘。待我申請朝廷，討個明降，免你死罪。」小娥叩首稱謝，太守叫押出討保。小娥稟道：「小婦人而今事跡已明，不可復與男子溷處，只求發在尼庵，聽候發落為便。」太守道：「一發說得是。」就叫押在附近尼庵，討個收管。一面聽候聖旨發落。太守就備將情節奏上，內云：

謝小娥立志報仇，夢寐感通，歷年乃得。明係父仇，又屬真盜，不惟擅殺之條，原情可免，又且矢志之事，核行可旌！云云。元和十二年四月。

明旨批下，謝小娥節行異人，准奏免死，有司旌表其廬。中春即行處斬。不一日到潯陽郡府堂，開讀了畢，太守命牢中取出申春等死囚來，讀了犯由牌，押付市曹處斬。小娥此時已復了女裝，穿了一身素服，法場上看斬了申春，再到府中拜謝張公。張公命花紅鼓樂，送他歸本里。小娥道：「父死夫亡，雖蒙相公奏請朝廷恩典，花紅鼓樂之類，決非孀婦敢領。」太守越敬他知禮，點一官媼，伴送他到家，另自差人旌表。此時鬨動了豫章一郡。小娥父夫之族，還有親屬在家的，多來與小娥相見問訊，說起事繇，無不悲嘆驚異。里中豪族，慕小娥之名，央媒求聘的，殆無虛日。小娥誓心不嫁道：「我混跡多年，已非得已。若今日嫁人，女貞何在？寧死不可。」曾奈來纏的人越多了，小娥不耐煩分訴，心裡想道：「昔年妙果寺中，已願為尼，只因冤仇未報，不敢落髮。今吾事已畢，少不得皈依三寶，以了終身，不如趁此落髮，絕了眾人之願。」小娥遂將剪子先將髻子剪下，然後用剃刀剃淨了，穿了褐衣，做個行腳僧打扮，辭了親屬，出家訪道，竟自飄然離了本里，里中人愈加歎誦不題。

且說元和十三年六月，李公佐在家被召，將上長安，道經泗濱，有善義寺尼師大德，戒律精嚴，多曾會過，信步往謁。大德師接入客座。只見新來操戒的弟子數十人，俱淨髮鮮披，威儀雍容，列侍師之左右。內中一尼，仔細看了李公佐一回，問師道：「此官人豈非是洪州判官李二十三郎？」師點頭道：「正是，你如何認得？」此尼即泣下數行道：「使我得報家仇，雪冤恥，皆此判官恩德也！」即含淚上前，稽首拜謝。李公佐卻不認得，驚起答拜道：「素非相識，有何恩德可謝！」此尼道：「某名小娥，即向年瓦官寺中乞食孀婦也。尊官其時以十二字謎語，辨出申蘭、申春二賊名姓，尊官豈忘之乎？」李公佐想了一回，方纔依稀記起，卻記不全。又問起是何十二字？小娥再念了一遍，李公佐豁然省悟道：「一向已不記了，今見說來，始悟前事。後來果訪得有此二人否？」小娥因把扮男子，投申蘭，擒申春并餘黨，數年經營，艱苦之事，從前至後，備細告訴了畢。又道：「尊官恩德，無可以報，從今惟有朝夕誦經，保佑而已。」李公佐問道：「今如何恰得在此處相會？」小娥道：「復仇已畢，其時即剪髮披褐，訪道於牛頭山，師事大士庵尼將律師，苦行一年，今年四月始受具戒于泗州開元寺，所以到此。豈知得遇恩人，莫非天也！」李公佐道：「既已受戒，是何法號？」小娥道：「不敢忘本，只仍舊名。」李公佐嘆息道：「天下有如此至心女子！我偶然辨出二盜姓名，豈知誓志不捨，畢竟訪出其人，復了冤仇。又且傭保雜處，無人識得是個女人，豈非天下難事！我當作傳，以旌其美。」小娥感泣，別了李公佐，仍歸牛頭山。扁舟泛淮，雲遊南國，不知所終。李公佐為譔謝小娥傳，流傳後世，載入太平廣記。詩云：

匕首如霜鐵作心，精靈萬載不銷沉。
西山木石填東海，女子啣仇分外深。

又云：

夢寐能通造化機，天教達識剖玄微。
姓名一解終能報，方信雙魂不浪歸。

卷二十　李克讓竟達空函　劉元普雙生貴子

詩曰：

全婚昔日稱裴相，助殯千秋慕范君。
慷慨奇人難屢見，休將仗義望朝紳！

這一首詩，單道世間人周急者少，繼富者多。為此達者便說：「只有錦上添花，那得雪中送炭❶？」只這兩句話，道盡世人情態。比如一邊有財有勢，那趨財慕勢的，多只向一邊去。這便是俗語叫做「一帆風」，又叫做「鵓鴿子旺邊飛」。若是財利交關，自不必說。至于婚姻大事，兒女親情，有貪得富的，便是王公貴戚，自甘與團頭作對；有嫌著貧的，便是世家巨族，不得與甲長聯親。自道有了一分勢要，兩貫浮財，便不把人看在眼裡。況有那身在青雲之上，拔人于淤泥之中，重捐己資，曲全婚配。恁般樣人，實是從前寡見，近世罕聞。冥冥之中，天公自然照察。原來那「夫妻」二字，極是鄭重，極宜斟酌，報應極是昭彰，世人決不可戲而不戲，胡作亂為。或者因一句話上，成就了一家兒夫婦；或者因一紙字中，拆散了一世的姻緣。就是陷于不知，因果到底不爽。

且說南直長洲有一村農，姓孫，年五十歲，娶下一個後生繼妻。前妻留下一個兒子，一房媳婦，且

❶ 雪中送炭：幫助貧寒困難的人。

是孝順。但是爹娘的說話，不論好歹真假，多應在骨裡的信從。那老兒和兒子，每日只是鋤田鈀地，出去養家過活。婆媳兩個在家績麻拈苧，自做生理。卻有一件奇怪，原來那婆子雖數上了三十多個年頭❷，十分的不長進，又道是婦人家入土方休，見那老子是個養家經紀之人，不恁地理會這些勾當，所以閒常❸也與人做了些不伶俐的身分，幾番幾次，漏在媳婦眼裡。那媳婦自是個老實勤謹的，只以孝情為上，小心奉事翁姑，那裡有甚心去捉他破綻？誰知道無心人對有心人。那婆子自做了這些話把，被媳婦每每衝著，虛心病了，自沒意思。卻恐怕有甚風聲，吹在老子和兒子耳朵裡；顛倒在老子面前搬鬥❹。又道是：「枕邊告狀，一說便准。」那老子信了婆子的言語，帶水帶漿❺的，羞辱毀罵了兒子幾次。那兒子是個孝心的人，聽了這些話頭，沒個來歷，直擺佈得夫妻兩口，終日合嘴合舌❻，甚不相安。——看官聽說：世人只有一夫一妻，一竹竿到底的，始終有些正氣，自不甘學那小家腔派。獨有最狠毒、最狡猾、最短見的，是那晚婆。大概不是一婚兩婚人，便是那低門小戶，減剩貨與那不學好為夫所棄的這幾項人，極是老唧溜❼，也會得使人喜，也會得使人怒，弄得人死心塌地，不敢不從。原來世上婦人，除了那十分貞烈的，說著那話兒，無不著緊。男子漢到中年，筋力漸衰，那娶晚婆的，大半是中年人做的事，往往

❷ 年頭：年紀。
❸ 閒常：平常。
❹ 搬鬥：搬嘴舌。
❺ 帶水帶漿：言語中夾著諷刺辱罵。
❻ 合嘴合舌：爭吵。
❼ 老唧溜：老滑頭。

男大女小。假如一個老蒼男子，娶了水也似一個嬌嫩婦人，縱是千箱萬斛，儘你受用，卻是那話兒有些支吾不過，自覺得過意不去。隨你有萬分不是處，也只得依順了他。所以那家庭間，每每被這些人炒得十清九濁❽。

這閒話且放過，如今再接前因。話說吳江有個秀才蕭王賓，胸藏錦繡，筆走龍蛇，因家貧，在近處人家處館，早出晚歸。主家間壁是一座酒肆，店主喚做熊敬溪，店前一個小小堂子，供著五顯靈官。那王賓因在主家出入，與熊店主廝熟。忽一夜，熊店主得其一夢，夢見那五位尊神對他說道：「蕭狀元終日在此來往，吾等見了，坐立不安，可為吾等築一堵短壁兒，在堂子前遮蔽遮蔽。」店主醒來，想道：「這夢甚是蹺蹊！說甚麼蕭狀元？難道便是在間壁處館的那個蕭秀才？我想恁般一個寒酸措大❾，如何便得做狀元？」心下疑惑，卻又道：「除了那個姓蕭的，卻又不曾與第二個姓蕭的識熟。『凡人不可貌相，海水不可斗量。』況是神道的言語，寧可信其有，不可信其無。」次日起來，當真在堂子前面堆起一堵短牆，遮了神聖，卻自放在心裡不題。

隔了幾日，蕭秀才往長洲探親，經過一個村落人家，只見一夥人聚做一塊，在那裡喧嚷。蕭秀才挨在人叢裡看一看，只見眾人指著道：「這不是一位官人？來得湊巧，是必央及這官人則個。省得我們村裡去尋門館先生。」連忙請蕭秀才坐著，將過紙筆道：「有煩官人寫一寫，自當相謝。」蕭秀才道：「寫個甚麼？且說個緣故。」只見一個老兒，與一個小後生走過來道：「官人聽說，我們是這村裡人，姓孫。

❽ 十清九濁：混濁；混亂。

❾ 措大：舊時稱讀書人為「措大」，有輕視的意思。

爺兒兩個，一個阿婆，一房媳婦。叵耐媳婦十分不學好，到終日與阿婆鬥氣，我兩個又是養家經紀人，一年到頭，沒幾時住在家裡。這樣婦人，若留著他，到底是個是非堆，為此今日將他發還娘家，任從別嫁。他每眾位多是地方中見，為是要寫一紙休書，這村裡人，沒一個通得文墨。見官人經過，想必是個有才學的，因此相煩官人替寫一寫。」蕭秀才道：「原來如此，有甚難處？」便逞著一時見識，舉筆一揮，寫了一紙休書，交與他兩個，他兩個便將五錢銀子送秀才做潤筆之資。秀才笑道：「這幾行字值得甚麼？我卻受你銀子！」再三不接，拂著袖子，撇開眾人，逕自去了。這裡自將休書付與婦人。那婦人可憐勤勤謹謹做了三、四年媳婦，沒緣沒故的休了他，咽著這一口怨氣，扯住了丈夫，哭了又哭，號天拍地的不肯放手。口裡說道：「我委實不曾有甚歹心負了你，你聽著一面之詞，離異了我！我生前無分辨處，做鬼也要明白此事！今世不能和你相見了，便死也不忘記你。」這幾句話，說得傍人俱各掩淚。他丈夫也覺得傷心，忍不住哭起來。卻只有那婆子看著，恐怕兒子有甚變卦，流水和老兒兩個拆開了手，推出門外。那婦人只得含淚去了不題。

再說那熊店主，重夢見五顯靈官，對他說道：「快與我等拆了面前短壁，攔著十分鬱悶。」店主夢中道：「神聖前日分付小人起造，如何又要拆毀？」靈官道：「前日為蕭秀才時常此間來往，他後日當中狀元，我等見了他坐立不便，所以教你築牆遮蔽。今他于某月某日，替某人寫了一紙休書，拆散了一家夫婦，上天鑒知，減其爵祿。今職在吾等之下，相見無礙，以此可拆。」那店主正要再問時，一跳驚醒。想道：「好生奇異！難道有這等事！明日待我問蕭秀才，果有寫休書一事否？便知端的。」明日當真先去拆了壁，卻好那蕭秀才踱將來，店主邀住道：「官人有句說話，請店裡坐地。」入到裡面坐定喫茶，店主動問道：「官人曾于某月某日與別人代寫休書麼？」秀才想了一會道：「是曾寫來，你怎地曉得？」店主遂將前後夢中靈官的說話，一一告訴了一遍。秀才聽罷，目睜口呆，懊悔不迭。後來果然舉了孝廉，只做到一個知州地位。那蕭秀才因一時無心失誤上，白送了一個狀元。世人做事決不可不檢點！

曾有詩道得好：

人生常好事，作者不自知。
起念埋根際，須思決局時。
動止雖微渺，干連已彌滋。
昏昏罹天網，方知悔是遲。

*　　*　　*

試看那拆人夫婦的，受禍不淺，便曉得那完人夫婦的，獲福非輕。如今單說前代一個公卿，把幾個他州外族之人，認做至親骨肉，撮合了才子佳人，保全了孤兒寡婦，又安葬了朽骨枯骸。如此陰德，又不止是完人夫婦了。所以後來受天之報，非同小可。

這話文出在宋真宗時，西京洛陽縣有一官人，姓劉名弘敬，字元普，曾任過青州刺史，六十歲上告老還鄉，繼娶夫人王氏，年尚未滿四十。廣有家財，並無子女。一應田園典舖，俱託內姪王文用管理，自己只是在家中廣行善事，仗義疏財，揮金如土，從前至後，已不知濟過多少人了，四方無人不聞其名。只是並無子息，日夜憂心。

時遇清明節屆，劉元普分付王文用整備了牲牷酒醴，往墳塋祭掃。與夫人各乘小轎，僕從在後相隨。

不踰時，到了墳上。澆奠已畢，元普拜伏墳前，口中說著幾句道：

堪憐弘敬年垂邁，不孝有三無後大。
七十人稱自古稀，殘生不久留塵界。
今朝夫婦拜墳塋，他年誰向墳塋拜？
膝下蕭條未足悲，從前血食何容艾。
天高聽遠實難憑，一脈宗親須憫愛。
訴罷中心淚欲枯，先靈英爽知何在？

當下劉元普說到此處，放聲大哭。旁人俱各悲悽。那王夫人極是賢德的，拭著淚上前勸道：「相公請免愁煩，雖是年紀將暮，筋力未衰。妾身縱不能生育，當別娶少年為妾，子嗣尚有可望，徒悲無益。」劉元普見說，只得勉強收淚，分付家人，送夫人乘轎先回，自己留一個家僮相隨，閒行散悶，徐步回來。將及到家之際，遇見一個全真先生，手執招牌，上寫道：「風鑑通神。」元普見是相士，正要卜問子嗣，便延他到家中來坐。喫茶已畢，元普端坐，求先生細相。先生仔細相了一回，略無忌諱，說道：「觀使君氣色，非但無嗣，壽亦在旦夕矣。」元普道：「學生年近古稀，死亦非夭。子嗣之事，至此暮年，亦是水中撈月了。但學生自想生平雖無大德，濟弱扶傾，矢心已久。不知如何罪業，遂至殄絕祖宗之祀？」先生微笑道：「使君差矣！自古道：『富者怨之叢。』使君廣有家私，豈能一一綜理？彼任事者只顧肥家，不存公道，大斗小秤，侵剝百端，以致小民愁怨。使君縱然行善，只好功過相酬耳，恐不能獲福也。使君但當悉杜其弊，益廣仁慈，多福多壽多男，特易易耳。」元普聞言，默然聽受。先生起身作別，不受謝金，飄然去了。元普知是異人，深信其言，隨取田園典舖帳目，一一稽查。又潛往街市鄉間，各處探聽，盡知其實。遂將眾管事人一一申飭，并妻姪王文用，也受了一番呵叱。自此益修善事不題。

卻說汴京有個舉子李遜，字克讓，年三十六歲。親妻張氏，生子李彥青，小字春郎，年方十七。本是西粵人氏，只為與京師寫遠，十分孤貧，不便赴試。數年前挈妻攜子，流寓京師，卻喜中了新科進士，除授錢塘縣尹，擇個吉日，一同到了任所。李克讓看見湖山佳勝，宛然神仙境界，不覺心中爽然。誰想貧儒命薄，到任未及一月，犯了個不起之症。正是：

濃霜偏打無根草，禍來只捹福輕人。

那張氏與春郎請醫調治，百般無效，看看待死。一日，李克讓喚妻子到床前，說道：「我苦志一生，得登黃甲，死亦無恨，但只是無家可捹，無族可依，撇下寡婦孤兒，如何是了？可痛！可憐！」說罷，淚如雨下。張氏與春郎在傍勸住。克讓想道：「久聞洛陽劉元普，仗義疏財，名傳天下，不論識認不識認，但是以情相求，無有不應。除是此人，可以託妻寄子。」便叫：「娘子，扶我起來坐了。」又叫兒子春郎，取過文房四寶，正待舉筆，忽又停止。心中好生躊躇道：「我與他從來無交，難敘寒溫。這書如何寫得？」疾忙心生一計，分付妻兒取湯取水，把兩人都遣開了。及至取得湯水來時，已自把書重重封固，上面寫十五字，乃是：「辱弟李遜，書呈洛陽恩兄劉元普親拆。」把來遞與妻兒收好，說道：「我有個八拜為交的故人，乃青州刺史劉元普，本貫洛陽人氏。此人義氣干霄，必能濟汝母子。將我書前去投他，料無阻拒，可多多拜上劉伯父，說我生前不及相見了。」隨分付張氏道：「二十載恩情，今長別矣。倘蒙伯父收留，全賴小心相處，必須教子成名，補我未逮之志。你已有遺腹兩月，倘得生子，使其仍讀父書。若生女時，將來許配良人，我雖死而瞑目。」又分付春郎道：「汝當事劉伯父如父，事劉伯母如母，又當孝敬母親，勵精學業，以圖榮顯。我死猶生，如違我言，九原之下，亦不安也！」兩人垂淚受教。又囑付道：「身死之後，權寄棺木浮丘寺中，俟投過劉伯父，徐圖殯葬，但得安土埋藏，不須重到西粵。」說罷，心中哽咽，大叫道：「老天！老天！我李遜如此清貧，難道要做滿一個縣令也不能勾！」當時驀然倒在床上，已自叫喚不醒了。正是：

君恩新荷喜相隨，誰料夭年已莫追！
休為李君傷夭逝，四齡已可傲顏回。

張氏、春郎，各各哭得死而復甦。張氏道：「撇得我孤孀二人好苦！倘劉君不肯相容，如何處置？」春郎道：「如今無計可施，只得依從遺命。我爹爹最是識人，或者果是好人，也不見得。」張氏即將囊橐檢點，那曾還剩分文！原來李克讓本是極孤極貧的，做人甚是清方。到任又不上一月，雖有些少，已為醫藥廢盡了。還虧得同僚相助，將來買具棺木盛殮，停在衙中。母子二人朝夕哭奠。過了七七之期，依著遺言，寄柩浮丘寺內。收拾些少行李盤纏，帶了遺書，饑餐渴飲，夜宿曉行，取路投洛陽縣來。

卻說劉元普一日正在書齋閒翫古典，只見門上人報道：「外有母子二人，口稱西粵人氏，是老爺至交親戚，有書拜謁。」元普心下著疑，想道：「我那裡來這樣遠親？」便且叫請進。母子二人，走到跟前，施禮已畢。元普道：「老夫與賢母子在何處識面？實有遺忘，伏乞詳示。」李春郎答道：「家母小姪，其實不曾得會。先君卻是伯父至交。」元普便請姓名，春郎道：「先君李遜，字克讓，母親張氏。小姪名彥青，字春郎，本貫西粵人氏。先君因赴試，流落京師。以後得第，除授錢塘縣尹，一月身亡。

李克讓竟達空函

劉元普雙生貴子

臨終時，憐我母子無依，說有洛陽劉伯父，是幼年八拜至交，特命亡後，齎了手書，自任所前來拜懇。故此母子造宅，多有驚動。」元普聞言，茫然不知就裡。春郎便將書呈上。元普看了封簽上十五字，好生詫異。及至拆封看時，卻是一張白紙，喫了一驚，默然不語。左思右想了一回，猛可裡心中省悟道：「必是這個緣故無疑。我如今不要說破，只教他母子得所便了。」張氏母子見他沉吟，只道不肯容納，豈知他卻是天大一場美意。元普收過了書，便對二人說道：「李兄果是我八拜至交，指望再得相會，誰知已作古人？可憐！可憐！今你母子，就是我自家骨肉，在此居住便了。」便叫請出王夫人來說知來歷，認為妯娌。春郎以子姪之禮自居。當時擺設筵席，款待二人。酒間，說起李君靈柩在任所寺中，元普一力應承殯葬之事。王夫人又與張氏細談，已知他有遺腹兩月了。酒散後，送他母子到南樓安歇。家火器皿，無一不備。又撥幾對僮僕服侍，每日三餐，十分豐美。張氏母子，得他收留，已自過望，誰知如此殷勤，心中感激不盡。過了幾時，元普見張氏德性溫存，春郎才華英敏，更兼謙謹老成，愈加敬重。又一面打發人往錢塘去扶柩了。

忽一日，正與王夫人閒坐，不覺掉下淚來。夫人忙問其故。元普道：「我觀李氏子，儀容志氣，後來必然大成。我若得這般一個兒子，真可死而無恨。今年華已去，子息杳然，為此不覺傷感。」夫人道：「我屢次勸相公娶妾，只是不允。如今定為相公覓一側室，管取宜男。」元普道：「夫人休說這話。我雖垂暮，你卻尚是中年。若是天不絕我劉門，難道你不能生育？若是命中該絕，縱使姬妾盈前，也是無幹。」說罷，自出去了。夫人這番卻主意要與丈夫娶妾，曉得與他商量，定然推阻。便私下叫家人喚將做媒的薛婆來，說知就裡。又囑付道：「直待事成之後，方可與老爺得知。必用心訪個德容兼備的，或者老爺纔肯相愛。」薛婆一一應諾而去。過不多日，薛婆尋了幾頭來說，領來看了，沒一個中夫人的意。薛婆道：「此間女子，只好恁樣。除非汴梁帝京五方雜聚去處，纔有出色女子。」恰好王文用有別事要進京，夫人把百金密托了他，央薛婆與他同去尋覓。薛婆也有一頭媒事要進京，兩得其便，就此起程不題。

如今再表一段緣因，話說汴京開封府祥符縣，有一進士，姓裴名習，字安卿。年登五十。夫人鄭氏早亡。單生一女，名喚蘭孫，年方二八，儀容絕世。裴安卿做了郎官幾年，陞任襄陽刺史。有人對他說道：「官人向來清苦，今得此美任，此後只愁富貴不愁貧了。」安卿笑道：「富自何來？每見貪酷小人，惟利是圖，不過使這幾家治下百姓，賣兒貼婦，充其囊橐。此真狼心狗行之徒！天子教我為民父母，豈是教我殘害子民！我今此去，惟喫襄陽一盃淡水而已。貧者人之常，叨朝廷之祿，不至凍餒足矣，何求富為！」裴安卿立心要做個好官，選了吉日，帶了女兒起程赴任。不則一日，到了襄陽。蒞任半年，治得那一府物阜民安，詞清訟簡。民間造成幾句謠詞，說道：

襄陽府前一條街，一朝到了裴天臺。

六房吏書去打盹，門子皁隸去砍柴。

光陰荏苒，又早六月炎天。一日，裴安卿裴蘭孫喫過午飯，暴暑難當，安卿命汲井水解熱。霎時井水將到，安卿喫了兩鍾，隨後叫女兒喫。蘭孫飲了數口，說道：「爹爹，恁樣淡水，虧爹爹怎生喫下偌多？」安卿道：「休說這般折福的話！你我有得這水喫時，也便是神仙了，豈可嫌淡！」蘭孫道：「爹爹，如何便見得折福？這樣時候，多少王孫公子，雪藕調冰，浮瓜沉李，也不為過。爹爹身為郡侯，飲此一盃淡水，還道受用，也太迂闊了。」安卿道：「我兒不諳事務，聽我道來。假如那王孫公子，倚傍著祖宗的勢耀，頂戴著先人積攢下的浮財，不知稼穡，又無甚事業，只圖快樂，落得受用。卻不知樂極悲生，也終有馬死黃金盡的時節。縱不然，也是他生來有這些福氣。你爹爹貧寒出身，又叨朝廷民社之責，須不能勾比他！還有那一等人，假如當此天道，為將邊廷，身披重鎧，手執戈矛，日夜不能安息，又且死生朝不保暮。更有那荷鍤農夫，經商工役，辛勤隴陌，奔走泥塗，雨汗通流，還禁不住那當空日晒。你爹爹比他不已是神仙了？又有那下一等人，一時過誤，問成罪案，困在囹圄，受盡鞭箠，還要肘手鐐足，這般時節，拘于那不見天日之處，休說冷水，便是泥汁也不能勾，求生不得生，求死不得死，父娘皮肉，痛癢一般，難道偏他們受得苦起？你爹爹比他豈不是神仙！今司獄司中見有一、二百名罪人，吾意欲散禁他每在獄，日給冷水一次，待交秋再作理會。」蘭孫道：「爹爹未可造次！獄中罪人，皆不良之輩，若輕鬆了他，倘有不測，受累不淺！」安卿道：「我以好心待人，人豈負我？我但分付牢子緊守監門便了。」也是合當有事。只因這一節，有分教：

應死囚徒俱脫網，施仁郡守反遭殃。

次日，安卿升堂，分付獄吏：「將囚人散禁在牢，日給涼水與他，須要小心看守！」獄卒應諾了，當日便去牢裡鬆放了眾囚，各給涼水。牢子們緊緊看守，不致疏虞。過了十來日，牢子們就懈怠了。

忽又是七月初一日，獄中舊例，每逢月朔，便獻一番利市。那日燒過了紙，眾牢子們都去喫酒散福，從下午喫起，直喫到黃昏時候，一個個酩酊爛醉。那一干囚犯，初時見獄中寬縱，已自起心越牢。內中有幾個有親識的，密地教對付些利器，暗藏在身邊。當日見眾人已醉，就便乘機發作，約莫到二更時分，獄中一片聲喊起，一、二百罪人，一齊動手。先將那當牢的禁子殺了，打出牢門，將那獄吏牢子，一個個砍翻，撞見的，多是一刀一個。有的躲在黑暗裡聽時，只聽得喊道：「太爺平時仁德，我每不要殺他！」直反到各衙，殺了幾個佐貳官。那時正是清平時節，城門還未曾閉。眾人吶聲喊，一鬨逃走出城。正是：

鰲魚脫卻金鈎去，擺尾搖頭再不來。

那時裴安卿聽得喧嚷，在睡夢中驚覺，連忙起來，早已有人報知。裴安卿聽說，卻正似頂門上失了三魂，腳底下蕩了七魄，連聲只叫得苦。悔道：「不聽蘭孫之言，以至于此！誰知道將仁待人，被人不仁！」一面點起民壯，分頭追捕。多應是海底撈針，那尋一個？次日，這樁事早報與上司知道。少不得動了一本，不上半月，已到汴京，奏章早達天聽。天子與群臣議處，若是裴安卿是個貪贓刻剝，阿諛諂佞的，朝中也還有人喜他。只為平素心性剛直，不肯趨奉權貴，況且一清如水，俸資之外，毫不苟取，那有錢財夤緣勢要？所以無一人與他辨冤。多道：「縱囚越獄，典守者不得辭其責！又且殺了佐貳，獨留刺史，事屬可疑，合當拿問！」天子准奏，即便批下本來，著法司差官扭解到京。那時裴安卿便是重出世的召父，再生來的杜母，也只得低頭受縛。卻也道自己素有政聲，還有辨白之處，叫蘭孫收拾了行李，父女兩個同了押解人起程。

不則一日，來到東京。那裴安卿舊日住居，已奉聖旨抄沒了。僮僕數人，分頭逃散，無處可以安身。還虧得鄭夫人在時，與清真觀女道往來，只得借他一間房子裴蘭孫住下了。次日青衣小帽，同押解人到朝候旨。奉聖旨下大理獄鞫審，即刻便自進牢。蘭孫只得將了些錢鈔，買上告下，去獄中傳言寄語，擔茶送飯。

原來裴安卿年衰力邁，受了驚惶，又受了苦楚。日夜憂慮，飲食不進。蘭孫設處送飯，枉自費了銀子。一日見蘭孫正到獄門首來，便喚住女兒說道：「我氣塞難當，今日大分必死。只為為人慈善，以致召禍，累了我兒。雖然罪不及孥，只是我死之後，無路可投，作婢為奴，定然不免！」那安卿說到此處，好如萬箭鑽心，長號數聲而絕。還喜未及會審，不受那三木⑩囊頭之苦。蘭孫跌腳搥胸，哭得個發昏章第十一⑪。欲要領取父親屍首，又道是朝廷罪人，不得擅便。當時蘭孫不顧死生利害，闖進大理寺衙門，哭訴越獄根由，哀感傍人。幸得那大理寺卿，還是個有公道的人，見了這般情狀，惻然不忍，隨即進一道表章，上寫著：

> 大理寺卿臣某，勘得襄陽刺史裴習，撫字心勞，提防政拙，雖法禁多疏，自干天譴，而反情無據，可表臣心。今已斃囹圄，宜從寬貸。伏乞速降天恩，赦其遺屍歸葬，以彰朝廷優待臣下之心。臣某惶恐上言。

那真宗也是個仁君，見裴習已死，便自不欲苛求，即批准了表章。蘭孫得了這個消息，還算是黃連樹下彈琴，苦中取樂。將身邊所剩餘銀，買口棺木，僱人抬出屍首，盛殮好了，停在清真觀中。做些羹飯，澆奠了一番。又哭得一佛出世⑫。那裴安卿所帶盤費，原無幾何，到此已用得乾乾淨淨了。雖是已有棺木，殯葬之資毫無所出。蘭孫左思右想道：「只有個舅舅鄭公，見任西川節度使，帶了家眷在彼，卻是

---

⑩ 三木：加在頸項、手、足上的刑具。

⑪ 發昏章第十一：這是一句玩笑話，其實衹是「發昏」的意思。

⑫ 一佛出世：死去活來。

路途險遠，萬萬不能搭救。」真正無計可施，事到頭來不自由，只得手中拿個草標，將一張紙寫著「賣身葬父」四字。到靈柩前拜了四拜，禱告道：「爹爹陰靈不遠，保奴前去得遇好人。」拜罷起身，噙著一把眼淚，抱著一腔冤恨，忍著一身羞恥，沿街喊叫。可憐裴蘭孫是個嬌滴滴的閨中處子，見了一個驀生人，也要面紅耳熱的，不想今日出頭露面，思念父親臨死言詞，不覺寸腸俱裂。正是：

天有不測風雲，人有旦夕禍福。
生來運蹇時乖，只得含羞忍辱。
父兮桎梏亡身，女兮街衢痛哭。
縱交血染鵑紅，彼蒼不念煢獨！

又道是天無絕人之路，正在街上賣身，只見一個老媽媽走近前來，欠身施禮，問道：「小娘子為著甚事賣身？又恁般愁容可掬？」仔細認認，喫了一驚，道：「這不是裴小姐？如何到此地位？」原來那媽媽正是洛陽的薛婆。鄭夫人在時，薛婆有事到京，常在裴家往來的，故此認得。蘭孫抬頭見是薛婆，就同他走到一個僻靜所在，含淚把上項事說了一遍。那婆子家最易眼淚出的，聽到傷心之處，不覺也哭起來，道：「原來尊府老爺遭此大難！你是個宦家之女，如何作得以下之人？若要賣身，雖然如此嬌姿，不到得便為奴作婢，也免不得是個偏房了。」蘭孫道：「今日為了父親，就是殺身也說不得，何惜其他！」薛婆道：「既如此，小姐請免愁煩，洛陽縣劉刺史老爺，年老無兒，夫人王氏，要與他取個偏房，前日曾囑付我，在本處尋了多時，並無一個中意的。如今因為洛陽一個大姓，央我到京中相府求一頭親事，夫人乘便囑付親姪王文用帶了身價，同我前來遍訪。也是有緣，遇著小姐。王夫人原說要個德容兩全的，今小姐之貌，絕世無雙，賣身葬父，又是大孝之事。這事十有九分了。那劉刺史仗義疏財，王夫人大賢大德，小姐到彼，雖則權時落後，儘可快活終身。未知尊意何如？」蘭孫道：「但憑媽媽主張。只是賣身為妾，玷辱門庭，千萬莫說出真情，只認做民家之女罷了。」薛婆點頭道是。隨引了蘭孫小姐，一同到王文用寓所來。薛婆就對他說知備細，王文用遠遠地瞟去，看那小姐，已覺得傾國傾城，便道：「有如此絕色佳人，何怕不中姑娘之意！」正是：

踏破鐵鞋無覓處，得來全不費工夫。

當下一邊是落難之際，一邊是富厚之家，並不消爭短論長，已自一說一中。整整兌足了一百兩雪花銀子，遞裴蘭孫小姐收了，就要接他起程。蘭孫道：「我本為葬父，故此賣身，須是完葬事過，纔好去得。」薛婆道：「小娘子，你孑然一身，如何完得葬事？何不到洛陽成親之後，那時浼劉老爺差人埋葬，何等容易？」蘭孫只得依從。那王文用是個老成才幹的人，見是要與姑夫為妾的，不敢怠慢，教薛婆與他作伴同行，自己常在前後。東京到洛陽，只有四百里之程，不上數日，早已到了劉家。王文用自往解庫中去了，薛婆便悄悄地領他進去，叩見了王夫人。夫人抬頭看蘭孫時，果然是：

脂粉不施，有天然姿格；梳妝略試，無半點塵紛。舉止處，態度從容；語言時，聲音淒婉。雙蛾頻蹙，渾如西子入吳時；兩頰含愁，正似王嬙辭漢日。可憐嫵媚清閨女，權作追隨宦室人！

當時王夫人滿心歡喜，問了姓名，便收拾一間房子，安頓蘭孫，撥一個養娘服事他。次日，便請劉元普來，從容說道：「老身今有一言，相公幸勿嗔怪！」劉元普道：「夫人有話即說，何必諱言？」夫人道：「相公，你豈不聞『人生七十古來稀』？今你壽近七十，前路幾何？並無子息。常言道：『無病一身輕，有子萬事足。』久欲與相公納一側室，一來為相公持正，不好妄言；二來未得其人，姑且隱忍。今娶得汴京裴氏之女，正在妙齡，抑且才色兩絕，願相公立他做個偏房，或者生得一男半女，也是劉門後代。」劉元普道：「老夫只恐命裡無嗣，不欲耽誤人家幼女。誰知夫人如此用心，而今且喚他出來見我。」當下，蘭孫小姐移步出房，倒身拜了。劉元普看見，心中想道：「我觀此女，儀容動止，決不是個以下之人。」便開口問道：「你姓甚名誰？是何等樣人家之女？為甚事賣身？」蘭孫道：「賤妾乃汴京小民之女，姓裴，小名蘭孫。父死無資，故此賣身殯葬。」口中如此說，不覺暗地裡偷彈淚珠。劉元普相了又相道：「你定不是民家之女，不要哄我！我看你愁容可掬，必有隱情。可對我一一直言，與你做主分憂便了。」蘭孫初時隱諱，怎當得劉元普再三盤問，只得將那放囚得罪緣由，從前至後，細細說了一遍。不覺淚如湧泉。劉元普大驚失色，也不覺淚下，道：「我說不像民家之女，夫人幾乎誤了老夫！可惜一個好官，遭此屈禍！」忙向蘭孫小姐連稱得罪！又道：「小姐身既無依，便住在我這裡，待老夫選擇地基，殯葬尊翁便了。」蘭孫道：「若得如此周全，此恩惟天可表！相公先受賤妾一拜。」劉元普慌忙扶起，分付養娘：「好生服事裴家小姐，不得有違！」當時走到廳堂，即刻差人往汴京迎裴使君靈柩。不多日，扶柩到來，卻好錢塘李縣令靈柩，一齊到了。劉元普將來共停在一個庄廳之上，備了兩個祭筵拜奠。張氏自領了兒子，拜了亡夫；元普也領蘭孫拜了亡父。又延一個有名的地理師，揀尋了兩塊好地基，等待臘月吉日安葬。

一日，王夫人又對元普說道：「那裴氏女雖然貴家出身，卻是落難之中，得相公救拔他的。若是流落他方，不知如何下賤去了。相公又與他擇地葬親，此恩非小，他必甘心與相公為妾的。既是名門之女，或者有些福氣，誕育子嗣，也不見得，若得如此，非但相公有後，他也終身有靠，未為不可。望相公思之！」夫人不說猶可，說罷，只見劉元普勃然作色道：「夫人說那裡話！天下多美婦人，我欲娶妾，自可別圖。豈敢汙裴使君之女！劉弘敬若有此心，神天鑒察！」夫人聽說，自道失言，頓口不語。劉元普心裡不樂，想了一回道：「我也太呆了。我既無子嗣，何不索性認他為女，斷了夫人這點念頭？」便叫丫鬟請出裴小姐來道：「我叨長尊翁多年，又同為刺史之職。年華高邁，子息全無，小姐若不棄嫌，欲待螟蛉為女，意下何如？」蘭孫道：「妾蒙相公、夫人收養，願為奴婢，早晚服事，如此厚待，如何敢當？」劉元普道：「豈有此理！你乃宦家之女，偶遭挫折，焉可賤居下流？老夫自有主意，不必過謙。」蘭孫道：「相公、夫人，正是重生父母，雖粉骨碎身，無可報答。既蒙不鄙微賤，認為親女，焉敢有違！今日就拜了爹媽。」劉元普歡喜不勝，便對夫人道：「今日我以蘭孫為女，可受他全禮。」當下蘭孫插燭也似的拜了八拜。自此便叫劉相公、夫人為爹爹、母親，十分孝敬，倍加親熱。夫人又說與劉元普道：「相公既認蘭孫為女，須當與他擇婿。姪兒王文用，青年喪偶，管理多年，才幹精敏，也不辱莫了女兒。相公何不與他成就了這頭親事？」劉元普微微笑道：「內姪繼娶之事，少不得在老夫身上。今日自有個主意，你只管打點妝奩便了。」夫人依言。元普當時便揀下了一個成親吉日，到期宰殺豬羊，大排筵會，遍請鄉紳親友，并李氏母子、內姪王文用，一同來赴慶喜華筵。眾人還只道是劉公納寵，王夫人也還只道是與姪兒成婚。正是：

萬丈廣寒難得到，嫦娥今夜落誰家？

看看吉時將及，只見劉元普教人捧出一套新郎衣飾，擺在堂中。劉元普拱手向眾人說道：「列位高親在此，聽弘敬一言。敬聞利人之色不仁，乘人之危不義。襄陽裴使君以枉事繫獄身死，有女蘭孫，年方及笄。荊妻欲納為妾，弘敬寧乏子嗣，決不敢汙使君之清德。內姪王文用，雖有綜理之才，卻非仕宦中人，亦難以配公侯之女。惟我故人李縣令之子彥青者，既出望族，又值青年，貌比潘安，才過子建，誠所謂『窈窕淑女，君子好逑』者也！今日特為兩人成其佳耦，諸公以為何如？」眾人異口同聲讚歎劉公盛德。李春郎出其不意，卻待推遜，劉元普那裡肯從，便親手將新郎衣巾，與他穿帶了。次後笙歌鼎沸，燈火燈煌。遠遠聽得環珮之聲，卻是薛婆，做了喜娘，幾個丫鬟，一同簇擁著蘭孫小姐出來。二位新人，立在花氈之上，交拜成禮。真是說不盡那奢華富貴，但見：

「粉孩兒」對對挑燈，「七娘子」雙雙執扇。觀看的是「風檢才」、「麻婆子」，誇稱道「鵲橋仙」並進「小蓬萊」；伏侍的是「好姐姐」、「柳青娘」，幫襯道「賀新郎」同入「銷金帳」。做嬌客的，磨鎗備箭，豈宜重問「後庭花」？做新婦的，半喜還憂，此夜定然「川撥棹」。「脫布衫」時歡未艾，「花心動」處喜非常。

當時張氏和春郎，魂夢之中也不想得到此，真正喜自天來。蘭孫小姐燈燭之下，覷見新郎容貌不凡，也自暗暗地歡喜。只道嫁個老人星，誰知卻嫁了個文曲星！行禮已畢，便伏侍新人上轎。劉元普親自送至南樓，結燭合卺。又把那千金妝奩，一齊送將過來。劉元普自回去陪賓，大吹大擂，直飲至五更而散。這裡洞房中一對新人，真正佳人遇著才子，那一宵歡愛，端的是如膠似漆，似水如魚。枕邊說到劉公大德，兩下裡感激，深入骨髓。次日天明起來，見了張氏。張氏又同他夫婦拜見劉公，十萬分稱謝。隨後，張氏就辦些祭物，到靈柩前，叫媳婦拜了公公，兒子拜了岳父。張氏撫棺哭道：「丈夫生前為人正直，死後必有英靈。劉伯父周濟了寡婦孤兒，又把名門貴女做你媳婦，恩德如天，非同小可！幽冥之中，乞保佑劉伯父早生貴子，壽過百齡！」春郎夫妻，也各自默默地禱祝。自此上和下睦，夫唱婦隨，日夜焚香，保劉公冥福。

不覺光陰荏苒，又是臘月中旬，塋葬吉期到了。劉元普便自聚起匠役人工，在庄廳上抬取一對靈柩，到墳塋上來。張氏與春郎夫妻，各各帶了重孝相送。當下埋棺封土已畢，各立一個神道碑。一書「宋故襄陽刺史安卿裴公之墓」；一書「宋故錢塘縣尹克讓李公之墓」。只見松柏參差，山水環繞，宛然二塚相連。劉元普設三牲禮儀，親自舉哀拜奠。張氏三人放聲大哭，哭罷，一齊望著劉元普，拜倒在荒艸地上不起。劉元普連忙答拜，只是謙讓無能，略無一毫自矜之色。隨即回來，各自散訖。

是夜，劉元普睡到三更，只見兩個人幞頭象簡，金帶紫袍，向劉元普撲地倒身拜下，口稱「大恩人」。劉元普喫了一驚，慌忙起身扶住道：「二位尊神何故降臨？折殺老夫也！」那左手的一位說道：「某乃襄陽刺史裴習，此位即錢塘縣令李公克讓也。上帝憐我兩人清忠，封某為天下都城隍，李公為天曹府判官之職。某繫獄身死之後，幼女無投，承公大恩，賜之佳婿，又賜佳城，使我兩人冥冥之中，遂為兒女姻眷。恩同天地，難效涓涘，已曾合表上奏天庭。上帝鑒公盛德，特為官加一品，壽益三旬，子生雙貴。幽明雖隔，敢不報知？」那右首的一位又說道：「某只為與公無交，難訴衷曲，故此空函寓意。不想公一見即明，慨然認義，養生送死，已出殊恩。淑女承祧，尤為望外。雖益壽添嗣，未足報洪恩之萬一。今有遺腹小女鳳鳴，明早已當出世，敢以此女奉長郎君箕箒。公與我媳，我亦與公媳，略盡報效之私。」言訖，拱手而別。劉元普慌忙出送，被兩人用手一推，瞥然驚覺。卻正與王夫人睡在床上。便將夢中所見所聞，一一說了。夫人道：「妾身亦慕相公大德，古今罕有，自然得福非輕。神明之言，諒非虛謬。」劉元普道：「裴、李二公，生前正直，死後為神。他感我嫁女婚男，故來託夢，理之所有。但說我壽增三十，世間那有百歲之人？又說賜我二子，我今年已七十，雖然精力不減少時，那七十歲生子，卻也難得，恐未必然。」

次日早晨，劉元普思憶夢中言語，整了衣冠，步到南樓，正要說與他三人知道。只見李春郎夫婦出來相迎。春郎道：「母親生下小妹，方在坐草⓭之際。昨夜我母子三人，各有異夢，正要到伯父處報知賀喜，豈知伯父已先來了。」劉元普見說張氏生女，思想夢中李君之言，好生有驗，只是自己不曾有子，不好說得。當下問了張氏平安，就問：「夢中所見如何？」李春郎道：「夢見父親、岳父俱已為神，口稱伯父大德，感動天庭，已為延壽添子。三人所夢，總只一樣。」劉元普暗暗稱奇，便將自己夢中光景，一一對兩人說了。春郎道：「此皆伯父積德所致，天理自然，非虛幻也。」劉元普隨即回家，與夫人說知，各各駭歎。又差人到李家賀喜。不踰時，又及滿月。張氏抱了幼女來見伯父、伯母。元普便問：「令愛何名？」張氏道：「小名鳳鳴，是亡夫夢中所囑。」劉元普見與己夢相符，愈加驚異。

話休絮煩。且說王夫人當時年已四十歲了，只覺得喜食鹹酸，時常作嘔。劉元普只道中年人病發，延醫看脈，沒一個解說得出，就有個把有手段的忖道：「像是有喜的氣脈。」卻曉得劉元普年已七十，王夫人年已四十，從不曾生育的。為此都不敢下藥。只說道：「夫人此病不消服藥，不久自瘳。」劉元普也道：「這樣小病，料是不妨。」自此也不延醫，放下了心。只見王夫人又過了幾時，當真病好。但

⓭ 坐草：俗稱婦人臨產為「坐蓐」，亦稱「坐草」。

個奶子。

日月易過，不覺又及產期，劉元普此時不由你不信是有孕。提防分娩，一面喚了收生婆進來，又僱了一覺得腰肢日重，裙帶漸短，眉低眼慢，乳脹腹高。劉元普半信半疑，道：「夢中之言，果然不虛麼？」

忽一夜，夫人方睡，只聞得異香撲鼻，仙音嘹喨，夫人便覺腹痛。眾人齊來伏侍分娩，不上半個時辰，生下一個孩兒。香湯沐浴過了，看時，只見眉清目秀，鼻直口方，十分魁偉。夫妻兩人，歡喜無限。元普對夫人道：「一夢之靈驗如此，若如裴、李二公之言，皆上天之賜也。」就取名劉天祐，字夢禎。此事便傳遍洛陽一城，把做新聞傳說。百姓們編出四句口號道：

刺史生來有奇骨，為人專好積陰騭。
嫁了裴女換劉兒，養得頭生做七十。

轉眼間，又是滿月，少不得做湯餅會，眾鄉紳親友，齊來慶賀，真是賓客填門。喫了三、五日筵席，春郎與蘭孫，自梯己設宴賀喜，自不必說。

且說李春郎自從成婚葬父之後，一發潛心經史，希圖上進，以報大恩。又得劉元普扶持，入了國子學，正與伯父母妻商量，到京赴學，以待試期。只見汴京有個公差到來，說是鄭樞密府中所差，前來接取裴小姐一家的。原來那蘭孫的舅舅鄭公，數月之內，已自西川節度內召為樞密院副使。還京之日，已知姊夫被難而亡，遂到清真觀問取甥女消息，說是賣在洛陽。又遣人到洛陽探問，曉得劉公仗義全婚，稱嘆不盡。因為思念甥女，故此欲接取他姑嫜夫婿，一同赴京相會。春郎得知此信，正是兩便。蘭孫見說舅舅回京，也自十分歡喜。當下稟過劉公夫婦，就要擇個吉日，同張氏和鳳鳴起程。到期，劉元普治酒餞別。中間說起夢中之事，劉元普便對張氏說道：「舊歲老夫夢中得見令先君，說令愛與小兒有婚姻之分。前日小兒未生，不敢啟齒。如今倘蒙不鄙，願結葭莩。」張氏欠身答道：「先夫夢中曾言，又蒙伯伯不棄，大恩未報，敢惜一女？只是母子孤寒如故，未敢仰攀。倘得犬子成名，當以小女奉郎君箕箒。」當下酒散，劉公又囑付蘭孫道：「你丈夫此去，前程萬里。我兩人在家安樂，孩兒不必掛懷！」諸人各各流涕，戀戀不捨。臨行又自再三下拜，感謝劉公夫婦盛德，然後垂淚登程去了。洛陽與京師卻不甚遠，不時常有音信往來，不必細說。

再表公子劉天祐自從生育，日往月來，又早週歲過頭。一日，奶子抱了小官人，同了養娘朝雲，往外邊耍子。那朝雲年十八歲，頗有姿色。隨了奶子，出來頑耍了一晌。奶子道：「姐姐，你與我略抱一抱，怕風大，我去將衣服來與他穿。」朝雲接過抱了。奶子進去一回出來，只聽得公子啼哭之聲，著了忙，兩步當一步，走到面前，只見朝雲一手抱了，一手伸在公子頭上揉著。奶子疾忙近前看時，只見跌起老大一個跎踏，便大怒發話道：「我略轉得一轉背，便把他跌了。你豈不曉他是老爺、夫人的性命！若是知道，須連累我喫苦！我便去告訴老爺、夫人，看你這小賤人逃得過這一頓責罰也不！」說罷，抱了公子，氣憤憤的便走。朝雲見他勢頭不好，一時性發，也接應道：「你這樣老豬狗！倚仗公子勢利，便欺負人，破口罵我！不要使盡了英雄！莫說你是奶子，便是公子，我也從不曾見有七十歲的養頭生。不想知他是拖來也是抱來的人？卻為這一跌，便凌辱我！」朝雲雖是口強，卻也心慌，不敢便走進來。不想那奶子一五一十竟將朝雲說話，對劉元普說了。元普聽罷，忻然說道：「這也怪他不得。七十生子，原是罕有，他一時妄言，何足計較？」當時奶子只道搬鬥朝雲一場，少也敲個半死，不想元普如此寬容，把一片火性，化做半盃冰水。抱了公子，自進去了。

卻說元普當夜與夫人喫夜飯罷，自到書房裡去安歇。分付女婢道：「喚朝雲到我書房裡來！」眾女婢只道為日裡事發，要難為他，到替他擔著一把干係，疾忙鷹拿燕雀的把朝雲拿到。可憐朝雲懷著鬼胎，戰兢兢的立在劉元普面前，只打點領責。元普分付眾人道：「你每多退去，只留朝雲在此。」眾人領命，一齊都散，不留一人。元普便叫朝雲閉上了門。朝雲正不知劉元普葫蘆裡賣出甚麼藥來。只見劉元普叫他近前說道：「人之不能生育，多因交會之際，精力衰微，浮而不實，故艱于種子。若精力健旺，雖老猶少。你卻道老年人不能生產，便把那抱別姓、借異種這樣邪說疑我。我今夜留你在此，正要與你試一試精力，消你這點疑心。」原來劉元普初時只道自己不能生兒，所以不肯輕納少年女子。如今已得過頭⓮生，便自放膽大了。又見夢中說尚有一子，一時間不覺通融起來。那朝雲也是偶然失言，不想到此分際，卻也不敢違拗。只得伏侍元普，解衣同寢。但只見：

一個似八百年彭祖的長兄，一個似三十歲顏回的少女。尤雲殢雨⓯，宓妃傾洛水澆著壽星頭；似水如魚，呂望持鉤竿撥動楊妃舌。乘牛老君，摟住捧珠盤的龍女；騎驢果老，搭著執抓籬的仙姑。胥靡藤纏定牡丹花，綠毛龜採取芙蕖蕊。太白金星淫性發，上青玉女慾情來。

劉元普雖則年老，精神強悍。朝雲只得忍著痛苦承受，約莫弄了一個更次，陽洩而止。是夜劉元普便與朝雲同睡。

⓮ 過頭：出頭。

⓯ 尤雲殢雨：猶言「雲雨」。

天明，朝雲自進去了。劉元普起身對夫人說知此事，夫人只是笑。眾女婢和奶子多道：「老爺一向極有正經，而今到恁般老沒志氣。」誰想劉元普和朝雲只此一宵，便受了娠。劉元普也是一時要他不疑，賣弄本事，也不道如此快殺。夫人便鋪個下房，勸相公冊立朝雲為妾。劉元普應允了，便與朝雲戴笄，納為後房，不時往朝雲處歇宿。朝雲想起當初一時失言，到得了這一個好地位。劉元普與朝雲戲語道：「你如今方信公子不是拖來抱來的了麼？」朝雲耳紅面赤，不敢言語。

轉眼之間，又已十月滿了。一日，朝雲腹痛難禁，也覺得異香滿室，生下一個兒子，方纔落地，只聽得外面喧嚷。劉元普出來看時，卻是報李春郎狀元及第的。劉元普見姪兒登第，不辜負了從前認義之心。又且正值生子之時，也是個大大吉兆，心下不勝快樂。當時報喜人就呈上李狀元家書。劉元普拆開看道：

姪子母孤孀，得延殘息足矣。賴伯父保全終始，遂得成名，皆伯父之賜也。邇來二尊人起居，想當佳勝。本欲給假，一候尊顏，緣侍講東宮，不離朝夕，未得如心。姑寄御酒二瓶，為伯父頤老之資；宮花二朵，為賢郎鼎元之兆。臨風神逞，不盡鄙忱。

劉元普看畢，收了御酒宮花，正進來與夫人說知。只見公子天祐走將過來，劉元普喚住，遞宮花與他道：「哥哥在京得第，特寄宮花與你，願我兒他年瓊林賜宴，與哥哥今日一般。」公子欣然接去，向頭上亂插，望著爹娘唱了兩個深喏，引得那兩個老人家歡喜無限。劉元普隨即修書賀喜，并說生次子之事。打發京中人去訖，便把皇封御酒，祭獻裴、李二公，然後與夫人同飲。從此又將次子取名天錫，表字夢符。兄弟日漸長成，十分乖覺。劉元普延師訓誨，以待成人。又感上天祐庇，一發修橋砌路，廣行陰德。裴、李二墓，每年春秋祭掃不題。

再表李狀元在京之事。那鄭樞密與夫人魏氏，止生一幼女，名曰素娟，尚在襁褓。他只為姐夫、姐姐早亡，甚是愛重甥女，故此李氏一門，在他府中十分相得。李狀元自成名之後，授了東宮侍講之職，深得皇太子之心。自此十年有餘，真宗皇帝崩了，仁宗皇帝登極，優禮師傅，便超陞李彥青為禮部尚書，進階一品。那劉元普仗義之事，自仁宗為太子時，已自幾次奏知。當日便進上一本，懇賜還鄉祭掃，并乞褒封。仁宗頒下詔旨：「錢塘縣尹李遜，追贈禮部尚書；襄陽刺史裴習，追復原官，各賜御祭一筵；青州刺史劉弘敬，以原官加陞三級；禮部尚書李彥青，給假半年，還朝復職。」李尚書得了聖旨，便同張老夫人、裴夫人、鳳鳴小姐，謝別了鄭樞密，馳驛回洛陽來。一路上車馬旌旗，炫耀數里，府縣官員出郭迎接。那李尚書去時尚是弱冠，來時已作大臣，卻又年止三十。洛陽父老，觀者如堵，都稱嘆劉公不但有德，抑且能識好人。當下李尚書家眷，先到劉家下馬。劉元普夫婦聞知，忙排香案迎接聖旨，山呼已畢。張老夫人、李尚書、裴夫人，俱各紅袍玉帶，率了鳳鳴小姐，齊齊拜倒在地，稱謝洪恩。劉元普扶起尚書，王夫人扶起夫人、小姐，就喚兩位公子出來相見嬸嬸、兄嫂。眾人看見兄弟二人，相貌魁梧，又酷似劉元普模樣，無不歡喜。都稱嘆道：「大恩人生此雙璧，無非積德所招。」隨即排著御祭，到裴、李二公墳塋，焚黃奠酒。張氏等四人，各各痛哭一場，徹祭而回。劉元普開筵賀喜，食供三套，酒行數巡。劉元普起身對尚書母子說道：「老夫有一衷腸之話，含藏十餘年矣，今日不敢不說。令先君與老夫，生平實無一面之交。當賢母子來投，老夫茫然不知就裡。及至拆書看時，並無半字。初時不解其意，仔細想將起來，必是聞得老夫虛名，欲待託妻寄子，卻是從無一面，難敘衷情，故把空書藏著啞謎。老夫當日認假為真，雖妻子跟前，不敢說破。其實所稱八拜為交，皆虛言耳。今日喜得賢姪功成名遂，耀祖榮宗，老夫若再不言，是埋沒令先君一段苦心也。」言畢，即將原書遞與尚書母子展看。尚書母子，號慟感謝。眾人直至今日，纔曉得空函認義之事，十分稱嘆不止。正是：

故舊託孤天下有，虛空認義古來無。
世人盡效劉元普，何必相交在始初？

當下劉元普又說起長公子求親之事，張老夫人欣然允諾。裴夫人起身說道：「奴受爹爹厚恩，未報萬一。當日今舅舅鄭樞密生一表妹，名曰素娟，正與次弟同庚。奴家願為作伐，成其配偶。」劉元普稱謝了。當日無話。劉元普隨後就與天祐聘了李鳳鳴小姐。李尚書一面寫表轉達朝廷，奏聞空函認義之事；一面修書與鄭公說合。不踰時，仁宗看了表章，龍顏大喜，驚歎劉弘敬盛德。隨頒恩詔，除建坊旌表外，特以李彥青之官封之，以彰殊典。那鄭公素慕劉公高義，求婚之事，無有不從。李尚書既做了天祐舅舅，又做了天錫中表聯襟，親上加親，十分美滿。

以後，天祐狀元及第，天錫進士出身，兄弟兩人，青年同榜。劉元普直看二子成婚，各各生子，然後忽一夜，夢見裴使君來拜道：「某任都城隍已滿，乞公早赴瓜期，上帝已有旨矣。」次日，無疾而終，恰好百歲。王夫人也自壽過八十。李尚書夫婦痛哭倍常，認作親生父母，心喪六年。雖然劉氏自有子孫，李尚書卻自年年致祭。這教做知恩報恩。唯有裴公無後，也是李氏子孫世世拜掃。自此世居洛陽，看守先塋，不回西粵。裴夫人生子，後來也出仕貴顯。那劉天祐直做到同平章事，劉天錫直做到御史大夫。劉元普屢受褒封，子孫蕃衍不絕，此陰德之報也。

這本話文，出在空緘記，如今依傳編成演義一回，所以奉勸世人為善。有詩為證：

陰陽總一理，禍福唯自求。

莫道天公遠，須看刺史劉。

卷二十一　袁尚寶相術動名卿　鄭舍人陰功叨世爵

詩曰：

燕門壯士吳門豪，筑中注鉛魚隱刀。
感君恩重與君死，泰山一擲若鴻毛。

話說唐德宗朝，有個秀才，南劍州人，姓林名積，字善甫。為人聰俊，廣覽詩書。九經三史，無不通曉。更兼存心梗直，在京師太學讀書，給假回家，侍奉母親之病。母病愈，不免再往學中。免不得暫別母親，相辭親戚鄰里，教當直王吉，挑著行李，迤邐前進在路。但見：

或過山林，聽樵歌於雲嶺；又經別浦，聞漁唱於煙波。或抵鄉村，卻遇市井。纔見綠楊垂柳，影迷幾處之樓臺；那堪啼鳥落花，知是誰家之院宇？看處有無窮之景致，行時有不盡之驅馳。

饑餐渴飲，夜住曉行，無路登舟。不只一日，至蔡州到個去處，天色已晚。但見：

十里俄驚霧暗，九天倏睹星明。八方商旅卸行裝，七級浮屠燃夜火。六翮飛鳥，爭投棲于樹杪；五花畫舫，盡返棹于洲邊。四野牛羊皆入棧，三江漁釣悉歸家。兩下招商，俱說此間可宿；一聲畫角，應知前路難行。

兩個投宿于旅邸，小二哥❶接引，揀了一間寬潔房子。當直的安頓了擔杖，善甫稍歇，討了湯，洗了腳，隨分喫了些晚食，無事閒坐則個。不覺早點燈，交當直安排宿歇，來日早行。當直王吉在床前打鋪自睡。且說林善甫脫了衣裳也去睡，但覺物瘾其背，不能睡著。壁上有燈尚猶未滅，遂起身揭起薦蓆看時，見一布囊，囊中有一錦囊，中有大珠百顆。遂收於箱篋中，當夜不在話下。到來朝天色已曉，但見：

曉霧裝成野外，殘霞染就荒郊。耕夫隴上，朦朧月色將沉；織女機邊，幌蕩金烏欲出。牧牛兒尚睡，養蠶女未興。樵舍外已聞犬吠，招提內尚見僧眠。

天色將曉，起來洗漱罷，繫裹畢，教當直的一面安排了行李，林善甫出房中來，問店主人：「前夕恁人❷在此房內宿？」店主人說道：「昨夕乃是一巨商。」林善甫見說：「此乃吾之故友也，因俟我失期。」看著那店主人道：「此人若回來尋時，可使他來京師上庠貫道齋，尋問林上舍，名積，字善甫，千萬千萬！不可誤事！」說罷，還了房錢，相揖作別去了。王吉前面挑著行李什物，林善甫後面行，迤邐前進。林善甫放心不下，恐店主人忘了，遂於沿路上，令王吉於牆壁粘手榜❸云：「某年某月某日，有劍浦林積，假館上庠，有故人『元珠』，可相訪於貫道齋。」不只一日，到於學中，參了假，仍舊歸齋讀書。

且說這囊珠子，乃是富商張客遺下了去的，及至到於市中取珠欲貨，方知失去，諕得魂不附體道：「苦也！我生受數年，只選得這包珠子。今已失了，歸家妻子孩兒如何肯信？」再三思量，不知失於何處，只得再回，沿路店中尋討。直尋到林上舍所歇之處，問店小二時，店小二道：「我卻不知你失去物

❶ 小二哥：旅館中接待旅客的人。

❷ 恁人：何人。

❸ 手榜：招貼；告示。

事？」張客道：「我歇之後，有恁人在此房中安歇？」店主人道：「我便忘了。從你去後，有個官人來歇一夜了，絕早便去。臨行時分付道：『有人來尋時，可千萬使他來京師上庠貫道齋，問林上舍，名積。』」張客見說言語蹺蹊，口中不道，心下思量：「莫是此人收得我之物？」當日只得離了店中，迤逦再取京師路上來。見沿路貼著手榜中，有「元珠」之句，略略放心。不只一日，直到上庠，未去歇泊，便來尋問。學對門有個茶坊，但見：

木匾高懸，紙屏橫掛。壁間名畫，皆唐朝吳道子丹青；甌內新茶，盡山居玉川子佳茗。

張客入茶坊，坐喫茶罷，問茶博士道：「此間有個林上舍否？」博士道：「上舍姓林的極多，不知是那個林上舍？」張客說：「貫道齋，名積，字善甫。」茶博士見說：「這個便是個好人。」張客見說道是好人，心下又放下二、三分。張客說：「上舍多年個遠親，不相見怕忘了，若來時相指引則個。」正說不了，茶博士道：「兀的出齋來的官人便是。他在我家寄衫帽。」張客見了，不敢造次。林善甫入茶坊，脫了衫帽，張客方纔向前，看著林上舍，唱個喏便拜。林上舍道：「男兒膝下有黃金，如何拜人？」那時林上舍不識他有甚事，但見張客簌簌地淚下，哽咽了說不得。歇定，便把這上件事一一細說一遍。林善甫見說，便道：「不要慌！物事在我處，我且問你則個。裡面有甚麼？」張客道：「布囊中有錦囊，內有大珠百顆。」林上舍道：「多說得是。」帶他去安歇處，取物交還。張客看見了道：「這個便是，不願都得，但只覓得一半歸家，養膳老小，感戴恩德不淺。」林善甫道：「豈有此說！我若要你一半時，須不沿路粘貼手榜，交你來尋。」張客再三不肯都領，情願只領一半，林善甫堅執不受，如此數次相推。張客見林上舍再三再四不受，感戴洪恩不已，拜謝而去。將珠子一半，於市貨賣，賣得銀來，捨在有名佛寺齋僧，就與林上舍建立生祠供養，報答還珠之恩。善甫後來一舉及第。詩云：

林積還珠古未聞，利心不動道心存。
暗施陰德天神助，一舉登科耀姓名。

善甫後來位至三公，二子歷任顯宦。古人云：「積善有善報，積惡有惡報。積善之家，必有餘慶；作惡之家，必有餘殃。」正是：

黑白分明造化機，誰人會解劫中危？
分明指與長生路，爭奈人心著處迷。

此本話文，叫做「積善陰騭」，乃是京師老郎傳留至今。小子為何重宣這一遍？只為世人貪財好利，見了別人錢鈔，昧著心就要起發了，何況是失下的，一發是應得的了，誰肯輕還本主？不知冥冥之中，陰功極重。所以裴令公相該餓死，只因還了玉帶，後來出將入相；竇諫議命主絕嗣，只為還了遺金，後來五子登科。其餘小小報應，說不盡許多。

* * *

而今再說一個一點善念，直到得脫了窮胎，變成貴骨，說與看官們一聽，方知小子勸人做好事的說話，不是沒來歷的。你道這件事出在何處？

國朝永樂爺爺未登帝位，還為燕王。其時有個相士，叫做袁柳莊，名珙，在長安酒肆，遇見一夥軍官打扮的，在裡頭喫酒。柳莊把內中一人看了一看，大驚下拜道：「主公乃真命天子也！」其人搖手道：「休得胡說！」卻問了他姓名去了。明日只見燕府中有懿旨，召這相士。相士朝見，抬頭起來，正是昨日酒館中所遇之人，原來燕王裝做了軍官，與同護衛數人，出來微行的。就密教他仔細再相。柳莊相罷稱賀。從此燕王決了大計，後來靖了內難，乃登大寶，酬他一個三品京職。其子忠徹，亦得蔭為尚寶司丞。

人多曉得柳莊神相，卻不知其子忠徹，傳了父術，也是一個百靈百驗的。京師顯貴公卿，沒一個不與他往來，求他風鑑的。其時有一個姓王的部郎，家中人眷，不時有病。一日袁尚寶來拜，見他面有憂色，問道：「老先生尊容滯氣，應主人眷不寧。然不是生成的，恰似有外來妨礙，原可趨避。」部郎道：「如何趨避？望請見教？」正說話間，一個小廝，捧了茶盤出來送茶。尚寶看了一看，大驚道：「原來如此。」須臾喫罷茶，小廝接了茶鍾進去了。尚寶密對部郎道：「適來送茶小童，是何名字？」部郎道：「問他怎的？」尚寶道：「使宅上人眷不寧者，此子也。」部郎道：「小廝姓鄭，名興兒，就是此間收的，未上一年，老實勤緊，頗稱得用。他如何能使家下不寧？」尚寶道：「此小廝相能妨主，若留過一年之外，便要損人口，豈止不寧而已！」部郎意猶不信道：「怎便到此？」尚寶道：「老先生豈不聞馬有『的盧』能妨主，手版能忤人君的故事麼？」部郎省悟道：「如此，只得遣了他罷了。」部郎送了尚寶出門，進去與夫人說了適間之言。女眷們見說了這等說話，極易聽信的。又且袁尚寶相術有名，那一個不曉得？部郎是讀書之人，還有些崛強未服，怎當得夫人一點疑心之根，再拔不出了。部郎就喚興兒到跟前，打發他出去。興兒大驚道：「小的並不曾壞老爺事體，如何打發小的？」部郎道：「不為你壞事，只因家中人口不安，袁尚寶爺相道，都是你的緣故。沒奈何打發你在外去過幾時，看光景再處。」興兒也曉得袁尚寶相術通神，如此說了，畢竟難留，卻又捨不得家主，大哭一場，拜倒在地。部郎也有

袁尚寶相術動名卿

鄭舍人陰功叨世爵

好些不忍，沒奈何強遣了他。果然興兒出去了，家中人口，從此平安。部郎合家，越信尚寶之言不為虛謬。

話分兩頭，且說興兒含悲離了王家，未曾尋得投主，權在古廟棲身。一日走到坑廁上屙屎，只見壁上掛著一個包裹，他提下來一看，乃是布線密紥，且是沉重。解開一看，乃是二十多包銀子，看見了，伸著舌頭，縮不進來道：「造化！造化！我有此銀子，不憂貧了。就是家主趕了出來，也不妨。」又想一想道：「我命本該窮苦，投靠了人家，尚且道是相法妨礙家主，平白無事，趕了出來，怎得有福氣受用這些物事？此必有人家幹甚緊事，帶了來用，因為登東司❹，掛在壁間失下了的，未必不關著幾條性命。我拿了去，雖無人知道，卻不做了陰騭事體？畢竟等人來尋，還他為是。」左思右想，帶了這個包裹，不敢走離坑廁。沉吟到將晚，不見人來。放心不下，取了一條草薦，竟在坑版上鋪了。把包裹塞在頭底下，睡了一夜。明日絕蚤，只見一個人頭蓬眼瘇，走到坑中來，見有人在裡頭。看一看壁間，喫了一驚道：「東西已不見了，如何回去得？」將頭去坑牆上亂撞。興兒慌忙止他道：「不要性急！有甚話，且與我說個明白。」那個人道：「主人托俺將著銀子到京中做事，昨日偶因登廁，尋個竹釘，掛在壁上。已後登廁已完，竟自去了，忘記取了包裹。而今主人的事既做不得，銀子又無了，怎好白手回去見他？要這性命做甚？」興兒道：「老兄不必著忙！銀子是小弟拾得在此，自當奉璧。」那個人聽見了，笑逐顏開道：「小哥若肯見還，當以一半奉謝。」興兒道：「若要謝時，我昨夜連包拿了去不得，何苦在坑版上忍了臭氣，睡這一夜？不要昧了我的心。」把包裹一撩，竟還了他。那個人見是個小廝，又且說話

❹ 東司：廁所。

的確，做事慷慨。便問他道：「小哥高姓？」興兒道：「我姓鄭。」那個人道：「俺的主人也姓鄭，河間府人，是個世襲指揮，只因進京來討職事做，叫俺拿銀子來使用。不知是昨日失了，今日卻得小哥還俺。俺明日做事停當了，仝小哥去見俺家主，說小哥這等好意，必然有個好處。」兩個歡歡喜喜，同到一個飯店中。殷殷勤勤，買酒請他，問他本身來歷。他把投靠王家，因相被逐，一身無歸，上項苦情，備細述了一遍。那個人道：「小哥患難之中，見財不取，一發難得。而今不必別尋道路，只在我下處同住了，待我幹成了這事，帶小哥到河間府罷了。」興兒就問那個人姓名。那個人道：「俺姓張，在鄭家做都管，人只叫我做張都管。不要說俺家主人，就是俺自家也盤纏得小哥一、兩個月起的。」興兒正無投奔，聽見如此說，也自喜歡。從此只在飯店中安歇，與張都管看守行李。張都管自去兵部做事。有銀子得用了，自然無不停當，取鄭指揮做了巡撫標下旗鼓官。張都管欣然走到下處，對興兒說道：「承小哥厚德，主人已得了職事，這分明是小哥作成的。俺與你只索同到家去報喜罷了，不必在此停留。」即忙收拾行李，僱了兩個牲口，做一路回來。到了家門口，張都管留興兒在外邊住了，先進去報與家主鄭指揮。鄭指揮見有了劄門，不勝之喜。對張都管道：「這事全虧你能幹得來。」張都管說道：「這事全非小人之能。一來主人福蔭，二來遇個恩星，得有今日。若非那個恩星，不要說主人官職，連小人性命也不能勾回來見主人了。」鄭指揮道：「是何恩星？」張都管把登廁失了銀子，遇著鄭興兒，廁板上守了一夜，原封還他，從頭至尾，說了一遍。鄭指揮大驚道：「天下有這樣義氣的人！而今這人在那裡？」張都管道：「小人不敢忘他之恩，邀他同到此間，拜見主人。見在外面。」鄭指揮道：「正該如此，快請進來。」張都管走出門外，叫了興兒，一同進去見鄭指揮。興兒是做小廝過的，見了官人，不免磕個頭下去。鄭指揮自家也跪將下去，扶住了，說道：「你是俺恩人，如何行此禮？」興兒站將起來，鄭指揮仔細看了一看道：「此非下賤之相，況且器量寬洪，立心忠厚，他日必有好處。」討坐來與他坐了。興兒那裡肯坐，推遜了一回，只得依命坐了。指揮問道：「足下何姓？」興兒道：「小人姓鄭。」指揮道：「忝為同姓，一發妙了。老夫年已望六，尚無子嗣，今遇大恩，無可相報。不是老夫要討便宜，情願認義足下做個養子，恩禮相待，少報萬一。不知足下心下如何？」興兒道：「小人是執鞭墜凳之人，怎敢當此？」鄭指揮道：「不如此說。足下高誼，實在古人之上。今欲酬以金帛，足下既輕財重義，豈有重貲不取，反受薄物之理？若便恝然無關，視老夫為何等負義之徒？幸叨同姓，實是天緣，只恐有屈了足下，於心不安。足下何反見外如此？」指揮執意既堅，張都管又在傍邊一力攛掇，興兒只得應承。當下拜了四拜，認義了。此後內外人，多叫他是鄭大舍人，名字叫做鄭興邦。連張都管也讓他做小家主了。

那舍人北邊出身，從小曉得些弓馬。今在指揮家，帶了同往薊州任所，廣有了得的教師，日日教習，一發熟閒。指揮愈加喜歡，況且做人和氣，又凡事老成謹慎，合家之人，無不相投。指揮已把他名字報去，做了個應襲舍人。那指揮在巡撫標下，甚得巡撫之心。年終累薦，調入京營，做了遊擊將軍。連家眷進京，鄭舍人也同往。到了京中，騎在高頭駿馬上，看見街道，想起舊日之事，不覺悽然淚下。有詩為證：

昔年在此拾遺金，藍縷身軀乞丐心。
怒馬鮮衣今日過，淚痕還似舊時深。

卻說鄭遊擊又與舍人用了些銀子，得了應襲冠帶，以指揮職銜聽用。在京中往來拜客，好不氣概！他自離京中，到這個地位，還不上三年。此時王部郎也還在京中。舍人想道：「人不可忘本，我當時雖被王家趕了出來。卻是主人原待得我好的。只因袁尚寶有妨礙主人之說，故此聽信了他，原非本意。今我自到義父家中，何曾見妨了誰來？此乃尚寶之妄言，不關舊主之事。今得了這個地步，還該去見他一見，纔是忠厚。只怕義父怪道，翻出舊底本，人知不雅。未必相許。」即把此事從頭至尾，來與養父鄭遊擊商量。遊擊稱贊道：「貴不忘賤，新不忘舊，都是人生實受用好處，有何妨礙？古來多少王公大人，天子宰相，在塵埃中屠沽下賤起的，大丈夫正不可以此芥蔕。」舍人得了養父之言，即便去穿了素衣服，腰繫金鑲角帶，竟到王部郎寓所來。手本上寫著：

門下走卒應襲聽用指揮鄭興邦叩見。

王部郎接了手本，想了一回道：「此是何人，卻來見我？又且寫『門下走卒』，是必曾在那裡相會過來。」心下疑惑。原來京裡部官清澹，見是武官來見，想是有些油水的，不到得作難，就叫請進。鄭舍人一見了王部郎，連忙磕頭下去。王部郎雖是舊主人，今見如此冠帶換扮了，一時那裡遂認得？慌忙扶住道：「非是統屬，如何行此禮？」舍人道：「主人豈不記那年的興兒麼？」部郎仔細一看，骨格雖然不同，體態還認得出。喫了一驚道：「足下何自能致身如此？」舍人把認了義父，討得應襲指揮，今義父見在京營做遊擊的話，說了一遍。道：「因不忘昔日看待之恩，敢來叩見。」王部郎見說罷，只得看坐。舍人再三不肯道：「分該侍立。」部郎道：「今足下已是朝廷之官，如何拘得舊事？」舍人不得已，傍坐了。部郎道：「足下有如此後步，自非家下所能留。只可惜袁尚寶妄言誤我，致得罪于足下，以此無顏。」

舍人道：「凡事有數，若當時只在主人處，也不能得認義父，以有今日。」部郎道：「事雖如此，只是袁尚寶相術可笑，可見向來浪得虛名耳。」正要擺飯款待，只見門上遞一帖進來道：「尚寶袁爺要來面拜。」部郎撫掌大笑道：「這個相不著的，又來了，正好取笑他一回。」便對舍人道：「足下且到裡面去，只做舊時妝扮了，停一會，待我與他坐了，竟出來照舊送茶，看他認得出認不出。」舍人依言，進去卸了冠帶，與舊日同伴，取了一件青長衣披了。聽得外邊尚寶坐定討茶，雙手捧了一個茶盤，恭恭敬敬出來送茶。袁尚寶注目一看，忽地站了起來，道：「此位何人？乃在此送茶。」部郎道：「此前日所逐出童子興兒便是。今無所歸，仍來家下服役耳。」尚寶道：「何太欺我？此人不論後日，只據目下，乃是一金帶武職官，豈宅上服役之人哉？」部郎大笑道：「老先生不記得前日相他妨礙主人，累家下人口不安的說話了？」尚寶方纔省起向來之言，再把他端相了一回，笑道：「怪哉，怪哉！前日果有此言。卻是前日之言也不差，今日之相也不差。」部郎道：「何解？」尚寶道：「此君滿面陰德紋起，若非救人之命，必是還人之物。骨相已變，看來有德于人，人亦報之，今日之貴，實緐于此，非學生之有誤也。」舍人不覺失聲道：「袁爺真神人也！」遂把廁中拾金還人，與挈到河間認義父親，應襲冠帶，前後事備細說了一遍道：「今日念舊主人，所以到此。」部郎起初只曉得認義之事，不曉得還金之事。聽得說罷，肅然起敬道：「鄭君德行，袁公神術，俱足不朽！快教取鄭爺冠帶來穿著了，重新與尚寶施禮。」部郎連尚寶多留了筵席，三人盡歡而散。

次日，王部郎去拜了鄭遊擊，就當答拜了舍人。遂認為通家，往來不絕。後日鄭舍人也做到遊擊將軍而終，子孫竟得世蔭。只因一點善念，脫胎換骨，享此爵祿。所以奉勸世人，只宜行好事，天並不曾虧了人。有古風一首為證：

袁公相術真奇絕，唐舉許負無差別。
片言甫出鬼神驚，雙眸略展榮枯決。
兒童妨主運何乖？流落街衢實可哀。
還金一舉堪誇羨，善念方萌已脫胎。
鄭公生平原倜儻，百計思酬恩誼廣。
螟蛉同姓是天緣，冠帶加身報不爽。
京華重憶主人情，一見袁公便起驚。
陰功獲福從來有，始信時名不浪稱。

卷二十二　錢多處白丁橫帶　運退時刺史當梢

詩云：

苑枯本是無常數，何必當風使盡帆？
東海揚塵猶有日，白衣蒼狗剎那間。

話說人生榮華富貴，眼前的多是空花，不可認為實相。如今人一有了時勢，便自道是萬年不拔之基，傍邊看的人，也是一樣見識。豈知轉眼之間，灰飛煙滅。泰山化作冰山，極是不難的事。俗語兩句說得好：「寧可無了有，不可有了無。」專為貧賤之人，一朝變泰，得了富貴，苦盡甜來，滋味深長。若是富貴之人，一朝失勢，落泊起來，這叫做「樹倒猢猻散」，光景著實難堪了。卻是富貴的人，只據目前時勢，橫著膽，昧著心，任情做去，那裡管後來有下稍沒下稍！

曾有一個笑話，道是一個老翁有三子，臨死時分付道：「你們倘有所願，實對我說。我死後求之上帝。」一子道：「我願官高一品。」一子道：「我願田連萬頃。」末一子道：「我無所願，願換大眼睛一對。」老翁大駭道：「要此何幹？」其子道：「等我撐開了大眼，看他們富的富，貴的貴。」此雖是一個笑話，正合著古人云：

長將冷眼觀螃蟹，看你橫行得幾時？

雖然如此，然那等薰天赫地富貴人，除非是遇了朝廷誅戮，或是生下子孫不肖，方是敗落散場，再沒有一個身子上，先前做了貴人，以後流為下賤，現世現報，做人笑柄的。看官而今且聽小子先說一個好笑的，做個入話。

唐朝僖宗皇帝即位，改元乾符。是時閹宦驕橫，有個少馬坊使內官田令孜，是上為晉王時有寵，及即帝位，使知樞密院，遂擢為中尉。上時年十四，專事游戲，政事一委令孜，呼為「阿父」。遷除官職，不復關白❶。其時京師有一流棍❷，叫名李光，專一阿諛逢迎，諂事令孜。令孜甚是喜歡信用，薦為左軍使。忽一日奏授朔方節度使。豈知其人命薄，沒福消受，敕下之日，暴病卒死。遺有一子，名喚德權，年方二十餘歲。令孜老大不忍，心裡要抬舉他，不論好歹，署了他一個劇職。

時黃巢破長安。中和元年，陳敬瑄在成都，遣兵來迎僖皇。令孜遂勸僖皇幸蜀，令孜扈駕，就便叫了李德權同去。僖皇行在住于成都，令孜與敬瑄相與交結，盜專國柄，人皆畏威。德權在兩人左右，遠近仰奉，凡奸豪求名求利者，多賄賂德權，替他兩處打關節。數年之間，聚賄千萬，累官至金紫光祿大夫檢校右僕射。一時薰灼無比。

後來僖皇薨逝，昭皇即位。天順二年四月，西川節度使王建，屢表請殺令孜、敬瑄。朝廷懼怕二人，不敢輕許。建使人告敬瑄作亂、令孜通鳳翔書，不等朝廷旨意，竟執二人殺之。草奏云：

開柙出虎，孔宣父不責他人；當路斬蛇，孫叔敖蓋非利己。專殺不行於閫外，先機恐失於彀中。

❶ 關白：通知。
❷ 流棍：流氓。

於時，追捕二人餘黨甚急。德權脫身，遁於復州。平日枉有金銀財貨，萬萬千千，一毫卻帶不得，只走得空身。盤纏了幾日，衣服多當來喫了。單衫百結，乞食通途。可憐昔日榮華，一旦付之春夢！

卻說天無絕人之路。復州有個後槽❸健兒，叫做李安。當日李光未際時，與他相熟。偶在道上行走，忽見一人襤褸丐食。仔細一看，認得是李光之子德權。心裡惻然，邀他到家裡，問他道：「我聞得你父子在長安富貴，後來破敗，今日何得在此？」德權將官司追捕田、陳餘黨，脫身亡命，到此困窮的話，說了一遍。李安道：「我與汝父有交，你便權在舍下住幾時，怕有人認得，你可改個名，只認做我的姪兒，便可無事。」德權依言，改名彥思，就認他這看馬的做叔叔，不出街上乞化了。未及半年，李安得病將死，彥思見後槽有官給的工食，遂叫李安投狀道：「身已病廢，乞將姪彥思繼充後槽。」不數日，李安果死，彥思遂得補充健兒，為牧守圉人，不須憂愁衣食，自道是十分僥倖，豈知漸漸有人曉得他曾做僕射過的。此時朝政紊亂，法紀廢弛，也無人追究他的蹤跡。但只是起他個混名，叫他做「看馬李僕射」。走將出來時，眾人便指手點腳，當一場笑話。

看官，你道僕射是何等樣大官，後槽是何等樣賤役，如今一人身上，先做了僕射，收場結果，做得個看馬的，豈不可笑？卻又一件。那些人依附內相，原是冰山，一朝失勢，破敗死亡，此是常理。留得殘生看馬，還是便宜的事，不足為怪。

＊　＊　＊

如今再說當日仝時有一個官員，雖是得官不正，僥倖來的，卻是自己所掙。誰知天不幫襯，有官無

---

❸ 後槽：原是養馬的地方，但養馬的工人也叫「後槽」。

祿。並不曾犯著一個對頭，並不曾做著一件事體，都是命裡所招，下梢頭弄得沒出豁，比此更為可笑。詩曰：

富貴榮華何足論，從來世事等浮雲。
登場傀儡休相赫，請看當梢郭使君！

這本話文，就是唐僖宗朝，江陵有一個人，叫做郭七郎。父親在日，做江湘大商，七郎長隨著舡上去走的。父親死過，是他當家了，真個是家資鉅萬，產業廣延。有鴉飛不過的田宅，賊扛不動的金銀山，乃楚城富民之首。江淮河朔的賈客，多是領他重本，貿易往來，卻是這些富人。唯有一項不平心，是他本等❹。大等秤進，小等秤出。自家的歹爭做好，別人的好爭做歹。這些領他本錢的賈客，沒有一個不受盡他累的。各各吞聲忍氣，只得受他。你道為何？只為本錢是他的。那江湖上走的人，拚得陪些辛苦在裡頭，隨你儘著欺心算帳，還只是仗他資本營運，畢竟有些便宜處。若一下沖撞了他，收拾了本錢去，就沒蛇得弄了。故此隨你克剝，只是行得去的。本錢越弄越大，所以富的人，只管富了。

那時有一個極大商客，先前領了他幾萬銀子到京都做生意，去了幾年，久無音信。直到乾符初年，郭七郎在家想著，這主本錢沒著落。他是大商，料無失所，可惜沒個人往京去一討。又想一想道：「聞得京都繁華去處，花柳之鄉，不若借此事繇，往彼一遊。一來可以索債；二來買笑追歡❺；三來覷個方便，覓個前程，也是終身受用。」算計已定。七郎有一個老母、一弟一妹在家，奴婢下人無數，只是未

❹ 等：俗稱「戥子」，小量的衡器。
❺ 買笑追歡：往妓院中尋歡作樂。

曾娶得妻子。當時分付弟妹，承奉母親。著一個都管看家，餘人各守職業做生理。自己卻帶幾個慣走長路會事的家人在身邊，一面到京都來。七郎從小在江湖邊生長，賈客船上往來，自己也會撐得篙，搖得櫓，手腳快便。把些饑餐渴飲之路，不在心上。不則一日到了。

原來那個大商姓張，名全，混名張多寶。在京都開幾處解典庫，又有幾所綠緞舖，專一放官吏債，打大頭腦❻的。至於居間說事，買官鬻爵，只要他一口擔當，事無不成。也有叫他做張多保的，只為凡事多是他保得過，所以如此稱呼。滿京人無不認得他的。

郭七郎到京，一問便著。他見七郎到了，是個江湘債主，起初進京時節，多虧他的幾萬本錢做樁❼，纔做得開，成得這個大氣概。一見了歡然相接，敘了寒溫，便擺起酒來。把轎去教坊裡請了幾個有名的衏衏，前來陪侍，賓主盡歡。酒散後，就留一個絕頂的妓者，叫做王賽兒，相伴了七郎，在一個書房裡宿了。富人待富人，那房舍精緻，帷帳華侈，自不必說。

次日起來，張多保不待七郎開口，把從前連本連利一算，約該有十來萬了，就如數搬將出來，一手交兌，口裡道：「只因京都多事，脫身不得。亦且挈了重資，江湖上難走。又不可輕易托人，所以遲了幾年。今得七郎自身到此，交明了此一宗，實為兩便。」七郎見他如此爽利，心下喜歡，便道：「在下初入京師，未有下處。雖承還清本利，卻未有安頓之所，有煩兄長替在下尋個寓舍何如？」張多保道：「舍下空房儘多，閒時還要招客，何況兄長通家，怎到別處作寓？只須在舍下安歇。待要啟行時，在下

❻ 打大頭腦：結交有勢力地位的人。

❼ 做樁：做基礎。

周置動身，管取安心無慮。」七郎大喜，就在張家間壁一所大客房住了。當日取出十兩銀子，送與王賽兒，做昨日纏頭❽之費。夜間七郎擺還席，就央他陪酒。張多保不肯要他破鈔，自己也取十兩銀子來送，叫還了七郎銀子。七郎那裡肯；推來推去，大家多不肯收進去，只便宜了這王賽兒，落得兩家都收了，兩人方纔快活。是夜賓主兩個，與同王賽兒行令作樂飲酒，愈加熟分有趣，喫得酩酊而散。王賽兒本是個有名的上廳行首，又見七郎有的是銀子，放出十分擒拿的手段來。七郎一連兩宵，已此著了迷魂湯。自此同行同坐，時刻不離左右，徑不放賽兒到家裡去了。賽兒又時常接了家裡的姊妹，輪遞來陪酒插趣，七郎賞賜無算。那鴇兒又有做生日、打差買物事、替還債許多科分❾出來。七郎揮金如土，並無吝惜。纔是行徑如此，便有幫閒鑽懶一班兒人，出來誘他去跳槽。大凡富家浪子，心性最是不常，搭著便生根的，見了一處，就熱一處。王賽兒之外，又有陳嬌、黎玉、張小小、鄭翩翩，幾處往來，都一般的撒漫使錢。那夥閒漢，又領了好些王孫貴戚好賭博的，牽來局賭❿，做圈做套，贏少輸多，不知騙去了多少銀子。七郎雖是風流快活，終久是當家立計好利的人。起初見還的利錢多在裡頭，所以放鬆了些手。過了三數年，覺道用得多了，捉捉後手看，已用過了一半有多了。心裡猛然想著家裡頭，要回家來，與張多保商量。張多保道：「此時正是濮人王仙芝作亂，剽掠郡縣，道路梗塞。你帶了偌多銀兩，待往那裡去？恐到不得家裡，不如且在此盤桓幾時，等路上平靜好走，再去未遲。」七郎只得又住了幾日。偶然

❽ 纏頭：給妓女的賞賜。

❾ 科分：需索；攤派。

❿ 局賭：做成圈套騙人錢財的賭博。

一個閒漢，叫做包走空包大，說起朝廷用兵緊急，缺少錢糧，納了些銀子，就有官做。官職大小，只看銀子多少。說得郭七郎動了火，問道：「假如納他數百萬錢，可得何官？」包大道：「如今朝廷昏濁，正正經經納錢，就是得官也只有數，不能勾十分大的。若把這數百萬錢拿去，私下買囑了主爵的官人，好歹也有個刺史做。」七郎喫一驚道：「刺史也是錢買得的？」包大道：「而今的世界，有甚麼正經？有了錢，百事可做。豈不聞崔烈五百萬買了個司徒麼？而今空名大將軍告身，只換得一醉。刺史也不難的，只要通得關節，我包你做得來便是。」正說時，恰好張多保走出來。七郎一團高興，告訴了適纔的說話。張多保道：「事體是做得來的，在下手中也弄過幾個了。只是這件事，在下不攛掇得兄長做。」七郎道：「為何？」多保道：「而今的官，有好些難做。他們做得興頭的，多是有根基，有腳力；親戚滿朝，黨與四布，方能勾根深蒂固，有得錢賺，越做越高。隨你去剝削小民，貪汙無恥，只要有使用，有人情，便是萬年無事的。兄長不過是白身人⑪，便弄上一個顯官，須無四壁倚仗，到彼地方，未必行得去。就是行得去時，朝裡如今專一討人便宜，曉得你是錢換來的，略略等你到任一、兩個月，有了些光景，便道勾你了，一下子就塗抹著，豈不枉費了這些錢？若是官好做時，在下也做多時了。」七郎道：「不是這等說。小弟家裡有的是錢，沒的是官。況且身邊現有錢財，總是不便帶得到家，何不於此處用了些？摶得個腰金衣紫，也是人生一世，草生一秋。就是不賺得錢時，小弟家裡原不希罕這錢的，就是不做得興時，也只是做過了一番官了。登時住了手，那榮耀是落得的。小弟見識已定，兄長不要掃興。」多保道：「既然長兄主意要如此，在下當得效力。」當時就與包大兩個商議，去打關節。那個包大走跳⑫

⑪ 白身人：沒有官職的平民。

路數極熟，張多保又是個有身家、幹大事慣的人，有甚麼弄不來的事？——原來唐時使用的是錢，千錢為「緡」，就用銀子准時，也只是以錢算帳。當時一緡錢，就是今日的一兩銀子，宋時卻叫做一貫了。

張多保同包大將了五千緡，悄悄送到主爵的官人家裡。那個主爵的官人，是內官田令孜的收納戶，百靈百驗。又道是無巧不成話，其時有個粵西橫州刺史郭翰，方得除授，患病身故，告身還在銓曹。主爵的受了郭七郎五千緡，就把籍貫改注，即將郭翰告身，轉付與了郭七郎。從此改名做了郭翰。張多保與包大接得橫州刺史告身，千歡萬喜，來見七郎稱賀。七郎此時頭輕腳重，連身子都麻木起來。包大又去喚了一部梨園子弟，張多保置酒張筵，是日就換了冠帶。那一班閒漢，曉得七郎得了個刺史，沒一個不來賀喜撮空⓭。大吹大擂，喫了一日的酒。又道是：「蒼蠅集穢，螻蟻集羶，鵓鴿子旺邊飛。」七郎在京都，一向撒漫有名，一旦得了刺史之職，就有許多人來投靠他做使令的。少不得官不威，牙爪威。做都管，做大叔，走頭站，打驛吏，欺估客，詐鄉民，總是這一干人了。

郭七郎身子如在雲霧裡一般，急思衣錦榮歸，擇日起身。張多保又設酒餞行。起初這些往來的閒漢姊妹，多來送行。七郎此時眼孔已大，各各齎發些賞賜，氣色驕傲，傍若無人。那些人讓他是個見任刺史，脅肩諂笑，隨他怠慢。只消略略眼梢帶去，口角惹著，就算是十分殷勤好意了。如此攛哄了幾日，行裝打迭已備，齊齊整整起行，好不風騷！一路上想道：「我家裡資產既饒，又在大郡做了刺史，這個富貴不知到那裡纔住？」心下喜歡，不覺日逐賣弄出來。那些原跟去京都家人，又在新投的家人面前，

⓬ 走跳：鑽營。

⓭ 撮空：說謊。

錢多處白丁橫帶

運退時刺史當梢

誇說著家裡許多富厚之處。那新投的一發喜歡，道是投得著好主了，前路去耀武揚威，自不必說。無船上馬，有路登舟。看看到得江陵境上來，七郎看時喫了一驚。但見：

人煙稀少，閭井荒涼。滿前敗宇頹垣，一望斷橋枯樹。烏焦木柱，無非放火燒殘；赭白粉牆，盡是殺人染就。尸骸沒主，烏鴉與螻蟻相爭；雞犬無依，鷹隼與豺狼共飽。任是石人須下淚，總教鐵漢也傷心。

原來江陵渚宮一帶地方，多被王仙芝作寇殘滅，里閭人物，百無一存。若不是水道明白，險些認不出路徑來。七郎看見了這個光景，心頭已自劈劈地跳個不住。到了自家岸邊，抬頭一看，只叫得苦。原來都弄做了瓦礫之場，偌大的房屋，一間也不見了。母親弟妹家人等，俱不知一個去向，慌慌張張，走頭無路。著人四處找尋，找尋了三、四日。撞著舊時鄰人，問了詳細，方知地方被盜兵炒亂。弟被盜殺，妹被搶去，不知存亡。止剩得老母與一、兩個丫頭，寄居在古廟傍邊兩間茅屋之內。家人俱各逃竄，囊橐盡已蕩空。老母無以為生，與兩個丫頭替人縫針補線，得錢度日。七郎聞言，不勝痛傷，急急領了從人，奔至老母處來。母子一見，抱頭大哭。老母道：「豈知你去後，家裡遭此大難！弟妹俱亡，生計都無了！」七郎哭罷，拭淚道：「而今事已到此，痛傷無益。虧得兒子已得了官，還有富貴榮華日子在後面。母親且請寬心！」母親道：「兒得了何官？」七郎道：「官也不小，是橫州刺史。」母親道：「如何能勾得此顯爵？」七郎道：「當今內相當權，廣有私路，可以得官。兒子向張客取債，他本利俱還，錢財儘多在身邊，所以將錢數百萬，勾幹⓮得此官，而今衣錦榮歸，省看家裡，隨即星夜到任去。」七郎叫從人

⓮ 勾幹：謀幹。

取冠帶過來，穿著了，請母親坐好，拜了四拜。又叫身邊隨從舊人，及京中新投的人，俱各磕頭，稱「太夫人」。母親見此光景，雖然有些喜歡，卻嘆口氣道：「你在外邊榮華，怎知家丁盡散，分文也無了？若不營勾這官，多帶些錢歸來用度也好。」七郎道：「母親誠然女人家識見，做了官，怕少錢財？而今那個做官的家裡，不是千萬百萬，連地皮多捲了歸家的？今家業既無，只索撇下此間，前往赴任，做得一年兩年，重撐門戶，改換規模，有何難處？兒子行囊中，還剩有二、三千緡，儘勾使用，母親不必憂慮。」母親方纔轉憂為喜，笑逐顏開道：「虧得兒子崢嶸有日，奮發有時，真是謝天謝地！若不是你歸來，我性命只在目下了。而今何時可以動身？」七郎道：「兒子原想此一歸來，娶個好媳婦，同享榮華。而今看這個光景，等不得做這事了。且待上了任，再做商量。今日先請母親上船安息。此處既無根絆，明日換個大船，就做好日開了罷。早到得任一日，也是好的。」

當夜請母親先搬在來船中了。茅舍中破鍋、破竈、破碗、破罐，盡多撇下。又分付當直的，僱了一隻往西粵長行的官船。次日搬過了行李，下了艙口停當，燒了利市神福，吹打開船。此時老母與七郎俱各精神榮暢，志氣軒昂。七郎不曾受苦，是一路興頭過來的，雖是對著母親，覺得滿盈得意，還不十分怪異。那老母是歷過苦難的，真是地下超昇在天上，不知身子幾都大了。一路行去，過了長沙，入湘江，次永州。州北江漂，有個佛寺，名喚兜率禪院，舟人打點泊船在此過夜。看見岸邊有大楠樹一株，圍合數抱，遂將船纜結在樹上，結得牢牢的，又釘好了樁橛。七郎同老母進寺隨喜，從人撐起傘蓋跟後。寺僧見是官員，出來迎接送茶，私問來歷。從人答道：「是見任西粵橫州刺史。」寺僧見說是見任官，愈加恭敬，陪侍指引各處游翫。那老母但看見佛菩薩像，只是磕頭禮拜，謝他覆庇。天色晚了，俱各回船安息。黃昏左側，只聽得樹梢呼呼的風響。須臾之間，天昏地黑，風雨大作。但見：

> 封姨逞勢，巽二施威。空中如萬馬奔騰，樹杪似千軍擁沓。浪濤澎湃，分明戰鼓齊鳴；圩岸傾頹，恍惚轟雷驟震。山中虓虎嘯，水底老龍驚。盡知巨樹可維舟，誰道大風能拔木！

眾人聽見風勢甚大，心下驚惶。那梢公心裡道是江風雖猛，虧得船繫在極大的樹上，生根得牢，萬無一失。睡夢之中，忽聽得天崩地裂價一聲響亮，原來那株楠樹，年深月久，根行之處，把這些幫岸，都拱得鬆了。又且長江巨浪，日夜淘洗，岸如何得牢？那樹又大了，本等招風，怎當這一隻狼犺的船，盡做力生根在這樹上。風打得船猛，船牽得樹重，樹趁著風威，底下根在浮石中絆不住了，豁刺一聲，竟倒在船上來。把隻船打得粉碎。船輕樹重，怎載得起？只見水亂滾進來，船已沉了。艙中碎板，片片而浮，睡的婢僕，盡沒于水。說時遲，那時快。梢公慌了手腳，喊將起來。郭七郎夢中驚醒，他從小原曉得些船上的事，與同梢公，竭力死拖住船纜，纔把個船頭湊在岸上，擱得住，急在艙中水裡，扶得個母親，攙到得岸上來，逃了性命。其後梢人等，艙中什物行李，被幾個大浪潑來，船底俱散，盡漂沒了。其時深夜昏黑，山門緊閉，沒處叫喚。只得披著濕衣，三人搥胸跌腳價叫苦。守到天明，山門開了，急急走進寺中，問著昨日的主僧。主僧出來看見他慌張之勢，問道：「莫非遇了盜麼？」七郎把樹倒舟沉之話，說了一遍，寺僧忙走出看，只見岸邊一隻破船沉在水裡。岸上大楠樹倒來，壓在其上了，喫了一驚，急叫寺中火工道者人等，一同梢公，到破板艙中，遍尋東西。俱被大浪打去，沒討一些處。連那張刺史的告身，都沒有了。寺僧權請進一間靜室，安住老母，商量到零陵州州牧處陳告情繇，等所在官司，替他動了江中遭風失水的文書，還可赴任。計議已定，有煩寺僧一往。寺僧與州裡人情廝熟，果然叫人去報了。誰知：

濃霜偏打無根草，禍來只揀福輕人。

那老母原是兵戈擾攘中，看見殺兒掠女，驚壞了再甦的，怎當夜來這一驚可又不小！亦且婢僕俱亡，生資都盡，心中轉轉苦楚，面如臘查，飲食不進，只是哀哀啼哭，臥倒在床，起身不得了。七郎愈加慌張，只得勸母親道：「留得青山在，不怕沒柴燒。雖是遭此大禍，兒子官職還在，只要到得任所便好了。」老母帶著哭道：「兒，你娘心胆俱碎，眼見得無那活的人了，還說這太平的話則甚？就是你做得官，娘看不著了！」七郎一點癡心，還指望等娘好起來，就地方起個文書，前往橫州到任，有個好日子在後頭。誰想老母受驚太深，一病不起。過不多兩日，嗚呼哀哉，伏惟尚饗！七郎痛哭一場，無計可施。又與僧家商量，只得自往零陵州哀告州牧。州牧幾日前曾見這張失事的報單過，曉得是真情。畢竟官官相護，道他是隔省上司，不好推得乾淨身子。一面差人替他殯葬了母親，又重重齎助他盤纏，以禮送了他出門。

七郎虧得州牧周全，幸喜葬事已畢，卻是丁了母憂，去到任不得了。寺僧看見他無了根蒂，漸漸怠慢，不肯相留。要回故鄉，已此無家可歸。沒奈何，就寄住在永州一個船埠經紀人的家裡。原是他父親在時，走客認得的。卻是囊橐俱無，止有州牧所助的盤纏，日喫日減，用不得幾時，看看沒有了。那些做經紀的人，有甚情誼？日逐有些怨咨起來，未免茶遲飯晏，箸長碗短。七郎覺得了，發話道：「我也是一郡之主，當是一路諸侯。今雖丁憂，後來還有日子，如何恁般輕薄？」店主人道：「說不得一郡兩郡，皇帝失了勢，也要忍些饑餓，喫些粗糲，何況於你，是未任的官？就是官了，我每又不是什麼橫州百姓，怎麼該供養你？我們的人家，不做不活，須是喫自在食不起的。」七郎被他說了幾句，無言可答，眼淚汪汪，只得含著羞耐了。

再過兩日，店主人的尋事炒鬧，一發看不得了。七郎道：「主人家，我這裡須是異鄉，並無一人親識可歸，一向叨擾府上，情知不當，卻也是沒奈何了。你有甚麼覓衣食的道路，指引我一個兒？」店主人道：「你這樣人，種火又長，拄門又短⑮，郎不郎，秀不秀⑯的，若要覓衣食，須把個『官』字兒擱起，照著常人傭工做活，方可度日。你卻如何去得？」七郎見說到傭工做活，氣忿忿地道：「我也是方面⑰官員，怎便到此地位？」思想：「零陵州州牧，前日相待甚厚，不免再將此苦情告訴他一番，定然有個處法。難道白白餓死一個刺史在他地方了不成？」寫了個帖，又無一個人跟隨，自家袖了，葳葳蕤蕤⑱，走到州裡衙門上來遞。那衙門中人，見他如此行徑，必然是打抽豐⑲沒廉恥的，連帖也不肯收他的。直到再三央及，把上項事一一分訴，又說到替他殯葬、厚禮贐行之事，這卻衙門中都有曉得的，方纔肯接了進去，呈與州牧。州牧看了，便有好些不快活起來道：「這人這樣不達時務的。前日吾見他在本州失事，又看上司體面，極意周全他去了，他如何又在此纏擾？或者連前日之事，未必是真，多是神棍假裝出來騙錢的，未可知。縱使是真，必是個無恥的人，還有許多無厭足處。吾本等好意，卻叫得『引

---

⑮ 種火又長拄門又短：是不成材料的意思。

⑯ 郎不郎秀不秀：不上不下；不倫不類。

⑰ 方面：主管一方面的高級官員。

⑱ 葳葳蕤蕤：委靡不振、提不起精神來的樣子。

⑲ 打抽豐：即「打秋風」。希圖別人錢物。

鬼上門』。我而今不便追究，只不理他罷了。」分付門上不受他帖，只說「概不見客」，把原帖還了。七郎受了這一場冷淡，卻又想回下處不得，住在衙門上，守他出來時，當街叫喊。州牧坐在轎上問道：「是何人叫喊？」七郎口裡高聲答道：「是橫州刺史郭翰。」州牧道：「有何憑據？」七郎道：「原有告身，被大風飄舟，失在江裡了。」州牧道：「既無憑據，知你是真是假？就是真的，齎發已過，如何只管在此纏擾？必是光棍，姑饒打，快走！」左右虞候，看見本官發怒，亂棒打來，只得閃了身子開來，一句話也不說得，有氣無力的，仍舊走回下處悶坐。店主人早已打聽他在州裡的光景，故意問道：「適纔見州裡相公，相待如何？」七郎羞慚滿面，只嘆口氣，不敢則聲。店主人道：「我教你把『官』字兒閣起，你卻不聽我，直要受人怠慢。而今時勢，就是個空名宰相，也當不出錢來了。除是靠著自家氣力，方掙得飯喫。你不要癡了！」七郎道：「你叫我做甚勾當好？」店主人道：「你自想身上有甚本事？」七郎道：「我別無本事，止是少小隨著父親，涉歷江湖，那些船上風水，當梢拿舵之事，儘曉得些。」店主人喜道：「這個卻好了，我這裡埠頭上來往船隻多，儘有缺少執梢的。我薦你去幾時，好歹覓幾貫錢來，餓你不死了。」七郎沒奈何，只得依從。從此只在往來船隻上，替他執梢度日。去了幾時，也就覓了幾貫工錢，回到店家來。永州市上人，認得了他，曉得他前項事的，就傳他一個名，叫他做「當梢郭使君」。但是要尋他當梢的船，便指名來問郭使君。永州市上編成他一隻歌兒道：

問使君，你緣何不到橫州郡？原來是天作對，不作你假斯文，把家緣結果在風一陣。舵牙當執板，繩纜是拖紳，這是榮耀的下梢頭也，還是把著舵兒穩。（詞名掛枝兒）

在船上混了兩年，雖然挨得服滿，身邊無了告身，去補不得官。若要京裡再打關節時，還須照前得這幾千緡使用，卻從何處討？眼見得這話休題了。只得安心塌地，靠著船上營生。又道是：「居移氣，養移體。」當初做刺史，便像個官員；而今在船上多年，狀貌氣質也就是些篙工水手之類，一般無二。可笑個一郡刺史，如此收場。可見人生榮華富貴，眼前算不得帳的。上覆世間人，不要十分勢利。聽我四句口號：

富不必驕，貧不必怨。
要看到頭，眼前不算。

卷二十三　大姊魂游完宿願　小妹病起續前緣

詩曰：

生死繇來一樣情，荳萁燃荳並根生。
存亡姊妹能相念，可笑鬩牆親弟兄。

話說唐憲宗元和年間，有個侍御李十一郎，名行脩。妻王氏夫人，乃是江西廉使王仲舒女。貞懿賢淑，行脩敬之如賓。王夫人有個幼妹，端妍聰慧，夫人極愛他，常領他在身邊鞠養。連行脩也十分愛他，如自家養的一般。

一日行脩在族人處赴婚禮喜筵，就在這家歇宿。晚間忽做一夢，夢見自身再娶夫人，燈下把新人認看，不是別人，正是王夫人的幼妹。猛然驚覺，心裡甚是不快活。巴到天明，連忙歸家。進得門來，只見王夫人清早已起身了，悶坐著，將手頻頻拭淚，行脩問著不答。行脩便問家人道：「夫人為何如此？」家人輩齊道：「今早當廚老奴在廚下自說：『五更頭做一夢，夢見相公再娶王家小娘子。』夫人知道了，恐怕自身有甚山高水低❶，所以悲哭了一早起了。」行脩聽罷，毛骨聳然，驚出一身冷汗。想道：「如何與我所夢正合？」他兩個是恩愛夫妻，心下十分不樂。只得勉強勸諭夫人道：「此老奴顛顛倒倒，是

---

❶ 山高水低：意外的事。

個愚懵之人，其夢何足憑准！」口裡雖如此說，心下因是兩夢不約而同，終久有些疑惑。只見隔不多幾日，夫人生出病來，累醫不效，兩月而亡。行脩哭得死而復甦，書報岳父王公。王公舉家悲慟，因不忍斷了行脩親誼，回書還答，便有把幼女續婚之意。行脩傷悼正極，不忍說起這事，堅意回絕了岳父。于時有個衛祕書衛隨，最能廣識天下奇人。見李行脩如此思念夫人，突然對他說道：「侍御懷想亡夫人如此深重，莫不要見他麼？」行脩道：「一死永別，如何能勾再見？」祕書道：「侍御若要見亡夫人，何不去問『稠桑王老』？」行脩道：「王老是何人？」祕書道：「不必說破，侍御只牢牢記著『稠桑王老』四字，少不得有相會之處。」行脩見說得作怪，切切記之于心。過了兩、三年，王公幼女越長成了。王公思念亡女，要與行脩續親，屢次著人來說。行脩不忍背了亡夫人，只是不從。

此後除授東臺御史，奉詔出關。行次稠桑驛，驛館中先有敕使住下了，只得討個官房歇宿。那店名就叫做稠桑店。行脩聽得「稠桑」二字觸著，便自上心。想道：「莫不甚麼王老，正在此處？」正要跟尋問，只聽得街上人亂嚷。行脩走到店門邊一看，只見一夥人團團圍住一個老者，你扯我扯，你問我問，纏得一個頭昏眼暗。行脩問店主人道：「這些人何故如此？」主人道：「這個老兒姓王，是個希奇的人，善談祿命。鄉里人敬他如神，故此見他走過，就纏住他問禍福。」行脩想著衛祕書之言道：「原來果有此人。」便叫店主人快請他到店相見。店主人見行脩是個出差御史，不敢稽延，撥開人叢，走進去扯住他道：「店中有個李御史李十一郎奉請。」眾人見說是官府請，放開圍，讓他出來，一哄多散了。到店相見，行脩見是個老人，不要他行禮。就把想念亡妻，有衛祕書指引來求他的話，說了一遍。便道：「不知老翁果有奇術，能使亡魂相見否？」老人道：「十一郎要見亡夫人，就是今夜罷了。」老人前走，叫行脩打發開了左右，引了他，一路走入一個土山中。又陞一個數丈的高坡，坡側隱隱見有個叢林，老人便住在路傍，對行脩道：「十一郎可走去林下高聲呼『妙子』，必有人應，應了便說道：『傳語九娘子，今夜暫借妙子同看亡妻。』」行脩依言走去林間呼著，果有人應，又依著前言說了。少頃，一個十五、六歲的女子走出來道：「九娘子差我隨十一郎去。」說罷，便折竹二枝，自跨了一枝，一枝與行脩跨，跨上便同馬一般快。行勾三、四十里，忽到一處，城闕壯麗，前經一大宮，宮前有門。女子道：「但循西廊，直北，從南第二宮，乃是賢夫人所居。」行脩依言，趨至其處，果見十數年前一個死過的丫頭，出來拜迎，請行脩坐下。夫人就走出來，涕泣相見。行脩伸訴離恨，一把抱住不放，卻待要再講歡會。王夫人不肯，道：「今日與君幽顯異途，深不願如此，貽妾之患。若是不忘平日之好，但得納小妹為婚，續此姻親，妾心願畢矣。所要相見，只此奉託。」言罷，女子已在門外厲聲催叫道：「李十一郎速出！」行脩不敢停留，含淚而出。女子依前與他跨了竹枝同行，到了舊處，只見老人頭枕一塊石頭，眠著正睡。聽到腳步響，曉得是行脩到了，走起來問道：「可如意麼？」行脩道：「幸已相會。」老人道：「須謝九娘子遣人相送！」行脩依言，送妙子到林間，高聲稱謝。回來問老人道：「此是何等人？」老人道：「此原上有靈應九子母祠耳。」老人復引行脩到了店中，只見壁上燈盞熒熒，槽中馬啖芻如故，僕夫等個個熟睡。行脩疑道做夢，卻有老人尚在可證。老人當即辭行脩而去。行脩嘆異了一番，因念妻言諄懇，纔把這段事情，備細寫與岳丈王公。從此遂續王氏之婚，恰應前日之夢。正是：

舊女婿為新女婿，大姨夫做小姨夫。

古來只有娥皇女英，姊妹兩個，一同嫁了舜帝。其他姊姊亡故，不忍斷親，續上小姨，乃是世間常事。從來沒有個亡故的姊姊，懷此心願，在地下撮合完成好事的。今日小子先說此一段異事，見得人生只有這個「情」字至死不泯的。只為這王夫人身子雖死，心中還念著親夫恩愛，又且妹子是他心上喜歡的。一點情不能忘，所以陰中如此主張，了其心願。這個還是做過夫婦多時的，如此有情，未足為怪。

* * *

小子如今再說一個，不曾做親過的，只為不忘前盟，陰中完了自己姻緣，又替妹子聯成婚事。怪怪奇奇，真真假假，說來好聽。有詩為證：

還魂從古有，借體亦其常。
誰攝生人魄？先將宿願償。

這本話文，乃是元朝大德年間，揚州有個富人，姓吳，曾做防禦使之職，人都叫他做吳防禦。住居春風樓側，生有二女，一個叫名興娘，一個叫名慶娘。慶娘小興娘兩歲，多在襁褓之中。鄰居有個崔使君，與防禦往來甚厚。崔家有子名曰興哥，與興娘同年所生，崔公即求聘興娘為子婦。防禦欣然相許。崔公以金鳳釵一隻為聘禮。定盟之後，崔公合家多到遠方為官去了。一去一十五年，竟無消息回來。

此時興娘已一十九歲，母親見他年紀大了，對防禦道：「崔家興哥一去十五年，不通音耗，今興娘年已長成，豈可執守前說，錯過他青春！」防禦道：「一言已定，千金不移！吾已許吾故人了，豈可因他無耗，便欲食言？」那母親終久是婦人家識見，見女兒年長無婚，眼中看不過意，日日與防禦絮聒，要另尋人家。興娘肚裡，一心專盼崔生來到，再沒有二三的意思。雖是虧得防禦有正經，卻看見母親說起激聒❷，便暗地恨命自哭。又恐怕父親被母親纏不過，一時更變起來，心中長懷著憂慮，只願崔家郎早來得一日也好。眼睛幾望穿了，那裡叫得崔家應？看看飯食減少，生出病來，沉眠枕席，半載而亡。父母與妹及合家人等，多哭得發昏章第十一。臨入殮時，母親手持崔家原聘這隻金鳳釵，撫屍哭道：「此是你夫家之物，今你已死，我留之何益？見了徒增悲傷，與你戴了去罷！」就替他插在髻上，蓋了棺，三日之後，抬去殯在郊外了。家裡設個靈座，朝夕哭奠。

殯過兩個月，崔生忽然來到，防禦迎進，問道：「郎君一向何處，尊父母平安否？」崔生告訴道：「家父做了宣德府理官，沒于任所，家母亦先亡了數年，小婿在彼守喪，今已服除，完了殯葬之事，不遠千里，特到府上來完前約。」防禦聽罷，不覺吊下淚來道：「小女興娘薄命，為思念郎君成病，於兩月前飲恨而終，已殯在郊外了。郎君便早到得半年，或者還不到得死的地步。今日來時，卻無及了。」說罷又哭。崔生雖是不曾認識興娘，未免感傷起來。防禦道：「小女殯事雖行，靈位還在，郎君可到他席前看一番，也使他陰魂曉得你來了。」噙著淚眼，一手拽了崔生，走進內房來。崔生抬頭看時，但見：

紙帶飄搖，冥童綽約。飄搖紙帶，盡寫著梵字金言；綽約冥童，對捧著銀盆繡帨。一縷爐煙常裊，雙臺燈火微熒。影神圖，畫個絕色的佳人；白木牌，寫著新亡的長女。

崔生看見了靈座，拜將下去。防禦拍著桌子大聲道：「興娘吾兒，你的丈夫來了。你靈魂不遠，知道也未？」說罷放聲大哭。合家見防禦說得傷心，一齊號哭起來。直哭得一佛出世，二佛生天，連崔生也不知陪下了多少眼淚。哭罷，焚了些楮錢，就引崔生在靈位前拜見了媽媽。媽媽兀自哽哽咽咽的，還了個半禮。防禦同崔生出到堂前來，對他道：「郎君父母既沒，道途又遠，今既來此，可便在吾家住宿。不

❷ 激聒：嘮叨。

要論到親情，只是故人之子，即同吾子，勿以興娘沒故，自同外人。」即令人替崔生搬將行李來，收拾門側一個小書房，與他住下了。朝夕看待，十分親熱。

將及半月，正值清明節屆，防禦念興娘新亡，合家到他塚上，掛錢祭掃。此時興娘之妹慶娘已是十七歲，一同媽媽抬了轎，到姊姊墳上去了。只留崔生一個在家看守。大凡好人家女眷，出外稀少，到得時節頭邊，看見春光明媚，巴不得尋個事繇，來外邊散心耍子。今日雖是到興娘新墳上，心中懷著悽慘的，卻是荒郊野外，桃紅柳綠，正是女眷們游耍去處。盤桓了一日，直到天色昏黑，方纔到家。崔生步出門外等候，望見女轎二乘來了，走在門左迎接，前轎先進，後轎至前。到生身邊經過，只聽得地下磚上鏗的一聲，卻是轎中掉一件物事出來。崔生待轎過了，急去拾起來看，乃是金鳳釵一隻。崔生知是閨中之物，急欲進去納還，只見中門❸已閉。原來防禦合家在墳上辛苦了一日，又各帶了些酒意，進得門，便把來關了，收拾睡覺。崔生也曉得這個意思，不好去叫得門，且待明日未遲。回到書房，把釵子放好在書箱中了。明燭獨坐，思念婚事不成，隻身孤苦，寄跡人門，雖然相待如子婿一般，終非久計，不知如何是個結果？悶上心來，嘆了幾聲，上了床，正要就枕，忽聽得有人扣門響，崔生問道：「是那個？」不見回言，崔生道是錯聽了，方要睡下去，又聽得敲的畢畢剝剝。崔生高聲又問，又不見聲響了。崔生心疑，坐在床沿，正要穿鞋到門邊靜聽，只聽得又敲響了，卻只不見則聲。崔生忍耐不住，立起身來，幸得殘燈未熄，重掭亮了，拿在手裡，開出門來一看，燈卻明亮，見得明白，乃是十七、八歲一個美貌女子，立在門外，看見門開，即便褰起布簾，走將進來。崔生大驚，嚇得倒退了兩步。那女子笑容可掬，

❸ 中門：外室與內室中間的門。

大姊魂游完宿願

小妹病起續前緣

低聲對生道：「郎君不認得妾耶？妾即興娘之妹慶娘也。適纔進門時，墜釵轎下，故此乘夜來尋。郎君曾拾得否？」崔生見說是小姨，恭恭敬敬答應道：「適纔娘子乘轎在後，果然落釵在地，小生當時拾得，即欲奉還，見中門已閉，不敢驚動，留待明日。今娘子親尋至此，即當持獻。」就在書箱取出放在桌上道：「娘子請拿了去。」女子出纖手來取釵，插在頭上了，笑嘻嘻的對崔生道：「早知是郎君拾得，妾亦不必乘夜來尋了。如今已是更闌時候，妾身出來了，不可復進。今夜當借郎君枕席，侍寢一宵。」崔生大驚道：「娘子說那裡話！令尊令堂待小生如骨肉，小生怎敢胡行，有汙娘子清德！娘子請回步，誓不敢從命的。」女子道：「如今合家睡熟，並無一個人知道的。何不趁此良宵，完成好事？你我悄悄往來，親上加親，有何不可？」崔生道：「欲人不知，莫若勿為！雖承娘子美情，萬一後邊有些風吹草動❹，被人發覺，不要說道無顏面見令尊，傳將出去，小生如何做得人成，不是把一生行止多壞了？」女子道：「如此良宵，又兼夜深，我既寂寥，你亦冷落。難得這個機會，同在一個房中，也是一生緣分，且顧眼前好事，管甚麼發覺不發覺？況妾自能為郎君遮掩，不至敗露，郎君休得疑慮，挫過了佳期。」崔生見他言詞嬌媚，美豔非常，心中也禁不住動火，只是想著防禦相待之厚，不敢造次。好像個小兒放紙炮，真個又愛又怕。卻待依從，轉了一念，又搖頭道：「做不得！做不得！」只得向女子哀求道：「娘子，看令姊興娘之面，保全小生行止罷。」女子見他再三不肯，自覺羞慚，忽然變了顏色，勃然大怒道：「吾父以子姪之禮待你，留置書房，你乃敢于深夜誘我至此，將欲何為？我聲張起來，去告訴了父親，當官告你，看你如何折辨❺？不到得輕易饒你！」聲色俱厲。崔生見他反跌一著，放刁起來，心裡好生懼怕，

❹ 風吹草動：些微的響聲。

想道：「果是老大的利害！如今既見在我房中了，清濁難分，萬一聲張，被他一口咬定，從何分剖？不若且依從了他，倒還未見得即時敗露，慢慢圖個自全之策罷了。」正是：

羝羊觸藩，進退兩難。

只得陪著笑對女子道：「娘子休要聲高！既承娘子美意，小生但憑娘子做主便了。」女子見他依從，回嗔作喜道：「原來郎君恁地膽小的！」崔生閉上了門，兩個解衣就寢。有西江月為證：

旅館羈身孤客，深閨皓齒韶容。合歡裁就兩情濃，好對嬌鸞雛鳳。　認道良緣輻輳，誰知啞謎包籠？新人魂夢雨雲中，還是故人情重。

兩人雲雨已畢，真是千恩萬愛，歡樂不可名狀。將至天明，就起身來辭了崔生，閃將進去。崔生雖然得了些甜頭，心中只是懷著個鬼胎，戰兢兢的，只怕有人曉得。幸得女子來蹤去跡，甚是祕密，又且身子輕捷，朝隱而入，暮隱而出。只在門側書房，私自往來快樂，並無一個人知覺。

將及一月有餘，忽然一晚對崔生道：「妾處深閨，郎處外館。今日之事，幸而無人知覺。誠恐好事多磨，佳期易阻。一旦聲跡彰露，親庭罪責，將妾拘繫于內，郎趕逐于外，在妾便自甘心，卻累了郎之清德，妾罪大矣，須與郎從長商議一個計策便好。」崔生道：「前日所以不敢輕從娘子，專為此也。不然，人非草木，小生豈是無情之物？而今事已到此，還是怎的好？」女子道：「依妾愚見，莫若趁著人未及知覺，先自雙雙逃去，在他鄉外縣居住了，深自斂藏，方可優游偕老，不致分離，你心下如何？」崔生道：「此言固然有理，但我目下零丁孤苦，素少親知，雖要逃亡，還是向那邊去好？」想了又想，

❺ 折辨：分辯。

猛然省起來道：「曾記得父親在日，常說有個舊僕金榮，乃是信義之人。見居鎮江呂城，以耕種為業，家道從容。今我與你兩個前去投他，他有舊主情分，必不拒我。況且一條水路，直到他家，極是容易。」女子道：「既然如此，事不宜遲，今夜就走罷。」商量已定，起個五更，收拾停當了。那個書房即在門側，開了甚便。出了門，就是水口，崔生走到船幫裡，叫了一隻小划子船，到門首下了女子，隨即開船，徑到瓜洲。打發了船，又在瓜洲另討了一個長路船，渡了江，進了潤州，奔丹陽，又四十里，到了呂城，泊住了船，上岸訪問一個村人道：「此間有個金榮否？」村人道：「金榮是此間保正，家道殷富，且是做人忠厚，誰不認得？你問他則甚？」崔生道：「他與我有些親，特來相訪。有煩指引則個。」村人把手一指道：「你看那邊有個大酒坊，間壁大門，就是他家。」崔生問著了，心下喜歡，到船中安慰了女子，先自走到這家門首，一直走進去，金保正聽得人聲，在裡面踱將出來道：「是何人下顧？」崔生上前施禮，保正問道：「秀才官人何來？」崔生道：「小生是揚州府崔公之子。」保正見說了「揚州崔」三字，便喫一驚道：「是何官位？」崔生道：「是宣德府理官，今已亡故了。」保正道：「是官人的何人？」崔生道：「正是我父親。」保正道：「這等是衙內了。請問當時乳名可記得麼？」崔生道：「乳名叫做興哥。」保正道：「說起來是我家小主人也。」推崔生坐了，納頭便拜，問道：「老主人幾時歸天的？」崔生道：「今已三年了。」保正就走去，掇張椅桌，做個虛位，寫一神主牌，放在桌上，磕頭而哭。哭罷，問道：「小主人今日何故至此？」崔生道：「我父親在日，曾聘定吳防禦家小娘子興娘。……」保正不等說完，就接口道：「正是，這事老僕曉得的。而今想已完親事了麼？」崔生道：「不想吳家興娘，為盼望吾家音信不至，得了病症，我到得吳家，死已兩月。吳防禦不忘前盟，款留在家。喜得他家小姨慶娘，為親情顧盼，私下成了夫婦，恐怕發覺，要個安身之所。我沒處投奔，想著父親在時，曾說你是忠義之人，住在呂城，故此帶了慶娘，一同來此。你既不忘舊主，一力周全則個。」金保正聽說罷道：「這個何難！老僕自當與小主人分憂。」便進去喚嬷嬷出來，拜見小主人，又叫他帶了丫頭，到船邊接了小主人娘子起來，老夫妻兩個，親自灑掃正堂，鋪疊床帳，一如待主翁之禮。衣食之類，供給周備，兩個安心住下。

將及一年，女子對崔生道：「我和你住在此處，雖然安穩，卻是父母生身之恩，竟與他永絕了，畢竟不是個收場，心裡也覺過不去。」崔生道：「事已如此，說不得了，難道還好去相見得？」女子道：「起初一時間做的事，萬一敗露，父母必然見責。你我離合，尚未可知。思量永久完聚，除了一逃，再無別著。今光陰似箭，已及一年。我想愛子之心，人皆有之。父母那時不見了我，必然捨不得的。今日若同你回去，父母重得相見，自覺喜歡，前事必不記恨，這也是料得出的。何不拚個老臉，雙雙去見他一面？有何妨礙？」崔生道：「丈夫以四方為事，只是這樣潛藏在此，原非長算。今娘子主見如此，小生拚得受岳父些罪責，為了娘子，也是甘心的。既然做了一年夫妻，你家素有門望，料沒有把你我重拆散了，再嫁別人之理。況有令姊舊盟未完，重續前好，正是應得，只須陪些小心往見，原自不妨。」兩人計議已定，就央金榮討了一隻船，作別了金榮一路行去。渡了江，進瓜洲前到揚州地方。看看將近防禦家，女子對崔生道：「且把船歇在此處，未要竟到門口，我還有話和你計較。」崔生叫船家住好了船，問女子道：「還有甚麼說話？」女子道：「你我逃竄一年，今日突然雙雙往見，幸得容恕，千好萬好了。萬一怒發，不好收場，不如你先去見見，看著喜怒，說個明白，大約沒有變卦了，然後等他來接我上去，豈不婉轉些？我也覺得有顏采，我只在此等你消息就是。」崔生道：「娘子見得不差。我先去見便了。」跳上了岸，正待舉步。女子又把手招他轉來道：「還有一說，女子隨人私奔，原非美事，萬一家中忌諱，故意不認帳起來的事，也是有的，須要防他。」伸手去頭上拔那隻金鳳釵下來，與他帶去道：「倘若言語支吾，將此釵與他們一看，便推故不得了。」崔生道：「娘子恁地精細！」接將釵來，袋在袖裡了，望著防禦家裡來。到得堂中，傳進去。防禦聽知崔生來了，大喜出見。不等崔生開口，一路說出來道：「向日看待不周，致郎君住不安穩，老夫有罪。幸看先君之面，勿責老夫！」崔生拜伏在地，不敢仰視，又不好直說，口裡只稱：「小婿罪該萬死！」叩頭不止。防禦倒驚駭起來道：「郎君有何罪過，口出此言？快快說個明白，免老夫心裡疑惑。」崔生道：「是必岳父高抬貴手，恕著小婿，小婿纔敢出口。」防禦說道：「有話但說，通家子姪，有何嫌疑？」崔生見他光景是喜歡的，方纔說道：「小婿蒙令愛慶娘不棄，一時間結了私盟，房帷事密，兒女情多，負不義之名，犯私通之律。誠恐得罪非小，不得已夤夜奔逃，潛匿村墟，經今一載。音容久阻，書信難傳。雖然夫婦情深，敢忘父母恩重。今日謹同令愛，到此拜訪，伏望察其深情，饒恕罪責，恩賜諧老之歡，永遂于飛之願，岳父不失為溺愛，小婿得完美室家，實出萬幸。只求岳父憐憫則個。」防禦聽罷，大驚道：「郎君說的是甚麼話！小女慶娘臥病在床，經今一載。茶飯不進，轉動要人扶靠，從不下床一步。方纔的話在那裡說起的？莫不見鬼了？」崔生見他說話，心裡暗道：「慶娘真是有見識！果然怕玷辱門戶，只推說病在床上，遮掩著外人了。」便對防禦道：「小婿豈敢說謊！目今慶娘見在船中，岳父叫個人去接了起來，便見明白。」防禦只是冷笑不信，卻對一個家僮說：「你可走到崔家郎船上去看看，與同來的是什麼人，卻認做我家慶娘子？豈有此理！」

家僮走到船邊，向船內一望，艙中悄然，不見一人。問著船家，船家正低著頭，梢上喫飯。家僮道：「你艙裡的人那裡去了？」船家道：「有個秀才官人，上岸去了，留個小娘子在艙中，適纔看見也上去了。」家僮走來，回覆家主道：「船中不見有甚麼人，問船家，說有個小娘子上了岸了，卻是不見。」防禦見無影響，不覺怒形于色道：「郎君少年，當誠實些，何乃造次妖妄，誣玷人家閨女，是何道理？」崔生見他發出話來，也著了急，急忙袖中摸出這隻金鳳釵來，進上防禦道：「此即令愛慶娘之物，可以表信，豈是脫空說的？」防禦接來看了，大驚道：「此乃吾亡女興娘殯殮時戴在頭上的釵，已殉葬多時了，如何得在你手裡？奇怪！奇怪！」崔生卻把去年墳上女轎歸來，轎下拾得此釵，後來慶娘因尋釵夜出，遂得成其夫婦。恐怕事敗，同逃至舊僕金榮處，住了一年，方纔又同來的說話，備細述了一遍。防禦驚得呆了道：「慶娘見在房中床上臥病，郎君不信，可以去看得的。如何說得如此有枝有葉？又且這釵如何得出世？真是蹊蹺的事！」執了崔生的手，要引他房中去看病人，證辨真假。

卻說慶娘果然一向病在床上，下地不得。那日外廂正在疑惑之際，慶娘托地在床上走將起來，竟望堂前奔出。家人看見奇怪，同防禦的嬷嬷，一鬨的都隨了出來。嚷道：「一向動不得的，如今忽地走將起來。」只見慶娘到得堂前，看見防禦便拜，防禦見是慶娘，一發喫驚道：「你幾時走起來的？」崔生心裡還暗道是船裡走進去的，且聽他說甚麼。只見慶娘道：「兒乃興娘也，早離父母，遠殯荒郊。然與崔郎緣分未斷，今日來此，別無他意，特為崔郎方便，要把愛妹慶娘續其婚姻。如肯從兒之言，妹子病體，當即痊愈。若有不肯，兒去妹也死了。」合家聽說，個個驚駭，看他身體面龐，是慶娘的；聲音舉止，卻是興娘。都曉得是亡魂歸來，附體說話了。防禦正色責他道：「你既已死了，如何又在人世妄作胡為，亂惑生人？」慶娘又說著興娘的話道：「兒死去見了冥司，冥司道兒無罪，不行拘禁，得屬后土夫人帳下，掌傳箋奏。兒以世緣未盡，特向夫人給假一年，來與崔郎了此一段姻緣。妹子向來的病，也是兒假借他精魄，與崔郎相處。來今限滿當去，豈可使崔郎自此孤單，與我家遂同路人！所以特來拜求父母，是必把妹子許了他，續上前姻，兒在九泉之下，也放得心下了。」防禦夫妻見他言詞哀切，便許他道：「吾兒放心！只依著你主張，把慶娘嫁他便了。」興娘見父母許出，便喜動顏色，拜謝防禦道：「多感父母肯聽兒言，兒安心去了。」走到崔生面前，執了崔生的手，哽哽咽咽哭起來道：「我與你恩愛一年，自此別了。慶娘親事，父母已許我了，你好作嬌客。與新人歡好時節，不要竟忘了我舊人！」言畢大哭。崔生見說了來蹤去跡，方知一向與他同住的，乃是興娘之魂。今日聽罷叮嚀之語，雖然悲切，明知是小姨身體，又在眾人面前，不好十分親近得。只見興娘的魂語分付已罷，大哭數聲，慶娘身體，驀然倒地，眾人驚惶，前來看時，口中已無氣了。摸他心頭，卻溫溫的。急把生姜湯灌下，將有一個時辰，方醒轉來，病體已好，行動如常。問他前事，一毫也不曉得。人叢之中，舉眼一看，看見崔生站在裡頭，急急遮了臉，望中門奔了進去。崔生如夢初覺，驚疑了半日始定。防禦就揀個黃道吉日，將慶娘與崔生合了婚。花燭之夜，崔生見過慶娘慣的，且是熟分。慶娘卻不十分認得崔生的，老大羞慚。真個是：

> 一個閨中弱質，與新郎未經半晌交談；一個旅邸故人，共嬌面曾做一年相識。一個只覺耳畔聲音稍異，面目無差；一個但見眼前光景皆新，心膽尚怯。一個還認蝴蝶夢中尋故友，一個正在海棠枝上試新紅。

卻說崔生與慶娘定情之夕，只見慶娘含苞未破，元紅尚在，仍是處子之身。崔生悄地問他道：「你令姊借你的身體，陪伴了我一年，如何你身子還是好好的？」慶娘怫然不悅道：「你自撞見了姊姊鬼魂，做作出來的，干我甚事？說到我身上來。」崔生道：「若非令姊多情，今日如何能勾與你成親，此恩不可忘了。」慶娘道：「這個也說得是，萬一他不明不白，不來周全此事，借我的名頭，出了我偌多時醜，我如何做得人成？只你心裡到底認是我，隨你逃走了的，豈不羞死人！今幸得他有靈，完成你我的事，也是他十分情分了。」次日，崔生感興娘之情不已，思量薦度他。卻是身邊無物，只得就將金鳳釵到市上貨賣，賣得鈔二十錠，盡買香燭楮錠，齎到瓊花觀中，命道士建醮三晝夜，以報恩德。醮事已畢，崔生夢中見一個女子來到，崔生卻不認得。女子道：「妾乃興娘也，前日是假妹子之形，故郎君不曾相識，卻是妾一點靈性，與郎君相處一年了。今日郎君與妹子成親過了，妾所以纔把真面目與郎相見。」遂拜謝道：「蒙郎薦拔，尚有餘情。雖隔幽明，實深感佩。小妹慶娘，稟性柔和，郎好看覷他！妾從此別矣。」崔生不覺驚哭而醒。慶娘枕邊見崔生哭醒來，問其緣故。崔生把興娘夢中說話，一一對慶娘說。慶娘問道：「你見他如何模樣？」崔生把夢中所見容貌備細說來。慶娘道：「真是我姊也！」不覺也哭將起來。慶娘再把一年中相處事情，細細問崔生，崔生逐件和慶娘備說始末根繇，果然與興娘生前情性光景無二。兩人感嘆奇異。親上加親，越然過得和睦了。自此興娘別無影響。要知只是一個「情」字為重，不忘崔生，做出許多事體來。心願既完，便自罷了。

此後崔生與慶娘年年到他墳上拜掃，後來崔生出仕，討了前妻封誥，遺命三人合葬。曾有四句口號，道著這本話文：

大姊精靈，小姨身體。
到得圓成，無此無彼。

卷二十四　鹽官邑老魔魅色　會骸山大士誅邪

詩曰：

王濬樓船下益州，金陵王氣黯然收。
千尋鐵鎖沉江底，一片降帆出石頭。
人世幾回傷往事，山形依舊枕清流。
而今四海為家日，故壘蕭蕭蘆荻秋。

這八句詩，唐朝劉夢得所作，乃是金陵燕子磯懷古的。這個燕子磯在金陵西北，正是大江之濱，跨江而出。在江裡看來，宛然是一隻燕子，撲在水面上，有頭有翅。昔賢好事者，恐怕他飛去，滿山多用鐵鎖鎖著。就在這燕子項上，造著一個亭子鎮住他。登了此亭，江山多在眼前，風帆起于足下，最是金陵一個勝處。就在磯邊，相隔一里多路，有個弘濟寺，寺左轉去，一派峭壁，插在半空，就如石屏一般。壁盡處，山崖迴抱將來。當時寺僧於空處建個閣，半嵌石崖，半臨江水，閣中供養觀世音像。像照水中，毫髮皆見，宛然水月之景，就名為觀音閣。載酒遊觀者，殆無虛日。奔走既多，靈蹟頗著，香火不絕。只是清靜佛地，做了喫酒的所在，未免作踐。亦且這些游客，隨喜的多，布施的少。那閣年深月久，沒有錢糧脩葺，日漸坍塌了些。

一日有個徽商某，泊舟磯下，隨步到弘濟寺遊玩，寺僧出來迎接著，問了姓名，邀請喫茶。茶罷，寺僧問道：「客官何來？今往何處？」徽商答道：「在揚州過江來，帶些本錢，要進京城小舖中去。天色將晚，在此泊著，上來耍耍。」寺僧道：「此處走去，就是外羅城觀音門了。進城止有二十里，客官何不搬了行李，到小房宿歇了，明日一肩行李，腳踏實地，絕早到了。若在船中，還要過龍江關盤驗，許多擔閣。又且晚間此處磯邊風浪最大，是歇船不得的。」徽商見說得有理，果然走到船邊，把船打發去了。搬了行李，竟到僧房中來，安頓了，寺僧就陪著登閣上觀看。徽商看見閣已頹壞，問道：「如此好風景，如何此閣頹壞至此？」寺僧道：「此間來往的儘多，卻多是遊耍的，並無一個捨財施主。寺僧又貧，修理不起。所以如此。」徽商道：「遊耍的人，必竟有大手段的在內，難道不布施些？」寺僧道：「多少王孫公子，只是帶了娼妓來喫酒作樂，那些人身上，便肯撒漫，佛天面上，卻不照顧。還有豪奴狠僕，家主既去，剩下酒肴，他就毀門折窗，將來盪酒煮飯。只是作踐，怎不頹壞？」徽商嘆惜不已。寺僧便道：「朝奉若肯喜捨時，小僧便修葺起來不難。」徽商道：「我昨日與夥計算帳，多出三十兩一項銀子來。我就捨在此處，脩好了閣，一來也是佛天面上，二來也在此間留個名。」寺僧大喜稱謝。下了閣，到寺中來。原來徽州人心性儉嗇，卻肯好勝喜名，又崇信佛事。見這個萬人往來去處，只要傳開去，說觀音閣是某人獨自脩好了，他心上便快活，所以一口許了三十兩，走到房中，解開行囊，取出三十兩一包，交付與寺僧。不想寺僧一手接銀，一眼瞟去，看見餘銀甚多，就上了心。一面分付行童整備夜飯款待，著地奉承，殷勤相勸，把徽商灌得酩酊大醉。夜深人靜，把來殺了。啟他行囊來看，看見搭包多是白物，約有五百餘兩，心中大喜。與徒弟計較，要把屍來拋在江裡。徒弟道：「此時山門已鎖，須要住持師父處取匙鑰，盤問起來，遮掩不得。不但做出事來，且要分了東西去。」寺僧道：「這等如何處置？」徒弟道：「酒房中有個大甕，莫若權把來斷碎了，入在甕中。明日覷個空便，連甕將去拋在江中，方無人知覺。」寺僧道：「有理，有理。」果然依話而行。可憐一個徽商，做了幾段碎物。好意佈施，得此慘禍。那僧徒收拾淨盡，安貯停當，放心睡了。自道神鬼莫測，豈知天理難容？是夜有個巡江捕盜指揮，也泊舟磯下，守候甚麼公事。天早起來，只見一個婦人走到船邊，將一個擔桶汲水，且是生得美貌。指揮留心，一眼望他那條路去。只見不走到民家，一直走到寺門裡來，指揮疑道：「寺內如何有美婦擔水？必是僧徒不公不法！」帶了哨兵，一路趕來。見那婦人走進一個僧房。指揮人等又趕進去，卻走向一個酒房中去了。寺僧見個官帶了哨兵，絕早來到，虛心病發，個個面如土色，慌慌張張，卻是出其不意，躲避不及。指揮先叫把僧人押定，自己坐在堂中，叫兩個兵到酒房中搜看。只見婦人進得房門，隱隱還在裡頭，一見人來，鑽入甕裡去了。走來稟了指揮，指揮道：「甕中必有冤枉。」就叫哨兵取出甕來，打開看時，只見血肉狼藉，頭顱劈破，是一個人碎割了的。就把僧徒兩個縛了，解到巡江察院處來。一上刑罰，僧徒熬苦不過，只得從實供招。就押去寺中，起贓來為證，問成大辟，立時處決。眾人見僧口招，因為佈施僭鬧，起心謀殺，方曉得適纔婦人，乃是觀音顯靈。那一個不念一聲「南無靈感觀世音菩薩」！要見佛天甚近，欺心事是做不得的。

* * *

從來說觀世音極靈，固然無處不顯應，卻是燕子磯的，還是小可。香火之盛，莫如杭州三天竺。那三天竺，是上天竺、中天竺、下天竺。三天竺中，又是上天竺為極盛。這個天竺峰，在府城之西，西湖之南。登了此峰，西湖如掌，長江如帶。地勝神靈，每年間，人山人海，挨擠不開的。而今小子要表白天竺觀音一件顯靈的，與看官們聽著。且先聽小子風、花、雪、月四詞，然後再講正話：

風嫋嫋，風嫋嫋，冬嶺泣孤松，春郊搖弱草。收雲月色明，捲霧天光早。清秋暗送桂香來，極夏頻將炎氣掃。風嫋嫋，野花亂落令人老。（右詠風）

花豔豔，花豔豔，妖嬈巧似妝，鎖碎渾如剪。露凝色更鮮，風送香常遠。一枝獨茂逞冰肌，萬朵爭妍含醉臉。花豔豔，上林富貴真堪羨。（右詠花）

雪飄飄，雪飄飄，翠玉封梅萼，青鹽壓竹梢。灑空翻絮浪，積檻鎖銀橋。千山渾駭鋪鉛粉，萬木依稀擁素袍。雪飄飄，長途遊子恨迢遙。（右詠雪）

月娟娟，月娟娟，乍缺鈎橫野，方團鏡掛天。斜移花影亂，低映水紋連。詩人舉盞搜佳句，美女推窗遲月眠。月娟娟，清光千古照無邊。（右詠月）

看官，你道這四首是何人所作？話說洪武年間，浙江鹽官會骸山中，有一個老者，緇服蒼顏，幅巾繩履，是個道人打扮。不見他治甚生業，日常醉歌于市間。歌畢起舞，跳木緣枝，宛轉盤旋，身子輕捷，如驚魚飛燕。又且知書善詠，恢諧笑浪，秀發如瀉。有文士登遊此山者，嘗與他倡和談謔。一日大醉，索酒家筆硯，題此四詞在石壁上，觀者稱賞。自從寫過，墨蹟漸深，越磨越亮。山中這些與他熟識的人，見他這些奇異，疑心他是個仙人，卻再沒處查他的蹤跡。日日往來山中，又不見個住家的所在。雖然有些疑怪，習見習聞，日月已久，也不以為意了，平日只以老道相呼而已。

離山一里之外，有個大姓仇氏。夫妻兩個，年登四十，極是好善。並無子嗣，乃捨錢刻一慈悲大士像，供禮于家，朝夕香花燈果，拜求如願。每年二月十九日，是大士生辰，夫妻兩個，齋戒虔誠，躬往天竺。三步一拜，拜將上去。燒香祈禱，不論男女，求生一個，以續後代。如是三年，其妻果然有了娠孕。十月期滿，晚間生下一個女孩。夫妻兩個，歡喜無限，取名夜珠。因是夜裡生人，取掌上珠之意，又是夜明珠寶貝一般。年復一年，看看長成，端慧多能，工容兼妙。父母愛惜他，真個如珠似玉。倏忽已是十九歲，父母俱是六十以上了，尚未許聘人家。你道老來子，做父母的，巴不得他早成配偶，奉事暮年，怎的二八當年多過了，還未嫁人？只因夜珠是這大姓的愛女，又且生得美貌伶俐，夫妻兩個，做了一個大指望：道是必要揀個十全、毫無嫌鄙❶的女婿來嫁他，等他名成利遂，老夫婦靠他終身。亦且只要入贅的，不肯嫁出的。左近人家，有幾家來說的，兩個老人家嫌好道歉❷；便有數家像意的，又要娶去，不肯入贅。有女婿人物好、學問高的，家事又或者淡薄些；有人家資財多、門戶高的，女婿又或者愚蠢些。所以高不輳，低不就。那些做媒的，見這兩個老人家難理會，也有好些不耐煩，所以親事越遲了，卻把仇家女子美貌、擇婿難為人事之名，遠近都傳播開來。誰知其間動了一個人的火。——看官，你道這個人是那個？敢是石崇之富，要買綠珠的？敢是相如之才，要挑文君的？敢是潘安之貌，要引那擲果婦女的？看官，若如此，這多是應得想著的了。說來一場好笑，原來是：

周時呂望，要尋個同釣魚的對手；漢世伏生，要娶個共講書的配頭。

你道是甚人？乃就是題風、花、雪、月四詞的。這個老頭兒，終日纏著這些媒人，央他仇家去說親。媒

❶ 嫌鄙：厭憎。

❷ 嫌好道歉：多方挑剔。

人問是那個要娶，說來便是他自己。這些媒人，也只好當做笑話罷了，誰肯去說？大家說了，笑道：「隨你千選萬選，這家女兒臭了爛了，也輪不到說起他。正是老沒志氣，陰溝洞裡思量天鵝肉喫起來！」那老道見沒人肯替他做媒，他就老著臉，自走上仇大姓門來。大姓夫妻二人，正同在堂上，說著女兒婚事未諧，唧唧噥噥的商量，忽見老道走將進來。大姓平日曉得這人有些古怪的，起來相迎。那媽媽見是大家老人家，也不回避。三人施禮已畢，請坐下了，大姓問道：「老道今日為何光降茅舍？」老道道：「老僕特為令愛親事而來。」兩人見說是替女兒說親的，忙叫看茶，就問道：「那一家？」老道道：「就是老僕家。」大姓見說了就是他家，正不知這老道住在那裡的，心裡已有好些不快意了。勉強答他道：「從來相會，不知老道有幾位令郎？」老道道：「不是小兒。老僕曉得令愛不可作凡人之配，老僕自己要娶。」大姓雖怪他言語不倫，還不認真，說道：「老道平日專好說笑說耍。」老道道：「並非耍笑，老僕果然願做門婿，是必要成的，不必推托！」大姓夫婦見他說得可惡，勃然大怒道：「我女閨中妙質，等閒的不敢求聘。你是何人，輒敢胡言亂語！」立起身，把他一攙。老道從容不動，拱立道：「老丈差了。老丈選擇東床❸，不過為養老計耳。若把令愛嫁與老僕，老僕能孝養吾丈於生前，禮祭吾丈于身後，大事已了，可謂極得所托的。這個不為佳婿，還要怎的纔佳麼？」大姓大聲叱他道：「人有貴賤，年有老少。貴賤非倫，老少不偶，也不肚裡想一想，敢來唐突，戲弄吾家！此非病狂，必是喪心，何足計較！」叫家人們持杖趕逐，仇媽媽只是在傍邊，夾七夾八的罵。老道笑嘻嘻，且走且說道：「不必趕逐，我去罷了。只是後來追悔，要求見我，就無門了。」大姓又指著他罵道：「你這個老枯骨！我要求見你做甚麼？

❸ 東床：女婿。

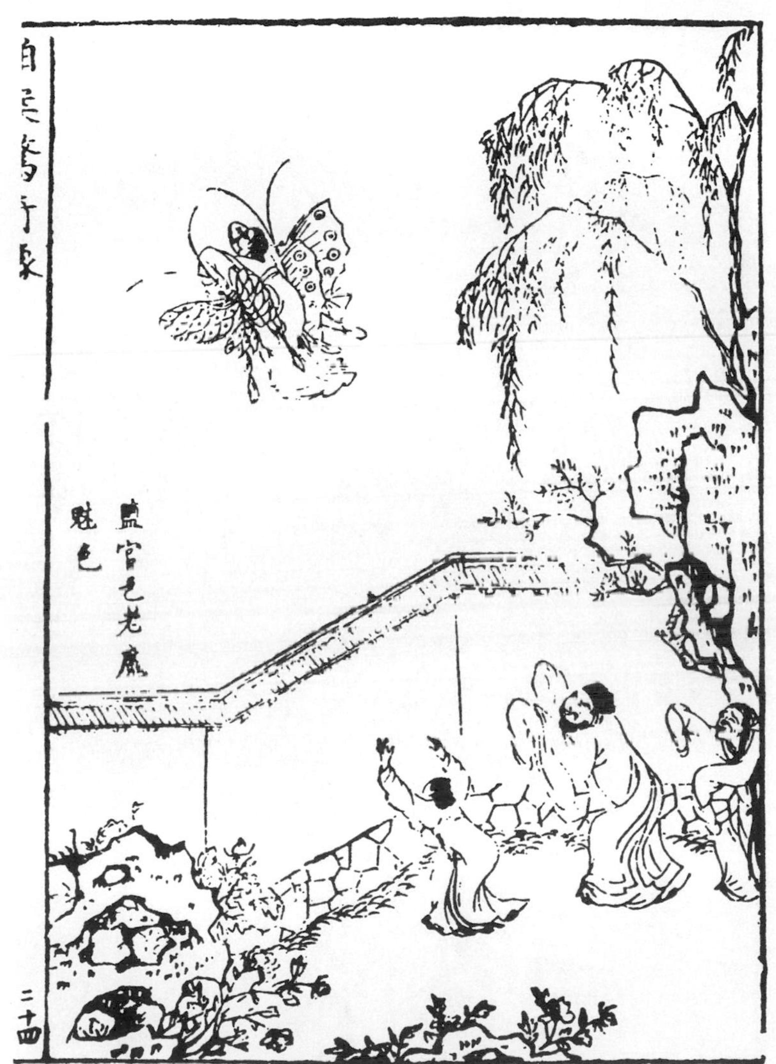

鹽官邑老魔魅色

會骸山大士誅邪

少不得看見你早晚倒在路傍，被狗拖鴉啄的日子在那裡。」老道把手掀著鬍髯，長笑而退。大姓叫閉了門，夫妻二人氣得個滿胸塞肚，兩相埋怨道：「只為女兒不受得人聘，受此大辱。」分付當直的，分頭去尋媒婆來說親。這些媒婆走將來，聞知老道自來求親之事，笑一個不住道：「天下有此老無知！前日也曾央我們幾次，我們沒一個肯替他說，他只得自來了。」大姓道：「此老腹中有些文才，最好調戲。他曉得吾家擇婿太嚴，未有聘定，故此奚落我。你們如今留心，快與我尋尋人家，差不多的也罷了。我自重謝則個。」媒人應承自去了不題。

過得兩日，夜珠靠在窗上繡鞋，忽見大蝶一雙飛來，紅翅黃身，黑鬚紫足，且是好看。旋遶夜珠左右不舍，恰像眷戀他這身子芳香的意思。夜珠又喜又異，輕以羅帕撲他，撲個不著，略略飛將開去。夜珠忍耐不定，笑呼丫鬟，同來撲他。看看飛得遠了，夜珠一同丫鬟，隨他飛去處趕將來。直至後園牡丹花側，二蝶漸大如鷹。說時遲，那時快，飛近夜珠身邊來，各將翅攢定夜珠兩腋，就如兩個大箬笠一般，扶挾夜珠，從空而起。夜珠口裡大喊。丫鬟驚報大姓，夫妻急忙趕至園中，已見夜珠同兩蝶在空中，向牆外飛去了。大姓驚喊號叫，沒法救得。老夫妻兩個放聲大哭道：「不知是何妖術攝將去了？」卻沒個頭路猜得出。從此各處探訪，不在話下。

卻說夜珠被兩蝶夾起在空中，如登雲霧。心裡明知墮了妖術，卻是腳不點地，身不自主。眼望下去，卻見得明白。看見過了好些荊蓁路徑，幾個崄峻山頭，到一巑岏山窟中，方纔漸漸放下。看見小小一洞，止可容頭，此外別無走路。那兩蝶已自不見了，只見洞邊一個老人家，道者裝扮，拱立在那裡。見了夜珠，歡歡喜喜，伸手來拽了夜珠的手，對洞口喝了一聲，聽得轟雷也似響亮，洞忽開裂，老道同夜珠身子已在洞內。夜珠急回頭看時，洞已抱合如舊，出去不得了。夜珠慌忙之中，偷眼看那洞中，寬敞如堂，有人面猴形之輩，二十餘個，皆來迎接這老道，口稱「洞主」。老道分付道：「新人到了，可設筵席。」猴形人應諾。又看見傍邊一房，甚是精潔，頗似僧室。几窗間有筆硯書史，竹床石磴，擺列兩行。又有美婦四、五人，丫鬟六、七人。婦人坐，丫鬟立侍。床前特設一席，不見葷腥，祇有香花酒菓。老道對眾道：「吾今且與新人成禮則個。」就來牽夜珠同坐。夜珠又惱又怕，只是站立不動。老道著惱，喝叫猴形人四、五個來揪採將來，按住在坐上。夜珠到此無奈，只得坐了。老道大喜，頻頻將酒來勸，夜珠只推不飲。老道自家大碗價喫，不多時，大醉了。一個婦人，一個丫鬟，扶去床中相伴寢了。夜珠只在石磴之下蹲著，心中苦楚，想著父母，只是哭泣，一夜不曾合眼。明早起來，老道看見夜珠淚痕不乾，雙眼盡腫，將手撫他背，安慰他道：「你家中甚近，勝會方新，何乃不趁少年取樂，自苦如此？若從了我，就同你還家拜見爹娘，骨肉完聚，極是不難。你若執迷不從，憑你石爛海枯，此中不可復出了。只憑你算計走那一條路。」夜珠聞言，自想：「我斷不從他！料無再出之日了，要這性命做甚？不如死休！」將頭撞在石壁上去，要求自盡。老道忙使眾婦人攔住，好言勸他道：「娘子既已到此，事不由己。且從容住著，休得如此輕生！」夜珠只是啼哭，從此不進飲食，欲要自餓而死，不想不喫了十多日，一毫無事。夜珠求死不得，無計可施。自怕不免汙辱，只是心裡暗禱觀世音，求他救拔。老道日與眾婦淫戲，要動夜珠之心。曾奈夜珠心如鐵石，毫不為動。老道見他不快，也不來強他。只是在他面前百般弄法弄巧，要圖他笑顏開了，歡喜成事。所以日逐把些奇怪的事，做與他看；一來要他快活，二來賣弄本事高強，使他絕了出外之念，死心塌地隨他。你道他如何弄法？他秋時出去取田間稻花，放好在石櫃中了，每日只將花合餘爨起，開鍋時，滿鍋多是香米飯。又將一甕水，用米一撮，放在水中，紙封了口，藏於松間兩、三日，開封取吸，多變做撲鼻香醪。所以供給滿洞人口，酒米不須營求，自然豐足。若是天雨不出，就剪紙為戲，或蝶或鳳，或狗或燕，或狐狸猿猱蛇鼠之類皆有。囑他去到某家取某物來用，立刻即至。前取夜珠的雙蝶，即是此法。若取著家火什物之類，用畢無事，仍教拿去還了。桃梅菓品，日輪猴形人兩個供辦，都是帶葉連枝，是山中樹上所取，不是攝將來的。夜珠日日見他如此作用，雖然心裡也道是奇怪，再沒有一毫隨順他的意思。老道略來纏纏，即便要死要活，大哭大叫。老道不耐煩，便去摟著別個婦女去適興了。還虧得老道心性，只愛喜歡，不愛煩惱的，所以夜珠雖攝在洞裡多時，還得全身不損。

一日老道出去了，夜珠對眾婦人道：「你我俱是父母遺體，又非山精木魅，如何隨順了這妖人，自受其辱？」眾美嘆息，對夜珠道：「我輩皆是人身，豈甘做這妖人野偶？但今生不幸，被他用術陷在此中，撇父母，棄糟糠，雖朝暮憂思，竟成無益，所以忍恥偷生，譬如做了一世豬羊犬馬罷了。事勢如此，你我拗他何用！不若放寬了心度日，去聽命于天，或者他罪惡有個終時，那日再見人世。」言罷，各各淚下如雨。有商調醋胡盧一篇，詠著眾婦云：

眾嬌娥，黯自傷，命途乖，遭魍魎。雖然也顛鸞倒鳳喜非常，覷形容不由心內慌。總不過匆匆完帳，須不是桃花洞裡老劉郎。

又有一篇詠著仇夜珠云：

夜光珠，世所希，未登盤，墜淤泥。清光到底不差池，笑妖人枉勞色自迷。有一日天開日霽，只怕得便宜翻做了落便宜。

眾人正自各道心事，哀傷不已，忽見猴形人傳來道：「洞主回來了。」眾人恐怕他知覺，掩淚而散，只有夜珠淚不曾乾。老道又對他道：「多時了，還哭做甚？我只圖你漸漸廝熟，等你心順了我，大家歡暢。省得逼你做事，終久不像我意，故不強你。今日子已久，你只不轉頭，不要討我惱怒起來，叫幾個按住了你，強做一番，不怕你飛上天去。」夜珠見說心慌，不敢啼哭，只是心中默禱觀音救護，不在話下。

卻說仇大姓夫妻二人，自不見了女兒，終日思念，出一單榜在通衢道：「有能探訪得女兒消息來報者，罄賠家產，將女兒與他為妻。」雖然如此，荏苒多時，並無影響。又且目見他飛昇去的，曉得是妖人攝去，非人力可及。沒計奈何，只好日日在慈悲大士像前，悲哭拜祝道：「靈感菩薩，女兒夜珠，原是在菩薩面前求得的，今遭此妖術攝去，若菩薩不救拔還我，當時何不不要見賜也到罷了。望菩薩有靈有感。」日日如此叫號，精誠所感，真是叫得泥神也該活現起來的。一日，會骸山嶺上，忽然有一根旛竿，逼直豎將起來，竿末掛著一件物事。這嶺上從無此竿的。一時哄動了許多人，萬眾齊觀，竿末之物，俱各不識明白，胡猜亂講。內中有一秀士，姓劉，名德遠，乃是名家之子。少年飽學，極是個負氣好事的人。他見了這個異事，也是書生心性，心裡畢竟要跟尋著一個實實下落。便叫幾個家人去，拿了些粗布繩索，做了軟梯，帶些撓鉤鋼叉木板之類，叫一聲道：「有高興要看的，都隨我來！」你看他使出聰明，山高無路處，將鋼叉叉著軟梯，搭在大樹上去；不平處，用板襯著；有路險難走處，用撓鉤吊著。他一個上前，趕興的就不少了。連家人共有一、二十人，一直吊了上去。到得嶺上，地卻寬平，立定了腳，望下一看，只見山腰一個巑岏之處，有洞甚大。婦女十數個，或眠或坐，多如醉迷之狀。有老猴數十，皆身首二段，血流滿地。站得高了，自上看下，纖細皆見。然後看那旛竿及所掛之物，乃是一個老獼猴的骷髏。劉德遠大加驚異。先此那仇家失女出榜，是他一向知道的。當時便自想道：「這些婦女裡頭，莫不仇氏之女也在？」急忙下嶺來，叫人報了縣裡，自己卻走去報了仇大姓。大姓喜出非常，同他到縣裡聽候遣撥施行。縣令隨即差了一隊兵快，到彼收勘。兵快同了劉德遠再上嶺來。大姓年老走不得山路，只在縣前伺候。德遠指與兵快路逕，一擁前來。原來那洞在高處方看得見。在山下卻與外不通，所以妖魅藏得許多人在裡頭。今在嶺上，卻都在目前了。兵快看見了這些婦女，攀藤附葛，開條路逕，一個個領了出來。到了縣裡，仇大姓還不知女兒果在內否。遠遠望去，只見夜珠頭蓬髮亂，雜隨在婦女隊裡。大姓吊住夜珠，父子抱頭大哭。到了縣堂，縣令叫眾婦上來，問其來歷備細。眾婦將始終所見，日逐事體說了。縣令曉得多是良家婦女，為妖術所迷的。又問道：「今日誰把這些妖物斬了？」眾婦道：「今日正要強姦仇夜珠，忽然天昏地暗，昏迷之中，只聽得一派喧嚷啼哭之聲，刀劍亂響，卻不知個緣故。直等兵快人眾來救，方纔甦醒。只見群猴多殺倒在地，那老妖不見了。」劉德遠同眾人獻上骷髏與旛竿，稟道：「那骷髏標示在旛竿之首，必竟此是老妖，為神明所誅的。」縣令道：「那旛竿一向是嶺上的麼？」眾人道：「嶺上並無。」縣令道：「奇怪！這卻那裡來的？」叫劉德遠把竿驗看，只見上有細字數行，乃是上天竺大士殿前之物，年月猶存。縣令曉得是觀音顯見，不覺大駭，隨令該房出示，把婦女逐名點明，召本家認領。那仇大姓在外邊伺候，先具領狀，領了夜珠出來。真就是黑夜裡得了一顆明珠，心肝肉的，口裡不住叫。到家裡見了媽媽，又哭個不住。問夜珠道：「你那時被妖法攝起半空，我兩個老人家趕來，已飛過牆了。此後將你到那裡去？卻怎麼？」夜珠道：「我被兩個大蝶，抬在空中，心裡明白的，只是身子下來不得，爹媽叫喊，都聽得的。到得那裡，一個道裝的老人家迎著，進了洞去。

這些妖怪，叫老人家做『洞主』，逼我成親。這裡頭先有這幾個婦女在內，卻是同類之人，被他攝在洞姦宿的，也來相勸，我到底只是執意不肯。」媽媽便道：「兒只要今日歸來，再得相見便好了。隨是破了身子，也是出于無奈，怪不得你的。」夜珠道：「娘不是這話！虧我只是要死要活，那老妖只去與別個淫媾了，不十分來纏我，幸得全身。今日見我到底不肯，方纔用強，叫幾個猴形人，拿住手腳，兩、三個婦女來脫小衣，正要奸淫。兒曉得此番定是難免，心下發極，大叫靈感觀世音起來。只聽得一陣風過處，天昏地黑，鬼哭神嚎，眼前伸手不見五指。一時暈倒了，直到有許多人進洞相救，纔醒轉來。看見猴形人個個被殺了，老妖不見了，正不知是個甚麼緣故。」大姓道：「自你去後，爹媽只是拜禱觀世音，日夜不休。人多見我虔誠，十分憐憫，替我體訪，卻再無消耗。誰想今日果是觀世音顯靈，誅了妖邪！前日這老道便來求親時，我們只怪他不揣，豈知是個妖魔？今日也現世報❹了。雖然如此，若非劉秀才做主為頭，定要探看旛竿上物事下落，怎曉得洞裡有人？又得他報縣救取，又且先來報我，此恩不可忘了。」正說話處，只見外邊有幾個婦女，同了幾家親識來訪夜珠，并他爹媽，三人出來接進。乃是同在洞中還家的。各人自家裡相會過了，見外邊傳說仇家爹媽祈禱虔誠，又得夜珠力拒妖邪，大呼菩薩，致得神明感應，帶挈他們重見天日，齊來拜謝。爹媽方曉得夜珠所言全身是真話。眾人稱謝已畢，就要商量被害幾家，協力出資，建廟山頂，奉祠觀世音，盡皆喜躍。正在議論間，只見劉秀才也到仇家相訪。他書生好奇，只要來問洞中事體備細，去書房裡紀錄新聞，原無他意。恰好撞見許多人在內，問著卻多是洞裡出來的，與親眷人等，盡曉得是劉秀才是為頭到嶺上，看見了報縣的，方得救出，乃是大恩人，

❹ 現世報：以前一般人迷信因果之說，以為作善作惡，果報見於今生的叫做「現世報」。

盡皆羅拜稱謝。秀才便問：「你們眾人都聚此一家，是甚緣故？」眾人把仇老虔誠禱神，女兒拒奸呼佛，方得觀音靈感，帶挈眾人脫難。故此一來走謝，二來就要商量斂貲造廟。難得秀才官人在此，也是一會之人，替我們起個疏頭，說個緣起。明日大家稟了縣裡，一同起事。劉秀才道：「這事在我身上，我明日到縣間，與縣官說明，一來是造廟的事，二來難得仇家小娘子貞堅感應，也該表揚的。」那仇大姓口裡連稱不敢。看見劉秀才語言慷慨，意氣軒昂，也就上心了。便問道：「秀才官人，令岳是那家？」秀才道：「年幼蹉跎，尚未娶得。」仇大姓道：「老夫有誓言在先，有能探訪女兒消息來報者，罄賠家產，將女兒與他為妻。這話人人曉得。今日得秀才親至嶺上，探得女兒歸來，又且先報老夫，老夫不敢背前言，趁著眾人都在舍下，做個證見，結此姻緣，意下如何？」眾人大家喝采起來道：「妙妙。正是女貌郎才，一雙兩好。」劉秀才不肯，起來道：「老丈休如此說。小生不過是好奇高興，故此不避險阻，窮討怪跡，偶得所見如此。想起宅上失了令愛，沿街貼榜已久，故此一時喜事，走來奉報，原無心望謝。若是老丈今日如此說，小覷了小生是一團私心了，不敢奉命。」眾人共相攛掇，劉秀才反覺得沒意思，不好回答得，別了自去。眾人約他明日縣前相會，劉秀才去了。眾人多稱贊他，果是個讀書君子，有義氣，好人難得。仇大姓道：「明日老夫央請一人為媒，是必完成小女親事。」眾人中有個老成的，走出來道：「我們少不得到縣裡動公舉呈詞，何不就把此事稟知知縣相公，倒憑知縣相公做個主，豈不妙哉！」眾人齊道：「有理。」當下散了。大姓與媽媽、女兒說知此事。又說劉秀才許多好處，大家贊嘆不題。

且說次日縣令升堂，先是劉秀才進見，把大士顯靈，眾心喜捨造廟，及仇女守貞，感得神力誅邪等事，一一稟知已過，眾人纔拿連名呈詞進見。縣令批准建造，又自取庫中公費銀十兩，開了疏頭，用了印信，就中給與老成耆民，收貯了訖。眾人謝了，又把仇老女兒要招劉生報德的情稟出來。縣令問仇老道：「此意如何？」仇老道：「女兒被妖攝去，固然感得大士顯應，誅殺妖邪，若非劉生出力，梯攀至嶺，妖邪雖死，女兒到底也是洞中枯骨了。今一家完聚，慶幸非淺。情願將女兒嫁他，實係真心。不道劉秀才推托，故此公同稟知爺爺，望與老漢做一個主。」縣令便請劉秀才過來，問道：「適纔仇某所言姻事，眾口一詞，此美事也，有何不可？」劉秀才道：「小生一時探奇窮異，實出無心。若是就了此親，外人不曉得的，盡道是小生有所貪求而為此，反覺無顏。亦且方纔對父母大人說仇氏女守貞好處，若為己妻，此等言語皆是私心。小生讀幾行書，義氣廉恥為重，所以不敢應承。」縣令跌足道：「難得，難得！仇女守貞，劉生尚義，仇某不忘報，皆盛事也。本縣幸而躬逢目擊，可不完成其美？本縣權做個主婚，賢友萬不可推托！」立命庫上取銀十兩，以助聘禮。即令鼓樂送出縣來，竟到仇家先行聘定了，揀個吉日，入贅仇家，成了親事。

一月之後，雙雙到上天竺燒香，拜謝大士，就送還前日旛竿。過不多時，眾人齊心協力，山嶺廟也自成了。又去燒香點燭，自不消說。後來劉秀才得第，夫榮妻貴。仇大姓夫妻，俱登上壽，同日念佛而終。此又後話。

又說會骸山石壁，自從誅邪之後，那風、花、雪、月四詞，卻像那個刷洗過了一番的，毫無一字影蹟。眾人纔悟前日老道便是老妖，不是個好人，蹤跡方得明白。有詩為證：

巑岏石洞老光陰，只此幽棲致自深。
誅殛忽然煩大士，方知佛戒重邪淫。

卷二十五　趙司戶千里遺音　蘇小娟一詩正果

詩曰：

青樓原有掌書仙，未可全歸露水緣。
多少風塵能自拔，淤泥本解出青蓮。

這四句詩，頭一句「掌書仙」，你道是甚麼出處？列位聽小子說來：唐朝時，長安有一個娼女，姓曹，名文姬，生四、五歲，便好文字之戲。及到笄年，丰姿豔麗，儼然神仙中人。家人教以絲竹宮商，他笑道：「此賤事，豈吾所為？惟墨池筆塚，使吾老于此間足矣。」他出口落筆，吟詩作賦，清新俊雅。任是才人，見他欽伏。至于字法，上逼鍾王，下欺顏柳，真是重出世的衛夫人。得其片紙隻字者，重如拱璧。一時稱他為「書仙」。他等閒也不肯輕與人寫，長安中富貴之家、豪傑之士，輦輸金帛，求聘他為偶的，不記其數。文姬對人道：「此輩豈我之偶？如欲偶吾者，必先投詩，吾當自擇。」此言一傳出去，不要說吟壇才子，爭奇鬥異，各獻所長，人人自以為得大將，就是張打油、胡釘鉸，也來做首把撮個空。至於那強斯文老臉皮，雖不成詩，叶韻而已的，也偏不識廉恥，謅他娘兩句，出醜一番。誰知投去的，好歹多選不中。這些人還指望出張續案，放遭告考，把一個長安的子弟，弄得如醉如狂的。文姬只是冷笑。最後有個岷江任生，客于長安，聞得此事，喜道：「吾得配矣。」傍人問之，他道：「鳳棲梧，魚躍淵，物有所歸，豈妄想乎？」遂投一詩云：

玉皇殿上掌書仙，一染塵心謫九天。
莫怪濃香薰骨膩，霞衣曾惹御爐煙。

文姬看詩畢，大喜道：「此真吾夫也！不然怎曉得我的來處？吾願與之為妻。」即以此詩為聘定，留為夫婦。自此春朝秋夕，夫婦相攜，小酌微吟，此唱彼和；真如比翼之鳥，並頭之花，歡愛不盡。如此五年後，因三月終旬，正是九十日春光已滿，夫妻二人設酒送春。對飲間，文姬忽取筆硯題詩云：

仙家無夏亦無秋，紅日清風滿翠樓。
況有碧霄歸路穩，可能同駕五雲虯？

題畢，把與任生看。任生不解其意，尚在沉吟。文姬笑道：「你向日投詩，已知吾來歷，今日何反生疑？吾本天上司書仙人，偶以一念情愛，謫居人間二紀。今限已滿，吾欲歸，子可偕行，天上之樂，勝于人間多矣。」說罷，只聞得仙樂飄空，異香滿室。家人驚異間，只見一個朱衣吏，持一玉版，朱書篆文，向文姬前稽首道：「李長吉新撰白玉樓記成，天帝召汝寫碑！」文姬拜命畢，攜了任生的手，舉步騰空而去。雲霞閃爍，鸞鶴繚繞，於時觀者萬計。以其所居地為書仙里。這是掌書仙的故事，乃是倡家第一個好門面話柄。

看官，你道倡家這派起于何時？原來起于春秋時節，齊大夫管仲，設女閭七百，徵其合夜之錢以為軍需，傳至于後，此風大盛。然不過是侍酒陪歌，追歡買笑，遣興陶情，解悶破寂，實是少不得的。豈至遂為人害？爭奈「酒不醉人人自醉，色不迷人人自迷」。纔有歡愛之事，便有迷戀之人；纔有迷戀之人，便有坑陷之局。做姊妹的，飛絮飄花，原無定主；做子弟的，失魂落魄，不惜餘生。怎當得做鴇兒龜子的，吮血磨牙，不管天理。又且轉眼無情，回頭是計。所以弄得人傾家蕩產，敗名失德，喪軀殞命，盡道這娼妓一家是陷人無底之坑，填雪不滿之井了。總繇子弟少年浮浪，沒主意的多，有主意的少；娼家習慣風塵，有圈套的多，沒圈套的少。至于那鶵兒們，一發隨波逐浪，那曉得葉落歸根？所以百十個姊妹裡頭，討不出幾個要立婦名，從良到底的。就是從了良，非男負女，即女負男，有結果的也少。卻是人非木石，那鴇兒只以錢為事，愚弄子弟，是他本等，自不必說。那些做妓女的，也一樣娘生父養，有情有竅，日陪歡笑，夜伴枕席，難道一些心也不動？一些情也沒有？只合著鴇兒，做局騙人過日不成？這卻不然，其中原有有真心的，一意綢繆，生死不變；原有肯立志的，亟思超脫，時刻不忘。從古以來，不止一人。

*　*　*

而今小子說一個妓女，為一情人相思而死，又周全所愛妹子，也得從良，與看官們聽。見得妓女也有好的。有詩為證，詩云：

有心已解相思死，況復留心念連理。
似此多情世所稀，請君聽我歌天水。
天水才華席上珍，蘇娘相向轉相親。
一官各阻三年約，兩地同歸一日魂。
遺言弱妹曾相托，敢謂冥途忘舊諾。

愛推同氣了良緣，賡歌一絕于飛樂。

話說宋朝錢塘有個名妓蘇盼奴，與妹蘇小娟，兩人俱俊麗工詩，一時齊名。富豪子弟到臨安者，無不願識其面。真個車馬盈門，絡繹不絕。他兩人沒有嬤嬤，只是盼兒當門抵戶❶，卻是姊妹兩個多自家為主的。自道品格勝人，不耐煩隨波逐浪。雖在繁華綺麗所在，心中長懷不足。只願得遇個知音之人，隨他終身，方為了局的。姊妹兩人，意見相同，極是過得好。盼奴心上有一個人，乃是皇家宗人，叫做趙不敏，是個太學生。原來宋時宗室，自有本等祿食、本等職銜，若是情願讀書應舉，就不在此例了。所以趙不敏有個房分兄弟趙不器，就自去做了個院判，惟有趙不敏自恃才高，務要登第，通籍在太學。他才思敏捷，人物風流；風流之中又帶些志誠真實，所以盼奴與他相好。盼奴不見了他，飯也是喫不下的。趙太學是個書生，不會經營家務，家事日漸蕭條。盼奴不但不嫌他貧，凡是他一應燈火酒食之資，還多是盼奴周給他。恐怕他因貧廢學，常對他道：「妾看君決非庸下之人，妾也不甘久處風塵，但得君一舉成名，提掇了妾身出去，相隨終身，雖布素亦所甘心。切須專心讀書，不可懈怠，又不可分心他務。衣食之需，只在妾的身上，管你不缺便了。」小娟見姐姐真心待趙太學，自也時常存一個揀人的念頭，只是未曾有個中意的。盼奴體著小娟意思，也時常替他留心。對太學道：「我這妹子性格極好，終久也是良家的貨，他日你若得成名，完了我的事，你也替他尋個好主，不枉了我姊妹一對兒。」太學也自愛著小娟，把盼奴的話，牢牢記在心裡了。太學雖在盼奴家，往來情厚，不曾破費一個錢，反得他資助讀書，感激他情意，極力發憤。應過科試，果然高捷南宮。盼奴心中不勝歡喜，正是：

❶ 當門抵戶：主持家務。

銀缸斜背解鳴璫，小語低聲喚玉郎。
從此不知蘭麝貴，夜來新惹桂枝香。

太學榜下未授職，只在盼奴家裡兩情愈濃，只要圖個終身之事。卻有一件，名妓要落籍❷，最是一件難事。官府恐怕缺了會承應的人，上司過往嗔怪，許多不便，十個到有九個不肯。所以有的批從良牒上道：「慕周南之化，此意良可矜！空冀北之群，所請宜不允。」官司每每如此，不是得個極大的情分，或是撞個極幫襯的人，方肯周全。而今蘇盼奴是個有名的能詩妓女，正要插趣，誰肯輕輕便放了他？前日與太學往來雖厚，太學既無錢財，也無力量，不曾替他營脫得樂籍。此時太學固然得第，盼奴還是個官身，卻就娶他不得。正在計較間，卻選下官來了，除授了襄陽司戶之職。初授官的人，礙了體面，怎好就與妓家討分上脫籍？況就是自家要取的，一發要惹出議論來。欲待別尋婉轉，爭奈憑上日子有限，一時等不出個機會。沒奈何，只得相約到了襄陽，差人再來營幹❸。當下司戶與盼奴兩個，抱頭大哭。小娟在傍，也陪了好些眼淚。當時作別了，盼奴自掩著淚眼歸房不題。

司戶自此赴任襄陽，一路上鳥啼花落，觸景傷情，只是想著盼奴。自道一到任所，便托能幹之人，進京做這件事。誰知到任事忙，匆匆過了幾時，急切裡沒個得力心腹之人可以相托。雖是寄了一、兩番信，又差了一、兩次人，多是不尷不尬，要能不勾的。也曾寫書相托在京友人，替他脫籍了當，然後圖謀接到任所。爭奈路途既遠，亦且寄信做事，所托之人，不過道是娼妓的事，有緊沒要，誰肯知痛著熱，

❷ 落籍：古時官妓都列名樂籍，若要從良，必須請得主管官吏的允許，將樂籍中名字除去，叫做「落籍」。
❸ 營幹：打關節。

替你十分認真做的。不過討得封把書信兒，傳來傳去，動不動便是半年多。司戶得一番信，只添得悲哭一番，當得些甚麼？如此三年，司戶不遂其願，成了相思之病。自古說得好：「心病還須心上醫。」眼見得不是盼奴來，醫藥怎得見效？看看不起，只見門上傳進來道：「外邊有個趙院判，稱是司戶兄弟，在此候見。」司戶聞得，忙叫請進相見了道：「兄弟，你便早些個來，你哥哥不見得如此！」院判道：「哥哥為何病得這等了？你要兄弟早來便怎麼？」司戶道：「我在京時，有個教坊妓女蘇盼奴，與我最厚，他齎助我讀書成名，得有今日。因為一時匆匆，不替他落得籍，同他到此不得。原約一到任所，差人進京圖幹此事，誰知所托去的，多不得力。我這裡好不盼望，不甫能勾回個信來，定是東差西誤的。三年以來，我心如火，事冷如冰，一氣一個死。兄弟，你若早來幾時，把這個事托你替哥哥幹去，此時盼奴也可來，你哥哥也不死。如今卻已遲了！」言罷，淚如雨下。院判道：「哥哥且請寬心！哥哥千金之軀，還宜調養，望個好日。如何為此閒事，傷了性命？」司戶道：「兄弟，你也是個中人，怎學別人說淡話❹？情上的事，各人心知，正是性命所關，豈是閒事！」說到痛切，又發昏上來。隔不多兩日，恍惚見盼奴在眼前，愈加沉重。自知不起，呼院判到床前囑付道：「我與盼奴不比尋常，真是生死交情。今日我為彼而死，死後也還不忘的。我三年以來，共有俸祿餘貲若干，你與我均勻分作兩分。一分是你收了，一分你替我送與盼奴去。盼奴知我既死，必為我守。他有妹小娟，俊雅能吟，盼奴曾托我替他尋人。我想兄弟風流才俊，能了小娟之事。你到京時，可將我言傳與他家，他家必然喜納。你若得了小娟，誠是佳配，不可錯過了。一則完了我的念頭；一則接了我的瓜葛。此臨終之托，千萬記取！」院判涕泣

❹ 淡話：無聊的話。

趙司戶千里遺音

蘇小娟一詩正果

領命，司戶言畢而逝。院判勾當❺喪事了畢，帶了靈柩歸葬臨安。一面收拾東西，竟望錢塘進發不題。

卻說蘇盼奴自從趙司戶去後，足不出門，一客不見，只等襄陽來音。豈知來的信雖有兩次，卻不曾見幹著了當的實事。他又是個女流，急得亂跳也無用。終日盼望，納悶而已。一日忽有個於潛商人，帶著幾箱官絹，到錢塘來，聞著盼奴之名，定要一見。纏了幾番，盼奴只是推病不見。以後果然病得重了，商人只認做推托，心懷憤恨。小娟雖是接待兩番，曉得是個不在行的蠢物，也不把眼稍帶著他。幾番要砑在小娟處宿歇，小娟推道：「姐姐病重，晚間要相伴，伏侍湯藥，留客不得。」畢竟纏不上，商人自到別家闞宿去了。以後盼奴相思之極，恍恍惚惚。一日忽對小娟道：「妹子好住，我如今要去會趙郎了。」小娟只道他要出門，便道：「好不遠的途程！你如此病體，怎好去得？可不是癡話麼？」盼奴道：「不是癡話，相會只在霎時間了。」看看聲絲氣咽，連呼趙郎而死。小娟哭了一回，買棺盛貯，設個靈位，還望乘便捎信趙家去。只見門外兩個公人，大剌剌的走將進來，說道府判衙裡，喚他姊妹，去對甚麼官絹詞訟。小娟不知事繇，對公人道：「姊姊亡逝已過，見有棺柩靈位在此，我卻隨上下去回覆就是。」免不得賠酒賠飯，又把使用錢送了公人，分付丫頭看家，鎖了房門，隨著公人到了府前，纔曉得於潛客人被同夥首發，將官絹費用宿娼，拿他到官。懷著舊恨，卻把盼奴、小娟攀著。小娟好生負屈，只待當官分訴。帶到時，府判正赴堂上公宴，沒工夫審理，知是錢糧事務，喝令：「權且寄監！」可憐：

粉黛叢中豔質，囹圄隊裡愁形。
凶吉全然未保，青龍白虎同行。

❺ 勾當：動詞。辦事。

不說小娟在牢中受苦，卻說趙院判扶了兄柩，來到錢塘，安厝已了，奉著遺言，要去尋那蘇家。卻想道：「我又不曾認得他一個，突然走去，那裡曉得真情？雖是吾兄為盼奴而死，知他盼奴心事如何？近日行徑如何？卻便孟浪去打破了。」猛然想道：「此間府判是我宗人，何不托他去喚他到官來，當堂問他明白，自見下落。」一直逕到臨安府來，與府判相見了，敘寒溫畢，即將兄長亡逝已過，所托盼奴、小娟之事，說了一遍，要府判差人去喚他姊妹二人到來。府判道：「果然好兩個妓女，小可著人去喚來，宗丈自與他說端的罷了。」隨即差個祗候人，拿根籤去喚他姊妹。祗候領命去了。須臾來回話道：「小人到蘇家去，蘇盼奴一月前已死，蘇小娟見繫府獄。」院判、府判俱驚道：「何事繫獄？」祗候回答道：「他家裡說為於潛客人誣攀官絹的事。」府判點頭道：「此事正在我案下。」院判道：「看亡兄分上，宗丈看顧他一分則個。」府判道：「宗丈且到敝衙一坐，小可叫來問個明白，自有區處。」院判道：「亡兄有書禮與盼奴，誰知盼奴已死了。亡兄卻又把小娟托在小可，要小可圖他終身，卻是小可未曾與他一面，不知他心下如何。而今小弟且把一封書打動他，做個媒兒，煩宗丈與小可婉轉則個。」府判笑道：「這個當得，只是日後不要忘了媒人！」大家笑了一回，請院判到衙中坐了，自己升堂。叫人獄中取出小娟來，問道：「於潛商人缺了官絹百疋，招道在你家花費，將何補償？」小娟道：「亡姊盼奴在日，曾有個於潛客人，來了兩番，盼奴因病不曾留他，何曾受他官絹？今姊以亡故無證，所以客人落得誣攀。府判若賜周全開豁，非惟小娟感荷，盼奴泉下也得蒙恩了。」府判見他出語宛順，心下喜他，便問道：「你可認得襄陽趙司戶麼？」小娟道：「趙司戶未第時，與姊盼奴交好，有婚姻之約，小娟故此相識。以後中了科第做官去了，屢有書信，未完前願。盼奴相思，得病而亡，已一月多了。」府判道：「可傷！

可傷！你不曉得，趙司戶也去世了。」小娟見說，想著姊姊，不覺淒然吊下淚來道：「不敢拜問，不知此信何來？」府判道：「司戶臨死之時，不忘你家盼奴，遣人寄一封書，一罨禮物與他。此外又有司戶兄弟趙院判，有一封書與你，你可自開看。」小娟道：「自來不認得院判是何人，如何有書？」府判道：「你只管拆開，看是甚話，就知分曉。」小娟領下書來，當堂拆開讀著，原來不是甚麼書，卻是一首七言絕句。詩云：

當時名伎鎮東吳，不好黃金只好書。
借問錢塘蘇小小，風流還似大蘇無？

小娟讀罷詩，想道：「此詩情意，甚是有情于我。若得他提挈，官事易解。但不知這院判何等人品？看他詩句清俊，且是趙司戶的兄弟，多應也是風流人物、多情種子。」心下躊躇，默然不語。府判見他沉吟，便道：「你何不依韻，和他一首？」小娟對道：「從來不會做詩。」府判道：「說那裡話？有名的蘇家姊妹能詩，你如何推托？若不和詩，就要斷賠官絹了。」小娟謙詞道：「只好押韻獻醜，請給紙筆。」府判叫取文房四寶與他，小娟心下道：「正好借此打動他官絹之事。」提起筆來，毫不思索，一揮而就，雙手呈上府判。府判讀之。詩云：

君住襄江妾在吳，無情人寄有情書。
當年若也來相訪，還有於潛絹也無？

府判讀罷道：「既有風致，又帶恢諧玩世的意思，如此女子，豈可使溷于風塵之中？」遂取司戶所寄盼奴之物，盡數交與了他，就准他脫了樂籍，官絹著商人自還。小娟無干，釋放寧家。小娟既得辨白了官絹一事，又領了若干物件，更兼脫了籍，自想姊姊如此煩難，自身卻如此容易，感激無盡，流涕拜謝而去。

府判進衙，會了院判，把適纔的說話，與和韻的詩，對院判說了道：「如此女子，真是罕有！小可體貼宗丈之意，不但免他償絹，已把他脫籍了。」院判大喜，稱謝萬千，函辭了府判，竟到小娟家來。小娟方纔到得家裡，見了姊姊靈位，感傷其事，把司戶寄來的東西，一件件擺在靈位前。看過了，哭了一場，收拾了。只聽得外面叩門響，叫丫頭問明白了開門。丫頭問是那個，外邊答道：「是適來寄書趙院判。」小娟聽得「趙院判」三字，兩步移做了一步，叫丫頭急開了門迎接。院判進了門，抬眼看那小娟時，但見：

> 臉際芙蓉晻映，眉間楊柳停勻。若教夢裡去行雲，管取襄王錯認。殊麗全繇帶韻，多情正在含顰。司空見慣也銷魂，何況風流少俊？

說那院判一見了小娟，真個眼迷心蕩。暗道：「吾兄所言佳配，誠不虛也！」小娟接入堂中，相見畢，院判笑道：「適來和得好詩。」小娟道：「若不是院判的大情分，妾身官事何繇得解？況且乘此又得脫籍，真莫大之恩，殺身難報。」院判道：「自是佳作打動，故此府判十分垂情。況又有亡兄所囑，非小可一人之力。」小娟垂淚道：「可惜令兄這樣好人，與妾亡姊，真個如膠似漆的，生生的阻隔兩處，俱謝世去了。」院判道：「令姊是幾時沒有的？」小娟道：「方纔一月前某日。」院判喫驚道：「家兄也是此日，可見兩情不捨，同日歸天，也是奇事！」小娟道：「怪道姊姊臨死，口口說去會趙郎，他兩個而今必定做一處了。」院判道：「家兄也曾累次打發人進京，當初為何不脫籍，以致阻隔如此？」小娟道：「起初令兄未第，他與亡姊恩愛，已同夫妻一般。未及慮到此地，匆匆過了日子。及到中第，來不及了。雖然打發幾次人來，只因姊姊名重，官府不肯放脫。這些人見略有些難處，丟了就走，那管你死活？白白裡把兩個人的性命誤殺了！豈知今日妾身托賴著院判，脫籍如此容易。若是令兄未死，院判早到這裡一年半年，連姊姊也超脫去了。」院判道：「前日家兄也如此說，可惜小可浪游薄宦，到家兄衙裡遲了，故此無及。這都是他兩人數定，不必題了。前日家兄說，令姊曾把娟娘終身的事，托與家兄尋人，這話有的麼？」小娟道：「不願迎新送舊，我姊妹兩人同心。故此姊姊以妾身托令兄尋人，實有此話的。」院判道：「亡兄臨終，把此言對小可說了，又說娟娘許多好處，攛掇小可來會令姊與娟娘，就與娟娘料理其事。故此不遠千里，到此尋問。不想盼娘過世，娟娘被陷，而今幸得保全了出來，脫了樂籍，已不負亡兄與令姊了。但只是亡兄所言娟娘終身之事，不知小可當得起否？憑娟娘意下裁奪。」小娟道：「院判是貴人，又是恩人，只怕妾身風塵賤質，不敢仰攀。賴得令兄與亡姊一脈，親上之親。前日蒙賜佳篇，已知屬意。若蒙不棄，敢辭箕箒？」院判見說得入港，就把行李什物，都搬到小娟家來，是夜即與小娟同宿。趙院判在行之人，況且一個念著亡兄，一個念著亡姊，兩個只恨相見之晚，分外親熱。此時小娟既已脫籍，便可自繇。他見院判風流蘊藉，一心待嫁他了。只是亡姊靈柩未殯，有此牽帶，與院判商量。院判道：「小可也為扶亡兄靈柩至此，殯事未完。而今擇個日子，將令姊之柩，與亡兄合葬于先塋之側，完他兩人生前之願，有何不可？」小娟道：「若得如此，亡魂俱稱心快意了。」院判一面擇日，如言殯葬已畢，就央府判做個主婚，將小娟娶到家裡，成其夫婦。是夜小娟夢見司戶、盼奴，如同平日，坐在一處。對小娟道：「你的終身有托，我兩人死亦瞑目。又謝得你夫妻，將我兩人合葬，今得同棲一處，感恩非淺。我在冥中，保佑你兩人後福，以報成全之德。」言畢，小娟驚醒，把夢中言語，對院判說了。院判明日設祭，到司戶墳上致奠。兩人感念他生前相托，指引成就之意，俱各慟哭一番而回。此後院判同小娟，花朝月夕，賡酬唱和，詩詠成帙。後來生二子，接了書香。小娟直與院判齊白而終。

看官，你道此一事，蘇盼奴助了趙司戶成名，又為司戶而死，這是他自己多情，已不必說。又念著妹子終身之事，畢竟所托得人，成就了他從良。那小娟見趙院判出力救了他，他一心遂不改變，從他到了底，豈非多是好心的伎女？而今人自沒主見，不識得人，亂迷亂撞著了道兒，不要冤枉了這一家人一概多似蛇蠍一般的。所以有編成青泥蓮花記，單說的是好姊妹出處，請有情的自去看。有詩為證：

血軀總屬有情倫，寧有章臺獨異人？
試看死生心似石，反令交道愧沉淪。

卷二十六　奪風情村婦捐軀　假天語幕僚斷獄

詩云：

美色從來有殺機，況同釋子講于飛。
色中餓鬼真羅剎，血汙游魂怎得歸？

話說臨安有一個舉人，姓鄭，就在本處慶福寺讀書。寺中有個西北房，叫做淨雲房。寺僧廣明，做人俊爽風流，好與官員士子每往來，亦且衣缽充牣，家道從容，所以士人每喜與他交游。那鄭舉人在他寺中最久，與他甚是說得著，情意最密。凡是精緻禪室，曲折幽居，廣明盡引他游到。只有極深奧的所在，一間小房，廣明手自鎖閉出入，等閒也不開進去。終日是關著的，也不曾有第二個人走得進。雖是鄭舉人如此相知，無有不到的所在，也不領他進去。鄭舉人也只道是僧家藏疊資財的去處，大家湊趣，不去窺覷他。

一日，殿上撞得鐘響，不知是什麼大官府來到。廣明正在這小房中，慌忙趨出山門外迎接去了。鄭生獨自閒步，偶然到此房前，只見門開在那裡。鄭生道：「這房從來鎖著，不曾看見裡面。今日為何卻不鎖？」一步步進房中來，卻是地板鋪的房。四下一看，不過是擺設得精緻，別無甚奇怪珍祕，與人看不得的東西。鄭生心下道：「這些出家人，畢竟心性古撇，此房有何祕密，直得轉手關門？」帶眼看去，那小床帳鉤上，吊著一個紫檀的小木魚，連槌繫著，且是精緻滑澤。鄭生好戲予除下來，手裡捏了看看，有要沒緊的，把小槌敲他兩下。忽聽得床後地板鐺的一聲銅鈴響，一扇小地板推起，一個少年美貌婦人鑽頭出來，見了鄭生，喫了一驚，縮了下去。鄭生也喫了一驚，仔細看去，卻是認得的中表親戚某氏。原來那個地板做得巧，合縫處推開來，就當是扇門，關上了，原是地板。裡頭頂得上，外頭開不進。只聽木魚為號，裡頭鈴聲相應，便出來了。裡頭是個地窖，別開窗牖，有暗衖地道，到灶下通飲食，就是神仙也不知道的。鄭生看見了道：「怪道賊禿關門得緊，原來有此緣故。我卻不該撞破了他，未必無禍。」心下慌張，急掛木魚在原處了，疾忙走出來。劈面與廣明撞著。廣明見房門失鎖，已自心驚，又見鄭生有些倉惶氣質，面上顏色紅紫，再眼瞟去，小木魚還在帳鉤上搖動未定，曉得事體露了。問鄭生道：「適纔何所見？」鄭生道：「不見什麼。」廣明道：「便就房裡坐坐何妨？」挽著鄭生手進房，就把門閂了，床頭掣出一把刀來道：「小僧雖與足下相厚，今日之事，勢不兩立。不可使吾事敗，死在別人手裡。只是足下自己悔氣到了，錯進此房，急急自裁，休得怨我！」鄭生哭道：「我不幸自落火坑，曉得你們不肯捨我，我也逃不得死了。只是容我喫一大醉，你斷我頭去，庶幾醉後無知，不覺痛苦。我與你往來多時，也須憐我。」廣明也念平日相好的，說得可憐，只得依從，反鎖鄭生在裡頭了。帶了刀，走去廚下取了一大錫壺酒來，就把大碗來灌鄭生。鄭生道：「寡酒難喫，須賜我鹽菜少許。」廣明又依他到廚下去取菜了。鄭生尋思走脫無路，要尋一件物事暗算他。房中多是輕巧物件，並無磚石棍棒之類。見酒壺罍巨，便心生一計，扯下一幅衫子，急把壺口塞得緊緊的，連酒連壺約有五、六斤重了。一手提著，站在門背後。只見廣明搪門進來，鄭生估著光頭，把這壺儘著力一下打去，廣明打得頭昏眼暗，急伸手摸頭時，鄭生又是兩、三下，打著腦袋，撲的暈倒。鄭生索性把酒壺在廣明頭上，似砧杵槌衣一般，連打數十下，腦漿迸出而死，眼見得不活了。鄭生反鎖僧屍在房了，走將出來，外邊未有人知覺。忙到縣官處說了。縣官差了公人，又添差兵快，急到寺中，把這本房圍住，打進房中，見一個僧人腦破血流，死于地下，搜不出婦女來。只見鄭生嘻嘻笑道：「我有一法，包得就見。」伸手去帳鉤上取了木魚，敲得兩下，果然一聲鈴響，地板頂將起來，一個婦女鑽出。公人看見，發一聲喊，搶住地板。那婦人縮進不迭，一夥公人打將進去。原來是一間地窖子，四圍磨磚砌著，又有周圍柵欄，一面開窗，對著石壁天井，乃是人跡不到之所。有五、六個婦人在內，一個個領了出來，問其來歷，多是鄉村人家拐將來的。鄭生的中表，乃是燒香求子，被他灌醉了轎夫，溜了進去的。家裡告了狀，兩個轎夫還在獄中。這個廣明既有世情，又無蹤跡，所以累他不著。誰知正在他處。縣官把這一房僧眾，盡行屠戮了。

看官，你道這些僧家，受用了十方施主的東西，不憂喫，不憂穿。收拾了乾淨房室，精緻被窩，眠在床裡沒事得做，只想得是這件事體。雖然有個把行童解饞，俗語道：「喫殺饅頭，當不得飯。」亦且這些婦女們偏要在寺裡來燒香拜佛，時常在他們眼前晃來晃去。看見了美貌的，叫他靜夜裡怎麼不想？所以千方百計，弄出那姦淫事體來。只這般姦淫，已是罪不容誅了。況且「不毒不禿，不禿不毒」，「轉毒轉禿，轉禿轉毒」。為那色事上，專要性命相博，殺人放火的。就是小子方纔說這臨安僧人，既與鄭舉人是相厚的，就被他看見了破綻，只消求告他，買囑他，要他不洩漏罷了，何至就動了殺心，反喪了自己？這須是天理難容處。

*　　*　　*

要見這些和尚狠得沒道理的，而今再講一個狠得咤異的，來與看官們聽著。有詩為證：

姦殺本相尋，其中妒更深。
若非男色敗，何以警邪淫？

話說四川成都府汶川縣有一個庄農人家，姓井名慶。有妻杜氏，生得有些姿色，頗慕風情。嫌著丈夫粗蠢，不甚相投，每日尋是尋非的激聒。一日，也為有兩句口面，走到娘家去，住了十來日。大家廝勸，氣平了，仍舊轉回夫家來。兩家隔不上三里多路，杜氏長獨自個來去慣了的，也是合當有事，正行之間，遇著大雨下來，身邊並無雨具，又在荒野之中，沒法躲避。遠遠聽得鈴聲響，從小徑裡望去，有所寺院在那裡。杜氏只得冒著雨，迂道走去避著，要等雨住再走。那個寺院叫做太平禪寺，是個荒僻去處，寺中共有十來個僧人。門首一房，師徒三眾。那一個老的，叫做大覺，是他掌家。一個後生的徒弟，叫做智圓，生得眉清目秀，風流可喜，是那老和尚心頭的肉。又有一個小沙彌，叫做慧觀，止有十一、二歲。這個大覺，年有五十七、八了，卻是極淫毒的心性，不異少年，夜夜摟著這智圓做一床睡了。兩個說著婦人家滋味，好生動興，就弄那話兒消遣一番，淫褻不可名狀。是日師徒正在門首閑站，忽見個美貌婦人走進來避雨。正似老鼠走到貓口邊，怎不動火？老和尚看見了，丟眼色對智圓道：「觀音菩薩進門了，好生迎接著。」智圓頭顛尾顛，走上前來問杜氏道：「小娘子敢是避雨的麼？」杜氏道：「正是，路上逢雨，借這裡避避則個。」智圓嘻著臉笑道：「這雨還有好一會下，這裡沒好坐處，站著不雅，請到小房坐了，奉杯清茶。等雨住了走路如何？」那婦人家若是個正氣的，由他自說，你只外邊站站，等雨過了，走路便罷。那僧房裡好是輕易走得進的？誰知那杜氏是個愛風月的人，見小和尚生得青頭白臉，語言聰俊，心裡先有幾分看上了。暗道：「總是雨大，在此閑站，便依他進去坐坐也不妨事。」就一步步隨了進來。那老和尚見婦人挪動了腳，連忙先走進去，開了臥房等候。小和尚陪了杜氏，你看我，我看你，同走了進門。到得裡頭坐下了，小沙彌掇了茶盤送茶。智圓揀個好磁碗，把袖子展一展，親手來遞與杜氏。杜氏連忙把手接了。看了智圓，丰度越覺得可愛。偷眼覷著，有些魂出了，把茶側翻了一袖。智圓道：「小娘子茶潑濕了衣袖，到房裡薰籠❶上烘烘。」杜氏見要他房裡去，心裡已瞧科了八、九分，怎當得是要在裡頭的，並不推阻。反問他那個房裡是。智圓領到師父房前，曉得師父在裡頭等著，要讓師父，不敢搶先。見杜氏進了門裡，指著薰籠道：「這個上邊烘烘就是，有火在裡頭的。」卻把身子倒退了出來。杜氏見他不進來，心裡不解，想道：「想是他未敢輕動手。」正待將袖子去薰籠上烘，只見床背後一個老和尚，托地跳出來，一把抱住。杜氏殺豬也似叫將起來。老和尚道：「這裡無人，叫也沒幹。誰教你走到我房裡來？」杜氏卻待奔脫，外邊小和尚湊趣，已把門拽上了。老和尚擒住了杜氏身子，將陽物隔著衣服，只是亂送。杜氏雖推拒了一番，不覺也有些興動。問道：「適纔小師父那裡去了？卻換了你？」老和尚道：「你動火我的徒弟麼？這是我心愛的人兒，你作成我完了事，我叫他與你快活。」杜氏心裡道：「我本看上他小和尚，誰知被這老厭物纏著。雖然如此，到這地位，料應脫不得手，不如先打發了他，他徒弟少不得有分的了。」只得勉強順著老和尚，摟到床上，行起雲雨來：

一個欲動情濃，倉忙唐突；一個心慵意懶，勉強應承。一個相會有緣，喫了自來之食；一個偶逢無意，栽著無主之花。喉急的渾如那搧火的風箱，體懈的只當得盛血的皮袋。雖然鹵莽無些

❶ 薰籠：罩在火爐上的竹架子。

趣，也算依稀一度春。

那老和尚淫興雖高，精力不濟，起初摟抱推拒時，已此有好些流精淌出來，及至幹事，不多一會就弄倒了。杜氏本等不耐煩的，又見他如此光景，未免有些不足之意。一頭走起來繫裙，一頭怨悵道：「如此沒用的老東西，也來厭世，死活纏人做甚麼？」老和尚曉得掃了興，自覺沒趣，急叫徒弟把門開了。門開處，智圓迎著，問師父道：「意興如何？」老和尚道：「好個知味的人！可惜今日本事不幫襯，弄得出了醜。」智圓道：「等我來助興。」急跑進房，把門掩了，回身來抱著杜氏道：「我的親親，你被老頭兒纏壞了。」杜氏道：「多是你哄我進房，卻叫這厭物來擺佈我！」智圓道：「他是我師父，沒奈何，而今等我陪禮罷。」一把摟著，就要床上去。杜氏剛被老和尚一出完得，也覺沒趣，拿個班道：「那裡有這樣沒廉恥的？師徒兩個，輪替纏人！」智圓道：「師父是衝頭陣，塹刀頭的，我與娘子須是年貌相當，不可錯過了姻緣！」撲的跪將下去。杜氏扶起道：「我怪你讓那老物先將人奚落，故如此說。其實我心上也愛你的。」智圓就勢抱住，親了個嘴，挽到床上，弄將起來。這卻與先前的情趣大不相同：

一個身逢美色，猶如餓虎吞羊；一個心慕少年，好似渴龍得水。莊家婦性情淫蕩，本自愛耍貪歡；空門人手段高強，正是能征慣戰。羅的羅，耀的耀，沒一個肯將就伏輸；往的往，來的來，都一般願辛勤出力。雖然老和尚先開方便之門，爭似小闍黎漫領菩提之水。

說這小和尚，正是後生之年，陽道壯偉，精神旺相，亦且杜氏見他標緻，你貪我愛，一直弄了一個多時辰，方纔歇手。弄得杜氏心滿意足，杜氏道：「一向聞得僧家好本事，若如方纔老厭物，羞死了人。原來你如此著人，我今夜在此與你睡了罷。」智圓道：「多蒙小娘子不棄。不知小娘子何等人家？可是住

奪風情村婦捐軀

假天語幕僚斷獄

在此不妨的？」杜氏道：「奴家姓杜，在井家做媳婦，家裡近在此間。只因前日與丈夫有兩句說話，跑到娘家，這幾日方纔獨自個回轉家去。遇著雨，走進來避，撞著你這冤家的。我家未知道我回，與娘家又不打照會，便私下住在此兩日，無人知覺。」智圓道：「如此卻僥倖，且圖與娘子做個通宵之樂。只是師父要做一床。」杜氏道：「我不要這老厭物來。」智圓道：「一家是他做主，須卻不得他，將就打發他罷了。」杜氏道：「羞人答答的，怎好三人在一塊做事？」智圓道：「老和尚是個騷頭，本事不濟，南北齊來，或是你，或是我，做一遭不著，結識了他，他就沒用了。我與你自在快活，不要管他。」兩人說得著，只管說了去，怎當得老和尚站在門外，聽見床響了半日，已自恨著自己忒快，不曾插得十分趣，倒讓他們恣意去了，好些妒忌。等得不耐煩，再不出來，忍不住開房進去。只見兩個緊緊摟抱，舌頭還在口裡。老和尚便有些怒意，暗想道：「方纔待我，怎肯如此親熱？」就不覺撚酸起來，嚷道：「得了些滋味，也該商量個長便。青天白日，沒廉沒耻的，只顧關著門睡甚麼？」智圓見師父發話，笑道：「好教師父得知，這滋味長哩！」老和尚道：「怎見得？」智圓道：「那娘子今晚不去了。」老和尚放下笑臉道：「我們也不肯放他就去。」智圓道：「我們強主張不放，須防干繫。而今是這娘子自家主意，說道可以住得的，我們就放心得下了。」老和尚道：「這小娘子何宅？」智圓把方纔杜氏的言語，述了一遍。老和尚大喜，急整夜飯，擺在房中，三人共桌而食。杜氏不十分喫酒，老和尚勸他，只是推故。智圓斟來，卻又喫了。坐間眉來眼去，與智圓甚是肉麻。老和尚硬挨光說得句把風話，沒著沒落的，冷淡的當不得。老和尚也有些看得出，卻如狗餂熱煎盤，戀著不放。夜飯撤去，畢竟賴著三人一床睡了。到得床裡，杜氏與小和尚先自摟得緊緊的，不管那老和尚。老和尚剛是日裡弄得過，那話軟郎當，也沒力量再舉。意思便等他們弄一火看看，發了自己的興再處。果然他兩個擊擊格格弄將起來。極得老和尚在傍邊，東嗚一口，西咂一口，左勾一勾，右抱一抱，一手揑著自己的陽物摩弄，又將手去摸他兩個鬥筍處，覺得有些興動了，半硬起來，就要推開了小和尚，自家上場。那小和尚正在興頭上，那裡肯放？杜氏又雙手抱住，推不開來。小和尚叫道：「師父，我住不得手了。你十分高興，倒在我背後，做個天機自動罷。」老和尚道：「使不得，野味不喫，喫家食。」咬咬掐掐，纏帳❷不住。小和尚只得爬了下來讓他。杜氏心下好些不像意，那有好氣待他。任他抽了兩抽，杜氏帶恨的撇了兩撇。那老和尚是極壞了的，忍不住一洩如注，早已氣喘聲嘶，不濟事了。杜氏冷笑道：「何苦呢！」老和尚羞慚無地，不敢則聲，寂寂向了裡床。讓他兩個再整旗鎗，恣意交戰。兩人多是少年，無休無歇的，略略睡睡，又弄起來。老和尚只好嗎唾，蠱毒魘魅的，做盡了無數的厭景。

天明了，杜氏起來梳洗罷，對智圓道：「我今日去休。」智圓道：「娘子昨日說多住幾日不妨的，況且此地僻靜，料無人知覺，我與你方得歡會，正在好頭上，怎捨得就去，說出這話來？」杜氏悄悄說道：「非是我捨得你去，只是喫老頭子纏得苦。你若要我住在此，我須與你兩個自做一床睡，離了他纔使得。」智圓道：「師父怎麼肯？」杜氏道：「若不肯時，我也不住在此。」智圓沒奈何，只得走去對師父說道：「那杜娘子要去，怎麼好？」老和尚道：「我看他和你好得緊，如何要去？」智圓道：「他須是良人家出身，有些羞恥，不肯三人同床，故此要去。依我愚見，不若等我另鋪下一床，在對過房裡，與他兩個同睡晚把，哄住了他，師父乘空便中取事。等他熟分了，然後團做一塊不遲。不然逆了他性，

❷纏帳：糾纏。

他走了去，大家多沒分了。」老和尚聽說罷，想著夜間三人一床，枉動了許多火，討了許多厭，不見快活。又恐怕他去了，連寡趣多沒綽處，不如便等他們背後去做事。有時我要他房裡來，獨享一夜也好，何苦在傍邊惹厭。便對智圓道：「就依你所見也好，只要留得他住，畢竟大家有些滋味，況且你是我的心，替你好了，也是好的。」老和尚口裡如此說，心裡原有許多醋意，只得且如此許了他，慢慢再看。智圓把鋪房另睡的話回了杜氏。杜氏千歡萬喜，住下了，只等夜來歡樂。到了晚間，老和尚叫智圓分付道：「今夜我養養精神，讓你兩個去快活一夜，須把好話哄住了他，明日卻要讓我。」智圓道：「這個自然，今夜若不是我伴住他，只如昨夜混攪，大家不爽利，留他不住的。等我團熟了他，牽與師父，包你像意。」老和尚道：「這纔是知心著意的肉。」智圓自去與杜氏關了房睡了。此夜自繇自在，無拘無束，快活不盡。

卻說那老和尚一時怕婦人去了，只得依了徒弟的言語，是夜獨自個在房裡，不但沒有了婦人，反去了個徒弟，弄得孤眠獨宿了，好些不像意。又且想著他兩個此時快樂，一發睡不去了，倒枕搥床了一夜。次日起來，對智圓道：「你們好快活！撇得我清冷。」智圓道：「要他安心留住，只得如此。」老和尚道：「今夜須等我像心像意一晚。」到得晚間，智圓不敢逆師父，勸杜氏到師父房中去。杜氏死也不肯，道：「我是替你說過了，方住在此的。如何又要我去陪這老厭物？」智圓道：「他須是吾主家的師父。」杜氏道：「我又不是你師父討的，我怕他做甚！逼得我緊，我連夜走了家去。」智圓曉得他不肯去，對師父道：「他畢竟有些害羞，不肯來。師父，你到他房裡去罷。」老和尚依言，摸將進去。杜氏先自睡好了，只待等智圓來幹事，不曉得是老和尚走來，跳上床去。杜氏只道是智圓，一把抱來親個嘴，老和尚骨頭都酥了。直等做起事來，杜氏纔曉得不是了。罵道：「又是你這老厭物，只管纏我做甚麼？」老和尚不揣，恨命價弄送抽拽，只指望討他的好處。不想用力太猛，忍不住吁吁氣喘將來。杜氏方得他抽拽一番，正略覺有些興動，只見已是收兵鑼光景，曉得陽精將洩，一場掃興，把自家身子一歪，將他儘力一推，推下床來。那老和尚的陽精不曾洩得在裡頭，粘粘涎涎，都弄在床沿上與自己腿上了。老和尚地上爬起來，心裡道：「這婆娘如此狠毒！」恨恨地走了自房裡去。智圓見師父已出來了，然後自己進去補空。杜氏正被老和尚引起了興頭沒收場的，卻得智圓來，正好解渴。兩個不及講話，摟著就弄，好不熱鬧。只有老和尚到房中，氣還未平，想道：「我出來了，他們又自快活。且去聽他一番。」走到房前，只聽得山搖地動的在床裡淫戲。磨拳擦掌的道：「這婆娘直如此分厚薄！你便多少分些情趣與我，也圖得大家受用。只如此讓了你兩個罷。明日拚得個大家沒帳。」悶悶的自去睡了，一覺睡到天明起來，覺得陽物莖中有些作癢，又有些梗痛，走去撒尿，點點滴滴的。原來昨夜被杜氏推落身子，陽精洩得不暢，弄做了個白濁之病。一發恨道：「受這歹婆娘這樣累！」及至杜氏起來了，老和尚還皮著臉❸撩撥他幾句，杜氏一句話也不來招攬，老大沒趣。又見他與智圓交頭接耳，嘻嘻哈哈，心懷忿毒。到得夜來，智圓對杜氏道：「省得老和尚又來歪廝纏，等我先去弄倒了他。」杜氏道：「你快去，我睡著等你。」智圓走到老和尚房中，裝出平日的媚態，說道：「我兩夜拋撇了師父，心裡過意不去，今夜同你睡休。」老和尚道：「見放著雌兒在家裡，卻自尋家常飯喫？你好好去叫他來相伴我一夜。」智圓道：「我叫他，不肯來，除非師父自去求他。」老和尚發狠道：「我今夜不怕他不來！」一直的走到廚下，拿了一把廚

❸ 皮著臉：老著面皮。

刀，走進杜氏房來道：「看他若再不知好歹，我結果了他！」杜氏見智圓去了好一會，一定把師父安頓過。聽得床前腳步響，只道他來了。口裡叫道：「我的哥，快來關門罷！我只怕老厭物又來纏。」老和尚聽得明白，真個怒從心上起，惡向膽邊生，厲聲道：「老厭物今夜偏要你去睡一覺。」就把一隻手去床上拖他下來。杜氏見他來得狠，便道：「怎地如此用強？我偏不隨你去。」吊住床楞，恨命掙住。老和尚力拖不休。杜氏喊道：「殺了我，我也不去！」老和尚大怒道：「真個不去，喫我一刀，大家沒得弄！」按住脖子一勒。老和尚是性發的人，使得力重，早把咽喉勒斷。杜氏跳得兩跳，已此嗚呼了。智圓自師父出了房門，且眠在床裡，等師父消息。只聽得對過房裡叫喊罷就劈撲的響，心裡疑心，跑出看時，正撞著老和尚拿了把刀房裡出來。看見智圓，便道：「那鳥婆娘可恨，我已殺了！」智圓喫了一驚，道：「師父當真做出來？」老和尚道：「不當真！只讓你快活！」智圓移個火，進房一看，只叫得苦道：「師父直如此下得手！」老和尚道：「那鳥婆娘嫌我！我一時性發了，你不要怪我。而今事已如此，不必遲疑，且併疊過了，明日另弄個好的來，與你快活便是。」智圓苦在肚裡說不出，只得隨了老和尚拿著鍬钁，背到後園中，埋下了。智圓暗地垂淚道：「早知這等，便放他回去了也罷，直恁地害了他性命！」老和尚又怕智圓煩惱，越越的攛哄他歡喜，瞞得水洩不通。只有小沙彌怪道不見了這婦人，卻是娃子家，不來跟究，以此無人知道不題。

卻說杜氏家裡，見女兒回去了兩、三日，不知與丈夫和睦未曾，叫個人去望望。那井家正叫人來杜家接著，兩下裡都問個空。井家又道杜家因夫妻不睦，將來別嫁了。杜家又道井家夫妻不睦，定然暗算了。兩邊你賴我，我賴你，爭個不清。各寫一狀，告到縣裡。縣裡此時缺大尹，卻是一個都司斷事，在那裡署印。這個斷事，姓林名大合，是個福建人。雖然太學出身，卻是吏才敏捷，見事精明。提取兩家人犯審問，那井慶道：「小的妻子向來與小的爭競口舌，撆氣歸家的。丈人欺心，藏過了，不肯還了小的，須有王法。」杜老道：「專為他夫妻兩個不和，歸家幾日。三日前，老夫妻已相勸他氣平了，打發他到夫家去。又不知怎地相爭，將來磨滅死了，反來相賴。望青天做主。」言罷，淚如雨下。林斷事看那井慶是個朴野之人，不像惡人，便問道：「兒女夫妻，為甚麼不和？」井慶道：「別無甚差池，只是平日嫌小的麤鹵，不是他對頭，所以尋非鬧吵。」斷事問道：「你妻子生得如何？」井慶道：「也有幾分顏色的。」斷事點頭，叫杜老問道：「你女兒心嫌錯了配頭，鄙薄其夫，你父母之情，未免護短，敢是賴著另要嫁人？這樣事也有。」杜老道：「小的家裡與女婿家差不多路，早晚婚嫁之事，瞞得那個？難道小的藏了女兒，捨得私下斷送在他鄉外府，再不往來不成？是必有個人家，人人曉得的。這樣事怎麼做得？小的藏他何幹？自然是他家擺佈死了，所以無影無蹤。」林斷事想了一回道：「都不是這般說，必是一邊歸來，兩不照會，遇不著好人，中途差池了。且各召保聽候緝訪。」遂出了一紙廣緝的牌，分付了公人四下探訪。過了多時，不見影響。

卻說那縣裡有一門子，姓俞。年方弱冠，姿容嬌媚，心性聰明。原來這家男風，是福建人的性命，林斷事喜歡他，自不必說。這門子未免恃著愛寵，做件把不法之事。一日當堂犯了出來，林斷事雖然要護他，公道上卻去不得。便思量一個計較周全他，等他好將功折罪。密叫他到衙中，分付道：「你罪本當革役，我若輕恕了你，須被衙門中談議。我而今只得把你革了名，貼出牆上，塞了眾人之口。」門子見說要革他名字，叩頭不已，情願領責。斷事道：「不是這話，我有周全你處。那井杜兩家不見婦人的事，其間必有緣故。你只做得罪于我，逃出去替我密訪，只在兩家相去的中間路裡，不論鄉村市井、道院僧房，俱要走到，必有下落。你若訪得出來，我不但許你復役，且有重賞。那時別人就議論我不得了。」門子不得已，領命而去。果然東奔西撞，無處不去探聽。他是個小廝家，就到人家去處，綽著嘴閒話，帶著眼瞧科，人都不十分疑心的。卻不見甚麼消息。一日，有一夥閒漢聚坐閒談，門子挨去聽著。內中一個抬眼看見了，鬼鬼對眾人道：「好個小官兒！」又一個道：「這裡太平寺中，有個小和尚，還標致得緊哩。可恨那老和尚，又騷又喫醋，極不長進。」門子聽得，只做不知，洋洋的走了開來。想道：「怎麼樣的一個小和尚，這等贊他？我便去尋他看看，有何不可？」原來門子是行中之人，風月心性，見說小和尚標致，心裡就有些動興，問著太平寺的路走來。進得山門，看見一個僧房門檻上，坐著一個小和尚，果然清秀異常。心裡道：「這個想是了。」那小和尚見個美貌小廝來到，也就起心，立起身來迎接道：「小哥何來？」門子道：「閒著進寺來頑耍。」小和尚殷勤請進奉茶。門子也貪著小和尚標致，歡歡喜喜，隨了進去。老和尚在裡頭，看見徒弟引得個小夥子進來，道是個道地貨來了，笑逐顏開，來問他姓名居址。門子道：「我原是衙中門官，為了些事，逐了出來。今無處棲身，故此遊來遊去。」老和尚見說大喜，說道：「小房儘可住得，便寬留幾日不妨。」便同徒弟留茶留酒，著意殷勤。老僧趁著兩盃酒興，便溜他進房，褪下褲兒，行了一度。門子是個慣家，就是老僧也承受了，不比那庄家婦女，見人不多，嫌好道歉的。老和尚喜之不勝。——看官聽說：原來是本事不濟的，專好男風。你道為甚麼？男風免強做事，受淫的沒甚大趣，軟硬遲速，一隨著你，圖個完事罷了，所以好打發。不像婦女彼此興高，若不滿意，半途而廢，沒些收場，要發起極來的，故此支吾不過，不如男風自得其樂。這番老和尚算是得趣的了。事畢，智圓來對師父說：「這小哥是我引進來的，到讓你得了先頭，晚間須與我同榻。」老和尚笑道：「應得，應得。」那門子也要在裡頭的，晚間果與智圓宿了。有詩為證：

少年彼此不相饒，我後伊先遞自熬。
雖是智圓先到手，勸酬畢竟也還遭。

說這兩個都是美少，各幹一遭已畢，摟抱而睡。第二日，老和尚只管來綽趣，又要纏他到房裡幹事。智圓經過了前邊的毒，這番倒有些喫醋起來，道：「天理人心，這個小哥該讓與我，不該又來搶我的。」老和尚道：「怎見得？」智圓道：「你終日把我洩火，我須沒討還伴處，忍得不好過。前日這個頭腦，正有些好處，又被你亂炒，弄斷絕了。而今我引得這小哥來，明該讓我與他樂樂，不為過分。」老和尚見他說得崛強，心下好些著惱，又不敢沖撞他，嘴骨都的，彼此不快活。那門子是有心的，晚間兌得高興時，問智圓道：「你日間說，前日甚麼頭腦，弄斷絕了？」智圓正在樂頭上，不覺說道：「前日有個鄰居婦女，被我們留住，大家耍耍罷了，且是弄得興頭。不匡老無知，見他與我相好，只管喫醋撚酸，攪得沒收場。至今想來可惜。」門子道：「而今這婦女那裡去了？何不再尋將他來走走？」智圓嘆個氣道：「還再那裡尋處？」門子見說得有些緣故，還要探他備細，智圓卻再不把以後的話漏出來。門子沒計奈何，明日見小沙彌在沒人處，輕輕問他道：「你這門中前日有個婦女來？」小沙彌道：「有一個。」門子道：「在此幾日？」小沙彌道：「不多幾日。」門子道：「而今那裡去了？」小沙彌道：「不曾那裡去，便是這樣一夜不見了。」門子道：「在這裡這幾日做些甚麼？」小沙彌道：「不曉得做些甚麼。只見老師父與小師父，攪來攪去了兩夜，後來不見了。兩個常自激激聒聒❹的一番，我也不知一個清頭。」

門子雖不曾問得根出，卻想得是這件來歷了。只做無心的，走來對他師徒二人道：「我在此兩日了，今日外邊去走走再來。」老和尚道：「是必再來，不要便自去了。」智圓調個眼色，笑嘻嘻的道：「他自不去的，掉得你下，須掉我不下。」門子也與智圓調個眼色道：「我就來的。」門子出得寺門，一徑的來見林公，把智圓與小沙彌話，備細述了一遍。林公點頭道：「是了，是了。只是這樣看起來，那婦人必死于惡僧之手了。不然，三日之後，既不見在寺中了，怎不到他家裡來，卻又到那裡去，以致爭訟半年，尚無影蹤。」分付門子，不要把言語說開了。明日起早，率了隨從人等，打轎竟至寺中。分付頭踏❺，先來報道：「林爺做了甚麼夢，要來寺中燒香。」寺中糾了合寺眾僧，都來迎接。林公下轎。拜神焚香已畢，住持送茶過了，眾僧正分立兩傍。只見林公走下殿階來，仰面對天看著，卻像聽甚說話的，看了一回，忽對著空中打個躬道：「臣曉得這事了。」再仰面上去，又打一躬道：「臣曉得這個人了。」急走進殿上來，喝一聲：「皁隸那裡？快與我拿殺人賊！」眾皁隸吆喝一聲，答應了。林公偷眼看去，眾僧雖然有些驚異，卻只恭敬端立，不見慌張。其中獨有一個半老的，面如土色，牙關寒戰。林公把手指定，叫皁隸綑將起來。對眾僧道：「你們見麼？上天對我說道：『殺井家婦人杜氏的，是這個大覺。』快從實招來！」眾僧都不知詳悉，卻疑道：「這老爺不曾到寺中來，如何曉得他叫大覺？分明是上天說話，是真了。」卻不曉得盡是門子先問明了去報的。那老和尚出于突然，不曾打點。又道是上天顯應，先嚇軟了，那裡還遮飾得來？只是叩頭，說不出一句。林公叫取夾棍夾起，果然招出前情，是長是短，

---

❹ 激激聒聒：同「激聒」。

❺ 頭踏：舊時官員出巡時前面的儀仗隊。

為與智圓同姦，爭風致殺。林公又把智圓夾起，那小和尚柔脆，一發禁不得，套上未收，滿口招承：「是師父殺的，屍見埋後園裡。」林公叫皁隸押了二僧到園中，掘下去，果然一個婦人，項下勒斷，血跡滿身。林公喝叫帶了二僧到縣裡來，取了供案。大覺因姦殺人，問成死罪。智圓同姦不首，問徒三年，滿日還俗當差。隨喚井杜兩家進來認屍領埋，方纔兩家疑事得解。林公重賞了俞門子，准其復役。合縣頌林公神明，恨和尚淫惡。後來上司詳允，秋後處決了，人人稱快，都傳說林公精明，能通天上，辨出無頭公事，至今蜀中以為美談。有詩為證：

庄家婦揀漢太分明，色中鬼爭風忒沒情。
捨得去後庭俞門子，妝得來鬼臉林縣君。

卷二十七　顧阿秀喜捨檀那物　崔俊臣巧會芙蓉屏

詩曰：

夫妻本是同林鳥，大限來時各自飛。

若是遺珠還合浦，卻教拂拭更生輝。

話說宋朝汴梁有個王從事，同了夫人到臨安調官。賃一民房，居住數日，嫌他窄小不便，王公自到大街坊上，尋得一所宅子。寬廠潔淨，甚是像意。當把房錢賃下了，歸來與夫人說：「房子甚是好住，我明日先搬東西去了，臨完，我僱轎來接你。」次日併疊箱籠，結束齊備，王公押了行李，先去收拾。臨出門，又對夫人道：「我先去，你在此等等，轎到便來就是。」王公分付罷，到新居安頓了，就叫一乘轎，到舊寓接夫人。轎去已久，竟不見到。王公等得心焦，重到舊寓來問。舊寓人道：「官人去不多時，就有一乘轎來接夫人，夫人已上轎去了。後邊又是一乘轎來接，我回他夫人已有轎去了，那兩個就打了空轎回去，怎麼還未到？」王公大驚，轉到新寓來看。只見兩個轎夫來討錢道：「我等打轎去接夫人，夫人已先來了，我等雖不抬得，卻要賃轎錢與腳步錢。」王公道：「我叫的是你們的轎，如何又有甚人的轎先去接著？而今竟不知抬向那裡去了？」轎夫道：「這個我們卻不知道。」王公將就拿幾十錢打發了去，心下好生無主，炮躁如雷，沒個出豁處。

次日，到臨安府進了狀。拿得舊主人來，只如昨說，並無異詞。問他鄰舍，多見是上轎去的。又拿後邊兩個轎夫來問，說道：「只打得空轎往回一番，地方街上人多看見的，並不知餘情。」臨安府也沒奈何，只得行個緝捕文書，訪拿先前的兩個轎夫，卻又不知姓名住址，有影無蹤，海中撈月。眼見得一個夫人，送到別處去了。王公悽悽惶惶，苦痛不已。自此失了夫人，也不再娶。

五年之後，選了衢州教授。衢州首縣是西安縣附郭的，那縣宰與王教授時相往來。縣宰請王教授衙中飲酒，喫到中間，嗄飯中拿出鱉來。王教授喫了兩箸，便停了箸，哽哽咽咽，眼淚如珠，落將下來。縣宰驚問緣故，王教授道：「此味頗似亡妻所烹調，故此傷感。」縣宰道：「尊閫夫人幾時亡故？」王教授道：「索性亡故也是天命。只因在臨安移寓，相約命轎相接，不知是甚奸人，先把轎來騙，拙妻錯認是家裡轎，上的去了。當時告了狀，至今未有下落。」縣宰色變了道：「小弟的小妾，正是在臨安用三十萬錢娶的外方人。適纔叫他治庖，這鱉是他烹煮的。其中有些怪異了。」登時起身進來，問妾道：「你是外方人，如何卻在臨安嫁得在此？」妾垂淚道：「妾身自有丈夫，被奸人賺來賣了，恐怕出丈夫的醜，故此不敢聲言。」縣宰問道：「丈夫何姓？」妾道：「姓王名某，是臨安聽調的從事官。」縣宰大驚失色，走出對王教授道：「略請先生移步到裡邊，有一個人要奉見。」王教授隨了進去，縣宰聲喚處，只見一個婦人走將出來。教授一認，正是失去的夫人。兩下抱頭大哭。王教授問道：「你何得在此？」夫人道：「你那夜晚間說話時，民居淺陋，想當夜就有人聽得把轎相接的說話，只見你去不多時，就有轎來接我，只道是你差來的，即便收拾上轎去，卻不知把我抬到一個甚麼去處。乃是一個空房，有三兩個婦女在內，一同鎖閉了一夜，明日把我賣在官船上了。明知被賺，我恐怕你是調官的人，說出真情，添你羞恥，只得含羞忍耐，直至今日，不期在此相會。」那縣官好生過意不去，傳出外廂，忙喚直日轎夫，將夫人送到王教授衙裡。王教授要賠還三十萬原身錢，縣宰道：「以同官之妻為妾，不曾察聽得備細，恕不罪責勾了，還敢說原錢耶？」教授稱謝而歸。夫妻歡會，感激縣宰不盡。

原來臨安的光棍，欺王公遠方人，是夜聽得了說話，即起謀心，拐他賣到官船上。又是到任去的。他州外府，道是再無有撞著的事了。誰知恰恰選在衢州，以致夫妻兩個失散了五年，重得在他方相會。也是天緣未斷，故得如此。卻有一件，破鏡重圓，離而復合，固是好事，這美中有不足處。那王夫人雖是所遭不幸，卻與人為妾，已失了身，又不曾查得奸人跟腳❶出，報得冤仇。不如「崔俊臣芙蓉屏」故事，又全了節操，又報了冤仇，又重會了夫妻，這個話本好聽。看官容小子慢慢敷演，先聽芙蓉屏歌一篇，略見大意。歌云：

畫芙蓉，妾忍題屏風，屏間血淚如花紅。敗葉枯梢兩蕭索，斷縑遺墨俱零落。去水奔流隔死生，孤身隻影成漂泊。成漂泊，殘骸向誰托？泉下游魂竟不歸，圖中豔姿渾似昨。渾似昨，妾心傷，那禁秋雨復秋霜！寧肯江湖逐舟子，甘從寶地禮醫王。醫王本慈憫，慈憫超群品。逝魄願提撕，煢嫠賴將引。芙蓉顏色嬌，夫婿手親描。花萎因折蒂，幹死為傷苗。蕊乾心尚苦，根朽恨難消！但道章臺泣韓翊，豈期甲帳遇文簫？芙蓉良有意，芙蓉不可棄。幸得寶月再團圓，相親相愛莫相捐！誰能聽我芙蓉篇？人間夫婦休反目，看此芙蓉真可憐！

這篇歌，是元朝至正年間真州才士陸仲暘所作。你道他為何作此歌？只因當時本州有個官人，姓崔

❶ 跟腳：底細。跟，應作「根」。

名英，字俊臣。家道富厚，自幼聰明，寫字作畫，工絕一時。娶妻王氏，少年美貌，讀書識字，寫染皆通。夫妻兩個，真是才子佳人，一雙兩好，無不廝稱，恩愛異常。是年辛卯，俊臣以父蔭得官，補浙江溫州永嘉縣尉，同妻赴任。就在真州閘邊，有一隻蘇州大船，慣走杭州路的，船家姓顧。賃定了，下了行李。帶了家奴使婢，繇長江一路進發，包送到杭州交卸。行到蘇州地方，船家道：「告官人得知，來此已是家門首了。求官人賞賜些，并買些福物紙錢，賽賽江湖之神。」俊臣依言，拿出些錢鈔，教如法置辦。完事畢，船家送一桌牲酒到艙裡來。俊臣叫家僮接了，擺在桌上，同王氏煖酒少酌。俊臣是宦家子弟，不曉得江湖上的禁忌，喫酒高興，把箱中帶來的金銀杯觥之類，拿出與王氏歡酌。卻被船家後艙頭張見了，就起不良之心。此時是七月天氣，船家對官艙裡道：「官人娘子在此閘處歇船，恐怕熱悶。我們移船到清涼些的所在泊去，何如？」俊臣對王氏道：「我們船中悶躁得不耐煩，如此最好。」王氏道：「不知晚間謹慎否？」俊臣道：「此處須是內地，不比外江。況船家是此間人，必知利害，何妨得呢？」就依船家之言，憑他移船。那蘇州左近太湖，有的是大河大洋，官塘路上，還有不測。若是傍港中去，多是賊的家裡。俊臣是江北人，只曉得揚子江有強盜，道是內地港道小了，境界不同，豈知這些就裡？是夜船家直把船放在蘆葦之中，泊定了。黃昏左側，提了刀，竟奔艙裡來，先把一個家人殺了。俊臣夫妻見不是頭，磕頭討饒，道：「是有的東西都拿了去，只求饒命！」船家道：「東西也要，命也要。」兩個只是磕頭。船家把刀指著王氏道：「你不必慌，我不殺你。其餘都饒不得。」俊臣自知不免，再三哀求道：「可憐我是個書生，只教我全屍而死罷。」船家道：「這等饒你一刀，快跳在水中去！」也不等俊臣從容，提著腰胯，撲通的撩下水去。其餘家僮使女，盡行殺盡，只留得王氏一個。對王氏道：

「你曉得免死的緣故麼？我第二個兒子未曾娶得媳婦，今替人撐船到杭州去了。再是一、兩個月，纔得歸來，就與你成親。你是吾一家人了，你只安心住著，自有好處，不要驚怕！」一頭說，一頭就把船中所有，盡檢點收拾過了。王氏起初怕他來相逼，也拚一死，聽見他說了這些話，心中略放寬些道：「且到日後再處。」果然此後船家只叫王氏做媳婦，王氏假意也就應承。凡是船家教他做些甚麼，他千依百順，替他收拾零碎，料理事務，真像個掌家的媳婦，伏侍公公一般，無不任在身上，是件停當。船家道是尋得個好媳婦，真心相待，看看熟分，並不隄防他有外心了。如此一月有餘，乃是八月十五日中秋節令。船家會聚了合船親屬水手人等，叫王氏治辦酒肴，盛設在艙中，飲酒看月。個個喫得酩酊大醉，東倒西歪，船家也在船裡宿了。王氏自在船尾，聽得鼾睡之聲徹耳。于時月光明亮如晝，仔細看看艙裡，沒有一個不睡沉了。王氏想道：「此時不走，更待何時？」喜得船尾貼岸泊著，略擺動一些些，就好上岸。王氏輕身跳了起來，趁著月色，一氣走了二、三里路。走到一個去處，比舊路絕然不同，四望盡是水鄉，只有蘆葦菰蒲，一望無際。仔細認去，蘆葦中間有一條小小路徑，艸深泥滑，且又雙彎纖細，鞋弓襪小，一步一跌，喫了萬千苦楚。又恐怕後邊追來，不敢停腳，盡力奔走，漸漸東方亮了，略略膽大了些。遙望林木之中，有屋宇露出來。王氏道：「好了，有人家了。」急急走去，到得面前，抬頭一看，卻是一個庵院的模樣，門還關著。王氏欲待叩門，心裡想道：「這裡頭不知是男僧女僧？萬一敲開門來是男僧，撞著不學好的，非禮相犯，不是纔脫天羅，又罹地網？且不可造次！總是天已大明，就是船上有人追著，此處有了地方，可以叫喊求救，須不怕他了。只在門首坐坐，等他開出來的是。」須臾之間，只聽得裡頭托的門拴響處，開將出來，乃是一個女僮，出門擔水。王氏心中喜道：「原來是個尼庵。」

一徑的走將進去。院主出來見了，問道：「女娘是何處來的？大清早到小院中。」王氏對驀生人，未知好歹，不敢把真話說出來。哄他道：「妾是真州人，乃是永嘉崔縣尉次妻，大娘子兇悍異常，萬般打罵，近日家主離任歸家，泊舟在此。昨夜中秋賞月，叫妾取金杯飲酒，不料偶然失手，落在河裡去了。大娘子大怒，發願必要置妾死地。妾自想料無活理，乘他睡熟，逃出至此。」院主道：「如此說來，娘子不敢歸舟去了。家鄉又遠，若要別求匹偶，一時也未有其人。孤苦一身，何處安頓是好？」王氏只是哭泣不止。院主見他舉止端重，情狀淒慘，好生慈憫，有心要收留他。便道：「老身有一言相勸，未知尊意若何？」王氏道：「妾身患難之中，若是師父有甚麼處法，妾身敢不依隨？」院主道：「此間小院，僻在荒濱，人跡不到，茭葑為鄰，鷗鷺為友，最是個幽靜之處。幸得一、二同伴，都是五十以上之人。侍者幾個，又皆淳謹。老身在此住蹟，甚覺清脩味長。娘子雖然年芳貌美，爭奈命蹇時乖，何不捨離愛慾，披緇削髮，就此出家？禪榻佛燈，晨餐暮粥，且隨緣度其日月，豈不強如做人婢妾，受今世的苦惱，結來世的冤家麼？」王氏聽說罷，拜謝道：「師父若肯收留做弟子，便是妾身的有結果了，還要怎的？就請師父替弟子落了髮，不必遲疑。」果然院主裝起香，敲起磬來，拜了佛，就替他落了髮。

可憐縣尉孺人，忽作如來弟子。

落髮後，院主起個法名，叫做慧圓。參拜了三寶，就拜院主做了師父，與同伴都相見已畢。從此在尼院中住下了。王氏是大家出身，性地聰明，一月之內，把經典之類一一歷過，盡皆通曉，院主大相敬重。又見他知識事體，凡院中大小事務，悉憑他主張。不問過他，一件事也不敢輕做。且是寬和柔善，一院中的人，沒一個不替他相好，說得來的。每日早晨，在白衣大士前，禮拜百來拜，密訴心事。任是

顧阿秀喜捨檀那物

崔俊臣巧會芙蓉屏

大寒大暑，再不間斷。拜完，只在自己靜室中清坐。自怕貌美惹出事來，再不輕易露形，外人也難得見他面的。如是一年有餘。

忽一日，有兩個人到院隨喜，乃是院主認識的近地施主，留他喫了些齋。這兩個人是偶然閑步來的，身邊不曾帶得甚麼東西來回答。明日將一幅紙畫的芙蓉來，施在院中張掛，以答謝昨日之齋。院主受了，便把來裱在一格素屏上面。王氏見了，仔細認了一認，問院主道：「此幅畫是那裡來的？」院主道：「方纔檀越布施的。」王氏道：「這檀越是何姓名？住居何處？」院主道：「就是同縣顧阿秀兄弟兩個。」王氏道：「做甚麼生理的？」院主道：「他兩個原是個船戶，在江湖上賃載營生。近年忽然家事從容了，有人道他劫掠了客商，以致如此，未知真否如何？」王氏道：「長到這裡來的麼？」院主道：「偶然來來，也不長到。」王氏問得明白，記了顧阿秀的姓名，就提起筆來，寫一首詞在屏上。詞云：

少日風流張敞筆，寫生不數今黃筌，芙蓉畫出最鮮妍。豈知嬌豔色，翻抱死生緣。　粉繪淒涼餘幻質，只今流落有誰憐？素屏寂寞伴枯禪。今生緣已斷，願結再生緣！（右調臨江仙）

院中之尼，雖是識得經典上的字，文義不十分精通，看見此詞，只道是王氏賣弄才情，偶然題詠，不曉中間緣故。誰知這畫來歷，卻是崔縣尉自己手筆畫的，也是船中劫去之物。王氏看見物在人亡，心內暗暗傷悲。又曉得強盜蹤跡，已有影響，只可惜是個女身，又已做了出家人，一時無處申理，忍在心中，再看機會。卻是冤仇當雪，姻緣未斷，自然生出事體來。

姑蘇城裡，有一個人，名喚郭慶春。家道殷富，最肯結識官員士夫，心中喜好的是文房清玩。一日游到院中來，見了這幅芙蓉畫得好，又見上有題詠，字法俊逸可觀，心裡喜歡不勝，問院主要買。院主與王氏商量，王氏自忖道：「此是丈夫遺蹟，本不忍捨，卻有我的題詞在上，中含冤仇意思在裡面，遇著有心人玩著詞句，究問根因，未必不查出蹤跡來。若只留在院中，有何益處？就叫師父賣與他罷。」慶春買得，千歡萬喜去了。其時有個御史大夫高公，名納麟，退居姑蘇，最喜歡書畫。郭慶春想要奉承他，故此出價錢，買了這幅紙屏去獻與他。高公看見畫得精緻，收了他的，忙忙裡也未看著題詞，也不查著款字，交與書僮，分付且張在內書房中。送慶春出門來，別了。只見外面一個人，手裡拿著艸書四幅，插個標兒要賣。高公心性既愛這行物事，眼裡看見，就不肯便放過了，叫取過來看。那人雙手捧過，高公接上手一看：

字格類懷素，清勁不染俗。
若列法書中，可載金石錄。

高公看畢，道：「字法頗佳，是誰所寫？」那人答道：「是某自己學寫的。」高公抬起頭來看他，只見一表非俗，不覺失驚，問道：「你姓甚名誰？何處人氏？」那個人吊下淚來道：「某姓崔，名英，字俊臣。世居真州。以父蔭補永嘉縣尉，帶了家眷同往赴任。自不小心，為船人所算，將英沉於水中。家財妻小，都不知怎麼樣了。幸得生長江邊，幼時學得泅水之法，伏在水底下多時，量他去得遠了，然後爬上岸來，投一民家，渾身沾濕，並無一錢在身。賴得這家主人良善，將乾衣出來換了，待了酒飯，過了一夜。明日又贈盤纏少許，打發道：『既遭盜劫，理合告官。恐怕連累，不敢奉留。』英便問路進城，陳告在平江路案下了。只為無錢使用，緝捕人役不十分上緊。今聽候一年，查無消耗，無計可奈，只得寫兩幅字，賣來度日。乃是不得已之計，非敢自道善書，不意惡扎上達鈞覽。」高公見他說罷，曉得是衣冠中人，遭盜流落，深相憐憫。又見他字法精好，儀度雍容，便有心看顧他。對他道：「足下既然如此，目下只索付之無奈。且留吾西塾，教我諸孫寫字，再作道理。意下如何？」崔俊臣欣然道：「患難之中，無門可投，得明公提攜，萬千之幸！」高公大喜，延入內書房中，即治酒榼相待。正歡飲間，忽然抬起頭來，恰好前日所受芙蓉屏，正張在那裡。俊臣一眼瞟去，見了不覺泣然垂淚。高公驚問道：「足下見此芙蓉，何故傷心？」俊臣道：「不敢欺明公，此畫亦是舟中所失物件之一，即是英自己手筆，只不知何得在此！」站起身來再看看，只見上有一詞。俊臣讀罷，又嘆息道：「一發古怪！此詞又即是英妻王氏所作。」高公道：「怎麼曉得？」俊臣道：「那筆跡從來認得，且詞中意思有在，真是拙妻所作無疑。但此詞是遭變後所題，拙婦想是未曾傷命，還在賊處。明公推究此畫來自何方，便有個根據了。」高公笑道：「此畫來處有因，當為足下任捕盜之責，且不可洩漏！」是日酒散，叫兩個孫子出來拜了先生，就留在書房中住下了。自此俊臣只在高公門館不題。

卻說高公明日密地叫當直的，請將郭慶春來，問道：「前日所惠芙蓉屏，是那裡得來的？」慶春道：「買自城外尼院。」高公問了去處，別了慶春，就差當直的到尼院中，仔細盤問這芙蓉屏是那裡來的？又是那個題詠的？王氏見來問得蹊蹺，就叫院主轉問道：「來問的是何處人？為何問起這些緣故？」當直的回言：「這畫而今已在高府中，差來問取來歷。」王氏曉得是官府門中來問，或者有些機會在內，叫院主把真話答他道：「此畫是同縣顧阿秀捨的，就是院中小尼慧圓題的。」當直的把此言回覆高公，高公心下道：「只須賺得慧圓到來，此事便有著落。」進去與夫人商議定了。隔了兩日，又差一個當直的，分付兩個轎夫，抬了一乘轎，到尼院中來。當直的對院主道：「在下是高府的管家，本府夫人喜誦佛經，無人作伴，聞知貴院中小師慧圓了悟，願禮請拜為師父，供養在府中，不可推卻！」院主遲疑道：「院中事務，大小都要他主張，如何接去得！」王氏聞得高府中接他，他心中懷著復讎之意，正要到官府門中走走，尋出機會來。亦且前日來盤問芙蓉屏的，說是高府，一發有些疑心，便對院主道：「貴宅門中禮請，豈可不去？萬一推托了，若出事端來，怎生當抵？」院主曉得王氏是有見識的，不敢違他，但只是道：「去便去，只不知幾時可來？院中有事怎麼處？」王氏道：「等見夫人過，住了幾日，覷個空便，可以來得就來。想院中也沒甚事，倘有疑難的，高府在城不遠，可以來問信商量得的。」院主道：「既如此，只索就去。」當直的叫轎夫打轎進院，王氏上了轎，一直的抬到高府中來。高公未與他相見，只叫他到夫人處見了，就叫夫人留他在臥房中同寢，高公自到別房宿歇。夫人與他講些經典，說些因果，王氏問一答十，說得夫人十分喜歡敬重。閒中問道：「聽小師父口談，不是這裡本處人，還是自幼出家的？還是有過丈夫，半路出家的？」王氏聽說罷，淚如雨下道：「覆夫人，小尼果然不是此間，是真州人。丈夫是永嘉縣尉，姓崔名英。一向不曾敢把實話對人說，而今在夫人面前，只索實告，想自無妨。」隨把赴任到此，舟人盜劫財物，害了丈夫全家，自己留得性命，脫身逃走，幸遇尼僧留住，落髮出家的說話，從頭至尾，說了一遍，哭泣不止。夫人聽他說得傷心，恨恨地道：「這些強盜，害得人如此！天理昭彰，怎不報應？」王氏道：「小尼躲在院中，一年不見外邊有些消耗。前日忽然有個人，拿一幅畫芙蓉到院中來施。小尼看來，卻是丈夫船中之物，即向院主問施人的姓名，道是同縣顧阿秀兄弟。小尼記起丈夫賃的船，正是船戶顧姓的。而今真贓已露，這強盜不是顧阿秀是誰？小尼當時就把舟中失散的意思，做一首詞，題在上面。後來被人買去了。前日貴府有人來院查問題詠芙蓉下落，其實即是小尼所題，有此冤情在內。」即拜夫人一拜道：「強盜只在左近，不在遠處了。只求夫人轉告相公，替小尼一查。若是得了罪人，雪了冤仇，以下報亡夫，相公夫人恩同天地了！」夫人道：「既有了這些影跡，事不難查，且自寬心！等我與相公說就是。」夫人果然把這些備細，一一與高公說了。又道：「這人且是讀書識子，心性貞淑，決不是小家之女。」高公道：「聽他這些說話，與崔縣尉所說正同。又且芙蓉屏是他所題，崔縣尉又認得是妻子筆跡，此是崔縣尉之妻，無可疑心。夫人只是好好看待他，且不要說破。」

高公出來見崔俊臣時，俊臣也屢屢催高公替他查查芙蓉屏的蹤跡。高公只推未得其詳，略不題起慧圓的事。高公又密密差人問出顧阿秀兄弟居址所在，平日出沒行徑，曉得強盜是真。卻是居鄉的官，未敢輕自動手，私下對夫人道：「崔縣尉事，查得十有七、八了，不久當使他夫妻團圓。但只是慧圓還是個削髮尼僧，他日如何相見，好去做孺人？你須慢慢勸他長髮改妝纔好。」夫人道：「這是正理，只是他心理不知道丈夫還在，如何肯長髮改妝？」高公道：「你自去勸他，或者肯依固好。畢竟不肯時節，我另自有說話。」夫人依言來對王氏道：「吾已把你所言盡與相公說知，相公道，捕盜的事，多在他身上，管取與你報冤。」王氏稽首稱謝。夫人道：「只有一件，相公道，你是名門出身，仕宦之妻，豈可留在空門，沒個下落？叫我勸你長髮改妝。你若依得，一力與你擒盜便是。」王氏道：「小尼是個未亡之人，長髮改妝何用？只為冤恨未申，故此上求相公做主。若得強盜殲滅，只此空門靜守，便了終身，還要甚麼下落？」夫人道：「你如此妝飾在我府中，也不為便。不若你留了髮，認義我老夫婦兩個，做個孀居寡女，相伴終身，未為不可。」王氏道：「承蒙相公夫人抬舉，人非木石，豈不知感？但重整雲鬟，再施鉛粉，丈夫已亡，有何心緒？況老尼相救深恩，一旦棄之，亦非厚道，所以不敢從命。」夫人見他說話堅決，一一回報了高公。高公稱嘆道：「難得這樣立志的女人！」又叫夫人對他說道：「不是相公苦苦要你留頭，其間有個緣故。前日因去查問此事，有平江路官吏相見，說舊年曾有人告理，也說是永嘉縣尉，只怕崔生還未必死。若是不長得髮，他日一時擒住此盜，查得崔生出來，此時僧俗各異，不好團圓，悔之何及！何不權且留了頭髮，等事體盡完，崔生終無下落，那時任憑再淨了髮，還歸尼院，有何妨礙？」王氏見說是有人還在此告狀，心裡也疑道：「丈夫從小會沒水，是夜眼見得囫圇抛在水中的，或者天幸留得性命，也不可知。」遂依了夫人的話，雖不就改妝，卻從此不剃髮，權扮做道姑模樣了。

又過了半年，朝廷差個進士薛溥化為監察御史，來按平江路。這個薛御史乃是高公舊日屬官，他吏才精敏，是個有手段的。到了任所，先來拜謁高公。高公把這件事，密密托他，連顧阿秀姓名住址去處，都細細說明白了。薛御史謹記在心，自去行事，不在話下。

且說顧阿秀兄弟，自從那年八月十五夜，一覺直睡到天明，醒來不見了王氏，明知逃去，恐怕形跡敗露，不敢明明追尋。雖在左近打聽兩番，並無蹤影。這是不好告訴人的事，只得隱忍罷了。此後一年之中，也曾做個十來番道路，雖不能如崔家之多，僥倖再不敗露，甚是得意。

一日正在家謼呼飲酒間，只見平江路捕盜官，帶著一哨官兵，將宅居圍住，拿出監察御史發下的訪單來。顧阿秀是頭一名強盜，其餘許多名字，逐名查去，不曾走了一個。又拿出崔縣尉告的贓單來，連他家裡箱籠，悉行搜捲，并盜船一隻——即停泊門外港內——盡數起到了官，解送御史衙門。薛御史當堂一問，初時抵賴，及查物件，見了永嘉縣尉的敕牒尚在，箱中贓物，一一對款，薛御史把崔縣尉舊日所告失盜狀，念與他聽，方各俯首無詞。薛御史問道：「當日還有孺人王氏，今在何處？」顧阿秀等相顧不出一語，御史喝令嚴刑拷訊。顧阿秀招道：「初意實要留他配小的次男，故此不殺。因他一口應承，願做新婦，所以再不防備。不期當年八月中秋，乘睡熟逃去，不知所向，只此是實情。」御史錄了口詞，取了供案，凡是在船之人，無分首從，盡問成梟斬死罪，決不待時。原贓照單給還失主。御史差人回覆高公，就把贓物送到高公家來，交與崔縣尉。俊臣出來，一一收了。曉得敕牒還在，家物猶存，只有妻子沒查下落處，連強盜肚裡也不知去向了，真個是渺茫的事。俊臣感新思舊，不覺慟哭起來。有詩為證：

堪笑聰明崔俊臣，也應落難一時渾。
既然因畫能追盜，何不尋他題畫人？

原來高公有心，只將畫是顧阿秀施在尼院的，說與俊臣知道，並不曾題起題畫的人，就在院中為尼。所以俊臣但得知盜情因畫敗露，妻子卻無查處；竟不知只在畫上，可以跟尋得出來的。當時俊臣慟哭已罷，想道：「既有敕牒，還可赴任。若再稽遲，便恐另補有人，到不得地方了。妻子既不見，留連於此無益。」請高公出來，拜謝了他，就把要去赴任的意思說了。高公道：「赴任是美事，但足下青年無偶，豈可獨去？待老夫與足下做個媒人，娶了一房孺人，然後夫妻同往，也未為遲。」俊臣含淚答道：「糟糠之妻，同居貧賤多時，今遭此大難，流落他方，存亡未卜。然據著芙蓉屏上，尚及題詞，料然還在此方。今欲留此尋訪，恐事體渺茫，稽遲歲月，到任不得了。愚意且單身到彼，差人來高揭榜文，四處追探。拙婦是認得字的，傳將開去，他聞得了，必能自出。除非憂疑驚恐，不在世上了，萬一天地垂憐，尚然留在，還指望伉儷重諧。英感明公恩德，雖死不忘，若別娶之言，非所願聞。」高公聽他說得可憐，曉得他別無異心，也自淒然道：「足下高誼如此，天意必然相佑，終有完全之日，吾安敢強逼？只是相與這幾時，容老夫少盡薄設奉餞，然後起程。」

次日，開宴餞行，邀請郡中門生、故吏各官，與一時名士畢集，俱來奉陪崔縣尉。酒過數巡，高公舉盃告眾人道：「老夫今日為崔縣尉了今生緣。」眾人都不曉其意，連崔俊臣也一時未解，只見高公命傳呼後堂，請夫人打發慧圓出來。俊臣驚得木呆，只道高公要把甚麼女人強他納娶，故設此宴、說此話，也有些著急了。夢裡也不曉得他妻子，叫得甚麼慧圓！當時夫人已知高公意思，把「崔縣尉在館內多時，昨已獲了強盜，問了罪名，追出敕牒，今日餞行赴任，特請你到堂廝認團圓」逐項逐節的事情，說了一遍。王氏如夢方醒，不勝感激。先謝了夫人，走出堂前來。此時王氏髮已半長，照舊妝飾。崔縣尉一見，乃是自家妻子，驚得如醉裡夢裡。高公笑道：「老夫原說道與足下為媒，這可做得著麼？」崔縣尉與王氏相持大慟，說道：「自料今生死別了，誰知在此，卻得相見！」座客見此光景，儘有不曉得詳悉的，向高公請問根繇。高公便叫書童去書房裡取出芙蓉屏來，對眾人道：「列位要知此事，須看此屏。」眾人爭先來看，卻是一畫一題。看的看，念的念，卻不明白這個緣故。高公道：「好教列位得知，只這幅畫，便是崔縣尉夫妻一段大因緣。這畫即是崔縣尉所畫，這詞即是崔孺人所題。他夫妻赴任，到此為船上所劫。崔孺人脫逃于尼院出家，遇人來施此畫，認出是船中之物，故題此詞。後來此畫卻入老夫之手，遇著崔縣尉到來，又認出是孺人之筆。老夫暗地著人細細問出根繇，及知孺人在尼院，叫老妻接將家來住著。密行訪緝，備得大盜蹤跡。托了薛御史，究出此事，強盜俱已伏罪。崔縣尉與孺人在家下各有半年，多只道失散在那裡，竟不知同在一處多時了。老夫一向隱忍，不通他兩人知道，只為崔孺人頭髮未長，崔縣尉敕牒未獲，不知事體如何，兩人心事如何，不欲造次漏洩。今罪人既得，試他義夫節婦，兩下心堅，今日特地與他團圓這段因緣，故此方纔說替他了今生緣，即是崔孺人詞中之句，方纔說『請慧圓』，乃是崔孺人尼院中所改之字，特地使崔君與諸公不解，為今日酒間一笑耳。」崔俊臣與王氏聽罷，兩個哭拜高公，連在座之人，無不下淚，稱嘆高公盛德，古今罕有。王氏自到裡面去拜謝夫人了。高公重入座席，與眾客盡歡而散。

是夜，特開別院，叫兩個養娘，伏侍王氏與崔縣尉在內安歇。明日高公曉得崔俊臣沒人伏侍，贈他一奴一婢，又贈他好些盤纏。當日就道，他夫妻兩個感念厚恩，不忍分別，大哭而行。王氏又同丈夫到尼院中來。院主及一院之人，見他許久不來，忽又改妝，個個驚異。王氏備細說了遇合緣故，并謝院主看待厚意。院主方纔曉得顧阿秀劫掠是真，前日王氏所言妻妾不相容，乃是一時掩飾之詞。院中人個個與他相好的，多不捨得他去。事出無奈，各各含淚而別，夫妻兩個同到永嘉去了。

在永嘉任滿回來，重過蘇州，差人問候高公，要進來拜謁。誰知高公與夫人俱已薨逝，殯葬已畢了。崔俊臣同王氏大哭，如喪了親生父母一般。問到他墓下，拜奠了，就請舊日尼院中各眾，在墓前建起水陸道場三晝夜，以報大恩。王氏還不忘經典，自家也在裡頭持誦。事畢，同眾尼再到院中。崔俊臣出宦貲，厚贈了院主。王氏又念昔日朝夜禱祈觀世音暗中保祐，幸得如願，夫婦重諧，出白金十兩，留在院主處，為燒香點燭之費。不忍忘院中光景，立心自此長齋，念觀音不輟，以終其身。當下別過眾尼，自到真州寧家，另日赴京補官。這是後事，不必再題。

此本話文，高公之德，崔尉之誼，王氏之節，皆是難得的事。各人存了好心，所以天意周全，好人相逢。畢竟冤仇盡報，夫婦重完，此可為世人之勸。詩云：

王氏藏身有遠圖，間關到底得逢夫。
舟人妄想能同志，一月空將新婦呼。

又云：

芙蓉本似美人妝，何意飄零在路傍？
畫筆詞鋒能巧合，相逢猶自墨痕香。

又有一首贊嘆御史大夫高公云：

高公德誼薄雲天，能結今生未了緣。
不使初時輕逗漏，致令到底得團圓。
芙蓉畫出原雙蒂，萍藻浮來亦共聯。
可惜白楊堪作柱，空教灑淚及黃泉。

卷二十八　金光洞主談舊蹟　玉虛尊者悟前身

詩云：

近有人從海上回，海山深處見樓臺。
中有仙童開一室，皆言此待樂天來。

又云：

吾學空門不學仙，恐君此語是虛傳。
海山不是吾歸處，歸即應歸兜率天。

這兩首絕句，乃是唐朝侍郎白香山白樂天所作，答浙東觀察使李公的。樂天一生精究內典，勤脩上乘之業，一心超脫輪迴，往生淨土。彼時李公師稷觀察浙東，有一個商客，在他治內明州，同眾下海，遭風飄蕩，不知所止。一月有餘，纔到一個大山。瑞雲奇花，白鶴異樹，盡不是人間所見的。山側有人出來迎問道：「是何等人，來得到此？」商客具言隨風飄到。岸上人道：「既到此地，且繫定了船，上岸來見天師。」同舟中膽小，不知上去有何光景，個個退避。只有這一個商客跟將上去。岸上人領他到一個所在，就像大寺觀一般。商客隨了這人，依路而進。見一個道士，鬚眉皆白。兩傍侍衛數十人，坐大殿上。對商客道：「你本中國人，此地有緣，方得一到。此即世傳所稱蓬萊山也。你既到此地，可要各處看看去麼?」商客口稱要看。道士即命左右領他宮內遊觀。玉臺翠樹,光彩奪目。有數十處院宇,多有名號。只有一院,關鎖得緊緊的。在門縫裡窺進去,只見滿庭都是奇花。堂中設一虛座,座中有裀褥,階下香煙撲鼻。商客問道:「此是何處?卻如此空鎖著。」那人答道:「此是白樂天前生所駐之院。樂天今在中國未來,故關閉在此。」商客心中原曉得白樂天是白侍郎的號,便把這些去處光景,一一記著。別了那邊人,走下船來。隨風使帆,不上十日,已到越中海岸。商客將所見之景,備細來稟知李觀察。李觀察盡錄其所言,書報白公。白公看罷,笑道:「我脩淨業多年,西方是我世界,豈復往海外山中去做神仙耶?」故此把這兩首絕句回答李公,見得他脩的是佛門上乘,要到兜率天宮,不希罕蓬萊仙島意思。後人評論,道是白公脫屣煙埃,投棄軒冕,一種非凡光景,豈不是個謫仙人?海上之說,未為無據。但今生更復勤脩精進,直當超脫玄門,上證大覺,後來果位,當勝前生,這是正理。要知從來名人達士,鉅卿偉公,再沒一個不是有宿根再來的人。若非僊官謫降,便是古德轉生。所以聰明正直,在世間做許多好事。如東方朔是歲星,馬周是華山素靈宮仙官,王方平是瑯琊寺僧,真西山是草庵和尚,蘇東坡是五戒禪師。就是死後,或原歸故處,或另補仙曹。如卜子夏為脩文郎,郭璞為水仙伯,陶弘景為蓬萊都水監,李長吉召撰白玉樓記,皆歷歷可考,不能盡數。至如奸臣叛賊,必是藥叉、羅剎、脩羅鬼王之類,決非善根。乃有小說中說李林甫遇道士,盧杞遇仙女,說他本是仙種,特來度他。他兩個都不願做仙人,願做宰相,以至墮落。此多是其家門生故吏一黨之人,撰造出來,以掩其平生過惡的。若依他說,不過遲做得仙人五、六百年,為何陰間有李林甫十世為牛九世娼之說?就是說道業報盡了,還歸本處,五、六百年後,便不可知。為何我朝萬曆年間,河南某縣雷擊死娼婦,背上還有「唐朝李林甫」

五字？此卻六百年不止了，可見說惡人也是仙種，其說荒唐，不足憑信。小子如今引白樂天的故事，說這一番話，只要有好根器的人，不可在火坑慾海，戀著塵緣，忘了本來面目。

待小子說一個宋朝大臣，在當生世裡，看見本來面目的一個故事，與看官聽一聽。詩云：

昔為東掖垣中客，今作西方社裡人。
手把楊枝臨水坐，尋思往事是前身。

* * *

卻說西方雙摩訶池邊，有幾個洞天。內中有兩個洞，一個叫做金光洞，一個叫做玉虛洞。凡是洞中，各有一個尊者，在內做洞主。住居極樂勝境，同脩無上菩提。忽一日，玉虛洞中尊者來對金光洞中尊者道：「吾佛以救度眾生為本，吾每靜脩洞中，固是正果。但只獨善其身，便是辟支小乘。吾意欲往震旦地方，打一轉輪迴，遊戲他七、八十年，做些濟人利物的事，然後回來，復居于此，可不好麼？」金光洞尊者道：「塵世紛囂，有何好處？雖然可以濟人利物，只怕為慾火所燒，迷戀起來，沒人指引回頭，忘卻本來面目，便要墮落輪迴道中，不知幾劫纔得重脩圓滿？怎麼說得『復居此地』這樣容易話？」玉虛洞尊者見他說罷，自悔錯了念頭。金光洞尊者道：「此念一起，吾佛已知。伽藍韋馱，即有密報，豈可復悔？須索向閻浮界中去走一遭，受享些榮華富貴，就中做些好事，切不可迷了本性！倘若恐怕濁界汩沒，一時記不起，到得五十年後，我來指你個境頭，等你心下洞徹罷了。」玉虛洞尊者當下別了金光洞尊者，自到洞中，分付行童：「看守著洞中，原自早夜焚香誦經，我到人間走一遭去也。」一靈真性，自去揀那善男信女，有德有福的人家好處投生不題。

卻說宋朝鄂州江夏，有個官人，官拜左侍禁，姓馮名式，乃是個好善積德的人。夫人一日夢一金身羅漢下降，產下一子，產時異香滿室。看那小廝時，生得天庭❶高聳，地角方圓，兩耳垂珠，是個不凡之相。兩、三歲時，就穎悟非凡。看見經卷上字，恰像原是認得的，一見不忘。送入學中，取名馮京，表字當世。過目成誦，萬言立就。雖讀儒書，卻又酷好佛典，敬重釋門，時常瞑目打坐，學那禪和子的模樣。不上二十歲，連中了三元。

說話的，你錯了。據著三元記戲本上，他父親叫做馮商，是個做客的人，如何而今說是做官的，連名字多不是了？——看官聽說：那戲文本子，多是胡謅，豈可憑信！只如南北戲，文極頂好的，多說琵琶、西廂。那蔡伯喈漢時人，未做官時，父母雙亡，廬墓致瑞，公府舉他孝廉，何曾為做官不歸，父母餓死？且是漢時不曾有狀元之名。漢朝當時，正是董卓專權，也沒有個牛丞相。鄭恆是唐朝大官，夫人崔氏，皆有封號，何曾有失身張生的事？後人雖也有曉得是元微之不遂其欲，托名醜詆的。卻是戲文倒說崔張做夫妻到底，鄭恆是個花臉衙內，撞階死了。卻不是顛到得沒道理！只這兩本出色的，就好笑起來，何況別本，可以准信得的？所以小子要說馮當世的故事，先據正史，把父親名字說明白了，免得看官每信著戲文上說話，千古不決。閒話休題。

且說那馮公自中三元以後，任官累典名藩，到處興利除害，流播美政，護持佛教，不可盡述。後來入遷政府，做了丞相。忽一日，體中不快，遂告個朝假，在寓靜養調理。其時英宗皇帝聖眷方隆，連命內臣問安，不絕于道路。又詔令翰苑有名醫人數個，到寓診視，聖諭盡心用藥，期在必愈。服藥十來日，

❶ 天庭：兩眉的中間叫做「天庭」。

馮相病已好了，卻是羸瘦了好些，拄了杖纔能行步。久病新愈，氣虛多驚，倦視綺羅，厭聞絃管，思欲靜坐養神，乃策杖徐步入後園中來。後園中花木幽深之處，有一所茅菴，名曰容膝菴，乃是取陶淵明歸去來辭中語。見得菴小，只可容著兩膝的話。馮相到此，心意欣然，便叫侍妾每都各散去。自家取龍涎香，焚些在博山鑪中，疊膝瞑目，坐在禪床中蒲團上。默坐移時，覺神清氣和，肢體舒暢。徐徐開目，忽見一個青衣小童，神貌清奇，冰姿瀟灑，拱立在禪床之右。馮相問小童道：「婢僕皆去，你是何人獨立在此？」小童道：「相公久病新愈，心神忻悅，恐有所游，小童願為參從，不敢擅離。」公伏枕日久，沉疾既愈，心中正要閒游。忽聞小童之言，意思甚快。乘興離榻，覺得體力輕健，與平日無病時節無異。步至菴外，小童稟道：「路徑不平，恐勞尊重，請登羊車，緩游園圃。」馮相喜小童如此慧黠，笑道：「使得，使得。」說話之間，小童挽羊車一乘，來到面前。但見：

簾垂斑竹，輪斲香檀。同心結帶繫鮫綃，盤角曲欄雕美玉。坐裀鋪錦褥，蓋頂覆青氈。

馮相也不問羊車來歷，忻然升車而坐。小童揮鞭在前，馭著車去甚速，勢若飄風。馮相驚怪道：「無非是羊，如何如此行得速？」低頭前視，見駕車的全不似羊，也不是牛馬之類。憑軾仔細再看，只見背尾皆不辨，首尾足上毛五色光彩射人。奔走挽車，穩如磐石。馮相公大驚，方欲詢問小童，車行已出京都北門。漸漸路入青霄，行去多是翠雲深處。下視塵寰，直在底下。虛空之中，過了好些城郭。將有一飯時候，車纔著地住了。小童前稟道：「此地勝絕，請相公下觀。」馮相下得車來，小童不知所向，連羊車也不見了。舉頭四顧，身在萬山之中。但見：

山川秀麗，林麓清佳。出沒萬壑煙霞，高下千峰花木。靜中有韻，細流石眼水涓涓；相逐無心，閒出嶺頭雲片片。溪深綠草茸茸茂，石老蒼苔點點斑。

馮相身處朝市，向為塵俗所役，乍見山光水色，洗滌心胸，正如酷暑中行，遇著清泉百道，多時病滯，一旦消釋。馮相心中喜樂，不覺拊腹而嘆道：「使我得頂笠披簑，攜鋤趁犢，躬耕數畝之田，歸老于此地。每到秋苗熟後，稼穡登場，旋煮黃雞，新蒭白酒，與鄰叟相邀，瓦盆磁甌，量晴較雨。此樂雖微，據我所見，雖玉印如霜，金印如斗，不足比之！所恨者，君恩未報，不敢歸田，他日必欲遂吾所志！」方欲縱步玩賞，忽聞清磬一聲，響于林杪。馮相舉目仰視，向松陰竹影疏處，隱隱見山林間有飛簷碧瓦，棟宇軒窗。馮相道：「適纔磬聲，必自此出。想必有幽人居止，何不前去尋訪？」遂穿雲踏石，歷險登危，尋徑而走。過往處，但聞流水松風，聲喧于步履之下。漸漸林麓兩分，峰巒四合。行至一處，溪深水漫，風軟雲閒；下枕清流，有千門萬戶。但見：

嵬嵬宮殿，虬松鎮碧瓦朱扉；寂寂迴廊，鳳竹映雕欄玉砌。

玲瓏樓閣，干霄覆雲，工巧非人世之有。巖畔洞門開處，掛一白玉牌，牌上金書「金光第一洞」。馮相見了洞門，知非人世，惕然不敢進步入洞。因是走得路多了，覺得肢體倦怠，暫歇在門閫石上坐著。坐還未定，忽聞大聲起于洞中，如天摧地塌，岳撼山崩。大聲方住，狂風復起。松竹低偃，瓦礫飛揚，雄氣如奔，頃刻而止。馮相驚駭，急回頭看時，一巨獸自洞門奔出外來。你道怎生模樣？但見：

目光閃鑠，毛色斑斕。剪尾巖谷風生，移步郊園艸偃。山前一吼，懾將百獸潛形；林下獨行，威使群毛震悚。滿口利牙排劍戟，四蹄剛爪利鋒鋩。

奔走如飛，將至坐側，馮相愴惶欲避無計。忽聞金錫之聲震地，那個猛獸恰像有人趕逐他的，竄伏亭下，斂足瞑目，猶如待罪一般。馮相驚異未定，見一個胡僧自洞內走將出來。你道怎生模樣？但見：

修眉垂雪，碧眼橫波。衣披烈火七幅鮫綃，杖拄降魔九環金錫。若非圓寂光中客，定是楞迦峰頂人。

將至洞門，將錫杖橫了，稽首馮相道：「小獸無知，驚恐丞相。」馮相答禮道：「吾師何來？得救殘喘。」胡僧道：「貧僧即此間金光洞主也。相公別來無恙。麤茶相邀，丈室❷閒話則個。」馮相見他說「別來無恙」的話，舉目細視胡僧面貌，果然如舊相識，但倉卒中不能記憶，遂相隨而去。到方丈室中，啜茶已罷，正要款問仔細，金光洞主起身對馮相道：「敝洞荒涼，無以看玩。若欲游賞煙霞，遍觀雲水，還要邀相公再游別洞。」遂相隨出洞後而去。但覺天清景麗，日煖風和，與世俗溪山，迥然有異。須臾到一處，飛泉千丈，注入清溪，白石為橋，斑竹夾徑。於巔峰之下，見一洞門，門用玻瓈為牌，牌上金書「玉虛尊者之洞」。馮相對金光洞主道：「洞中景物，料想不凡。若得一觀，此心足矣。」金光洞主道：「所以相邀相公遠來者，正要相公游此間耳。」遂排扉而入，馮相本意只道洞中景物可賞，既到了裡面，塵埃滿地，門戶寂寥，似若無人之境。但見：

金爐斷燼，玉磬無聲。絳燭光消，仙扃晝掩。蛛網遍生虛室，寶鉤低壓重簾。壁間紋幕空垂，架上金經生蠹。閒庭悄悄，芊綿碧草侵階；幽檻沉沉，散漫綠苔生砌。松陰滿院鶴相對，山色當空人未歸。

馮相猶豫不決，逐步走至後院。忽見一個行童，凭案誦經。馮相問道：「此洞何獨無僧？」行童聞言，

❷ 丈室：即「方丈」。廟中主持僧所住的房屋。

掩經離榻，拱揖而答道：「玉虛尊者游戲人間，今五十六年，更三十年方回。此洞緣主者未歸，是故無人相接。」金光洞主道：「相公不必問，後當自知。此洞有個空寂樓臺，迥出群峰，下視千里，請相公登樓，款歇而歸。」遂與登樓，看那樓上時，碧瓦甃地，金獸守扃。飾異寶於虛簷，纏玉虬於巨棟。犀軸仙書，堆積架上。馮相正要取卷書來看看，那金光洞主指樓外雲山，對馮相道：「此處儘堪寓目，何不憑欄一看？」馮相就不去看書，且憑欄凝望，遙見一個去處：

翠煙晻映，絳霧氤氳。美木交枝，清陰接影。瓊樓碧瓦玲瓏，玉樹翠柯搖曳。波光泊岸，銀濤映天。翠色逼人，冷光射目。

其時，日影下照，如萬頃琉璃。馮相駐目細視良久，問金光洞主道：「此是何處，其美如此！」金光洞主愕然而驚，對馮相道：「此地即雙摩訶池也。此處溪山，相公多曾游賞，怎麼就不記得了？」馮相聞得此語，低頭仔細回想，自兒童時，直至目下，一一追算來，並不記曾到此，卻又有些依稀認得，正不知甚麼緣故，乃對金光洞主道：「京心為事奪，壯歲舊游，悉皆不記，不知幾時曾到此處？隱隱已如夢寐，人生勞役，至於如此。對景思之，令人傷感！」金光洞主道：「相公儒者，當達大道，何必浪自傷感？人生寄身于太虛之中，其間榮瘁悲歡，得失聚散，彼死此生，投形換殼，如夢一場。方在夢中，原不足問。及到覺後，又何足悲？豈不聞金剛經云：『一切有為法，如夢幻泡影，如露亦如電，應作如是觀。』自古皆以浮生比夢，相公只要夢中得覺，回頭即是，何用傷感！此盡正理，願相公無輕老僧之言！」馮相聞語，貼然敬伏。方欲就坐款話，忽見虛簷日轉，晚色將催。馮相意要告歸，作別金光洞主道：「承挈游觀，今興盡而返。此別之後，未知何日再會？」金光洞主道：「相公是何言也？不久與相公同為道

金光洞主談舊蹟

玉虛尊者悟前身

友，相從于林下，日子正長，豈無相見之期？」馮相道：「京病既愈，旦夕朝參，職事相索，自無暇日，安能再到林下，與吾師游樂哉？」金光洞主笑道：「浮世光陰迅速，三十年只同瞬息。老僧在此，轉眼間伺候相公來，再居此洞便了。」馮相道：「京雖不才，位居一品，他日若荷君恩，放歸田野，苟不就宮祠微祿，亦當為田舍翁，躬耕自樂，以終天年。況自此再三十年，京已壽登耄耋，豈更削髮披緇，坐此洞中為衲僧耶？」金光洞主但笑而不答。馮相道：「吾師相笑，豈京之言有誤也？」金光洞主道：「相公久羈濁界，認殺了現前身子，竟不知身外有身耳。」馮相道：「豈非除此色身之外，別有身耶？」金光洞主道：「色身之外，原有前身。今日相公到此，相公的色身，又是前身了。若非身外有身，相公前日何以離此？今日怎得到此？」馮相道：「吾師何術使京得見身外之身？」金光洞主道：「欲見何難？」就把手指向壁間畫一圓圈，以氣吹之，對馮相道：「請相公觀此景界。」馮相遂近壁視之。圓圈之內，瑩潔明朗，如掛明鏡。注目細看其中，見有：

風軒水榭，月塢花畦。小橋跨曲水橫塘，垂柳籠綠窗朱戶。

遍看池亭，皆似曾到，但不知是何處園圃，在此壁間？馮相疑心是障眼之法，正色責金光洞主道：「我佛以正法度人，吾師何故將幻術變現，惑人心目？」金光洞主大笑而起，手指園圃中東南隅道：「如此景物，豈是幻也？請相公細看，真偽可見。」馮相走近前邊，注目再看，見園圃中有粉牆小徑，曲檻雕欄，向花木深處，有茅菴一所：

半開竹牖，低下疏簾。閒階日影三竿，古鼎香煙一縷。

茅菴內有一人，疊足瞑目，靠蒲團坐禪床上。馮相見此，心下躊躇。金光洞主將手拍著馮相背上道：「容膝菴中，爾是何人？」大喝一偈道：

五十六年之前，各占一所洞天。
容膝菴中莫誤！玉虛洞裡相延。

向馮相耳畔叫一聲：「咄！」馮相於是頓省游玉虛洞者乃前身，坐容膝菴者乃色身。不覺失聲道：「當時不曉身外身，今日方知夢中夢。」因此頓悟無上菩提，喜不自勝。方欲參問心源，印證禪覺，回顧金光洞主，已失所在。遍視精舍迦藍，但只見：

如雲藏寶殿，似霧隱迴廊。審聽不聞鐘磬之清音，仰視已失峰岩之險勢。玉虛洞府，想卻在海上瀛州；空寂樓臺，料復歸極樂國土。只疑看罷僧繇畫，捲起丹青十二圖。

一時廊殿洞府溪山，撚指皆無蹤跡，單單剩得一身，儼然端坐後園容膝菴中禪床之上。覺茶味猶甘，松風在耳，鼎內香煙尚裊，座前花影未移。入定一晌之間，身游萬里之外。馮相想著境界了然，語話分明，全然不像夢境。曉得是禪靜之中，顯見宿本。況且自算其壽，正是五十六歲，合著行童說尊者游戲人間之年數，分明已身是金光洞主的道友玉虛尊者的轉世。自此每與客對，常常自稱老僧。後三十年，一日，無疾而終。自然仍歸玉虛洞中去矣。詩曰：

玉虛洞裡本前身，一夢回頭八十春。
要識古今賢達者，阿誰不是再來人。

卷二十九　通閨闥堅心燈火　鬧囹圄捷報旗鈴

詩云：

世間何物是良圖？惟有科名救急符。
試看人情翻手變，窗前可不下功夫！

話說自漢以前，人才只是舉薦徵辟，故有賢良方正、茂材異等之名。其高尚不出，又有不求聞達之科。所以野無遺賢，人無匿才，天下盡得其用。自唐宋以來，俱重科名。雖是別途進身，儘能致位權要，卻是惟以此為華美，往往有只為不得一第，情願老死京華的。到我國朝，初時三途並用，多有名公大臣，不繇科甲出身，一般也替朝廷幹功立業，青史標名不朽。那見得只是進士纔做得事？直到近來，把這件事越重了。不是科甲的人，不得當權。當權所用的，不是科甲的人，不與他好衙門好地方，多是一帆布置。見了以下出身的，就不是異途，也必揀個憊懶所在打發他。不上幾時，就勾銷了。總是不把這幾項人，看得在心上。所以別項人內，便儘有英雄豪傑在裡頭，也無處展布。曉得沒甚長筵廣席，要做好官也沒幹，都把那志氣灰了。怎能勾有做得出頭的！及至是個進士出身，便貪如柳盜跖，酷如周興、來俊臣，公道說不去，沒奈何，考察壞了，或是參論壞了，畢竟替他留些根。又道是：「百足之蟲，至死不殭。」跌樸不多時，轉眼就高官大祿，仍舊貴顯。豈似科貢的人，一勾了帳！只為世道如此重他，所以一登科第，便像升天。卻又一件好笑，就是科第的人，總是那窮酸秀才做的，並無第二樣人做得。及至肉眼愚眉，見了窮酸秀才，誰肯把眼稍來管顧他？還有一等豪富親眷，放出倚富欺貧的手段，做盡了惡薄腔子待他。到得忽一日榜上有名，掇將轉來，呵脬捧卵，偏是平日做腔欺負的，頭名就是他，上前出力。真個世間惟有這件事，賤的可以立貴，貧的可以立富；難分難解的冤仇，可以立消；極險極危的道路，可以立平；遮莫做了沒脊梁、惹羞恥的事，一床錦被，可以遮蓋了。——說話的，怎見得便如此？——看官，你不信，且先聽在下說一件勢利好笑的事。

唐時有個舉子，叫做趙琮，累隨計吏，赴南宮春試，屢次不第。他的妻父，是個鍾陵大將，趙琮貧窮，只得靠著妻父度日。那妻家武職官員，宗族興旺。見趙琮是個多年不利市的寒酸秀才，沒一個不輕薄他的。妻父妻母看見別人不放他在心上，也自覺得沒趣，道女婿不爭氣，沒長進。雖然是自家骨肉，未免一科厭一科，弄做個老厭物了。況且有心嫌鄙了他，越看越覺得寒酸，不足敬重起來。只是不好打發得他開去，心中好些不耐煩。趙琮夫妻兩個，不要說看了別人許多眉高眼低❶，只是父母身邊，也受多少兩般三樣的怠慢。沒奈何，爭氣不來，只得怨命忍耐。

一日，趙琮又到長安赴試去了，家裡撞著迎春日子，軍中高會，百戲施呈。唐時名為「春設」。傾城士女沒一個不出來看。大戶人家搭了棚廠，設了酒席在內，邀請親戚共看。大將閫門多到棚上去，女眷們各各盛妝鬥富，惟有趙娘子衣衫襤褸。雖是自心裡覺得不入隊，卻是大家多去，又不好獨自一個推掉不去得。只得含羞忍恥，隨眾人之後，一同上棚。眾女眷們憎嫌他妝飾弊陋，恐怕一同坐著，外觀不雅，

❶ 眉高眼低：分出不同的情況。

將一個帷屏遮著他，叫他獨坐在一處，不與他同席。他是受憎嫌慣的，也自揣己，只得憑人主張，默默坐下了。正在擺設酣暢時節，忽然一個吏典走到大將面前，說道：「觀察相公特請將軍，立等說話。」大將喫了一驚道：「此與民同樂之時，料無政務相關，為何觀察相公見召？莫非有甚不測事體？」心中好生害怕，捏了兩把汗，到得觀察相公廳前。只見觀察手持一卷書，笑容可掬，當廳問道：「有一個趙琮是公子婿否？」大將答道：「正是。」觀察道：「恭喜恭喜。適纔京中探馬來報，令婿已及第了。」大將還謙遜道：「恐怕未能有此地步。」觀察即將手中所持之書，遞與大將道：「此是京中來的全榜，令婿名在其上，請公自拿去看。」大將雙手接著，一眼瞟去，趙琮名字朗朗在上，不覺驚喜。謝別了觀察，連忙走回。遠望見棚內家人，多在那裡駐目看外邊，大舉著榜對著家人大呼道：「趙郎及第了！趙郎及第了！」眾人聽見，大家都喫一驚。掇轉頭來看那趙娘子時，兀自寂寂寞寞，沒些意思，在帷屏外坐在那裡。卻是耳朵裡已聽見了，心下暗暗地叫道：「慚愧，誰知也有這日！」眾親眷急把帷屏撤開，到他跟前稱喜道：「而今就是夫人縣君了。」一齊來拉他去同席，趙娘子回言道：「衣衫藍縷，玷辱諸親，不敢來混，只是自坐了看看罷。」眾人見他說嘔氣的話，一發不安。一個個強陪笑臉道：「夫人說那裡話！」就有獻勤的，把帶來包裡的替換衣服拿出來，與他穿了。一個起頭，個個爭先，也有除下簪的，也有除下釵的，也有除下花鈿的、耳鐺的，霎時間，把一個趙娘子打扮的花一團、錦一簇，還恐怕他不喜歡。是日那裡還有心想看春會，只個個攛哄趙娘子，看他眉頭眼後罷了。本是一個冷落的貨，只為丈夫及第，一時一霎，更變起來。人也原是這個人，親也原是這些親。世情冷煖，至于如此！

* * *

在下為何說這個做了引頭？只因有一個人為些風情事，做了出來，正在難分難解之際，忽然登第。不但免了罪過，反得團圓了夫妻。正應著在下先前所言，「做了沒脊梁、惹羞恥的事，一床錦被，可以遮蓋了」的說話。看官每試聽著，有詩為證：

同年同學，同林宿鳥。
好事多磨，受人顛倒。
私情敗露，官非難了。
一紙捷書，真同月老。

這個故事，在宋朝端平年間，浙東有一個飽學秀才，姓張，字忠父，是衣冠宦族。只是家道不足，靠著人家聘出去，隨任做書記，館穀為生。鄰居有個羅仁卿，是崛起白屋❷人家，家事儘富厚，兩家同日生產。張家得了個男子，名喚幼謙；羅家得了個女兒，名喚惜惜，多長成了。因張家有個書館，羅家把女兒寄在學堂中讀書。傍人見他兩個年貌相當，戲道：「同日生的，合該做夫妻。」他兩個多是娃子家心性，見人如此說，便信殺道是真，私下密自相認，又各寫了一張券約，罰誓必同心到老。兩家父母多不知道的。同學堂了四、五年，各有十四歲了，情竇漸漸有些開了。見人說做夫妻的，要做那些事，便兩個合了伴，商議道：「我們既是夫妻，也學著他每做做。」兩個你歡我愛，亦且不曉得些利害，有甚麼不肯？書房前有株石榴樹，樹邊有一隻石櫈，羅惜惜就坐在櫈上，身靠著樹，張幼謙早把他腳來蹺起，就摟抱了，弄將起來。兩個小小年紀，未知甚麼大趣味，只是兩個心裡喜歡，作做耍笑。以後見弄

❷ 白屋：平民的住宅。

得有些好處，就日日做番把，不肯住手了。

冬間先生散了館，惜惜回家去過了年。明年惜惜已是十五歲，父母道他年紀長成，不好到別人家去讀書，不教他來了。幼謙屢屢到羅家門首探望，指望撞見惜惜。那羅家是個富家，閨院深邃，怎得輕易出來？惜惜有一丫鬟，喚名蜚英，常到書房中伏侍惜惜，相伴往返的。今惜惜不來讀書，連蜚英也不來了。只為早晨採花去與惜惜插戴，方得出門。到了冬日，幼謙思想惜惜不置，做成新詞兩首，要等蜚英來時，遞去與惜惜。詞名一剪梅，詞云：

同年同日又同窗，不似鸞凰，誰似鸞凰？石榴樹下事匆忙，驚散鴛鴦，拆散鴛鴦。　一年不到讀書堂，教不思量，怎不思量？朝朝暮暮只燒香，有分成雙，願早成雙！

寫詞已罷，等那蜚英不來，又做詩一首。詩云：

昔人一別恨悠悠，猶把梅花寄隴頭。
咫尺花開君不見，有人獨自對花愁。

詩畢，恰好蜚英到書房裡來採梅花，幼謙折了一枝梅花，同二詞一詩，遞與他去。又密囑蜚英道：「此花正盛開，你可托折花為名，遞個回信來。」蜚英應諾，帶了去與惜惜看了。惜惜只是偷垂淚眼，欲待依韻答他，因是年底匆匆，不曾做得，竟無回信。到得開年❸，越州太守請幼謙的父親忠父去做記室，忠父就帶了幼謙去自教他。去了兩年，方得歸家。惜惜知道了。因是兩年前不曾答得幼謙的信，密遣蜚英持一小篋子來贈他。幼謙收了，開篋來看，中有金錢十枚，相思子一粒。幼謙曉得是惜惜藏著謎謎：

❸ 開年：明年。

錢取團圓之象，相思子自不必說。心下大喜，對蜚英道：「多謝小娘子，好情記念，何處再會得一會便好。」蜚英道：「姐姐又不出來，官人又進去不得，如何得會？只好傳消遞息罷了。」幼謙復作詩一首，與蜚英拿去做回柬。詩云：

一朝不見似三秋，真個三秋愁不愁。
金錢難買尊前笑，一粒相思死不休。

蜚英去後，幼謙將金錢繫在著肉的汗衫帶子上，想著惜惜時節，便解下來跌卦問卜；又當耍子。被他媽媽看見了，問幼謙道：「何處來此金錢？自幼不曾見你有的。」幼謙回母親道：「娘面前不敢隱情，實是與孩兒同學堂讀書的羅氏女近日所送。」張媽媽心中已解其意，想道：「兒子年已弱冠，正是成婚之期。他與羅氏女幼年同學堂，至今寄著物件往來，必是他兩情相愛。況且羅氏女在我家中，看他德容俱備，何不央人去求他為子婦？可不兩全其美？」隔壁有個賣花楊老媽，久慣做媒，在張、羅兩家多走動。張媽媽就接他到家來，把此事對他說道：「家裡貧寒，本不敢攀他富室，但羅氏小娘子自幼在我家，與小官人同窗，況且是同日生的，或者為有這些緣分，不棄嫌，肯成就，也不見得。」楊老媽道：「孺人怎如此說？宅上雖然清淡些，到底是官宦人家。羅宅眼下富盛，卻是個暴發。兩邊扯來相對，還虧著孺人宅上些哩。待老媳婦去說就是。」張媽媽道：「有煩媽媽委曲則個。」幼謙又私下叮囑楊老媽許多說話，教他見惜惜小娘子時，千萬致意。楊老媽多領諾去了，一徑到羅家來。羅仁卿同媽媽問其來意，楊老媽道：「特來與小娘子作伐。」仁卿道：「是那一家？」楊老媽道：「說起來，連小娘子吉帖都不消求，那小官人就是同年月日的。」仁卿道：「這等說起來，就是張忠父家了。」楊老媽道：「正是，且是好個小官人。」仁卿道：「他世代儒家，門第也好，只是家道艱難。靠著終年出去處館過日，有甚麼大長進處？」楊老媽道：「小官人聰俊非凡，必有好日。」仁卿道：「而今時勢，人家只論見前，後來的事，那個包得？小官人看來是好的，但功名須有命，知道怎麼？若他要來求我家女兒，除非會及第做官，便與他了。」楊老媽道：「依老媳婦看起來，只怕這個小官人這日子也有。」仁卿道：「果有這日子，我家決不失信。」羅媽媽也是一般說話。楊老媽道：「這等，老媳婦且把這話回覆張老孺人，教他小官人用心讀書，巴出身則個。」羅媽媽道：「正是，正是。」楊老媽道：「老媳婦也到小娘子房裡去走走。」羅媽媽道：「正好在小女房裡坐坐，喫茶去。」楊老媽原在他家走熟的，不消引路，一直到惜惜房裡來。惜惜請楊老媽坐了，叫蜚英看茶。就問道：「媽媽何來？」「楊老專為隔壁張家小官人求小娘子親事而來。小官人多多拜上小娘子說道：『自小同窗，多時不見，無刻不想。』今特教老身來到老員外、老安人處做媒，要小娘子怎生從中自做個主，是必要成！」惜惜道：「這個事須憑爹媽做主，我女兒家怎開得口？不知方纔爹媽說話何如？」楊老媽道：「方纔老員外與安人的意思，嫌張家家事澹泊❹些，說道：『除非張小官人中了科名，纔許他。』」惜惜道：「張家哥哥這個日子倒有，只怕爹媽性急，等不得，失了他信。既有此話，有煩媽媽上覆他，叫他早自掙挫，我自一心一意守他這日罷了。」惜惜要楊老媽替他傳語，密地取兩個金指環送他道：「此後有甚說話，媽媽悄悄替他傳與我知道，當有厚謝。不要在爹媽面前說了。」

看官，你道這些老媽家是馬泊六的領袖，有甚麼解不出的意思？曉得兩邊說話，多有情，就做不成

❹澹泊：清貧。

媒，還好私下牽合他兩個，賺主大錢。又且見了兩個金指環，一面堆下笑來道：「小娘子凡有所托，只在老身身上，不誤你事。」出了羅家門，再到張家來回覆，把這些說話一一與張媽媽說了。張幼謙聽得，便冷笑道：「登科及第，是男子漢分內事，何只為難？這老婆穩取是我的了。」楊媽道：「他家小娘子，也說道官人畢竟有這日，只怕爹娘等不得，或有變卦。他心裡只守著你，教你自要奮發。」張媽媽對兒子道：「這是好說話，不可負了他！」楊老媽又私下對幼謙道：「羅家小娘子好生有情於官人，臨動身又分付老身道，下次有說話，悄地替他傳傳。送我兩個金指環，這個小娘子實是賢慧。」幼謙道：「他日有話相煩，是必不要推辭則個。」楊老媽道：「當得，當得。」當下別了去。明年張忠父在越州，打發人歸家，說要同越州太守到京候差，恐怕幼謙在家失學，接了同去。幼謙只得又去了不題。

卻說羅仁卿主意，嫌張家貧窮，原不要許他的。這句「做官方許」的說話，是句沒頭腦的話，做官是期不得的。女兒年紀一年大似一年，萬一如姜太公八十歲纔遇文王，那女兒不等做老婆婆了？又見張家只是遠出，料不成事，他那裡管女兒心上的事？其時同里有個巨富之家，姓辛，兒子也是十八歲了。聞得羅家女子才色雙全，央媒求聘。羅仁卿見他家富盛，心裡喜歡。又且張家只來口說得一番，不曾受他一絲，不為失約，那裡還把來放在心上？一口許下了辛家，擇日行聘。惜惜聞知這消息，只叫得苦。又不好對爹娘說得出心事，暗暗納悶，私下對蜚英這丫頭道：「我與張官人同日同窗，誰不說是天生一對？我兩個自小情如姊妹，誼等夫妻。今日卻叫我嫁著別個，這怎使得？不如早尋個死路，倒得乾淨。只是不曾會得張官人一面，放心不下。」蜚英道：「前日張官人也問我，要會姐姐，我說沒個計較，只得罷了。而今張官人不在家，就是在時，也不便相會。」惜惜道：「我到想上一計，可以相會。只等他來了便好，你可時常到外邊去打聽打聽。」蜚英謹記在心。

且說張幼謙京中回來得，又是一年。聞得羅惜惜已受了辛家之聘，不見惜惜有甚麼推托不肯的事。幼謙大恨道：「他父母是怪不得，難道惜惜就如此順從，並無說話？」一氣一個死，提起筆來，做詞一首。詞名長相思，云：

天有神，地有神，海誓山盟字字真，如今墨尚新。　過一春，又一春，不解金錢變作銀，如何忘卻人？

寫畢了，放在袖中，急急走到楊老媽家裡來。楊老媽接進了問道：「官人有何事見過？」幼謙道：「媽媽曉得羅家小娘子已許了人家麼？」楊老媽道：「也見說，卻不是我做媒的。好個小娘子，好生注意官人，可惜錯過了。」幼謙道：「我不怪他父母，到怪那小娘子，如何憑父母許別人，不則一聲？」楊老媽道：「叫他女孩兒家，怎好說得？他必定有個主意，不要錯怪了人！」幼謙道：「為此要媽媽去通他一聲，我有首小詞，問他口氣的。煩媽媽與我帶一帶去。」袖中摸出詞來，并越州太守所送贐禮一兩，轉送與楊老媽做腳步錢。楊老媽見了銀子，如蒼蠅見血，有甚事不肯做？欣然領命去了。把賣花為繇竟到羅家。走進惜惜房中來，惜惜接著問道：「一向不見媽媽來走走。」楊老媽道：「一向無事，不敢上門。今張官人回來了，有話轉達，故此走來。」惜惜見說幼謙回了，道：「我正叫蜚英打聽，不知他已回來。」楊老媽道：「他見說小娘子許了辛家，好生不快活。有封書，托我送來小娘子看。」袖中摸出書來，遞與惜惜。惜惜嘆口氣接了，拆開從頭至尾一看，卻是一首詞。落下淚來道：「他錯怪了我也！」楊老媽道：「老身不識字，書上不知怎地說？」惜惜道：「他道我忘了他，豈知受聘，多是我爹媽的意思！怎繇得我來？」楊老媽道：「小娘子，你而今怎麼發付他？」惜惜道：「媽媽，你肯替張郎遞信，必定受張郎之托。我有句真心話對你說，不妨麼？」老媽道：「去年受了小娘子尊賜，至今絲毫不曾出得力。又且張官人相托，隨你分付，水裡水裡去，火裡火裡去，儘著老性命做得的，只管做去，決不敢洩漏半句話的！」惜惜道：「多感媽媽盛心！先要你去對張郎說明白我的心事，我只為未曾面會得張郎，所以含忍至今。若得張郎當面一會，我就情願同張郎死在一處，決不嫁與別人，偷生在世間的。」老媽道：「你心事我好替你去說得，只是要會他，卻不能勾。你家院宇深密，張官人又不會飛，我衣袖裡又袋他不下，如何弄得他來相會？」惜惜道：「我有一計，儘可使張郎來得。只求媽媽周全，十分穩便。」老媽道：「老身方纔說過了，但憑使喚，只要早定妙計，老身無不盡心。」惜惜道：「奴家臥房在這閣兒上，是我家中落末一層，與前面隔絕。閣下有一門，通後邊一個小圃，圃周圍有短牆，牆外便是荒地，通著外邊的了。牆內有四、五株大山茶花樹，可以上得牆去的。煩媽媽相約張郎在牆外等，到夜來，我教丫頭打從樹枝上登牆，將個竹梯，掛在牆外來，張郎從梯上上牆，也從山茶樹上下地可以徑到我房中閣上了。媽媽可憐我兩人情重如山，替奴家備細傳與張郎則個。」走到房裡，摸出一錠銀子來，約有四、五兩重，望楊老媽袖中就塞，道：「與媽媽將就買些點心喫。」楊老媽假意道：「未有功勞，怎麼當這樣重賞？只一件，若是不受，又恐怕小娘子反要疑心我未是一路，只得斗膽收了。」謝別了惜惜出來，一五一十，走來對張幼謙說了。幼謙得了這個消息，巴不得立時間天黑將下來。張、羅兩家，相去原不甚遠，幼謙日間先去，把牆外路數看看，望進牆去，果然四、五枝山茶花樹透出牆外來。幼謙認定了，

通閨闥堅心燈火

鬧囹圄捷報旗鈴

晚上只在這牆邊等候。等了多時，並不見牆裡有些些聲響，不要說甚麼竹梯不竹梯。等到後半夜，街鼓❺將動，方纔悶悶回來了。到第二晚、第三晚，又復如此。白白守了三個深夜，並無動靜。想道：「難道耍我不成？還是相約裡頭有甚麼說話參差了？不然，或是女孩兒家貪睡，忘記了。不知我外邊人守候之苦，不免再央楊老媽去問個明白。」又題一詩于紙云：

山茶花樹隔東風，何啻雲山萬萬重。
銷金帳煖貪春夢，人在月明風露中。

寫完走到楊老媽家，央他遞去，就問失約之故。原來羅家為惜惜能事，一應家務俱托他所管。那日央楊老媽約了幼謙，不想有個姨娘到來，要他支陪❻，自不必說，晚間送他房裡同宿，一些手腳做不得了。等得這日纔去，楊老媽恰好走來，遞他這詩。惜惜看了道：「張郎又錯怪了奴也！」對楊老媽道：「奴家因有姨娘在此房中宿，三夜不曾合眼，無半點空隙機會，非奴家失約。今姨娘已去，今夜點燈後，叫他來罷，決不誤期了。」楊老媽得了消息，走來回覆張幼謙，說三日不得機會說話，准期在今夜點燭後了。幼謙等到其時，踱到牆外去看，果然有一條竹梯倚在牆邊。幼謙喜不自禁，躡了梯子，一步一步走上去。到得牆頭上，只見山茶樹枝上有個黑影，喫了一驚，卻是蜚英在此等候。咳嗽一聲，大家心照了。攀著樹枝，多掛了下去。蜚英引他到閣底下，惜惜也在了，就一同挽了手登閣上來，燈下一看，俱覺長成得各別了。大家歡極，齊聲道：「也有這日相會也！」也不顧蜚英在面前，大家摟抱定了。蜚英會意，

❺ 街鼓：街上報更的鼓。
❻ 支陪：陪伴。

移燈到閣外來了。於時月光入室，兩人廝偎廝抱，竟到臥床上雲雨起來。

一別四年，相逢半霎。回想幼時滋味，渾如夢境歡娛。當時小陣爭鋒，今日全軍對壘。含苞微破，大創原有餘紅；玉莖頓雄，驟當不無半怯。只因爾我心中愛，拚卻爹娘眼後身。

雲雨既散，各訴衷曲。幼謙道：「我與你歡樂，只是暫時，他日終須讓別人受用。」惜惜道：「哥哥兀自不知奴心事。奴自受聘之後，常拚一死，只為未到得嫁期，且貪圖與哥哥落得歡會。若他日再把此身伴別人，犬豕不如矣！直到臨時便見。」兩人唧唧噥噥，講了一夜的話。將到天明，惜惜叫幼謙起來。穿衣出去。幼謙問：「晚間事如何？」惜惜道：「我家中時常有事，未必夜夜方便，我把個暗號為你。我閣之西樓，牆外遠望可見。此後樓上若點起三個燈來，便將竹梯來度你進來，若望來只是一燈，就是來不得的了，不可在外邊癡等，似前番的樣子，枉喫了辛苦。」如此約定而別。幼謙仍舊上山茶樹，躡竹梯而下。隨後蜚英就登牆抽了竹梯起來，真個神鬼不覺。以後幼謙只去遠望，但是樓西點了三個燈，就步至牆外來，只見竹梯早已安下了，即便進去歡會。如此每每四、五夜，連宵行樂。若遇著不便，不過隔得夜把兒，往來一月有多。正在快暢之際，真是好事多磨。有個湖北大帥慕張忠父之名，禮聘他為書記。忠父辭了越州太守的館，回家收拾去赴約，就要帶了幼謙到彼鄉試。幼謙得了這個消息，心中捨不得惜惜，甚是煩惱，卻違拗不得。只得將情告知惜惜，就與哭別。惜惜拿出好些金帛來贈他做盤纏，哭對他道：「若是幸得未嫁，還好等你歸來再會。倘若你未歸之前，有了日子，逼我嫁人，我只是死在閣前井中，與你再結來世姻緣。今世無及，只當永別了。」哽哽咽咽，兩個哭了半夜。雖是交歡，終帶慘悽，不得如常盡興。臨別，惜惜執了幼謙的手，叮嚀道：「你勿忘恩情，覷個空便，只是早歸來得一日，也是好的。」幼謙道：「此不必分付我，若不為鄉試，定尋個別話，推著不去了。今卻有此便，須推不得，豈是我的心願？歸得便歸，早見得你一日，也是快活。」相抱著多時，不忍分開。各含眼淚而別。幼謙自隨父親到湖北去，一路上觸景傷心，自不必說。

到了那邊，正值試期。幼謙癡心自想，若奪得魁名，或者親事還可挽回得轉，也未可料。儘著平生才學，做了文賦。出場來，就對父親說道：「掉母親家裡不下，算計要回家。」忠父道：「怎不看了榜去？」幼謙道：「揭榜不中，有何顏面？況且母親家裡孤寂，早晚懸望。此處離家須是路遠，比不得越州時節信息常通的，做兒的怎放心得下？那功名是外事，有分無分，已前定了，看那榜何用？」纏了幾日，忠父方纔允了，放回家來。不則一日，到了家裡。原來辛家已揀定是年冬裡的日子來娶羅惜惜了。惜惜心裡著急，日望幼謙到家，真是眼睛多望穿了。時時叫蜚英尋了頭緒，到幼謙家裡打聽。此日蜚英打聽得幼謙已回，忙來對惜惜說了。惜惜道：「你快去約了他，今夜必要相會，原仍前番的法兒進來就是。」又寫一首詞，封好了，一同拿去與他看。蜚英領命，走到張家門首，正撞見了張幼謙。幼謙道：「好了好了。我正走出來，要央楊老媽來通信，恰好你來了。」蜚英道：「我家姐姐盼官人不來，時常啼哭，日日叫我打聽。今得知官人到了，登時遣我來約官人，今夜照舊竹梯上進來相會。有一個柬帖在此。」幼謙拆開來，乃是一首卜算子詞。詞云：

幸得那人歸，怎便教來也？一日相思十二時，直是情難捨！　本是好姻緣，又怕姻緣假。若是教隨別個人，相見黃泉下。

幼謙讀罷詞，回他說曉得了。蜚英自去，幼謙把詞來珍藏過了。到得晚間，遠望樓西已有三燈明亮，急急走去牆外，看竹梯也在了。進去見了惜惜，惜惜如獲珍寶，雙手抱了，口裡埋怨道：「虧你下得，直到這時節纔歸來。而今已定下日子了，我與你就是無夜不會，也只得兩月多，有限的了。當與你極盡歡娛而死，無所遺恨。你少年才俊，前程未可量。奴不敢把世俗兒女態，強你同死。但日後對了新人，切勿忘我！」說罷大哭。幼謙也哭道：「死則俱死，怎說這話？我一從別去，那日不想你？所以試畢，不等揭曉就回。只為不好違拗得父親，故遲了幾日。我認個不是罷了，不要怪我！蒙寄新詞，我當依韻和一首，以見我的心事。」取過惜惜的紙筆寫道：

去時不由人，歸怎由人也？羅帶同心結到成，底事教拚捨？　心是十分真，情沒些兒假。若道歸遲打掉篦，甘受三千下。

惜惜看了詞中之意，曉得他是出於無奈，也不怨他，同到羅幃之中，極其繾綣。俗語道：「新婚不如遠歸。」況且曉得會期有數，又是一刻千金之價。你貪我愛，儘著心性做事，不顧死活。如是半月，幼謙有些膽怯了，對惜惜道：「我此番無夜不來，你又早睡晚起，覺得忒膽大了些！萬一有些風聲，被人知覺，怎麼了？」惜惜道：「我此身早晚拚是死的，且儘著快活。就敗露了，也只是一死，怕他甚麼？」果然惜惜忒放潑了些。羅媽媽見他日間做事，有氣無力，長打呵欠。又有時早晨起來，眼睛紅腫的。心裡疑惑起來道：「這丫頭有些改常了，莫不做下甚麼事來？」就留了心。到人靜後，悄悄到女兒房前察聽動靜。只聽得女兒在閣上，低低微微與人說話。羅媽媽道：「可不作怪！這早晚難道還與蜚英這丫頭講甚麼話不成？就講話何消如此輕的？聽不出落句來。」再仔細聽了一回，又聽得閣底下房裡打鼾響，一發驚異道：「上邊有人講話，下邊又有人睡下，可不是三個人了？睡的若是蜚英丫頭，女兒卻與那個說話？這事必然蹺蹊。」急走去對老兒說了這些緣故。羅仁卿大驚道：「吉期近了，不要做將出來！」對媽媽道：「不必遲疑，竟闖上閣去一看，好歹立見。那閣上沒處去的。」媽媽去叫起兩個養娘，拿了兩燈火，同媽媽前走。仁卿執著桿棒押後，一徑到女兒房前來。見房內關得緊緊的，媽媽出聲叫：「蜚英丫頭！」蜚英還睡著不應，閣上先聽見了。惜惜道：「娘來叫，必有甚家事。」幼謙慌張起來。惜惜道：「你不要慌！悄悄住著，待我迎將下去，夜晚間，他不走起來的。」忙起來穿了衣服，一面走下樓來。張幼謙有些心虛，怕不尷尬，也把衣服穿起，卻是沒個走路，只得將就閃在暗處靜聽。惜惜只認做母親一個來問甚麼話的，道是迎住就罷了。豈知一開了門，兩燈火照得通紅，連父親也在，喫了一驚，正說不及話出來，只見母親抓了養娘手裡的火，父親帶著桿棒望閣上直奔。惜惜見不是頭，情知事發，便走向閣外來，望井裡要跳。一個養娘見他走，急帶了火來照。一個養娘是空手的，見他做勢，連忙抱住道：「為何如此？」便喊道：「姐姐在此投井！」蜚英驚醒，走起來看，只見姐姐正在那裡苦掙，兩個養娘盡力抱住。蜚英走去伏在井欄上了，口裡哼道：「姐姐使不得！」

不說下邊鳥亂，且說羅仁卿夫妻走到閣上暗處搜出一個人來。仁卿舉起桿棒，正待要打。媽媽將燈上前一照，仁卿卻認得是張忠父的兒子幼謙。且歇了手，罵道：「小畜生！賊禽獸！你是我通家子姪，怎幹出這等沒道理的勾當來？玷辱我家！」幼謙只得跪下道：「望伯伯恕小姪之罪，聽小姪告訴。小姪自小與令愛只為同日同窗，心中相契。前年曾著人相求為婚，伯伯口許道：『等登第方可。』小姪為此發憤讀書，指望完成好事。豈知宅上忽然另許了人家，故此令愛不忿，相招私合，原約同死同生，今日事已敗露，令愛必死，小姪不願獨生。憑伯伯打死罷！」仁卿道：「前日此話固有，你幾時又曾登第了來？卻怪我家另許人。你如此無行的禽獸，料也無功名之分，你罪非輕，自有官法，我也不私下打你。」一把扭住。媽媽聽見閣前嚷得慌，也恐怕女兒短見，忙忙催下了閣。仁卿拖幼謙到外邊堂屋，把條索子綑住，關好在書房裡，叫家人看守著他，只等天明送官。自家復身進來看女兒時，只見擷得頭髯髮亂，媽媽與養娘們還攪做了一團，在那裡嚷。仁卿怒道：「這樣不成器的！等他死了罷，攔他何用？」舉起桿棒要打，卻得媽媽與養娘們，攙的攙，馱的馱，擁上閣去了。剩得仁卿一個在底下。抬頭一看，只見蜚英還在井欄邊，仁卿一肚子惱怒，正無發洩處。一手揪住頭髮，拖將過來便打，道：「多是你做了撺頭，牽出事來的。還不實說，是怎麼樣起頭的？」蜚英起初還推一向在閣下睡，不知就裡。被打不過，只得把來蹤去跡，細細招了，又說道：「姐姐與張官人時常哭泣，只求同死的。」仁卿見說了這話，喝退了蜚英，心裡也有些懊悔道：「前日便許了他，不見得如此。而今卻有辛家在那裡，其事難處，不得不經官了。」鬧嚷了大半夜，早已天明。原來但是人家有事，覺得天也容易亮些。媽媽自和養娘窩伴❼住了女兒，不容他尋死路，仁卿卻押了幼謙，一路到縣裡來。縣宰升堂，收了狀詞，看是奸情事，乃當下捉獲的，知是有據。又見狀中告他是秀才，就叫張幼謙上來問道：「你讀書知禮，如何做此敗壞風化之事？」幼謙道：「不敢瞞大人，這事有個委曲，非孟浪男女宣淫也。」縣宰道：「有何委曲？」幼謙道：「小生與羅氏女，同年月日所生，自幼羅家即送在家下讀書，又係同窗，情孚意洽，私立盟書，誓成偕老。後來曾央媒求聘，羅家回道：『必待登第，方許成婚。』小生隨父遊學兩年歸家，誰知羅家不記前言，竟自另許了辛家。羅氏女自道難負前誓，只待臨嫁之日，拚著一死，以謝小生。所以約小生去

❼ 窩伴：陪伴而帶著溫存撫慰的意思。

覿面永訣。蹤跡不密，卻被擒獲。羅女強嫁必死，小生義不獨生。事既敗露，不敢逃罪。」縣宰見他人材俊雅，言詞慷慨，有心要周全他。問羅仁卿道：「他說的是實否？」仁卿道：「話多實的，這事卻是不該做。」縣宰要試他才思，取過紙筆來與他道：「你情既如此，口說無憑，可將前後事寫一供狀來我看。」幼謙當堂提筆，一揮而就。供云：

竊惟情之所鍾，正在吾輩。義之不歉，何恤人言！羅女生同月日，曾與共塾而作書生；幼謙契合金蘭，匪僅踰牆而摟處子。長卿之悅，不為挑琴；宋玉之招，寧關好色！原許乘龍須及第，未曾經打毻毹❽；卻教跨鳳別吹簫，忍使頓成怨曠。臨嫁而期永訣，何異十年不字之貞；赴約而願捐生，無忝千里相思之誼。既藩籬之已觸，總桎梏而自甘。伏望憫此緣慳巧，賜續貂奇遇；憐其情至曲，施解網深仁。寒谷逢乍轉之春，死灰有復燃之色。施同種玉，報擬啣環。上供。

縣宰看了供詞，大加嘆賞，對羅仁卿道：「如此才人，足為快婿。爾女已是覆水難收，何不宛轉❾成就了他？」羅仁卿道：「已受過辛氏之聘，小人如今也不得自由。」縣宰道：「辛氏知此風聲，也未必情願了。」縣宰正待勸化羅仁卿，不想辛家知道，也來補狀，要追究奸情。那辛家是大富之家，與縣宰平日原有往來的。這事是他理直，不好曲拗得，又恐怕張幼謙出去，被他兩家氣頭上蠻打壞了，只得准了辛家狀詞，把張幼謙權且收監。還要提到羅氏再審虛實。

卻說張媽媽在家，早晨不見兒子來喫早飯，到書房裡尋他，卻又不見，正不知那裡去了。只見楊老

❽ 打毻毹：祛除煩惱。

❾ 宛轉：周全。

媽走來，慌張道：「孺人知道麼？小官人被羅家捉姦，送在牢中去了。」張媽媽大驚道：「怪道他連日有些失張失智，果然做出來。」楊老媽道：「羅、辛兩家都是富豪，只怕官府處難為了小官人，怎生救他便好？」張媽媽道：「除非著人去對他父親說知，討個商量。我是婦人家，幹不得甚麼事，只好管他牢中送飯罷了。」張媽媽叫著一個走使的家人，寫了備細書一封，打發他到湖北去，通張忠父知道，商量尋個方便。家人星夜去了，這邊張幼謙在牢中，自想縣宰十分好意，或當保全。但不知那晚惜惜死活何如，只怕今生不能再會了！正在思念流淚，那牢中人來索常例錢、油火錢，虧得縣宰曾分付過不許難為他，不致動手動腳，卻也言三語四，絮聒得不好聽。幼謙是個書生，又兼心緒不快時節，怎耐煩得這些模樣。分解不開之際，忽聽得牢門外一片鑼聲篩著，一夥人從門上直打進來，滿牢中多喫一驚。幼謙看那為頭的，肩上掮著一面紅旗，旗上掛下銅鈴，上寫「帥府捷報」，亂嚷道：「那一位是張幼謙秀才？」眾人指著幼謙道：「這個便是。你們是做甚麼的？」那夥人不來分說，一擁將來，團團把幼謙圍住了，道：「我們是湖北帥府，特來報秀才高捷的。快寫賞票！」就有個摸出紙筆來，拳住他手，要寫「五百貫」、「三百貫」的亂嘈。幼謙道：「且不要忙，拿出單來看，是何名次？寫賞未遲。」報的人道：「高哩，高哩。」取出一張紅單來，乃是第三名。幼謙道：「我是犯罪被禁之人，你如何不到我家裡報去？卻在此獄中囉唣。知縣相公知道，須是不便。」報的人道：「咱們到府上來，見說秀才在此，方纔也曾著人稟過知縣相公的。這是好事，知縣相公料不嗔怪。」幼謙道：「我身命未知如何？還要知縣相公做主，我枉自寫賞何幹？」報的人只是亂嚷，牢中人從傍撮哄⑩，把一個牢裡鬧做了一片。只聽得喝道⑪

⑩ 撮哄：起哄。

之聲，牢中人亂攛了去，喊道：「知縣相公來了。」須臾，縣宰笑嘻嘻的踱進牢來，見眾人尚擁住幼謙不放，縣宰喝道：「為甚麼如此？」報的人道：「正要相公來，張秀才自道在牢中，不肯寫賞，要請相公做主。」縣宰笑道：「不必喧嚷，張秀才高中，本縣原有公費，賞錢五十貫文，在我庫上來領。」取過筆來寫與他了。眾人嫌少，又添了十貫，然後散去。縣宰請過張幼謙來，換了衣巾，施禮過，拱他到公廳上，稱賀道：「恭喜高掇。」幼謙道：「小生蒙覆庇之恩，雖得僥倖，所犯愆尤，還仗大人保全！」縣宰道：「此纖芥之事，不必介懷！下官自當宛轉。」此時正出牌去拘羅惜惜出官對理未到，縣宰當廳就發個票下來，票上寫道：「張子新捷，鼓樂送歸。羅女免提，候申州定奪。」寫畢，就喚吏典取花紅鼓樂，馬匹伺候，縣宰敬幼謙酒三杯，上了花紅，送上了馬，鼓樂前導，送出縣門來。正是：

昨日牢中囚犯，今朝馬上郎君。
風月場添彩色，氤氳使也歡欣。

卻說幼謙迎到半路上，只見前面兩個公人，押著一乘女轎，正望著縣裡而來，轎中隱隱有哭聲。這邊領票的公人認得，知是羅惜惜在內，高叫道：「不要來了，張秀才高中，免提了。」就取出票來與那邊的公人看。惜惜在轎中分明聽得，頂開轎簾窺看，只見張生氣昂昂、笑欣欣騎在馬上，到面前來，心中暗暗自樂。幼謙望去，見惜惜在轎中，曉得那晚不曾死，心中放下了一個大疙瘩。當下四目相視，悲喜交集。抬惜惜的轉了轎，正在幼謙馬的近邊，先先後後，一路同走，恰像新郎迎著新人轎的一般，單少的是轎上結綵。直到分路處，兩人各丟眼色而別。

⓫ 喝道：封建時代官吏出外，衙役們要在前面吆喝開路，叫做「喝道」。

幼謙回來見了母親，拜過了，賞賜了迎送之人，俱各散訖。張媽媽道：「你做了不老成的事，幾把我老人家急死。若非有此番天救星，這事怎生了結？今日報事的打進來，還只道是官府門中人來嚷，慌得娘沒躲處哩。直到後邊說得明白，方得放心。我說你在縣牢裡，他們一逕來了。卻是縣間如何就肯放了你？」幼謙道：「孩兒不才，為兒女私情，做下了事，連累母親受驚。虧得縣裡大人好意，原有周全婚姻之意，只礙著辛家不肯。而今僥倖有了這一步，縣裡大人十分歡喜，送孩兒回來。連羅氏女也免提了。孩兒癡心想著，不但可以免罪，或者還有些指望也不見得。」媽媽道：「雖然知縣相公如此，卻是聞得辛家恃富，不肯住手。要到上司陳告，恐怕對他不過。我起初曾著人到你父親處商量去了，不知有甚關節來否？」幼謙道：「這事且只看縣裡申文到州，州裡旨意如何，再作道理。娘且寬心。」須臾之間，鄰舍人家，多來叫喜，楊老媽也來了。母親歡喜，不在話下。

卻說本州太守升堂，接得湖北帥使的書一封，拆開來看，卻為著張幼謙、羅氏事，託他周全。此書是張忠父得了家信，央求主人寫來的，總是就託忠父代筆，自然寫得十分懇切。那時帥府有權，太守不敢不盡心，只不知這件事的頭腦備細，正要等縣宰來時問他。恰好是日本縣申文也到，太守看過，方知就裡。又曉得張幼謙新中，一發要周全他了。只見辛家來告狀道：「張幼謙犯奸禁獄，本縣為情擅放，不行究罪，實為枉法。」太守叫辛某上來，曉諭他道：「據你所告，那羅氏已是失行之婦，你爭他何用？就斷與你家了，你要了這媳婦，也壞了聲名。何不追還了你原聘的財禮，另娶了一房好的，毫無瑕玷，可不是好？你須不比羅家，原是乾淨的門戶，何苦爭此閒氣？」辛某聽太守說得有理，一時沒得回答。叩頭道：「但憑相公做主。」太守即時叫吏典取紙筆與他，要他寫了「情願休羅家親事」一紙狀詞，行移本縣，在羅仁卿名下追辛家這項聘財還他。辛家見太守處分，不敢生詞說，叩頭而出。太守當下密寫一書，釘封在文移中，與縣宰道：

張羅佳偶也，茂宰可為了此一段姻緣。此奉帥府處分，毋忽！

縣宰接了州間文移，又看了這書，具兩個名帖，先差一個吏典，去請羅仁卿公廳相見。又差一個吏典去請張幼謙，分頭去了。羅仁卿是個白身富翁，見縣官具帖相請，敢不急赴？即忙換了小帽，穿了大擺褶子，來到公廳。縣宰只要完成好事，優禮相待。對他道：「張幼謙是個快婿，本縣前日曾勸足下納了他，今已得成名，若依我處分，誠是美事。」羅仁卿道：「相公分付，小人怎敢有違？只是已許下辛家，辛家斷然要娶，小人將何辭回得他？有此兩難，乞相公台鑒。」縣宰道：「只要足下相允，辛家已不必慮。」笑嘻嘻的，叫吏典在州裡文移中，取出辛家那紙休親的狀來，把與羅仁卿看。縣宰道：「辛家已如此，而今可以賀足下得佳婿矣。」仁卿沉吟道：「辛家如何就肯寫這一紙？」縣宰笑道：「足下不知，此皆州守大人主意，教他寫了，以便令婿完姻的。」就在袖裡摸出太守書來，與仁卿看了。仁卿見州縣如此為他，怎敢推辭？只得謝道：「兒女小事，勞煩各位相公費心，敢不從命？」只見張幼謙也請到了，縣宰接見，笑道：「適纔令岳親口許下親事了。」就把密書并辛氏休狀與幼謙看過，說知備細。幼謙喜出望外，稱謝不已。縣宰就叫幼謙當堂拜認了丈人，羅仁卿心下也自喜歡。縣宰邀進後堂，治酒待他翁婿兩人。羅仁卿謙遜不敢與席。縣宰道：「有令婿面上，一坐何妨。」當下盡歡而散。

幼謙回去，把父親求得湖北帥府關節託太守，太守又把縣宰如此如此，備細說一遍，張媽媽不勝之喜。那羅仁卿喫了知縣相公的酒，身子也輕了好些。曉得是張幼謙面上帶挈的，一發敬重女婿。羅媽媽一向護短女兒，又見仁卿說州縣如此做主，又是個新得中的女婿，得意自不必說。次日是黃道吉日，就著楊老媽為媒，說不捨得放女兒出門，把張幼謙贅了過來。洞房花燭之夜，兩新人原是舊相知，又多是喫驚喫嚇，哭哭啼啼死邊過的，竟得團圓，其樂不可名狀。成親後，夫婦同到張家拜見媽媽，媽媽看見佳兒佳婦，十分美滿。又分付道：「州縣相公之恩，不可有忘！既已成親，須去拜謝。」幼謙道：「孩兒正欲如此。」遂留下惜惜在家相伴婆婆閒話，張媽媽從幼認得媳婦的，愈加親熱。幼謙卻去拜謝了州縣歸來，州縣各遣人送禮致賀，打發了畢，仍舊一同到丈人家裡來了。

明年，幼謙上春官，一舉登第，仕至別駕，夫妻偕老而終。詩曰：

漫說囹圄是福堂，誰知在內報新郎。
不是一番寒徹骨，怎得梅花撲鼻香？

卷三十　王大使威行部下　李參軍冤報生前

詩云：

冤業相報，自古有之。一作一受，天地無私。
殺人還殺，白刃何疑。有如不信，聽取談資。

話說天地間最重的是生命。佛說戒殺，還說殺一物，要填還一命。何況同是生人，欺心故殺，豈得不報？所以律法上最嚴殺人償命之條。漢高祖除秦苛法，止留下三章，尚且頭一句，就是「殺人者死」。可見殺人罪極重，但陽世間不曾敗露，無人知道，那裡正得許多法？儘有漏了網的。卻不那死的人，落得一死了，所以就有陰報。那陰報事也儘多，卻是在幽冥地府之中，雖是分毫不爽，無人看見。就有人死而復甦，傳說得出來。那口強心狠的人，只認做說的是夢話，自己不曾經見，那裡肯個個聽？卻有一等即在陽間，受著再生冤家現世花報的，事跡顯著，明載史傳，難道也不足信？還要口強心狠哩。在下而今不說那彭生驚齊襄公、趙王如意趕呂太后、竇嬰灌夫鞭田蚡，這還是道時衰鬼弄人，又道是疑心生暗鬼，未必不是陽命將絕，自家心上的事發，眼花撩花上頭起來的。只說些明明白白的現世報，但是報法有不同。看官不嫌絮煩，聽小子多說一、兩件，然後入正話。

一件是唐逸史上說的：長安城南，曾有僧日中求齋，偶見桑樹上有一女子在那裡採桑，合掌問道：

「女菩薩，此間側近，何處有信心檀越，可化得一齋的麼？」女子用手指道：「去此三、四里，有個王家，見在設齋之際，見和尚來到，必然喜捨，可速去！」僧隨他所指處前往，果見一群僧正要就坐喫齋。此僧來得恰好，甚是喜歡。齋罷，王家翁姥見他來得及時，問道：「師父像個遠來的，誰指引到此？」僧道：「三、四里外，有一個小娘子在那裡採桑，是他教導我的。」翁姥大驚道：「我這裡設齋，並不曾傳將開去。三、四里外女子從何知道？必是個未卜先知的異人，非凡女也。」對僧道：「且煩師父與某等同往訪這女子則個。」翁姥就同了此僧，到了那邊。那女子還在桑樹上，一見了王家翁媽，即便跳下樹來，連桑籃丟下了，望前極力奔走。僧人自去了，翁姥隨後趕來。女子走到家，自進去了。王翁認得這家是村人盧叔倫家裡，也走進來。女子跑進到房裡，掇張床來抵住了門，牢不可開。盧母驚怪他兩個老人家趕著女兒，問道：「為甚麼？」王翁、王母道：「某今日家內設齋，落末有個遠方僧來投齋，說是小娘子指引他的。某家做此功德，並不曾對人說，不知小娘子如何知道？故來問一聲，並無甚麼別故。」盧母見說道：「這等打甚麼緊，老身去叫他出來。」就走去敲門叫女兒，女兒堅不肯出。盧母大怒道：「這是怎的起？這小奴才作怪了！」女子在房內回言道：「我自不願見這兩個老貨，也沒甚麼罪過。」盧母道：「鄰里翁婆看你，有甚不好意思？為何躲著不出？」王翁、王姥見他躲避得緊，一發疑心道：「必有奇異之處。」在門外著實懇求，必要一見。女子在房內大喝道：「某年月日，有販胡羊的父子三人，今在何處？」王翁、王姥聽見說了這句，大驚失色，急急走出，不敢回頭一看，恨不得多生兩隻腳，飛也似的去了。女子方開出門來。盧母問道：「適纔的話，是怎麼說？」女子道：「好叫母親得知，兒再世前曾販羊，從夏州來到此翁姥家裡投宿。父子三人，盡被他謀死了。劫了資貨，在家裡受用。兒前生冤氣不散，就投他家做了兒子，聰明過人。他兩人愛同珍寶，十五歲害病，二十歲死了。他家裡前後用過醫藥之費，已比劫得的多過數倍了。又每年到了亡日，設了齋供，夫妻啼哭。總算他眼淚也出了三石多了。兒今雖生在此處，卻多記得前事。偶然見僧化飯，所以指點他。這兩個是宿世冤仇，我還要見他怎麼？方纔提破他心頭舊事，喫這一驚不小，回去即死，債也完了。」盧母驚異，打聽王翁夫妻，果然到得家裡，雖不知這些清頭，曉得冤債不了，驚悸恍惚成病，不多時，兩個多死了。──看官，你道這女兒三生，一生被害，一生索債，一生證明討命，可不利害麼？略聽小子胡謅一首詩：

採桑女子實堪奇，記得為兒索債時。
導引僧家來乞食，分明追取赴陰司。

這是三生的了，再說個兩世的，死過了鬼來報冤的。這一件在宋夷堅志上，說：吳江縣二十里外因瀆村，有個富人吳澤，曾做個將仕郎，叫做吳將仕。生有一子，小字雲郎。自小即聰明勤學，應進士第，預待補籍。父母望他指日崢嶸。紹興五年八月，一病而亡。父母痛如刀割，竭盡資財，替他追薦超度。費了若干東西，心裡只是苦痛，思念不已。明年冬，將仕有個兄弟，做助教的，名滋，要到洞庭東山妻家去。未到數里，暴風打船，船行不得，暫泊在福善王廟下，躲過風勢，登岸閒步。望廟門半掩，只見廟內一人，著皁綈背子，緩步而出，卻像雲郎。助教走上前，仔細一看，原來正是他。喫了一大驚，明知是鬼魂，卻對他道：「你父母曉夜思量你，不知賠了多少眼淚，要會你一面不能勾，你卻為何在此？」雲郎道：「兒為一事拘繫在此，留連證對，況味極苦。叔叔可為我致此意于二親。若要相見，須親自到這裡來乃可，我卻去不得。」嘆息數聲而去。助教得此消息，不到妻家去了，急還家來，對兄嫂說知此事。三個人大家慟哭了一番，就下了助教這隻原船，三人同到廟前來。只見雲郎已立在水邊，見了父母，奔到面前哭拜，具述幽冥中苦惱之狀。父母正要問他詳細，說自家思念他的苦楚，只見雲郎忽然變了面孔，挺豎雙眉，捽住父衣，大呼道：「你陷我性命，盜我金帛，使我啣冤茹痛四、五十年，雖曾費耗過好些錢，性命卻要還我，今日決不饒你！」說罷，便兩相擊搏，滾入水中。助教慌了，喝叫僕從及船上人多跳下水去撈救。那太湖邊人多是會水的，救得上岸，還見將仕指手劃腳，揮拳相爭，到夜方定。助教不知甚麼緣故，卻聽得適纔的說話，分明曉得定然有些蹊蹺的陰事。來問將仕，將仕蹙著眉頭道：「昔日壬午年間，虜騎破城，一個少年子弟相投寄宿。所齎囊金甚多，吾心貪其所有。數月之後，乘醉殺死，盡取其貲。自念冤債在身，從壯至老，心中長懷不安。此兒生于壬午，定是他冤魂再世，今日之報，已顯然了。」自此憂悶不食，十餘日而死。這個兒子，只是兩生。一生被害，一生討債，卻就做了鬼來討命，比前少了一番，又直捷些。再聽小子胡謅一首詩：

冤魂投托原財耗，落得悲傷作利錢。
兒女死亡何用哭？須知作業在生前。

這兩件希奇些的說過，至于那本身受害，即時做鬼取命的，就是年初一起說到年晚除夜，也說不盡許多。

* * *

小子要說正話，不得工夫了。——說話的，為何還有一個正話？——看官，小子先前說這兩個，多是一世再世，心裡牢牢記得前生，以此報了冤仇，還不希罕。又有一個再世轉來，並不知前生甚麼的，遇著各別道路的一個人，沒些意思，定要殺他，誰知是前世冤家做定的。天理自然果報，人多猜不出來，報的更為直捷，事兒更為奇幻，聽小子表白來。

這本話，卻在唐朝貞元年間，有一個河朔李生，從少時膂力過人，恃氣好俠，不拘細行，常與這些輕薄少年，成群作隊，馳馬試劍，黑夜裡往來大行山道上，不知做些甚麼不明不白的事。後來家事忽然好了，盡改前非，折節讀書。頗善詩歌，有名于時，做了好人了。累官河朔，後至深州錄事參軍。李生美風儀，善談笑，曲曉吏事，又且廉謹明幹，甚為深州太守所知重。至於擊、鞠、彈、棋、博、弈諸戲，無不曲盡其妙。又飲量儘大，酒德又好，凡是宴會酒席，沒有了他，一坐多沒興。太守喜歡他，真是時刻少不得的。其時成德軍節度使王武俊，自恃曾為朝廷出力，與李抱真同破朱滔，功勞甚大。又兼兵精馬壯，強橫無比，不顧法度。屬下州郡太守，個個懼怕他威令，心膽俱驚。其子士真，就受武俊之節，官拜副大使。少年驕縱，倚著父親威勢，也是個殺人不眨眼的魔君。一日，武俊遣他巡行屬郡，真個是：

轟天嚇地，掣電奔雷。喝水成冰，驅山開路。川岳為之震動，草木盡是披靡。深林虎豹也潛形，村舍犬雞都不樂。

別郡已過，將次到深州來。太守畏懼武俊，正要奉承得士真歡喜，好效殷勤。預先打聽他前邊所經過喜怒行徑詳悉，聞得別郡多因倍宴的言語舉動，每每觸犯忌諱，不善承顏順旨，以致不樂。太守於是大具牛酒，精治殽饌，廣備聲樂。妻孥手自烹庖，太守躬親陳設。百樣整齊，只等副大使來。只見前驅探馬來報，副大使頭踏到了。但見：

旌旗蔽日，鼓樂喧天。開山斧閃鑠生光，還帶殺人之血；流星鎚蓓蕾出色，猶聞磕腦之腥。鐵鍊響琅璫，只等悔氣人衝節過；銅鈴聲雜沓，更無拚死漢逆前來。蹂躪得地上草不生，蒿惱得夢中魂也怕。

士真既到，太守郊迎過，請在極大的一所公館裡安歇了。登時酒筵嗄程❶禮物，抬將過來。太守恐怕有人觸犯，只是自家一人，小心陪侍。一應僚史賓客，一個也不召來與席。士真見他酒殽豐美，禮物隆重，又且太守謙恭謹慎，再無一個雜客敢輕到面前，心中大喜，道是經過的各郡，再沒有到得這郡齊整謹飭了。飲酒至夜，士真雖然威嚴，卻是年紀未多，興趣頗高，飲了半日酒，止得一個太守在面前唯喏趨承，心中雖是喜歡，覺得沒些韻味。對太守道：「幸蒙使君雅意，相待如此之厚。欲盡歡于今夕，只是我兩人對酌，覺得少些高興，再得一、兩個人同酌，助一助酒興為妙。」太守道：「敝郡偏僻，實少名流。況兼懼副大使之威，恐忤尊旨，豈敢以他客奉陪宴席？」士真道：「飲酒作樂，何所妨礙？況如此名郡，豈無嘉賓？願得召來，幫我們鼓一鼓興，可以盡歡。不然，酒伴寂寥，雖是盛筵，也覺喫不暢些。」太守見他說得在行，想道：「別人鹵莽不濟事。難得他恁地喜歡高興，不要請個人不湊趣，弄出事來。只有李參軍風流蘊藉，且是謹慎，又會言談戲藝，酒量又好，除非是他，方可中意，我也放得心下。第二個就使不得了。」想了一回，方對士真說道：「此間實少韻人，可以佐副大使酒政，止有錄事參軍李某，飲量頗洪，興致亦好。且其人善能詼諧談笑，廣曉技藝，或者可以賜他侍坐，以助副大使雅興萬一。不知可否？未敢自專，仰祈尊裁。」士真道：「使君所舉，必是妙人，召他來看。」太守呼喚從人：「速請李參軍來！」——看官，若是說話的人，那時也在深州地方，與李參軍一塊兒住著，又有個未卜先知

❶ 嗄程：送行的禮物。今通常作「下程」。

之法，自然攔腰抱住，劈胸揪著，勸他不喫得這樣呂太后筵席❷也罷，叫他不要來了。只因李生聞召，雖是自覺有些精神恍惚，卻是副大使的鈞旨，本郡太守命令，召他同席。明白是抬舉他，怎敢不來？誰知此一去，卻似：

豬羊入屠戶之家，一步步來尋死路。

說話的，你差了，無非叫他去幫喫盃酒兒，是個在行的人，難道有甚麼言語沖撞了他，闖出禍來不成？——看官，你聽，若是沖撞了他，惹出禍來，這是本等的事，何足為奇！只為不曾說一句，白白的就送了性命，所以可笑。且待我接上前因，便見分曉。

那時李參軍隨命而來，登了堂，望著士真就拜。拜罷，抬起頭來，士真一看，便勃然大怒，既召了來，免不得賜他坐了。李參軍勉強坐下，心中悚懼，狀貌益加恭謹。士真越看越不快活起來，看他揎拳裸袖，兩眼睜得銅鈴也似，一些笑顏也沒有，一句閒話也不說，卻像個怒氣填胸，尋事發作的一般。比先前竟似換了一個人了。太守慌得無所措手足，且又不知所謂，只得偷眼來看李參軍。但見李參軍面如土色，冷汗淋漓，身體顫抖抖的坐不住，連手裡拿的盃盤也只是戰，幾乎掉下地來。太守恨不得身子替了李參軍，說著句把話，發個甚麼喜歡出來便好。爭奈一個似鬼使神差，一個似失魂落魄。李參軍平日枉自許多風流俏倬❸，談笑科分，竟不知撩在爪哇國那裡去了。比那泥塑木雕的，多得一味抖。連滿堂

---

❷ 呂太后筵席：呂太后是漢高祖劉邦的妻子呂雉。他有一次請群臣喫酒，命朱虛侯劉章做監察，有人逃席，當場被劉章殺死。因此後來凡是不容易喫的酒席叫做「呂太后的筵席」。

❸ 俏倬：漂亮。

伏侍的人，都慌得來沒頭沒腦，不敢說一句話，只冷眼瞧他兩個光景。只見不多幾時，士真像個忍耐不住的模樣，忽地叫一聲：「左右那裡？」左右一夥人暴雷也似答應了一聲：「喏！」士真分付：「把李參軍拿下！」左右就在席上，如鷹拿雁雀，揪了下來聽令。士真道：「且收郡獄。」左右即牽了李參軍衣袂，付在獄中，來回話了。士真冷笑了兩聲仍舊歡喜起來，照前發興喫酒，他也不說出甚麼緣故來。太守也不敢輕問，戰戰兢兢，陪他酒散。早已天曉了。太守只這一出，被他驚壞，又恐怕因此惹惱了他，連自家身子立不勾，卻又不見得李參軍觸惱他一些處，正是不知一個頭腦❹。叫著左右伏侍的人，逐個盤問道：「你們傍觀仔細，曾看出甚麼破綻麼？」左右道：「李參軍自不曾開一句口，在那裡觸犯了來？因是眾人多疑心這個緣故，卻又不知李參軍如何便這般驚恐，連身子多主張不住，只是個顫抖抖的。」太守道：「既是這等，除非去問李參軍，他自家或者曉得甚麼沖撞他處，故此先慌了也不見得。」太守說罷，密地叫個心腹的祗候人去到獄中，傳太守的說話，問李參軍道：「昨日的事，參軍貌甚恭謹，且不曾出一句話，原沒處觸犯了副大使。副大使為何如此發怒，又且繫參軍在獄，參軍自家可曉得甚麼緣故麼？」李參軍只是哭泣，把頭搖了又搖，只不肯說甚麼出來。祗候人又道是奇怪，只得去告訴太守道：「李參軍不肯說話，只是一味哭。」太守一發疑心了道：「他平日何等一個精細爽利的人！今日為何卻失張失智到此地位？真是難解！」只得自己走進獄中來問他，他見了太守，想著平日知重之恩，越哭得悲切起來。太守忙問其故，李參軍沉吟了半晌，嘆了一口氣，纔拭眼淚，說道：「多感君侯惓惓垂問，某有心事，今不敢隱。曾聞釋家有現世果報，向道是惑人的說話，今日方知此話不虛了。」太守道：「怎

❹ 不知頭腦：摸不著頭腦。

見得？」李參軍道：「君侯不要驚怪，某敢盡情相告。某自少貧，無以自資衣食。因恃有幾分膂力，好與俠士劍客往來，每每掠奪里人的財帛，以充己用。時常馳馬腰弓，往還大行道上。每日走過百來里路，遇著單身客人，便劫了財物歸家。一日，遇著一個少年，手執皮鞭，趕著一個駿騾，騾背負著兩個大袋。某見他沉重，隨了他一路走去。到一個山坳之處，左右巖崖萬仞。彼時日色將晚，前無行人，就把他盡力一推，推落崖下，不知死活。因急趕了他這頭駿騾，到了下處，解開囊來一看，內有繒縑百餘疋。自此家事得以稍贍，自念所行非誼，因折弓棄矢，閉門讀書，再不敢為非，遂出仕至此官位，從那時算至今歲，凡二十七年了。昨蒙君侯台旨，召侍王公之宴，初召時，就有些心驚肉顫，不知其繇。自料道決無他事，不敢推辭。及到席間，燈下一見王公之貌，正是我向時推在崖下的少年，相貌一毫不異。一拜之後，心中悚惕，魂魄俱無，曉得冤業見在面前了。自然死在目下，只消延頸待刃，還有甚別的說話來？幸得君侯知我甚深，不敢自諱，而今再無可逃，敢以身後為托，不使吾暴露屍骸足矣。」言畢大哭。太守也不覺慘然，欲要救解，又無門路。又想道：「既是有此冤業，恐怕到底難逃。」似信不信的，且看怎麼。太守叫人悄地打聽副大使起身了來報，再伺候有甚麼動靜，快來回話。太守懷著一肚子鬼胎，正不知葫蘆裡賣出甚麼藥來。還替李參軍希冀道：「或者酒醒起來，忘記了便好。」須臾之間，報說副大使睡醒了。即叫了左右進去，不知有何分付。太守叫再去探聽，只見士真剛起身來，便問道：「昨晚李某今在何處？」左右道：「蒙副大使發在郡獄。」士真便怒道：「這賊還在，快梟他首來！」左右不敢稽遲，來稟太守，早已有探事的人飛報過了。太守大驚失色，嘆道：「雖是他冤業，卻是我昨日不合舉薦出來，害了他，也好生不忍！」沒計奈何，只得任憑左右到獄中斬了李參軍之首。正是：

王大使威行部下

李參軍冤報生前

閻王註定三更死，並不留人到四更。

眼見得李參軍做了一世名流，今日死于非命。左右取了李參軍之頭，來士真跟前獻上取驗，士真反覆把他的頭，看了又看，哈哈大笑，喝叫：「拿了去！」士真梳洗已畢，太守進來參見，心裡雖有此事恍惚，卻妝做個不以為意的坦然模樣，又請他到自家郡齋赴宴。逢迎之禮，一發小心了。士真大喜，比昨日之情，更加款洽。太守幾番要問他，囁嚅數次，不敢輕易開口。直到見他歡喜頭上，太守先起請罪道：「有句說話，斗膽要請教副大使，副大使恕某之罪，不嫌唐突，方敢啟口。」士真道：「使君相待甚厚，我與使君相與甚歡，有話盡情直說，不必拘忌。」太守道：「某本不才，幸得備員，叨守一郡。副大使車駕枉臨，下察弊政，寬不加罪，恩同天地了。昨日副大使酒間，命某召他客助飲，某屬郡僻小，實無佳賓可以奉歡宴者。某愚不揣事，私道李某善能飲酒，故請命召之。不想李某愚戇，不習禮法，觸忤了副大使，實係某之大罪。今副大使既已誅了李某，李某已伏其罪，不必說了。但某心愚鄙，竊有所未曉，敢此上問，不知李某罪起于何處？願得副大使明白數他的過誤，使某心下洞然，且用誡將來之人，曉得奉上的禮法，不致舛錯，實為萬幸。」士真笑道：「李某也無罪過，但吾一見了他，便忿然激動吾心，就有殺之之意。今既殺了，心方釋然，連吾也不知所以然的緣故。使君但放心喫酒罷，再不必提起他了。」宴罷，士真歡然致謝而行，又到別郡去了。來這一番，單單只結果得一個李參軍。太守得他去了，如釋重負，背上也輕鬆了好些。只可惜無端害了李參軍，沒處說得苦。

太守記著獄中之言，密地訪問王士真的年紀，恰恰正是二十七歲，方知太行山少年被殺之年，士真已生于王家了。真是冤家路窄，今日一命討了一命。那心上事，只有李參軍知道，連討命的做了事，也不省得。不要說傍看的人，那裡得知這些緣故。太守嗟嘆怪異，坐臥不安了幾日。因念他平日交契的分上，又是舉他陪客，致害了他，只得自出家財，厚葬了李參軍。常把此段因果勸人，教人不可行不義之事。有詩為證：

冤債原從隔世深，相逢便起殺人心。
改頭換面猶相報，何況容顏儼在今？

卷三十一 何道士因術成奸 周經歷因奸破賊

詩云：

天命從來自有真，豈容奸術恣紛紜？
黃巾張角徒生亂，大寶何曾到彼人？

話說唐乾符年間，上黨銅鞮縣山村，有個樵夫，姓侯名元，家道貧窮，靠著賣柴為業。己亥歲，在縣西北山中採樵回來，歇力在一個谷口。傍有一大石，巋然像幾間屋大。侯元對了大石自言自語道：「我命中直如此辛苦！」嘆息聲未絕，忽見大石砉然豁開如洞，中有一老叟，羽衣烏帽，鬚髮如霜，拄杖而出。侯元驚愕，急起前拜。老叟道：「吾神君也。你為何如此自苦？學吾法，自能取富，可隨我來！」老叟復走入洞，侯元隨他走去。走得數十步，廓然清朗。一路奇花異艸，脩竹喬松。又有碧檻朱門，重樓復榭。老叟引了侯元，到別院小亭子坐了。兩個童子請他進食，食畢，復請他到便室，具湯沐浴，進新衣一襲。又命他冠帶了，復引至亭上。老叟命僮設席于地，令侯元跪了。老叟授以祕訣數萬言，多是變化、隱祕之術。侯元素性蠢戇，到此一聽不忘。老叟誡他道：「你有些小福分，該在我至法中進身，卻是面有敗氣未除，也要謹慎。若圖謀不軌，禍必喪生。今且歸去習法，如欲見吾，但至心叩石，自當有人應門，與你相見。」元因拜謝而出，老叟仍令一童送出洞門。既出來了，不見了洞穴，依舊是塊大石，連樵採家火多不見了。

到得家裡，父母兄弟多驚喜道：「去了一年多，道是死于虎狼了，幸喜得還在。」其實侯元只在洞中得一日。家裡又見他服裝華潔，神氣飛揚，只管盤問他。他曉得瞞不得，一一說了。遂入靜室中，把老叟所傳術法，盡行習熟。不上一月，其術已成，變化百物，役召鬼魅，遇著艸木土石，念念有詞，便多是步騎甲兵。神通既已廣大，傳將出去，便自有人來扶從。於是收好些鄉里少年勇悍的為將卒，出入陳旌旗，鳴鼓吹，宛然像個小國諸侯，自稱曰「聖賢」。設立官爵，有「三老」、「左右弼」、「左右將軍」等號。每到初一、十五，即盛飾往謁神君。神君每見必戒道：「切勿稱兵！若必欲舉事，須待天應。」侯元唯唯。到庚子歲，聚兵已有數千人了。縣中恐怕妖術生變，乃申文到上黨節度使高公處，說他行徑。高公令潞州郡將以兵討之。侯元已知其事，即到神君處問事宜。神君道：「吾向已說過，但當偃旗息鼓以應之，彼見我不與他敵，必不亂攻。切記不可交戰！」侯元口雖應著，心裡不伏。想道：「出我奇術，制之有餘。且此是頭一番小敵，若不能當抵，後有大敵來，將若之何？且眾人見吾怯弱，必不伏我，何以立威？」歸來不用其言，戒令黨與勒兵以待。

是夜，潞兵離元所三十里，據險扎營。侯元用了術法，潞兵望來，步騎戈甲，蔽滿山澤，儘有些膽怯。明日潞兵結了方陣前來，侯元領了千餘人，直突其陣，鋭不可當，潞兵少卻。侯元自恃法術，以為無敵。且叫拿酒來喫，以壯軍威。誰知手下之人，多是不習戰陣烏合之人，毫無紀律。侯元一個喫酒，大家多亂攛起來。潞兵乘亂大隊趕來，多四散落荒而走。剛剩得侯元一個，帶了酒性，急念不出咒語，被擒住了。送至上黨，發在潞州府獄，重枷枷著，團團嚴兵衛守。天明看枷中，只有燈臺一個，已不見了侯元。卻連夜遁到銅鞮，徑到大石邊見神君謝罪。神君大怒，罵道：「庸奴不聽吾言，今日雖然幸免，到底難逃刑戮，非吾徒也。」拂衣而入，洞門已閉上，是塊大石。侯元悔之無及，虔心再叩，竟不開了。自此侯元心中所曉符咒，漸漸遺忘，就記得的，做來也不十分靈了。卻是先前相從這些黨與，不知緣故，聚著不散，還推他為主。自恃其眾，是秋率領了人，在并州大谷地方劫掠。也是數該滅了，恰好并州將校，偶然領了兵馬經過，知道了，圍之數重。侯元極了，施符念咒，一毫不靈，被斬于陣，黨與遂散。不聽神君說話，果然沒個收場。可見悖叛之事，天道所忌。若是得了道術，輔佐朝廷，如張留侯、陸信州之類，自然建功立業，傳名後世。若是萌了私意，打點起兵謀反，不成見有妖術成功的。從來張角、徵側、徵二、孫恩、盧循等，非不也是天賜的兵書法術，畢竟敗亡。所以平妖傳上也說道「白猿洞天書後邊深戒著謀反一事」的話。就如侯元，若依得神君分付，後來必定有好處。都是自家弄殺了事體，本如此明白。不知這些無主意的愚人，住此清平世界，還要從著白蓮教，到處哨聚倡亂，死而無怨，卻是為何？

*　　*　　*

而今說一個得了妖書，倡亂被殺的，與看官聽一聽。有詩為證：

蚤通武藝殺親夫，反獲天書起異圖。
擾亂青州旋被戮，福兮禍伏理難誣。

話說國朝永樂中，山東青州府萊陽縣有個婦人，姓唐名賽兒。其母少時，夢神人捧一金盒，盒內有靈藥一顆，令母吞之，遂有娠，生賽兒。自幼乖覺伶俐，頗識字，有姿色。嘗剪紙人馬廝殺為兒戲，年長嫁本鎮石麟街王元椿。這王元椿弓馬熟閒，武藝精通，家道豐裕。自從娶了賽兒，貪戀女色，每日飲酒取樂。時時與賽兒說些弓箭刀法，賽兒又肯自去演習戲耍。光陰撚指，不覺陪費五、六年。家道蕭索，衣食不足。賽兒一日與丈夫說：「我們枉自在此忍饑受餓，不若將後面梨園賣了，買匹好馬，幹些本分求財的勾當，卻不快活！」王元椿聽得，說道：「賢妻何不早說？今日天晚了，不必說。」明日，王元椿早起來，寫個出帳，央李媒為中，賣與本地財主賈包，得銀二十餘兩。王元椿就去青州鎮上，買一匹快走好馬回來，弓箭腰刀自有。揀個好日子，元椿打扮做馬快手❶的模樣，與賽兒相別說：「我去便回。」賽兒說：「保重，保重。」元椿叫聲：「慚愧！」飛身上馬，打一鞭，那馬一道煙去了。

來到酸棗林，是瑯琊後山，止有中間一條路。若是阻住了，不怕飛上天去。王元椿只曉得這條路上好打劫人，不想著來這條路上走的人，只貪近，都不是依良本分的人，不便道❷白白的等你拏了財物去！也是元椿合當悔氣，卻好撞著這一起客人，望見褡連頗有些油水，元椿自道造化了。把馬一撲，攢風的一般，前後左右都跑過了，見沒人。元椿就扯開弓，搭上箭，飄地一箭射將來。那客人夥裡有個叫做孟德，看見元椿跑馬時，早已防備。拏起弓稍，撥過這箭，落在地下。王元椿見頭箭不中，殺住馬，又放第二箭來。孟德又照前撥過了。就叫：「漢子，我也回禮。」把弓虛扯一扯，不放。王元椿只聽得弦響，不見箭，心裡想道：「這男女不會得弓馬的，他只是虛張聲勢。」只有五分防備，把馬慢慢的放過來。孟德又把弓虛扯一扯，口裡叫道：「看箭！」又不放箭來。王元椿不見箭來，只道是真不會射箭的，放

❶ 馬快手：捕盜的差役。
❷ 不便道：難道說。

心趕來。不曉得孟德虛扯弓時，便乘勢搭上箭，射將來，正對元椿當面。說時遲，那時快，元椿卻好抬頭看時，當面門上中一箭，從腦後穿出來，番身跌下馬來。孟德趕上，拔出刀來，照元椿喉嚨裡，連絜上幾刀，眼見得元椿不活了。詩云：

劍光動處悲流水，羽簇飛時送落花。
欲寄蘭閨長夜夢，清魂何自得還家？

孟德與同夥這五、六個客人說：「這個男女也是纔出來的，不曾得手。我們只好去罷，不要擔誤了程途。」一夥人自去了。

且說唐賽兒等到天晚，不見王元椿回來，心裡記掛。自說道：「丈夫好不了事，這早晚還不回來，想必發市遲，只叫我記掛。」等到一、二更，又不見王元椿回來，只得關上門，進房裡，不脫衣裳去睡。只是睡不著，直等到天明，又不見回來。賽兒正心慌撩亂，沒做道理處。只聽得街坊上說道：「酸棗林殺死個兵快手。」賽兒又驚又慌，來與間壁賣荳腐的沈老兒——叫做沈印時——兩老口兒說這個始末根由。沈老兒說：「你不可把真話對人說！大郎在日，原是好人家，又不慣做這勾當的，又無贓證，只說因無生理，前日賣個梨園，得些銀子，買馬去青州鎮上販賣，身邊止有五、六錢盤纏銀子，別無餘物。且去酸棗林看得真實，然後去見知縣相公。」賽兒就與沈印時一同來到酸棗林，看見王元椿屍首，賽兒哭起來。驚動地方里甲人等都來，說得明白。就同賽兒一干人，都到萊陽縣見史知縣相公。賽兒照前說一遍，知縣相公說：「必然是強盜劫了銀子并馬去了。你且去殯葬丈夫，我自去差人去捕緝強賊。」拏得著時，馬與銀子都給還你。」賽兒同里甲人等拜謝史知縣，自回家裡來。對沈老兒公婆兩個說：「虧了乾爺、乾娘，瞞到瞞得過了，只是衣衾棺槨，無從置辦，怎生是好？」沈老兒說道：「大娘子後面園子既賣與賈家，不若將前面房子再去戤典❸他幾兩銀子來殯葬大郎，他必不推辭。」賽兒就央沈公、沈婆同到賈家，一頭哭，一頭說這緣故。賈包兒說，也哀憐王元椿命薄，說道：「房子你自住著，我應付你飯米兩擔，銀子五兩，待賣了房子還我。」賽兒得了銀米，急忙買口棺木，做些衣服，來酸棗林盛貯王元椿屍首了。當送在祖墳上安厝。做些羹飯，看匠人攢砌得了時，急急收拾回來。天色已又晚了，與沈公、沈婆三口兒取舊路回家。來到一個林子裡，古墓間，見放出一道白光來。正值黃昏時分，照耀如同白日。三個人見了，喫這一驚不小。沈婆驚得跌倒在地下擂，賽兒與沈公還耐得住。兩個人走到古墓中，看這道光從地下放出來。賽兒隨光將根竹杖頭兒拄將下去，拄得一拄，這土就似虛的一般，脫將下去，露出一個小石匣來。賽兒乘著這白光看裡面時，有一口寶劍，一副盔甲，都叫沈公拏了。賽兒扶著沈婆回家裡來，吹起燈火，開石匣看時，別無他物，止有抄寫得一本天書。沈公、沈婆又不識字。說道：「要他做甚麼？」賽兒看見天書卷面上，寫道：九天玄元混世真經，傍有一詩，詩云：

唐唐女帝州，賽比玄元訣。
兒戲九環丹，收拾朝天闕。

賽兒雖是識字的，急忙也解不得詩中意思。沈公兩口兒辛苦了，打熬❹不過，別了賽兒，自回家裡去睡。賽兒也關上了門睡。方纔合得眼，夢見一個道士對賽兒說：「上帝特命我來，教你演習九天玄旨，普救

❸ 戤典：一次抵押之後，第二次再把別的東西增加抵押，叫做「戤典」。

❹ 打熬：支持。

萬民。與你宿緣未了，輔你做女主。」醒來猶有馥馥香風，記得且是明白。次日，賽兒來對沈公夫妻兩個備細說夜裡做夢一節，便道：「前日得了天書，恰好又有此夢！」沈公說：「卻不怪哉！有這等事！」原來世上的事最巧，賽兒與沈公說話時，不想有個玄武廟道士何正寅在間壁人家誦經，備細聽得，他就起心。因日常裡走過，看見賽兒生得好，就要乘著這機會來騙他。曉得他與沈家公婆往來，故意不走過沈公店裡，倒大寬轉往上頭走回玄武廟裡來。獨自思想道：「帝主非同小可，只騙得這個婦人做一處，便死也罷。」當晚置辦些好酒食來，請徒弟董天然、姚虛玉，家童孟清、王小玉一處坐了，同喫酒。這道士何正寅殷富，平日裡作聰明，做模樣❺，今晚如此相待，四個人心疑，齊說道：「師傅若有用著我四人處，我們水火不避，報答師傅。」正寅對四個人悄悄的說唐賽兒一節的事，「要你們相幫我做這件事。我自當好看待你們，決不有負。」四人應允了，當夜盡歡而散。

次日，正寅起來梳洗罷，打扮做賽兒夢兒裡說的一般，齊齊整整。且說何正寅如何打扮，詩云：

秋水盈盈玉絕塵，簪星閒雅碧綸巾。

不求金鼎長生藥，只戀桃源洞裡春。

何正寅來到賽兒門首，咳嗽一聲，叫道：「有人在此麼？」只見布幕內走出一個美貌年少的婦人來。何正寅看著賽兒，深深的打個問訊，說：「貧道是玄武殿裡道士何正寅，昨夜夢見玄帝分付貧道說：『這裡有個唐某，當為此地女主，爾當輔之！汝可急去講解天書，共成大事。』」賽兒聽得這話，一來打動夢裡心事；二來又見正寅打扮，與夢裡相同；三來見正寅生得聰俊，心裡也歡喜。說：「師傅真天神也。

❺ 做模樣：擺架子。

前日送喪回來，果然掘得個石匣、盔甲、寶劍、天書，奴家解不得，望師傅指迷，請到裡邊看。」賽兒指引何正寅到草堂上坐了。又自去央沈婆來相陪，賽兒忙來到廚下，點三盞好茶，自托個盤子拿出來。正寅看見賽兒尖鬆鬆雪白一雙手，春心搖蕩。說道：「何勞女主親自賜茶？」賽兒說：「因家道消乏，女使伴當都逃亡了，故此沒人用。」正寅說：「若要小廝，貧道著兩個來服事，再討大些的女子，在裡面用。」又見沈婆在傍邊，想道：「世上虔婆無不愛財，我與他些甜頭滋味，就是我心腹，怕不依我使喚？」就身邊取出十兩一錠銀子來，與賽兒說：「央乾爺、乾娘作急去討個女子，如少，我明日再添。只要好，不要計較銀子。」賽兒只說：「不消得。」沈婆說：「賽娘，你權且收下，待老拙去尋。」賽兒就收了銀子，入去燒炷香，請出天書來，與何正寅看。卻是金書玉篆，韜略兵機。正寅自幼曾習舉業，曉得文理，看了面上這首詩，偶然心悟，說：「女主解得這首詩麼？」賽兒說：「不曉得。」正寅說：「『唐唐女帝州』，頭一字，是個『唐』字。下邊這二句頭上兩字，說女主的名字。末句頭上是『收』字，說：『收了，就成大事。』」賽兒被何道點破機關，心裡癢將起來。說道：「萬望師傅扶持，若得成事時，死也不敢有忘。」正寅說：「正要女主抬舉，如何恁的說？」又對賽兒說：「天書非同小可，飛沙走石，驅逐虎豹，變化人馬，我和你日間演習，必致疏漏，不是耍處。況我又是出家人，每日來往不便。不若夜間打扮著平常人來演習，到天明，依先回廟裡去。待法術演得精熟，何用怕人？」賽兒與沈婆說：「師傅高見。」賽兒也有意了，巴不得到手，說：「不要遲慢了，只今夜便請起手。」正寅說：「小道回廟裡收拾，到晚便來。」賽兒與沈婆相送到門邊，賽兒又說：「晚間專等，不要有誤。」正寅回到廟裡，對徒弟說：「事有六、七分了。只今夜，便可成事。我先要董天然、王小玉你兩個，只扮做家裡人模樣到那裡，務要小心在意，隨機應變。」又取出十來兩碎銀子，分與兩個。兩個歡天喜地，自去收拾衣服箱籠，先去賽兒家裡。來到王家門首，叫道：「有人在這裡麼？」賽兒知道是正寅使來的人，就說道：「你們進裡面來。」二人進到堂前，歇下擔子，看著賽兒，跪將下去，叫道：「董天然、王小玉叩奶奶的頭。」賽兒見二人小心，又見他生得俊俏，心裡也歡喜。說道：「阿也❻！不消如此，你二人是何師傅使來的人，就是自家人一般。」領到廚房小側門打掃鋪床。自來拿個藍秤，到市上用自己的碎銀子，買些東西，無非是雞鵝魚肉，時鮮菓子點心回來。賽兒見天然拿這許多物事回來，說道：「在我家裡，怎麼叫你們破費，是何道理？」天然回話道：「不多大事，是師傅分付的。」又去拿了酒回來，到廚下自去整理，要些油醬柴火，奶奶不離口，不要賽兒費一些心。看看天色晚了，何正寅儒巾便服，扮做平常人，先到沈婆家裡，請沈公、沈婆喫夜飯。又送二十兩銀子與沈公說：「凡百事要老爹、老娘看取，後日另有重報。」沈公、沈婆自暗裡會意道：「這賊道來得蹺蹊，必然看上賽兒，要我們做腳。我看這婦人，日裡也騷托托的，做妖撒嬌❼，捉身不住。我不應承，他兩個夜裡演習時，也自要做出來。我落得做人情，騙些銀子。」夫妻兩個回覆道：「師傅但放心！賽娘沒了丈夫，又無親人，我們是他心腹。凡百事奉承，只是不要忘了我兩個。」何正寅對天說誓，三個人同來到賽兒家裡，正是黃昏時分，關上門，進到堂上坐定。賽兒自來陪侍，董天然、王小玉兩個來擺列菓子下飯，一面盪酒出來。正寅請沈公坐客位，沈婆、賽兒坐主位，正寅打橫坐，沈公不肯坐，正寅說：「不必推辭。」各人多依次坐了。喫

❻ 阿也：即「阿呀」。

❼ 做妖撒嬌：做出妖形妖狀。

酒之間，不是沈公說何道好處，就是沈婆說何道好處，兼入些風情話兒，打動賽兒，賽兒只不做聲。正寅想道：「好便好了，只是要個殺著如何成事？」就裡生這計出來。原來何正寅有個好本錢，又長又大，道：「我不賣弄與他看，如何動得他？」此時是十五、六天色，那輪明月照耀如同白日一般，何道說：「好月！略行一行，再來坐。」沈公眾人都出來，堂前黑地裡立著看月。何道就乘此機會，走到女牆邊，月亮去處，假意解手，護起那物來，拿在手裡撒尿。賽兒暗地裡看明處，最是明白。見了何道這條物件，纍纍垂垂，且是長大。賽兒夫死後，曠了這幾時，怎不動火？恨不得搶了過來。何道也沒奈何，只得按住，再來邀坐。說話間，兩個不時丟個情眼兒，又冷看一看，別轉頭暗笑，何道就假裝個要吐的模樣，把手拊著肚子叫：「要不得！」沈老兒夫妻兩個會意說道：「師傅身子既然不好，我們散罷了。師傅胡亂在堂前權歇，明日來看師傅。」相別了自去，不在話下。

賽兒送出沈公，急忙關上門，略略溫存何道了，就說：「我入房裡去便來。」一逕走到房裡來，也不關門，就脫了衣服，上床去睡。意思明是叫何道走入來。不知何道已此緊緊跟入房裡來，雙膝跪下道：「小道該死，冒犯花魁，可憐見小道則個。」賽兒笑著說：「賊道不要假小心，且去拴了房門來說話。」正寅慌忙拴上房門，脫了衣服，扒上床來，尚自叫女主不迭。詩云：

繡枕鴛衾疊紫霜，玉樓並臥合歡床。
今宵別是陽臺夢，惟恐銀燈剔不長。

且說二人做了些不伶不俐的事，枕上說些知心的話，那裡管天曉日高，還不起身。董天然兩個早起來，

何道士因術成奸

周經歷因奸破賊

打點面湯❽早飯齊整，等著。正寅先起來穿了衣服，又把被來替賽兒塞著肩頭，說：「再睡睡起來。」開得房門，只見天然托個盤子，拿兩盞早湯過來。正寅拿一盞放在桌上，拿一盞在手裡，走到床頭，傍著賽兒口，叫：「女主喫早湯。」賽兒撒嬌，抬起頭來，喫了兩口，就推與正寅喫。正寅也喫了幾口，天然又走進來，接了碗去，依先扯上房門。賽兒說：「好個伴當，百能百俐。」正寅說：「那灶下是我的家人，這個是我心腹徒弟，特地使他來伏侍你。」賽兒說：「這等難為他兩個。」又摸索了一回，賽兒也起來，只見天然就拿著面湯進來，叫：「奶奶，面湯在這裡。」賽兒脫了上蓋衣服，洗了面，梳了頭。正寅也梳洗了頭。天然就請賽兒喫早飯。正寅又說道：「去請間壁沈老爹、老娘來同喫。」沈公夫妻二人也來同喫。沈公又說道：「師傅不要去了，這裡人眼多，不見走入來，只見你走出去。人要生疑，且在此再歇一夜，明日要去時，起個早去。」賽兒道：「說得是。」正寅也正要如此。沈公別了，自過家裡去。

話不細煩。賽兒每夜與正寅演習法術符咒，夜來曉去，不兩個月，都演得會了。賽兒先剪些紙人紙馬來試看，果然都變得與真的人馬一般。二人且來拜謝天地，要商量起手。卻不防街坊鄰里都曉得賽兒與何道兩個有事了，又有一等好閒的，就要在這裡用手錢。有首詩說這些閒中人。詩云：

每日張魚又捕蝦，花街柳陌是生涯。
昨宵賒酒秦樓醉，今日幫閒進李家。

為頭的叫做馬綬，一個叫做福興，一個叫做牛小春，還有幾個沒三沒四❾幫閒的，專一在街上尋些空頭

❽ 面湯：洗臉水。

事過日子。當時馬綏先得知了，撞見福興、牛小春說：「你們近日得知沈荳腐隔壁有一件好事麼？」福興說：「我們得知多日了。」馬綏道：「我們捉破了他，賺些油水何如？」牛小春道：「正要來見阿哥，求帶挈。」馬綏說：「好便好，只是一件，何道那廝也是個了得的。廣有錢鈔，又有四個徒弟。沈公、沈婆得那賊道東西，替他做眼，一夥人幹這等事，如何不做手腳？若是毛團把戲❿，做得不好，非但不得東西，反遭毒手，到被他笑。」牛小春說：「這不打緊，只多約幾個人同去，就不妨了。」馬綏又說道：「要人多不打緊，只是要個安身去處。我想陳林住居與唐賽兒遠不上十來間門面，他那裡最好安身。小牛即今便可去約石丟兒、安不著、褚偏嘴、朱百簡一班兄弟，明日在陳林家取齊。陳林我須自去約他。」各自散了。

且說，馬綏逕來石麟街來尋陳林，遠遠望見陳林立在門首。馬綏走近前與陳林深喏一個。陳林慌忙回禮，就請馬綏來裡面客位上坐。陳林說：「連日少會，阿哥下顧，有何分付？」馬綏將眾人要拿唐賽兒的姦，就要在他家裡安身的事，備細對陳林說一遍。陳林道：「都依得，只一件，這是被頭裡做的事，兼有沈公、沈婆，我們只好在外邊做手腳，如何俟候得何道著？我有一計，王元椿在日，與我結義兄弟，彼此通家。王元椿殺死時，我也曾去送殯。明日叫老妻去看望賽兒，若何道不在罷了，又別做道理。若在時，打個暗號，我們一齊入去，先把他大門關了，不要大驚小怪，替別人做飯。等捉住了他，若是如意罷了。若不如意，就送兩個到縣裡去，沒也詐出有來。此計如何？」馬綏道：「此計極妙。」兩個相

❾ 沒三沒四：即「不三不四」。

❿ 毛團把戲：毛手毛腳的玩意兒。

別，陳林送得馬綬出門，慌忙來對妻子錢氏要說這話，錢氏說：「我在屏風後都聽得了，不必煩絮，明日只管去便了。」當晚過了。

次日，陳林起來，買兩個葷素盒子，錢氏就隨身打扮，不甚穿帶，也自防備。到時分，馬綬一起，前後各自來陳林家裡躲著。陳林就打發錢氏起身。是日卻好沈公下鄉去取帳，沈婆也不在。只見錢氏領著挑盒子的小廝在後，一逕來到賽兒門首，見沒人，悄悄的直走到臥房門口，正撞著賽兒與何道同坐在房裡說話。賽兒先看見，疾忙蹌出來，迎著錢氏，廝見了。錢氏假做不曉得，也與何道萬福。何道慌忙還禮。賽兒紅著臉，氣塞上來，舌滯聲澀，指著何道說：「這個是我嫡親的堂兄，自幼出家，今日來望我，不想又起動老娘來。」正說話未了，只見一個小廝挑兩個盒子進來。錢氏對著賽兒說：「有幾個棗子，送來與娘子點茶。」就叫賽兒去出盒子，要先打發小廝回去。賽兒連忙去出盒子時，顧不得錢氏，被錢氏走到門首，見陳林把嘴一努，仍又忙走入來。陳林就招呼眾人，一齊趕入賽兒家裡，拴上門，正要拿何道與賽兒，不曉得他兩個妖術已成，都遁去了。那一夥人眼花撩亂，倒把錢氏拿住，口裡叫道：「快拿索子來！先綑了這淫婦。」就採倒在地下，兄見是個婦人，那裡曉得是錢氏。原來眾人從來不認得錢氏，只早晨見得一見，也不認得真。錢氏在地喊叫起來說：「我是陳林的妻子！」陳林慌忙分開人，叫道：「不是。」扯得起來時，已自旋得蓬頭亂鬼了。眾人喫一驚，叫道：「不是著鬼，明明的看見賽兒與何道在這裡，如何就不見了？」原來他兩個有化身法，眾人不看見他，他兩個明明看眾人亂竄，只是暗笑。牛小春說道：「我們一齊各處去搜。」前前後後，搜到廚下，先拿住董天然。柴房裡又拿得王小玉，將條索子縛了，吊在房門前柱子上，問道：「你兩個是甚麼人？」董天然說：「我兩個是何師傅的家人。」又道：「你快說何道、賽兒躲在那裡？直直說，不關你事。若不說時，送你兩個到官，你自去拷打。」董天然說：「我們只在廚下伏侍，如何得知前面的事？」眾人又說道：「也沒處去，眼見得只躲在家裡。」小牛說：「我見房側邊有個黑暗的閣兒，莫不兩個躲在高處？待我掇梯子，扒上去看。」何正寅聽得小牛要扒上閣兒來，就拿根短棍子，先伏在閣子黑地裡等，小牛掇得梯子來，步著閣兒口，走不到梯子兩格上，正寅照小牛頭上一棍打下來，小牛兒打昏暈了，就從梯子上倒跌下來。正寅走去空處立了，看小牛兒醒轉來，叫道：「不好了，有鬼！」眾人扶起小牛來看時，見他血流滿面，說道：「梯子又不高，扒得兩格，怎麼就跌得這樣兇？」小牛說：「卻好扒得兩格梯子上，不知那裡打一棍子在頭上，又不見人，卻不是作怪！」眾人也沒做道理處，錢氏說：「我見房裡床側首，空著一段，有兩扇紙風窗門，莫不是裡邊還有藏得身的去處？我領你們去搜一搜去看。」正寅聽得說，依先拿著棍子在這裡等，只見錢氏在前，陳林眾人在後，一齊走進來。正寅又想道：「這花娘喫不得這一棍子。」等錢氏走近來，伸出那一隻長大的手來，撐起五指，照錢氏臉上一掌打將去。錢氏著這一掌，叫聲：「呵也！不好了！」鼻子裡鮮血奔流出來，眼睛裡都是金圈兒，又得陳林在後面扶得住，不跌倒。陳林道：「卻不作怪！我明明看見一掌打來，又不見人，必然是這賊道有妖法的。不要只管在這裡纏了，我們帶了這兩個小廝，逕送到縣裡去罷。」眾人說：「我們被活鬼弄這一日，肚裡也饑了。做些飯喫了去見官。」陳林道：「也說得是。」錢氏帶著疼，就在房裡打米出來，去廚下做飯。石丟兒說：「小牛喫打壞了，我去做。」走到廚下，看見風爐子邊有兩罈好酒在那裡。又看見幾隻雞在灶前，丟兒又說道：「且殺了喫。」這裡方要淘米做飯，且說賽兒對正寅說：「你耍了兩次，我只文耍一耍。」正寅說：「怎麼叫做文耍？」

賽兒說：「我做出你看。」石丟兒一頭燒著火，錢氏做飯，一頭拿兩隻雞來殺了，破洗了，放在鍋裡煮。那飯也卻好將次熟了。賽兒就扒些灰與雞糞，放在飯鍋裡，攪得勻了，依先蓋了鍋。雞在鍋裡正滾得好，賽兒又挽幾杓水澆滅灶裡火，丟兒起去作用，並不曉得灶底下的事。此時眾人也有在堂前坐的，也有在房裡尋東西出來的。丟兒就把這兩罈好酒提出來，開了泥頭，就兜一碗好酒，先敬陳林喫，陳林說：「眾位都不曾喫，我如何先喫？」丟兒說：「老兄先嘗一嘗，隨後又敬。」陳林喫過了，丟兒又兜一碗，送馬綬喫。陳林說：「你也喫一碗。」丟兒又傾一碗，正要喫時，被賽兒劈手打一下，連碗都打壞。賽兒就走一邊。三個人說道：「作怪，就是這賊道的妖法。」三個說：「不要喫了，留這酒，待眾人來同喫。」眾人看不見賽兒，賽兒又去房裡，拿出一個夜壺來，每罈裡傾半壺尿在酒裡，依先蓋了罈頭，眾人也不曉得，眾人又說道：「雞想必好了，且撈起來，切來喫酒。」丟兒揭開鍋蓋看時，這雞還是半生半熟，鍋裡湯也不滾。眾人都來埋怨丟兒說：「你不管灶裡，故此雞也煮不熟。」丟兒說：「我燒滾了一會，又添許多柴，燒得好了纔去，不曉得怎麼不滾？」底倒頭去張灶裡時，黑洞洞都是水，那裡有個火種？丟兒說：「那個把水澆滅了灶裡火？」眾人說道：「終不然是我們夥裡人。必是這賊道又弄神通。我們且把廚裡見成下飯，切些去喫酒罷。」眾人依次坐定，丟兒拿兩把酒壺出來裝酒，不開罈罷了，開來時滿罈都是尿騷臭的酒。陳林說：「我們三個喫時，是噴香的好酒，如何是恁的？必然那個來偷喫，見淺了，心慌撩亂，錯拿尿做水，倒在罈裡。」眾人鬼廝鬧，賽兒、正寅兩個看了只是笑。賽兒對正寅說：「兩個人被縛在柱子上一日了，肚裡饑，趁眾人在堂前，我拿些點心下飯與他喫。」又拿些碎銀子與兩個。來到柱邊，傍著天然耳邊輕輕的說：「不要慌！若到官，直說，不要賴了，喫打。我自來救你。東西銀子，都在這裡。」天然說：「全望奶奶救命。」賽兒去了。眾人說：「酒便喫不得了，敗殺老興，且胡亂喫些飯罷。」丟兒廚下去盛飯，都是烏黑臭的，聞也聞不得，那裡喫得？說道：「又著這賊道的手了，可恨這廝無禮！被他兩個侮弄這一日。我們帶這兩個尿鱉送去縣裡，添差了人來拿人。」一起人開了門，走出去。只因裡面嚷得多時了，外邊曉得是捉奸，看的老幼男婦，立滿在街上。只見人叢裡縛著兩個俊俏後生，又見陳林妻子跟在後頭，只道是了，一齊拾起磚頭土塊來，口裡喊著，望錢氏、兩個道童亂打將來，那時那裡分得清潔？錢氏喫打得頭開額破，救得脫，一道煙逃走去了。一行人離了石麟街，逕往縣前來。正值相公坐晚堂點卯，眾人等點了卯，一齊跪過去，稟知縣相公。從沈公做腳，賽兒、正寅通姦，妖法惑眾，擾害地方情由，說了一遍。「兩個正犯脫逃，只拿得為從的兩個，董天然、王小玉，送在這裡。」知縣相公就問董天然兩個道：「你直說，我不拷打你。」董天然答應道：「不須拷打，小人只直說，不敢隱情。」備細都招了。知縣對眾人說：「這姦夫淫婦，還躲在家裡。」就差兵快頭呂山、夏盛兩個，帶領一千餘人，押著這一干人，認拿正犯。兩個小廝權且收監。呂山領了相公台旨，出得縣門時，已是一更時分。與眾人商議道：「雖是相公立等的公事，這等烏天黑地，去那裡敲門打戶？驚覺他，他又要遁了去，怎生回相公的話？不若我們且不要驚動他，去他門外埋伏，等待天明了拿他。」眾人道：「說得是。」又請呂山兩個到熟的飯舖裡賒些酒飯喫了，都到賽兒門首埋伏。連沈公也不驚動他，怕走了消息。

且說姚虛玉、孟清兩個在廟，見說師傅有事，恰好走來打聽。賽兒見眾人已去，又見這兩個小廝，問得是正寅的人，放他進來，把門關了，且去收拾房裡，一個收拾廚下，做飯喫了，對正寅說：「這起男女去縣稟了，必然差人來拿，我與你終不成坐待死。預先打點在這裡，等他那悔氣的來著毒手！」賽兒就把符咒紙人馬旗仗打點齊備了，兩個自去宿歇。直待天明起來，梳洗飯畢了，叫孟清去開門，孟清開得門，只見呂山那夥人，一齊蹌入來。孟清見了，慌忙踅轉身，望裡面跑，口裡一頭叫。賽兒看見兵快來拿人，嘻嘻的笑，拿出二、三十紙人馬來，望空一撒，叫聲：「變！」只見紙人都變做彪形大漢，各執鎗刀，就裡面殺出來。又叫姚虛玉把小皂旗招動，只見一道黑氣從屋裡捲出來。呂山兩個還不曉得，只管催人趕入來。早被黑氣遮了，不看見人。賽兒是王元椿教的武藝，儘去得。被賽兒一劍一個都斫下頭來。眾人見勢頭不好，都慌了，轉身齊跑。前頭走的還跑了幾個，後頭走的，反被前頭的拉住，一時跑不脫。賽兒說：「一不做，二不休！」隨手殺將去。也被正寅用棍打死了好幾個，又去追趕前頭跑得脫的，直喊殺過石麟橋去。賽兒見眾人跑遠了，就在橋邊收了兵，回來對正寅說：「殺的雖然殺了，走的必去稟報知縣。那廝必起兵來殺我們，我們不先下手，更待何時？」就帶上盔甲，變二、三百紙人馬，豎起七星旗號來招兵，使人叫道：「願來投兵者，同去打開庫藏，分取錢糧財寶！」街坊遠近人因昨日這番，都曉得賽兒有妖法，又見變得人馬多了，道是氣概興旺，城裡城外人喉極的，齊來投他。有地方豪傑方大、康昭、馬效良、戴德如四人為頭，一時聚起二、三千人。又搶得兩匹好馬，來與賽兒、正寅騎。嗚鑼擂鼓，殺到縣裡來。

說這史知縣聽見走的人說賽兒殺死兵快一節，慌忙請典史來商議時，賽兒人馬早已蹌入縣來，拿住知縣、典史，就打開庫藏門，搬出金銀來分給與人。監裡放出董天然、王小玉兩個。其餘獄囚，盡數放了，願隨順的，共有七、八十人。到申未時，有四個人，原是放響馬的，風聞賽兒有妖法，都來歸順賽兒。此四人叫做鄭貫、王憲、張天祿、祝洪，各帶小嘍羅，共有二千餘名，又有四、五十匹好馬。賽兒見了，十分歡喜。這鄭貫不但武藝出眾，更兼謀略過人，來稟賽兒，說道：「這是小縣，僻在海角頭，若坐守日久，朝廷起大軍，把青州口塞住了，錢糧沒得來，不須廝殺，就坐困死了。這青州府人民稠密，錢糧廣大，東據南徐之險，北控渤海之利，可戰可守。兵貴神速，萊陽縣雖破，離青州府頗遠。一日之內，消息未到，可乘此機會，連夜去襲了，權且安身。養成蓄銳，氣力完足，可以橫行。」賽兒說：「高見。」每人各賞元寶二錠、四表禮⓫，權受都指揮，說：「待取了青州，自當陞賞重用。」四人去了。賽兒就到後堂，叫請史知縣、徐典史出來，說道：「本府知府，是你至親，你可與我寫封書，只說這縣小，我在這裡安身不得，要過東去打汶上縣，必由府裡經過。恐有疏虞，特著徐典史領三百名兵快，協同防守。你若替我寫了，我自厚贈盤纏，連你家眷同送回去。」知縣初時不肯，被賽兒逼勒不過，只得寫了書。賽兒就叫兵房吏做角公文，把這私書都封在文書裡，封筒上用個印信，仍送知縣、典史軟監在衙裡，賽兒自來調方大、康昭、馬效良、戴德如四員驍將，各領三千人馬，連夜悄悄的到青州曼草坡，聽候炮響，都到青州府東門策應。又尋一個像徐典史的小卒，著上徐典史的紗帽圓領，等候賽兒。又留一班投順的好漢，協同正寅，守著萊陽縣。自選三百精壯兵快，并董天然、王小玉二人，指揮鄭貫四名，各與酒飯了。賽兒全裝披掛，騎上馬，領著人馬，連夜起行。行了一夜，來到青州府東門時，東方纔動，城門也還未開。賽兒就叫人拿著這角文書，朝城上說：「我們是萊陽縣差捕衙裡來下文書的。」守門軍就放下籃來，把文書吊上去，又曉得是徐典史，慌忙拿這文書逕到府裡來。正值知府溫章坐衙，就跪過去，呈上文書。溫知府拆開文書，看見印信圖書，都是真的，並不疑忌，就與遞文書軍說：「先放徐典史進來，兵快人等且住著

⓫表禮：衣料。禮，通「裡」。衣服的外層叫表，內層叫裡。

在城外。」守門軍領知府鈞語，逕來開門，說道：「太爺只叫放徐老爹進城，其餘且不要入去。」賽兒叫人答應說：「我們走了一夜，纔到得這裡，肚餓了，如何不進城去尋些喫？」三百人一齊都蹌入門裡去，五、六個人怎生攔得住？一攙入得門，就叫人把住城門。一聲炮響，那曼草坡的人馬，都攢入府裡來，填街塞巷。賽兒領著這三百人，真是個疾雷不及掩耳，殺入府裡來。知府還不曉得，坐在堂上等徐典史，見勢頭不好，正待起身要走，被方大趕上，望著溜知府一刀，連肩砍著，一交跌倒在地下鬧命。又復一刀，就割下頭來，提在手裡，叫道：「不要亂動！」驚得兩廊門隸人等，尿流屁滾，都來跪下。康昭一夥人打入知府衙裡來，只獲得兩個美妾，家人并媳婦共八名，同知、通判都越牆走了。賽兒就掛出安民榜子，不許諸色人等搶擄人口財物，開倉賑濟，招兵買馬，隨行軍官兵將，都隨功陞賞。萊陽知縣、典史不負前言，連他家眷放了還鄉，俱各抱頭鼠竄而去，不在話下。只見指揮王憲押兩個美貌女子、一個十八、九歲的後生。這個後生比這兩個女子更又標致，獻與賽兒。賽兒問王憲道：「那裡得來的？」王憲稟道：「在孝順街絨線舖裡蕭家得來的。這兩個女子，大的叫做春芳，小的叫做惜惜。這小廝叫做蕭韶。三個是姐妹兄弟。」賽兒就將這大的賞與王憲做妻子。看上了蕭韶，歡喜倒要偷他。與蕭韶說：「你姐妹兩個，只在我身邊服事，我自看待你。」賽兒又把知府衙裡的兩個美妾紫蘭、香嬌配與董天然、王小玉。賽兒也自叫蕭韶去宿歇。說這蕭韶，正是妙年好頭上，帶些懼怕，夜裡盡力奉承賽兒，只要賽兒歡喜。賽兒得意非常，兩個打得熱了，一步也離不得蕭韶，那裡記掛何正寅？

且說府裡有個首領官周經歷，叫做周雄。當時逃出府，家眷都被賽兒軟監在府裡。周經歷躲了幾日，沒做道理處，要保全老小，只得假意來投順賽兒。見賽兒下個禮，說道：「小官原是本府經歷，自從奶奶得了萊陽縣、青州府，愛軍惜民，人心悅服，必成大事。經歷去暗投明，家眷俱蒙奶奶不殺之恩，周某自當傾心竭力，圖效犬馬。」賽兒見他說家眷在府裡，十分疑也只有五、六分，就與周經歷商議，守青州府并取傍縣的事務。周經歷說：「這府上倚滕縣，下通臨海衛，兩處為青府門戶，若取不得滕縣與這衛，就如沒了門戶的一般，這府如何守得住？實不相瞞，這滕縣許知縣，是經歷姑表兄弟。經歷去，必然說他來降。若說得滕縣下了，這臨海衛就如沒了一臂一般，他如何支撐得住？」賽兒說：「若得如此，事成，與你同享富貴。家眷我自好好的供養在這裡，不須記掛。」周經歷說道：「事不宜遲，恐他那裡做了手腳。」賽兒忙撥幾個伴當，一匹好馬，就送周經歷起身。周經歷來到滕縣，見了許知縣，知縣喫一驚說：「老兄如何走得脫，來到這裡？」周經歷將假意投順賽兒，賽兒使來說降的話，說了一遍。許知縣回話道：「我與你雖是假意投順，朝廷知道，不是等閒的事。」周經歷道：「我們一面去約臨海衛戴指揮同降，一面申聞合該撫按上司，計取賽兒，日後復了地方，有何不可？」許知縣忙使人去請戴指揮來見周經歷，三個商議偽降計策定了。許知縣又說：「我們先備些金花表禮羊酒去賀，說：『離不得地方，恐有疏失。』」周經歷領著一行拏禮物的人來見賽兒，遞上降書。賽兒接著降書看了，受了禮物，偽陞許知縣為知府，戴指揮做都指揮，仍著二人各照舊守著地方。戴指揮見了這偽陞的文書，就來見許知縣說：「賽兒必然疑忌我們，故用陽施陰奪的計策。」許知縣說道：「貴衛有一班女樂小侑兒⑫，不若送去與賽兒做謝禮，就做我們裡應外合的眼目。」戴指揮說：「極妙！」就回衙裡，叫出女使王嬌蓮、小侑頭兒陳鸚兒來，說：「你二人是我心腹，我欲送你們到府裡去，做個反間細作，若得成功，陞賞我

⑫ 小侑兒：唱歌勸酒的青年樂工。

都不要，你們自去享用富貴。」二人都歡喜應允了。戴指揮又做些好錦繡鮮明衣服樂器，縣衛各差兩個人，送這兩班人來，獻與賽兒。且看這歌童舞女如何？詩云：

舞袖香茵第一春，清歌婉轉貌超群。
劍霜飛處人星散，不見當年勸酒人。

賽兒見人物標致，衣服齊整，心中歡喜，都受了。留在衙裡，每日吹彈歌舞取樂。

且說賽兒與正寅相別半年有餘，時值冬盡年殘，正寅欲要送年禮與賽兒，就買些奇異喫食，蜀錦文葛，金銀珍寶，裝做一、二十小車，差孟清同車腳人等送到府裡來。——世間事最巧，也是正寅合該如此。兩月前，正寅要去姦宿一個女子，這女子苦苦不從，自縊死了。怪孟清說：「是唐奶奶起手的，不可背本，萬一知道，必然見怪。」諫得激切，把孟清一頓打得幾死。卻不料孟清仇恨在心裡。——孟清領著這軍從，來到府裡見賽兒。賽兒一見孟清，就如見了自家裡人一般，叫進衙裡去安歇。孟清又見董天然等都有好妻子，又有錢財。自思道：「我們一同起手的人，他兩個有造化，落在這裡。我如何能勾也同來這裡受用？」自思量道：「何不將正寅在縣裡的所為，說他一番？倘或賽兒歡喜，就留在衙裡，也不見得。」到晚，賽兒退了堂，來到衙裡，乘間叫過孟清，問正寅的事。孟清只不做聲。賽兒心疑，越問得緊，孟清越不做聲。問不過，只得哭將起來。賽兒就說道：「不要哭！必然在那裡喫虧了，實對我說，我也不打發你去了。」孟清假意口裡咒著道：「說也是死，不說也是死！爺爺在縣裡，每夜捱去排門輪要兩個好婦人好女子，送在衙裡歇。標致得緊的多歇幾日，少不中意的，一夜就打發出來。又娶了個賣唱的婦人李文雲，時常乘醉打死人。每日又要輪坊的一百兩坐堂銀子，百姓愁怨思亂，只怕奶奶這裡不敢。兩月前，蔣監生有個女子，果然生得美貌，爺爺要姦宿他，那女子不從，逼迫不過，自縊死了。小人說：『奶奶怎生看取我們？別得半年，做出這勾當來，這地方如何守得住？』怪小人說，將小人來吊起，打得幾死，半月扒不起來。」賽兒聽得說了，氣滿胸膛，頓著足說道：「這禽獸忘恩負義！定要殺這禽獸，纔出得這口氣！」董天然并夥婦人都來勸道：「奶奶息怒，只消取了老爺回來便罷。」賽兒說：「你們不曉得這般事，從來做事的人，一生嫌隙，不知夥并了多少，如何好取他回來？」一夜睡不著，次日來堂上，趕開人與周經歷說：「正寅如此淫頑不法，全無仁義，要自領兵去殺他。」周經歷回話道：「不知這話從那裡得來的？未知虛實，倘或是反間，也不可知。地方重大，方纔取得，人心未固，如何輕易自相廝殺？不若待周雄同個奶奶的心腹去訪得的實，任憑奶奶裁處，也不遲。」賽兒道：「說得極是，就勞你一行。若訪得的實，就與我殺了那禽獸。」周經歷又說道：「還得幾個同去纔好，若周雄一個去時，也不濟事。」賽兒就令王憲、董天然領一、二十人去。又把一口刀與王憲說：「若這話是實，你便就取了那禽獸的頭來！違誤者以軍法從事！」又以鄭貫一角文書：「若殺了何正寅，你就權攝縣事。」一行人辭別了賽兒，取路望萊陽縣來。周經歷在路上還恐怕董天然是何道的人，假意與他說：「何公是奶奶的心腹，若這事不真，謝天地，我們都好了。若有這話，我們不下手時，奶奶要軍法從事。這事如何處？」董天然說：「我那老爺是個多心的人，性子又不好，若後日知道你我去訪他。他必仇恨，羹裡不著飯裡著⓭，倒遭他毒手。若果有事，不若奉法行事，反無後患。」鄭貫打著竄鼓⓮兒，

⓭ 羹裡不著飯裡著：這裡不發作那裡發作，總有一次要發作的。

⓮ 打竄鼓：從旁攛掇。

巴不得殺了何正寅，他要權攝縣事。周經歷見眾人都是為賽兒的，不必疑了。又說：「我們先在外邊訪得的確，若要下手時，我撚鬚為號，方可下手。」一行人入得城門，滿城人家都是咒罵何正寅的。董天然說：「這話真了。」一行逕入縣裡來見何正寅。正寅大落落坐著，不為禮貌，看著董天然說：「拿得甚麼東西來看我？」董天然說：「來時慌忙，不曾備得，另差人送來。」又對周經歷說：「你們來我這縣裡來何幹？」周經歷假小心輕輕的說：「因這縣裡有人來告奶奶說：『大人不肯容縣裡女子出嫁，錢糧又比較得緊。』因此奶奶著小官來稟上。」正寅聽得這話，拍案高嗔大罵道：「潑賤婆娘！你虧我奪了許多地方，享用快活，必然又搭上好的了。就這等無禮！你這起人不曉得事體，沒上下的！」王憲見不是頭，緊緊的幫著周經歷，走近前說：「息怒消停，取個長便，待小官好回話。」正寅又說道：「不取長便，終不成不去回話。」周經歷把鬚一撚，王憲就人嚷裡拔出刀來，望何正寅項上一刀，早斫下頭來，提在手裡，說：「奶奶只叫我們殺何正寅一個，餘皆不問。」鄭貫就把權攝的文書來曉諭各人，就把正寅先前強留在衙裡的婦人女子都發出，著娘家領回，輪坊銀子也革了。滿城百姓無不歡喜。衙裡有的是金銀，任憑各人取了些，又拿幾車并綾緞，送到府裡來。周經歷一起人到府裡回了話，各人自去方便，不在話下。

說這山東巡按金御史，因失了青州府，殺了溫知府，起本到朝廷。兵部尚書按著這本，是地方重務，連忙轉奏朝廷。朝廷就差總兵官傅奇充兵馬副元帥，兩個遊騎將軍黎曉、來道明充先鋒，領京軍一萬，協同山東巡撫都御史楊汝待，尅日進勦撲滅。錢糧兵馬，除本省外，河南、山西兩省任從調用。傅總兵帶領人馬，來到總督府，與楊巡撫一班官軍說「朝廷緊要擒拿唐賽兒」一節。楊巡撫說：「唐賽兒妖法通神，急難取勝。近日周經歷與滕縣許知縣、臨海衛戴指揮詐降，我們去打他後面萊陽縣，叫戴指揮、許知縣從那青州府後面殺出來，叫他首尾不能相顧，可獲全勝。」傅總兵說：「此計大妙。」傅總兵就分五千人馬與黎曉充先鋒，來取萊陽縣；又調都指揮杜總、吳秀，指揮六員：高雄、趙貴、趙天漢、崔球、密宣、郭謹各領新調來二萬人馬，離萊陽縣二十里下寨。次日准備廝殺。鄭貫得了這個消息，閉上城門，連夜飛報到府裡來。賽兒接得這報子，就集各將官說：「如今傅總兵領大軍來征勦我們，我須親自領兵去殺退他，著王憲、董天然守著這府，又調馬效良、戴德如各領人馬一萬，去滕縣、臨海衛三十里內，防備襲取的人馬。就是滕縣、臨海衛的人馬，也不許放過來。」周經歷暗地叫苦，說：「這婦人這等利害！」賽兒又調方大領五千人馬先行，隨後賽兒自也領二萬人馬到萊陽縣來。離縣十里，就著個大營，前後左右正中五寨；又置兩枝遊兵在中營，四下裡擺放鹿角⑮、蒺藜、鈴索齊整，把轅門閉上，造飯喫了，將息一回，就有人馬來衝陣，也不許輕動。

且說黎先鋒領著五千人馬，喊殺半日，不見賽兒營裡動靜，就著人來稟總兵，如此如此。傅總兵同楊巡撫領一班將官到陣前來，扒上雲梯，看賽兒營裡布置整齊，兵將猛勇，旗幟鮮明，戈戟光耀，褐羅傘下坐著那個英雄美貌的女將。左右立著兩個年少標致的將軍：一個是蕭韶，一個是陳鸚兒，各拿一把小七星皁旗。又有兩個俊俏女子，都是戎裝：一個是蕭惜惜，捧著一口寶劍；一個是王嬌蓮，捧著一袋弓箭。營前樹著一面七星玄天上帝皁旗，飄揚飛繞。總兵看得呆了，走下雲梯來，令先鋒領著高雄、趙貴、趙天漢、崔球等，一齊殺入去，且看賽兒如何？詩云：

⑮鹿角：軍營中的防禦物，把帶有椏枝的樹木削尖，埋在地上，以阻擋敵人。

劍光動處見玄霜，戰罷歸來意氣狂。
堪笑古今妖妄事，一場春夢到高唐。

賽兒就開了轅門，令方大領著人馬也殺出來。正好接著，兩員將鬥不到三合，賽兒不慌不忙，口裡念起咒來，兩面小皁旗招動，那陣黑氣從寨裡捲出來，把黎先鋒人馬罩得黑洞洞的，你我不看見。黎曉慌了手腳，被方大攔頭一方天戟打下馬來，腦漿奔流。高雄、趙天漢俱被拿了。傅總兵先鋒不利，就領著敗殘人馬，回大營裡來納悶。方大押著，把高雄兩個解入寨裡見賽兒。賽兒監候在縣裡：「我回軍時發落便了。」賽兒又與方大說：「今日雖贏得他一陣，他的大營人馬還不損折。明日又來廝殺，不若趁他喘息未定，眾人慌張之時，我們趕到，必獲全勝。」留方大守營，令康昭為先鋒，賽兒自領一萬人馬，悄悄的趕到傅總兵營前，吶聲喊，一齊殺將入去。傅總兵只防賽兒夜裡來劫營，不防他日裡乘勢就來，都慌了手腳，廝殺不得。傅總兵、楊巡撫二人，騎上馬，往後逃命。二萬五千人，殺不得一、二千人，都齊齊投降。又拿得千餘匹好馬，錢糧器械，盡數搬擄，自回到青州府去了。

軍官有逃得命的，跟著傅總兵到都堂府來商議，再欲起奏，另自添遣兵將。楊巡撫說：「沒了三、四萬人馬，殺了許多軍官，朝廷得知，必然加罪我們。我曉得滕縣許知縣是個清廉能幹忠義的人，與周經歷、戴指揮委曲協同，要保這地方無事，都設計詐降。而今周經歷在賊中，不能得出。許、戴二人原在本地方，不若密密取他來，定有破敵良策。」傅總兵慌忙使人請許知縣、戴指揮到府，計議要破賽兒一事。許知縣近前，輕輕的與傅總兵、楊巡撫二人說：「如此如此，不出旬日，可破賽兒。」傅總兵說：「若得如此，我自當保奏陞賞。」許知縣辭了總制，回到縣裡，與戴指揮各備禮物，各差個的當心腹人來賀賽兒，就通消息與周經歷。卻不知周經歷先有計了。原來周經歷見蕭韶甚得賽兒之寵，又且乖覺聰明，時時結識他做個心腹，著實奉承他。蕭韶不過意，說：「我原是治下子民，今日何當老爺如此看覷？」周經歷說：「你是奶奶心愛的人，怎敢怠慢？」蕭韶說道：「一家被害了，沒奈何偷生，甚麼心愛不心愛？」周經歷道：「不要如此說，你姐妹都在左右，也是難得的。」蕭韶說：「姐姐嫁了個響馬賊，我雖在被窩裡，也只是伴虎眠，有何心緒？妹妹只當得丫頭，我一家怨恨，在何處說？」周經歷見他如此說，又說：「既如此，何不乘機反邪歸正？朝廷必有酬報。不然，他日一敗，玉石俱焚，你是同衾共枕之人，一發有口難分了。不要說被害冤仇，沒處可報。」蕭韶道：「我也曉得事體果然如此，只是沒個好計脫身。」周經歷說：「你在身伴，只消如此如此，外邊接應，都在于我。」卻把許、戴來的消息通知了他。蕭韶歡喜說：「我且通知妹子做一路則個。」計議得熟了，只等中秋日起手，後半夜點天燈為號。周經歷就通這個消息與許知縣、戴指揮。這是八月十二日的話。到十三日，許知縣、戴指揮各差能事兵快應捕，各帶士兵軍官三、四十人，預先去府裡四散埋伏，只聽炮響，策應周經歷拿賊。許知縣又密令親子許德來約周經歷。十五夜放炮奪門的事，都得知了，不必說。

且說蕭韶姐妹二人，來對王嬌蓮、陳鸚兒通知外邊消息。他兩人原是戴家細作，自然留心。至十五日晚上，賽兒就排筵宴來賞月，飲了一回，只見王嬌蓮來稟賽兒說：「今夜八月十五日，難得晴明，更兼破了傅總兵，得了若干錢糧人馬，我等蒙奶奶抬舉，無可報答，每人各要與奶奶上壽。」王嬌蓮手執檀板唱一歌，歌云：

虎渡三江迅若風，龍爭四海競長空。

光搖劍術和星落，狐兔潛藏一戰功。

賽兒聽得，好生歡喜，飲過三大杯。女人都依次奉酒，俱是不會唱的，就是王嬌蓮代唱，眾人只要灌得賽兒醉了好行事。陳鸚兒也要上壽。賽兒又說道：「我喫得多了，你們恁的好心，每一人只喫一杯罷。」又飲了二十餘杯，已自醉了。又復歌舞起來，輪番把盞，灌得賽兒爛醉，賽兒就倒在位上。蕭韶說：「奶奶醉了，我們扶奶奶進房裡去罷。」蕭韶抱住賽兒，眾人齊來相幫，抬進房裡床上去。蕭韶打發眾人出來，就替賽兒脫了衣服，蓋上被，拴上房門。眾人也自去睡，只有與謀知因的人，都不睡，只等賽兒消息。蕭韶又恐假醉，把燈剔行明亮，仍上床來摟住賽兒，扒在賽兒身上，故意著實耍戲，賽兒那裡知得，被蕭韶舞弄得久了，料算外邊人都睡靜了，自想道：「今不下手，更待何時？」起來慌忙再穿上衣服，床頭拔出那口寶刀來，輕輕的掀開被來，盡力朝著賽兒項上剁下一刀來，連肩斫做兩段。賽兒醉得兇了，一動也動不得。蕭韶慌忙走出房來，悄悄對妹妹、王嬌蓮、陳鸚兒說道：「賽兒被我殺了。」王嬌蓮說：「不要驚動董天然這兩個，就暗去襲了他。」陳鸚兒道：「說得是。」拿著刀來敲董天然的房門，說道：「奶奶身子不好，你快起來！」董天然聽得這話，就瞌睡裡慌忙披著衣服來開房門，不防備，被陳鸚兒手起刀落，斫倒在房門邊鬧命，又復一刀，就放了命。這王小玉也醉了，不省人事，眾人把來殺了。眾人說：「好到好了，怎麼我們得出去？」蕭韶說：「不要慌！約定的。」就把天燈點起來，扯在燈竿上。不移時，周經歷領著十來名火夫，平日收留的好漢，敲開門，一齊湧入衙裡來。蕭韶對周經歷說：「賽兒、董天然、王小玉都殺了，這衙裡人都是被害的，望老爺做主。」周經歷道：「不須說，衙裡的金銀財寶，各人盡力拿了些。其餘山積的財物，都封鎖了入官。」周經歷又把三個人頭割下來，領著蕭韶一起，開了府門，放個銃，只見兵快應捕，共有七、八十人，齊來見周經歷說：「小人們是縣、衛兩處差來兵快，策應拿強盜的。」周經歷說：「強盜多拿了，殺的人頭在這裡。都跟我來！」到得東門城邊，放三個炮，開得城門。許知縣、戴指揮各領五百人馬，殺入城來。周經歷說：「不關百姓事，賽兒殺了，還有餘黨不曾勦滅，各人分投去殺。」且說王憲、方大聽得炮響，都起來，不知道為著甚麼，正沒做道理處。周經歷領的人馬早已殺入方大家裡來。方大正要問備細時，被側邊一鎗搠倒，就割了頭。戴指揮拿得馬效良、戴德如。陣上許知縣殺死康昭、王憲一十四人。沈印時兩月前害疫病死了，不曾殺得。又恐軍中有變，急忙傳令：「只殺有職事的，小卒良民，一概不究。」多屬周經歷招撫。許知縣對眾人說：「這裡與萊陽縣相隔四、五十里，他那縣裡未便知得，兵貴神速，我與戴大人連夜去襲了那縣，留周大人守著這府。」二人就領五千人馬，殺奔萊陽縣來，假說道：「府裡調來的軍去取傍縣的。」城上逕放入縣裡來，鄭貫正坐在堂上，被許知縣領了兵齊搶入去，將鄭貫殺了。張天祿、祝洪等慌了，都來投降。把一干人犯解到府裡監禁，聽候發落。安了民，許知縣仍回到府裡，同周經歷、蕭韶，一班解賽兒等首級來見傅總兵、楊巡撫，把賽兒事說一遍。傅總兵說：「足見各官神算。」稱譽不已。就起奏捷本，一邊打點回京。朝廷陞周經歷做知州，戴指揮陞都指揮，蕭韶、陳鸚兒各授個巡檢，許知縣陞兵備副使，各隨官職大小，賞給金花銀子表禮。王嬌蓮、蕭惜惜等俱著擇良人為聘，其餘的在賽兒破敗之後投降的，不准投首，另行問罪。此可為妖術殺身之鑒。有詩為證：

四海從橫殺氣沖，無端女寇犯山東。
吹簫一夕妖氛盡，月缺花殘送落風。

卷三十二 喬兌換胡子宣淫 顯報施臥師入定

詞云：

丈夫隻手把吳鉤，欲斬萬人頭。如何鐵石打成心性，卻為花柔？ 君看項籍并劉季，一怒使人愁。只因撞著虞姬、戚氏，豪傑都休。

這首詞是昔賢所作，說著人生世上，「色」字最為要緊。隨你英雄豪傑，殺人不眨眼的鐵漢子，見了油頭粉面，一個袋血的皮囊，就弄軟了三分。假如楚霸王、漢高祖分爭天下，何等英雄！一個臨死不忘虞姬，一個酒後不忍戚夫人，仍舊做出許多纏綿景狀出來，何況以下之人？風流少年，有情有趣的，牽著個「色」字，怎得不蕩了三魂，走了七魄？卻是這一件事，關著陰德極重，那不肯淫人妻女，保全人家節操的人，陰受厚報，有發了高魁的，有享了大祿的，有生了貴子的，往往見于史傳，自不消說。至于貪淫縱欲，使心用腹，汙穢人家女眷，沒有一個不減算奪祿，或是妻女見報，陰中再不饒過的。

且如宋淳熙末年間，舒州有個秀才劉堯舉，表字唐卿，隨著父親在平江做官。是年正當秋薦，就依隨任之便，雇了一隻船，往秀州赴試。開了船，唐卿舉目向梢頭一看，見了那持檝的，喫了一驚。原來是十六、七歲一個美貌女子，鬟鬢嬋媚，眉眼含嬌，雖只是荊布淡妝，種種綽約之態，殊異尋常。女子當梢而立，儼然如海棠一枝，斜映水面。唐卿覷之不足，看之有餘，不覺心動。在舟中密密體察光景，曉得是船家之女，稱嘆道：「從來說『老蚌出明珠』，果有此事。」欲待調他一、二句話，礙著他的父親同在梢頭行船，恐怕識破，妝做老成，不敢把眼正覷梢上，卻時時偷看他一眼。越看越媚，情不能禁，心生一計，只說舟重行遲，趕路不上，要船家上去幫扯縴。原來這隻船上老兒為船主，一子一女相幫。是日兒子三官保先在岸上扯縴。唐卿定要強他老兒上去了，止是女兒在那裡當梢，唐卿一人在艙中，像意好做光了。未免先尋些閑話試問他。他十句裡邊，也回答著一、兩句，韻致動人。唐卿趁著他說話，就把眼色丟他，他有時含羞斂避，有時正顏拒卻。及至唐卿看了別處，不來兜搭了，卻又說句把冷話，背地裡忍笑，偷眼斜盼著唐卿。正是明中妝樣，暗地撩人，一發叫人當不得，要神魂飛蕩了。唐卿思量要大大撩撥他一撩撥。開了箱子，取出一條白羅帕子來，將一個胡桃繫著，綰上一個同心結，拋到女子面前。女子本等看見了，故意假做不知，呆著臉只自當櫓。唐卿恐怕女子真個不覺，被人看見，頻頻把眼送意，把手指著，要他收取。女子只是大剌剌的在那裡，竟像個不會意的。看看船家收了縴，將要下船，唐卿一發著急了，指手畫腳，見他只是不動，沒個是處，倒懊悔無及。恨不得伸出一隻長手，仍舊取了過來。船家下得艙來，唐卿面掙得通紅，冷汗直淋，好生置身無地。只見那女兒不慌不忙，輕輕把腳伸去帕子邊，將鞋尖勾將過來，遮在裙底下了。慢慢低身倒去，拾在袖中。腆著臉，對著水外，只是笑。唐卿被他急壞，卻又見他正到利害頭上，如此做作，遮掩過了，心裡私下感他，越覺得風情著人。自此兩下多有意了。明日復依昨說，趕那船家上去，兩人扯縴。唐卿便老著面皮謝女子道：「昨日感卿包容，不然，小生面目難施了。」女子笑道：「膽大的人，原來恁地虛怯麼？」唐卿道：「卿家如此國色，如此慧巧，宜配佳偶，方為廝稱。今文鴛彩鳳，誤墮雞栖中，豈不可惜？」女子道：「君言差矣。

紅顏薄命，自古如此，豈獨妾一人！此皆分定之事，敢生嗟怨？」唐卿一發伏其賢達。自此語話投機，一在艙中，一在梢上，相隔不多幾尺路，眉來眼去，兩情甚濃。卻是船家雖在岸上，回轉頭來，就看得船上見的，只好話說往來，做不得一些手腳，乾熱❶罷了。

到了秀州，唐卿更不尋店家，就在船上作寓。入試時，唐卿心裡放這女子不下，題目到手，一揮而就。出院甚早，急奔至船上，只見船家父子兩人趁著艙裡無人，身子閒著，叫女兒看好了船，進城買貨物去了。唐卿見女兒獨在船中，喜從天降。急急跳下船來，問女子道：「你父親兄弟那裡去了？」女子道：「進城去了。」唐卿道：「有煩娘子移船到靜處一話何如？」說罷，便去解纜。女子會意，即忙當櫓，把船移在一個無人往來的所在。唐卿便跳在梢上來，摟著女子道：「我方壯年，未曾娶妻，倘蒙不棄，當與子締百年之好。」女子推遜道：「陋質貧姿，得配君子，固所願也。但枯藤野蔓，豈敢仰托喬松？君子自是青雲之器，他日寧肯復顧微賤？妾不敢承，請自尊重。」唐卿見他說出正經話來，一發憐愛，慾心如火，恐怕強他不得，發起極來，拍著女子背道：「怎麼說那較量的話？我兩日來，被你牽得我神魂飛越，不能自禁，恨沒個機會，得與你相近，一快私情。今日天與其便，衹吾兩人在此，正好恣意歡樂，遂平生之願，你卻如此堅拒，再沒有個想頭了，男子漢不得如願，要那性命何用？你昨者為我隱藏羅帕，感恩非淺，今既無緣，我當一死以報。」說罷，望著河裡便跳。女子急牽住他衣裾道：「不要慌！且再商量。」唐卿轉身來抱住道：「還商量甚麼？」抱至艙裡來，同就枕席。樂事出于望外，真個如獲珍寶。事畢，女子起身來，自掠了亂髮，就與唐卿整了衣，說道：「辱君俯愛，冒恥仰承，雖然

❶乾熱：白白地在旁邊看著眼熱。

一霎之情，義堅金石，他日勿使剩蕊殘葩，空隨流水！」唐卿說：「承子雅愛，敢負心盟！目今揭曉在即，倘得寸進，必當以禮娶子，貯于金屋。」兩人千恩萬愛，歡笑了一回。女子道：「恐怕父親城裡出來，原移船到舊處住了。」唐卿假意上岸，等船家歸了，方纔下船，竟無人知覺此事。誰想：

暗室虧心，神目如電！

唐卿父親在平江任上，懸望兒子赴試消息。忽一日，晚間得一夢，夢見兩個穿黃衣的人，手持一張紙，突然來報道：「天門放榜，郎君已得首薦。」傍邊走過一人，急掣了這張紙去道：「劉堯舉近日作了欺心事，已壓了一科了。」父親喫一驚，覺來乃是一夢。思量來得古怪，不知兒子做甚麼事。想了此言，未必成名了。果然秀州揭曉，唐卿不得與薦。原來場中考官道是唐卿文卷好，要把他做頭名，有一個考官另看中了一卷，要把唐卿做第二。那個考官不肯道：「若要做第二，寧可不中，留在下科，不怕不是頭名，不可中壞了他。」忍著氣，把他黜落了。唐卿在船等候，只見紛紛嚷亂，各自分頭去報喜。唐卿船裡靜悄悄，鬼也沒個走將來，曉得沒帳，只是嘆氣，連那梢上女子也道是失望了，暗暗淚下。唐卿只得看無人處，把好言安慰他。就用他的船，轉了到家。見過父母。父親把夢裡話來問他道：「我夢如此，早知你不得中，只是你曾做了甚欺心事來？」唐卿口裡賴道：「並不曾做甚事。」卻是老大心驚，道：「難道有這樣話？」似信不信。及到後邊，得知場裡這番光景，纔曉得本該得薦，卻為陰德上損了，遲了功名，心裡有些懊悔，卻還念那女子不置。到第二科，唐卿果然領了首薦，感念女子舊約，遍令尋訪，竟無下落，不知流泛在那裡去了。後來唐卿雖得及第，終身以此為恨。

看官，你看劉唐卿只為此一著之錯，罰他蹉跎了一科。後邊又不得團圓。蓋因不是他姻緣，所以陰驚越重了。奉勸世上的人，切不可輕舉妄動，淫亂人家婦女。古人說得好：

我不淫人妻女，妻女定不淫人。
我若淫人妻女，妻女也要淫人。

* * *

而今聽小子說一個淫人妻女，妻女淫人，轉輾果報的話。元朝汭州原上里有個大家子，姓鐵名鎔，先祖為繡衣御史。娶妻狄氏，姿容美豔，名冠一城。那漢、汭風俗，女子好游，貴宅大戶，爭把美色相誇。一家娶得個美婦，只恐怕別人不知道，倒要各處去賣弄張揚。出外游耍，與人看見。每每花朝月夕，士女喧闐，稠人廣眾，挨肩擦背，目挑心招，恬然不以為意。臨晚歸家，途間一一品題，某家第一，某家第二，說著好的，喧譁謔浪，彼此稱羨，也不管他丈夫聽得不聽得。就是丈夫聽得了，也道是別人贊他妻美，心中暗自得意。便有兩句取笑了他，總是不在心上的，到了至元、至正年間，此風益甚。鐵生既娶了美妻，巴不得領了他各處去搖擺，每到之處，見了的無不嘖嘖稱賞。那與鐵生相識的，調笑他，誇美他，自不必說。只是那些不曾識面的，一見了狄氏，問知是鐵生妻子，便來梱相知，把言語來撩撥，酒食來攛哄，道他是有緣之人，有福之人，大家來奉承他。所以鐵生出門，不消帶得本錢在身邊，自有這一班人扳他去喫酒喫肉，常得醉飽而歸。滿城內外人，沒一個不認得他，沒一個不懷一點不良之心，打點勾搭他妻子。只是鐵生是個大戶人家，又且做人有些性氣剛狠，沒個因繇，不敢輕惹得他。只好乾嚥唾沫，眼裡口裡討些便宜罷了。古人兩句說得好：

謾藏誨盜，冶容誨淫。

狄氏如此美豔，當此風俗，怎容得他清清白白過世？自然生出事體來。又道是無巧不成話，其時同里有個人，姓胡名綏，有妻門氏，也生得十分嬌麗，雖比狄氏略差些兒，也算得是上等姿色。若沒有狄氏在面前，無人再賽得過了。這個胡綏亦是個風月浪蕩的人，雖有了這樣好美色，還道是讓狄氏這一分，好生心裡不甘伏。誰知鐵生見了門氏，也羨慕他，思量一網打盡，兩美俱備，方稱心願。因而兩人各有欺心，彼此交厚，共相結納，意思便把妻子大家兌用一用，也是情願的。鐵生性直，胡生性狡。鐵生在胡生面前，時常露出要勾上他妻子的意思來，胡生將計就計，把說話曲意倒在鐵生懷裡，再無推拒；鐵生道是胡生好說話，畢竟可以圖謀，不知胡生正要乘此機會，營勾狄氏，卻不漏一些破綻出來。鐵生對狄氏道：「外人都道你是第一美色，據我所見，胡生之妻也不下於你，怎生得設個法兒到一到手？人生一世，兩美俱為我得，死也甘心。」狄氏道：「你與胡生恁地相好，把話實對他說不得？」鐵生道：「我也曾微露其意，他也不以為怪。卻是怎好直話得出？必是你替我做個搼頭，纔弄得成。只怕你要喫醋撚酸！」狄氏道：「我從來沒有妒心的，可以幫襯處，無不幫襯。卻有一件，女人的買賣，各自門各自戶，如何能到惹得他？除非你與胡生內外通家，出妻見子，彼此無忌，時常引得他到我家裡來，方好覷個機會，弄你上手。」鐵生道：「賢妻之言，甚是有理。」從此愈加結識胡生，時時引他到家裡喫酒，連他妻子請將過來，叫狄氏陪著。外邊廣接名姬狎客，調笑戲謔。一來要奉承胡生喜歡，二來要引動門氏情性。但是宴樂時節，狄氏引了門氏在裡面簾內窺看，看見外邊淫昵褻狎之事，無所不為，隨你石人也要動火。兩生心裡各懷著一點不良之心，多各賣弄波俏，打點打動女佳人。誰知裡邊看的女人，先動火了一個！你道是誰？原來門氏雖然同在那裡窺看，到底是做客人的，帶些拘束，不像狄氏自家屋裡，恣性瞧看，惹起春心，那胡生比鐵生，不但容貌勝他，只是風流身分，溫柔性格，在行氣質，遠過鐵生，狄氏反看上了。時時在簾內露面調情，越加用意支持酒餚，毫無倦色。鐵生道是有妻內助，心裡快活，那裡曉得就中之意？鐵生酒後對胡生道：「你我各得美妻，又且兩人相好至極，可謂難得。」胡生謙遜道：「拙妻陋質，怎能比得尊嫂生得十全？」鐵生道：「據小弟看來，不相上下的了。只是一件，你我各守著自己的，亦無別味。我們做個癡興不著，彼此更換一用，交收其美，心下何如？」此一句話正中胡生深機，假意答道：「拙妻陋質，雖蒙獎賞，小弟自揣，怎敢有犯尊嫂？這個於理不當。」鐵生笑道：「我們醉後謔浪至此，可謂忘形之極！」彼此大笑而散。鐵生進來，帶醉看了狄氏，抬他下頦道：「我意欲把你與胡家的兌用一兌用，何如？」狄氏假意罵道：「癡烏龜！你是好人家兒女，要偷別人的老婆，到捨著自己妻子身體！虧你不羞，說得出來！」鐵生道：「總是通家相好的，彼此便宜，何妨？」狄氏道：「我在裡頭幫襯你湊趣使得，要我做此事，我卻不肯。」鐵生道：「我也是取笑的說話，難道我真個捨得你不成？我只是要勾著他罷了。」狄氏道：「此事性急不得，你只要攛哄得胡生快活，他未必不像你一般見識，捨得妻子也不見得。」鐵生摟著狄氏道：「我那賢惠的娘！說得有理。」一同狄氏進房睡了不題。

卻說狄氏雖有了胡生的心，只為鐵生性子不好，想道：「他因一時間思量勾搭門氏，高興中有此癡話。萬一做下了事，被他知道了，後邊有些嫌忌起來，礙手礙腳，到底不妙。何如只是用些計較，瞞著他做，安安穩穩快樂不得？」心中算計已定了。

一日，胡生又到鐵生家飲酒，此日只他兩人，並無外客。狄氏在簾內往往來來，示意胡生。胡生心照了，留量不十分喫酒，卻把大甌勸鐵生，哄他道：「小弟一向蒙兄長之愛，過于骨肉。兄長俯念拙妻，拙妻也仰慕兄長。小弟乘間下說詞說他，已有幾分肯了。只要兄長看顧小弟，不消說，先要兄長做百來個妓者東道，請了我，方與兄長圖成此事。」鐵生道：「得兄長肯賜周全，一千個東道也做。」鐵生見說得快活，放開了量，大碗價喫。胡生只把肉麻話哄他喫酒，不多時爛醉了。胡生只做扶他的名頭，抱著鐵生進簾內來。狄氏正在簾邊，他一向不避忌的，就來接手攙扶。鐵生已自一些不知。胡生把嘴唇向狄氏臉上做要親的模樣，狄氏就把腳尖兒勾他的腳，聲喚使婢豔雪、卿雲兩人來扶了家主進去。剛剩得胡生、狄氏在簾內。胡生便抱住不放，狄氏也轉身來回抱。胡生就求歡道：「渴慕極矣，今日得諧天上之樂，三生之緣也。」狄氏道：「妾久有意，不必多言。」褪下褲來，就在堂中椅上坐了，蹺起雙腳，任胡生雲雨起來。可笑鐵生心貪胡妻，反被胡生先淫了妻子。正是：

捨卻家常慕友妻，誰知背地已偷期？
賣了餛飩買麵喫，恁樣心腸癡不癡！

胡生風流在行，放出手段，儘意舞弄。狄氏歡喜無盡，叮囑胡生：「不可洩漏！」胡生道：「多謝尊嫂，不棄小生，賜與歡會。卻是尊兄許我多時，就知道了也不妨礙。」狄氏道：「拙夫因貪賢閫，故有此話。雖是好色心重，卻是性剛心直，不可惹他！只好用計賺他，私圖快活，方為長便。」胡生道：「如何用計？」狄氏道：「他是個酒色行中人，你訪得有甚名妓，牽他去喫酒闞宿，等他不歸來，我與你就好通宵取樂了。」胡生道：「這見識極有理，他方纔欲營勾我妻，許我妓館中一百個東道，我就借此機會，攛唆一、兩個好妓者絆住了他，不怕他不留戀。只是怎得許多纏頭之費供給他？」狄氏道：「這個多在我身上。」胡生道：「若得尊嫂如此留心，小生拚儘著性命，陪尊嫂取樂。」兩個計議定了，各自散去。

原來胡家貧，鐵家富，所以鐵生把酒食結識胡生，胡生一面奉承，怎知反著其手？鐵生家道雖富，因為花酒面上費得多，把膏腴的產業，逐漸費掉了。又遇狄氏搭上了胡生，終日攛掇他去出外取樂，狄氏自與胡生治酒歡會，珍饈備具，日費不貲。狄氏喜歡過甚，毫不吝惜，只乘著鐵生急迫，就與胡生內外攛哄他，把產業賤賣了。狄氏又把價錢藏起些，私下奉養胡生。胡生訪得有名妓，就引著鐵生去入馬，置酒留連，日夜不歸。狄氏又將平日所藏之物，時時寄些與丈夫，為酒食犒賞之助。只要他不歸來，便與胡生暢情作樂。鐵生道是妻賢不妒，越加放恣，自謂得意。有兩日歸來，狄氏見了千歡萬喜，毫無嗔妒之意。鐵生感激不勝，夢裡也道妻子是個好人。有一日，正安排了酒菓，要與胡生享用，恰遇鐵生歸來，見了說道：「為何置酒？」狄氏道：「曉得你今日歸來，恐怕寂寞，故設此等待，已著人去邀胡生來陪你了。」鐵生道：「知我心者，我妻也！」須與胡生果來，鐵生又與盡歡，商量的只是衏衏門中說話。有時醉了，又挑著門氏的話。胡生道：「你如今有此等名姬相交，何必還顧此糟糠之質？果然不嫌醜陋，到底設法上你手罷了。」鐵生感謝不盡。卻是口裡雖如此說，終日被胡生哄到妓家，醉夢不醒，弄得他眼花撩亂，也那有閑日子去與門氏做綽趣工夫。胡生與狄氏卻打得火一般熱，一夜也間不的。礙著鐵生在家，須不方便。胡生又有一個喫酒易醉的方，私下傳授了狄氏，做下了酒，不上十來杯，便大醉軟攤，只思睡去。自有了此方，鐵生就是在家，或與狄氏，或與胡生，喫不多幾杯，已自頹然在旁。胡生就出來與狄氏換了酒，終夕笑語淫戲，鐵生竟是不覺得。有番把歸來時，撞著胡生、狄氏正在歡飲，胡生雖悄地避過，杯盤狼籍，收拾不迭。鐵生問起，狄氏只說：「某親眷到來，留著喫飯，怕你來強酒，

喬兒換胡子宣淫

顯報施臥師入定

喫不過，逃去了。」鐵生便就不問，只因前日狄氏說了不肯交兌的話，信以為實，道是個心性貞潔的人。那胡生又狎暱奉承，惟恐不及，終日陪鬬妓，陪喫酒的，一發那裡疑心著。況且兩個有心人算一個無心人，使婢又做了腳，便有些小形跡，也都遮飾過了。到底外認胡生為良朋，內認狄氏為賢妻，迷而不悟。街坊上人知道此事的，漸漸多了，編著一隻奤（音「可」）調山坡羊來嘲他道：

那風月場，那一個不愛？只是自有了嬌妻，也落得個自在。又何須終日去亂走胡行？反把個貼肉的人兒，送別人還債。你要把別家的一手擎來，誰知在家的把你雙手托開！果然是羅（狄）的到先羅了，你曾見他那門兒安在？割貓兒尾拌著貓飯來，也落得與人用了些不疼的家財。乖乖！這樣貪花，只算得折本消災。乖乖！這場交易，不做得公道生涯。

卻說鐵生終日耽于酒色，如醉如夢，過了日子，不覺身子淘出病來。起床不得，眠臥在家。胡生自覺有些不便，不敢往來。狄氏通知他道：「丈夫是不起床的，亦且使婢們做眼的多，只管放心來走，自不妨事。」胡生得了這個消息，竟自別無顧忌，出入自擅。慣了腳步，不覺忘懷了，錯在床面前走過。鐵生忽然看見了，怪問起來道：「胡生如何在裡頭走出來？」狄氏與兩個使婢同聲道：「自不曾見人走過，那裡甚麼胡生？」鐵生道：「適纔所見，分明是胡生，你們又說沒甚人走過，難道病眼模糊，見了鬼了？」狄氏道：「非是見鬼，你心裡終日想其妻子，想得極了，故精神恍惚，開眼見他，是個眼花。」次日，胡生知道了這話，說道：「雖然一時扯謊，哄了他，他後邊病好了，必然靜想得著，豈不疑心！他既認是鬼，我有道理，真個把個鬼來與他看看，等他信實是眼花了，以免日後之疑。」狄氏笑道：「又來調喉，那裡得有個鬼？」胡生道：「我今夜乘暗躲在你家後房，落得與你歡樂，明日我妝做一個鬼，走了出去，卻不是一舉兩得？」果然是夜狄氏安頓胡生在別房，卻叫兩個使婢在床前相伴家主，自推不耐煩伏侍，圖在別床安寢。撇了鐵生，徑與胡生睡了一晚。明日打聽得鐵生睡起朦朧，胡生把些靛塗了面孔，將鬢髮染紅了，用綿裹了兩隻腳，要走得無聲，故意在鐵生面前直衝而出。鐵生病虛的人，一見大驚，喊道：「有鬼！有鬼！」忙把被遮了頭，只是顫。狄氏急忙來問道：「為何大驚小怪？」鐵生哭道：「我說昨日是鬼，今日果然見鬼了。此病凶多吉少，急急請個師巫，替我禳解則個！」自此一驚，病勢漸重。狄氏也有些過意不去，只得去訪求法師。其時離原上百里有一個了臥禪師，號虛谷，戒行為諸山首冠。鐵生以禮請至，建懺悔法壇，以祈佛力保祐。是日臥師入定，過時不起，至黃昏始醒。問鐵生道：「你上代有個繡衣公麼？」鐵生道：「就是吾家公公。」臥師又問道：「你朋友中有個胡生麼？」鐵生道：「是吾好友。」狄氏見說著胡生，有些心病，也來側耳聽著。臥師道：「適間所見甚奇。」鐵生道：「有何奇處？」臥師道：「貧僧初行，見本宅土地，恰遇宅上先祖繡衣公在那裡訴冤，道其孫為胡生所害，土地辭是職卑，理不得這事。教繡衣公道：『今日南北二斗會降玉笥峰下，可往訴之，必當得理。』繡衣公邀貧僧同往。到得那裡，果然見兩個老人。一個著緋，一個著綠，對坐下棋。繡衣公叩頭仰訴，老人不應，繡衣公訴之不止。棋罷，方開言道：『福善禍淫，天自有常理。爾是儒家，乃昧自取之理，為無益之求。爾孫不肖，有死之理，但爾為名儒，不宜絕嗣，爾孫可以不死。胡生宣淫敗度，妄誘爾孫，不受報于人間，必受罪于陰世。爾且歸！胡生自有主者，不必仇他，也不必訴我。』說罷，顧貧僧道：『爾亦有緣，得見吾輩。爾既見此事，爾須與世人說知，也使知禍福不爽。』言訖而去。貧僧定中所見如此，今果有繡衣公與胡生，豈不奇哉！」狄氏聽見大驚，沒做理會處。鐵生也只道胡生誘他鬬蕩，故公訴他，也還不知狄氏有這些緣故。但見說可以不死，是有命的，把心放寬了，病體減動好些。反是狄氏替胡生耽憂，害出心病來。不多幾時，鐵生全愈，胡生腰痛起來。旬日之內，癰疽大發。醫者道：「是酒色過度，水竭無救。」鐵生日日直進臥內問病，一向通家，也不避忌。門氏在床邊伏侍，遮遮掩掩，見鐵生日常周濟他家的，心中帶些感激，漸漸交通說話，眉來眼去。鐵生出于久慕，得此機會，老大撩撥。調得情熟，背了胡生，眼後兩人已自搭上了。鐵生從來心願，賠了妻子多時，至此方纔勾帳。正是：

一報還一報，皇天不可欺。
向來打交易，正本在斯時。

門氏與鐵生成了此事，也似狄氏與胡生起初一般的如膠似漆。曉得胡生命在旦夕，到底沒有好的日子了，兩人恩山義海，要做到頭夫妻。鐵生對門氏道：「我妻甚賢，前日尚許我接你來，幫襯我成好事。而今若得娶你同去相處，是絕妙的了。」門氏冷笑了一聲道：「如此肯幫襯人，所以自家也會幫襯。」鐵生道：「他如何自家幫襯？」門氏道：「他與我丈夫往來已久，晚間時常不在我家裡睡。但看你出外，就到你家去了。你難道一些不知？」鐵生方纔如夢初覺，如醉方醒，曉得胡生騙著他，所以臥師入定，先祖有此訴。今日得門氏上手，也是果報。對門氏道：「我前日眼裡親看見，卻被他們把鬼話遮掩了。今日若非娘子說出，到底被他兩人瞞過。」門氏道：「切不可到你家說破，怕你家的怪我。」鐵生道：「我既有了你，可以釋恨。況且你丈夫將危了，我還家去張揚做甚麼？」悄悄別了門氏，回家裡來，且自隱忍不言。不兩日，胡生死了，鐵生弔罷歸家。狄氏念著舊情，心中哀痛，不覺掉下淚來。鐵生此時有心看人的了，有甚麼看不出？冷笑道：「此淚從何而來？」狄氏一時無言。鐵生道：「我已盡知，不必瞞了。」狄氏紫漲了面皮，強口道：「是你相好往來的死了，不覺感嘆墮淚，有甚麼知不知，瞞不瞞？」鐵生道：「不必口強！我在外面宿時，他何曾在自家家裡宿？你何曾獨自宿了？我前日病時親眼看見的，又是何人？還是你相好往來的死了，故此感嘆墮淚。」狄氏見說著真話，不敢分辨，默默不樂。又且想念胡生，闔眼就見他平日模樣，懨懨成病，飲食不進而死。死後半年，鐵生央媒把門氏娶了過來，做了續絃。鐵生與門氏甚是相得。心中想著臥師所言禍福之報，好生警悟。對門氏道：「我只因見你姿色，起了邪心，卻被胡生先淫媾了妻子，這是我的花報。胡生與吾妻子，背了我淫媾，今日卻一時俱死，你歸于我，這卻是他們的花報。此可為妄想邪淫之戒！先前臥師入定轉來，已說破了。我如今悔心已起，家業雖破，還好收拾支撐，我與你安分守己，過日罷了。」鐵生就禮拜臥師為師父，受了五戒，戒了邪淫，也再不放門氏出去游蕩了。漢、沔之間，傳將此事出去，曉得果報不虛。臥師又到處把定中所見勸人，變了好些風俗。有詩為證：

江漢之俗，其女好游。自非文化，誰不可求！
睹色相悅，彼此營勾。寧知捷足，反占先頭。
誘人蕩敗，自己綢繆。一朝身去，田上人收。
眼前還報，不爽一籌。奉勸世人，莫愛風流！

卷三十三　張員外義撫螟蛉子　包龍圖智賺合同文

詩曰：

得失榮枯總在天，機關用盡也徒然。
人心不足蛇吞象，世事到頭螳捕蟬。
無藥可延卿相壽，有錢難買子孫賢。
甘貧守分隨緣過，便是逍遙自在仙。

話說大梁有個富翁，姓張。妻房已喪，沒有孩兒，止生一女，招得個女婿。那張老年紀已過七十，因把田產家緣盡交女婿，并做了一家，賴其奉養，以為終身之計。女兒女婿也自假意奉承，承顏順旨，他也不作生兒之望了。不想已後漸漸疏懶，老大不堪。

忽一日在門首閒立，只見外甥走出來尋公公喫飯。老張便道：「你尋我喫飯麼？」外甥答道：「我尋自己的公公，不來尋你。」張老聞得此言，滿懷不樂。自想道：「女兒落地便是別家的人，果非虛話。我年紀雖老，精力未衰，何不娶個偏房？倘或生得一個男兒，也是張門後代。」隨把自己留下餘財，央媒娶了魯氏之女。成婚未久，果然身懷六甲。方及週年，生下一子，張老十分歡喜。親戚之間，都來慶賀。惟有女兒、女婿，暗暗地煩惱。張老隨將兒子取名一飛，眾人都稱他為張一郎。又過了一、二年，張老患病，沉重不起。將及危急之際，寫下遺書二紙，將一紙付與魯氏道：「我只為女婿、外甥不孝，故此娶你做個偏房。天可憐見，生得此子。本待把家私盡付與他，爭奈他年紀幼小，你又是個女人，不能支持門戶，不得不與女婿管理。我若明明說破，他年要歸我兒，又恐怕他每暗生毒計。而今我這遺書中暗藏啞謎，你可緊緊收藏，且待我兒成人之日，從公告理。倘遇著廉明官府，自有主張。」魯氏依言，收藏過了。張老便叫人請女兒、女婿來，囑付了幾句，就把一紙遺書與他。女婿接過看道：

張一非我子也家財盡與我婿外人不得爭佔。

女婿看過，大喜，就交付渾家收訖。張老又私把自己餘貲，與魯氏母子為日用之費，賃間房子與他居住。數日之內，病重而死。那女婿殯葬丈人已畢，道是家緣盡是他的，夫妻兩口，洋洋得意，自不消說。

卻說魯氏撫養兒子，漸漸長成。因憶遺言，帶了遺書，領了兒子，當官告訴。爭奈官府都道是親筆遺書，既如此說，自應是女婿得的。又且那女婿有錢買囑，誰肯與他分剖。親戚都為張一飛不平，齊道：「張老病中亂命，如此可笑！」卻是沒做理會處。又過了幾時，換了個新知縣，大有能聲。魯氏又領了兒子，到官告訴，說道：「臨死之時，說『書中暗藏啞謎』。」那知縣把書看了又看，忽然會意，便叫人喚將張老的女兒、女婿、眾親眷們及地方父老都來。知縣對那女婿說道：「你婦翁真是個聰明的人，若不是這遺書，家私險被你佔了。待我讀與你聽：

張一非，我子也。家財盡與。我婿外人，不得爭佔！

你道怎麼把『飛』字寫做『非』字？只恐怕舅子年幼，你見了此書，生心謀害，故此用這機關。如今被我識出，家財自然是你舅子的，再有何說？」當下舉筆把遺書圈斷，家財盡判還張一飛。眾人拱服而散，纔曉得張老取名之時，就有心機了。正是：

異姓如何擁厚資，應歸親子不須疑。
書中啞謎誰能識，大尹神明果足奇。

只這個故事，可見親疏分定，縱然一時朦朧，久後自有廉明官府剖斷出來，用不著你的瞞心昧己。

* * *

如今待小子再宣一段話本，叫做「包龍圖智賺合同文」。你道這話本出在那裡？乃是宋朝汴梁西關外義定坊，有個居民劉大，名天祥，娶妻楊氏；兄弟劉二，名天瑞，娶妻張氏。嫡親數口兒，同家過活，不曾分另。天祥沒有兒女，楊氏是個二婚頭❶，初嫁時帶個女兒來，俗名叫做「拖油瓶」。天瑞生個孩兒，叫做劉安住。本處有個李社長，生一女兒，名喚定奴，與劉安住同年。因為李社長與劉家交厚，從未生時，指腹為婚。劉安住二歲時節，天瑞已與他聘定李家之女了。那楊氏甚不賢慧，又私心要等女兒長大，招個女婿，把家私多分與他。因此妯娌間時常有些說話的。虧得天祥兄弟和睦，張氏也自順氣，不致生隙。不想遇著荒歉之歲，六科❷不收，上司發下明文，著居民分房減口，往他鄉外府趁熟❸。天祥與兄弟商議，便要遠行。天瑞道：「哥哥年老，不可他出，待兄弟帶領妻兒去走一遭。」天祥依言，便請將李社長來，對他說道：「親家在此，只因年歲凶歉，難以度日。上司旨意，著居民減口，往他鄉趁熟。

❶ 二婚頭：再嫁的人。
❷ 六科：即「六穀」。
❸ 趁熟：逃荒。

如今我兄弟三口兒，擇日遠行。我家自來不曾分另，意欲寫下兩紙合同文書，把應有的庄田物件、房廊屋舍，都寫在這文書上。我每各收留下一紙，兄弟一、二年回來便罷，若兄弟十年、五年不來，其間萬一有些好歹，這紙文書便是個老大的證見。特請親家到來，做個見人，與我每畫個字兒。」李社長應承道：「當得，當得。」天祥便取出兩張素紙，舉筆寫道：

東京西關義定坊住人劉天祥，弟劉天瑞，幼姪安住，只為六科不收，奉上司文書，分房減口，各處趁熟。弟天瑞自願挈妻帶子，他鄉趁熟。一應家私房產，不曾分另。今立合同文書二紙，各收一紙為照。

立文書人　劉天祥

親弟　劉天瑞

見人　李社長

年　　月　　日

當下各人畫個花押，兄弟二人，每人收了一紙，管待了李社長，自別去了。天瑞揀個吉日，收拾行李，辭別兄嫂而行。弟兄兩個，俱各流淚。惟有楊氏巴不得他三口出門，甚是得意。有一隻仙呂賞花時，單道著這事：

兩紙合同各自收，一日分離無限憂。辭故里，往他州，只為這黃苗不救，可兀的心去意難留。

且說天瑞帶了妻子，一路餐風宿水，無非是：

逢橋下馬，過渡登舟。

不則一日，到了山西潞州高平縣下馬村。那邊正是豐稔年時，諸般買賣好做，就租個富戶人家的房子住下了。那個富戶張員外，雙名秉彝，渾家郭氏。夫妻兩口，為人疏財仗義，好善樂施，廣有田庄地宅，只是寸男尺女❹並無，以此心中不滿。見了劉家夫妻，為人和氣，十分相得。那劉安住年方三歲，張員外見他生得眉清目秀，乖覺聰明，滿心懽喜。與渾家商議，要過繼他做個螟蛉之子。郭氏心裡也正要如此，便央人與天瑞和張氏說道：「張員外看見你家小官人，十二分得意，有心要把他做個過房兒子❺，通家往來，未知二位意下何如？」天瑞和張氏見富家要過繼他兒子，有甚不像意處？便回答道：「只恐貧寒，不敢仰攀。若蒙員外如此美情，我夫妻兩口住在這裡，可也增好些光彩哩。」那人便將此話回復了張員外，張員外夫妻甚是快活。便揀個吉日，過繼劉安住來，就叫他做張安住。那張氏與員外為是同姓，又拜他做了哥哥。自此與天瑞認為郎舅，往來交厚。房錢衣食，都不要他出了。自此將及半年，誰想懽喜未來，煩惱又到。劉家夫妻二口，各各染了疫症，一臥不起。正是：

濃霜偏打無根草，禍來只撁福輕人。

張員外見他夫妻病了，視同骨肉，延醫調理，只是有增無減。不上數日，張氏先自死了。天瑞大哭一場，又得張員外買棺殯斂。過幾日天瑞看看病重，自知不痊，便央人請將張員外來，對他說道：「大恩人在上，小生有句心腹話兒，敢說得麼？」員外道：「姐夫，我與你義同骨肉，有甚分付，都在不才身上，決然不負所托，但說何妨。」天瑞道：「小生嫡親的兄弟兩口，當日離家時節，哥哥立了兩紙合同文書，

---

❹ 寸男尺女：即「一男半女」。

❺ 過房兒子：乾兒子。

哥哥收一紙，小生收一紙，怕有些好歹，以此為證。今日多蒙大恩人另眼相看，誰知命蹇時乖，果然做了他鄉之鬼。安住孩兒幼小無知，既承大恩人過繼，只望大恩人廣脩陰德，將孩兒撫養成人長大，把這紙合同文書，分付與他，將我夫妻兩把骨殖埋入祖墳。小生今生不能補報，來生來世情願做驢做馬，報答大恩。是必休迷了孩兒的本姓！」說罷，淚如雨下。張員外也自下淚，滿口應承。又把好言安慰他，天瑞就取出文書與張員外收了。捱至晚間，瞑目而死。張員外又備棺木衣衾盛殮，已畢，將他夫妻兩口棺木，權埋在祖塋之側。自此撫養安住，恩同己子。

安住漸漸長成，也不與他說知就裡，就送他到學堂裡讀書。安住伶俐聰明，過目成誦。年十餘歲，五經子史，無不通曉。又且為人和順，孝敬二親。張員外夫妻珍寶也似的待他。每年春秋節令，帶他上墳，就叫他拜自己的父母，但不與他說明緣故。真是光陰似箭，日月如梭。撚指之間又是一十五年，安住已長成十八歲了。張員外正與郭氏商量，要與他說知前事，著他歸宗葬父。時遇清明節令，夫妻兩口，又帶安住上墳。只見安住指著傍邊的土堆問員外道：「爹爹年年叫我拜這墳塋，一向不曾問得，不知是我甚麼親眷？乞與孩兒說知。」張員外道：「我兒，我正待要對你說，著你還鄉，只恐怕曉得了自己的爹爹、媽媽，便把我們撫養之恩，都看得冷淡了。你本不姓張，也不是這裡人氏。你本姓劉，東京西關義定坊居民劉天瑞之子，你伯父是劉天祥。因為你那裡六科不收，分房減口，你父親、母親帶你到這裡趁熟，不想你父母雙亡，埋葬于此。你父親臨終時節，遺留與我一紙合同文書，應有家私田產，都在這文書上。叫待你成人長大，與你說知就裡，著你帶這文書去認伯父、伯母，就帶骨殖去祖墳安葬。兒嚛，今日不得不說與你知道。我雖無三年養育之苦，也有十五年抬舉之恩，卻休忘我夫妻兩口兒！」安住聞

張員外義撫螟蛉子

包龍圖智賺合同文

言，哭倒在地。員外和郭氏叫喚甦醒，安住又對父母的墳塋，哭拜了一場道：「今日方曉得生身的父母。」就對員外、郭氏道：「稟過爹爹、母親，孩兒既知此事，時刻也遲不得了。乞爹爹把文書付我，須索帶了骨殖，往東京走一遭去。埋葬已畢，重來侍奉二親，未知二親意下何如？」員外道：「這是行孝的事，我怎好阻當得你？但只願你早去早回，免使我兩口兒懸望。」當下一同回到家中，安住收拾起行裝，次日拜別了爹媽，員外就拿出合同文書與安住收了，又叫人啟出骨殖來與他帶去。臨行，員外又分付道：「休要久戀家鄉，忘了我認義父母！」安住道：「孩兒怎肯做知恩不報恩！大事已完，仍到膝下侍養。」三人各各灑淚而別。

安住一路上不敢遲延，早來到東京西關義定坊了，一路問到劉家門首，只見一個老婆婆站在門前。安住上前唱了個喏道：「有煩媽媽與我通報一聲，我姓劉名安住，是劉天瑞的兒子。問得此間是伯父、伯母的家裡，特來拜認歸宗。」只見那婆子一聞此言，便有些變色。就問安住道：「如今二哥、二嫂在那裡？你既是劉安住，須有合同文字為照。不然，一面不相識的人，如何信得是真？」安住道：「我父母十五年前死在潞州了。我虧得義父撫養到今，文書自在我行李中。」那婆子道：「則我就是劉大的渾家。既有文書，便是真的了，可把與我，你且站在門外，待我將進去，與你伯伯看了，接你進去。」安住道：「不知就是伯娘，多有得罪。」就解開行李，把文書雙手遞將送去。楊氏接得，望著裡邊去了。安住等了半晌，不見出來。原來楊氏的女兒已贅過女婿，滿心只要把家緣盡數與他，日夜防的是叔嬸姪兒回來。今見說叔嬸俱死，伯姪兩個又從不曾識認，可以欺騙得的。當時賺得文書到手，把來緊緊藏在身邊暗處，卻待等他再來纏時，與他白賴❻。也是劉安住悔氣，合當有事，撞見了他。若是先見了劉天祥，須不到得有此。

再說劉安住等得氣嘆口渴，鬼影也不見一個，又不好走得進去。正在疑心之際，只見前面走將一個老年的人來，問道：「小哥，你是那裡人？為甚事在我門首呆呆站著？」安住道：「你莫非就是我伯伯麼？則我便是十五年前父母帶了潞州去趁熟的劉安住。」那人道：「如此說起來，你正是我的姪兒。你那合同文書安在？」安住道：「適纔伯娘已拿將進去了。」劉天祥滿面堆下笑來，攜了他的手，來到前廳。安住倒身下拜，天祥道：「孩兒行路勞頓，不須如此。我兩口兒年紀老了，真是風中之燭。自你三口兒去後，一十五年杳無音信。我們兄弟兩個，只看你一個人。偌大家私，無人承受，煩惱得我眼也花，耳也聾了。如今幸得孩兒歸來，可喜可喜。但不知你父母安否？如何不與你同歸來看我們一看？」安住撲簌簌淚下，就把父母雙亡、義父撫養的事體，從頭至尾說了一遍。劉天祥也哭了一場，就喚出楊氏來道：「大嫂，姪兒在此見你哩。」楊氏道：「那個姪兒？」天祥道：「就是十五年前去趁熟的劉安住。」楊氏道：「那個是劉安住？這裡哨子❼每極多，大分是見我每有些家私，假妝做劉安住來冒認的。他爹娘去時，有合同文書。若有，便是真的；如無，便是假的。有甚麼難見處？」天祥道：「適纔孩兒說道已交付與你了。」楊氏道：「我不曾見。」安住道：「是孩兒親手交與伯娘的，怎如此說？」天祥道：「大嫂，休鬥我耍，孩兒說你拿了他的。」楊氏只是搖頭，不肯承認。天祥又問安住道：「這文書委實在那裡，你可實說。」安住道：「孩兒怎敢有欺？委實是伯娘拿了。人心天理，怎好賴得？」楊氏罵道：

❻ 白賴：硬不承認。

❼ 哨子：騙子。

「這個說謊的小弟子孩兒，我幾曾見那文書來？」天祥道：「大嫂休要鬥氣❽！你果然拿了，與我一看何妨？」楊氏大怒道：「這老子也好糊塗！我與你夫妻之情，到信不過；一個鐵❾驀生的人，倒並不疑心。這紙文書我要他糊窗兒，有何用處？若果姪兒來，我也懽喜，如何肯揹留他的？這花子故意來捏舌❿，哄騙我們的家私哩！」安住道：「伯伯，你孩兒情願不要家財，只要傍著祖墳上埋葬了我父母這兩把骨殖，我便仍到潞州去了。你孩兒須自有安身立命之處。」楊氏道：「誰聽你這花言巧語？」當下提起一條桿棒，望著安住，劈頭劈臉打將過來，早把他頭兒打破了，鮮血迸流。天祥雖在傍邊解勸，喊道：「且問個明白！」卻是自己又不認得姪兒，見渾家抵死不認，不知是假是真，好生委決不下，只得由他。那楊氏將安住叉出前門，把門閉了。正是：

黑蟒口中舌，黃蜂尾上針。
兩般猶未毒，最毒婦人心。

劉安住氣倒在地多時，漸漸甦醒轉來，對著父母的遺骸，放聲大哭。又道：「伯娘，你直下得如此狠毒！」正哭之時，只見前面又走過一個人來，問道：「小哥，你那裡人？為甚麼在此啼哭？」安住道：「我便是十五年前隨父母去趁熟的劉安住。」那人見說，喫了一驚，仔細相了一相，問道：「誰人打破你的頭來？」安住道：「這不干我伯父事，是伯娘不肯認我，拿了我的合同文書，抵死賴了。又打破了

❽ 鬥氣：生氣。
❾ 鐵：硬是；十足是。
❿ 捏舌：謅謠生事。

我的頭。」那人道：「我非別人，就是李社長。這等說起來，你是我的女婿。你且把十五年來的事情，細細與我說一遍，待我與你做主。」安住見說是丈人，恭恭敬敬唱了個喏。哭告道：「岳父聽稟：當初父母同安住趁熟，到山西潞州高平縣下馬村張秉彝員外家店房中安下，父母染病雙亡。張員外認我為義子，抬舉的成人長大。我如今十八歲了，義父纔與我說知就裡，因此擔著我父母兩把骨殖來認伯伯，誰想伯娘將合同文書賺的去了，又打破了我的頭，這等冤枉，那裡去告訴？」說罷，淚如湧泉。李社長氣得面皮紫漲，又問安住道：「那紙合同文書既被賺去，你可記得麼？」安住道：「記得。」李社長道：「你且背來我聽。」安住從頭念了一遍，一字無差，李社長道：「果是我的女婿，再不消說，這虔婆好生無理！我如今敲進劉家去，說得他轉便罷，說不轉時，現今開封府府尹是包龍圖相公，十分聰察，我與你同告狀去，不怕不斷還你的家私。」安住道：「全憑岳丈主張。」李社長當時敲進劉天祥的門，對他夫妻兩個道：「親翁、親媽，什麼道理？親姪兒回來，如何不肯認他，反把他頭兒都打破了？」楊氏道：「這個社長，你不知他是詐騙人的，故來我家裡打渾⓫！他既是我家姪兒，當初曾有合同文書，有你畫的字。若有那文書時，便是劉安住。」李社長道：「他說是你賺來藏過了，如何白賴？」楊氏道：「這社長也好笑，我何曾見他的？卻似指賊的一般。別人家的事情，誰要你多管！」當下又舉起桿棒，要打安住。李社長恐怕打壞了女婿，挺身攔住，領了他出來，道：「這虔婆使這般的狠毒見識！難道不認就罷了，不到得和你干休！賢婿不要煩惱，且帶了父母的骨殖和這行囊，到我家中將息一晚，明日到開封府進狀。」安住從命，隨了岳丈一路到李家來。李社長又引他拜見了丈母，安排酒飯管待他。又與

⓫ 打渾：朦混。

他包了頭，用藥敷治。次日侵晨，李社長寫了狀詞，同女婿到開封府來。等了一會，龍圖已陞堂了，但見：

鼕鼕衙鼓響，公吏兩邊排。
閻王生死殿，東岳嚇魂臺。

李社長和劉安住當堂叫屈，包龍圖接了狀詞，看畢，先叫李社長上去，問了情由。李社長從頭說了。包龍圖道：「莫非是你包攬官司，教唆他的？」李社長道：「他是小人女婿，文書上原有小人花押，憐他幼稺含冤，故此與他申訴，怎敢欺得青天爺爺！」包龍圖道：「你曾認得女婿麼？」李社長道：「他自三歲離鄉，今日方歸，不曾認得。」包龍圖道：「既不認得，又失了合同文書，你如何信得他是真？」李社長道：「這文書除了劉家兄弟和小人，並無一人看見，他如今從前至後背來不差一字，豈不是個老大的證見？」包龍圖又喚劉安住起來，問其情由，安住也一一說了。又驗了他的傷，問道：「莫非你果不是劉家之子，借此來行拐騙的麼？」安住道：「爺爺，天下事是假難真，如何做得這沒影的事體？況且小人的義父張秉彝，廣有田宅，也夠小人一生受用了。小人原說過，情願不分伯父的家私，只要把父母的骨殖葬在祖墳，便仍到潞州義父處去居住。望爺爺青天詳察。」包龍圖見他兩人說得有理，就批准了狀詞，隨即拘喚劉天祥夫婦同來。包龍圖叫劉天祥上前問道：「你是個一家之主，如何沒些主意，全聽妻言？你且說那小廝果是你姪兒不是？」天祥道：「爺爺，小人自來不曾認得姪兒，全憑著合同為證。如今這小廝抵死說是有的，妻子又抵死說沒有，小人又沒有背後眼睛，為此委決不下。」包龍圖又叫楊氏起來，再三盤問，只是推說不曾看見。包龍圖就對安住道：「你伯父、伯娘如此無情，我如今聽憑你著實打他，且消你這口怨氣！」安住惻然下淚道：「這個使不得！我父親尚是他的兄弟，豈有姪兒打伯父之理？小人本為認親葬父行孝而來，又非是爭財競產，若是要小人做此逆倫之事，至死不敢。」包龍圖聽了這一遍說話，心下已有幾分明白。有詩為證：

包老神明稱絕倫，就中曲直豈難分？
當堂不肯施刑罰，親者原來只是親。

當下又問了楊氏幾句，假意道：「那小廝果是個拐騙的，情理難容。你夫妻們和李某且各回家去，把這廝下在牢中，改日嚴刑審問。」劉天祥等三人叩頭而出。安住自到獄中去了。楊氏暗暗地懽喜。李社長和安住俱各懷著鬼胎，疑心道：「包爺向稱神明，如何今日到把原告監禁？」

卻說包龍圖密地分付牢子每不許難為劉安住，又分付衙門中人張揚出去，只說安住破傷風發，不久待死。又著人往潞州取將張秉彝來。不則一日，張秉彝到了。包龍圖問了他備細，心下大明，就叫他牢門首見了安住，用好言安慰他。次日，僉了聽審的牌，又密囑付牢子每臨審時如此如此。隨即將一行人拘到，包龍圖叫張秉彝與楊氏對辯。楊氏只是硬爭，不肯放鬆一句。包龍圖便叫監中取出劉安住來，只見牢子回說道：「病重垂死，行動不得。」當下李社長見了張秉彝，問明緣故不差，又忿氣與楊氏爭辯了一會。又見牢子們來報道：「劉安住病重死了。」那楊氏不知利害，聽見說是死了，便道：「真死了，卻謝天地，到免了我家一累。」包爺分付道：「劉安住得何病而死？快叫仵作人相視了回話。」仵作人相了回說：「相得死尸約年十八歲，太陽穴為他物所傷致死，四週有青紫痕可驗。」包龍圖道：「如今卻怎麼處？到弄做個人命事，一發重大了！兀那楊氏，那小廝是你甚麼人？可與你關甚親麼？」楊氏道：

「爺爺，其實不關甚親。」包爺道：「若是關親時節，你是大，他是小，縱然打傷身死，不過是誤殺子孫，不致償命，只罰些銅納贖。既是不關親，你豈不聞得：

殺人償命，欠債還錢。

他是各白世人，你不認他罷了，拿甚麼器杖打破他頭，做了破傷風身死，律上說：『毆打平人因而致死者，抵命。』左右可將枷來，枷了這婆子！下在死囚牢裡，交秋處決，償這小廝的命！」只見兩邊如狼似虎的公人，暴雷也似答應一聲，就抬過一面枷來。唬得楊氏面如土色，只得喊道：「爺爺，他是小婦人的姪兒。」包龍圖道：「既是你姪兒，有何憑據？」楊氏道：「現有合同文書為照。」當下身邊摸出文書，遞與包公看了。正是：

本說的丁一卯二，生扭做差三錯四。
略用些小小機關，早賺出合同文字。

包龍圖看畢，又對楊氏道：「劉安住既是你的姪兒，我如今著人抬他的尸首出來，你須領去埋葬，不可推卻。」楊氏道：「小婦人情願殯葬姪兒。」包龍圖便叫監中取出劉安住來，對他說道：「劉安住，早被我賺出合同文字來也！」安住叩頭謝道：「若非青天老爺，真是屈殺小人！」楊氏抬頭看時，只見容顏如舊，連打破的頭都好了。滿面羞慚，無言抵對。包龍圖遂提筆判云：

劉安住行孝，張秉彝施仁，都是罕有，俱各旌表門閭。李社長著女夫擇日成婚。其劉天瑞夫妻骨殖，准葬祖塋之側。劉天祥朦朧不明，念其年老，免罪。妻楊氏本當重罪，罰銅准贖。楊氏贅婿，原非劉門瓜葛，即時逐出，不得侵占家私！

判畢，發放一干人犯，各自寧家。眾人叩頭而出。張員外寫了通家名帖，拜了劉天祥、李社長，先回潞州去了，劉天祥到家，將楊氏埋怨一場，就同姪兒將兄弟骨殖埋在祖塋。已畢，李社長擇個吉日，贅女婿過門成婚。一月之後，夫妻兩口同到潞州，拜了張員外和郭氏。以後劉安住出仕貴顯，劉天祥、張員外俱各無嗣，兩姓的家私，都是劉安住一人承當。可見榮枯分定，不可強求，況且骨肉之間，如此昧己瞞心，最傷元氣。所以宣這個話本，奉戒世人，切不可為著區區財產，傷了天性之恩。有詩為證：

螟蛉義父猶施德，骨肉天親反弄奸。
日後方知前數定，何如休要用機關！

卷三十四　聞人生野戰翠浮庵　靜觀尼晝錦黃沙衖

詩云：

酒不醉人人自醉，色不迷人人自迷。
不是三生應判與，直須慧劍斷邪思。

話說世間齊眉結髮，多是三生分定，儘有那揮金霍玉，百計千方，圖謀成就的，到底卻捉個空。有那一貧如洗，家徒四壁，似司馬相如的，分定時，不要說尋媒下聘，與那見面交談，便是殊俗異類，素昧平生，意想所不到的，卻得成了配偶。自古道：「姻緣本是前生定，曾向蟠桃會裡來。」見得此一事非同小可。只看從古至今，有那崑崙奴、黃衫客、許虞候，那一班驚天動地的好漢，也只為從險阻艱難中成全了幾對兒夫婦，直教萬古流傳。奈何平人見個美貌女子，便待偷雞弔狗，滾熱了又妄想永遠做夫妻。奇奇怪怪，用盡機謀，討得些寡便宜，枉玷辱人家門風。直到弄將出來，十個九個死無葬身之地。——說話的，依你如此說，怎麼今世上也有偷期的倒成了正果，也有奸騙的到底無事！怎見得便個個死於非命？——看官聽說：你卻不知，一飲一啄，莫非前定；夫妻自不必說，就是些閒花野草，也只是前世的緣分。假如偷期的成了正果，前緣湊著，自然配合。奸騙的保身沒事，前緣償了，便可收心。為此也有這一輩，自與那癡迷不轉頭，送了性命的不同。

如今且說一個男假為女，奸騙亡身的故事。蘇州府城有一豪家莊院，甚是廣闊。莊側有一尼庵，名曰功德庵，也就是豪家所造，庵裡有五個後生尼姑，其中只有一個出色的，姓王。乃是雲游來的，又美麗，又風月。年可二十來歲，是他年紀最小，卻是豪家主意，推他做個庵主。原來那王尼有一身奢嗻❶的本事：第一件，一張花嘴，數黃道白❷，指東話西，專一在官宦人家打踅❸。那女眷們沒一個不被他哄得投機的。第二件，一付溫存性情，善能體察人情，隨機應變的幫襯。第三件，一手好手藝，又會寫作，又會刺繡。那些大戶女眷，也有請他家裡來教的，也有到他庵裡就教的。又不時有那來求子的，來做道場保禳災悔的。他又去富貴人家及鄉村婦女誘約到庵中作會。庵有淨室十七間，各備床褥衾枕，要留宿的極便，所以他庵中沒一日沒女眷來往，或在庵過夜，或幾日停留。又有一輩婦女，赴庵一次過，再不肯來了的。至於男人，一個不敢上門見面。因有豪家出告示，禁止游客閒人；就是豪家妻女在內，夫男也別嫌疑，恐怕罪過，不敢輕來打攪，所以女人越來得多了。

話休絮煩。有個常州理刑廳，隨著察院巡歷，查盤蘇州府的，姓袁。因查盤公署，就在察院相近，不便，亦且天氣炎熱，要個寬廠所在歇足。縣間借得豪家莊院，送理刑去住在裡頭。一日將晚，理刑在院中閒步，見有一小樓極高，可以四望。隨步登樓，只見樓中塵積，蛛網蔽戶，是個久無人登的所在。理刑喜他微風遠至，心要納涼，不覺遷延佇立許久。遙望側邊對著也是一座小樓，樓中有三、五個少年

❶ 奢嗻：同「唓嗻」。偉大。
❷ 數黃道白：嚕嚕囌囌。
❸ 打踅：走動。

女娘與一個美貌尼姑，嘻笑頑耍。理刑倒躲過身子，不使那邊看見。偷眼在窗裡張時，只見尼姑與那些女娘或是摟抱一會，或是勾肩搭背，偎臉揎唇一會。理刑看了半晌，搖著頭道：「好生作怪！若是女尼，緣何作此等情狀？事有可疑。」放在心裡。次日，喚皁隸來，問道：「此間左側有個庵，是甚麼庵？」皁隸道：「是某爺家功德庵。」理刑道：「還是男僧在內，女僧在內？」皁隸道：「止有女僧五人。」理刑道：「可有香客與男僧來往麼？」皁隸道：「因是女僧在內，有某爺家做主，男人等閒也不敢進門，何況男僧？多只是鄉宦人家女眷們往來，這是日日不絕的。」理刑心疑不定。恰好知縣來參，理刑把昨晚所見與知縣說了。知縣分付兵快隨著理刑，抬到尼庵前來，把前後密地圍住。理刑親自進庵來，眾尼慌忙接著，理刑看時，只有四個尼姑，昨日眼中所見的，卻不在內。問道：「我聞說這庵中有五個尼姑，緣何少了一個？」四尼道：「庵主偶出。」理刑道：「你庵中有座小樓，從那裡上去的？」眾尼支吾道：「庵中只是幾間房子，不曾有甚麼樓？」理刑道：「胡說！」領了人各處看一遍，眾尼臥房多看過，果然不見有樓。理刑道：「又來作怪！」就喚一個尼姑，另到一個所在，故意把閒話問了一會，帶了開去，卻叫帶這三個來，發怒道：「你們輒敢在吾面前說謊！方纔這一個尼姑已自招了，有樓在內，你們卻怎說沒有？這等奸詐，可惡，快取拶來！」眾尼慌了，只得說出道：「實有一樓，從房裡床側紙糊門裡進去就是。」理刑道：「既如此，緣何隱瞞我？」眾尼道：「非敢隱瞞爺爺，實是還有幾個鄉宦家夫人小姐在內，所以不敢說。」推官便叫眾尼開了紙門，帶了四、五個皁隸，灣灣曲曲走將進去，方是胡梯。只聽得樓上嘻笑之聲。理刑站住，分付皁隸道：「你們去看，有個尼姑在上面時，便與我拿下來！」皁隸領旨，一擁上樓去。只見兩個閨女，三個婦人，與一個尼姑，正坐著飲酒，見那幾個公人驀上來，喫那一驚不小，四分五落的卻待躲避。眾皁隸一齊動手，把那嬌嬌嫩嫩的一個尼姑，橫拖倒拽，捉將下來。拽到當面，問了他臥房在那裡，到裡頭一搜，搜出白綾汗巾十九條，皆有女子元紅在上。又有簿籍一本，開載明白，多是留宿婦女姓氏日期，細註：「某人是某日初至，某人是某人薦至，某女是元紅，某女元係無紅。」一一明白。理刑一看，怒髮衝冠，連四尼多拿了，帶到衙門裡來。庵裡一班女眷見捉了眾尼去，不知甚麼事發，一齊出庵，僱轎各自回去了。

且說理刑到了衙門裡，喝叫動起刑來，堅稱：「身是尼僧，並無犯法。」理刑又取穩婆進來，逐一驗過，多是女身。理刑沒做理會處，思量道：「若如此，這些汗巾簿籍，如何解說？」喚穩婆密問道：「難道毫無可疑？」穩婆道：「止有年小的這個尼姑，雖不見男形，卻與女人有些兩樣。」理刑猛想道：「從來聞有縮陽之術，既這一個有些兩樣，必是男子。我記得一法，可以破之。」命取油塗其陰處，牽一隻狗來餂食。那狗聞了油香，伸了長舌，餂之不止。原來狗舌最熱，餂到十來餂，小尼熱癢難熬，打一個寒噤，騰的一條棍子，直統出來，且是堅硬不倒。眾尼與穩婆掩面不迭。理刑怒極道：「如此奸徒，死有餘辜！」喝叫拖番，重打四十，又夾一夾棍，教他從實供招來蹤去跡。只得招道：「身係本處游僧。自幼生相似女，從師在方上學得採戰伸縮之術，可以夜度十女。一向行白蓮教，聚集婦女奸宿。雲游到此庵中，有眾尼相愛留住。因而說出能會縮陽為女。便充做本庵庵主，多與那夫人小姐們來往。來時誘至樓上同宿。人多不疑，直到引動淫興，調得情熱，方放出肉具來，多不推辭。也有剛正不肯的，有個淫咒迷了他，任從淫慾，事畢方解。所以也有一宿過再不來的，其餘盡是兩相情願，指望永遠取樂。不想被爺爺驗出，甘死無辭。」方在供招，只見豪家聽了妻女之言，道是理刑拿了家庵尼姑去，寫書來囑托討饒。理刑大怒，也不回書，竟把汗巾簿籍封了送去。豪家見了，羞赧無地。理刑乃判云：

審得王某係三吳亡命，優僕奸徒，倡白蓮以惑黔首，抹紅粉以溷朱顏。教祖沙門，本是登岸和尚；嬌藏金屋，改為入幕觀音。抽玉筍，合掌禪床，孰信為尼為尚？脫金蓮，展身繡榻，誰知是女是男？譬之鷃入鳳巢，始合關雎之好；蛇游龍窟，豈無雲雨之私！明月本無心，照霜閨而寡居不寡；清風原有意，入朱戶而孤女不孤。廢其居，火其書，方足以滅其跡；剖其心，刳其目，不足以盡其辜！

判畢，分付行刑的百般用法擺佈，備受慘酷。那一個粉團也似的和尚，怎生熬得過？登時身死。四尼各責三十，官賣了，庵基拆毀。那小和尚屍首，拋在觀音潭。聞得這事的都去看他，見他陽物纍垂，有七、八寸長，一似驢馬的一般，盡皆掩口笑道：「怪道內眷們喜歡他！」平日與他往來的人家內眷，聞得此僧事敗，弔死了好幾個。這和尚奸騙了多年，卻死無葬身之所。若前此回頭自想，道不是久長之計，改了念頭，或是索性還了俗，娶個妻子，過了一世，可不正應著看官們說的道「奸騙的也有沒事」這句話了？便是人到此時，得了些滋味，眯了心肝，直待至死方休。所以凡人一走了這條路，鮮有不做出來的。正是：

善惡到頭終有報，只爭來早與來遲。

*　*　*

這是男妝為女的了。而今有一個女妝為男，偷期後得成正果的話。洪熙年間，湖州府東門外有一儒家，姓楊。老兒亡故，一個媽媽同著小兒子并一個女兒過活。那女兒年方一十二歲，一貌如花，且是聰明。單只從小的三好兩歉，有些小病。老媽媽沒一處不想到，只要保祐他長大，隨你甚麼事也去做了。忽一日，媽媽和女兒正在那裡做繡作，只見一個尼姑步將進來，媽媽歡喜接待。原來那尼姑是杭州翠浮庵的觀主，與楊媽媽來往有年。那尼姑也是個花嘴騙舌之人，平素只貪些風月，庵裡收拾下兩個後生徒弟，多是通同與他做些不伶俐勾當的。那時將了一包南棗、一瓶秋茶、一盤白菓、一盤栗子，到楊媽媽家來探望。敘了幾句寒溫，那尼姑看楊家女兒時，生得如何？

體態輕盈，丰姿旖旎。白似梨花帶雨，嬌如桃瓣隨風。緩步輕移，裙拖下露兩竿新筍；含羞欲語，領緣上動一點朱櫻。直饒封涉不生心，便是魯男須動念。

尼姑見了，問道：「姑娘今年尊庚多少？」媽媽答道：「十二歲了，諸事倒多伶俐，只有一件沒奈何處。因他身子怯弱，動不動三病四痛，老身恨不得把身子替了他。為這一件上，常是受怕擔憂。」尼姑道：「媽媽可也曾許個願心保禳保禳麼？」媽媽道：「咳，那一件不做過？求神拜佛，許願禱星，只是不能脫身。不知是什麼悔氣星進了命，再也退不去？」尼姑道：「這多是命中帶來的，請把姑娘八字與小尼推一推看。」媽媽道：「師父原來又會算命，一向不得知。」便將女兒年月日時，對他說了，尼姑做張做智❹，算了一回，說道：「姑娘這命，只不要在媽媽身伴便好。」媽媽道：「老身雖不捨得他離眼前，今要他病好，也說不得。除非過繼到別家去，卻又性急裡沒一個去處。」尼姑道：「姑娘可曾受聘了麼？」媽媽道：「不曾。」尼姑道：「姑娘命中犯著孤辰，若許了人家時，這病一發了不得，除非這個著落，方合得姑娘貴造，自然壽命延長，身體旺相。只是媽媽自然捨不得的，不好啟齒。」媽媽道：「只要保

❹ 做張做智：裝模作樣。

得沒事時，隨著那裡去何妨！」尼姑道：「媽媽若割捨得下時，將姑娘送在佛門做個世外之人，消災增福，此為上著。」媽媽道：「師父所言甚好，這是佛天面上功德，我雖是不忍拋撇，譬如多病多痛死了。沒奈何，走了這一著罷。也是前世有緣，得師父廝熟。倘若不棄，便送小女與師父做過徒弟。」尼姑道：「姑娘是一點福星，若在小庵，佛面上也增多少光輝，實是萬分之幸。只是小尼怎做得姑娘的師父？」媽媽道：「休恁地說！只要師父抬舉他一分，老身也放心得下。」尼姑道：「媽媽說那裡話？姑娘是何等之人，小尼敢怠慢他？小庵雖則貧寒，靠著施主們看覷，身衣口食不致淡泊，媽媽不必掛心。」媽媽道：「恁地，待選個日子送到庵便了。」媽媽一頭看曆日，一頭不覺簌簌的掉淚。尼姑又勸慰了一番。媽媽揀定日子，留尼姑在家住了兩日，僱隻船，叫女兒隨了尼姑出家。母子兩個，抱頭大哭一番。女兒拜別了母親，同尼姑來到庵裡，與眾尼相見了。拜了師父，擇日與他剃髮，取法名叫做靜觀。自此楊家女兒便在翠浮庵做了尼姑。這多是楊媽媽沒主意。有詩為證：

弱質雖然為病磨，無常何必便來拖？
等閒送上空門路，卻使他年自擇窩。

你道尼姑為甚攛掇楊媽媽叫女兒出家？原來他日常要做些不公不法的事，全要那幾個後生標緻徒弟做個牽頭，引得人動。他見楊家女兒十分顏色，又且媽媽只要保扶他長成，有甚事不依了他？所以他將機就計，以推命做個入話，唆他把女兒送入空門，收他做了徒弟。那時楊家女兒十二歲上，情竇未開，卻也不以為意。若是再大幾年的，也抵死不從了。自做了尼姑之後，每常或同了師父，或自己一身到家來看母親，一年也往來幾次。媽媽本是愛惜女兒的，在身邊時節，身子略略有些不爽利，一分便認做十分，所以動不動憂愁思慮。離了身伴，便有些小病，卻不在眼前，倒省了許多煩惱。又且常見女兒到家，身子健旺，女兒怕娘記掛，口裡只說舊病一些不發。為此那媽媽一發信道該是出家的人，也倒不十分懸念了。

話分兩頭。卻說湖州黃沙衖裡有一個秀才，複姓聞人，單名一個嘉字，乃是祖貫紹興。因公公在烏程處館，超籍過來的，面似潘安，才同子建，年十七歲。堂上有四十歲的母親，家貧，未有妻室。為他少年英俊，又且氣質閑雅，風流瀟灑，十分在行，朋友中沒一個不愛他敬他的，所以時常有人齎助他。至於熬游晏飲，一發罷他不得。但是朋友們相聚，多以聞人生不在為歉。一日，正是正月中旬天氣，梅花盛發。一個後生朋友，喚了一隻游船，拉了聞人生往杭州耍子，就便往西溪看梅花。聞人生稟過了母親同去。一日夜到了杭州。那朋友道：「我們且先往西溪看了梅花，明日進去。」便叫船家把船撐往西溪，不上個把時辰，到了。泊船在岸，聞人生與那朋友步行上岸，叫僕從們挑了酒盒，相挈而行。約有半里多路，只見一個松林，多是合抱不交的樹，林中隱隱一座庵觀，周圍一帶粉牆包裹，向陽兩扇八字牆門，門前一道溪水，甚是僻靜。兩人走到庵門前閒看，那庵門掩著，裡面卻像有人窺覷。那朋友道：「好個清幽庵院！我們扣門進去討盃茶喫了去，何如？」聞人生道：「還是趁早去看梅花要緊，轉來進去不遲。」那朋友道：「有理，有理。」拽開腳步便去，頃刻間走到。兩人看梅花時，但見：

爛銀一片，碎玉千重。幽馥襲和風，賈午異香還較遜；素光映麗日，西子靚妝應不如。綽約幹能傲冰霜，參差影偏宜風月。騷人題詠安能盡，韻客盃盤何日休？

兩人看了，閒玩了一回，便叫將酒盒來開懷暢飲。天色看看晚來，酒已將盡，兩人喫個半酣，取路回舟中來。那時天已昏黑只要走路，也不及進庵中觀看，急急下船，過了一夜。次早，松木場上岸不題。

且說那個庵，正是翠浮庵，便是楊家女兒出家之處。那時靜觀已是十六歲了，更長得儀容絕世，且是性格幽閑。日常有這些俗客往來，也有注目看他的，也有言三語四挑撥他的，眾尼便嘻笑趨陪，殷勤款送，他只淡淡相看，分毫不放在心上。閑常見眾尼每幹些勾當，只做不知，閉門靜坐，看些古書，寫些詩句，再不輕易出來走動。也是機緣湊泊，適纔聞人生庵前閑看時，恰好靜觀偶然出來閑步，在門縫裡窺看，只見那聞人生逸致翩翩，有出塵之態。靜觀注目而視，看得仔細。見聞人生去遠了，恨不再趕上去飽看一回。無聊無賴的只得進房，心下想道：「世間有這般美少年，莫非天仙下降？人生一世，但得恁地一個，便把終身許他，豈不是一對好姻緣？奈我已墮入此中，這事休題了！」嘆口氣，噙著眼淚，正是：

啞子漫嘗黃栢味，難將苦口向人言。

看官聽說：但凡出家人，必須四大俱空，自己發得念盡，死心塌地，做個佛門弟子，早夜脩持，凡心一點不動，卻纔算得有功行。若如今世上，小時憑著父母蠻做，動不動許在空門，那曉得起頭易，到底難，到得大來，得知了這些情欲滋味，就是強制得來，原非他本心所願。為此就有那不守分的，汙穢了禪堂佛殿，正叫做作福不如避罪。奉勸世人，再休把自己兒女送上這條路來。

閒話休題。卻說聞人生自杭州歸來，荏苒間又過了四個多月。那年正是大比之年，聞人生已從道間取得頭名。此時正是六月天氣，卻不甚熱，打點束裝上杭。他有個姑娘，在杭州關內黃主事家做孤孀，要去他庄上尋間清涼房舍，靜坐幾時。看了出行的日子，已得朋友們資助了些盤纏，安頓了母親，僱了隻航船，帶了家僮阿四，擕了書囊前往。纔出東門，正行之際，岸上一個小和尚說著湖州話，叫道：「船是上杭州去的麼？」船家道：「正是，送一位科舉相公上去的。」和尚道：「既如此，可帶小僧一帶，舟金依例奉上。」船家道：「師父杭州去做甚麼？」和尚道：「我出家在靈隱寺，今到俗家探親，卻要回去。」船家道：「要問艙裡相公，我們不敢自主。」只見那阿四便鑽出船頭上來嚷道：「這不識時務小禿驢！我家官人正去鄉試，要討采頭，撞將你這一件禿光光、不利市的物事來。去便去，不去時，我把水兜豁上一頓水，替你洗潔靜了那個亂代頭！」——你道怎地叫做「亂代頭」？昔人有嘲誚和尚說話道：「此非治世之頭，乃亂代之頭也。」蓋為「亂」、「卵」二字音相近。阿四見家主與朋友們戲謔，曾說過，故此學得這句話，罵那和尚。——和尚道：「載不載，問一聲也不沖撞了甚麼，何消得如此嚷！」聞人生在艙裡聽見，推窗看那和尚。且是生得清秀嬌嫩，甚覺可愛。又見說是靈隱寺的和尚，便想道：「靈隱寺去處，山水最勝。我便帶了這和尚去，與他做個相知往來，到那裡做下處也好。」慌忙出來喝住道：「小廝不要無理！鄉里間的師父，既要上杭時，便下船來做伴同去何妨！」也是緣分該如此，船家得了這話，便把船攏岸。那和尚一見了聞人生，喫了一驚，一頭下船，一頭瞅著聞人生只顧看。聞人生想道：「我眼裡也從不見這般一個美麗長老！容色絕似女人。若使是女身，豈非天姿國色！可惜是個和尚了！」和他施禮罷，進艙裡坐定。卻值風順，拽起片帆，船去如飛。兩個在艙中各問姓名了畢，知是同鄉，只說著一樣的鄉語，一發投機。聞人生見那和尚談吐雅致，想道：「不是個庸僧。」只見他一雙媚眼，不住的把聞人生上下只顧看。天氣暴暑，聞人生請他寬了上身單衣，和尚道：「小僧生性不十分畏暑，相公請自便。」看看天晚，喫了些夜飯，聞人生便讓和尚洗澡，和尚只推是不消。聞人生洗了澡，已自困倦，扳倒頭，只尋睡了。阿四也往梢上去自睡。那和尚見人睡靜，方滅了火，解衣與聞人生同睡。卻自翻來覆去，睡不安穩，只自嘆氣。見聞人生已睡熟，悄悄坐起來，伸隻手把他身上摸著，不想正摸著他一件蹺尖尖、硬篤篤的東西，捏了一把。那時聞人生正醒來，伸個腰。那和尚流水放手，輕輕的睡了倒去。聞人生卻已知覺，想道：「這和尚倒來惹騷！恁般一個標緻的，想是師父也不饒他，倒是慣家了。我便兜他來男風一度也使得，如何肉在口邊不喫？」聞人生正是少年高興的時節，便爬將過來，與和尚做了一頭。伸將手去摸時，和尚做一團兒睡著，只不做聲。聞人生又摸去，只見軟團團兩隻奶兒。聞人生想道：「這小長老又不肥胖，如何有恁般一對好奶？」再去摸他後庭時，那和尚卻像驚怕的，流水翻轉身來仰臥著。聞人生卻待從前面抄將過去，纔下手卻摸著前面高聳聳似饅頭般一團肉，卻無陽物。聞人生倒喫了一驚，道：「這是怎麼說？」問他道：「你實說，是甚麼人？」和尚道：「相公不要則聲，我身實是女尼。因怕路上不便，假稱男僧。」聞人生道：「這等一發有緣，放你不過了。」不問事繇，跳上身去。那女尼道：「相公可憐，小尼還是個女身，不曾破肉的，從容些則個。」聞人生此時慾火正高，那裡還管，捱開兩股，徑將陽物直搗。無奈那尼姑含花未慣風和雨，怎當聞人生興發，忙施雨與風，遷延再四，方沒其身。那女尼只得蹙眉嚙齒忍耐。霎時雲收雨散。聞人生道：「小生無故得遇仙姑，知是睡裡夢裡，須道住止詳細，好圖後會。」女尼便道：「小尼非是別處人氏，就是湖州東門外楊家之女。為母親所誤，將我送入空門。今在西溪翠浮庵出家，法名靜觀。那裡庵中也有來往的，都是些俗子村夫，沒一個看得上眼。今年正月間，正在門首閒步，看見相公在門首站立，儀表非常，便覺神思不定，相慕已久。不想今日不期而會，得諧魚水，正合夙願，所以不敢推拒，非小尼之淫賤也。

願相公勿認做萍水相逢，須為我圖個終身便好。」聞人生道：「尊翁尊堂還在否？」靜觀道：「父親楊某亡故已久，家中還有母親與兄弟。昨日看母親來，不想遇著相公。相公曾娶妻未？」聞人生道：「小生也未有室，今幸遇仙姑，年貌相當，正堪作配。況是同郡儒門之女，豈可埋沒于此？須商量個長久見識出來。」靜觀道：「我身已托于君，必無二心。但今日事體匆忙，一時未有良計。小庵離城不遠，且是僻靜清涼，相公可到我庵中作寓，早晚可以攻書，自有道者在外打齋，不煩薪水之費，亦且可以相聚，日後相個機會，再作區處。相公意下何如？」聞人生道：「如此甚好，只恐同伴不容。」靜觀道：「庵中止有一個師父，是四十以內之人，色上且是要緊；兩個同伴多不上二十來年紀。他們多不是清白之人，平日與人來往，盡在我眼裡，那有及得你這樣儀表？若見了你，定然相愛。你便結識了他們，以便就中取事。只怕你不肯留，那有不留你之事？」聞人生聽罷，歡喜無限道：「仙姑高見極明，既恁地，來早到松木場，連我家小廝打發他隨船回去。小生與仙姑同往便了。」說了一回，兩個摟抱得有興，再講那歡娛起來。正是：

平生未解到花關，倏到花關骨盡寒。
此際不知真與夢，幾回暗裡抱頭看。

事畢，只聽得晨雞亂唱，靜觀恐怕被人知覺，連忙披衣起身。船家忙起來行船，阿四也起來伏侍梳洗。喫早飯罷，趕早過了關。阿四問道：「那裡歇船？好到黃家去問下處。」聞人生道：「不消得下處了，這小師父寺中有空房，我們竟到松木場上岸罷。」船到松木場，只說要到靈隱寺，僱了一個腳夫，將行李一擔挑了。聞人生分付阿四道：「你可隨船回去，對安人說聲，不消記念！我只在這師父寺裡看書。

聞人生野戰翠浮庵

靜觀尼晝錦黃沙衕

場畢，我自回來，也不須教人來討信得。」打發了，看他開了船。聞人生纔與靜觀僱了兩乘轎，抬到翠浮庵去。另與腳夫說過，叫他跟來。霎時到了，還了轎錢腳錢❺。靜觀引了聞人生進庵道：「這位相公要在此做下處，過科舉的。」眾尼看見，笑臉相迎，把聞人生看了又看，愈加歡愛。殷殷勤勤的陪過了茶，收拾一間潔淨房子，安頓了行李，喫過夜飯，洗了浴。少不得先是那庵主起手，快樂一宵。此後這兩個你爭我奪，輪番伴宿。靜觀恬然不來兜攬，讓他們歡暢，眾尼無不感激靜觀。混了月餘，聞人生也自支持不過。他們又將人參湯、香薷飲、蓮心、圓眼之類，調漿聞人生，無所不至，聞人生倒好受用。不覺已是穿針過期，又值七月半盂蘭盆大齋時節。杭州年例，人家做功果，點放河燈。那日還是七月十二日，有一個大戶人家，差人來庵裡請師父們念經，做功果，庵主應承了。眾尼進來商議道：「我們大眾去做道場，十三至十五，有三日停留，聞官人在此，須留一個相陪便好，只是忒便宜了他。」只見兩尼你也要住，我也要住，靜觀只不做聲。庵主道：「人家去做功果，我自然推不得。不消說，聞官人原是靜觀引來的，你兩個討他便宜多了，今日只該著靜觀在此相陪，也是公道。」眾人道：「師父處得有理。」靜觀暗地歡喜。眾尼自去收拾法器經箱，連老道者多往那家去了。靜觀送了出門，進來對聞人生道：「此非久戀之所，怎生作個計較便好？今試期已近，若但迷戀于此，不惟攀桂無分，亦且身軀難保。」聞人生道：「我豈不知！只為難捨著你，故此強與眾歡，非吾願也。」靜觀道：「前日初會你時，非不欲即從你作脫身之計，因為我在家中來，中途不見了，庵主必到我家裡要人，所以不便。今既在此多時了，我乘此無人在庵，與你逃去。他們多是與你有染的，心頭病怕露出來，料不好追得你。」聞人生道：

❺ 腳錢：送貨物的力錢。

「不如此說，我是個秀才家，家中況有老母。若同你逃至我家，不但老母驚異，未必相容，亦且你庵中追尋得著，經動官府，我前程也難保。何況你身子不知作何著落？此事行不得。我意欲待赴試之後，如得一第，娶你不難。」靜觀道：「就是中了個舉人，也沒有就娶個尼姑的理。況且萬一不中，又卻如何？亦非長算。我自出家來，與人寫經寫疏，得人襯錢，積有百來金，我撇了這裡，將了這些東西做盤纏，尋一個寄跡所在，等待你名成了，再從容家去，可不好？」聞人生想一想道：「此言有理，我有姑娘嫁在這裡關內黃鄉宦家。今已守寡，極是奉佛。家裡莊上造得有小庵，晨昏不斷香火。那庵中管燒香點燭的老道姑，就是我的乳母。我如今不免把你此情告知姑娘，領你去放在他家家庵中，托我奶娘相伴著你。他是衙院人家，誰敢來盤問？你好一面留頭長髮，待我得意之後，以禮成婚，豈不妙哉？倘若不中，也等那時髮長，便到處無礙了。」靜觀道：「這個卻好。事不宜遲，作急就去。若三日之後，便做不成了。」當下聞人生就奔至姑娘家去見了姑娘，姑娘道罷寒溫，問道：「我久在此望你該來科舉了，如何今日纔來？有下處也未曾？」聞人生道：「好叫姑娘得知，小姪因為做下處，尋出一件事頭來。特求姑娘周全則個。」姑娘道：「何事？」聞人生造個謊道：「小姪那裡有一個業師楊某，亡故多時，他止有一女，幼年間就與小姪相認。後來被個尼姑拐了去，不知所向。今小姪貪靜，尋下處，在這裡西溪地方，卻在翠浮庵裡撞著了他。且是生得人物十全了，他心不願出家，情願跟著小姪去。也是前世姻緣，又是故人之女，推卻不得。但小姪在此科舉，怕惹出事來，若帶他家去，又是個光頭，不便。欲待當官告理，場前沒閒工夫，亦且沒有閒使用。我想姑娘此處有個家庵，是小姪奶子在裡頭管香火，小姪意欲送他來姑娘庵裡頭暫住。就是萬一他那裡曉得了，不過在女眷人家香火庵裡，不為大害。若是到底無人跟尋，小姪待鄉試已畢，意欲與他完成這段姻緣。望姑娘作成則個。」姑娘笑道：「你尋著了個陳妙常，也來求我姑娘了。既是你師長之女，怪你不得。你既有意要成就，也不好叫他在庵裡住。你與他多是少年心性，若要往來，恐怕玷汙了我佛地。我庄中自有靜室，我收拾與他住下，叫他長起髮來。我自叫丫鬟伏侍，你亦可以長來相處。若是晚來無人，叫你奶子伴宿，此為兩便。」聞人生道：「若得如此，姑娘再造之恩。小姪就去領他來拜見姑娘了。」別了出門，就在門外叫了一乘轎，竟到翠浮庵裡，進庵與靜觀說了適纔姑娘的話。靜觀大喜，連忙收拾，將自己所有，盡皆檢了出來。聞人生道：「我只把你藏過了，等他們來家，我不妨仍舊再來走走，使他們不疑心著我，我的行李且未要帶去。」靜觀道：「敢是你與他們業根未斷麼？」聞人生道：「我專心為你，豈復有他戀？只要做得沒個痕跡，如金蟬脫殼❻方妙。若他坐定道是我，無得可疑了。正是科場前利害頭上，萬一被他們官司絆住，不得入試怎好？」靜觀道：「我平時常獨自一個家去的，他們問時，你只推偶然不在，不知我那裡去了，支吾著他。他定然疑心我是到娘家去，未必追尋，到得後來曉得不在娘家，你場事已畢了，我與你別作計較，離了此地。你是隔府人，他那裡來尋你？尋著了，也只索白賴。」計議已定，靜觀就上了轎。聞人生把庵門掩上，隨著步行，竟到姑娘家來。姑娘一見靜觀，青頭白臉，桃花般的兩頰，吹彈得破的皮肉，心裡也十分喜歡。笑道：「怪道我家姪兒看上了你！你只在庄上內房裡住，此處再無外人敢上門的，只管放心。」對著聞人生道：「我庄上房中，你亦可同住。但你若竟住在此，恐怕有人跟尋得出，反為不美，況且要進場，還須別尋下處。」聞人生道：「姑娘見得極是。小姪只可暫來。」從此靜觀只在姑娘庄裡住，聞人生是夜

❻ 金蟬脫殼：脫身逃走。

也就同房宿了。明日別了，去另尋下處不題。

卻說，翠浮庵三個尼姑，做了三日功果回來，到得庵前，只見庵門虛掩的。走將進去，靜悄悄不見一人，驚疑道：「多在何處去了？」他們心上要緊的是聞人生，靜觀倒是第二。著急到聞人生房裡去看，行李書箱都在，心裡又放下好些。只不見了靜觀，房裡又收拾得乾乾淨淨，不知甚麼緣故？正委決不下，只見聞人生踱將進來，眾尼笑逐顏開道：「來了，來了。」庵主一把抱住，且不及問靜觀的說話，笑道：「隔別三日，心癢難熬，今且到房中一樂。」也不顧這兩個小尼口饞，徑自去做事了。聞人生只得勉強奉承，酣暢一度。纔問道：「你同靜觀在此，他那裡去了？」聞人生道：「昨日我到城中去了一日，天晚了，來不及，在朋友家宿了。直到今日來，不知他那裡去了？」眾尼道：「想是見你去了，獨自一個沒情緒，自回湖州去了。他在此獨受用了兩日，也該讓讓我們，等他去去再處。」因貪著聞人生快樂，把靜觀的事到丟在一邊了。誰知聞人生心卻不在此處，鬼混了兩、三日，推道要到場前尋下處。眾尼不好阻得，把行李挑了去。眾尼千約萬約道：「得空原到這裡來住。」聞人生滿口應承，自去了。庵主過了幾日，不見靜觀消耗，放心不下，叫人到楊媽媽家問問，說是不曾回家。喫了一驚，恐怕楊媽媽來，著急，倒不敢聲張，只好密密探聽。又見聞人生一去不來，心裡方纔有些疑惑，待要去尋他盤問，卻不曾問得下處明白，只得忍耐著，指望他場後還來。只見三場已畢，又等了幾日，聞人生腳影也不見來。原來聞人生場中甚是得意，出場來，竟到姑娘庄上，與靜觀一處了，那裡還想著翠浮庵中？庵主與二尼望不見到，恨道：「天下有這樣薄情的人！靜觀未必不是他拐去了，不然，便是這樣不來，也沒解說。」思量要把拐騙來告他，又礙著自家多洗不清，怕惹出禍來。正商量到場前尋他，或是問到他湖州家裡去炒他。終是女人輩，未有定見，卻又撞出一場巧事來。

說話間，忽然門外有人敲門得緊，眾尼多心裡疑道：「敢是聞人生來也？」齊走出來，開了門看。只見一乘大轎，三、四乘小轎，多在門首歇著。敲門的家人報道：「安人到此。」庵主卻認得是下路來的某安人，慌忙迎接。只見大轎裡安人走出來，傍邊三、四個養娘出轎來，擁著進庵。坐定了，寒溫過，獻茶已畢，安人打發家人們：「到船上俟候，我在此過午下船。」家人們各去了。安人走進庵主房中來，安人道：「自從我家主亡過，我就不曾來此，已三年了。」庵主道：「安人今日貴腳踹賤地，想是完了孝服纔來燒香的。」安人道：「正是。」庵主道：「如此秋光，正好閒耍。」安人嘆了一口氣道：「有甚心情游耍！」庵主有些瞧科，挑他道：「敢是為沒有了老爹，冷靜了些？」安人起身把門掩上，對庵主道：「我一向把心腹待你，你不要見外，我和你說句知心話。你方纔說我冷靜，我想我止隔得三年，尚且心情不奈煩，何況你們終身獨守，如何過了？」庵主道：「誰說我們獨守！不瞞安人說，全虧得有個把主兒相伴一相伴，不然，冷落死了，如何熬得？」安人道：「你如今見有何人？」庵主道：「有個心上妙人，在這裡科舉的小秀才。這兩日一去不來，正在此設計商量。」安人道：「你且丟著此事，我有一件好事作成你。你盡心與我做著，管教你快活。」庵主道：「何事？」安人道：「我前日在昭慶寺中進香，下房頭安歇。這房頭有個未淨頭的小和尚，生得標緻異常。我瞞你不得，其實隔絕此事多時，忍不住動火起來。因他上來送茶，他自道年幼，不避忌，軟嘴塌舌，甚是可愛。我一時迷了，遣開了人，抱他上床，要試他做做此事看。誰知這小廝深知滋味，比著大人家更是雄健。我實是心弔在他身上，捨不得他了。我想了一夜，我要帶他家去。須知我是寡居，要防生人眼，恐怕壞了名聲。亦且拘拘束束，躲躲閃閃，怎能勾像意？我今與師父商量，把他來師父這裡淨了頭，他面貌嬌嫩，只認做尼姑。我歸去後，師父帶了他竟到我家來，說是師徒兩個來投我。我供養在家裡庵中，連我合家人只認做你的女徒，我便好像意做事，不是神鬼不知的？所以今日特地到此，要你做這大事。你若依得，你也落得些快活。有了此人，隨你心上人也放得下了。」庵主道：「安人高見妙策，只是小尼也沾沾手，恐怕安人喫醋。」安人道：「我要你幫襯做事，怎好自相妒忌？到得家裡，我還要牽你來做了一床，等外人永不疑心，方纔是妙哩。」庵主道：「我的知心的安人！這等說，我死也替你去！我這裡三個徒弟，前日不見了一個小的，今恰好把來抵補，一發好瞞生人。只是如何得他到這裡來？」安人道：「我約定他在此，他許背了師父隨我去的，敢就來也？」正說之間，只見一個小尼敲門進房來道：「外邊一個攏頭小夥子，在那裡問安人。」安人忙道：「是了，快喚他進來！」只見那小夥望內就走。兩個小尼見他生得標緻，個個眉花眼笑。安人見了，點點頭，叫他進來。他見了庵主，作個揖。庵主一眼不霎，估定了看他，安人拽他手過來，問庵主道：「我說的如何？」庵主道：「我眼花，見了善財童子，身子多軟攤了。」安人笑將起來。庵主且到竈下看齋，就把這些話與兩個小尼說了。小尼多咬著指頭道：「有此妙事！」庵主道：「我多分隨他去了。」小尼道：「師父撇了我們，自去受用。」庵主道：「這是天賜我的衣食，你們在此，料也不空過。」大家笑耍了一回，庵主復進房中。只見安人摟著小夥，正在那裡說話。見了庵主，忙在扶手匣裡取出十兩一包銀子來與他道：「只此為定。我今留此子在此，我自開船先去了。十日之內，望你兩人到我家來，千萬勿誤！」安人又叮囑那小夥幾句話，出到堂屋裡，喫了齋，自上轎去了。庵主送了出去，關上大門，進來見了小夥，真是黑夜裡拾得一顆明珠，且來摟他去親嘴，把手摸他陽物兒，揑揑掐掐。後生家火動了，一直挺將起來。庵主忙解袴就他，弄了一度，喜不可言，對他道：「今後我與某安人合用的了，只這幾夜，且讓讓我著。」事畢，就取剃刀來與他落了髮，仔細看一看，笑道：「也到與靜觀差不多。到那裡，少不得要個法名，仍叫做靜觀罷。」是夜就同庵主一床睡了，極得兩個小尼姑嚥乾了唾沫。明日收拾了，叫個船，竟到下路去。分付兩個小尼道：「你們且守在此，我在那裡看光景若好，捎個信與你們，畢竟不來，隨你們散夥家去罷。楊家有人來問，只說靜觀隨師父下路人家去了。」兩尼也巴不得師父去了，大家散火。連聲答應道：「都理會得。」從此老尼與小夥同下船來，人面前認為師弟，晚夕止只做夫妻。不多幾日，到了那一家，充做尼姑，進庵住好。安人不時請師徒進房留宿，常是三個做一床。尼姑又教安人許多取樂方法，三個人只多得一顆頭，盡興淫恣。那少年男子不敵兩個中年老陰，幾年之間，得病而死。安人哀傷鬱悶，也不久亡故。老尼被那家尋他事故，告了他偷盜，監了追贓，死于獄中，這是後話。

且說翠浮庵自從庵主去後，靜觀的事一發無人提起，安安穩穩，住在庄上。只見揭了曉，聞人生已中了經魁。喜喜歡歡，來見姑娘。又私下與靜觀相見，各各快樂。自此，日裡在城中完這些新中式的世事，晚上到姑娘庄上與靜觀歇宿。密地叫人去翠浮庵打聽，已知庵主他往，兩小尼各歸俗家去了，庵中空鎖在那裡。回覆了靜觀，掉下了老大一個跎踏。聞人生事體已完，想要歸湖州，來與姑娘商議：「靜觀髮未長，娶回未得，仍留在姑娘這裡，待我去會試再處。」靜觀又囑付道：「連我母親處也未可使他知道。我出家是他的主意，如何驀地還俗？且待我頭髮長了，與你雙歸，他纔拗不得。」聞人生道：「多是有見識的話。」別了榮歸，拜過母親，把靜觀的事，並不提起。到得十月盡邊，要去會試，來見姑娘。

此時靜觀頭髮齊肩，可以梳得個假鬢了。聞人生意欲帶他去會試，姑娘勸道：「我看此女德性溫淑，堪為你配。既要做正經婚姻，豈可仍復私下帶來帶去，不像事體。仍留我庄上住下，等你會試得意榮歸，他髮已盡長，此時只認是我的繼女，迎歸花燭，豈不正氣！」聞人生見姑娘說出一段大道理話，只得忍情與靜觀別了。進京會試，果然一舉成名，中了二甲。禮部觀政同年錄上，先刻了「聘楊氏」，就起一本，給假歸娶，奉旨准給花紅表禮，以備喜筵。馳驛還家，拜過母親。母親聞知歸娶，問道：「你自幼未曾聘定，今娶何人？」聞人生道：「好教母親得知，孩兒在杭州，姑娘家有個繼女，許下孩兒了。」母親道：「為何我不曾見說？」聞人生道：「母親日後自知。」選個吉日，結起綵船，花紅鼓樂，竟到杭州關內黃家來。拜了姑娘，說了奉旨歸娶的話。姑娘大喜道：「我前者見識如何？今日何等光采！」先與靜觀相見了，執手各道別情。靜觀此時已是內家❼裝扮了。又道黃夫人待他許多好處，已自認義為乾娘了。黃夫人親自與他插戴了，送上綵轎，下了船。船中趕好日，結了花燭。正是：

紅羅帳裡，依然兩個新人；錦被窩中，各出一般舊物。

到家裡，齊齊拜見了母親。母親見媳婦生得標緻，心下喜歡。又見他是湖州聲口，問道：「既是杭州娶來，為何說這裡的話？」聞人生方把楊家女兒錯出了家，從頭至尾的事，說了一遍，母親方纔明白。次日，聞人生同了靜觀，竟到楊家來，先拿子婿的帖子與丈母，又一內弟的帖與小舅。楊媽只道是錯了，再四不收。女兒只得先自走將進來，叫一聲：「娘！」媽媽見是一個鳳冠霞帔的女眷，喫那一驚不小。慌忙站起來，一時認不出了。女兒道：「娘休驚怪！女兒即是翠浮庵靜觀是也。」媽媽聽了聲音，再看

❼ 內家：俗家。

面龐，纔認得出。只是有了頭髮，妝扮異樣，若不仔細，也要錯過。媽媽道：「有一年多不見你面，又無音耗。後來聞得你同師父到那裡下路去了，好不記掛！今年又著人去看，庵中鬼影也無。正自思念你，沒個是處。你因何得到此地位？」女兒纔把去年搭船相遇，直至此時奉旨完婚，從頭至尾，說了一遍。喜得個楊媽媽雙腳亂跳，口扯開了，收不攏來。叫兒子去快請姊夫進來。兒子是學堂中出來的，也儘曉得趨蹌，便拱了聞人生進來。一同姊姊站立，拜見了楊媽媽。此時真如睡裡夢裡，媽媽道：「早知你有這一日，為甚把你送在庵裡去？」女兒道：「若不送在庵中，也不能勾有這一日。」當下就接了楊媽媽到聞家過門，同坐喜筵。大吹大擂，更餘而散。

此後聞人生在宦途，時有蹉跌，不甚像意。年至五十，方得腰金而歸。楊氏女得封恭人，林下偕老。聞人生曾遇著高明的相士，問他宦途不稱意之故。相士道：「犯了少年時風月，損了些陰德，故見如此。」聞人生也甚悔翠浮庵少年孟浪之事，常與人說尼庵不可擅居，以此為戒。這不是偷期得成正果之話？若非前生分定，如何得這樣奇緣？有詩為證：

主婚靡不仗天公，堪嘆人生盡聵聾。

若道姻緣人可強，氤氳使者有何功？

卷三十五　訴窮漢暫掌別人錢　看財奴刁買冤家主

詩云：

從來欠債要還錢，冥府於斯倍灼然。
若使得來非分內，終須有日復還原。

卻說人生財物，皆有分定。若不是你的東西，縱然勉強哄得到手，原要一分一毫填還別人的。從來因果報應的說話，其事非一，難以盡述。在下先揀一個希罕些的，說來做個得勝頭回❶。晉州古城縣有一個人，名喚張善友，平日看經念佛，是個好善的長者。渾家李氏，卻有些短見薄識，要做些小便宜勾當。夫妻兩個過活，不曾生男育女，家道儘從容好過。其時本縣有個趙廷玉，是個貧難的人，平日也守本分。只因一時母親亡故，無錢葬埋，曉得張善友家事有餘，起心要去偷他些來用。算計了兩日，果然被他挖個牆洞，偷了他五、六十兩銀子去，將母親殯葬訖。自想道：「我本不是沒行止❷的，只因家貧，無錢葬母，做出這個短頭❸的事來，擾了這一家人家，今生今世還不的他，來生來世是必填還他則個。」

❶得勝頭回：宋元說書人在開講正書之前，先說一段小故事做引子，叫做「得勝頭回」。
❷沒行止：品行不端。
❸短頭：短見薄識。

張善友次日起來，見了壁洞，曉得失了賊。查點家財，箱籠裡沒了五、六十兩銀子。張善友是個富家，也不十分放在心上，道是命該失脫，嘆口氣罷了。唯有李氏切切於心，道：「有此一項銀子，做許多事，生許多利息，怎捨得白白被盜了去？」正在納悶間，忽然外邊有一個和尚來尋張善友。張善友出去相見了，問道：「師父何來？」和尚道：「老僧是五臺山僧人，為因佛殿坍損，下山來抄化脩造。抄化了多時，積得有百來兩銀子，還少些個，又有那上了疏未曾勾銷的。今要往別處去走走，討這些佈施。身邊所有銀子，不便攜帶，恐有失所，要尋個寄放的去處。一時無有，一路訪來，聞知長者好善，是個有名的檀越，特來寄放這一項銀子。待別處討足了，就來取回本山去也。」張善友道：「這是勝事，師父只管寄放在舍下，萬無一誤。只等師父事畢來取便是。」當下把銀子看驗明白，點計件數，拿進去交付與渾家了，出來留和尚喫齋。和尚道：「不勞檀越費齋，老僧心忙，要去募化。」善友道：「師父銀子，弟子交付渾家收好在裡面。倘若師父來取時，弟子出外，必預先分付停當，交還師父便了。」和尚別了，自去抄化。那李氏接得和尚銀子在手，滿心歡喜，想道：「我纔失得五、六十兩，這和尚倒送將一百兩來，豈不是補還了我的缺，還有得多哩！」就起一點心，打帳❹要賴他的。

一日，張善友要到東嶽廟裡燒香求子去，對渾家道：「我去則去，有那五臺山的僧所寄銀兩，前日是你收著。若他來取時，不論我在不在，你便與他去。他若要齋喫，你便整理些蔬菜齋他一齋，也是你的功德。」李氏道：「我曉得。」張善友自燒香去了。去後，那五臺山和尚抄化完了，卻來問張善友取這項銀子。李氏便白賴道：「張善友也不在家，我家也沒有人寄甚麼銀子。師父敢是錯認了人家了？」

❹ 打帳：打算。

和尚道：「我前日親自交付與張長者，長者收拾進來交付孺人的，怎麼說此話？」李氏便賭咒道：「我若見你的，我眼裡出血。」和尚道：「這等說，要賴我的了。」李氏又道：「我賴了你的，我墮十八層地獄。」和尚見他賭咒，明知白賴了，爭奈是個女人家，又不好與他爭論得。和尚沒計奈何，合著掌，念聲佛道：「阿彌陀佛！我是十方抄化來的佈施，要脩理佛殿的。寄放在你這裡，你怎麼要賴我的？你今生今世賴了我這銀子，到那生那世少不得要填還我。」帶著悲恨而去。過了幾時，張善友回來，問起和尚銀子，李氏哄丈夫道：「剛你去了，那和尚就來取，我雙手還他去了。」張善友道：「好好，也完了一宗事。」過得兩年，李氏生下一子。自生此子之後，家私火燄也似長將起來。再過了五年，又生一個，共是兩個兒子了。大的小名叫做乞僧，次的小名叫做福僧。那乞僧大來，極會做人家，披星帶月，早起晚眠；又且生性慳吝，一文不使，兩文不用，不肯輕費著一個錢，把家私掙得偌大。可又作怪，一般兩個弟兄，同胞共乳，生性絕是相反。那福僧每日只是喫酒賭錢，養婆娘❺，做子弟，把錢鈔不著疼熱的使用。乞僧旁看了，是他辛苦掙來的，老大的心疼。福僧每日有人來討債，多是瞞著家裡，外邊借來花費的。張善友要做好漢的人，怎肯交兒子被人逼迫，門戶不清的？只得一主一主填還了。那乞僧只叫得苦。張善友疼著大孩兒苦掙，恨著小孩兒蕩費，偏喫虧了。立個主意，把家私勻做三分分開。他弟兄們各一分，老夫妻留一分。等做家的自做家，破敗的自破敗，省得歹的累了好的，一總凋零了。那福僧是個不成器的肚腸，倒要分了，自繇自在，別無拘束，正中下懷。家私到手，正如：

湯潑瑞雪，風捲殘雲。

---

❺ 養婆娘：男子與非配偶的女人發生私情。

不上一年，使得光光蕩蕩了。又要分了爹媽的這半分，也自沒有了。便去打攪哥哥，不繇他不應手。連哥哥的也佈擺不來。他是個做家的人，怎生受得過？氣得成病，一臥不起。求醫無效，看看至死。張善友道：「成家的倒有病，敗家的倒無病，五行中如何這樣顛倒？」恨不得把小的替了大的。苦在心頭，說不出來。那乞僧氣蠱已成，畢竟不痊，死了，張善友夫妻大痛無聲。那福僧見哥哥死了，還有剩下家私，落得是他受用，一毫不在心上。李氏媽媽見如此光景，一發捨不得大的，終日啼哭，哭得眼中出血而死。福僧也沒有一些苦楚，帶著母喪，只在花街柳陌，逐日混帳。淘虛了身子，害了癆瘵之病，又看看死來。張善友此時急得無法可施。便是敗家的，留得個種也好，論不得成器不成器了。正是：

前生注定今生案，天數難逃大限催。

福僧是個一絲兩氣的病，時節到來，如三更油盡的燈，不覺的息了。張善友雖是平日不像意他的，而今自念兩兒皆死，媽媽亦亡，單單剩得老身，怎繇得不苦痛哀切？自道：「不知作了什麼罪業，今朝如此果報得沒下梢❻？」一頭憤恨，一頭想道：「我這兩個業種，是東嶽求來的。不爭被你閻君勾去了，東嶽敢不知道？我如今到東嶽大帝面前，告苦一番。大帝有靈，勾將閻神來，或者還了我個把兒子，也不見得。」也是他苦痛無聊，痴心想到此，果然到東嶽跟前哭訴道：「老漢張善友，一生脩善，便是俺那兩個孩兒和媽媽，也不曾做甚麼罪過，卻被閻神屈屈勾將去，單剩得老夫。只望神明將閻神追來，與老漢折證一個明白。若果然該受這業報，老漢死也得瞑目。」訴罷，哭倒在地，一陣昏沉暈了去。朦朧之間，見個鬼使來對他道：「閻君有勾。」張善友道：「我正要見閻君問他去。」隨了鬼使，竟到閻君面

❻ 下梢：結局。

前。閻君道：「張善友，你如何在東嶽告我？」張善友道：「只為我媽媽和兩個孩兒不曾犯下甚麼罪過，一時都勾了去。有些苦痛，故此哀告大帝做主。」閻王道：「你要見你兩個孩兒麼？」張善友道：「怎不要見？」閻王命鬼使召將來，只見乞僧、福僧兩個齊到。張善友喜之不勝，先對乞僧道：「大哥，我與你家去來！」乞僧道：「我不是你什麼大哥，我當初是趙廷玉，不合偷了你家五十多兩銀子，如今加上幾百倍利錢還了你家，俺和你不親了。」張善友見大的如此說了，只得對福僧說：「既如此，二哥，隨我家去了也罷。」福僧道：「我不是你家甚麼二哥，我前身是五臺山和尚，你少了我的，你如今也加百倍還得我勾了，與你沒相干了。」張善友喫了一驚道：「如何我少五臺山和尚的，怎生得媽媽來一問便好？」閻王已知其意說道：「張善友，你要見渾家不難。」叫鬼卒：「與我開了酆都城，拿出張善友妻李氏來！」鬼卒應聲去了。只見押了李氏披枷帶鎖到殿前來，張善友道：「媽媽，你為何事如此受罪？」李氏哭道：「我生前不合混賴了五臺山和尚百兩銀子，死後叫我歷遍十八層地獄，我好苦也！」張善友道：「那銀子我只道還他去了，怎知賴了他的？這是自作自受！」李氏道：「你怎生救我？」扯著張善友大哭。閻王震怒，拍案大喝，張善友不覺驚醒。乃是睡倒在神案前做的夢，明明白白，纔省悟多是宿世的冤家債主。住了悲哭，出家脩行去了。

方信道暗室虧心，難逃他神目如電。
今日個顯報無私，怎倒把閻君埋怨？

* * *

在下為何先說此一段因果？只因有個貧人，把富人的銀子借了去，替他看守了幾多年，一錢不破。

後來不知不覺，雙手交還了本主。這事更奇，聽在下表白一遍。

宋時汴梁曹州曹南村周家庄上，有個秀才，姓周名榮祖，字伯成。渾家張氏。那周家先世，廣有家財。祖公公周奉，敬重釋門，起蓋一所佛院，每日看經念佛。到他父親手裡，一心只做人家，為因脩理宅舍，不捨得另辦木石磚瓦，就將那所佛院盡拆毀來用了。比及宅舍功完，得病不起。人皆道是不信佛之報。父親既死，家私裡外，通是榮祖一個掌把。那榮祖學成滿腹文章，要上朝應舉。他與張氏生得一子，尚在襁褓，乳名叫做長壽。只因妻嬌子幼，不捨得拋撇，商量三口兒同去。他把祖上遺下那些金銀成錠的，做一窖兒埋在後面牆下。怕路上不好攜帶，只把零碎的、細軟的，帶些隨身。房廊屋舍，著個當直的看守，他自去了。

話分兩頭。曹州有一個窮漢，叫做賈仁，真是衣不遮身，食不充口，喫了早起的，無那晚夕的。又不會做什麼營生，則是與人家挑土築牆，和泥托坯，擔水運柴，做坌工❼生活度日。晚間在破窰中安身。外人見他十分過的艱難，都喚他做「窮賈兒」。卻是這個人稟性古怪拗彆，常道：「總是一般的人，別人那等富貴奢華，偏我這般窮苦！」心中恨毒。有詩為證：

又無房舍又無田，每日城南窰內眠。
一般帶眼安眉漢，何事囊中偏沒錢？

說那賈仁心中不伏氣，每日得閒空，便走到東嶽廟中苦訴神靈道：「小人賈仁，特來禱告。小人想，有那等騎鞍壓馬，穿羅著錦，喫好的，用好的，他也是一世人，我賈仁也是一世人，偏我衣不遮身，食

❼ 坌工：粗笨的工作。

不充口，燒地眠，炙地臥，兀的不窮殺了小人！小人但有些小富貴，也為齋僧布施，蓋寺建塔，修橋補路，惜孤念寡，敬老憐貧，上聖可憐見咱！」日日如此，真是精誠之極，有感必通。果然被他哀告不過，感動起來。一日禱告畢，睡倒在廊簷下，一靈兒被殿前靈派侯攝去，問他終日埋天怨地的緣故。賈仁把前言再述一遍，哀求不已。靈派侯也有些憐他，喚那增福神查他衣祿食祿，有無多寡之數。增福神查了，回覆道：「此人前生不敬天地，不孝父母，毀僧謗佛，殺生害命，抛撇淨水，作賤五穀，今世當受凍餓而死。」賈仁聽說，慌了，一發哀求不止道：「上聖可憐見！但與我些小衣祿食祿，我是必做個好人。我爺娘在時，也是盡力奉養的。亡化之後，不知甚麼緣故，顛倒一日窮一日了。我也在爺娘墳上燒錢裂紙，澆茶奠酒，淚珠兒至今不曾乾。我也是個行孝的人。」靈派侯道：「吾神試點檢他平日所為，雖是不見別的善事，卻是窮養父母，也是有的。今日據著他埋天怨地，正當凍餓，念他一點小孝，可又道：『天不生無祿之人，地不長無名之艸。』吾等體上帝好生之德，權且看有別家無礙的福力，借與他些。與他一個假子，奉養至死，償他這一點孝心罷。」增福神道：「小聖查得有曹州曹南周家庄上，他家福力所積，陰功三輩，為他拆毀佛地，一念差池，合受一時折罰。如今把那家的福力權借與他二十年，待到限期已足，著他雙手交還本主，這個可不兩便？」靈派侯道：「這個使得。」喚過賈仁，把前話分付他明白，叫他牢牢記取：「比及你去做財主時，索還的早在那裡等了。」賈仁叩頭，謝了上聖濟拔之恩，心裡道：「已是財主了！」出得門來，騎了高頭駿馬，放個轡頭。那馬見了鞭影，飛也似的跑，把他一交擷翻。大喊一聲，卻是南柯一夢，身子還睡在廟簷下。想一想道：「恰纔上聖分明的對我說，那一家的福力，借與我二十年，我如今該做財主。一覺醒來，財主在那裡？夢是心頭想，信他則甚？昨日大戶

訴窮漢暫掌別人錢

看財奴刁買冤家主

人家要打牆，叫我尋泥坯，我不免去尋問一家則個。」出了廟門去，真是時來福湊，恰好周秀才家裡看家當直的，因家主出久未歸，正缺少盤纏，又晚間睡著，被賊偷得精光。家裡別無可賣的，止有後園中這一垛舊坍牆，想道：「要他沒用，不如把泥坯賣了，且將就做盤纏度日。」走到街上，正撞著賈仁，曉得他是慣與人家打牆的，就把這話央他去賣。賈仁道：「我這家正要泥坯，講倒價錢，吾自來挑也。」果然走去說定了價，挑得一擔算一擔。開了後園，一憑賈仁自掘自挑。賈仁帶了鐵鍬、鋤頭、土籮之類來動手。剛扒倒得一堵，只見牆腳之下，拱開石頭，那泥簌簌的落將下去，恰像底下是空的，把泥撥開，泥下一片石板。撬起石板，乃是蓋下一個石槽，滿槽多是土墼塊一般大的金銀，不計其數。傍邊又有小塊零星楔著。喫了一驚道：「神明如此有靈！已應著昨夢。慚愧！今日有分做財主了。」心生一計，就把金銀放些在土籮中，上邊覆著泥土，裝了一擔。且把在地中挑未盡的，仍用泥土遮蓋，以待再挑。他挑著擔，竟往棲身的破窰中，權且埋著，神鬼不知。運了一、兩日，都運完了。他是極窮人，有了這許多銀子，也是他時運到來，且會擺撥。先把些零碎小錁，買了一所房子住下了。逐漸把窰裡埋的又搬將過去。安頓好了，先假做些小買賣，慢慢衍將大來，不上幾年，蓋起房廊屋舍，開了解典庫、粉房、磨房、油房、酒房，做的生意就如水也似長將起來。旱路上有田，水路上有船，人頭上有錢。平日叫他做「窮賈兒」的，多改口叫他是「員外」了。又娶了一房渾家，卻是寸男尺女皆無，空有那鴉飛不過的田宅，也沒一個承領。又有一件作怪，雖有了這樣大家私，生性慳吝苦尅，一文也不使，半文也不用；要他一貫鈔，就如挑他一條筋。別人的恨不得劈手奪將來，若要他把與人，就心疼的了不得。所以又有人叫他做「慳賈兒」。請著一個老學究，叫做陳德甫，在家裡處館。那館不是教學的館，無過在解舖裡上些帳目，管些收錢舉債的勾當。賈員外日常與陳德甫說：「我枉有家私，無個後人承領，自己生不出，街市上但遇著賣的，或是肯過繼的，是男是女，尋一個來與我兩口兒喂眼也好。」說了不則一番，陳德甫又轉分付了開酒務❽的店小二：「倘有相應的，可來先對我說。」這裡一面尋螟蛉之子，不在話下。

卻說那周榮祖秀才自從同了渾家張氏、孩兒長壽，三口兒應舉去後，怎奈命運未通，功名不達。這也罷了，豈知到得家裡，家私一空，止留下一所房子。去尋尋牆下所埋祖遺之物，但見牆倒泥開，剛剩得一個空石槽。從此衣食艱難，索性把這所房子賣了，復是三口兒去洛陽探親。偏生這等時運，正是：

時來風送滕王閣，運退雷轟薦福碑。

那親眷久已出外，弄做個滿船空載月明歸。身邊盤纏用盡，到得曹南地方，正是暮冬天道，下著連日大雪。三口兒身上俱各單寒，好生行走不得。有一篇正宮調滾繡毬為證：

是誰人碾就瓊瑤往下篩？是誰人剪冰花迷眼界？恰便似玉琢成六街三陌，恰便似粉妝就殿閣樓臺。便有那韓退之，藍關前冷怎當？便有那孟浩然，驢背上也跌下來；便有那剡溪中，禁回他子猷訪戴。則這三口兒，兀的不凍倒塵埃！眼見得一家受盡千般苦，可什麼十謁朱門九不開，委實難捱。

當下張氏道：「似這般風又大，雪又緊，怎生行去？且在那裡避一避也好。」周秀才道：「我們到酒務裡避雪去。」兩口兒帶了小孩子，趄到一個店裡來。店小二接著道：「可是要買酒喫的？」周秀才道：「可憐我那得錢來買酒喫？」店小二道：「不喫酒，到我店裡做甚？」秀才道：「小生是個窮秀才，三

❽ 酒務：酒店。

口兒探親回來，不想遇著一天大雪。身上無衣，肚裡無食，來這裡避一避。」店小二道：「避避不妨，那一個頂著房子走哩？」秀才道：「多謝哥哥。」叫渾家領了孩兒，同進店來。身子扢抖抖的寒顫不住。店小二道：「秀才官人，你每受了寒了，喫杯酒不好？」秀才嘆道：「我纔說沒錢在身邊。」小二道：「可憐可憐，那裡不是積福處！我捨與你一杯燒酒喫，不要你錢。」就在招財利市面前那供養的三杯酒內取一杯，遞過來。周秀才喫了，覺道和煖了好些。渾家在傍聞得酒香，也要杯兒敵寒，不好開得口。正與周秀才說話，店小二曉得意思，想道：「有心做人情，便再與他一杯。」又取那第二杯遞過來道：「娘子也喫一杯。」秀才謝了，接過與渾家喫。那小孩子長壽，不知好歹，也嚷道要喫，秀才簌簌地掉下淚來道：「我兩個也是這哥哥好意，與我每喫的，怎生又有得到你？」小孩子便哭將起來。小二問知緣故，一發把那第三杯與他喫了。就問秀才道：「看你這樣艱難，你把這小的兒與了人家，可不好？」秀才道：「一時撞不著人家要。」小二道：「有個人要，你與娘子商量去。」秀才對渾家道：「娘子你聽麼？賣酒的哥哥說：『你們這等饑寒，何不把小孩子與了人？』他有個人家要。」渾家道：「若與了人家，倒也強似凍餓死了。只要那人養的活，便與他去罷。」秀才把渾家的話對小二說。小二道：「好教你們喜歡，這裡有個大財主，不曾生得一個兒女，正要一個小的。我如今領你去，你且在此坐一坐，我尋將一個人來。」小二三腳兩步，走到對門，與陳德甫說了這個緣故。陳德甫踱到店裡，問小二道：「在那裡？」小二叫周秀才與他相見了。陳德甫一眼看去，見了小孩子長壽，便道：「好個有福相的孩兒！」就問周秀才道：「先生那裡人氏？姓甚名誰？因何就肯賣了這孩兒？」周秀才道：「小生本處人氏，姓周名榮祖，因家業凋零，無錢使用。將自己親兒情願過房與人為子。先生，你敢是要麼？」陳德甫道：「我不要，這裡有個賈老員外，他有潑天也似家私❾，寸男尺女皆無。若是要了這孩兒，久後家緣家計都是你這孩兒的。」秀才道：「既如此，先生作成小生則個。」陳德甫道：「你跟著我來！」周秀才叫渾家領了孩兒，一同跟了陳德甫到這家門首。陳德甫先進去見了賈員外。員外問道：「一向所托尋孩子的怎麼了？」陳德甫道：「員外，且喜有一個小的了。」員外道：「在那裡？」陳德甫道：「現在門首。」員外道：「是個甚麼人的？」陳德甫道：「是個窮秀才。」員外道：「秀才倒好，可惜是窮的。」陳德甫道：「員外說得好笑，那有富的來賣兒女？」員外道：「叫他進來，我看看。」陳德甫出來與周秀才說了，領他同兒子進去。秀才先與員外敘了禮，然後叫兒子過來與他看。員外看了一看，見他生得青頭白臉，心上喜歡道：「果然好個孩子！」就問了周秀才姓名，轉對陳德甫道：「我要他這個小的，須要他立紙文書。」陳德甫道：「員外要怎麼樣寫？」員外道：「無過寫道：『立文書人某人，因口食不敷❿，情願將自己親兒某，過繼與財主賈老員外為兒。』」陳德甫道：「只叫『員外』勾了，又要那『財主』兩字做甚？」員外道：「我不是財主，難道叫我窮漢？」陳德甫曉得是有錢的心性，只順著道：「是，是。只依著寫『財主』罷。」員外道：「還有一件要緊，後面須寫道：『立約之後，兩邊不許翻悔，若有翻悔之人，罰鈔一千貫，與不悔之人用。』」陳德甫大笑道：「這等，那正錢可是多少？」員外道：「你莫管我！只依我寫著，他要得我多少。我財主家心性，指甲裡彈出來的，可也喫不了。」陳德甫把這些話一一與周秀才說了。周秀才只得依著口裡念的寫去，寫到「罰一千貫」，周秀才停了筆道：

❾ 潑天家私：極大的財產。

❿ 口食不敷：糧食不夠。即不能生活的意思。

「這等，我正錢可是多少？」陳德甫道：「知他是多少？我恰纔也是這等說，他道：『我是個巨富的財主，他要的多少，他指甲裡彈出來的，著你喫不了哩。』」周秀才也道：「說得是。」依他寫了，卻把正經的賣價，竟不曾填得明白。他與陳德甫也多是迂儒，不曉得這些圈套，只道口裡說得好聽，料必不輕的。豈知做財主的專一苦剋算人，討著小便宜，口裡便甜如蜜，也聽不得的。當下周秀才寫了文書，陳德甫遞與員外收了。員外就領了進去，與媽媽看了，媽媽也喜歡。此時長壽已有七歲，心裡曉得了。員外教他道：「此後有人問你姓什麼，你便道我姓賈。」長壽道：「我自姓周。」那賈媽媽道：「好兒子，明日與你做花花襖子穿，有人問你姓，只說姓賈。」長壽道：「便做大紅袍與我穿，我也只是姓周。」員外心裡不快，竟不來打發周秀才。秀才催促陳德甫，德甫轉催員外。員外道：「他把兒子留在我家，他自去罷了。」陳德甫道：「他怎麼肯去？還不曾與他恩養錢哩！」員外就起個賴皮心，只做不省得道：「甚麼恩養錢？隨他與我些罷。」陳德甫道：「這個員外休耍人！他為無錢，纔賣這個小的，怎麼倒要他恩養錢？」員外道：「他因為無飯養活兒子，纔過繼與我。如今要在我家喫飯，我不問他要恩養錢，他倒問我要恩養錢？」陳德甫道：「他辛辛苦苦養這小的，與了員外為兒，專等員外與他些恩養錢回家做盤纏，怎這等耍他？」員外道：「立過文書，不怕他不肯了。他若有說話，便是翻悔之人，教他罰一千貫還我，領了這兒子去。」陳德甫道：「員外怎如此鬥人耍，你只是與他些恩養錢去，是正理。」員外道：「陳德甫，看你面上，與他一貫鈔。」陳德甫道：「這等一個孩兒，與他一貫鈔，忒少。」員外道：「一貫鈔許多寶字哩。我富人使一貫鈔，似挑著一條筋。你是窮人，怎倒看得這樣容易？你且與他去。他是讀書人，見兒子落了好處，敢不要錢也不見得。」陳德甫道：「那有這事？不要錢，不賣兒子了。」再三說不聽，只得拿了一貫鈔與周秀才。秀才正走在門外與渾家說話，安慰他道：「且喜這家果然富厚，已立了文書，這事多分可成。長壽兒也落了好地了。」渾家正要問道：「講倒多少錢鈔？」只見陳德甫拿得一貫出來，渾家道：「我幾杯兒水洗的孩兒偌大，怎生只與我一貫鈔？便買個泥娃娃，也買不得。」陳德甫把這話又進去與員外說，員外道：「那泥娃娃須不會喫飯。常言道：『有錢不買張口貨。』因他養活不過纔賣與人，等我肯要，就勾了，如何還要我錢？既是陳德甫再三說，我再添他一貫，如今再不添了。他若不肯，白紙上寫著黑字，教他拿一千貫來，領了孩子去。」陳德甫道：「他有得這一千貫時，倒不賣兒子了。」員外發作道：「你有得添，添他，我卻沒有！」陳德甫嘆口氣道：「是我領來的不是了。員外又不肯添，那秀才又怎肯兩貫錢就住，我中間做人也難。也是我在門下多年，今日得過繼兒子，是個美事。做我不著，成全他兩家罷。」就對員外道：「在我館錢內支兩貫，湊成四貫，打發那秀才罷。」員外道：「大家兩貫，孩子是誰的？」陳德甫道：「孩子是員外的。」員外笑逐顏開道：「你出了一半鈔，孩子還是我的，這等你是個好人。」依他又支了兩貫鈔，帳簿上要他親筆註明白了，共成四貫，拿出來與周秀才道：「這員外是這樣慳吝苦尅的，出了兩貫，再不肯添了。小生只得自支兩月的館錢，湊成四貫，送與先生。先生，你只要兒子落了好處，不要計論多少罷。」周秀才道：「甚道理！倒難為著先生。」陳德甫道：「只要久後記得我陳德甫。」周秀才道：「賈員外則是兩貫，先生替他出了一半，這倒是先生齎發了小生，這恩德怎敢有忘？喚孩兒出來，叮囑他兩句，我每去罷。」陳德甫叫出長壽來，三個抱頭哭個不住。分付道：「爹娘無奈，賣了你，你在此可也免了些饑寒凍餒，只要曉得些人事，敢這家不虧你，我們得便來看你就是。」小孩子不捨得爹娘，吊住了只是哭。陳德甫只得去買些菓子來哄住了他，騙了他進去。周秀才夫妻自去了。那賈員外過繼了個兒子，又且放著刁勒買的，不費大錢，自得其樂。就叫他做了賈長壽。曉得他已有知覺，不許人在他面前提起一句舊話，也不許他周秀才通消息往來。古古怪怪，防得水洩不通，豈知暗地移花接木，已自雙手把人家交還他。那長壽大來，也看看把小時的事忘懷了，只認賈員外是自己的父親。可又作怪，他父親一文不使，半文不用，他卻心性闊大，看那錢鈔便是土塊般相似。人道是他有錢，多順口叫他為「錢舍」。那時媽媽亡故，賈員外得病不起，長壽要到東嶽燒香，保佑父親，與父親討得一貫鈔，他便背地與家僮興兒開了庫，帶了好些金銀寶鈔去了。到得廟上來，此時正是三月二十七日。明日是東嶽聖帝誕辰，那廟上的人好不來的多！天色已晚，揀著廊下一個乾淨處所歇息。可先有一對兒老夫妻在那裡，但見：

儀容黃瘦，衣服單寒。男人頭上儒巾，大半是塵埃堆積；女子腳跟羅襪，兩邊泥土粘連。定然終日道途間，不似安居閨閣內。

你道這兩個是甚人？原來正是賣兒子的周榮祖秀才夫妻兩個。只因兒子賣了，家事已空，又往各處投人不著，流落在他方十年來，乞化回家。思量要來賈家探取兒子消息，路經泰安州，恰遇聖帝生日。曉得有人要寫疏頭，思量賺他幾文，來央廟官。廟官此時也用得他著，留他在這廊下的。因他也是個窮秀才，廟官好意，揀這搭乾淨地與他。豈知賈長壽見這帶地好，叫興兒趕他開去。興兒狐假虎威，喝道：「窮弟子快走開去，讓我們！」周秀才道：「你們是什麼人？」興兒就打他一下道：「錢舍也不認得！問是什麼人？」周秀才道：「我須是問了廟官，在這裡住的。什麼錢舍來，趕得我？」長壽見他不肯讓，喝教打他。興兒正在廝扭，周秀才大喊，驚動了廟官，走來道：「甚麼人如此無禮？」興兒道：「賈家錢舍，要這搭兒安歇。」廟官道：「家有家主，廟有廟主，是我留在這裡的秀才，你如何用強奪他的宿處？」興兒道：「俺家錢舍有的是錢，與你一貫錢，借這塌兒田地歇息。」廟官見有了錢，就改了口道：「我便叫他讓你罷。」勸他兩個另換個所在。周秀才好生不伏氣，沒奈他何，只得依了。明日燒罷香，各自散去。長壽到得家裡，賈員外已死了，他就做了小員外，掌把了偌大家私，不在話下。

且說周秀才自東嶽下來，到了曹南村，正要去查問賈家消息。一向不回家，把巷陌多生疏了。在街上一路慢訪問，忽然渾家害起急心疼來，望去，一個藥舖牌上寫著「施藥」，急走去求得些來，喫下好了。夫妻兩口走到舖中謝那先生。先生道：「不勞謝得，只要與我揚名。」指著招牌上字道：「須記我是陳德甫。」周秀才點點頭，念了兩聲「陳德甫」，對渾家道：「這陳德甫名兒好熟，我那裡曾會過來，你記得麼？」渾家道：「俺賣孩兒時，做保人的不是陳德甫？」周秀才道：「是，是！我正好問他。」又走去叫道：「陳德甫先生，可認得學生麼？」德甫相了一相道：「有些面染。」周秀才道：「先生也這般老了！則我便是賣兒子的周秀才。」陳德甫道：「還記得我齎發你兩貫錢？」周秀才道：「此恩無日敢忘。只不知而今我那兒子好麼？」陳德甫道：「好教你歡喜，你孩兒賈長壽，如今長立成人了。」周秀才道：「老員外呢？」陳德甫道：「近日死了。」周秀才道：「好一個慳刻的人！」陳德甫道：「如今你孩兒做了小員外，不比當初老的了。且是仗義疏財，我這施藥的本錢，也是他的。」周秀才道：「陳先生，怎生著我見他一面？」陳德甫道：「先生，你同嫂子在舖中坐一坐，我去尋將他來。」陳德甫走來尋著賈長壽，把前話一五一十的對他說了。那賈長壽雖是多年沒人題破，見說了，轉想幼年間事，還自隱隱記得。急忙跑到舖中來，要認爹娘。陳德甫領他拜見。長壽看了模樣，喫了一驚道：「泰安州打的就是他，怎麼了？」周秀才道：「這不是泰安州奪我兩口兒宿處的麼？」渾家道：「正是，叫得甚麼『錢舍』。」秀才道：「我那時受他的氣不過，那知即是我兒子。」長壽道：「孩兒其實不認得爹娘，一時沖撞，望爹娘恕罪。」兩口兒見了兒子，心裡老大喜歡，終久乍會之間，有些生煞煞⑪。長壽過意不去，道是：「莫非還記著泰安州的氣來？」忙叫興兒到家取了一匣金銀來，對陳德甫道：「小姪在廟中不認得父母，沖撞了些個。今先將此一匣金銀，陪個不是。」陳德甫對周秀才說了。周秀才道：「自家兒子，如何好受他金銀陪禮？」長壽跪下道：「若爹娘不受，兒子心裡不安，望爹娘將就包容。」周秀才見他如此說，只得收了，開來一看，喫了一驚，原來這銀子上鑿著「周奉記」，周秀才道：「可不原是我家的？」陳德甫道：「怎生是你家的？」周秀才道：「我祖公叫做周奉，是他鑿字記下的。先生，你看那字便明白。」陳德甫接過手，看了道：「是倒是了，既是你家的，如何卻在賈家？」周秀才道：「學生二十年前，帶了家小上朝取應去，把家裡祖上之物，藏埋在地下。已後歸來，盡數都不見了，以致赤貧，賣了兒子。」陳德甫道：「賈老員外原係窮鬼，與人脫土坯的。以後忽然暴富起來，想是你家原物，被他挖著了，所以如此。他不生兒女，就過繼著你家兒子，承領了這家私，物歸舊主，豈非天意！怪道他平日一文不使，兩文不用，不捨得浪費一些。原來不是他的東西，只當在此替你家看守罷了。」周秀才夫妻感嘆不已，長壽也自驚異。周秀才就在匣中取出兩錠銀子，送與陳德甫，答他昔年兩貫之費。陳德甫推辭了兩番，只得受了。周秀才又念著店小二三杯酒，就在對門叫他過來，也賞了他一錠。那店小二因是小事，也忘記多時了。誰知出于不意，得此重賞，歡天喜地去了。長壽就接了父母到家去住。周

⑪ 生煞煞：即「生刺刺」。陌生。

秀才把適纔匣中所剩的，交還兒子，叫他明日把來散與那貧難無倚的，須念著貧時二十年中苦楚。又叫兒子照依祖公公時節，蓋所佛堂，夫妻兩個在內雙脩。賈長壽仍舊復了周姓。賈仁空做了二十年財主，只落得一文不使，仍舊與他沒帳。可見物有定主如此，世間人枉使壞了心機。有口號四句為證：

想為人稟命生於世，但做事不可瞞天地。
貧與富一定不可移，笑愚民枉使欺心計。

卷三十六　東廊僧怠招魔　黑衣盜奸生殺

詩云：

參成世界總游魂，錯認訛聞各有因。
最是天公施巧處，眼花歷亂使人渾。

話說天下的事，惟有天意最深，天機最巧。人居世間，總被他顛顛倒倒，就是那空幻不實境界，偶然人一個眼花錯認了，明白是無端的，後邊照應將來，自有一段緣故在內，真是人所不測。唐朝牛僧孺任伊闕縣尉時，有東洛客張生，應進士舉，攜文往謁。至中路遇暴雨雷雹，日已昏黑，去店尚遠，傍著一株大樹下且歇。少頃雨定，月色微明，就解鞍放馬，與僮僕宿於路側。困倦已甚，一齊昏睡。良久，張生朦朧覺來，見一物長數丈，形如夜叉，正在那裡喫那匹馬。張生驚得魂不附體，不敢則聲，伏在草中。只見把馬喫完了，又取那頭驢去嘓啅嘓啅的喫了。將次喫完，就把手去扯他從奴一人過來，提著兩足，扯裂開來，張生見喫動了人，怎不心慌？只得硬掙起來，狼狽逃命。那件怪物隨後趕來，叫呼罵詈。張生只是亂跑，不敢回頭。約勾跑了一里來路，漸漸不聽得後面聲響。往前走去，遇見一個大塚，塚邊立著一個女人，張生慌忙之中，也不管是什麼人，連呼：「救命！」女人問道：「為著何事？」張生把適纔的事說了。女人道：「此間是個古塚，內中空無一物，後有一孔，郎君可避在裡頭。不然，性命難存。」話罷，女子也不知那裡去了。張生就尋塚孔，投身而入。塚內甚深，靜聽外邊，已不見甚麼聲響。自道避在此料無事了。須臾，望去塚外，月色轉明，忽聞塚上有人說話響。張生又懼怕起來，伏在塚內不動。只見塚外推將一物進孔中來，張生只聞得血腥氣。黑中看去，月光照著，明白乃是一個死人，頭已斷了。正在驚駭，又見推一個進來，連推了三、四個纔住，多是一般的死人。已後沒得推進來了，就聞得塚上人嘈嚌道：「金銀若干，錢物若干，衣服若干。」張生方纔曉得是一班強盜了，不敢吐氣，伏著聽他。只見那為頭的道：「某件與某人，某件與某人。」連唱十來人的姓名。又有嫌多嫌少，道分得不均勻，相爭論的，半日方散去。張生曉得外邊無人了，對了許多死屍，好不懼怕。欲要出來，又被死屍塞住孔口，轉動不得。沒奈何，只得蹲在裡面，等天明了再處。靜想方纔所聽唱的姓名，忘失了些，還記得五、六個，把來念的熟了。看看天亮起來。

卻說那失盜的鄉村裡，一夥人各執器械，來尋盜跡。到了塚傍，見滿塚是血，就圍住了，掘將開來。張生所殺之人，都在塚內。落後見了張生是個活人，喊道：「還有個強盜落在裡頭！」就把繩綑將起來。張生道：「我是個舉子，不是賊。」眾人道：「既不是賊，緣何在此塚內？」張生把昨夜的事，一一說了。眾人那裡肯信，道：「必是強盜殺人，送屍到此，偶墮其內的。不要聽他胡講！」眾人你住我不住的，亂來踢打，張生只叫得苦。內中有老成的道：「私下不要亂打，且送到縣裡去。」一夥人望著縣裡來。正行之間，只見張生的從人驢馬鞍駝盡到。張生見了，喫驚道：「我昨夜見的是什麼來？如何馬驢從奴俱在？」那從人見張生被縛住在人叢中，也驚道：「昨夜在路傍困倦睡著了，及到天明，不見了郎君，故此尋來。如何被這些人如此窘辱？」張生把昨夜話對從人說了一遍。從人道：「我們一覺好睡，從不曾見個甚的，怎麼有如此怪異？」鄉村這夥人道：「可見是一剗❶胡話！明是劫盜，敢這些人都是一黨？」並不肯放鬆一些，送到縣裡。縣裡牛公卻是舊相識，見張生被鄉人綁縛而來，大驚道：「緣何如此？」張生把前話說了。牛公叫快放了綁，請起來，細問昨夜所見。張生道：「劫盜姓名，小生還記得幾個。在塚上分散的衣物數目，小生也多聽得明白。」牛公取筆，請張生一一寫出，按名捕捉，人贓俱獲，沒一個逃得脫的。乃知張生夜來所見夜叉喫啖趕逐之景，乃是冤魂不散，鬼神幻出此一段怪異，逼那張生伏在塚中，方得默記劫盜姓名，使他逃不得。此天意假手張生以擒盜，不是正合著小子所言，眼花錯認，也自有緣故的話！

* * *

而今更有個眼花錯認了，弄出好些冤業因果來，理不清身子的，更為可駭可笑。正是：

道高一尺，魔高一丈。
冤業隨身，終須還帳。

這話也是唐時的事。山東沂州之西有個官山，孤拔聳峭，迴出眾峰。周圍三十里，並無人居。貞元初年，有兩個僧人，到此山中，喜歡這個境界幽僻，正好清脩，不惜勤苦，滿山拾取枯樹丫枝，在大樹之間搭起一間柴棚來。兩個敷坐在內，精勤禮念，晝夜不輟。四遠村落聞知，各各喜捨資財布施，來替他兩個構造屋室。不上旬月之間，立成一個院宇。兩僧尤加愨勵，遠近皆來欽仰。一應齋供，多自日逐有人來給與。兩僧各處一廊，在佛前共設咒願，誓不下山，只在院中持誦，必祈脩成無上菩提正果。正是：

白日禪關閒閉，落霞流水長天。

---

❶ 一剗：一派。

溪上丹楓自落，山僧自是高眠。

又：

簷外晴絲颺網，溪邊春水浮花。

塵世無心名利，山中有分煙霞。

如此苦行，已經二十餘年。元和年間，冬夜月明，兩僧各在廊中朗聲唄唱。於時，空山虛靜，聞山下隱隱有慟哭之聲，來得漸近，須臾已到院門。東廊僧在靜中聽罷，忽然動了一念道：「如此深山寂寞，多年不出，不知山下光景如何？聽此哀聲，令人悽慘感傷。」只見哭聲方止，一個人在院門邊牆上撲的跳下地來，望著西廊便走。東廊僧遙見他身軀絕大，形狀怪異，喫驚不小。不敢聲張，懷著鬼胎，且瞟覷動靜。自此人入西廊之後，那西廊僧唄唱之聲，截然住了。但聽得劈劈撲撲，如兩下力爭之狀。過一回，又聽得狺犽咀嚼，啖噬啜吒，其聲甚厲。東廊僧慌了道：「院中無人，喫完了他，少不得到我，不如預先走了罷。」忙忙開了院門，惶駭奔突。久不出山，連路徑都不認得了。攧攧仆仆，氣力殆盡。回頭看一看後面，只見其人蹌蹌踉踉，大踏步趕將來。一發慌極了。亂跑亂跳，忽逢一小溪水。褰衣渡畢，追者已到溪邊，卻不過溪來，只在隔水嚷道：「若不阻水，當并啗之。」東廊僧且懼且行，也不知走到那裡去的是，只信著腳步走罷了。須臾大雪，咫尺昏迷，正在沒奈何所在，忽有個人家牛坊，就躲將進去，隱在裡面。此時已有半夜了，雪勢稍晴。忽見一個黑衣的人，自外執刀鎗，徐至欄下。東廊僧吞聲屏氣，潛伏暗處，向明窺看。見那黑衣人躊躇四顧，恰像等些什麼的一般。有好一會，忽然院牆裡面拋出些東西來，多是包裹衣被之類。黑衣人看見，忙取來紮縛好了，裝做了一擔。牆裡邊一個女子，攀了

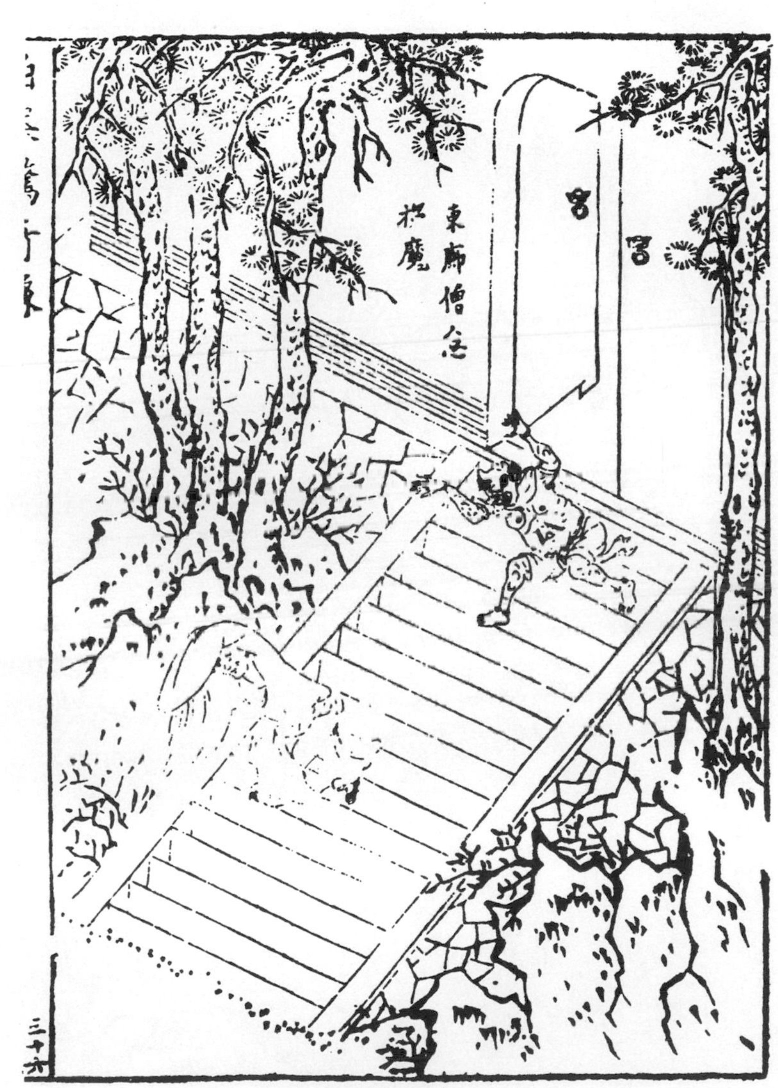

東廊僧怠招魔

黑衣盜奸生殺

牆，跳將出來。映著雪月之光，東廊僧且是看得明白。黑衣人見女子下了牆，就把鎗挑了包裹，不等與他說話，望前先走。女子隨後跟他去了。東廊僧想道：「不尷尬，此間不是住處。適纔這男子女人，必是相約私逃的。明日院中不見了人，照雪地行跡，尋將出來，見了個和尚，豈不把奸情事纏在身上來！不如趁早走了去為是。」總是一些不認得路徑，慌忙又走，恍恍惚惚，沒個定向。又亂亂的不成腳步，走上十數里路，踹了一個空，撲通的攧了下去。乃是一個廢井，虧得乾枯沒水，卻也深廣。月光透下來看時，只見傍有個死人，身首已離，血體還煖，是個適纔殺了的。東廊僧一發驚惶，卻又無法上得來，莫知所措。到得天色亮了，打眼一看，認得是昨夜攀牆的女子。心裡疑道：「這怎麼解？」正在沒出豁處，只見井上有好些人喊嚷，臨井一看道：「強盜在此了。」就將索縋人下來。東廊僧此時嚇壞了心膽，凍殭了身體，掙扎不得。被那人就井中綁縛了，先是光頭上一頓栗暴，打得火星爆散。東廊僧沒口得叫冤，真是在死邊過。那人紥縛好了，先後同死屍吊將上來。只見一個老者，見了死屍，大哭一番。哭罷道：「你這那裡來的禿驢？為何拐我女兒出來，殺死在此井中？」東廊僧道：「小僧是官山東廊僧人，二十年不下山，因為夜間有怪物到院中，啗了同侶，逃命至此。昨夜在牛坊中避雪，看見有個黑衣人進來，牆上一個女子跳出來，跟了他去。小僧因怕惹著是非，只得走脫，不想墮落井中。先已有殺死的人在內，小僧知他是甚緣故？小僧從不下山的，與人家女眷有何識熟，可以拐帶？又有何冤仇，將他殺死？眾位詳察則個。」說罷，內中人有好幾個曾到山中，認得他的，曉得是有戒行的高僧。卻是現今同個死女子在井中，解不出這事來，不好替他分辨得，免不得一同送到縣裡來。縣令看見一干人綁了個和尚，又抬了一個死屍，備問根繇。只見一個老者告訴道：「小人姓馬，是這本處人，這死的就是小人的女兒。

年一十八歲，不曾許聘人家。這兩日方纔有兩家來說起，只見今日早起來，家裡不見了女兒。跟尋起來，看見院後雪地上鞋跡，曉得越牆而走了。依蹤尋到井邊，便不見女兒鞋跡，只有一團血灑在地上。向井中一看，只見女已殺死，這和尚卻在裡頭，豈不是他殺的？」縣令問那僧人：「怎麼說？」東廊僧道：「小僧是個官山中苦行僧人，二十餘年不下本山。昨夜忽有怪物入院，將同住僧人啖噬，不得已，破戒下山逃命。豈知宿業所纏，撞在這網裡來。」就把昨夜牛坊所見，已後慮禍再逃，墜井遇屍的話，細說了一遍。又道：「相公但差人到官山一查，看西廊僧人蹤跡有無？是被何物啖噬模樣？便見小僧不是誑語。」縣令依言。隨即差個公人：「到山查勘的確，立等回話！」公人到得山間，走進院來，只見西廊僧好端端在那裡坐著看經。見有人來，纔起問訊。公人到（把？）東廊僧所犯之事，一一說過，道：「因他訴說有甚怪物入院來喫人，故此逃下山來的。相公著我來看個虛實，今師父既在，可說昨夜怪物怎麼樣起？」西廊僧道：「並無甚怪物，但二更時候，兩廊方對持念，東廊道友忽然開了院，走了出去。我兩人誓約已久，二十多年不出院門。見他獨去，也自驚異。大聲追呼，竟自不聞。小僧自守著不出院之戒，不敢追趕罷了。至於山下之事，非我所知。」公人將此話回覆了縣令，縣令道：「可見是這禿奴誑妄。」帶過東廊僧，又加研審。東廊僧只是堅稱前說。縣令道：「眼見得西廊僧人見在，有何怪物來院中？你恰恰這日下山，這裡恰恰有脫逃被殺之女同在井中，天下有這樣湊巧的事？分明是殺人之盜，還要抵賴？」用起刑來，喝道：「快快招罷！」東廊僧道：「宿債所欠，有死而已，無情可招。」惱了縣令性子，百般拷掠，楚毒備施。東廊僧道：「不必如刑，認是我殺罷了。」此時連原告見和尚如此受慘，招不出甚麼來，也自想道：「我家並不曾與這和尚往來，如何拐得我女著？就是拐了，怎不與他逃去，卻要殺他？便做是殺了，他自家也走得去的，如何同住這井中做甚麼？其間恐有冤枉。」倒走到縣令面前，把這些話一一說了。縣令道：「是倒也說得是，卻是這個奸僧黑夜落井，必非良人。況又口出妄語欺誑，眼見得中有隱情了。只是行兇刀杖無存，身邊又無贓物，難以成獄，我且把他牢固監候，你們自去外邊緝訪。你家女兒平日必有蹤跡可疑之處，與私下往來之人，家中必有所失物件，你每逐一留心細查，自有明白。」眾人聽了分付，當下散了出來。東廊僧自到獄中受苦不題。

卻說這馬家是個沂州富翁，人皆呼為馬員外。家有一女，長成得美麗非凡，從小與一個中表之兄杜生，彼此相慕，暗約為夫婦。杜生家中卻是清淡，也曾央人來做幾次媒妁，馬員外嫌他家貧，幾次回了。卻不知女兒心裡只思量嫁他去的。其間走腳通風，傳書遞簡，全虧著一個奶娘，是從幼乳這女子的。這奶子是個不良的婆娘，專一哄誘他小娘子動了春心，做些不恰當的手腳，便好乘機拐騙他的東西。所以曉得他心事如此，倒身在裡頭做馬泊六，弄得他兩下情熱如火，只是不能成就這事。那女子看看大了。有兩家來說親，馬員外已有揀中的，將次成約。女子有些著了急，與奶娘商量道：「我一心只愛杜家哥哥，而今卻待把我許別家，怎生計處？」奶子就起個憊懶肚腸，哄他道：「前日杜家求了幾次，員外只是不肯。要明配他，必不能勾。除非嫁了別家，與他暗裡偷期罷。」女子道：「我既嫁了人，怎好又做得這事？我一心要隨著杜郎，只不嫁人罷。」奶子道：「怎繇得你不嫁？我有一個計較，趁著未許定人家時節，生做他一做。」女子道：「如何生做？」奶子道：「我去約定了他。你私下與他走了，多帶了些盤纏，在他州外府，過他幾時，落得快活。且等家裡尋得著時，你兩個已自成合得久了，好人家兒女，不好拆開了另嫁得，別人家也不來要了。除非此計可以行得。」女子道：「此計果妙，只要約得的確。」

奶子道：「這個在我身上。」原來馬員外家巨富，女兒房中東西，金銀珠寶、頭面首飾、衣服，滿箱滿籠的，都在這奶子眼裡。奶子動火他這些東西，怎肯教富了別人？他有一個兒子，叫做牛黑子，是個不本分的人，專一在賭博行廝撲行❷中走動，結識那一班無賴子弟。也有時去做些偷雞弔狗的勾當。奶子欺心，當女子面前許他去約杜郎，他私下去與兒子商量，只叫他冒頂了名，騙領了別處去，賣了他，落得得他小富貴。算計停當，來哄女子道：「已約定了，只在今夜月明之下，先把東西搬出院牆外牛坊中了，然後攀牆而出就是。」女子要奶子同去，奶子道：「這使不得，你自去，須一時沒查處。連我去了，他明知我在裡頭做事，尋到我家，卻不做出來？」那女子不曾面訂得杜郎，只聽他一面哄詞，也是數該如此。憑他說著就是，信以為真。道是從此一走，便可與杜郎相會，遂了向來心願了。正是：

本待將心托明月，誰知明月照溝渠。

是夜，女子與奶子把包裹紮好，先抛出牆外，落後女子攀牆而出。正是東廊僧在暗地裡窺看之時，那時見有個黑衣人擔著前走，女子只道是杜郎，換了青衣，瞞人眼睛的。尾著隨去，不以為意。到得野外井邊，月下看得明白，是雄糾糾一個黑臉大漢，不是杜郎了。女孩兒家不知個好歹，不繇的你不驚喊起來。黑子叫他不要喊，那裡掩得住。黑子想道：「他有偌多的東西在我擔裡，我若同了這帶腳的貨去，前途被他喊破，可不人財兩失？不如結果了他罷。」拔出刀來，望脖子上只一刀。這嬌怯怯的女子，能消得幾時功夫！可憐一朵鮮花，一旦萎於荒艸！也是他念頭不正，以致有此。正是：

賭近盜兮姦近殺，古人說話不曾差。

---

❷ 廝撲行：「廝撲」即「相撲」，或稱「角觝」，或稱「捽角」。「廝撲行」是專門從事相撲的團體。

姦賭兩般都不染，太平無事做人家。

女子既死，黑子就把來攛入廢井之中，帶了所得東西，飛也似的去了。怎知這裡又有這個悔氣星照命的和尚來頂了缸，坐牢受苦！——說話的，若如此，真是有天無日頭的事了！——看官，「天網恢恢，疏而不漏」，少不得到其間逐漸的報應出來。

卻說馬員外先前不見了女兒，一時糾人追尋，不匡撞著這和尚，鬼混了多時，送他在獄裡了，家中竟不曾仔細查得。及到家中細想，只疑心道：「未必關得和尚事。」到得房中一看，只見箱籠一空，道：「是必有個人約著走的！只是平日不曾見什麼破綻。若有姦夫同逃，如何又被殺死？卻不可解。」沒個想處，只得把所失之物，寫個失單，各處貼了招榜，出了賞錢，要明白這件事。那奶子聽得小娘子被殺了，只有他心下曉得，捏著一把汗，心裡恨著兒子道：「只教他領了他去，如何做出這等沒脊骨事來？」私下見了，暗地埋怨一番，著實叮囑他：「要謹慎，關係人命，事弄得大了！」又過了幾時，牛黑子漸把心放寬了，帶了錢到賭坊裡去賭。怎當得博去就是個叉色，一霎時把錢多輸完了。欲待再去拿錢時，興高了，卻等不得。站在傍邊看，又忍不住，伸手去腰裡摸出一對金鑲寶簪頭來，押錢再賭，指望就博將轉來，自不妨事。誰知一去不能復返，只能忍著輸散了。那押的當頭❸，須不曾討得去，在個捉頭❹兒的黃胖哥手裡。黃胖哥帶了家去，被他妻子看見了道：「你那裡來這樣好東西？不要來歷不明，做出事來。」胖哥道：「我須有個來處，有甚麼不明？是牛黑子當錢的！」黃嫂子道：「可又來，小牛又不

❸ 當頭：典押的東西。

❹ 捉頭：賭博場中的頭家向賭客抽取頭錢。

曾有妻小，是個光棍哩！那裡掙得有此等東西？」胖哥猛想起來道：「是呀！馬家小娘子被人殺死，有張失單，多半是頭上首飾。他是奶娘之子，這些失物，或者他有些乘機偷盜在裡頭。」黃嫂子道：「明日竟到他家解錢，必有說話。若認著了，我們先得賞錢去，可不好？」商量定了。到了次日，胖哥竟帶了簪子，望馬員外解庫中來。恰好員外走將出來，胖哥道：「有一件東西，拿來與員外認著。認得著，小人要賞錢；認不著，小人解些錢去罷。」黃胖哥拿那簪頭遞與員外。員外一看，卻認得是女兒之物。就詰問道：「此自何來？」黃胖哥把牛黑子賭錢押簪的事，說了一遍。馬員外點點頭道：「不消說了，是他母子兩個商通合計的了！」款住黃胖哥，要他寫了張首單，說：「金寶簪一對，的係牛黑子押錢之物，所首是實。」對他說：「外邊且不可聲張！」先把賞錢一半與他，事完之後找足。黃胖哥報得著，歡喜去了。員外袖了兩個簪頭，進來對奶子道：「你且說前日小娘子怎麼逃出去的！」奶子道：「員外好笑！員外也在這裡，我也在這裡，大家都不知道的，我如何曉得，倒來問我？」員外拿出簪子來道：「既不曉得，這件東西為何在你家裡拿出來？」奶子看了簪，虛心病發，曉得是兒子做出來，驚得面如土色，心頭丕丕價跳。口裡支吾道：「敢是遺失在路傍，那個拾得的？」員外見他臉色紅黃不定，曉得有些海底眼❺，且不說破，竟叫人尋將牛黑子來，把來拴住，一徑投縣裡來。牛黑子還亂嚷亂跳道：「我有何罪，把繩拴我？」馬員外道：「有人首你殺人公事。你且不要亂叫，有本事當官辨去。」當下縣令升堂，馬員外就把黃胖哥這紙首狀同那簪子，送將上去，與縣令看，道：「贓物證見俱有了，望相公追究真情則個。」縣令看了道：「那牛黑子是什麼人，干涉得你家著？」馬員外道：「是小女奶子的兒子。」

❺ 海底眼：內幕；祕密。

縣令點頭道：「這個不為無因了。」叫牛黑子過來，問他道：「這簪是那裡來的？」牛黑子一時無辭，只得推道：「是母親與他的。」縣令叫連那奶子拘將來。縣令道：「這姦殺的事情，只在你這奶子身上，要跟尋出來。」喝令把奶子上了刑具。奶子熬不過，只得含糊招道：「小娘子平日與杜郎往來相密，是夜約了杜郎私奔，跳出牆外，是老婦曉得的。出了牆去的事，老婦一些也不知道。」縣令問馬員外道：「你曉得可有個杜某麼？」員外道：「有個中表杜某，曾來問親幾次，只為他家寒，不曾許他。不知他背地裡有此等事？」縣令又將杜郎拘來。杜郎但是平日私期密訂，情意甚濃，忽然私逃被殺，暗稱可惜，其實一些不知影響。縣令問他道：「你如何與馬氏女約逃，中途殺了？」杜郎道：「平日中表兄妹，柬帖往來，契密則有之，何曾有私逃之約？是誰人來約？誰人證明的？」縣令喚奶子來與他對，也只說得是平日往來，至於相約私逃，原無影響，卻是對他不過。杜郎一向又見說失了好些東西，便辨道：「而今相公只看贓物何在，便知與小生無與了。」縣令細想一回道：「我看杜某軟弱，必非行殺之人；牛某粗狠，亦非偷香之輩。其中必有頂冒假托之事。」就把牛黑子與老奶子著實行刑起來。老奶子只得把貪他財物，暗叫兒子冒名赴約，這是真情，以後的事，卻不知了。牛黑子還自喳喳嘴強，推著杜郎道：「既約的是他，不干我事。」縣令猛然想起道：「前日那和尚口裡明說：『晚間見個黑衣人，挈了女子同去的。』叫他出來一認，便明白了。」喝令獄中放出那東廊僧來。東廊僧到案前，縣令問道：「你那夜說在牛坊中見個黑衣人進來，盜了東西，帶了女子去。而今這個人若在，你認得他否？」東廊僧道：「那夜雖然是夜裡，雪月之光，不減白日。小僧靜脩已久，眼光頗清。若見其人，自然認得。」縣令叫杜郎上來，問僧道：「可是這個？」東廊僧道：「不是，彼甚雄健，豈是這文弱書生？」又叫牛黑子上來，指著問道：「這個可是？」東廊僧道：「這個是了。」縣令冷笑，對牛黑子道：「這樣，你母親之言已真，殺人的不是你，是誰？況且贓物見在，有何理說？只可惜這和尚，沒事替你喫打喫監多時。」東廊僧道：「小僧宿命所招，自無可怨。所幸佛天甚近，得相公神明昭雪。」縣令又把牛黑子夾起，問他道：「全逃也罷，何必殺他？」黑子只得招道：「他初時認做杜郎，到井邊時，看見不是，亂喊起來，所以一時殺了。」縣令道：「晚間何得有刀？」黑子道：「平時在廝撲行裡走，身邊常帶有利器。況是夜晚做事，防人暗算，故帶在那裡的。」縣令道：「我故知非杜子所為也。」遂將招情一一供明。把奶子斃于杖下，牛黑子強姦殺人，追贓完日，明正典刑。杜郎與東廊僧俱各釋放。一行人各自散了不題。

那東廊僧沒頭沒腦喫了這場敲打，又監裡坐了幾時，纔得出來。回到山上，見了西廊僧，說起許多事體。西廊僧道：「一同如此靜脩，那夜本無一物，如何偏你所見如此，以致惹出許多磨難來？」東廊僧道：「便是不解。」回到房中，自思無故受此驚恐，受此苦楚，必是自家有甚脩不到處。向佛前懺悔已過，必祈見個境頭。蒲團上靜坐了三晝夜，坐到那心空性寂之處，恍然大悟：原來馬家女子是他前生的妾，為因一時無端疑忌，將他拷打鎖禁，有這段冤愆。今世做了僧人，戒行精苦，本可消釋了。只因那晚聽得哭泣之聲，心中悽慘，動了念頭，所以魔障就到，現出許多惡境界，逼他走到冤家窩裡去，償了這些拷打鎖禁之債，方纔得放。他在靜中悟徹了這段因果，從此堅持道心，與西廊僧到底再不出山，後來合掌坐化而終。有詩為證：

有生總在業冤中，悟到無生始是空。
若是塵心全不起，憑他宿債也消融。

卷三十七　屈突仲任酷殺眾生　鄆州司馬冥全內姪

詩云：

眾生皆是命，畏死有同心。
何以貪饕者，冤仇結必深。

話說世間一切生命之物，總是天地所生，一樣有聲有氣，有知有覺，但與人各自為類。其貪生畏死之心，總只一般；喞恩記仇之報，總只一理。只是人比他靈慧機巧些，便能以術相制。弄得駕牛絡馬，牽蒼走黃，還道不足。為著一副口舌，不知傷殘多少性命！這些眾生，只為力不能抗拒，所以任憑刀俎。然到臨死之時，也會亂飛亂叫，各處逃藏。豈是蠢蠢不知死活，任你食用的？乃世間貪嘴好殺之人，與迂儒小生之論，道：「天生萬物以養人，食之不為過。」這句說話，不知還是天帝親口對他說的，還是自家說出來的。若但道是人能食物，便是天意養人。那虎豹能食人，難道也是天生人以養虎豹的不成？蚊虻能嘬人，難道也是天生人以養蚊虻不成？若是虎豹蚊虻也一般會說會話，會寫會做，想來也要是這樣講了，不知人肯服不肯服？從來古德長者，勸人戒殺放生，其話儘多，小子不能盡述，只趁口說這幾句直捷痛快的，與看官們笑一笑，看說的可有理沒有理。至於佛家果報說：「六道眾生，盡是眷屬。冤冤相報，殺殺相尋。」就說他幾年，也說不了。小子而今說一個怕死的眾生，與人性無異的，隨你鐵石做心腸，也要慈悲起來。

宋時，太平府有個黃池鎮。十里間有聚落，多是些無賴之徒，不逞宗室，屠牛殺狗所在。淳熙十年間，王叔端與表兄盛子東，同往寧國府。過其處，少憩閒覽，見野園內繫水牛五頭。盛子東指其中第二牛，對王叔端道：「此牛明日當死。」叔端道：「怎見得？」子東道：「四牛皆食草，獨此牛不食草，只是眼中淚下，必有其故。」因到茶肆中喫茶，就問茶主人：「此第二牛是誰家的？」茶主人道：「此牛乃是趙三使所買，明早要屠宰了。」子東對叔端道：「如何？」明日再往，止剩得四頭在了。仔細看時，那第四牛也像昨日的一樣不喫草，眼中淚出。看見他兩個踱來，把雙蹄跪地，如拜訴的一般。復問茶肆中人，說道：「有一個客人，今早至此，一時買了三頭。只剩下這頭，早晚也要殺了。」子東嘆息道：「畜類有知如此。」勸叔端訪他主人，與他重價買了，置在近庄，做了長生的牛。只看這一件事起來，可見畜生一樣靈性，自知死期；一樣悲哀，祈求施主。如何而今人歪著肚腸，只要廣傷性命，暫侈口腹，是甚緣故？敢道是陰間無對證麼？不知陰間最重殺生，對證明明白白。只為人死去，既遭了冤對，自去一一償報；回生的少，所以人多不及知道。對人說，也不信了。

* * *

小子如今說個回生轉來，明白可信的話。正是：

一命還將一命塡，世人難解許多冤。
聞聲不食吾儒法，君子期將不忍全。

唐朝開元年間，溫縣有個人，覆姓屈突，名仲任，父親曾典郡事，止生得仲任一子，憐念其少，恣其所為。仲任性不好書，終日只是樗蒲射獵為事。父死時，家僮數十人，家資數百萬，莊第甚多。仲任縱情好色，荒飲博戲，如湯潑雪，不數年間把家產變賣已盡。家童僕妾之類，也多養口不活，各自散去。止剩得溫縣這一個庄，又漸漸把四圍附近田疇，多賣去了。過了幾時，連庄上零星屋宇，及樓房內室，也拆來賣了。止是中間一正堂，巋然獨存，連庄子也不成模樣了。家貧，無計可以為生。仲任多力，有個家僮，叫做莫賀咄，是個蕃夷出身，也力敵百人。主僕兩個，好生說得著。大家各恃膂力，便商量要做些不本分的事體來。卻也不愛去打家劫舍，也不愛去殺人放火。他愛喫的是牛馬肉，又無錢可買，思量要與莫賀咄外邊偷盜去。每夜黃昏後，便兩人合伴，直走去五十里外。遇著牛，即執其兩角，翻負在背上，背了家來。遇馬騾，將繩束其頸，也負在背。到得家中，投在地上，都是死的。又於堂中掘地，埋幾個大甕，在內安貯牛馬之肉。皮骨剝剔下來，納在堂後大坑，或時把火焚了。初時只圖自己口腹暢快。後來偷得多起來，便叫莫賀咄拿出城市換米來喫，賣錢來用。做得手滑，日以為常，當做了是他兩人的生計了。亦且來路甚遠，脫膊又快，自然無人疑心，再也不弄出來。仲任性又好殺，日裡沒事得做。所居堂中，弓箭羅網叉彈滿屋。多是千方百計，思量殺生害命。出去走了一番，再沒有空手回來的。不論獐鹿獸兔，烏鳶鳥雀之類，但經目中一見，畢竟要算計弄來喫他。但是一番回來，肩擔背負，手提足繫，無非是些飛禽走獸，就堆了一堂屋角。兩人又去舞弄擺佈，思量巧樣喫法。就是帶活的，不肯便殺一刀，打一下死了罷。畢竟多設調和妙法，或生割其肝，或生抽其筋，或生斷其舌，或生取其血，道是一死便不脆嫩。假如取得生鱉，便將繩縛其四足，綳住在烈日中曬著。鱉口中渴甚，即將鹽酒放在他頭邊，鱉只得喫了。然後將他烹起來。鱉是裡邊醉出來的，分外好喫。取驢縛於堂中，面前放下一缸灰水，

屈突仲任酷殺衆生

鄆州司馬冥全內姪

驢四圍多用火逼著。驢口乾即飲灰水，須臾屎溺齊來，把他腸胃中汙穢多蕩盡了。然後取酒調了椒鹽各味，再復與他。他火逼不過，見了只是喫。性命未絕，外邊皮肉已熟，裡頭調和也有了。一日，拿得一刺蝟。他渾身是硬刺，不便烹宰。仲任與莫賀咄商量道：「難道便是這樣罷了不成？」想起一法來，把泥著些鹽在內，跌成熟團，把刺蝟團團泥裹起來，火裡煨著。燒得熟透了，除去外邊的泥，只見蝟皮與刺皆隨泥脫了下來，剩的是一團熟肉。加了鹽醬，且是好喫。凡所作為，多是如此。有詩為證：

捕飛逐走不曾停，身上時常帶血腥。
且是烹炰多有術，想來手段會調羹。

且說仲任有個姑夫，曾做鄆州司馬，姓張，名安。起初看見仲任家事漸漸零落，也要等他曉得些苦辣，收留他去，勸化他回頭做人家。及到後來，看見他所作所為，越無人氣，時常規諷，只是不聽。張司馬憐他是妻兄獨子，每每掛在心上。怎當他氣類異常，不是好言可以諭解，只得罷了。後來司馬已死，一發再無好言到他耳中，只是逞性胡為。如此十多年。

忽一日，家僮莫賀咄病死，仲任沒了個幫手，只得去尋了個小時節乳他的老婆婆來守著堂屋，自家仍去獨自個做那些營生。過得月餘，一日晚，正在堂屋裡喫牛肉，忽見兩個青衣人，直闖將入來，將仲任套了繩子便走。仲任自恃力氣，欲待打掙，不知這時力氣多在那裡去了，只得軟軟隨了他走。正是：

有指爪劈開地面，會騰雲飛上青霄。
若無入地升天術，目下災殃怎地消？

仲任口裡問青衣人道：「拿我到何處去？」青衣人道：「有你家家奴扳下你來，須去對理。」仲任茫然不知何事，隨了青衣人，來到一個大院。廳事十餘間，有判官六人，每人據二間。仲任所對在最西頭二間。判官還不在，青衣人叫他且立堂下。有頃，判官已到。仲任仔細一認，叫聲：「阿呀！如何卻在這裡相會？」你道那判官是誰？正是他那姑夫鄆州司馬張安。那司馬也喫了一驚道：「你幾時來了？」引他登階，對他道：「你此來不好。你年命未盡，想為對事而來。卻是在世為惡無比，所殺害生命，千千萬萬，冤家多在。今忽到此，有何計較，可以相救？」仲任纔曉得是陰府。心裡想著平日所為，有些懼怕起來。叩頭道：「小姪生前不聽好言，不信有陰間地府，妄作妄行。今日來到此處，望姑夫念親戚之情，救拔則個。」張判官道：「且不要忙，待我與眾判官商議看。」因對眾判官道：「僕有妻姪屈突仲任，造罪無數，今召來與奴莫賀咄對事。卻是其人年命亦未盡，要放他去了，等他壽盡纔來。只是既已到了這裡，怕被害這些冤魂，不肯放他。怎生為僕分上，商量開得一路，放他生還麼？」眾判官道：「除非召明法者與他計較。」張判官叫鬼卒喚明法人來。只見有個碧衣人前來參見。張判官道：「要出一個年命未盡的罪人，有路否？」明法人請問何事，張判官把仲任的話，對他說了一遍。明法人道：「仲任須為對莫賀咄事而來。固然陽壽未盡，卻是冤家太廣，只怕一與相見，群至沓來，不繇分說，恣行食噉。此皆宜償之命，冥府不能禁得，料無再還之理。」張判官道：「仲任既係吾親，又命未合死，故此要開生路救他。若是壽已盡時，自作自受，我這裡也管不得了。你有何計，可以解得此難？」明法人想了一會道：「唯有一路，可以出得，卻也要這些被殺冤家肯，便好。若不肯，也沒幹。」張判官道：「卻待怎麼？」明法人道：「此諸物類被仲任所殺者，必須償其身命，然後各去托生。今召他每出來，須誘哄他每道：『屈突仲任今為對莫賀咄事，已到此間。汝輩食噉了畢，即去托生。汝輩餘業未盡，還受畜生身，是這件仍做這件，牛更為牛，馬更為馬。使仲任轉生為人，還依舊喫著汝輩。汝輩業報，無有了時。今查仲任未合即死，須令略還，叫他替汝輩追造福因，使汝輩各捨畜生業，盡得人身，再不為人殺害，豈不至妙？』諸畜類聞得人身，必然喜歡從命，然後小小償他些夙債，乃可放去。若說與這番說話，不肯依時，就再無別路了。」張判官道：「便可依此而行。」明法人將仲任鎖在廳事前房中了，然後召仲任所殺生類到判官庭中來。庭中地可有百畝。仲任所殺生命聞召都來，一時填塞皆滿。但見：

牛馬成群，雞鵝作隊。百般怪獸盡皆舞爪張牙，千種奇禽類各舒毛鼓翼。誰道賦靈獨蠢，記冤仇且是分明；謾言稟質偏殊，圖報復更為緊急。飛的飛，走的走，早難道天子上林；叫的叫，嗥的嗥，須不是人間樂土。

說這些被害眾生，如牛、馬、驢、騾、豬、羊、獐、鹿、雉、兔，以至刺蝟、飛鳥之類，不可悉數，凡數萬頭。共作人言道：「召我何為？」判官道：「屈突仲任已到。」說聲未了，物類皆咆哮大怒，騰振蹴踏，大喊道：「逆賊還我債來！還我債來！」這些物類忿怒起來，個個身體，比常倍大。豬羊等馬牛，馬牛等犀象。只待仲任出來，大家吞噬。判官乃使明法人一如前話曉諭一番。物類聞說替他追福，可得人身，盡皆喜歡，仍舊復了本形。判官分付諸畜且出。都依命退出庭外來了。明法人方在房裡放出仲任來，對判官道：「而今須用小小償他些債。」說罷，即有獄卒二人，手執皮袋一個、祕木二根到來。明法人把仲任袋將進去。獄卒將祕木祕下去。仲任在袋，苦痛難禁，身上血簌簌的出來，多在袋孔中流下，好似澆花的噴筒一般。獄卒去了祕木，只提著袋，滿庭前走轉灑去。須臾血深至階，可有三尺了。然後連袋投仲任在房中，又牢牢鎖住了。復召諸畜等至，分付道：「已取出仲任生血，聽汝輩食噉。」

諸畜等皆作惱怒之狀，身復長大數倍，罵道：「逆賊！你殺吾身，今喫你血。」於是競來爭食。飛的走的，亂嚷亂叫，一頭喫，一頭罵。只聽得呼呼嗡嗡之聲，三尺來血，一霎時喫盡，還像不足的意。共舐地上，直等庭中土見，方纔住口。明法人等諸畜喫罷，分付道：「汝輩已得償了些債，莫賀咄身命已盡，一聽汝輩取償。今放屈突仲任回家，為汝輩追福，令汝輩多得人身。」諸畜等皆歡喜，各復了本形而散，判官方纔在袋內放出仲任來。仲任出了袋，站立起來，只覺渾身疼痛。張判官對他說道：「冤報暫解，可以回生。既已見了報應，便可努力脩福。」仲任道：「多蒙姑夫竭力周全調護，得解此難。今若回生，自當痛改前非，不敢再增惡業。但宿罪尚重，不知何法脩福，可以盡消？」判官道：「汝罪業太重，非等閒作福，可以免得。除非刺血寫一切經，此罪當盡。不然，他日更來，無可再救了。」仲任稱謝領諾。張判官道：「還須遍語世間之人，使他每聞著報應，能生悔悟的，也多是你的功德。」說罷，就叫兩個青衣人送歸來路。又分付道：「路中若有所見，切不可擅動念頭。不依我戒，須要喫虧。」叮囑青衣人道：「可好伴他到家。他餘業儘多，怕路中還有失處。」青衣人道：「本官分付，敢不小心！」仲任遂同了青衣前走。行了數里，到了一個熱鬧去處，光景似陽間酒店一般。但見：

村前茅舍，庄後竹籬。村醪香透磁缸，濁酒滿盛瓦瓮。架上麻衣，昨日村郎留下當；酒帘大字，鄉中學究醉時書。劉伶知味且停舟，李白聞香須駐馬。盡道黃泉無客店，誰知冥路有沽家！

仲任正走得饑又饑，渴又渴，眼望去是個酒店，他已自口角流涎了。走到面前看時，只見店裡頭吹的吹，唱的唱，猜拳豁指，呼紅喝六，在裡頭暢快飲酒。滿前嗄飯多是些肥肉鮮魚，壯雞大鴨。仲任不覺舊性復發，思量要進去坐一坐，喫他一餐。早把他姑夫所戒已忘記了，反來拉兩個青衣進去同坐。青衣道：

「進去不得的！錯走去了，必有後悔。」仲任那裡肯信！青衣阻當不住，道：「既要進去，我們只在此間等你。」仲任大踏步跨將進來，揀個座頭坐下了。店小二忙攞著案酒。仲任一看，喫了一驚。原來一碗是死人的眼睛，一碗是糞坑裡大蛆。曉得不是好去處，抽身待走。小二斟了一碗酒來道：「喫了酒去。」仲任不識氣，伸手來接，拿到鼻邊一聞，臭穢難當，原來是一碗腐屍肉。正待撇下不喫，忽然灶下搶出一個牛頭鬼來，手執鋼叉，喊道：「還不快喫！」店小二把來一灌。仲任只得忍著臭穢強吞了下去，望外便走。牛頭又領了好些奇形異狀的鬼趕來，口裡嚷道：「不要放走了他！」仲任急得無措。只見兩個青衣原站在舊處，忙來遮蔽著，喝道：「是判院放回的，不得無禮！」攙著仲任便走。後邊人聽見青衣人說了，然後散去。青衣人埋怨道：「叫你不要進去，你不肯聽，致有此驚恐。起初判院如何分付來？只道是我們不了事。」仲任道：「我只道是好酒店，如何裡邊這樣光景？」青衣人道：「這也原是你業障，現此眼花。」仲任道：「如何是我業障？」青衣人道：「你喫這一甌，還抵不得醉鯗醉驢的債哩！」仲任愈加悔悟，隨著青衣再走。看看茫茫蕩蕩，不辨東西南北，身子如在雲霧裡一般。須臾，重見天日，已似是陽間世上，儼然是溫縣地方。同著青衣走入自己庄上草堂中，只見自己身子直挺挺的倘在那裡，乳婆坐在傍邊守著。青衣用手將仲任的魂向身上一推，仲任甦醒轉來。眼中不見了青衣，卻見乳婆叫道：「官人甦醒著，幾乎急死我也。」仲任道：「我死去幾時了？」乳婆道：「官人正在此喫食，忽然暴死，已是一晝夜。只為心頭尚煖，故此不敢移動。誰知果然活轉來！好了，好了！」仲任道：「此一晝夜，非同小可，見了好些陰間地府光景。」那老婆子喜聽的是這些說話，便問道：「官人見的是甚麼光景？」仲任道：「原來我未該死，只為莫賀咄死去，撞著平日殺戮這些冤家，要我去對證，故勾我去。我也為寃家多，幾乎不放轉來了。虧得撞著對案的判官，就是我張家姑夫，道我陽壽未絕，在裡頭曲意處分，纔得放還。」就把這些說話光景，如此如此，這般這般，盡情告訴了乳婆。那乳婆只是合掌念「阿彌陀佛」不住口。仲任說罷，乳婆又問道：「這等而今莫賀咄畢竟怎麼樣？」仲任道：「他陽壽已盡，冤債又多。我自來了，他在地府中，畢竟要一一償命。不知怎地受苦哩！」乳婆道：「官人可曾見他否？」仲任道：「只因判官周全我，不教對案，故此不見他，只聽得說。」乳婆道：「一晝夜了，怕官人已餓，還有剩下的牛肉，將來喫了罷。」仲任道：「而今要依我姑夫分付，正待刺血寫經，罰咒再不喫這些東西了。」乳婆道：「這個卻好。」乳婆只去做些粥湯與仲任喫了。仲任起來，梳洗一番，把鏡子將臉一照，只叫得苦。原來陰間把祕木取去他血，與畜生喫過，故此面色臘查也似黃了。仲任從此儼一個人，把堂中掃除乾淨，先請幾部經來，焚香持誦。將養了兩個月身子，漸漸復舊，有了血色。然後刺著臂血。逐部逐卷寫將來。有人經過，問起他寫經根繇的，便把這些事逐一告訴將來。人聽了，無不毛骨聳然，多有助盤費供他書寫之用的，所以越寫得多了。況且面黃肌瘦，是個老大證見。又指著堂中的甕，堂後的穴，每對人道：「這是當時作業的遺跡，留下為戒的。」來往人曉得是真話，發了好些放生戒殺的念頭。

開元二十三年春，有個同官令虞咸道經溫縣，見路傍草堂中有人年近六十，如此刺血書寫不倦。請出經來看，已寫過了五、六百卷。怪道：「他怎能如此發心得猛？」仲任把前後的話一一告訴出來，虞縣令嘆以為奇，留俸錢助寫而去。各處把此話傳示於人，故此人多知道。後來仲任得善果而終。所謂「放下屠刀，立地成佛」者也。偈曰：

物命在世間，微分此靈蠢。一切有知覺，皆已具佛性。取彼痛苦身，供我口食用。我飽已覺羶，彼死痛猶在。一點嗔恨心，豈能盡消滅？所以六道中，轉轉相殘殺。願葆此慈心，觸處可施用。起意便多刑，減味即省命。無過轉念間，生死已各判。及到償業時，還恨種福少。何不當生日，隨意作方便。度他即自度，應作如是觀。

卷三十八　占家財狠壻妒姪　延親脈孝女藏兒

詩曰：

子息從來天數，原非人力能為。
最是無中生有，堪令耳目新奇。

話說元朝時，都下有個李總管，官居三品，家業巨富。年過五十，不曾有子。聞得樞密院東有個算命的，開個鋪面，譚人禍福，無不奇中。總管試往一算。于時衣冠滿座，多在那裡候他，挨次推講。總管對他道：「我之祿壽已不必言；最要緊的，只看我有子無子。」算命的推了一回，笑道：「公已有子了，如何哄我？」總管道：「我實不曾有子，所以求算，豈有哄汝之理？」算命的把手掐了一掐道：「公年四十，即已有子，今年五十六了，尚說無子，豈非哄我？」一個爭道：「實不曾有！」一個爭道：「決已有過！」遞相爭執，同座的人多驚訝起來，道：「這怎麼說？」算命的道：「在下不會差，待此公自去想。」只見總管沉吟了好一會，拍手道：「是了，是了！我年四十時，一婢有娠，我以職事赴上都，到得歸家，我妻已把來賣了，今不知他去向。若說四十上該有子，除非這個緣故。」算命的道：「我說不差！公命不孤，此子仍當歸公。」總管把錢相謝了，作別而出。只見適間同在座上問命的一個千戶，也姓李，邀總管入茶坊坐下，說道：「適間聞公與算命的所說之話，小子有一件疑心，敢問個明白。」

總管道：「有何見教？」千戶道：「小可是南陽人。十五年前，也不曾有子，因到都下買得一婢，卻已先有孕的。帶得到家，吾妻適也有孕，前後一、兩月間，各生一男，今皆十五、六歲了。適間聽公所言，莫非是公的令嗣麼？」總管就把婢子容貌年齒之類，兩相質問，無一不合。因而兩邊各通了姓名住址，大家說個「容拜」，各散去了。總管歸來，對妻說知其事。妻當日悍妒，做了這事，而今見夫無嗣，也有些懊悔哀憐，巴不得是真。次日邀千戶到家，敘了同姓，認為宗譜。盛設款待，約定日期，到他家裡去認看，千戶先歸南陽。總管給假前往，帶了許多東西去餽送著千戶，并他妻子僕妾，多有禮物。坐定了，千戶道：「小可歸家問明此婢，果是宅上出來的。」因命二子出拜，只見兩個十五、六的小官人，一齊走出來，一樣打扮，氣度也差不多。總管看了，不知那一個是他兒子，請問千戶，求說明白。千戶笑道：「公自認看，何必我說。」總管仔細相了一回，天性感通，自然識認，前抱著一個道：「此吾子也。」千戶點頭笑道：「果然不差。」於是父子相持而哭。旁觀之人，無不墮淚。千戶設宴與總管賀喜，大醉而散。

次日總管答席，就借設在千戶廳上。酒間，千戶對總管道：「小可既還公令郎了，豈可使令郎母子分離？并令其母奉公同還，何如？」總管喜出望外，稱謝不已。就攜了母子，同回都下。後來通籍承廕，官也至三品，與千戶家往來不絕。可見人有子無子，多是命裡做定的。李總管自己已信道無兒了，豈知被算命的看出有子，到底得以團圓，可知是逃那命裡不過。

*　*　*

小子為何說此一段話？只因一個富翁，也犯著無兒的病症。豈知也係有兒，被人藏過。後來一旦識認，喜出非常，關著許多骨肉親疏的關目在裡頭，聽小子從容的表白出來。正是：

越親越熱，不親不熱。
附葛攀藤，總非枝葉。
奠酒澆漿，終須骨血。
如何妒婦，忍將嗣絕？
必是前生，非常冤業。

話說婦人心性，最是妒忌。情願看丈夫無子絕後，說著買妾置婢，抵死也不肯的。就有個把被人勸化，勉強依從，到底心中只是有些嫌忌，不甘伏的。就是生下了兒子，是親丈夫一點骨血，又本等他做「大娘」，還道是「隔重肚皮隔重山」，不肯便認做親兒一般。更有一等狠毒的，偏要算計了絕得，方快活的。及至女兒嫁得個女婿，分明是個異姓，無關宗支的，他偏要認做的親，是件偏心為他，倒勝如丈夫親子姪。豈知女生外向，雖係吾所生，到底是別家的人。至于女婿，當時就有二心，轉得背便另搭架子了。自然親一支熱一支，女婿不如姪兒，姪兒又不如兒子。縱是前妻晚後，偏生庶養，歸根結果，的親瓜葛，終久是一派，好似別人多哩。不知這些婦人們，為何再不明白這個道理！

話說元朝東平府有個富人，姓劉名從善，年六十歲，人皆以「員外」呼之。媽媽李氏，年五十八歲。他有潑天也似家私，不曾生得兒子，止有一個女兒，小名叫做引姐。入贅一個女婿，姓張，叫張郎。其時張郎有三十歲，引姐二十七歲了。那個張郎極是貪小好利刻剝之人。只因劉員外家富無子，他起心央媒入舍為婿，便道這家私久後多是他的了，好不誇張得意！卻是劉員外自掌把定家私在手，沒有得放寬與他。亦且劉員外另有一個肚腸：一來他有個兄弟劉從道同妻甯氏，亡逝已過，遺下一個姪兒，小名叫做引孫，年二十五歲，讀書知事。只是自小父母雙亡，家私蕩敗，靠著伯父度日。劉員外道是自家骨肉，另眼覷他。怎當得李氏媽媽，一心只護著女兒女婿！又且念他母親存日，妯娌不和，到底結怨在他身上，見了一似眼中之釘。虧得劉員外暗地保全，卻是畢竟礙著媽媽、女婿，不能十分周濟他，心中長懷不忍。二來員外有個丫頭，叫做小梅，媽媽見他精細，叫他近身伏侍。員外就收拾來做了偏房，已有了身孕，指望生出兒子來。有此兩件心事，員外心中不肯輕易把家私與了女婿。怎當得張郎僭賴，專一使心用腹，搬是造非，挑撥得丈母與引孫舅子，日逐炒鬧。引孫當不起激聒，劉員外也怕淘氣，私下周給些錢鈔，叫引孫自尋個住處，做營生去。引孫是個讀書之人，雖是尋得間破房子住下，不曉得別做生理，只靠伯父把得這些東西，且逐漸用去度日。眼見得一個是張郎趕去了，張郎心裡懷著鬼胎，只怕小梅生下兒女來。若生個小姨，也還只分得一半；若生個小舅，這家私就一些沒他分了。要與渾家引姐商量，所算那小梅。

那引姐倒是個孝順的人，但是女眷家見識，若把家私分與堂弟引孫，他自道是親生女兒，有些氣不甘分。若是父親生下小兄弟來，他自是喜歡的。況且父親十分指望，他也要安慰父親的心。這個念頭是真。曉得張郎不懷良心，母親又不明道理，只護著女婿，恐怕不能勾保全小梅生產，時常心下打算。恰好張郎趕逐了引孫出去，心裡得意，在渾家面前露出那要算計小梅的意思來。引姐想道：「若兩、三人做了一路，所算他一人，有何難處？不爭你們使嫉妒心腸，卻不把我父親的後代絕了，這怎使得？我若不在裡頭使些見識，保護這事，做了父親的罪人，做了萬代的罵名。卻是丈夫見我不肯做一路，怕他每

占家財狠婿妒姪

延親脈孝女藏兒

背地自做出來，不若將機就計，暗地周全罷了。」——你道怎生暗地用計？原來引姐有個堂分姑娘嫁在東庄，是與引姐極相厚的，每事心腹相托。引姐要把小梅寄在他家裡去分娩，只當是托孤與他。當下來與小梅商議道：「我家裡自趕了引孫官人出去，張郎心裡要獨占家私。姨姨，你身懷有孕，他好生嫉妒。母親又護著他。姨姨，你自己也要放精細些！」小梅道：「姑娘肯如此說，足見看員外面上，十分恩德。奈我獨自一身，怎隄防得許多？只望姑娘凡百照顧則個。」引姐道：「我怕不要周全，只是關著財利上事，連夫妻兩個，心肝不托著五臟的。他早晚私下弄了些手腳，我如何知道？」小梅垂淚道：「這等卻怎麼好？不如與員外說個明白，看他怎麼做主？」引姐道：「員外老年之人，他也周庇得你有數。況且說破了，落得大家面上不好看，越結下冤家了，你怎當得起？我倒有一計在此，須與姨姨熟商量。」小梅道：「姑娘有何高見？」引姐道：「東庄裡姑娘與我最厚。我要把你寄在他庄上，在他那裡分娩，托他一應照顧。生了兒女，就托他撫養著。衣食盤費之類，多在我身上。這邊哄著母親與丈夫，說姨姨不像意，走了。他每巴不得你去的，自然不尋究。且等他把這一點要擺佈你的肚腸放寬了，後來看個機會，等我母親有些轉頭，你所養兒女已長大了，然後對員外一一說明，取你歸來，那時須奈何你不得了。除非如此，可保十全。」小梅道：「足見姑娘厚情，殺身難報！」引姐道：「我也只為不忍見員外無後，恐怕你遭了別人毒手，沒奈何背了母親與丈夫，私下和你計較。你日後生了兒子，有了好處，須記得今日。」小梅道：「姑娘大恩，經板兒印在心上，怎敢有忘！」兩下商議停當，看著機會，還未及行。

員外一日要到庄上收割，因為小梅有身孕，恐怕女婿生嫉妒，女兒有外心，索性把家私都托女兒女婿管了。又怕媽媽難為小梅，請將媽媽過來，對他說道：「媽媽，你曉得『借甕釀酒』麼？」媽媽道：

「怎地說？」員外道：「假如別人家甕兒，借將來家裡做酒，酒熟了時，就把那甕兒送還他本主去了，這不是只借得他家伙一番。如今小梅這妮子腹懷有孕，明日或兒或女，得一個，只當是你的。那其間將那妮子或典或賣，要不要多憑得你。我只要借他肚裡生下的要緊，這不當是『借甕釀酒』？」媽媽見如此說，也應道：「我曉得你說的，是我覷著他便了，你放心庄上去。」員外叫張郎取過那遠年近歲欠他錢鈔的文書，都搬將出來，叫小梅點個燈，一把火燒了。張郎伸手火裡去搶，被火一逼，燒壞了指頭，叫疼。員外笑道：「錢這般好使！」媽媽道：「借與人家錢鈔，多是幼年到今積攢下的家私，如何把這些文書燒掉了？」員外道：「我沒有這幾貫業錢，安知不已有了兒子？就是今日有得些些根芽，若沒有這幾貫業錢，我也不消擔得這許多干係，別人也不來算計我了。我想財是什麼好東西？苦苦盤算別人的做甚？不如積些陰德，燒掉了些，家裡須用不了。或者天可憐見，不絕我後，得個小廝兒也不見得。」說罷，自往庄上去了。

張郎聽見適纔丈人所言，道是暗暗裡有些侵著他，一發不像意道：「他明明疑心我要暗算小梅，我枉做好人也沒幹。何不趁他在庄上，便當真做一做，也絕了後慮？」又來與渾家商量。引姐見事體已急了，他日前已與東庄姑娘說知就裡，當下指點了小梅，徑叫他到那裡藏。過來哄丈夫道：「小梅這丫頭看見我每意思不善，今早叫他配絨線去，不見回來，想是懷空走了。這怎麼好？」張郎道：「逃走是丫頭的常事，走了也倒乾淨，省得我們費氣力。」引姐道：「只是父親知道，須要煩惱。」張郎道：「我們又不打他、不罵他、不沖撞他。他自己走了的，父親也抱怨我們不得。我們且告訴媽媽，大家商量去。」

夫妻兩個來對媽媽說了。媽媽道：「你兩個說來沒半句，員外偌大年紀，見有這些兒指望，喜歡不盡，在庄兒上專等報喜哩。怎麼有這等的事？莫不你兩個做出了些什麼歹勾當來？」引姐道：「今日絕早自家走了的，實不干我們事。」媽媽心裡也疑心，道別有緣故，卻是護著女兒、女婿，也巴不得將沒作有，便認做走了也乾淨，那裡還來查著。只怕員外煩惱，又怕員外疑心，三口兒都趕到庄上與員外說。員外見他每齊來，只道是報他生兒喜信，心下鶻突。見說出這話來，驚得木呆。心裡想道：「家裡難為他不過，逼走了他，這是有的。只可惜帶了胎去。」又嘆口氣道：「看起一家這等光景，就是生下兒子來，未必能勾保全。便等小梅自去尋個好處也罷了，何苦累他母子性命！」淚汪汪的忍著氣恨命。又轉了一念道：「他們如此算計我，則為著這些浮財。我何苦空積攢著，做守財虜，倒與他們受用！我總是沒後代，趁我手裡施捨了些去也好。」懷著一天忿氣，大張著榜子，約著明日到開元寺裡，散錢與那貧難的人。

張郎好生心裡不捨得，只為見丈人心下煩惱，不敢拗他。到了明日，只得帶了好些錢，一家同到開元寺裡散去。到得寺裡，那貧難的紛紛的來了。但見：

連肩搭背，絡手包頭。瘋癱的氈裹臀行，喑啞的鈴當口說。磕頭撞腦，拿差了柱拐互喧嘩；摸壁扶牆，踹錯了陰溝相怨悵。鬧熱熱攜兒帶女，苦悽悽單夫隻妻。都念道：「明中捨去暗中來。」

真叫做：「今朝那管明朝事！」

那劉員外分付大乞兒一貫，小乞兒五百文。乞兒中有個劉九兒，有一個小孩子，他與大都子商量著道：「我帶了這孩子去，只支得一貫。我叫這孩子自認做一戶，多落他五百文。你在傍做個證見，幫襯一聲，騙得錢來，我兩個分了買酒喫。」果然去報了名，認做兩戶。張郎問道：「這小的另是一家麼？」大都子傍邊答應道：「另是一家。」就分與他五百錢，劉九兒都拿著去了。大都子要來分他的，劉九兒道：「這孩子是我的，怎生分得我錢？你須學不得我有兒子！」大都子道：「我和你說定的，你怎生多要了？你有兒的便這般強橫！」兩個打將起來。劉員外問知緣故，叫張郎勸他。怎當得劉九兒不識風色，指著大都子「千絕戶，萬絕戶」的罵，道：「我有兒子，是請得錢，干你這絕戶的甚事？」張郎臉兒掙得通紅，止不住他的口。劉員外已聽得明白，大哭道：「俺沒兒子的，這等沒下梢！」悲哀不止。連媽媽、女兒傷了心，一齊都哭將起來。張郎沒做理會處。

散罷，只見一個人落後走來，望著員外、媽媽施禮。你道是誰？正是劉引孫。員外道：「你為何到此？」引孫道：「伯伯、伯娘，前與姪兒的東西，日逐盤費用度盡了。今日聞知在這裡散錢，特來借些使用。」員外礙著媽媽在傍，看見媽媽不做聲，就假意道：「我前日與你的錢鈔，你怎不去做些營生，便是這樣沒了？」引孫道：「姪兒只會看幾行書，不會做什麼營生。日日喫用，有減無增，所以沒了。」員外道：「也是個不成器的東西！我那有許多錢勾你用！」狠狠要打。媽媽假意相勸，引姐與張郎對他道：「父親惱哩，舅舅走罷。」引孫只不肯去，苦要求錢。員外將條柱杖，一直的趕將出來，他們都認是真，也不來勸。引孫前走，員外趕去，走上半里來路，連引孫也不曉其意，道：「怎生伯伯也如此作怪起來？」員外見沒了人，纔叫他一聲：「引孫。」引孫撲的跪倒。員外撫著哭道：「我的兒，你伯父沒了兒子，受別人的氣。我親骨血只看得你。你伯娘雖然不明理，卻也心慈的。只是婦人一時偏見，不看得破，不曉得別人的肉偎不熱。那張郎不是良人，須有日生分起來。我好歹勸化你伯娘轉意，你只要時節邊勤勤到墳頭上去看看，只一、兩年間，我著你做個大大的財主。今日靴裡有兩錠鈔，我瞞著他們，只做趕打，將來與你。你且拿去盤費兩日，把我說的話，不要忘了！」引孫領諾而去。員外轉來，收拾了家去。

張郎見丈人散了許多錢鈔，雖也心疼，卻道是自今已後，家產再沒處走動，儘勾著他了。未免志得意滿，自繇自主，要另立個鋪排，把張家來出景，漸漸把丈人、丈母放在腦後，倒像人家不是劉家的一般。劉員外固然看不得，連那媽媽積祖護他的，也有些不伏氣起來。虧得女兒引姐著實在裡邊調停，怎當得男子漢心性硬劣，只逞自意，那裡來顧前管後？亦且女兒家順著丈夫，日逐慣了，也漸漸有些隨著丈夫路上來了。自己也不覺得的，當不得有心的看不過。

一日，時遇清明節令，家家上墳祭祖。張郎既掌把了劉家家私，少不得劉家祖墳要張郎支持去祭掃。張郎端正了春盛擔子，先同渾家到墳上去。年年劉家上墳已過，張郎然後到自己祖墳上去。此年張郎自家做主，偏要先到張家祖墳上去。引姐道：「怎麼不照舊先在俺家的墳上，等爹媽來上過了再去？」張郎道：「你嫁了我，連你身後也要葬在張家墳裡，還先上張家墳是正禮。」引姐拗丈夫不過，只得隨他先去上墳不題。那媽媽同劉員外已後起身，到墳上來。員外問媽媽道：「他們想已到那裡多時了。」媽媽道：「這時張郎已擺設得齊齊整整，同女兒在那裡等了。」到得墳前，只見靜悄悄的絕無影響。看那墳頭，已有人挑些新土蓋在上面了，也有些紙錢灰與酒澆的濕土在那裡。劉員外心裡明知是姪兒引孫到此過了，故意道：「誰曾在此先上過墳了？」對媽媽道：「這又作怪。女兒、女婿不曾來，誰上過墳？難道別姓的來不成？」又等了一回，還不見張郎和女兒來。員外等不得，說道：「俺和你先拜了罷，知他們幾時來？」拜罷，員外問媽媽道：「俺老兩口兒百年之後，在那裡埋葬便好？」媽媽指著高岡兒上說道：「這答樹木長的似傘兒一般，在這所在埋葬也好。」員外嘆口氣道：「此處沒我和你的分。」指著一塊下洼水渰的絕地道：「我和你只好葬在這裡。」媽媽道：「我每又不少錢，憑揀著好的所在，怕不是我們葬？怎麼倒在那水渰的絕地？」員外道：「那高岡有龍氣的，須讓他有兒子的葬，要圖個後代興旺。俺和你沒有兒子，誰肯讓我？只好剩那絕地與我們安骨頭。總是沒有後代的，不必好地了。」媽媽道：「俺怎生沒後代？現有姐姐、姐夫哩！」員外道：「我可忘了。他們還未來，我和你且說閒話。我且問你，我姓什麼？」媽媽道：「誰不曉得姓劉？也要問！」員外道：「我姓劉，你可姓甚麼？」媽媽道：「我姓李。」員外道：「你姓李，怎麼在我劉家門裡？」媽媽道：「又好笑，我須是嫁了你劉家來。」員外道：「街上人喚你是劉媽媽？喚你是李媽媽？」媽媽道：「常言道：『嫁雞隨雞，嫁狗隨狗。』一車骨頭半車肉，都屬了劉家，怎麼叫我做『李媽媽』？」員外道：「原來你這骨頭，也屬了俺劉家了。這等女兒姓甚麼？」媽媽道：「女兒也姓劉。」員外道：「女婿姓甚麼？」媽媽道：「女婿姓張。」員外道：「這等，女兒百年之後，可往俺劉家墳裡葬去，還是往張家墳裡葬去？」媽媽道：「女兒百年之後，自去張家墳裡葬去。」說到這句，媽媽不覺的鼻酸起來。員外曉得有些省了，便道：「卻又來，這等怎麼叫做得劉門的後代？我們不是絕後的麼？」媽媽放聲哭將起來，道：「員外，怎生直想到這裡？俺無兒的，真個好苦！」員外道：「媽媽，你纔省了。就沒有兒子，但得是劉家門裡親人，也須是一瓜一蒂，生前望墳而拜，死後共土而埋。那女兒只在別家去了，有何交涉？」媽媽被劉員外說得明切，言下大悟。況且平日看見女婿的喬做作，今日又不見同女兒先到，也有好些不像意了。正說間，只見引孫來墳頭收拾鐵鍬，看見伯父、伯娘便拜。此時媽媽不比平日，覺得親熱了好些，問道：「你來此做甚麼？」

引孫道：「姪兒特來上墳添土來。」媽媽對員外道：「親的則是親。引孫也來上過墳，添過土了，他們還不見到。」員外故意惱引孫道：「你為甚麼不挑了春盛擔子，齊齊整整上墳，卻如此草率！」引孫道：「姪兒無錢，只乞化得三杯酒、一塊紙，略表表做子孫的心。」員外道：「媽媽，你聽說麼？那有春盛擔子的，為不是子孫，這時還不來哩！」媽媽也老大不過意。員外又問引孫道：「你看那邊鴉飛不過的庄宅、石羊石虎的墳頭，怎不去？到俺這裡做甚麼？」媽媽道：「那邊的墳，知他是那家？他是劉家子孫，怎不到俺劉家墳上來！」員外道：「媽媽，你纔曉得引孫是劉家子孫。你先前可不說姐姐、姐夫是子孫麼？」媽媽道：「我起初是錯見了。從今以後，姪兒只在我家裡住。你是我一家之人，你休記著前日的不是。」引孫道：「這個姪兒怎敢？」媽媽道：「喫的穿的，我多照管你便了。」員外叫引孫拜謝了媽媽。引孫拜下去道：「全仗伯娘看劉氏一脈，照管孩兒則個。」媽媽簌簌的掉下淚來。正傷感處，張郎與女兒來了。員外與媽媽問其來遲之故，張郎道：「先到寒家墳上完了事，纔到這裡來，所以遲了。」媽媽道：「怎不先來上俺家的墳？要俺老兩口兒等這半日！」張郎道：「我是張家子孫，禮上須先完張家的事。」媽媽道：「姐姐呢？」張郎道：「姐姐也是張家媳婦。」媽媽見這幾句話，恰恰對著適間所言的，氣得目睜口呆，變了色道：「你既是張家的兒子媳婦，怎生掌把著劉家的家私？」劈手就女兒處，把那放匙鑰的匣兒奪將過來，道：「已後張自張，劉自劉！」徑把匣兒交與引孫了，道：「今後只是俺劉家人當家。」此時連劉員外也不料媽媽如此決斷。那張郎與引姐，平日護他慣了的，一發不知在那裡說起，老大的沒趣，心裡道：「怎麼連媽媽也變了卦？」竟不知媽媽已被員外勸化得明明白白的了。張郎還指點叫擺祭物，員外、媽媽大怒道：「我劉家祖宗，不喫你張家殘食，改日另祭。」各不喜歡而散。

張郎與引姐回到家來，好生埋怨道：「誰匡先上了自家墳，討得此番發惱不打緊，連家私也奪去與引孫掌把了，這如何氣得過？卻又是媽媽做主的，一發作怪。」引姐道：「爹媽認道只有引孫一個是劉家親人，所以如此。當初你待要暗算小梅，他有些知覺，豫先走了。若留得他在時，生下個兄弟，須不讓那引孫做天氣。況且自已兄弟還情願的；讓與引孫，實是氣不干。」張郎道：「平日又與他冤家對頭，如今他當了家，我們倒要在他喉下取氣了，怎麼好？還不如再求媽媽則個。」引姐道：「是媽媽主的意，如何求得轉？我有道理，只叫引孫一樣當不成家罷了。」張郎問道：「計將安出？」引姐只不肯說，但道是：「做出便見，不必細問！」

明日，劉員外做個東道，請著鄰里人，把家私交與引孫掌把。媽媽也是心安意肯的了。引姐曉得這個消息，道是張郎沒趣，打發出外去了。自已著人悄悄東庄姑娘處說了，接了小梅家來。原來小梅在東庄分娩，生下一個兒子，已是三歲了。引姐私下寄衣寄食去看覷他母子，只不把家裡知道。惟恐張郎曉得，生出別樣毒害來，還要等他再長成些，纔與父母說破。而今因為氣不過引孫做財主，只得去接了他母子來家。次日來對劉員外道：「爹爹不認女婿做兒子罷，怎麼連女兒也不認了？」員外道：「怎麼不認？只是不如引孫親些。」引姐道：「女兒是親生，怎麼倒不如他親？」員外道：「你須是張家人了，他須是劉家親人。」引姐道：「便做道是『親』，未必就該是他掌把家私！」員外道：「除非再有親似他的，纔奪得他。那裡還有？」引姐笑道：「只怕有也不見得。」劉員外與媽媽也只道女兒忿氣說這些話，不在心上。只見女兒走去，叫小梅領了兒子到堂前，對爹媽說道：「這可不是親似引孫的來了？」員外、媽媽見是小梅，大驚道：「你在那裡來？可不道逃走了？」小梅道：「誰逃走？須守著孩兒哩！」員外道：「誰是孩兒？」小梅指著兒子道：「這個不是？」員外又驚又喜道：「這個就是你所生的孩兒？一向怎麼說？敢是夢裡麼？」小梅道：「只問姑娘，便見明白。」員外與媽媽道：「姐姐快說些個。」引姐道：「父親不知，聽女兒從頭細說一遍。當初小梅姨姨有半年身孕，張郎使嫉妒心腸，要所算小梅。女兒想來，父親有許大年紀，若所算了小梅，便是絕了父親之嗣。是女兒與小梅商量，將來寄在東庄姑姑家中分娩，得了這個孩兒。這三年，只在東庄姑姑處撫養，身衣口食多是你女兒照管他的。還指望再長成些，方纔說破。今見父親認道只有引孫是親人，故此請了他來家。須不比女兒，可不比引孫還親些麼？」小梅也道：「其實虧了姑娘，若當日不如此周全，怎保得今日有這個孩兒！」劉員外聽罷，如夢初覺，如醉方醒，心裡感激著女兒。小梅又教兒子不住的叫他「爹爹」。劉員外聽得一聲，身也麻了。對媽媽道：「原來親的只是親，女兒姓劉，到底也還護著劉家，不肯順從張郎，把兄弟壞了。今日有了老生兒，不致絕後，早則不在絕地上安墳了。皆是孝順女所賜，老夫怎肯知恩不報？如今有個主意，把家私做三分分開：女兒、姪兒、孩兒，各得一分。大家各管家業，和氣過日子罷了。」當日叫家人尋了張郎家來，一同引孫及小孩兒拜見了鄰舍諸親，就做了個分家筵席，盡歡而散。

此後劉媽媽認了真，十分愛惜著孩兒。員外與小梅自不必說。引姐、引孫又各內外保全。張郎雖是嫉妒也用不著。畢竟培養得孩兒成立起來。此是劉員外廣施陰德，到底有後。又恩待骨肉，原受骨肉之報。所謂親一支熱一支也。有詩為證：

女婿如何有異圖？總因財利令親疏。
若非孝女關疼熱，畢竟劉家有後無？

卷三十九 喬勢天師禳旱魃 秉誠縣令召甘霖

詩云：

自古有神巫，其術能役鬼。
禍福如燭照，妙解陰陽理。
不獨傾公卿，時亦動天子。
豈似後世者，其人總村鄙！
語言甚不倫，偏能惑閭里。
淫祀無虛日，枉殺供牲醴。
安得西門豹，投畀鄴河水！

話說男巫女覡，自古有之。漢時謂之下神，唐世呼為見鬼人。儘能役使鬼神，曉得人家禍福休咎，令人趨避，頗有靈驗。所以公卿大夫，都有信著他的。甚至朝廷宮闈之中，有時召用。此皆有個真傳授，可以行得去，做得來的，不是荒唐。卻是世間的事，有了真的，便有假的。那無知男女，妄稱神鬼，假說陰陽，一些影響沒有的，也一般會哄動鄉民，做張做勢的，從古來就有了。直到如今，真有術的巫覡，已失其傳。無過是些鄉裡村夫、游嘴老嫗，男稱太保，女稱師娘，假說降神召鬼，哄騙愚人。口裡說漢話，便道神道來了，卻是脫不得鄉氣；信口胡柴❶的，多是不囫圇的官話，杜撰出來的字眼。正經人聽了，渾身麻木，忍笑不住的。鄉里人信是活靈活現的神道，匾匾的信伏。不知天下曾有那不會講官話的神道麼？又還一件可恨處，見人家有病人來求他，他先前只說救不得。直到拜求懇切了，口裡說出許多牛羊豬狗的願心來，要這家脫衣典當，殺生害命，還恐怕神道不肯救，啼啼哭哭的。及至病已犯拙，燒獻無效，再不怨悵他、疑心他。只說不曾盡得心，神道不喜歡，見得如此，越燒獻得緊了。不知弄人家費多少錢鈔，傷多少性命，不過供得他一時亂話，喫得些、騙得些罷了。律上禁止師巫「邪術」，其法甚嚴，也還加他「邪術」二字，要見還成一家說話。而今并那邪不成邪，術不成術，一味胡弄愚民信伏，習以成風。真是痼疾不可解，只好做有識之人的笑柄而已。

蘇州有個小民，姓夏。見這些師巫興頭，也去投著師父，指望傳些真術。豈知費了拜見錢，並無甚術法得傳，只教得些游嘴門面的話頭，就是祖傳來輩輩相授的祕訣。習熟了，打點開場施行。其鄰有個范春元，名汝輿，最好戲耍。曉得他是頭番初試，原沒甚本領的，設意要弄他一場笑話。來哄他道：「你初次降神，必須露些靈異出來，人纔信服，我忝為你鄰人，與你商量個計較，幫襯著你，等別人驚駭方妙。」夏巫道：「相公有何妙計？」范春元道：「明日等你上場時節，吾手裡拿著糖糕，叫你猜。你一猜就著，我就贊嘆起來，這些人自然信服了。」夏巫道：「相公肯如此幫襯小人，小人萬幸。」到得明日，遠近多傳道新太保降神，來觀看的甚眾。夏巫登場，正在捏神搗鬼，妝憨打癡之際，范春元手中捏著一把物事來問道：「你猜得我掌中何物，便是真神道。」夏巫笑道：「手中是糖糕。」范春元假意拜

❶ 胡柴：胡說。

下去道：「猜得著，果是真神。」即拿手中之物，塞在他口裡去。夏巫只道是糖糕，一口接了。誰知不是糖糕，滋味又臭又硬，甚不好喫。欲待吐出，先前猜錯了，恐怕露出馬腳。只得攢眉忍苦，嚥了下去。范春元見喫完了，發一擂道：「好神明，喫了乾狗屎了！」眾人起初看見他喫法煩難，也有些疑心。及見范春元說破，曉得被他做作，盡皆哄然大笑，一時散去。夏巫喫了這場羞，傳將開去，此後再弄不興了。似此等虛妄之人，該是這樣處置他纔妙，怎當得愚民要信他騙哄。虧范春元是個讀書之人，弄他這些破綻出來。若不然時，又被他胡行了。

范春元不足奇，宋時還有個小人，也會不信師巫，弄他一場笑話。華亭金山廟臨海邊，乃是漢霍將軍祠。地方人相傳，道是錢王霸吳越時，他曾起陰兵相助，故此崇建靈宮。淳熙末年，廟中有個巫者，因時節邊，聚集縣人，捏神搗鬼，說：「將軍附體宣言，祈祝他的，廣有福利。」縣人信了，紛競前來。獨有錢寺正家一個幹僕沈暉，崛強不信，出語譃侮。有與他一班相好的，恐怕他觸犯了神明，盡以好言相勸，叫他不可如此戲弄。那廟巫宣言道：「將軍甚是惱怒，要來降禍。」沈暉偏要與他爭辨道：「人生禍福，天做定的，那裡什麼將軍來擺佈得我？就是將軍有靈，決不附著你這等村蠢之夫，來說禍說福的。」正在爭辨之時，沈暉一交跌倒，口流涎沫，登時暈去。內中有同來的，奔告他家裡。妻子多來看視，見了這個光景，分明認是得罪神道了，拜著廟巫討饒。廟巫越妝起腔來道：「悔謝不早，將軍盛怒，已執錄了精魄，押赴酆都。死在頃刻，救不得了。」廟巫看見暈去不醒，正中下懷，落得大言恐嚇。妻子驚惶無計，對著神像只是叩頭，又苦苦哀求廟巫，廟巫越把話來說得狠了。妻子只得拊尸慟哭。看的人越多了，相戒道：「神明利害如此，戲譃不得的。」廟巫一發做著天氣，十分得意。只見沈暉在地下撲的跳將起來。眾人盡道是強魂所使，俱各驚開。沈暉在人叢中躍出，扭住廟巫，連打數掌，道：「我把你這枉口嚼舌的，不要慌，那曾見我酆都去了？」妻子道：「你適纔卻怎麼來？」沈暉大笑道：「我見這些人信他，故意做這個光景，耍他一耍。有甚麼神道來？」廟巫一場沒趣，私下走出廟去躲了。合廟之人，盡皆散去。從此再也弄不興了。

看官，只看這兩件事，你道巫師該信不該信？所以聰明正直之人，再不被那一干人所惑，只好哄愚夫愚婦，一竅不通的。

* * *

小子而今說一個極做天氣的巫師，撞著個極不下氣的官人，弄出一場極暢快的事來，比著西門豹投巫，還覺希罕。正是：

奸欺妄欲言生死，寧知受欺正於此。
世人認做活神明，只合同嘗乾狗屎。

話說唐武宗會昌年間，有個晉陽縣令，姓狄，名維謙，乃反周為唐的名臣狄梁公仁傑之後。守官清恪，立心剛正，凡事只從直道上做去，隨你強橫的，他不怕，就上官也多謙讓他一分。治得個晉陽戶不夜閉，道不拾遺，百姓家家感德啣恩，無不贊嘆的。誰知天災流行，也是晉陽地方一個悔氣，雖有這等好官在上，天道一時亢旱起來，自春至夏，四、五個月內，並無半點雨澤。但見：

田中紋圻，井底塵生。滾滾煙飛，盡是晴光浮動；微微風撼，原來煖氣薰蒸。轆轤不絕聲，止得泥漿半杓；車戽無虛刻，何來活水一泓？供養著五湖四海行雨龍王，急迫煞八口一家喝風狗命。止有一輪紅日炎炎照，那見四野陰雲欻欻興？

旱得那晉陽數百里之地，土燥山焦，港枯泉涸，艸木不生，禾苗盡稿。急得那狄縣令屏去侍從儀衛在城隍廟中跣足步禱，不見一些徵應。一面減膳羞，禁屠宰，日日行香，夜夜露禱。凡是那救旱之政，沒一件不做過了。

話分兩頭。本州有個無賴邪民，姓郭，名賽璞，自幼好習符咒。投著一個并州來的女巫，結為夥伴。名稱師兄師妹，其實暗地裡當做夫妻。兩個一正一副，花嘴騙舌，哄動鄉民。不消說，亦且男人外邊招搖，女人內邊蠱惑。連那官宦大戶人家，也有要禱除災禍的；也有要祛除疾病的；也有夫妻不睦，要他魘樣和好的；也有妻妾相妒，要他各使魘魅的。種種不一，弄得太原州界內七顛八倒。本州監軍使，乃是內監出身。這些太監心性，一發敬信的了不得。監軍使適要朝京，因為那時朝廷也重這些左道異術，郭賽璞與女巫便思量隨著監軍使之便，到京師走走，圖些僥倖。那監軍使也要作興他們，主張帶了他們去。到得京師，真是五方雜聚之所，奸宄易藏，邪言易播。他們施符設咒，救病除妖。偶然撞著小小有些應驗，便一傳兩，兩傳三，各處傳將開去，道是異人異術，分明是一對活神仙在京裡了。及至來見他的，他們習著這些大言不慚的話頭，見神見鬼，說得活靈活現。又且兩個一鼓一板，你強我賽。除非是正人君子，不為所惑，隨你啤嗻❷伶俐的好漢，但是一分信著鬼神的，沒一個不著他道兒。外邊既已鬨傳其名，又因監軍使到北司各監贊揚，弄得這些太監往來的多了，女巫遂得出入宮掖，時有恩賚。又得太監們幫襯之力，夤緣聖旨，男女巫俱得賜號天師。原來唐時崇尚道術，道號天師，僧賜紫衣，多是不

❷ 啤嗻：偉大。

以為意的事。卻也沒個什麼職掌衙門，也不是什麼正經品職，不過取得名聲好聽，恐動鄉里而已。郭賽璞既得此號，便思榮歸故鄉。同了這女巫，仍舊到太原州來。此時無大無小，無貴無賤，盡稱他每為天師。他也妝模作樣，一發與未進京的時節，氣勢大不同了。正值晉陽大旱之際，無計可施，狄縣令出著告示道：「不拘官吏軍民人等，如有能興雲致雨，本縣不惜重禮酬謝。」告示既出，有縣裡一班父老，率領著若干百姓，來稟縣令道：「本州郭天師，符術高妙，名滿京都，天子尚然加禮。若得他一至本縣祠中，那祈求雨澤，如反掌之易。只恐他尊貴，不能勾得他來。須得相公虔誠敦請，必求其至，以救百姓，百姓便有再生之望了。」狄縣令道：「若果然其術有靈，我豈不能為著百姓，屈己求他！只恐此輩是大奸猾，煽起浮名，未必有真本事。亦且假竊聲號，妄自尊大。請得他來，徒增爾輩一番騷擾，不能有益。不如就近訪那真正好道，潛脩得力的，未必無人。或者有得出來應募，定勝此輩虛囂的一倍。本縣所以未敢慕名，開此妄端耳。」父老道：「相公所見固是，但天下有其名，必有其實。見放著那朝野聞名啅噉的天師不求，還那裡去另訪得道的？這是現鐘不打，又去煉銅了。若相公恐怕供給煩難，百姓們情願照里遞人丁，派出做公費。只要相公做主，求得天師來，便莫大之恩了。」縣令道：「你們所見既定，我何所惜？」於是縣令備著花紅表禮，寫著懇請書啟，差個知事的吏典，代縣令親身行禮。備述來意已畢，天師意態甚是倨傲。聽了一回，慢然答道：「要祈雨麼？」眾人叩頭道：「正是。」天師笑道：「亢旱乃是天意，必是本方百姓罪業深重，又且本縣官吏貪汙不道，上天降罰，見得如此。我等奉天行道，怎肯違了天心，替你們祈雨？」眾人又叩頭道：「若說本縣縣官，甚是清正有餘。因為小民作業，上天降災。縣官心生不忍，特慕天師人名，敢來禮聘，屈尊到縣，祈請一壇甘雨。萬勿推卻！萬民感戴。」天師又笑道：「我等豈肯輕易赴汝小縣之請！」再三不肯。吏典等回來回覆了狄縣令。父老同百姓等多哭道：「天師不肯來，我輩眼見得不能存活了。還是縣宰相公再行敦請，是必要他一來便好。」縣令沒奈何，只得又加禮物，添差了人，另寫了懇切書啟。又申個文書到州裡，央州將分上，懇請必來。州將見縣間如此懃懇，只得自去拜望天師，求他一行。天師見州將自來，不得已，方纔許諾。眾人見天師肯行，歡聲動地，恨不得連身子都許下他來。天師叫備男女轎各一乘，同著女師前往。這邊吏典父老人等，惟命是從，敢不齊整！備著男女二轎，多結束得分外鮮明。一路上秉香燃燭，幢幡寶蓋，真似迎著一雙活佛來了。到得晉陽界上，狄縣令當先迎著。他兩人出了轎，與縣令見禮畢。縣令把著盞，替他兩個上了花紅綵緞，鞴過馬來換了轎。縣令親替他籠著馬，鼓樂前導，迎至祠中，先擺著下馬酒筵，極其豐盛。就把舖陳行李之類，收拾在祠後潔淨房內。縣令道了安置，別了自去，專候明日作用不題。

卻說天師到房中對女巫道：「此縣中要我每祈雨，意思虔誠，禮儀豐厚，只好這等了。滿縣官吏人民，個個仰望著下雨，假若我們做張做勢，造化撞著了下雨便好。倘不遇巧，怎生打發得這些人？」女巫道：「枉叫你弄了若干年代把戲，這樣小事就費計較。明日我每只把雨期約得遠些。天氣晴得久了，好歹多少下些，有一、兩點灑灑，便算是我們功德了。萬一到底不下，只是尋他們事故，左也是他不是，右也是他不是。弄得他們不耐煩，我們做個天氣，只是撇著要去，不肯再留。那時只道惱了我們性子，扳留不住，自家只好忙亂，那個還來議我們的背後不成！」天師道：「有理，有理。他既十分敬重我們，料不敢拏我們破綻，只是老著臉皮做便了。」商量已定。次日縣令到祠請祈雨。天師傳命，就於祠前設立小壇停當。天師同女巫在城隍神前，口裡胡言亂語的說了好些鬼話。一同上壇來，天師登位，敲動令

喬勢天師禳旱魃

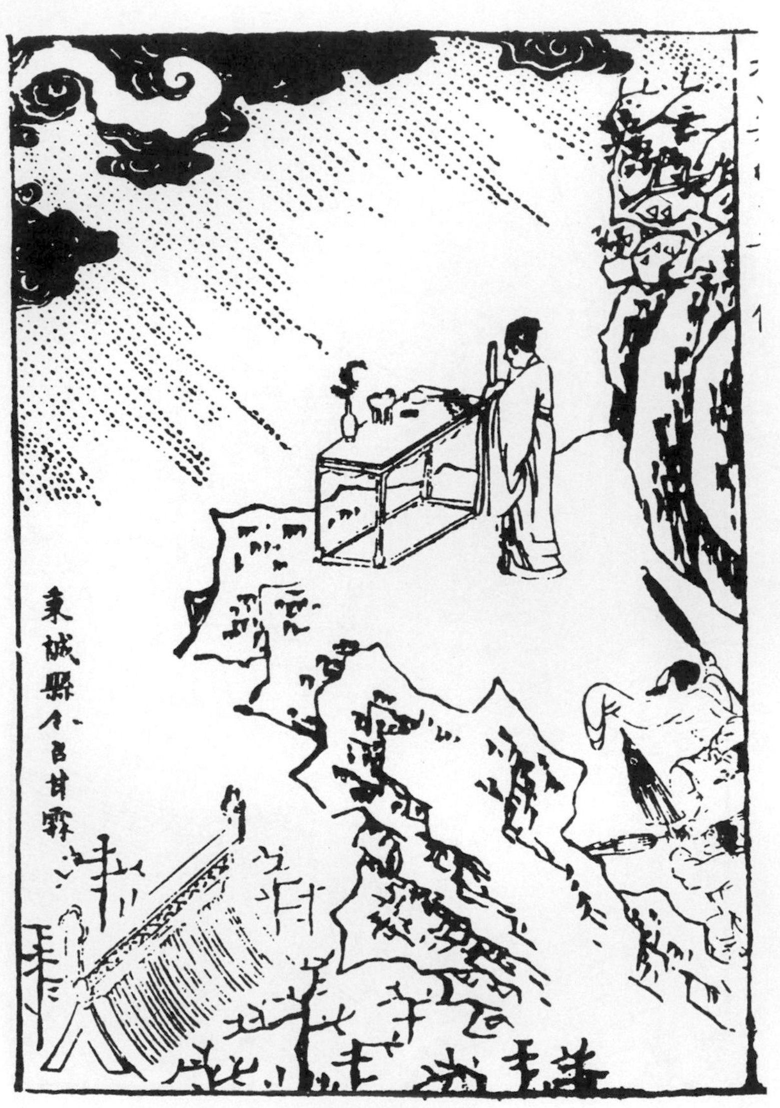

秉誠縣令召甘霖

牌。女巫將著九環單皮鼓打的廝琅琅價響。燒了好幾道符，天師站在高處，四下一望，看見東北上微微有些雲氣，思量道：「夏雨北風生，莫不是數日內有雨？落得先說破了，做個人情。」下壇來對縣令道：「我為你飛符上界請雨，已奉上帝命下了。只要你們至誠，三日後雨當沾足。」這句說話傳開去，萬民無不踴躍喜歡。四郊士庶多來團集了，只等下雨。懸懸望到三日期滿，只見天氣越晴得正路了。

烈日當空，浮雲掃淨。蝗蝻得意，乘熱氣以飛揚；魚鱉潛蹤，在湯池而跼蹐。輕風罕見，直挺挺不動五方旗；點雨無徵，苦哀哀只聞一路哭。

縣令同了若干百姓，來問天師道：「三日期已滿，怎不見一些影響？」天師道：「災沴必非虛生，實由縣令無德，故此上天不應。我今為你虔誠再告。」狄縣令見說他無德，自己引罪道：「下官不職，災禍自當，怎忍貽累於百姓？萬望天師曲為周庇，寧使折盡下官福算，換得一場雨澤，救取萬民，不勝感戴。」天師道：「亢旱必有旱魃。我今為你一面祈求雨澤，一面搜尋旱魃。保你七日之期，自然有雨。」縣令道：「旱魃之說，詩、書有之，只是如何搜尋？」天師道：「此不過在民間，你不要管我。」縣令道：「果然搜尋得出，致得雨來，但憑天師行事。」天師就令女巫到民間各處尋旱魃。但見民間有懷胎十月將足者，便道是旱魃在腹內，要將藥墮下他來。民間多慌了。他又自恃是女人，沒一家內室不走進去，但是有娠孕的，多瞞他不過。富家恐怕出醜，只得將錢財買囑他，所得賄賂無算。只把一、兩家貧婦帶到官來，只說是旱魃之母，將水澆他。縣令明知無干，敢怒而不敢言，只是儘意奉承他。到了七日，天色仍復如舊，毫無效驗。有詩為證：

旱魃如何在婦胎？奸徒設計詐人財。

雖然不是祈禳法，只合雷聲頭上來。

如此作為，十日有多。天不湊趣，假如肯輕輕鬆鬆，灑下了幾點，也要算他功勞，滿場賣弄本事，受酬謝去了。怎當得乾陣也不打一個！兩人自覺沒趣，推道是此方未該有雨，擔閣在此無用。一面收拾，立刻要還本州。這些愚騃百姓，一發慌了，嚷道：「天師在此，尚然不能下雨，若天師去了，這雨再下不成了，豈非一方百姓該死！」多來苦告縣令，定要扳留。縣令極是愛百姓的。順著民情，只得去拜告苦留道：「天師既然肯為萬姓特地來此，還求至心祈禱，必求個應驗，救此一方。如何做個勞而無功去了？」天師被縣令禮求，百姓苦告，無言可答，自想道：「若不放下個臉來，怎生纏得過？」勃然變色，罵縣令道：「庸瑣官人，不知天道。你做官不才，本方該滅。天時不肯下雨，留我在此何幹？」縣令不敢回言與辨，但稱謝道：「本方有罪，自干天譴。非敢更煩天師，但特地勞瀆天師到此一番，明日須要治酒奉餞，所以屈留一宿。」天師方纔和顏道：「明日必不可遲了！」縣令別去，自到衙門裡來，召集衙門中人，對他道：「此輩猾徒，我明知矯誣無益，只因愚民輕信，只道我做官的不肯屈意，以致不能得雨。而今我奉事之禮，祈懇之誠，已無所不盡，只好這等了。他不說自己邪妄沒力量，反將惡語詈我。我忝居人上，今為巫者所辱，豈可復言為官耶？明日我若有所指揮，你等須要一一依我而行。不管有甚好歹是非，我自身當之。你們不可遲疑落後了。」這個狄縣令一向威嚴，又且德政在人，個個信服。他的分付，那一個不依從的？當日衙門人等，俱各領命而散。次早縣門未開，已報天師嚴飭歸騎，一面催促起身了。管辦吏來問道：「今日相公與天師餞行，酒席還是設在縣裡，還是設在祠裡？也要預先整備纔好，怕一時來不迭。」縣令冷笑道：「有甚來不迭？」竟叫打頭踏到祠中來，與天師送行。隨從的人多疑心道：「酒席未曾見備，如何送行？」那邊祠中天師也道：「縣官既然送行，不知設在縣中，還是祠中？如何不見一些動靜？」等得心焦，正在祠中發作道：「這樣怠慢的縣官，怎得天肯下雨？」須臾間縣令已到，天師還帶著怒色，同女巫一齊嚷道：「我們要回去的，如何沒些事故，擔閣我們，甚麼道理？既要餞行，何不快些！」縣令改容大喝道：「大膽的奸徒。你左道女巫，妖惑日久，撞在我手，當須死在今日，還敢說歸去麼？」喝一聲：「左右拏下！」官長分付，從人怎敢不從？一夥公人暴雷也似答應一聲，提了鐵鍊，如鷹拏燕雀，把兩人扣脰頸鎖了，扭將下來。縣令先告城隍道：「齷齪妖徒，哄騙愚民，誣妄神道。今日請為神明除之。」喝令按倒在城隍面前，道：「我今與你二人餞行。」各鞭背二十，打得皮開肉綻，血濺庭階。鞭罷，綑縛起來，投在祠前漂水之內。可笑郭賽璞與并州女巫，做了一世邪人，今日死于非命。

強項官人不受挫，妄作妖巫干托大。
神前杖背神不靈，瓦罐不離井上破。

狄縣令立刻之間除了兩個天師，左右盡皆失色。有老成的來稟道：「欺妄之徒，相公除了，甚當。只是天師之號，朝廷所賜。萬一上司嗔怪，朝廷罪責，如之奈何？」縣令道：「此輩人無根絆，有權術。留下他，冤仇不解，必受他中傷。既死之後，如飛蓬斷梗，還有甚麼親識故舊來黨護他的？即使朝廷責我擅殺，我拚著一官便了，沒甚大事。」眾皆唯唯，服其膽量。縣令又自想道：「我除了天師，若雨澤仍舊不降，無知愚民越要歸咎于我，道是得罪神明之故了。我想神明在上，有感必通。妄誕庸奴，原非感格之輩。若堂堂縣宰，為民請命，豈有一念至誠，不蒙鑒察之理？」遂叩首神前，虔禱道：「誣妄奸徒，身行穢事，口出誣言，玷汙神德，謹已誅訖。上天雨澤，既不輕徇妖妄，必當鑒念正直。再無感應，是神明不靈，善惡無別矣。若果係縣令不德，罪止一身，不宜重害百姓。今叩首神前，維謙發心，從此在祠後高岡烈日之中，立曝其身。不得雨，情願槁死，誓不休息。」言畢，再拜而出。那祠後有山，高可十丈。縣令即命設席焚香，簪冠執笏，朝服獨立於上。分付從吏俱各散去聽候。闔城士民聽知縣令如此行事，大家駭愕起來道：「天師如何打死得的？天師決定不死，邑長惹了他，必有奇禍。如何是好？」又見說道：「縣令在祠後高岡上烈日中，自行曝晒，祈禱上天去了。」於是奔走紛紜，盡來觀看，攢做了人山人海，城牆也似砌將攏來。可煞怪異！真是來意至誠，無不感應。起初縣令步到岡上之時，炎威正熾，砂石流鑠。待等縣令站得腳定了，忽然一片黑雲，推將起來，大如車蓋，恰恰把縣令所立之處遮得無一點日光，四周日色盡晒他不著。自此一片起來，四下裡慢慢黑雲團圈接著，與起初這覆頂的，混做一塊生成了。雷震數聲，甘雨大注。但見：

千山靉靆，萬境昏霾。濺沫飛流，空中宛轉群龍舞；怒號狂嘯，野外奔騰萬騎來。閃爍爍曳雨道流光，鬧轟轟鳴幾聲連鼓。淋漓無已，只教農子心歡；震疊不停，最是惡人膽怯。

這場雨足足下了一個多時辰。直下得溝盈澮滿，原野滂流。士民拍手歡呼，感激縣令相公為民辛苦。論萬數千的跑上岡來，簇擁著狄公，自山而下，脫下長衣，當了傘子，遮著雨點。老幼婦女，拖泥帶水，連路只是叩頭贊誦。狄公反有好些不過意，道：「快不要如此！此天意救民，本縣何德？」怎當得眾人愚迷的多，不曉得精誠所感。但見縣官打殺了天師，又會得祈雨，畢竟神通廣大，手段又比天師高強，把先前崇奉天師這些虔誠，多移在縣令身上了。縣令到廳，分付百姓各散。隨取了各鄉各堡雨數尺寸文書，中報上司去。那時州將在州，先聞得縣官杖殺巫者，也有些怪他輕舉妄動。道是禮請去的，縱不得雨，何至於死？若畢竟請雨不得，豈不枉殺無辜？及見文書上來，報著四郊雨足，又見百姓雪片也似投狀來，稱贊縣令曝身致雨，許多好處，州將纔曉得縣令正人君子，政績殊常，深加嘆異。有心要表揚他，又恐朝廷怪他杖殺巫者，只得上表一道，明列其事。內中大略云：

郭巫等猥瑣細民，妖誣惑眾。雖竊名號，總屬夤緣。及在鄉里，瀆神害下，淩轢邑長。守土之官為民誅之，亦不為過。狄某力足除奸，誠能動物。曝軀致雨，具見異績。聖世能臣，禮宜優異。云云。

其時藩鎮有權，州將表上，朝廷不敢有異。亦且郭巫等原係無籍棍徒，一時在京冒濫寵榮，到得出外多時，京中原無羽翼心腹記他在心上的，就打死了，沒人仇恨。名雖天師，只當殺個平民罷了。果然不出狄縣令所料。那晉陽是彼時北京，一時狄縣令政聲，朝野喧傳，盡皆欽服其人品。不一日，詔書下來褒異。詔云：

維謙劇邑良才，忠臣華胄。睹茲天厲，將癉下民。當請禱于晉祠，類投巫于鄴縣。曝山椒之畏景，事等焚軀；起天際之油雲，情同剪爪。遂使旱風潛息，甘澤旋流。昊天猶鑒克誠，予意豈忘褒善？特頒朱紱，俾耀銅章；勿替令名，更昭殊績。

當下賜錢五十萬，以賞其功。從此狄縣令遂為唐朝名臣。後來陞任去後，本縣百姓感他，建造生祠，香火不絕。祈晴禱雨，無不應驗。只是一念剛正，見得如此，可見邪不能勝正。那些喬妝做勢的巫師，做了水中淹死鬼，不知幾時得超昇哩！世人酷信巫師的，當熟看此段話文。有詩為證：

盡道天師術有靈，如何水底不迴生？
試看甘雨隨車後，始信如神是至誠。

卷四十　華陰道獨逢異客　江陵郡三拆仙書

詩云：

人生凡事有前期，尤是功名難強為。
多少英雄埋沒殺，只因莫與指途迷。

話說人生只有科第一事，最是黑暗，沒有甚定准的。自古道：「文齊福不齊。」隨你胸中錦繡，筆下龍蛇，若是命運不到，到不如乳臭小兒，賣菜傭，早登科甲去了。就如唐時以詩取士，那李、杜、王、孟，不是萬世推尊的詩祖？卻是李、杜俱不得成進士，孟浩然連官多沒有。止有王摩詰一人有科第，又還虧得岐王幫襯，把鬱輪袍打了九公主關節，纔奪得解頭。若不會夤緣鑽刺，也是不穩的。只這四大家尚且如此，何況他人？及至詩不成詩，而今世上不傳一首的，當時登第的原不少。看官，你道有甚麼清頭在那裡！所以說：

文章自古無憑據，惟願朱衣一點頭。

說話的，依你這樣說起來，人多不消得讀書勤學，只靠著命中福分罷了。——看官，不是這話；又道是：「盡其在我，聽其在天。」只這些福分又趕著興頭走的。那奮發不過的人，終久容易得些，也是常理。故此說：「皇天不負苦心人。」畢竟水到渠成，應得的多。但是科場中鬼神弄人，只有那該僥倖的時來福湊，該迍邅的七顛八倒，這兩項嚇死人。先聽小子說幾件科場中事體，做個起頭。

有個該中了，撞著人來幫襯的：湖廣有個舉人，姓何，在京師中會試。偶入酒肆，見一夥青衣大帽人，在肆中飲酒。聽他說話，半文半俗。看他氣質，假斯文帶些光棍腔。何舉人另在一座，自斟自酌。這些人見他獨自一個寂寞，便來邀他同坐。何舉人不辭，就便隨和歡暢。這些人道是不做腔，肯入隊，且又好相與，盡多快活。喫罷，散去。

隔了幾日，何舉人在長安街過，只見一人醉臥路傍，衣帽多被塵土染汙。仔細一看，卻認得是前日酒肆裡同喫酒的內中一人。也是何舉人忠厚處，見他醉後狼籍，不像樣，走近身扶起他來。其人也有些醒了，張目一看，見是何舉人扶他，把手拍一拍臂膊，哈哈笑道：「相公造化到了。」就伸手袖中，解出一條汗巾來。汗巾結裡裹著一個兩指大的小封兒。對何舉人道：「可拿到下處自看。」何舉人不知其意，袖了到下處去。下處有好幾位同會試的在那裡。何舉人也不道是甚麼機密勾當，不以為意，竟在眾人面前拆開。看時，乃在六個四書題目，八個經題目，共十四個。同寓人見了，問道：「此自何來？」何舉人把前日酒肆同飲，今日跌倒街上的話，說了一遍，道：「是這個人與我的，我也不知何來。」同寓人道：「這是光棍們假作此等哄人的，不要信他。」獨有一個姓安的心裡道：「便是假的何妨？我們落得做做熟也好。」就與何舉人約了，每題各做一篇。又在書坊中尋刻的好文，參酌改定。後來入場，七個題目，都在這裡面的。二人多是預先做下的文字，皆得登第。原來這個醉臥的人，乃是大主考的書辦，在他書房中抄得這張題目，乃是一正一副在內。朦朧醉中，見了何舉人扶他，喜歡，與了他。也是他機緣輻輳，又挈帶了一個姓安的。這些同寓不信的人，可不是命裡不該，當面錯過？

醉臥者人，吐露者神。

信與不信，命從此分。

＊　＊　＊

有個該中了，撞著鬼來幫襯的：揚州興化縣舉子，應應天鄉試，頭場日齁睡一日不醒。號軍叫他起來，日已晚了。正自心慌，且到號底廁上走走。只見廁中已有一個舉子，在裡頭問興化舉子道：「兄文成未？」答道：「正因睡了失覺，一字未成，了不得在這裡。」廁中舉子道：「吾文皆成，寫在王諱紙上。今疾作，謄不得了。兄文既未有，吾當贈兄罷。他日中了，可謝我百金。」興化舉子不勝之喜。廁中舉子就把一張王諱紙遞過來，果然七篇多明明白白寫完在上面。說道：「小弟姓某，名某，是應天府學，家在僻鄉。城中有賣柴牙人某人，是我姪，可一訪之，便可尋我家了。」興化舉子領諾，拿到號房，照他寫的謄了，得以完卷。進過三場，揚曉，果中。急持百金，往尋賣柴牙人，問他叔子家裡。那牙人道：「有個叔子，上科正患痢疾進場，死在場中了。今科那得還有一個叔子？」舉子大駭，曉得是鬼來幫他中的。同了牙人，直到他家，將百金為謝。其家甚貧，夢裡也不料有此百金之得，闔家大喜。這舉子只當百金買了一個春元。

一點文心，至死不磨。

上科之鬼，能助今科。

＊　＊　＊

有個該中了，撞著神借人來幫襯的：寧波有兩生，同在鑑湖育王寺讀書。一生儇巧；一生拙誠。那拙的信佛，每早晚必焚香，在大士座前禱告，願求明示場中七題。那巧的見他匍匐不休，心中笑他癡呆，思量要耍他一耍，遂將一張大紙，自擬了七題，把佛香燒成字，放在香几下。拙的明日早起拜神，看見了，大信，道是大士有靈，果然密授祕妙。依題遍採坊刻佳文，名友窗課，摸擬成七篇好文，熟記不忘。巧的見他信以為實，如此舉動，道是被作弄著了，背地暗笑他著鬼。豈知進到場中，七題一個也不差。一揮而出，竟得中式。這不是大士借那儇巧的手，明把題目與他的？

拙以誠求，巧者為用。
鬼神機權，妙于簸弄。

* * *

有個該中了，自己精靈現出幫襯的：湖廣鄉試日，某公在場閱卷。倦了，朦朧打盹，只聽得耳畔嘆息道：「窮死，窮死！救窮，救窮！」驚醒來，想一想道：「此必是有士子要中的作怪了。」仔細聽聽，聲在一箱中出。伸手取卷，每拾起一卷，耳邊低低道：「不是。」如此屢屢。落後一卷，聽得耳邊道：「正是！」某公看看文字果好，取中之，其聲就止。出榜後，本生來見，某公問道：「場後有何異境？」本生道：「沒有。」某公道：「場中甚有影響？生平好講甚麼話？」本生道：「門生家寒不堪，在窗下每作一文成，只呼『窮死，救窮』！以此為常，別無他話。」某公乃言閱卷時耳中所聞如此。說了共相嘆異。連本生也不知道怎地起的，這不是自己一念堅切，精露活現麼？

精誠所至，金石為開。
果然勇猛，自有神來。

＊　　＊　　＊

有個該中了，人與鬼神兩相湊巧幫襯的：浙場有個士子，原是少年飽學，走過了好幾科，多不得中。落後一科，年紀已長，也不做指望了。幸得有了科舉，圖進場完故事而已。進場之夜，忽夢見有人對他道：「你今年必中，但不可寫一個字在卷上。若寫了，就不中了；只可交白卷。」士子醒來道：「這樣夢也做得奇。天下有這事麼？」不以為意。進場領卷，正要搆思下筆，只聽得耳邊廂又如此說道：「決寫不得的。」他心裡疑道：「好不作怪。」把題目想了一想，頭紅面熱，一字也忖不來。就跑燥起來道：「都管是又不該中了，所以如此。」悶悶睡去，只見祖父俱來分付道：「你萬萬不可寫一字，包你得中便了。」醒來嘆道：「這怎麼解？如此夢魂纏擾，料無佳思，喫苦做甚麼？落得不做，投了白卷出去罷。」出了場來，自道頭一個就是他貼出，不許進二場了。只見試院開門，貼出許多不合式的來。有不完篇的，有脫了稿的，有差寫題目的，紛紛不計其數。正揀他一字沒有的，不在其內。到哈哈大笑道：「這些彌封對讀的，多失了魂了。」隔了兩日，不見動靜，隨眾又進二場。也只是見不貼出，瞞生人眼，進去戲耍罷了。纔捏得筆，耳邊又如此說。他自笑道：「不勞分付。頭場白卷，二場寫他則甚？世間也沒這樣駭子。」游衍了半日，交卷而出，道：「這番決難逃了。」只見第二場又貼出許多，仍復沒有己名，自家也好生咤異。又隨眾進了三場，又交了白卷，自不必說。朋友們見他進過三場，多來請教文字。他只好背地暗笑，不好說得。到得榜發，公然榜上有名，高中了。他只當是個夢，全不知是那裡起的。隨著赴鹿鳴宴風騷，真是十分僥倖。領出卷來看，三場俱完好，且是錦繡滿紙。驚得目睜口呆，不知其故。原來彌封所兩個進士知縣，多是少年科第，有意思的，道是不進得內廉，心中不伏氣。見了題目，有些技癢，要做一卷，試試手段，看還中得與否。只苦沒個用印卷子。雖有個把不完卷的，遞將上來，卻也有一篇半篇，先寫在上了，用不著的。已後得了此白卷，心中大喜。他兩個記著姓名，便你一篇，我一篇，共相斟酌改訂，湊成好卷，彌封了，發去謄錄。三場皆如此，果然中了出來。兩個進士暗地得意，道是這人有天生造化，反著人尋將他來，問其白卷之故。此生把夢寐叮囑之事，場中耳畔之言，一一說了。兩個進士道：「我兩人偶然之興，皆是天教代足下執筆的。」此生感激無盡，認做了相知門生。

張公喫酒，李公卻醉。

命若該時，一字不費。

這多是該中的話了。若是不該中，也會千奇萬怪起來。

* * *

有一個不該中，鬼神反來耍他的：萬曆癸未年，有個舉人管九皐，赴會試場前，夢見神人傳示七個題目，醒來個個記得。第二日尋坊間文，揀好的熟記了。入場七題皆合，喜不自勝。信筆將所熟文字寫完，不勞思索。自道是得了神助，必中無疑。誰知是年主考厭薄時文，盡搜括坊間同題文字，入內磨對。有試卷相同的，便塗壞了，管君為此竟不得中，只得選了官去。若非先夢七題，自家出手去做，還未見得不好。這不是鬼神明明耍他？

夢是先機，番成悔氣。

鬼善揶揄，直同兒戲。

* * *

有一個不該中，強中了，鬼神來擺佈他的：浙江山陰士人諸葛一鳴，在本處山中發憤讀書，不回過歲。隆慶庚午年，元旦未曉，起身梳洗，將往神祠中禱祈。途間遇一群人喝道而來，心裡疑道：「山中安得有此？」佇立在傍細看。只見鼓吹前導，馬上簇擁著一件東西。落後貴人到，乃一金甲神也。一鳴明知是陰間神道，迎上前來拜問道：「尊神前驅所迎何物？」神道：「今科舉子榜。」一鳴道：「小生某人，正是秀才，榜上有名否？」神道：「沒有。君名在下科榜上。」一鳴道：「小人家貧等不得，尊神可移早一科否？」神道：「事甚難。然與君相遇，亦有緣，試與君圖之。若得中，須多焚楮錢，我要去使用纔安穩。不然，我亦有罪犯。」一鳴許諾。及後邊榜發，一鳴名在末行，上有丹印。緣是數已填滿，一個教官將著一鳴卷，竭力來薦，至見諸聲色。主者不得已，割去榜末一名，將一鳴填補。此是鬼神在暗中作用。一鳴得中，甚喜。匆匆忘了燒楮錢。赴宴歸寓，見一鬼披髮在馬前哭道：「我為你受禍了。」一鳴認看，正是先前金甲神。甚不過意道：「不知還可焚錢相救否？」鬼道：「事已遲了，還可相助。」一鳴買些楮錢燒了。及到會試，鬼復來道：「我能助公登第，預報七題。」一鳴打點了進去，果然不差。一鳴大喜。到第二場，將到進去了，鬼纔來報題。一鳴道：「來不及了。」鬼道：「將文字放在頭巾內，帶了進去，我遮護你便了。」一鳴依了他。到得監試面前，不消搜得，巾中文早已墜下。算個懷挾作弊，當時打了枷號示眾，前程削奪。此乃鬼來報前怨，作弄他的。可見命未該中，只早一科，也是強不得的。

　　躁于求售，并喪厥有。

　　人耶鬼耶？各任其咎。

看官只看小子說這幾端，可見功名定數，毫不可強。所以道：

窗下莫言命，場中不論文。

世間人總在這定數內被他哄得昏頭昏腦的。

* * *

小子而今說一段指破功名定數的故事來，完這回正話。

唐時有個江陵副使李君。他少年未第時，自洛陽赴長安進士舉，經過華陰道中，下店歇宿。只見先有一個白衣人在店。雖然渾身布素，卻是骨秀神清，丰格出眾。店中人甚多，也不把他放他心上。李君是個聰明有才思的人，便瞧科在眼裡道：「此人決然非凡。」就把坐來移近了，把兩句話來請問他。只見談吐如流，百叩百應。李君愈加敬重，與他圍爐同飲，款洽倍常。明日一路同行，至昭應，李君道：「小弟慕足下塵外高蹤，意欲結為兄弟。倘蒙不棄，伏乞見教姓名年歲，以便稱呼。」白衣人道：「我無姓名，亦無年歲。你以兄稱我，以兄禮事我可也。」李君依言，當下結拜為兄。至晚對李君道：「我隱居西嶽，偶出游行，甚荷郎君相厚之意。我有事故，明旦先要往城，不得奉陪，如何？」李君道：「邂逅幸與高賢結契，今遽相別，不識有甚言語指教小弟否？」白衣人道：「郎君莫不要知後來事否？」李君再拜懇請道：「若得預知後來事，足可趨避，省得在黑暗中行，不勝至願。」白衣人道：「仙機不可洩漏，吾當緘封三書與郎君，日後自有應驗。」李君道：「所以奉懇，專貴在先知後事。若直待事後有驗，要曉得他怎的？」白衣人道：「不如此說。凡人功名富貴，雖自有定數，但吾能前知，便可為郎君指引。若到其間開他，自有用處，可以周全郎君富貴。」李君見說，欣然請教。白衣人乃取紙筆，在月

華陰道獨逢異客

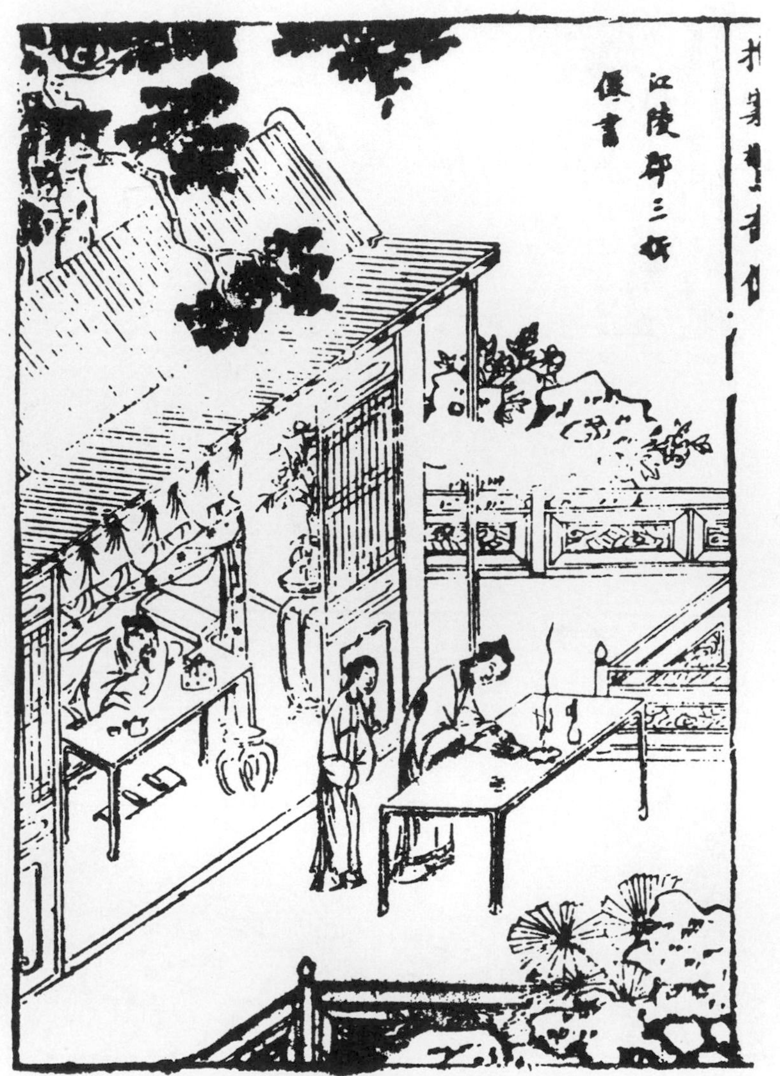

江陵郡三拆仙書

下不知寫些甚麼。摺做三個柬，外用三個封封了，拿來交與李君道：「此三封，郎君一生要緊事體在內。封有次第，內中有祕語。直到至急時，方可依次而開。開後，自有應驗。依著做去，當得便宜。若無急事，漫自開他，一毫無益的。切記！切記！」李君再拜領受，珍藏篋中。次日，各相別去。李君到了長安，應過進士舉，不得中第。李君父親在時，是松滋令，家事頗饒。只因帶了宦囊，到京營求陞遷，病死客邸，宦囊一空，李君痛父淪喪，門戶蕭條，意欲中第纔歸，重整門閥。家中多帶盤纏，拚住京師，不中不休。自恃才高，道是舉手可得，如拾芥之易。怎知命運不對，連應過五、六舉，只是下第。盤纏多用盡了，欲待歸去，無有路費。欲待住下，以俟再舉，沒了賃房之資，求容足之地也無。左難右難，沒個是處。正在焦急頭上，猛然想道：「仙兄有書，分付道：『有急方開。』今日已是窮極無聊，此不為急，還要急到那裡去？不免開他頭一封，看是如何。然是仙書，不可造次。」是夜，沐浴齋素；到第二日清旦，焚香一爐，再拜禱告道：「弟子只因窮困，敢開仙兄第一封書，只望明指迷途則個。」告罷，拆開外封，裡面又有一小封，面上寫著道：

某年月日，以困迫無資用，開第一封。

李君大驚道：「真神仙也！如何就曉得今日目前光景？且開封的月日俱不差一毫，可見正該開的，內中必有奇處。」就拆開小封來看，封內另有一紙，寫著不多幾個字：

可青龍寺門前坐。

看罷，曉得有些奇怪，怎敢不依。只是疑心道：「到那裡去何幹？」問問青龍寺遠近，原來離住處有五十多里路。李君只得騎了一頭蹇驢，迍迍走到寺前，日色已將晚了。果然依著書中言語，在門檻上呆呆地坐了一回，不見甚麼動靜。天昏黑下來，心裡有些著急，又想了仙書，自家好笑道：「好癡子！這裡坐，可是有得錢來的麼？不指望錢，今夜且沒討宿處了，怎麼處？」正遲疑間，只見寺中有人行走響。看看至近，卻是寺中主僧和個行者來關前門。見了李君，問道：「客是何人，坐在此間？」李君道：「驢弱居遠，天色已晚，前去不得，將寄宿于此。」主僧道：「門外風寒，豈是宿處？且請到院中來。」李君推托道：「造次不敢驚動。」主僧再三邀進，只得牽了蹇驢，隨著進來。主僧見是士人，具饌烹茶，不敢怠慢。飲間，主僧熟視李君，上上下下估著。看了一回，就轉頭去與行童說一番，笑一番。李君不解其意，又不好問得。只見主僧耐了一回，突然問道：「郎君何姓？」李君道：「姓李。」主僧驚道：「果然姓李！」李君道：「見說賤姓，如此著驚，何故？」主僧道：「松滋李長官是郎君盛族，相識否？」李君站起身，顰蹙道：「正是某先人也。」主僧不覺垂淚不已，說道：「老僧與令先翁長官，久托故舊，往還不薄。適見郎君丰儀，酷似長官，所以驚疑，不料果是！老僧奉求已多日，今日得遇，實為萬幸。」李君見說著父親，心下感傷，涕流被面道：「不曉得老師與先人舊識，頃間造次失禮。然適聞相求弟子已久，不解何故？」主僧道：「長官昔年將錢物到此求官，得疾狼狽。有錢二千貫，寄在老僧常住庫中。後來一病不起，此錢無處發付。老僧自是以來，心中常如有重負，不能釋然。今得郎君到此，完此公案，老僧此生無事矣。」李君道：「向來但知先人客死，宦囊無蹤，不知卻寄在老師這裡！然此事無個證見，非老師高誼在古人之上，怎肯不昧其事？反加意尋訪，重勞記念，此德難忘。」主僧道：「老僧世外之人，要錢何用？何況他人之財，豈可沒為己有，自增罪業？老僧只怕受托不終，致負夙債，貽累來生。今幸得了此心事，魂夢皆安。老僧看郎君行況蕭條，明日但留下文書一紙，做個執照。盡數輦去為旅邸之資，儘可營生，尊翁長官之目也瞑了。」李君悲喜交集：悲則悲著父親遺念，喜則喜著頓得多錢；稱謝主僧不盡。又自念仙書之驗如此，真希有事也。

青龍寺主古人徒，受托錢財誼不誣。
貧子衣珠雖故在，若非仙訣可能符？

是晚主僧留住安宿，殷勤相待。次日，盡將原鏹二千貫發出，交明與李君。李君寫個收領文字，遂僱騾馱載，珍重而別。李君從此買宅長安，頓成富家。

李君一向門閥清貴，只因生計無定，連妻子也不娶得。今長安中大家見他富盛起來，又是舊家門望，就有媒人來說親與他，他娶下成婚，作久住之計，又應過兩次舉，只是不第。年紀看看長了，親戚朋友僕從等，多勸他且圖一官，以為終身之計，如何被科名騙老了！李君自恃才高，且家有餘資，不愁衣食，自道：「只爭得此一步，差好多光景，怎肯甘心就住，讓那才不如我的得意了，做盡天氣？且索再守他次把做處。」本年又應一舉，仍復不第。連前卻滿十次了，心裡雖是不伏氣，卻是遞年打毷氉，也覺得不耐煩了。——說話的，如何叫得「打毷氉」？——看官聽說：唐時榜發後，與不第的舉子喫解悶酒，渾名「打毷氉」。此樣酒席可是喫得十來番起的？李君要住住手，又割捨不得；要寬心再等，不但擺掇的人多，自家也覺爭氣不出了。況且妻子又未免圖他一官半職榮貴，耳邊日常把些不入機的話來激聒，一發不知怎地好，竟自沒了主意，含著一眶眼淚道：「一歇了手，終身是個不第舉子，就僥倖官職高貴，也說不響了。」躊躇不定幾時，猛然想道：「我仙兄有書，道：『急時可開。』此時雖無非常急事，卻是住與不住，是我一生了當的事，關頭所差不小。何不開他第二封一看，以為行止？」主意定了，又齋戒沐浴，次日清旦，啟開外封，只見裡面寫道：

某年月日，以將罷舉，開第二封。

李君大喜道：「原來原該是今日開的。既然開得不差，裡面必有決斷，吾終身可定了。」忙又開了小封看時，也不多幾個字，寫著：

可西市鞦轡行頭坐。

李君看了道：「這又怎麼解？我只道明明說個還該應舉不應舉，卻又是啞謎。」當日青龍寺，須有個寺僧欠錢，這個西市鞦轡行頭，難道有人欠我及第的債不成？但是仙兄說話不曾差了一些，只索依他走去，看是甚麼緣故。卻其實有些好笑，自言自語了一回，只得依言，一直走去。走到那裡，自想道：「可在那處坐好？」一眼望去，一個去處，但見：

望子高挑，埕頭廣架。門前對子，強斯文帶醉歪題；壁上詩篇，村過客乘忙謅下。入門一陣腥膻氣，案上原少佳殽；到坐幾番吆喝聲，面前未來供饌。謾說聞香須下馬，枉誇知味且停驂。無非行路救饑，或是邀人議事。

原來是一個大酒店。李君獨坐無聊，想道：「我且沽一壺喫著坐看。」步進店來，店主人見是個士人，便拱道：「樓上有潔淨坐頭，請官人上樓去。」李君上樓坐定，看那樓上的東首盡處，有間潔淨小閣子，門兒掩著，像有人在裡邊坐下的，寂寂嘿嘿在裡頭。李君這付座底下，卻是店主人的房，樓板上有個穿眼，眼裡偷窺下去，是直見的。李君一個在樓上，還未見小二送酒菜上來，獨坐著閒不過，聽得腳底下房裡頭低低說話。他卻在地板眼裡張看，只見一個人將要走動身，一個拍著肩叮囑。聽得落尾兩句說道：

「交他家郎君明日平明，必要到此相會。若是苦沒有錢，即說原是且未要錢的，不要挫過，遲一日就無及了。」去的那人道：「他還疑心不的確，未肯就來，怎好？」李君聽得這幾句話，有些古怪。便想道：「仙兄之言，莫非應著此間人的事體麼？」即忙奔下樓來，卻好與那兩個人撞個劈面，乃是店主人與一個驀生人。李君扯住店主人問道：「你們適纔講的是甚麼話？」店主人道：「侍郎的郎君，有件緊要事幹，要一千貫錢來用，托某等尋覓，故此商量尋個頭主。」李君道：「一千貫錢，不是小事，那裡來這個大財主好借用？」店主道：「不是借用。說得事成時，竟要了他這一千貫錢，也還算是相應的。」李君再三要問其事備細。店主人道：「與你何干？何必定要說破？」只見那要去的人，立定了腳。看他問得急切，回身來道：「何不把實話對他說？總是那邊未見得成，或者另絆得頭主，大家商量商量也好。」店主人方纔附著李君耳朵說道：「是營謀來歲及第的事。」李君正鬥著肚子裡事，又合著仙兄之機，喫了一驚，忙問道：「此事虛實何如？」店主人道：「侍郎郎君，見在樓上房內，怎的不實？」李君道：「方纔聽見你們說話，還是要去尋那個的是？」店主人道：「有個舉人要做此事，約定昨日來成的。直等到晚，竟不見來。不知為湊錢不起，不知為疑心不真？卻是郎君原未要錢，直等及第了纔交足。只怕他為無錢不來，故此又要這位做事的朋友去約他。若明日不來，郎君便自去了。只可惜了這好機會。」李君道：「好教兩位得知，某也是舉人。要錢時，某也有。便就等某見一見郎君，做了此事，可使得否？」店主人道：「官人是實話麼？」李君道：「怎麼不實？」店主人道：「這事原不揀人的。若實實要做，有何不可？」那個人道：「從古道：『有奶便為娘。』我們見鍾不打，倒去斂銅。官人若果要做，我也不到那邊去，再走壞這樣閒步了。」店主人道：「既如此，可就請上樓，與郎君相見面議何如？」兩個人拉了李君，一同走到樓上來。那個人走去東首閣子裡說了一會話，只見一個人踱將出來。看他怎生模樣：

白胖面龐，癡肥身體。行動許多珍重，周旋頗少謙恭。抬眼看人，常帶幾分蒙昧；出言對眾，時牽數字含糊。頂著祖父現成家，享這兒孫自在福。

這人走出閣來，店主人忙引李君上前，指與李君道：「此侍郎郎君也，可小心拜見。」李君施禮已畢，敘坐了。郎君舉手道：「公是舉子麼？」李君通了姓名道：「適纔店主人所說來歲之事，萬望扶持。」郎君點頭未答，且目視店主人與那個人，做個手勢道：「此話如何？」店主人道：「數日已經講過，昨有個人約著不來，推道無錢。今此間李官人有錢，情願成約。故此特地引他謁見郎君。」郎君道：「喒要錢不多，如何今日纔有主？」店主人道：「舉子多貧，一時間鬥不著。」郎君道：「揀那富的拉一個來罷了。」店主人道：「富的要是要，又撞不見這樣方便。」郎君又拱著李君，問店主人道：「此間如何？」李君不等店主人回話，便道：「某寄籍長安，家業多在此。只求事成，千貫易處，不敢相負。」郎君道：「甚妙，甚妙。明年主司侍郎，乃吾親叔父也，必不誤先輩之事。今日也未就要交錢，只立一約，待及第之後，即命這邊主人走領，料也不怕少了的。」李君見說得有根因，又且是應著仙書，曉得其事必成，放膽做著，再無疑慮。即袖中取出兩貫錢來，央店主人備酒來喫。一面飲酒，一面立約，只等來年成事交銀。當下李君又將兩貫錢謝了店主人與那一個人，各各歡喜而別。到明年應舉，李君果得這個關節之力，榜下及第。及第後，將著一千貫完那前約，自不必說。眼見得仙兄第二封書指點，成了他一生之事。

真才屢挫誤前程，不若黃金立可成。

今看仙書能指引，方知銅臭亦天生。

李君得第授官，自念富貴功名，皆出仙兄祕授謎訣之力，思欲會見一面，以謝恩德，又要細問終身之事。差人到了華陰西嶽，各處探訪，並無一個曉得這白衣人的下落，只得罷了。以後仕宦得意並無甚麼急事可問，這第三封書無因得開。官至江陵副使。在任時，一日忽患心痛。少頃之間，暈絕了數次，危迫特甚，方轉念起第三封書來，對妻子道：「今日性命俄頃，可謂至急。仙兄第三封書可以開看，必然有救法在內了。」自己起床不得，就叫妻子灌洗了，虔誠代開。開了外封，也是與前兩番一樣的家數，寫在裡面道：

某年月日，江陵副使忽患心痛，開第三封。

妻子也喜道：「不要說時日相合，連病多曉得在先了，畢竟有解救之法。」連忙開了小封，急急看時，只叫得苦。原來比先前兩封的字越少了，剛剛止得五字道：

可處置家事。

妻子看罷，曉得不濟事了，放聲大哭。李君笑道：「仙兄數已定矣，哭他何幹？吾貧，仙兄能指點富吾。吾賤，仙兄能指點貴吾。今吾死，仙兄豈不能指點活吾？蓋因是數，去不得了。就是當初富吾、貴吾，也原是吾命中所有之物。前數分明止是仙兄前知，費得一番引路。我今思之，一生應舉，真才卻不能一第，直待時節到來，還要遇巧，假手于人，方得成名，可不是數已前定？天下事大約強求不得的。而今官位至此，仙兄判斷已決，我豈復不知止足，尚懷遺恨哉？」遂將家事一面處置了當，隔兩日，含笑而卒。

這回書叫做「三折仙書」，奉勸世人看取數皆前定如此，不必多生妄想。那有才不遇時之人，也只索引命自安，不必鬱抑不快了。

人生自合有窮時，縱是仙家詎得私。
富貴只緣乘巧湊，應知難改蓋棺期。

專家校注考訂　古典小說戲曲大觀

世俗人情類

紅樓夢　饒彬校注
脂評本紅樓夢　馬美信校注
金瓶梅　劉本棟校注
老殘遊記　田素蘭校注
平山冷燕　張國風校注
品花寶鑑　徐德明校注
野叟曝言　黃珅校注
綠野仙蹤　葉經柱校注
禪真逸史　黃珅校注
海上花列傳　姜漢椿校注
九尾龜　楊子堅校注
醒世姻緣傳　袁世碩、鄒宗良校注
三門街　嚴文儒校注
花月痕　趙乃增校注
孽海花　葉經柱校注
魯男子　黃珅校注
遊仙窟　玉梨魂（合刊）　黃瑚、黃珅校注
筆生花　黃明校注
浮生六記　陶恂若校注
玉嬌梨　石昌渝校注
好逑傳　石昌渝校注
啼笑因緣　束忱校注
歧路燈　侯忠義校注

公案俠義類

水滸傳　繆天華校注
兒女英雄傳　繆天華校注
三俠五義　張虹校注
七俠五義　楊宗瑩校注
小五義　李宗為校注
續小五義　文斌校注
蕩寇志　侯忠義校注
綠牡丹　劉倩校注
羅通掃北　劉倩校注
楊家將演義　楊子堅校注
萬花樓演義　陳大康校注
粉妝樓全傳　陳大康校注
七劍十三俠　張建一校注
包公案　顧宏義校注
海公大紅袍全傳　楊同甫校注
施公案　黃珅校注
乾隆下江南　姜榮剛校注

歷史演義類

- 三國演義　饒彬校注
- 東周列國志　劉本棟校注
- 東西漢演義　朱恒夫校注
- 隋唐演義　嚴文儒校注
- 說岳全傳　平慧善校注
- 大明英烈傳　楊宗瑩校注

神魔志怪類

- 西遊記　繆天華校注
- 封神演義　楊宗瑩校注
- 濟公傳　楊宗瑩校注
- 三遂平妖傳　楊東方校注
- 南海觀音全傳　達磨出身傳燈傳（合刊）　沈傳鳳校注

諷刺譴責類

- 儒林外史　繆天華校注
- 官場現形記　張素貞校注
- 文明小史　張素貞校注
- 鏡花緣　尤信雄校注
- 二十年目睹之怪現狀　石昌渝校注
- 何典　斬鬼傳　唐鍾馗平鬼傳（合刊）　鄔國平校注

擬話本類

- 拍案驚奇　劉本棟校注
- 二刻拍案驚奇　徐文助校注
- 喻世明言　徐文助校注
- 警世通言　徐文助校注
- 醒世恒言　廖吉郎校注
- 今古奇觀　李平校注
- 豆棚閒話　照世盃（合刊）　陳大康校注
- 石點頭　李忠明校注
- 十二樓　陶恂若校注
- 西湖佳話　陳美林、喬光輝校注
- 西湖二集　陳美林校注
- 型世言　侯忠義校注

著名戲曲選

- 竇娥冤　王星琦校注
- 漢宮秋　王星琦校注
- 梧桐雨　王星琦校注
- 琵琶記　江巨榮校注
- 第六才子書西廂記　張建一校注
- 牡丹亭　邵海清校注
- 荊釵記　趙山林校注
- 荔鏡記　趙山林、趙婷婷校注
- 長生殿　樓含松、江興祐校注
- 桃花扇　陳美林、皋于厚校注
- 雷峰塔　俞為民校注
- 倩女離魂　王星琦校注

今古奇觀

抱甕老人／編　李平／校注　陳文華／校閱

《今古奇觀》是從馮夢龍的「三言」和凌濛初的「二拍」中擷選編成，兼顧「動人」的趣味性與「訓人」的勸世作用，概括了宋、元、明話本和擬話本的藝術，是一本優秀的古典白話短篇小說集。

它以明代的城市生活與商業活動為主要背景，自政治、經濟、婚姻、道德等各個角度，廣泛而深入地反映了當時中下階層的生活面貌及人情世態歡。本書採用《古本小說集成》版為底本，同時參據有關版本詳為校訂，典故、史實亦擇要加注，是欣賞與研究明代社會風情的最佳選擇。

國家圖書館出版品預行編目資料

拍案驚奇／凌濛初撰;劉本棟校注;繆天華校閱.－－
二版六刷.－－臺北市：三民，2023
面；　公分.－－(中國古典名著)

ISBN 978-957-14-4294-5（平裝）

857.41　　94007337

中國古典名著

拍案驚奇

作　者　凌濛初
校注者　劉本棟
校閱者　繆天華

發行人　劉振強
出版者　三民書局股份有限公司
地　址　臺北市復興北路386號(復北門市)
　　　　臺北市重慶南路一段61號(重南門市)
電　話　(02)25006600
網　址　三民網路書店 https://www.sanmin.com.tw

出版日期　初版一刷 1979年3月
　　　　　初版六刷 2001年4月
　　　　　二版一刷 2007年6月
　　　　　二版六刷 2023年5月
書籍編號　S851780
ISBN　978-957-14-4294-5

三民書局

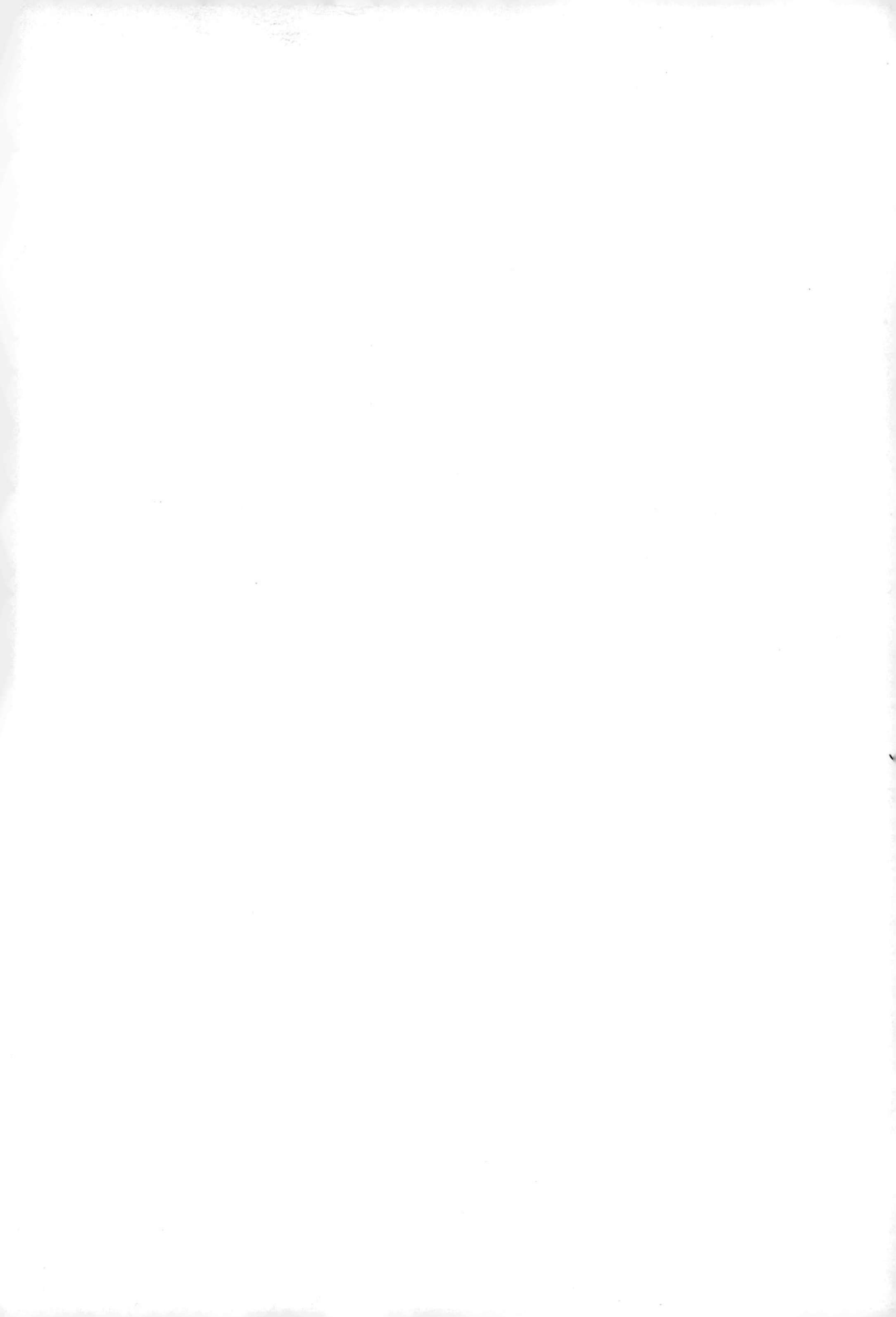